HEYNE

Das Buch
Straßburg im Jahr 1253: Auf dem Odilienberg, einer Kultstätte außerhalb der Stadttore, kämpft der mächtige Zirkel der sieben Hexen, die der Göttin Morrigan dienen, gegen das Böse: Der dunkle Herrscher Beliar und seine Gefährtin Elinor stehen kurz davor, die weisen Frauen zu besiegen und die Welt in ewige Finsternis zu stürzen. In ihrer Not rufen die Hexen eine Zauberin, deren Macht die ihre übertrifft – eine Zauberin, die nicht in ihrer Zeit lebt: Die junge Restauratorin Ravenna hat keine Wahl, das magische Erbe ihrer Großmutter und der Wille der Sieben versetzen sie von einem auf den anderen Tag ins Mittelalter. Nichts hat sie auf das vorbereitet, was sie erwartet: Beliar, der seine Schatten längst bis in ihre Gegenwart hinein wirft, ist ein furchtbarer, unberechenbarer Gegner, der die Menschen wie Schachfiguren manipuliert. Ravenna weiß bald nicht mehr, wem sie noch trauen kann. Ja selbst der ihr zugewiesene Gefährte, der Ritter Lucian, dem sie ihr Leben und ihr Herz anvertraut, scheint sie zu hintergehen ...

Ein bildgewaltiger Roman über die faszinierende Macht der Hexen, den schmalen Grat zwischen weißer und schwarzer Magie und den Kampf einer jungen Frau, die sich ihren schlimmsten Ängsten stellen muss.

Die Autorin
Lea Nicolai (geb. 1972) liebt ihren Kräutergarten, ihre drei Katzen, ihre Bibliothek, Kerzenschein und Musik. Sie studierte Musikwissenschaft und singt in einem Jazzchor. Das Thema Hexen fasziniert sie seit langem, weil es Magie, Mystik und Wirklichkeit verbindet. Für den Roman *Die Hexen* ging sie auf Zeitreise ins Elsass.

LEA NICOLAI

DIE HEXEN

ROMAN

Originalausgabe

WILHELM HEYNE VERLAG
MÜNCHEN

Verlagsgruppe Random House FSC-DEU-0100
Das für dieses Buch verwendete
FSC®-zertifizierte Papier *Super Snowbright*
liefert Hellefoss AS, Hokksund, Norwegen

Originalausgabe 08/2011
Redaktion: Babette Kraus
Copyright © 2011 by Lea Nicolai
Copyright © 2011 dieser Ausgabe by
Wilhelm Heyne Verlag, München,
in der Verlagsgruppe Random House GmbH
Printed in Germany 2011
Umschlaggestaltung: Nele Schütz Design, München
Satz: Christine Roithner Verlagsservice, Breitenaich
Druck und Bindung: GGP Media GmbH, Pößneck

ISBN 978-3-453-53389-9

www.heyne-magische-bestseller.de

Wisse, du bist nicht allein.

GISELA GRAICHEN, Die Neuen Hexen

Inhalt

Prolog: Des Teufels Namen 9
Hexentanz 27
Maßarbeit 42
Ein Sammler und Gelehrter 54
Das Erbe 63
Ein Ruf aus der Ferne 72
Die Sieben 83
Die Wahrheit und kein Ausweg 97
Die erste Lehrstunde 126
Steine, Blumen und ein Leben 143
Das Zeitalter des Hexenwahns 159
Wahrheitsfindung 180
Die verbotene Sprache 201
Die Maikönigin 217
Sieger und Verlierer 245
Das Erwachen 278
Melisendes Lied 292
Ein Fluch und ein Versprechen 317
Böse Überraschungen und neue Pläne 335
Der Hexen Macht, der Hexen Bann 368
Das Verhör 394
Am Kanal 409
Der Baum der Nacht 432
Das Grab des Druiden 456

Maeve	483
Das Hexengericht	496
Dämonenbann	509
Das Licht von Samhain	521
Wechselbalg	537
Die Fürsten der Hölle	564
Verrat	585
Zwei Schwestern	605
Es ist zu spät	630
Ein fast perfekter Augenblick	659
Entzauberung	679
Epilog: Feuer und Stein	691
Glossar	699

Prolog
Des Teufels Namen
Elsass im Jahr 1253

Elinors Atem dampfte, als sie den Namen des Teufels aussprach. Der Frost hielt Burg Hœnkungsberg fest im Griff, seit Wochen schon. Eiskristalle glitzerten auf den Mauern, den Erkern und dem Brunnen. In den Ställen drängten sich die Tiere aneinander, um sich gegenseitig zu wärmen. Jeden Morgen mussten die Mägde das Eis in den Kannen und Waschzubern durchstoßen, das sich während der Nacht gebildet hatte. Von den Türmen aus sah man die schneebedeckte Kammlinie der Vogesen und das Rheintal, in dem der Fluss Eisscholle um Eisscholle aufeinander schob.

Elinor machte die Kälte nichts aus. Ein inneres Feuer wärmte sie – die Glut von Hass und Zorn. Zorn auf ihre Schwestern vom Odilienberg, die nicht weit von der mächtigen Burg entfernt ihre Feste feierten und die Große Göttin beweihräucherten.

Sie aber hatten die Sieben verstoßen.

Flatternd schlossen sich Elinors Augenlider, als sie erneut den Namen des Mächtigsten aller Dämonen flüsterte. In Wellen durchströmte sie die Kraft, dieselbe uralte, magische Energie, die sie schon als junges Mädchen gespürt hatte. Sie hatte ihre Gabe angenommen und war den Weg einer Zauberin gegangen, hatte viele Jahre mit Lernen und Suchen verbracht. Mühevolle, entbehrungsreiche Jahre – umsonst!

Wie stark sich die Sieben fühlten, beschützt von ihrem Wissen und ihrer angeblichen Weisheit. Sie waren Beraterinnen von

Königen und Bischöfen, Seherinnen, Prophetinnen, Heilerinnen und Hebammen. Morrigans Töchter, so nannte sich der Zirkel auf dem Odilienberg.

Der Zorn in ihr wurde so stark, dass es Elinor den Atem raubte. Sie ging langsamer und nahm sich Zeit, das Pentagramm zu betrachten, auf dessen Linien sie durch den winterlichen Garten schritt. Der Fünfzackstern war in eine große Steinplatte gemeißelt, die Elinor im Oberen Burggarten entdeckt hatte. Sie lächelte. Die Vogesenfestung war bedeutend älter, als ihr Besitzer ahnte. Bereits in grauer Vorzeit hatte der Hœnkungsberg als Kultplatz gedient, ebenso wie einige andere Berggipfel in der Umgebung.

Aus ihrer Hand rieselte ein graues Pulver und staubte zu Boden. Das Pulver wirkte unscheinbar, aber es war gefährlich in seiner Wirkung. Allmählich sammelte es sich in den Rillen, die den Stern darstellten. Sie hatte das Pentagramm säuberlich von Eis und Schnee befreit und ihr Gärtner haftete mit seiner rechten Hand dafür, dass es so blieb: Weder Herbstlaub noch junges Gras durfte sich in den Rillen ansammeln. Wenn die Mägde das frische Brot aus dem Ofen holten oder das Wasser in der Badestube anheizten, vermieden sie ängstlich, auf den Stern zu treten. Manche vollführten sogar Banngesten und hielten das Gesicht abgewandt.

Über solche Dummheit konnte Elinor nur den Kopf schütteln. Als Mahnmal der alten Macht – so prangte das Pentagramm im Garten. Man musste jedoch wissen, wie man den Kultplatz benutzte. An gewöhnlichen Tagen und von gewöhnlichen Menschen betreten, bewirkte das Zeichen gar nichts.

Aber dies war keine gewöhnliche Nacht. Elinor warf einen Blick in den Himmel. In den Kronen der alten Obstbäume hingen die Sterne so dicht wie Traubenbüschel. Der Garten war still und dunkel und nicht wie sonst von belanglosem Geschwätz erfüllt. Die Tür zum Badehaus war verschlossen, der Brotofen kalt und hinter keinem der vielen Fensterläden war auch nur ein Funke

Licht zu sehen. Die Wachen auf den beiden Rundtürmen des Bollwerks hatten Anweisung bekommen, nach Westen Ausschau zu halten und sich keinesfalls zum Innenhof umzudrehen. Die Männer würden sich daran halten.

Elinor straffte ihre Schultern und sah sich selbst, wie sie zwischen den kahlen Bäumen umherging: eine große, schlanke Zauberin mit blasser Haut, von Kopf bis Fuß in Pelze und schwarzen Samt gehüllt. Auch an hohen Feiertagen trug sie ausschließlich schwarzen Schmuck, obwohl ihr die Besucher und fahrenden Händler Geschmeide aus Gold und Silber anboten. Um die Stirn trug sie einen dünnen Reif mit einer mitternachtsblauen Perle. Ein blindes Auge, mitten auf der Stirn.

Durch dieses Auge hatte sie die Göttin erblicken wollen. Doch Morrigan war nicht erschienen.

»Elinor, sagt, wird er kommen? Wird der Gerufene wirklich erscheinen?«

Sie fuhr herum, als sie die Stimme ihres Gemahls hörte. »Wie soll er denn den Weg hierher finden, wenn Ihr meine Trance stört? Verhaltet Euch gefälligst still!«, herrschte sie Cedric an, doch sogleich bereute sie ihre Grobheit.

Das Knie gebeugt und den Kopf gesenkt, verharrte ihr Ehemann in der freien Fläche in der Mitte des Pentagramms. Er hatte sich einen pelzverbrämten Mantel um die Schultern geworfen und hielt Kelch und Dolch bereit, wie sie ihm befohlen hatte. Während der langen Anrufung kroch ihm sicherlich die Kälte durch Mark und Bein, aber er beschwerte sich nicht.

Elinor eilte zu ihm, beugte sich zu dem Knienden herab und küsste ihn auf den Mund. Sein Atem schmeckte nach eisiger Winterluft und Cedric zitterte.

»Verzeiht, mein Geliebter«, hauchte sie. »Das Ritual heute Nacht erinnert mich an die Zeit im Konvent auf dem Odilienberg und weckt einen alten Schmerz in mir, einen Kummer, von dem ich glaubte, dass er längst vergangen sei. In einer Nacht wie dieser ...« Elinor ließ ihre Hand in einer ausholenden Geste über die finstere Burg gleiten, die schneebedeckten Berge und den mit Sternen übersäten Himmel.

»… in der dunkelsten Nacht des Jahres knieten wir stundenlang vor der Druidenhöhle und warteten auf ein Zeichen. Manchmal scheint es mir heute noch, als würde ich die Stimmen meiner Schwestern hören.«

Der Marquis nickte. »Nehmt Euch alle Zeit, die Ihr braucht«, riet er ihr. »Wichtig ist nur, dass unser Vorhaben gelingt.«

Elinor betrachtete ihn zärtlich. Wenn man ihn nach dem Äußeren beurteilte, war Cedric kein sonderlich beeindruckender Mann: ein Burgherr in mittleren Jahren, dessen Haar an den Schläfen ergraute. Er kämpfte noch immer geschickt mit dem Schwert und war ein guter Reiter. Vor allem aber war er Herr über die einflussreichste Burg des Elsass. Wie ein Adlerhorst lag die Festung auf dem breiten Burgfelsen. Wehrmauern, Türme und Zinnen erhoben sich zu einem Bollwerk, an dem bislang jeder Eroberungsversuch gescheitert war. Burg Hœnkungsberg war zu Stein gewordene Macht.

Einsamer als eine Wespenkönigin im Winter war Elinor auf der Festung eingetroffen, doch dann hatte sich das Schicksal gewendet und ihr ein Geschenk gemacht, mit dem sie im Leben nicht mehr gerechnet hätte: die Liebe und Treue eines Mannes.

»Ich vertraue Euch«, sagte Cedric und betrachtete sie voll inniger Hingabe. Immer wieder war Elinor überwältigt von dieser Liebe. Cedrics Aufmerksamkeit und Treue bewegten sie umso mehr, da sie wusste, dass sie seine Zuneigung nicht verdiente. Er hatte sogar zu ihr gehalten, als sie ins Gerede kam und hässliche Gerüchte die Runde machten – ausgelöst durch die Sieben.

Elinor schloss die Augen und atmete die eisige Nachtluft. »Er wird kommen«, flüsterte sie ihrem Gemahl ins Ohr. Die Worte schwebten als Eishauch durch den nächtlichen Garten. »Wenn ich ihn rufe, muss er gehorchen! Diese Gabe wurde mir in die Wiege gelegt. Schon als Kind vermochte ich Dingen und Geschöpfen zu befehlen, sich zu zeigen, auch wenn niemand begriff, wie mir das gelang. Und wenn ich sie rufe ... verzeiht mir, mein Geliebter! Ich vergaß, dass Ihr von diesen Geheimnissen nichts hören wollt. Niemand begreift das Wesen der Magie, der sie nicht selbst gewirkt hat.«

Cedric zog die Schultern hoch und raffte den Mantel um sich. Er war ein Mann ohne jedes magische Talent und er war zufrieden damit: Geschärfter Stahl und ein mutiges Ross waren die beiden Dinge, auf die er sich verließ. Als er aufstand, schimpfte er auf die Kälte und die Belagerer, als trügen der Winter und der König Schuld an seinen steifen Knien.

»Ihr seid eine Hexe«, raunte er. »Wahrlich, Elinor, Ihr seid eine rabenschwarze Hexe. Nehmt das als Kompliment! Keine der Sieben besitzt Eure Macht. Bestimmt hat man Euch deswegen verstoßen: Eure Gabe ist zu stark.«

Elinor lächelte, als sie den Dolch mit der dreieckigen Silberklinge nahm, den der Marquis ihr hinhielt. Ahnte er, wie sehr sie Morrigan herausgefordert hatte? Aber nein, sie hatte ihm nie erzählt, aus welchem Grund sie den Odilienberg verlassen musste. Sie hob das Messer. Sogleich fing die Schneide das Sternenlicht ein und begann zu schimmern.

»Man hat mich nicht aus dem Konvent verstoßen!«, stieß sie hervor. »Keine der Sieben wäre in der Lage gewesen, mich zu vertreiben! Ich ging freiwillig fort, denn ich erkannte, dass sich mein Los andernorts erfüllen würde. Auf dem Odilienberg herrschen Feigheit und Verlogenheit. Mein Platz ist hier!«

Die Messerspitze kreiste über Wehrgängen und Türmen, dem Bergfried und dem Bärengraben. Über viele Generationen hinweg hatten die Herren von Hœnkungsberg dem König als Vasallen gedient. Als Markgrafen verteidigten sie das Gebiet westlich des Rheins, von Wissembourg im Norden bis an den Rand des Kalkgebirges im Elsgau. Viele vertrauliche Gespräche am Kamin und im Bett waren nötig gewesen, ehe Elinor Cedric so weit gebracht hatte, dass er das Vertrauen in Constantin verlor. Immerhin war sie eine Verwandte des Königs, und wenn sie schwor, dass er unter dem verderblichen Einfluss der Sieben litt … Zögernd hatte der Marquis schließlich eingewilligt, König Constantin die Gefolgschaft aufzukündigen. Elinor lächelte. Sie wusste, wenn der König wankte, war auch der Hexenkonvent auf dem Odilienberg in Gefahr.

Ihr Platz an Cedrics Seite war teuer genug erkauft. Vor ihr hatte eine andere Marquise auf Hœnkungsberg geherrscht und den Garten mit Pfingstrosen, Glockenblumen und blau blühenden Hortensien überladen. Als sie auf dem Sterbebett lag, hatte Elinor an ihrer Seite gesessen und tröstend ihre Hand gehalten, denn als Heilerin hatte man sie auf die Burg gerufen. Cedrics erste Frau war ein zartes Geschöpf mit rötlichen Locken und engelsgleichen Augen, dumm genug, um nicht an Magie zu glauben.

»Ich weiß, was böse Zungen von Euch behaupten, Elinor«, hauchte sie. »Aber ich versichere Euch, ich gebe nichts auf diese Gerüchte. Ihr seid gut zu mir, wie eine Mutter.«

»Ihr beschämt mich, meine Gebieterin.« Elinor senkte den Kopf, damit die Sterbende die Genugtuung nicht sah, die über ihre Züge huschte. Und sie fuhr fort, der Marquise über die linke Hand zu streichen, immer fort vom Herzen. Als der Strom des Lebens versiegt war, stand sie auf und gestaltete den Garten nach ihrem Geschmack: Sie ließ die Sträucher und Stauden herausreißen, legte eine große Feuerstelle für die Mittsommernacht an und grub ein Beet für Heilkräuter und Giftpflanzen. Bei dieser Gelegenheit entdeckte sie auch die Steinplatte mit dem eingeritzten Pentagramm.

»Eure Burg ist sehr alt«, erklärte sie Cedric. »Viel älter als Ihr ahnt, denn sie steht auf einem Platz voll magischer Geheimnisse. Bei dieser Felsplatte hier handelt es sich um einen Kultstein, der beweist, dass Euer Anspruch auf die Königswürde weitaus berechtigter ist als Constantins Vorherrschaft. Eure verstorbene Gattin hat den Garten nicht sehr sorgfältig gepflegt, denn der Stein war unter Unkraut verborgen.«

Mit gerunzelter Stirn starrte Cedric auf die Steinplatte. »Ein

Stein beweist, dass ich anstelle von Constantin herrschen sollte? Und Ihr glaubt ernsthaft daran, dass sich der Stadtrat und der Bischof von einem Felsstück überzeugen lassen, das ich zufällig in meinem Garten entdeckt habe?«

Elinor lachte ihr tiefes, glockengleiches Lachen. »Wartet ab, was Euch dieser Felsbrocken heute Nacht zeigen wird! Bald werdet Ihr erkennen, dass es keine Zufälle gibt. Ich habe Euch jedenfalls nicht zu viel versprochen.«

Jenseits der Burgmauer erklang lauter, herausfordernder Gesang und Cedric ballte die Fäuste. »Ich will es hoffen! Vor unseren Augen wagt dieser Constantin, eine Burg zu bauen, und wir können nichts dagegen tun. Im Gegenteil: Ein Teil meiner Männer wurde getötet, ein anderer Teil liegt siech und verwundet auf dem Krankenlager. Der Pfad ins Tal ist belagert, meine Ausfälle werden zurückgeschlagen und meine Unterhändler ausgelacht. Wer ist dieser Kerl, dass er sich erdreistet, mich in meiner eigenen Festung gefangen zu setzen!«

»Nach dem Willen des Bischofs zu Straßburg ist er der elsässische König«, sagte Elinor sanft. »Doch Ihr habt sein Ansehen schwer beschädigt, als Ihr ihm die Gefolgschaft verweigert habt. Constantin weiß, dass er Euch besiegen muss, wenn er seine Ritter und seine Krone behalten will.«

»Nun, wenn der Dolch in Eurer Hand tatsächlich die versprochene Wirkung besitzt, werden wir ihn und seine Männer über diese Bergflanken hetzen wie der Jäger das Wild! Und dann soll der Bischof ihn noch einmal König nennen!«, murmelte Cedric.

Elinor blickte auf die Klinge in ihrer Hand. »Nicht der Dolch besitzt Macht, sondern der Schnitt, den man damit ausführt«, murmelte sie. »Gebt mir Eure Hand.«

Der Marquis war ein alter Kämpe und zuckte nicht, als ihm das Hexenmesser tief in den Handballen drang. Sofort wallte dunkles Blut hervor, das Elinor in einem Kelch auffing. Dann brachte sie sich selbst einen ebensolchen Schnitt bei. Der Schmerz war kühl und klar. Er erinnerte sie an die Zeiten, als sie vor den Beckensteinen kniete, einen Blumenkranz in den Locken und beide Hände ausgestreckt, um den Segen der Göttin zu empfangen.

Aber sie war nie gesegnet worden. Morrigan hatte sie nicht gewollt.

»Trinkt!«, wisperte sie ihrem Mann heiser zu. »Leert diesen Kelch bis auf den Grund!«

Der Rache wegen hatte sie geheiratet – dann erst war die Liebe zu ihr gekommen. Vielleicht glaubte die Göttin, dass dieses späte Geschenk ihren Zorn besänftigte, aber Elinor hatte zu lange mit dem Groll gelebt, um zu verzeihen. Rasch hatte sie erkannt, dass die Festung auf dem Felsenkamm wie für ihre Absichten geschaffen war. Hier konnte sie sich zurückziehen und von den erlittenen Kränkungen erholen, hier konnte sie sich die Ruhe gönnen, die sie benötigte, um ihren Plan in die Tat umzusetzen.

Durch die Schießscharte musterte sie den unförmigen Turm, den die Feinde während der letzten Wochen gebaut hatten. Die Belagerung versprach, auf Jahre hinaus ein Ärgernis zu werden. König Constantin hatte Gräben ausheben lassen, in denen Armbrustschützen auf der Lauer lagen. Dahinter reihten sich die Rundzelte seiner Ritter. Bei Tage tummelten sich dort Reiter, Rösser und Knappen mit bunten Wimpeln. Der Zeltplatz war zur Rückseite hin von dunklen Tannen umstellt. Constantins Krieger schützten Handwerker, die im Begriff standen, einen Halsgraben auszuheben, eine Zisterne anzulegen und sowohl den Zwinger als auch einen dreistöckigen Wohnturm aufzumauern. Vor den Augen der Bewohner von Hœnkungsberg entstand eine Belagerungsburg, ausgestattet mit einer großen Schleuder, deren Geschosse bereits die Holzbrücke über der Klamm zerschmettert hatten. Die gegnerische Trutzburg war ein Hindernis, das Elinors Pläne durchkreuzte. Auf den Wehrgängen und in der Waschküche, in der Schmiede und auf der Sternschanze sprach man von nichts anderem mehr.

Nachdenklich nahm sie Cedric den Becher aus der Hand, setzte das Gefäß an die Lippen und leerte es in einem Zug. Ihr beider Blut war vermischt mit Wein, man schmeckte es kaum.

»Kommt!«, sprach sie dann und führte ihren Gemahl zu dem fünfzackigen Stern. Sie zündete eine Fackel an und rammte das Ende in den Schnee. So fuhr sie fort, bis das Pentagramm hell erleuchtet war. Mit Ruß malte sie Cedric ein uraltes Zeichen auf die Stirn. Es sollte denjenigen, dem ihr Ruf galt, anlocken. Sie verschwieg ihrem Mann, dass man diese Rune Tieren in die Haut ritzte, um sie vor dem Altar als Opfer zu kennzeichnen. Wenn alles gutging, würde es in dieser Nacht kein Opfer geben. Wenn ihr Plan aufging, gewannen sie und der Marquis einen Verbündeten, dessen Macht ihre Gabe ergänzte. Gemeinsam würden sie Cedric zum neuen König ausrufen, während sie im Hintergrund blieben – verschwiegene, einflussreiche Schatten.

»Ich liebe Euch«, wisperte Elinor dem Marquis ins Ohr und stahl einen weiteren Kuss von seinen Lippen. »Nun vertraut mir und stellt Euch in das Pentagramm.«

In der freien Fläche standen sie einander gegenüber – ein Mann und eine Frau. Dann nahm Elinor ihre Drehleier aus der schützenden Hülle, streifte sich den Tragegurt über die Schulter und begann, die Kurbel zu drehen. Die ersten Töne durchdrangen die Nacht, überraschend energisch und schrill. Es war der Höhepunkt des magischen Akts, der Höhepunkt der Beschwörung, denn dieser Klang – das wusste Elinor durch ihre jahrelangen Studien – wurde sogar an jenem Ort gehört, an dem der verbannte Dämon ausharrte. Musik besaß eine ganz eigene Magie und jetzt erfüllte sie den Garten, den glitzernden Himmel, die mondlose Nacht.

Mit einem Schwung des Rads ließ Elinor die Saiten schnarren, ihre Finger drückten die Tasten und entlockten dem Instrument die Melodie, ihr Fuß klopfte den Takt. Sie sang ein trauriges Lied, ein schauriges Lied, das von Ton zu Ton sprang, und sie wusste, dass die Wände der alten Burg von diesem Gesang widerhallten. Von Strophe zu Strophe schwoll die Lautstärke der Drehleier an und ihre Stimme wurde greller. Unten im Zwinger schlugen die Hunde an. Jetzt würden sich die Mägde stöhnend in ihren Betten wälzen und sich die Fäuste auf die Ohren pressen, während die Wachen auf den Türmen stumm und immer verzweifelter beteten. Die Menschen auf der Burg hatten Angst vor ihr. Alle wussten, dass sie von den Frauen auf dem Odilienberg erzogen und in den geheimen Künsten gelehrt worden war. Hinter ihrem Rücken flüsterte man Bannsprüche oder Schimpfwörter und nicht wenige nannten sie eine Hexe.

Aber das war nur ein leeres Wort, sagte sich Elinor, während sich die Melodie in höhere Tonlagen schraubte, ein Wort, das keine Bedeutung hatte. Niemand auf Burg Hœnkungsberg wusste, wie wahre Hexenkunst aussah. Die meisten Menschen ahnten nicht, dass sie nur deshalb unter dem Schutz magischer Gaben lebten, weil sich das Rad der Geweihten drehte – Jahr für Jahr.

Der Marquis hing an ihren Lippen. Cedric liebte es, wenn sie sang. Schließlich hatte ein Lied ihn in ihr Schlafgemach gelockt und die Trauerzeit nach dem Tod der glücklosen Marquise beendet. Noch immer ahnte er nicht, welche Macht Gesang tatsächlich besaß. Denn der Teufel wohnte in der Musik und mit einem Lied lockte man ihn hervor.

Mit einem grässlichen Klang brach die Melodie ab, und Elinor riss eine Fackel aus dem Boden. Diesmal schrie sie den Namen desjenigen, dem die nächtliche Zusammenkunft galt, wirbelte die Fackel herum und senkte die Flamme. Ein Blitz zuckte auf und Cedric erschrak, als sich das Pulver in den Rillen mit einem Knall entzündete und zischend verbrannte. Für zwei oder drei Atemzüge schwelte der Stern im Garten der Burg, dann herrschten Stille und Dunkelheit. Schwefelgestank erfüllte den Hof. Blasser Qualm wehte über die Mauer und verflüchtigte sich.

Elinors Brust hob und senkte sich unter den Atemzügen. Sie lauschte. War es gelungen? Sie spürte einen irrsinnigen Übermut und den wilden Drang zu lachen. Nie hatte sie sich mächtiger gefühlt als in dieser Nacht. Gleichzeitig hatte sie Angst. Auch

Cedric spürte, dass sich die Dinge verändert hatten. Er stand da und starrte sie mit weit aufgerissenen Augen an.

»Elinor.«

Als sie im Nacken ein rauchiges Raunen hörte, wurde ihr kalt. Langsam drehte sie sich um. Ein schwarzer Ritter stand hinter ihr. In voller Rüstung stützte er sich auf ein Schwert mit geschuppter Zackenklinge. Zwei Klauen, die sich kreuzten, bildeten die Parierstange, der Knauf bestand aus einem Drachenkopf mit blinden Augen. Das Schwert war aus Echsenhaut geschmiedet und mit Magie gehärtet worden, das erkannte Elinor sofort. Arme und Beine des Fremden waren von feinster Kette umhüllt, ein Brustharnisch aus demselben, schwarzen Metall schützte den Oberkörper, und die Gravur auf der Vorderseite zeigte einen Skorpion mit tödlich aufgerichtetem Stachel. Von den Schultern fiel der Mantel fast bis zum Boden. Das Gesicht des Fremden war unter einem Visier mit balkenförmigem Sehschlitz verborgen. Eine grelle, lebhafte Flamme loderte anstelle der üblichen Helmzier, Funken verzierten die Sporen und unter den kahlen Bäumen graste ein schwarzes Ross.

»Ihr habt gerufen«, stellte der unbekannte Ritter fest. Mit einer Bewegung aus dem Handgelenk ließ er das Schwert hochwirbeln, bis die Spitze auf den Marquis zeigte. Die Flammen auf dem Helm loderten bei jeder Bewegung und spiegelten sich auf den Schuppen, die die Klinge bedeckten. »Ich sollte kommen, um ihn zu töten.«

Elinor erschrak. »Nein ... Nicht ihn, sondern die Krieger des Königs, die am Fuß der Burg lagern.«

»Aber er trägt das Zeichen.« Die Schwertspitze zeigte unbeirrt auf die Stirn des Marquis.

Cedric wurde blass. »Ein Zeichen? Was für ein Zeichen?«, stieß er hervor. Dann dämmerte ihm das ganze Unglück. Heftig begann er an der Rune zu reiben, doch das rußige Mal verwischte nicht, sondern begann zu bluten. Cedric ließ die Hand sinken und starrte auf seine glänzenden Finger. Dann sah er Elinor an. »Meine Geliebte, was ... was habt Ihr getan?«

In diesem Augenblick wünschte sie, dass sie niemals in den geheimen Künsten der Magie geschult worden wäre. Dann wäre sie nur eine Frau mit einer wilden Gabe, weder ausgebildet in weißer Hexenkunst noch erprobt, was verbotene Zauberei betraf.

»Es ist nur ein Zeichen«, stieß sie hervor, »nur ein Zeichen, das für etwas anderes steht ... für unsere Feinde! Aber irgendein Opfer musste ich bringen, sonst wäre er nicht erschienen.«

»Und da habt Ihr ... mich ...« Betroffen brach der Marquis ab. Dann zog er das Schwert und wandte sich an den schwarzen Ritter. »Kommt und holt mich, wenn Ihr Tribut verlangt. Aber seid gewiss: Dies ist meine Burg, es ist meine Frau und es ist mein Leben und nichts davon ist leicht zu haben!«

»Ihr irrt Euch, werter Marquis«, sagte der Fremde sanft. »Eure Gemahlin wünscht Euch tot zu sehen.«

»Beleidigt die Marquise de Hœnkungsberg und Ihr lernt meine Klinge kennen!«, drohte Cedric. Drohend ging er dem Feind entgegen, der noch immer breitbeinig und gelassen dastand. Elinor warf sich zwischen die beiden Gegner.

»Nein! Nein! Unsere Feinde sollt Ihr bekämpfen, Seite an Seite mit meinem Mann. Deshalb haben wir Euch gerufen – wir beide. Wir bieten Euch einen Pakt.«

Der schwarze Ritter lachte, so dass sein Helmbusch grell aufloderte. Die Stimme hinter dem Visier klang dumpf. »Hüte dich, Elinor! Ich kann jeden deiner Gedanken lesen. Wann soll ich ihm den Kopf abschlagen: jetzt oder gleich?«

»Wag es!« Zornig trat sie dem Fremden in den Weg, die Hände zu Fäusten geballt, die Finger von der Kälte gerötet. Die Drehleier war an einem bestickten Band befestigt, das über ihre Schulter hing. »Ich könnte dich jederzeit dorthin zurückschicken, woher du gekommen bist, und dich von neuem mit einem Bannfluch belegen.«

»Allein? Wohl kaum.« Der schwarze Ritter blieb unbeeindruckt. »Du hast Cedric nicht aus Liebe geheiratet, sondern um an Macht zu gelangen. Marquise de Hœnkungsberg – das klingt doch um einiges besser als Elinor vom Hexenwald.«

Das Gesicht des Marquis nahm einen gequälten Ausdruck an. »Das ist nicht wahr«, stammelte Elinor. »Cedric, bei meiner Seele: Er lügt.«

»Schwöre besser nicht auf deine Seele«, warnte der schwarze Ritter leise. »Denn du wurdest von deiner Göttin nicht angenommen. Du hast die Reise durch das magische Jahresrad vollendet, doch den letzten Schritt zum Platz an ihrer Seite hat Morrigan dir verwehrt. Deshalb musstest du den Hexenberg verlassen. Seitdem bist du ein Geschöpf der Schatten.«

»Genau wie du!«, zischte Elinor wütend. Plötzlich erkannte sie die Gefahr, welche die Beschwörung im nächtlichen Burggarten über sie und Cedric gebracht hatte – sie kam von einer Seite, die sie nicht erwartet hatte.

»Dort unten lagern unsere Feinde!«, rief sie dem fremden Ritter zu. »Hörst du das Hämmern und das freche Singen? Es sind die gleichen Männer, die dir das Leben schwermachen: Constantin und seine Ritter mit ihren geweihten Schwertern! Sie dienen den Hexen, den Zauberinnen, die dich seit Tausenden von Jahren immer wieder in die Schatten treiben. Ich biete dir die Gelegenheit, deine Erzfeinde zu vernichten, und zum Dank verspottest du mich?«

Der fremde Ritter hob den Arm. Mit dem Daumen strich er über die Dächer oder zumindest sah es von Elinors Standpunkt so aus, als würde er die Ziegel und Kamine tatsächlich berühren. Die eisige Luft flimmerte. Dann verschwanden Bergfried, Palas und Palisaden, als hätte man sie ausradiert. Die Wehrtürme des Bollwerks sanken in sich zusammen und wurden zu Staub, die Brunnen versiegten und die Innenhöfe füllten sich mit Schutt. Dornranken und Efeu wucherten aus den Fensterhöhlen. Nirgendwo mehr wehte ein Banner.

Der Marquis wurde aschfahl. Er griff sich an die Brust und wankte. Die Erscheinung war so greifbar, als geschehe der Verfall der stolzen Festung in diesem Augenblick. Und doch war es nur eine magische Spielerei, ein Trick, um das Auge des Betrachters zu täuschen.

»Dein Mann ist vielleicht nicht so stark, wie du glaubst, Elinor«, warnte der schwarze Ritter. »Erkennt Ihr jetzt, werter Marquis, wie gut die Nachwelt sich an Euch erinnern wird? Eure Nachfahren würden nicht einmal mehr wissen, ob Ihr Cedric oder Cyrano gerufen wurdet, ganz abgesehen davon, dass es keine Nachfahren gibt. Hat Elinor Euch schon berichtet, dass eine verdorrte Knospe der Grund für das Leiden Eurer ersten Frau war? Nein? Dann habt Ihr wohl auch nie erfahren, dass sie das Zweiglein brach, an dem die Frucht reifte. Anschließend war der Platz an Eurer Seite frei.«

Cedric verschwendete keinen Atemzug – mit einem mächtigen Schwerthieb drang er auf den Fremden ein. Der Ritter parierte und wich zurück. Die Klingen krachten gegeneinander, bis Funken über das Pentagramm sprühten, der Rappe scheute und irrte im Burggarten umher.

Wütend biss Elinor auf einen Zipfel ihres Schleiers. Der Zauber hatte versagt. Der Gerufene stand nicht unter einem Bann, der ihn dem Willen der Magierin gefügig machte, und sie spürte, wie ihr die Gewalt über die Beschwörung entglitt. Hastig fasste sie nach der Kurbel der Drehleier, doch mit einer geschickten Bewegung führte der Fremde die Klinge unter die Saiten und straffte sie, bis sie die Spannung nicht mehr hielten und mit einem hässlichen Missklang barsten.

»Wache! Wache!« Cedric brüllte Befehle zum Bollwerk hinüber. Es hatte sich nur wenige Schritte entfernt erhoben. Doch jetzt war dort nichts weiter zu sehen als Ruinen und verrottetes Mauerwerk, niemand antwortete auf den Hilferuf. Die Bewohner der Burg waren hinter der magischen Täuschung verschwunden wie die Türme, der Zwinger und der Bärengraben.

Der Marquis hielt sich nicht schlecht. Trotz der ungleichen Verteilung von Muskelmasse und in Stahl gewirkter Magie wich er dem Gegner immer wieder aus und schlug dessen Schwertstreiche zurück.

Aber der schwarze Ritter spielte nur. Als er genug hatte, täuschte er einen Rückzug vor, doch unter der abwehrend erhobenen Schildhand stach das Schwert zu. Die Klinge des Marquis verhakte sich in den Schuppen und durch einen Ruck brach der Griff um das Heft. Augenblicklich fuhr die Drachenklinge in Cedrics linke Halsseite. Das Blut zischte und verdampfte auf der Klinge, als der Fremde sie aus der Wunde zog. Der Getroffene röchelte. Das Schwert fiel ihm aus der Faust, ehe er zu Boden ging. Mit jedem Herzschlag pulsierte mehr Blut aus der Wunde und füllte die Rinnen des Pentagramms.

»Cedric – nein!« Mit einem Aufschrei stürzte Elinor zu ihrem Mann. Der Garten, die Mauer und die vereisten Bäume verschwammen vor ihren Augen. Sie fiel auf die Knie, nahm seine Hand und bedeckte sie mit verzweifelten Küssen, ehe sie die Finger an ihre Brust drückte. Cedrics Atem ging stoßweise. Die schwarze Rune prangte auf seiner Stirn und mit jedem Wort spuckte er Blut. »Sagt ... mir ... ist es ... wahr? Gab ... gab es da ... ein ungeborenes Kind?«

Sie senkte den Kopf. Der Marquis war der einzige Mann, den sie wirklich geliebt hatte. Nun erkannte sie, dass diese Liebe kein Geschenk der Göttin war, sondern die Strafe, die Morrigan sich für eine ungehorsame Zauberin ersonnen hatte.

»Es ist nicht wahr. Kein Wort davon«, stieß sie hervor und hob den Kopf.

Die Augen des Marquis' blickten starr geradeaus. Von den Lippen stieg kein Frosthauch mehr auf. Sie hatte einen Toten belogen.

»Steh auf!«, befahl der schwarze Ritter hinter ihr. »Von jetzt an soll deine Seele mir gehören – deine schwarze, verdorbene Seele, die du so gerne Morrigan überlassen hättest. Ich könnte ebenso gut wie sie eine Verbündete in dieser Welt gebrauchen. Jemanden wie dich: eine Meuchlerin und Intrigantin, die den

Marquis und seine Familie ohne Zögern für ihr eigenes Wohl opferte.«

Elinor fuhr herum und streckte dem Feind die Hexenklinge entgegen. »Ha! Du willst dich meiner magischen Gabe bedienen?«, schrie sie. »Komm und hol sie dir! Ein Stich mit meinem Dolch, und du bist für immer verdammt!«

Der schwarze Ritter lachte wieder. Er hielt das Pferd fest und rammte das Schuppenschwert zurück in die Scheide, die am Sattel hing. Dampf wallte von den Flanken des Rappen empor, das Fell war vom Schweiß verklebt. Auf dem Schild zeigte sich ebenfalls der bedrohliche Skorpion, mit feinsten Rillen ausgeführt. »Du gewinnst keine Macht über mich, Hexe! Begreife doch: Du hast mich nicht gerufen. Du hast nur ein Tor geöffnet, das lange verschlossen war.«

Der Fremde deutete auf den Fünfzackstern, der blutrot schimmerte. Geschickt löste er die Schnüre unter dem Kinn und nahm den Helm ab.

Elinor ließ die Hand des toten Marquis los. Die Züge des Fremden waren schweißüberströmt und mit Spuren von Rost und Ruß bedeckt – ein Ritter nach dem Kampf. Gleichzeitig besaß er das schönste Gesicht, das sie je im Leben gesehen hatte. Er wirkte wie ein trauriger, strenger Engel und war auf unschuldige und anziehende Weise begehrenswert.

»Was ist nur mit dir, Elinor?«, fragte er. »Du starrst mich an, als hättest du mich noch nie gesehen. Dabei kennen wir uns schon so lange.«

Mit elegantem Schwung sank er vor ihr auf ein Knie, umfasste ihr Handgelenk und bog ihr die Finger auseinander, so dass der Dolch zu Boden fiel. Dann drückte er seine Lippen auf die Innenfläche ihrer Hand.

Elinor schrie auf. Wie ein glühendes Eisen versengte ihr der Kuss des Teufels die Haut, aber es gelang ihr nicht, sich loszureißen. Ein wulstiges Mal erschien auf der Haut, ein dunkler Tropfen rann über ihre Hand, fiel zu Boden und vermengte sich mit dem

Blut des Marquis, das in den Rinnen des Pentagramms auskühlte. Sie sank zu Boden.

»Nun gehörst du mir!« Der Fremde erhob sich, umfasste Elinors Kinn und zwang sie, den Kopf zu heben. »Sei froh und lächle mir zu, schöne Elinor, denn ich werde die Herrschaft über diese Welt erlangen – viel besser und gründlicher, als Cedric es je gekonnt hätte!«

Elinor zitterte und rang nach Luft. Sie kniete im Schnee, ihr war übel und sie empfand am ganzen Körper Schmerzen, als hätte man sie mit Steinen beworfen. Sie wagte kaum, zur Leiche des Marquis zu blicken. Leblos lag Cedric unter den alten Apfelbäumen. Im Augenblick des Todes war sein Haar schlohweiß geworden.

Als sie Stimmen hörte, hob sie den Kopf. Burg Hœnkungsberg lag wieder in alter Pracht vor ihr. Aufgeregt rannten die Wachen die Wehrgänge entlang und schrien sich Warnungen zu. Hilflos deuteten sie auf ihren Herrn, der ermordet in seinem Blut lag. Das Gesinde drängte sich auf der Zugbrücke, die über den Bärengraben führte, Mägde, Zofen, Küchenjungen und Wäscherinnen starrten ängstlich zur Marquise und dem schwarzen Ritter herüber.

»Du wirst die Leute gleich beruhigen und ihnen sagen, dass ein neuer Herr auf der Festung Einzug hält, nicht wahr, Elinor?« Wie man einen treuen Hund liebkoste, so streichelte der Fremde ihr über Schleier und Haar. »Sollen sie ruhig denken, dass wir heimlich ein Stelldichein vereinbart hatten, während der Marquis im Feld war und gegen den Feind kämpfte. Heute Nacht kehrte er jedoch früher als erwartet zurück und überraschte uns im Garten. Nun – wie es scheint, hat der Stärkere sich durchgesetzt.«

Mit der Fingerspitze nahm der Fremde ein wenig Blut auf, das in den Rinnen des Pentagramms stand, und kostete davon, als wäre es das Blut eines an Mittwinter geschlachteten Stiers. Bei diesem Anblick verstummten die aufgebrachten Schreie der Leute. Stille senkte sich über den Burggarten.

»Ich weiß, dass du solche Geschichten liebst. Und nun sei so gut und stell mich meinen zukünftigen Gefolgsleuten vor«, verlangte der Fremde.

Mit aller Macht kämpfte Elinor gegen die Übelkeit an, die sie in Wellen überkam. »Und wenn sie mich fragen, wie Ihr genannt werdet: Was soll ich sagen?«, flüsterte sie mit rauer Stimme.

Der Fremde lächelte. »Du wirst mich mit meinem vollen Titel ansprechen: Marquis Beliar de Hœnkungsberg, Markgraf auf Burg Hohenkönigsstein. Und du wirst meine schöne Marquise sein.«

Hexentanz
Straßburg im Jahr 2011

Rasch erklomm Ravenna die Stiegen zum obersten Stock. Das Treppenhaus mit den bunten Glasfenstern und den Holzdielen war ihr seit langem nicht mehr geheuer.

Als sie auf der obersten Stufe angelangt war, hielt sie inne und starrte mit pochendem Puls in den Treppenschacht. Aber da war niemand, sie wurde nicht verfolgt, auch wenn sie sich einbildete, schwere Schritte und ein Schnaufen zu hören. Sie war allein.

Als sie sich umdrehte, fiel ihr Blick auf ihr Spiegelbild in der Scheibe des Dachfensters. Sie legte den Kopf in den Nacken und blickte zu der jungen Frau hinauf, die ihr aus der sternhellen Nacht heraus entgegensah. Dunkle, störrische Locken umrahmten ein blasses Gesicht. Ihre Augen waren grau und blickten ernst und nachdenklich auf die Welt. Ihren Mund hatte sie immer gemocht, die Lippen waren fest und voll, fast wie bei einer Skulptur. Entschlossen, hatte einmal jemand zu ihr gesagt, du siehst immer so entschlossen aus. Sie trug kein Make-up, denn sie kam gerade von der Bauhütte, und ihre Haare waren voller Staub. Die kräftigen Hände und Arme und die durchtrainierten Schultern zeugten von der Arbeit an der Kathedrale. Sie konnte gut mit Krönel und Setzhammer umgehen und ihre Kollegen lobten sie oft für ihre Geschicklichkeit.

Zäh wirkte sie, eine Steinmetzin eben, die bei Wind und Wetter über die Gerüste kletterte und Sandsteinblöcke versetzte. Niemand konnte sich vorstellen, was in jener Nacht aus ihr geworden war.

Ob er mich in dieser spiegelnden Fensterscheibe beobachtet hat, so wie ich mich jetzt sehe?, fragte sie sich. Ob der Kerl hier gewartet hat, während ich die Treppe heraufkam, arglos und nicht ahnend, dass eine einzige Erfahrung ein Leben in ein Davor und Danach teilen konnte?

Hastig wandte sie sich von ihrem Spiegelbild ab und kramte in der Tasche nach dem Schlüssel. Im Winkel unter dem Fenster glaubte sie wieder den Schatten des Einbrechers zu sehen. Sie wagte nicht, einen Blick in die dunkle Ecke zu werfen. Sie hatte Angst, aus dem Trugbild könnte Wirklichkeit werden. Dann stand er wieder hinter ihr und keuchte ihr seine Drohungen ins Ohr. Dann spürte sie erneut die kalte Klinge am Kinn und den derben Stoß, der sie vorwärts stolpern ließ, bis sie in ihrer eigenen Küche auf die Knie fiel.

Tränen füllten ihre Augen, als sie den Schlüssel ins Schloss steckte. Gleichzeitig hasste sie sich dafür, denn sie wollte dieser Schwäche nicht nachgeben, wollte sich nicht in ein wimmerndes Bündel ohne Selbstwertgefühl verwandeln. Doch genau das war dem nächtlichen Angreifer gelungen. Ein Psychopath, der ihr aufgelauert hatte, ein Irrer, der gekommen war, um mit ihr seine kranken Spiele zu spielen.

Sie stieß die Tür auf und betrat den Flur. Schon im Treppenhaus hatte sie den Duft von Weihrauch und geschmolzenem Wachs gerochen. Schwaden von verbranntem Lavendel erfüllten den Gang und der Spiegel über der Kommode war mit einem Tuch verhüllt.

»Yvonne?«

Vor der Küchentür lagen abgetretene Schuhe: flache Sandalen, Turnschuhe, Stiefeletten und ein Paar roter Pumps mit schief abgelaufenen Absätzen. Merle und die kleinen Kätzchen kuschelten sich in ihrem Korb eng aneinander und blinzelten ins Licht.

»Yvonne!«

Ravenna stieß die Küchentür auf. Beim Anblick, der sich ihr in dem engen Raum bot, schnappte sie nach Luft.

Der Tisch war zur Seite geschoben worden und das Fensterbrett glich einem Altar, auf dem Blumensträuße, zwei Tarotkarten, eine Opferschale mit Früchten und eine ägyptische Statuette standen. Auf den Dielen flackerte ein Ring aus Kerzen, in den getrocknete Vogelbeeren, Apfelblüten, Beifuß und Bernstein gestreut waren. Mit ihren barfüßigen Freundinnen stand Yvonne in diesem Ring, so dass jede junge Frau der anderen das Gesicht zuwandte. Auf die Stirnen hatten sie einander Mondsicheln und blaue Spiralen gemalt. Sie hielten die Augen geschlossen und summten alle denselben Ton.

In der Hand hielt Yvonne eine flache, qualmende Schale aus Messing. Ihre Freundinnen hielten ein Messer, einen violetten Kristall und eine lodernde Fackel.

Eine Fackel – mitten in der Küche unter dem Dach!

Das blasse, sommersprossige Mädchen in dem Leinenkleid hob die Flamme soeben empor, bis diese beinahe die Deckenbalken berührte. Die geschliffene Kristallträne über dem Herd sprühte Regenbogenfunken über die Wände.

»Mächte der Flamme!«, beschwor Clara das Feuer mit piepsiger Stimme. »Zeigt euch unter uns!«

Mit einem Satz war Ravenna bei ihr, riss ihr die Fackel aus der Hand und stieß sie mit der Flamme nach unten in den Spülstein. Die Glut zischte, als sie den Hahn aufdrehte und Wasser über den angekohlten Stiel laufen ließ.

»Seid ihr übergeschnappt? Ihr setzt noch das Haus in Brand mit euren Spinnereien! Was veranstaltet ihr eigentlich hier?«, fauchte sie.

Ihre Schwester war aus der Trance erwacht. Yvonnes Augen blitzten. Sie trug das Haar offen, die hellblonden Locken fielen ihr über die Schultern und ihr Gesicht war gerötet.

»Wie kannst du es wagen, unser Ritual zu stören!«, fuhr sie auf.

»Gerade wollten wir die Mächte der Elemente rufen, doch dann platzt du hier herein und machst alles kaputt!«

Die anderen Mädchen tauschten erschrockene Blicke, als sie den Zorn der beiden Schwestern spürten. »Lösch die Flammen!«, befahl Ravenna. »Sonst gibt es noch ein Unglück.« Die Katze huschte zur Tür herein und strich ihr um die Beine, unberührt von ihrem Ärger. »Sieh doch bloß, was du hier anrichtest. Der ganze Boden ist voller Wachs. Und überall Tücher, Teekräuter und deine Bücher auf dem Stuhl – ein Funke und euer Ritual verwandelt den ganzen Stadtteil in eine Feuersbrunst.«

Das Wort Ritual hatte sie mit beißendem Spott ausgesprochen. Yvonne durchquerte den Kreis aus flackernden Kerzenlichtern.

»Untersteh dich, dich über unseren Zirkel lustig zu machen! Weißt du nicht, dass heute die Nacht vor dem Beltaine-Fest ist? Schon vor Tausenden von Jahren kamen die Hexen an diesem Abend zusammen, um einen mächtigen Bannkreis zu schließen!«

»Bannkreis hin oder her«, gab Ravenna kühl zurück. »In meiner Küche veranstaltet ihr keinen Hexentanz. Clara, Marie, Juliana – es wird Zeit für Euch zu gehen.«

Sie hob die Katze hoch und streichelte Merles seidiges Fell. Gleichzeitig starrte sie die drei jungen Frauen erwartungsvoll an. Unruhig begannen die Mädchen nach ihren Schuhen und Jacken zu suchen. Yvonnes hübsches Gesicht verzerrte sich vor Zorn.

»Nein!«, schrie sie und stampfte mit dem Fuß auf. »Nein! Du wirst diesen Abend nicht verderben! Du wirst uns nicht daran hindern, eines der wichtigsten Feste des keltischen Kalenders zu feiern! So wie dieser dämliche, kleine Marienkäfer, der vorhin zum Fenster hereinflog, und seine Flügel beinahe an einer Kerze …«

Mitten im Satz hielt Yvonne inne und berührte den Mundwinkel mit dem Finger. Als sie den Mund öffnete, krabbelte der Käfer hervor und hing wie ein glänzender Blutstropfen an ihren Lippen.

»Das gibt's doch nicht!«, stöhnte sie. Behutsam nahm sie den Käfer auf den Finger. »Gerade eben haben wir ihn doch auf die Fensterbank gesetzt! Sieben Punkte, siehst du? Ein echter Bote der Göttin. Mémé sagte von solchen Marienkäfern, dass sie vor Krankheiten schützen und böse Träume abwehren. Man darf sie auf keinen Fall verscheuchen.«

Ob sie wohl auch böse Männer abwehren?, fragte Ravenna sich im Stillen. Neugierig sah sie zu, wie sich der Käfer an den Finger ihrer Schwester klammerte. Dann flog er auf und schwirrte in die Mitte des Kerzenkreises. Yvonnes Freundinnen starrten die Schwestern an, als hätten sie einen Spuk gesehen. Juliana kreischte als Erste auf, schnappte ihre Jacke und Schuhe und floh aus der Dachwohnung. Die anderen Mädchen folgten ihr Hals über Kopf, ohne sich die Zeit zu nehmen, ihre Schuhe wieder anzuziehen.

Erneut kam der Marienkäfer einer Kerze gefährlich nahe. Ravenna setzte Merle zu Boden, blies die Flamme aus und fing den Käfer in den hohlen Händen. Die Katze maunzte und bot sich an, den Störenfried zu erledigen, aber Ravenna öffnete das Fenster einen Spalt und entließ den Käfer in die Freiheit. Dann kümmerte sie sich um ihre Schwester, die auf einem Stuhl am Herd zusammengesunken war.

»Das habe ich vorhin schon gemacht«, jammerte Yvonne. Sie zog die Nase hoch und wischte sich über die tränennassen Augen. Ihr Zorn war verblasst. Sie wirkte erschrocken über ihre eigene Gabe. »Ich habe den Marienkäfer vor der Flamme gerettet und ihn an die frische Luft gesetzt. Ich dachte, das Fenster sei wirklich gut geschlossen. Aber jetzt, nur weil ich von ihm geredet habe …«

Ein Schluchzen unterbrach den Wortschwall, Yvonnes Schultern zuckten.

Ravenna gab ihr ein Taschentuch. Dann schritt sie den Kreis auf dem Küchenboden ab und löschte eine Flamme nach der anderen. Der Geruch der qualmenden Dochte erfüllte den Raum.

»Ich verstehe nicht, warum du dich immer noch mit diesen drei Mädchen abgibst. Du hast ja gerade selbst gesehen, wie deine Hobby-Hexen vor echter Magie erschrecken«, meinte sie. »Offenbar hast du sie nicht vorgewarnt, dass Dinge, die du rufst, manchmal tatsächlich erscheinen.«

»Ich habe den Käfer nicht gerufen«, protestierte Yvonne. Sie putzte sich die Nase. Merle saß vor ihr und leckte sich die Pfoten. »Obwohl – nett wäre es ja schon gewesen, wenn mitten bei der Zirkelmagie plötzlich ein Glückskäfer erscheint. Jedenfalls bin ich froh, dass ihm nichts passiert ist. Das wäre ein böses Omen gewesen. ›Wisse, dass nichts und niemand durch dein Tun verletzt werden darf.‹ So lautet das erste Gesetz der Hexen.«

Zirkelmagie, böse Omen und Hexengesetze – Ravenna rollte mit den Augen. »Da hörst du es wieder: Dein Frauchen ist echt verdreht«, raunte sie der Katze zu. »Du solltest froh sein, dass unsere Küche nicht in Rauch aufgegangen ist«, fügte sie laut hinzu. »Das wäre erst ein böses Omen gewesen!« Als sie sah, wie sich Yvonnes Gesicht kummervoll verzog, nahm sie die Schwester in den Arm.

»Du hast die Gabe unserer Großmutter geerbt«, versuchte sie die Jüngere zu trösten. »Zumindest hat man Mémé ebenfalls nachgesagt, Dinge rufen zu können. Aber das ist auch schon alles. Glaub mir, wir sind nicht mehr geschaffen für große Geheimnisse und Zauberei. Im Gegenteil, es ist gefährlich, wenn sich Unwissende an Rituale und Bannsprüche wagen. Das steht doch bestimmt auch in deinen schlauen Büchern.« Mit dem Knöchel klopfte sie auf die dicken, in Leder eingebundenen Bände, die sich auf dem zweiten Küchenstuhl stapelten. Sie trugen Titel wie: *Der Wicca-Kult in Südengland, Handbuch des Aberglaubens* oder *Stonehenge – Mythos und Wahrheit.* Die schwarze Katze nahm das Klopfen als Aufforderung und sprang zuoberst auf den Stapel. Ihre grünen Augen glühten.

»Falls es je Magie gab, dann ist sie heute so gut wie erloschen«, fuhr Ravenna fort. »Viel wichtiger scheint mir dagegen die Frage, ob du Merle und die Kleinen heute Abend schon gefüttert hast.«

Mit einem heftigen Ruck befreite sich Yvonne aus ihren Armen. »Wie kannst du so etwas sagen! Ausgerechnet du! Nur weil du deine eigene Gabe verleugnest, weil du nicht wahrhaben willst, was du durch Wort und Willen erschaffen könntest, muss das doch nicht für alle anderen gelten.«

»Die Gabe.« Mit einem Ruck stand Ravenna auf. »Du meine Güte, Yvonne. Wenn du dich bloß hören könntest. Das ist doch reine Spinnerei.«

Sie schüttelte den Kopf, als könnte sie dadurch den Gedanken an Hexenwerk und Magie loswerden. Als ihr Blick jedoch auf den großen Brandfleck fiel, der neben dem Herd auf dem Küchenboden prangte, stieg ihr Blutdruck merklich an. Dort befand sich ein Schatten auf der Oberfläche, der trotz aller Bemühungen noch immer von dunklen, bösartigen Adern durchzogen wurde – Hohlkehlen, in denen das weißglühende Metall geleuchtet hatte, als es sich in ihren Küchenboden fraß. Sie keuchte. Nur mit Mühe unterdrückte sie den Impuls, die Hand zu heben und einen Abwehrzauber in die Luft zu schreiben, Zeichen ohne Sinn und Zweck, die ihr eine bloße Laune eingab.

Ihre Schwester bemerkte das Zucken ihrer Finger, den angstvollen Blick, den sie auf den Boden warf. Sie stand auf und trat so dicht hinter Ravenna, dass diese die hitzigen Wogen spürte, die von Yvonnes Körper ausgingen. »Da hast du es«, flüsterte die Jüngere. »Ist dir klar, was dieser Kerl hier veranstaltet hat? Das war eine schwarze Messe, Ravenna, das Werk eines dämonischen Hexenmeisters, der ...«

»Schluss jetzt!«, stieß Ravenna in heftigem Ton hervor. Yvonne legte den Kopf schräg und starrte sie an. Sie stemmte die Handflächen auf den Rand der Arbeitsfläche und versuchte, sich zu beruhigen. »Ich will kein Wort mehr davon hören. Ich glaube nicht an übersinnliche Zauberei, an okkulte Rituale und dergleichen. Hier ist nichts geschehen, was nicht in jeder anderen Wohnung in diesem Gebäude auch hätte passieren können. Ein Spinner ist hier eingedrungen – nun gut. Jetzt ist er wieder weg und das Leben geht weiter.«

Während sie die Worte hervorstieß, wusste sie, dass sie sich selbst etwas vorlog. Der Einbruch hatte sich tief in ihr Gedächtnis gebrannt, so wie der Brandfleck in ihren Küchenboden. Nichts war mehr wie vorher. Wenn sie an ihr Leben dachte, war es, als ob sie ein Bild betrachtete, in dem eine Kleinigkeit verschoben worden war, ein Fehler, eine winzige, beunruhigende Abweichung, die den Betrachter in den Wahnsinn trieb.

»Glaubst du wirklich, der Kerl hat sich zufällig deine Wohnung ausgesucht? Ausgerechnet ein Appartement im obersten Stock?«, raunte Yvonne ihr ins Ohr. »Nie im Leben, Raven. Der wusste genau, was er suchte: eine Quelle magischer Macht, eine Gabe, die er anzapfen konnte. Und nun schau dich an, wie blass und eingefallen du aussiehst. Als ob du insgeheim ausblutest! So etwas passiert nur, wenn man verflucht wurde.«

Ravenna hob den Kopf. Sie spiegelten sich im Glas der aufgeklappten Abdeckung des Herds, zwei Schwestern, die unterschiedlicher nicht sein konnten: Yvonne, blond, unbekümmert und lebhaft, sie selbst dunkel, spröde und verschlossen. Eine Elfe und eine Kriegerin. So hatten sie sich als Kinder in ihren wilden Spielen oft selbst bezeichnet.

Mit einem Achselzucken entzog sie sich der Umarmung ihrer Schwester. »Mir geht es gut«, log sie. »Alles bestens. Und jetzt will ich nichts mehr davon hören.«

Yvonne ließ sich von ihrer ablehnenden Haltung nicht beirren. Sie schlenderte zum Küchentisch und ließ die Finger über den Bücherstapel tanzen. »Flüche und Schadenszauber, solche Dinge passieren gar nicht so selten, auch in der heutigen Zeit. In diesen Werken steht so einiges über Hexenkunst, natürlich auch über Schutzmagie. Mittlerweile gibt es wieder Hunderte von Zirkeln, die die alten Traditionen neu beleben. In ganz Europa suchen die Menschen nach Spuren ihrer Vergangenheit – einer Vergangenheit, die man früher mit Feuer und Schwert bekämpfte. Doch Magie ist keineswegs spurlos verschwunden! Wenn du mit offenen Augen durch die Straßen gehst ...«

»Wenn ich es nicht tue, werde ich vom Bus überfahren«, unterbrach Ravenna sie trocken. Sie stieß sich vom Rand der Arbeitsfläche ab, holte ein Schälchen aus dem Schrank und füllte es bis zum Rand mit Katzenfutter, in der Hoffnung, diese alltäglichen Handgriffe würden sie beruhigen. Sofort sprang Merle vom Bücherstapel herunter und folgte ihr in den Flur.

»Die Katze wird noch verhungern, wenn du dich nicht besser um sie kümmerst!«, schimpfte Ravenna. Ihre Schwester beobachtete sie durch die offene Tür, während sie die Katzenbabys mit der Fingerkuppe streichelte. Die Kleinen räkelten sich und gähnten wie winzige Löwen. »Ich frage mich sowieso, warum du Merle nicht bei unseren Eltern gelassen hast. Da könnte sie in der Scheune Mäuse fangen und ihre Jungen zu echten Hofkatzen erziehen.«

Yvonnes Miene verdüsterte sich, als Ravenna in die Küche zurückkehrte. »Du willst es einfach nicht wahrhaben, oder? Wir beide sind ein Teil davon. Ein Teil der Bewegung, die nach und nach alle Menschen mit wachen Sinnen und offenen Herzen erfassen wird. Wir beide haben die Gabe geerbt, ich und du.«

Ravenna rollte mit den Augen. »Es wird Zeit, dass du aufwachst, kleine Schwester. Sieh dich um und begreife, dass wir in der Gegenwart leben! Alle Geheimnisse sind gelüftet, jeder Winkel ist ausgeleuchtet. Was man früher als Magie ansah, lässt sich heute wissenschaftlich erklären. Das ist die Welt, die uns umgibt.«

Sie stieß den Fensterflügel auf, damit die Rauchschwaden und der betörende Duft der Kräuter abzogen. Die Straßenbeleuchtung flimmerte und fand ihren Widerschein auf dem Fluss. Von fern war das Rauschen des Verkehrs auf den Ringstraßen zu hören, und am Himmel blinkten die Positionslichter eines verspäteten Flugzeugs.

Ravenna nahm die beiden Tarotkarten zur Hand und betrachtete die mit Sternen gekrönte Königin der Maizeit. Ihr Thron stand mitten in einem reifen Getreidefeld am Waldrand und zu ihren Füßen strömte ein Fluss.

»Ein schönes Bild«, gab sie zu, »so still und friedlich.« Yvonne schmiegte sich an ihre Schulter. Wie Merle schien sie um Streicheleinheiten zu betteln. »Und das soll ihr Begleiter sein? Ihr magisches Gegenüber?« Ravenna runzelte die Stirn, als sie den Ritter mit der roten Rüstung musterte, der auf der zweiten Karte abgebildet war.

Kriegerisch wirbelte er das Schwert über den Kopf und gab seinem Pferd die Sporen. Das Tier bäumte sich auf. Im Hintergrund brannte die Sonne vom Himmel.

»Die Frau stellt eine Göttin dar. Wie Demeter oder Epona. Früher verehrte man sie in ganz Europa. Und der Ritter ist ihr Gefährte, ja. Zwei Hälften ergeben ein Ganzes. Auch das ist Magie.« Yvonne legte beide Handflächen gegeneinander.

Ravenna rieb sich die Schläfen. »Woher weißt du das bloß alles?«

Yvonne nahm ihr die Karten aus der Hand und legte sie behutsam auf den improvisierten Altar zurück. »Ich lese viel. Schließlich sitze ich den ganzen Tag in der Bibliothek herum und bewache alte Bücher. Vor allem lese ich zwischen den Zeilen.«

Ravenna ging zum Herd, füllte den Teekessel zur Hälfte mit Wasser und setzte ihn auf. »Das sind doch nur Vermutungen«, brummte sie. »Spekulationen, wie es wirklich war, ohne dass wir es jemals wissen werden.« Sie beobachtete, wie die blauen Gasflammen an der beschlagenen Außenwand des Kessels leckten. Merle lag wieder im Korb und kuschelte mit ihren Jungen.

»Und was ist mit dir?«, fragte Yvonne. Ihre Stimme klang herausfordernd. »Was ist mit deinem rätselhaften Verschwinden vor zwei Wochen, an das du angeblich keinerlei Erinnerungen hast? Wenn das nicht mystisch ist, weiß ich auch nicht.«

Ravenna wurde kalt bis in die Zehenspitzen. Benommen griff sie nach ihrer Strickjacke und zog sie über. Drei Tage ihres Lebens fehlten ihr und sie wusste nicht, wie ihr diese Zeitspanne abhandengekommen war. Schließlich hatte die Polizei sie an einem Brunnen in Obernai aufgegriffen. Dort saß sie mit zerkratztem Gesicht und blauen Flecken an den Armen und plapperte vor sich hin wie ein verwirrtes Kind. Und als Kommissar Gress sie bei ihrer Schwester ablieferte, glaubte sie immer noch, es sei Samstag – jener Samstag, an dem sie verschwand.

»Es tut mir leid«, flüsterte sie. »Es tut mir schrecklich leid, Yvonne, denn ich kann mir vorstellen, welche Sorgen du dir gemacht hast …«

»Nein! Nein, das ist es ja – ich mache mir keine Sorgen!« Lebhaft schüttelte Yvonne die blonden Locken. »Irgendwie weiß ich, dass dir nichts geschieht. Als wärst du von einer höheren Macht beschützt.«

»Aber es gibt keine höhere Macht!«, schnaubte Ravenna. »Seit dem Überfall leide ich an einer dissoziativen Störung, sagt Doktor Corbeau. Ich bin verrückt. Krank im Hirn – das ist alles.« Mit dem Finger tippte sie sich gegen die Stirn.

Yvonne lachte. »Ich würde doch zu gerne hören, was dein guter Doktor Corbeau zur spontanen Manifestation von Marienkäfern in meinem Mund sagt.«

Ravenna schüttelte den Kopf. »Mach dich nicht darüber lustig. Es ist eine völlig logische Erklärung, die mir der Doktor da gegeben hat, damit kann ich gut leben. Gedächtnisverlust nach einer traumatischen Erfahrung. Das ist etwas völlig Normales.«

»Nicht, wenn der Gedächtnisverlust Wochen und Monate nach dem Überfall immer wieder auftritt«, beharrte Yvonne. »Außerdem erleidest du einen Zeitverlust, denn Erinnerungen hattest du nach deiner Rückkehr jedes Mal.«

»An einen Ring. Eine Feuerblüte«, murmelte Ravenna und merkte kaum, was sie da sagte.

Alptraumartige Erinnerungsfetzen spukten ihr durch den Kopf, knorrige alte Bäume, Stimmen, zuckender Flammenschein auf Steinsäulen und Mondlicht, das wie Quecksilber auf Metallschuppen glitzerte. Sie krallte sich mit den Fingern an der Stuhllehne fest und verharrte ein paar Atemzüge lang so. Sie hatte Angst, in den Sog dieser Bilder zu geraten, die sie nie erlebt hatte und die sich dennoch in ihr Gedächtnis fraßen.

»Ravenna.« Yvonne schob ihr die Hand unter den Ellenbogen und half ihr behutsam auf den Stuhl. »Du bist ganz blass. Hier, trink einen Schluck Tee. Das wird dir guttun.«

Benommen sah Ravenna zu, wie ihre Schwester zwei Tassen Tee aufbrühte. Sie hatte die Kräuter – Frauenmantel, Melisse und Weißdorn – selbst in den Flussauen gesammelt. Zumindest auf dem Gebiet der Heilpflanzen war Yvonne unbestreitbar eine Fachfrau. Rittlings nahm sie auf dem Stuhl Platz und legte den Kopf auf die verschränkten Arme.

»Es tut mir leid«, murmelte Ravenna, während sie einen Löffel Honig in dem dampfenden Becher verrührte. Ein Lämpchen aus rotem Glas spendete ihnen Licht, und auf den Dielen erhärteten sich die Kerzenstummel. »Ich möchte dich nicht erschrecken oder dir und deinen Freundinnen in die Quere kommen. Du ahnst nicht, wie dankbar ich dir bin, dass du bei mir eingezogen bist, seitdem – du weißt schon.«

Unbehaglich sah sie sich in der Küche um, wobei sie es vermied, einen weiteren Blick auf den verkohlten Ring auf dem Holzfußboden zu werfen. Der Raum war vollgestellt mit einer altmodischen, weiß gestrichenen Anrichte, Blumentöpfen mit üppig wuchernden Pflanzen und einem Regal voll brauner Apothekerflaschen, in denen sie Zucker, Kaffee, Reis und Mehl aufbewahrte. In jener Nacht war das Zimmer zur unentrinnbaren Falle geworden. Wochenlang hatte sie das Herzstück ihrer Wohnung nicht mehr betreten können, weil sie sonst immer wieder vor Augen hatte, wie sie damals dort auf dem Boden kauerte, weinend, verängstigt und verloren. Aber ein Fluch? Kaum merklich schüttelte sie den Kopf.

Sie zuckte zusammen, als Yvonne ihr die Hand auf den Arm legte. Die Augen ihrer Schwester wirkten tiefblau und darin sah Ravenna zu ihrer Überraschung blanke Wut.

»Dieser Kerl hat dich verletzt«, stieß Yvonne hervor. »Vielleicht hat er dich nicht angerührt, aber in der Seele hat er dich getroffen. Du leidest und weißt nicht einmal, weshalb oder durch wen, doch gegen diese Art von Leiden kann dir dein Psychiater nicht helfen. Auch wenn Kommissar Gress sagt, dass er nichts tun kann, solange keine neuen Hinweise vorliegen – wir können etwas unternehmen!«

Aus der Hosentasche holte sie ein Säckchen aus violettem Samt. Es war mit einer Kordel verschlossen. »Das Ritual heute Nacht – das galt dir«, gestand sie. »Ich habe meine Freundinnen zusammengerufen, um die Macht des Fluchs umzuwandeln und für dich einen Schutzzauber zu wirken. In der Nacht vor Beltaine ist die Macht der Hexen am stärksten. Wir hatten dich bereits erwartet, denn auf dem Höhepunkt des Rituals wollten wir dir das hier geben.« Sie öffnete die Kordel und schüttelte einen Gegenstand in ihre Hand. Es waren drei aus mattem Silber gearbeitete Spiralen, die ineinander verschlungen waren und einen Knoten bildeten. Ein Triskel, alten, keltischen Mustern nachempfunden.

Solche Amulette konnte man zu Dutzenden an den billigen, bunten Ständen an der Place de Broglie erstehen. Dort wurden Perlen gegen den Bösen Blick, Runenringe, Lederarmbänder, Anhänger mit Mondstein, Türkis und Lapislazuli sowie Samtstoffe und Kleider verkauft, die durchdringend nach Räucherstäbchen rochen. Auch die Frauenfigur mit den erhobenen Armen, die auf dem Fensterbrett stand, hatte Yvonne dort erworben.

Ravenna presste die Lippen zusammen, um nicht zu verraten, dass sie wusste, woher das wertlose Schmuckstück stammte. Sicher meinte Yvonne es nur gut mit ihr.

»Dieses Amulett zeigt den Weg zum magischen Wissen«, erläuterte ihre Schwester und fuhr mit dem Finger an den Spiralen entlang. »Kein leichter Weg, sondern ein Pfad voller Höhen und Tiefen, voller Irrwege und Sackgassen. Aber letztlich führt er zu einer höheren Weisheit, denn wenn wir ihn gehen, erkennen wir uns selbst im Spiegel der Magie.«

Ravenna strich der Schwester das Haar hinter das Ohr und liebkoste ihre Wange. Yvonne war sicher fest davon überzeugt, von Dingen zu sprechen, die tatsächlich möglich waren. Und sie war auch überzeugt, selbst auf diesem geheimnisvollen Pfad zu wandeln, mitten im Straßburg des einundzwanzigsten Jahrhunderts.

»Der Anhänger mag auf den ersten Blick billig erscheinen, doch es kommt darauf an, mit welcher Kraft ein Gegenstand aufgeladen ist«, fuhr Yvonne fort. »Rituale verändern die Wirklichkeit, weil dabei etwas geschieht, Raven, ob du mir nun glaubst oder nicht. Mit diesem Anhänger wollten wir die Göttin der Hexen um Schutz für dich bitten.«

»Schutz bietet mir am ehesten die Polizei oder eine ordentliche Dosis Pfefferspray«, brummte Ravenna. Trotzdem entwirrte sie die dünne Lederschnur, an der das Amulett hing. »Ich werde den Anhänger tragen – dir zuliebe, Yvonne, denn du warst für mich da, als ich dich brauchte. Das werde ich dir nie vergessen.«

Lächelnd fasste Yvonne ihre Schwester an der Hand und löschte das elektrische Licht.

»Zieh die Schuhe aus«, flüsterte sie.

Barfuß traten die Schwestern in den Kreis aus kaltem Kerzenwachs und Blütenblättern. Yvonne reckte die Arme, um Ravenna das Amulett um den Nacken zu legen. »Wir rufen dich an«, wisperte sie. »Dunkle Zauberin, große Hexe, Göttin der Druiden und Weisen Frauen, wir rufen dich und preisen deinen Namen. Wir bitten um deinen Schutz auf all unseren Wegen.«

Plötzlich schien die Luft in der nächtlichen Küche zu flimmern. Einige Herzschläge lang stand Ravenna vollkommen still. Sie hielt die Augen geschlossen, um den unebenen Boden, den schwachen Blumenduft und den warmen Atem ihrer Schwester zu spüren. Es geschah tatsächlich eine Art Gegenzauber, eine Schutzmagie gegen die Erinnerungen, die sie seit Wochen quälten. Begierig ließ sie sich auf diese neue Erfahrung ein, die den Schauplatz des Überfalls in etwas Neues verwandelte: in eine Begegnungsstätte schwesterlicher Liebe.

»So sei es«, murmelte Yvonne und hakte den Verschluss ein.

Maßarbeit

Fröstelnd schnallte sich Ravenna die Koppel mit den daran befestigten Werkzeugen um die Hüfte und zog die Kopfhörer unter dem dicken Vliespulli hervor. Sie trug eine Latzhose mit eingearbeiteten Kniepolstern und einem Dutzend Taschen. Über den Pulli hatte sie eine regendichte Jacke gezogen. Verstaubte Stiefel mit Sicherheitskappen rundeten ihre Ausrüstung ab. Außerdem hatte sie eine Thermoskanne mit heißem Tee bei sich, denn das Wetter war alles andere als einladend: Sprühregen benetzte die Straßen und Dächer von Straßburg. Dichter Nebel hing über der Stadt.

»Na, heute wieder in der Westfassade unterwegs?«, rief ihr ein Kollege zu. Er war ähnlich gekleidet wie sie und trug eine ähnliche Ausrüstung bei sich.

Ravenna nickte, während sie die Arbeitshandschuhe überstreifte. »Ich bin noch immer mit diesem Wasserspeier beschäftigt. Der mit dem abgebrochenen Schnabel«, erwiderte sie. Erst in der vergangenen Woche hatte sie Eisenklammern tief im Stein verankert und die Fugen mit Blei ausgegossen, eine Technik, die bereits die Erbauer der Kirche beherrscht hatten. Jetzt wollte sie nachsehen, ob die Verfugung gehalten hatte.

Mehr als siebenhundert Jahre hatte die Kathedrale von Straßburg Blitzschlägen, Stürmen und Kriegen getrotzt, doch der saure Regen, der seit wenigen Jahrzehnten auf das Bauwerk niederging, zerfraß den Buntsandstein wie Karies einen Milchzahn. Die Gesichtszüge von Statuen verwitterten, Fialen und Streben bröckelten ab – es war, als würde der Stein unter dem Einfluss von Wind und Wetter langsam dahinschmelzen.

Ravenna seufzte, teils aus Sorge um das wunderschöne Bauwerk, teils aus Zufriedenheit über die großartige Arbeitsstelle, die sie in der Dombauhütte gefunden hatte. Eine aussichtsreiche Zukunft lag vor ihr, denn solange die Luft weiterhin mit Schadstoffen aus Industrieschloten, Autoabgasen, Kaminen und Schiffsmotoren verpestet wurde, die dann als ätzender Regenguss auf die Stadt niederprasselten, gab es genügend Arbeit für die Steinmetze. Und so verschoben sie ihre Gerüste Stück für Stück um das Bauwerk und bauten sie niemals vollständig ab.

»Tut mir leid, aber dein Wasserspeier muss warten«, rief Jacques von unten. Geschickt kletterte der Vorarbeiter zu ihr auf das Gerüst. »Du musst etwas für mich erledigen. Ich habe heute einen Termin beim Zahnarzt.« Mit gespielt gequältem Ausdruck verdrehte er die Augen und bohrte einen Finger tief in die stoppelige Backe. »Ich habe eine neue Brücke bekommen und ... na ja, die Einzelheiten willst du gar nicht wissen.« Mit diesen Worten reichte er Ravenna einen starken Draht, der um einen ausgedienten Meißel gewickelt war. »Da ist diese Figurengruppe am südlichen Portal: der Fürst der Welt und die sieben Jungfrauen.«

Ravenna nickte. Sie kannte jede Einzelheit der Kathedrale, aus Plänen und Skizzen und aus eigener Anschauung. Sogar an der steilen Haube des Nordturms war sie schon herumgeklettert, in schwindelerregender Höhe. Von dort oben sahen die Passanten auf dem Platz wie bunte Ameisen aus.

»Ich habe vorhin einen Anruf von Monsieur Pascal bekommen. Wir können die Originale nicht mehr retten, das haben die Aufnahmen mit der Messkamera ergeben, die wir letzten Monat gemacht haben. Die Figuren sind zu stark verwittert und müssen gegen Kopien ausgetauscht werden. Der Sandstein ist bröckelig geworden, so dass Gefahr für die Besucher des Doms besteht, wenn sie unter dem Portal in die Kirche gehen. Bevor wir die Statue des Fürsten abmontieren und in die Werkstatt schaffen, müssen wir sie mit Draht sichern, damit keine Teile abbrechen. Kannst du das für mich übernehmen?«

»Klar, kein Problem.« Betont gelassen griff Ravenna nach der Spule. Insgeheim freute sie sich, dass Jacques ausgerechnet ihr diesen Auftrag erteilte. Schließlich gab es andere Kollegen mit mehr Erfahrung. Steinmetz am Münster zu Straßburg war ein harter Männerberuf. Täglich hantierte sie mit schweren Werkzeugen, Druckluftgeräten, Sandstrahlgebläsen, Gabelstaplern und jeder Menge Steinkleber. Andererseits musste sie in der Lage sein, mit dem CAD-Programm am Computer oder per Hand mit haarfeinen Bleistiftstrichen den Aufriss einer Fensterrose oder des Harfenmaßwerks zu erstellen und einen Quader aus Sandstein nach diesen Vorgaben zu bearbeiten.

Anfangs hatten die meisten Kollegen die junge Frau belächelt, die darauf bestand, ebenfalls auf das Gerüst zu steigen und dieselben Arbeiten zu verrichten. Mittlerweile erntete Ravenna Anerkennung, wenn sie Stockeisen und Zweispitz ansetzte. Unter ihren Händen wurde der Sandstein lebendig und sie erschuf von neuem, was der Regen zerfressen hatte. Steinblöcke erhielten klare Gesichtszüge, Hände drückten sich in Gesten aus und historische Gewänder fielen in üppigem Faltenwurf zu Boden. Es war ein gutes Gefühl, von neuem entstehen zu sehen, was durch die Jahrhunderte verlorengegangen war, und manchmal, aber nur sehr selten, benutzte sie die Gabe.

Yvonne hätte vermutlich schallend gelacht, wenn sie von diesem kleinen Geheimnis erfahren hätte, doch Ravenna behielt es für sich. Niemand wusste, dass sie, wenn sie ein Werkstück berührte, ein seltsames Kribbeln fühlte, eine Art schwachen, elektrischen Impuls. Wenn sie die Hand nicht zurückzog, sondern die Finger weiter über den Werkblock gleiten ließ, verwandelte sich das Kribbeln in einen stetigen Strom. Sie trat in einen Austausch, bis sich Stein und Fleisch durchdrangen, als ob sie ein- und dieselbe Materie wären, und sie fühlte genau, wie sie den Quader behauen musste. Ravenna hat einen siebten Sinn fürs Mittelalter, sagten die Kollegen von ihr und übertrugen ihr besonders knifflige Aufgaben. Ravenna wusste ganz genau, wie ihre Schwester diesen geheimen Trick genannt hätte: Magie.

»Hey, Mädchen! Hörst du mir eigentlich zu? Oder denkst du gerade an deinen neuen Verehrer? Du sollst aufpassen, weil das Gerüst an dieser Stelle ziemlich schmal ist.«

»Ein neuer Verehrer? So ein Quatsch!« Zornig waren Ravenna die Worte entschlüpft, ehe sie sich bremsen konnte.

Als Jacques ihren Tonfall hörte, zog er die Augenbrauen hoch. Sein Gesicht war ebenso verwittert wie die Züge der Figuren, die ihn umgaben. Genau genommen sieht er wie einer der Wasserspeier aus, die ihre Grimassen zur Place de la Cathédrale hinunterstrecken, dachte Ravenna. Ein rothaariger Faun.

»Also kein Verehrer? Es wird aber langsam Zeit, Ravenna. Eine junge Frau in deinem Alter sollte ...«

»Sollte was?« Ohne es zu merken, legte sie die Hand auf den Fäustel in ihrem Gürtel und beugte sich warnend nach vorn. »Was sollte ich deiner Meinung nach tun, Jacques? Sprich dich ruhig aus! Du scheinst mein Privatleben ja bestens zu kennen.«

Der Steinmetz nahm seine Mütze ab und kratzte sich an der Stirn. Seine Finger waren dick und gekrümmt von der harten Arbeit. Unter den Nägeln saßen schwarze Trauerränder und am rechten Zeigefinger fehlte ein Glied – durch einen Unfall mit einer Steinfräse, wie er Lehrlingen im ersten Ausbildungsjahr gerne erzählte.

»Nun geh doch nicht gleich in die Luft, ich mein's ja nicht bös. Wie lange bist du schon bei uns? Im Juni werden es fünf Jahre. Keine Widerrede – wir haben neulich nachgerechnet. Fünf Jahre und in der ganzen Zeit kein fester Freund. Niemand, mit dem du ins Kino gehst oder abends mal ein Glas Rotwein trinkst. Keiner, mit dem du deine Probleme beredest. Da ist es doch normal, wenn wir uns Gedanken machen.«

»Wir? Wer ist wir?«, schnaubte Ravenna. »Georges, Mirco und

die anderen Kerle? Das sind eure Gespräche in der Mittagspause? Hör zu, Jacques, wenn ich gute Ratschläge brauche, dann bestimmt nicht von einem Haufen Handwerker!«

Mit einem unglücklichen Lächeln setzte der Steinmetz die verbeulte Mütze wieder auf. »Du bist einsam, Ravenna. Und es ist nicht gut, allein zu sein, schon gar nicht, wenn man so jung ist. Heute trägst du eine neue Halskette und da dachte ich ...«

Jacques verstummte, als er ihren verärgerten Gesichtsausdruck sah. Sie presste die Hand auf den Ausschnitt, um das Triskel zu verbergen. Sie war einsam ... das also dachten die Kollegen von ihr.

»Ich mache mich jetzt an die Arbeit«, erklärte sie schroff und packte die Sprossen der Stahlleiter.

Der rothaarige Steinmetz nickte ihr zu. »Aber pass auf, die Planke ist wirklich schmal und bei dem Wetter werden die Bretter gefährlich rutschig. Wenn du fertig bist, sag Bescheid wegen des Abtransports. Diese Figuren sind verdammt schwer.«

Über schmale Leitern stieg Ravenna auf das Gerüst, das die Fassade des Münsters umspannte. Sprosse für Sprosse tauchte sie in die Welt aus rotem Stein: Rundbögen und Pfeiler, Ziersäulen und Fensterrosen aus buntem Glas, Wasserspeier, Kaiser, Könige, Jungfrauen und Engel zogen an ihr vorbei. Der einsame Nordturm ragte über ihr in den Himmel hinein. Raben umkreisten das Gemäuer und der Platz mit den Fachwerkhäusern, den Touristen, Straßenmusikanten, Maronenverkäufern, den Cafés, Modegeschäften und Souvenirläden versank langsam im Dunst.

Ravenna mochte den Nebel. Wahrscheinlich wurde ich tatsächlich im falschen Jahrhundert geboren, dachte sie. Im Mittelalter – da hätte ich mich sicher wohlgefühlt. Da war die Welt nicht so kompliziert wie heute.

Als sie die Figurengruppe erreicht hatte, die unter einem Baldachin aus Stein stand, legte sie die Drahtspule auf einen Sims, stöpselte die Kopfhörer ein und regulierte die Lautstärke. Die Klänge einer irischen Harfe und die wohlklingende Stimme der

Sängerin erfüllten sie mit einer Mischung aus Sehnsucht und Fernweh. Sie summte die Melodie leise mit, während sie den Draht abwickelte. Jacques hatte Recht gehabt: Die Figuren des Fürsten und der sieben Jungfrauen waren stark zerfressen. Tiefe Risse durchzogen den Stein, der Frost hatte einzelne Stücke abgesprengt. Behutsam wickelte sie den Draht um die Knöchel der Fürstenstatue und zwirbelte die Enden zusammen, so dass die Bruchstücke zusammengehalten wurden. Dann arbeitete sie sich langsam nach oben.

In den kurzen Pausen zwischen den Liedern hörte sie das fröhliche Pfeifen und die Hammerschläge ihrer Kollegen, die an einem anderen Abschnitt der Fassade am Werk waren. Sie dachte darüber nach, dass die Worte des alten Steinmetz sicher nur freundlich gemeint waren. Jacques machte sich wirklich Sorgen um sie. Und sie hatte sich benommen wie ein Idiot. Du hast Recht, mein Freund: Es gibt einen guten Grund, warum ich immer noch allein bin, sagte sie im Stillen zu ihrem Kollegen. Mit mir hält es nämlich niemand aus.

Da war der junge Gitarrist gewesen, der sie nach dem Konzert unbedingt in ein Café einladen wollte und ihr durch den Regen nachgelaufen war. Vor ihrer Haustür hatte sie ihn abblitzen lassen. Oder der Medizinstudent, der mittags Touristen durch die Stadt führte und ihr jedes Mal in historischer Kleidung eine Rose überbrachte. Sie wurde rot, als ihr die hässlichen Worte einfielen, mit denen sie ihn schließlich losgeworden war.

Du bist ein Querkopf, sagte Yvonne manchmal zu ihr. Ein Querkopf und ein Dickschädel. Du vergrätzt deine Verehrer doch mit Absicht.

Seit dem Überfall war alles noch viel schlimmer geworden. Manchmal genügte ein Blickkontakt oder eine harmlose Frage, und sofort stieg Panik in ihr auf. Sie zog sich immer mehr in ihre Dachkammer zurück, ging nicht mehr aus, mied größere Menschenansammlungen und beschränkte ihren Aufenthalt in der Stadt auf den Weg zur Arbeit und zurück. Es war nicht gut, das sah sie ein, aber sie konnte nichts gegen die Beklemmung tun, die sie überfiel, wenn sie fremden Leuten begegnete.

Damals, in der dunklen Wohnung, hatte sie begriffen, wie sich Todesangst anfühlte. Der Einbrecher hatte ihr ein Messer an die Kehle gehalten und ihr befohlen, Dinge zu tun, für die sie sich noch immer schämte. Dinge, die sie weder Yvonne noch Kommissar Gress erzählt hatte. Sie hatte gehorcht und alle seine Befehle ausgeführt, ohne sicher zu sein, dass er sie wirklich am Leben ließ.

Gab es jemals wieder Sicherheit, wenn ein Verbrecher bis in ihre Küche drang? Bislang hatte die Polizei keine Spur des Täters gefunden. Der Kerl lief noch immer frei herum. Vielleicht begegnete sie ihm jeden Tag auf dem Weg zur Arbeit und erkannte ihn nicht. Vielleicht grüßte er sie frech von der anderen Straßenseite und lachte ihr ins Gesicht, während sie nicht wusste, wer er war.

Mit einem hässlichen Geräusch rutschte der Draht ab und schnitt ihr in die Finger. Ravenna fluchte, als sie erkannte, dass sie noch einmal von vorne beginnen musste, um die bröckeligen Figuren zu sichern. Als die Turmglocken elf Uhr schlugen, machte sie eine Pause. Sie stand auf, wischte sich den Staub von den Händen und lehnte sich gegen das Geländer des Gerüsts. Dann schraubte sie die Thermoskanne auf und trank in langsamen Schlucken ihren Tee. Die Wärme tat ihr gut. Das Wetter hatte sich verschlechtert. Nun regnete es in Strömen und auf der Place de la Cathédrale war niemand mehr zu sehen. Alle Passanten hatten sich in ihre Hotels, Büros oder in die Gasthäuser zurückgezogen. Unter den Planen des Gerüsts war Ravenna notdürftig vor dem Regen geschützt, aber nicht vor dem kalten Wind, der von Westen kam.

Nachdenklich betrachtete sie die Figuren, die vor ihr auf Podesten standen. Der Fürst hielt einen Apfel in die Höhe, das Zeichen der Verführung, und lächelte den Jungfrauen in seinem Gefolge zu. Sie ließen sich von ihm verlocken, sie folgten ihm, ohne zu erkennen, wer er wirklich war. Denn der Teufel trug einen Blumenkranz im Haar und stellte ein hübsches Lächeln zur Schau, aber unter dem Mantel verbarg sich sein wahres Wesen: Schlangen, Kröten und Würmer krochen ihm über den Rücken, die Vorboten der Hölle.

Prüfend strich Ravenna über den steinernen Apfel in der Hand der Skulptur. Er besaß eine angefaulte Stelle, vom Bildhauer liebevoll gestaltet. Allerdings war das Detail kaum noch zu erkennen, es war schwarz von Ruß und Taubendreck und glich eher einem aufgeweichten Lehmklumpen.

Plötzlich wankte sie und griff nach dem Geländer hinter sich. Von dem steinernen Apfel schoss ein stechender Schmerz in ihre Hand und jagte in den Arm hinauf, und die Kathedrale erzitterte wie bei einem Erdbeben. Ein Beben war unter ihren Füßen zu spüren und das Metallgerüst wackelte mit einem scheppernden Geräusch. Wolken rasten im Zeitraffer über den Himmel und es wurde finster und wieder hell. Sonnenuntergang und Morgengrauen dauerten nur Sekunden.

Dann war alles wieder ruhig.

Ravennas Knie zitterten. Sie stellte fest, dass sie auf allen vieren auf den durchweichten Bohlen kniete. Ihr Herz raste. Dann fiel ihr Blick durch einen Spalt im Gerüst. Etwas hatte sich verändert. Der Platz vor dem Hauptportal der Kirche war nicht mehr derselbe wie eben noch. Die gelben Markisen waren verschwunden. Stattdessen sah sie Marktstände und Eselkarren, das Pflaster war mit Stroh und Pferdemist bedeckt. Lauthals priesen die Händler ihre Waren an und klangen dabei genauso wie der romantisch veranlagte Medizinstudent auf seinen historischen Führungen. In den Gebäuden befanden sich nun andere Geschäfte als noch vor wenigen Augenblicken. An den Schildern erkannte Ravenna eine Goldschmiede, einen Bortenmacherladen und eine fein aufgemachte Schneiderei. Auch die Spaziergänger, die den Platz nun wieder bevölkerten, sahen anders aus: Sie bemerkte eine Vielzahl an weißen Hauben, Schleiern und mit Federn geschmückten Kappen, als fände dort unten ein Kostümfest statt. Jemand führte ein großes, schwarzes Pferd durch die Rue Mercière.

Steh auf!, ermahnte sie sich, während sie tastend nach dem Fäustel suchte, der aus der Schlaufe an ihrem Gürtel gerutscht war. Reiß dich zusammen! Das geht gleich vorbei.

Noch nie hatte sie ihre Wahnvorstellungen so bewusst erlebt. Ihr Gehirn gaukelte ihr eine völlig fremde Wirklichkeit vor, ihre eigenen Sinne führten sie in die Irre. Als sie sich zu der Figurengruppe über dem Südportal umdrehte, entfuhr ihr ein lauter Schrei.

Die Spuren, die die Zeit in den Stein gegraben hatte, waren verschwunden. Der Fürst der Welt sah aus, als hätte man die Statue soeben auf ihren Sockel gestellt. Er war nicht nur unversehrt, sondern wirkte auf unheimliche Weise lebendig. Dann erkannte sie, wie dieser Eindruck zustande kam: Die Schlangen auf dem Rücken der Figur bewegten sich. Ölig wimmelten die Leiber durcheinander und aus dem Spalt zwischen Außenwand und Skulptur drang ein Zischeln. Die Figur blickte sie an. Im Augenwinkel lag ein Glitzern und der Mund verzog sich zu einem schadenfrohen Grinsen.

Ohne Nachdenken holte Ravenna mit dem Fäustel aus und schmetterte ihn gegen den erhobenen Arm der Figur. Der Sandstein splitterte. Die Hand mit dem Apfel knickte ab und polterte auf die Planken des Gerüsts. Diesmal beobachtete sie deutlich, wie ein schmerzerfüllter Ausdruck über das Gesicht der Figur huschte und sich dann in Zorn verwandelte. Eine pochende Ader erschien auf der Stirn des Fürsten. Die Jungfrauen starrten sie erschrocken an.

Ravenna presste sich gegen das Geländer, denn von neuem rasten Licht und Dunkelheit über den Himmel und der Boden erbebte. Mit beiden Fäusten hielt sie den Hammer vor sich, falls sich die geisterhafte Prozession noch einmal regen sollte. Von der Kante des Gerüsts rannen ihr Wassertropfen in die Haare, doch sie merkte es kaum. Mit rasendem Pulsschlag bewachte sie die Sandsteinfiguren, die für einen Augenblick zum Leben erwacht waren und nun wieder stumm und reglos den Wandel der Zeit ertrugen.

So fanden sie ihre Kollegen vor, die offenbar dem Krachen und Poltern gefolgt waren. Die Steinmetze gerieten in helle Aufregung, als sie die zerschmetterte Hand der Statue auf den Bohlen liegen sahen.

»Wie ist das denn passiert? Ich dachte, du solltest die Figur mit Draht sichern und zum Abtransport vorbereiten«, rief Georges. Er bückte sich und hob ein Stück Stein auf, einen Teil des Daumens.

Das hatte sie auch – bis zur Hüfte war sie gekommen. Die Spule lag auf dem Gerüst, der Draht selbst bildete ein wirres Knäuel. Ravenna biss die Zähne zusammen. Unter den Kleidern kitzelte sie ein Schweißtropfen, der ihr über die Rippen lief. Sie ließ den Fürst nicht aus den Augen.

»Was machst du denn? Leg den Hammer weg!« Sie schüttelte den Kopf und wich zurück, als Mirco nach ihren Handgelenken griff. »Lass mich!«, stieß sie hervor. »Nur einen Augenblick – es geht gleich wieder.«

»Was ist denn hier los?« Diese Stimme gehörte Monsieur Pascal, dem Leiter der Dombauhütte, der die Instandsetzung der Fassade überwachte. Hastig kletterte er auf das Gerüst. Als er die Zerstörung sah, lief er rot an. »Was ist denn in dich gefahren!«, fuhr er Ravenna an. »Wieso zertrümmerst du einen Kunstschatz aus dem dreizehnten Jahrhundert? Weißt du denn nicht, wie wertvoll diese Figur ist?«

»Was machst du überhaupt noch hier?«, nuschelte Jacques undeutlich. Er tauchte dicht hinter dem Chef der Bauhütte auf. Seine Backe war geschwollen und sein Französisch verwischt von den Betäubungsspritzen, die er vor der Zahnbehandlung bekommen hatte. »Willst du hier übernachten?«

»Wieso sollte ich das wollen?«, murmelte Ravenna. Über die Schulter spähte sie in die Rue Mercière. Das Pferd und die seltsamen Marktstände waren verschwunden. »Ich sollte doch für dich einspringen, weil du zum Zahnarzt musstest. Vor der Mittagspause habe ich dich eigentlich gar nicht zurückerwartet.«

Betretenes Schweigen breitete sich unter ihren Kollegen aus. Monsieur Pascal, ein grauhaariger Brillenträger im karierten Jackett, hob Ravennas Thermoskanne auf, schraubte den Deckel ab und roch am Inhalt.

»Was soll das?«, fuhr sie auf. »Was denkt ihr eigentlich von mir? Ich habe keinen Alkohol getrunken! Ich habe hier einfach nur meine Arbeit gemacht, bis … bis …«

Doch sie fand keine Worte für das, was gerade geschehen war. Es war eine Wirklichkeit gewesen, die sie mit allen Sinnen erlebte. Der Geruch des nassen Steins, die Geräusche auf dem Platz und das gedämpfte Licht waren vollkommen real gewesen.

Sie hätte nie geglaubt, dass sie die Wahnvorstellung auf einem Gerüst an der Kathedrale einholen würde, dreißig Meter über dem Boden. Doch sie war dort gewesen, auch wenn sie nicht wusste, wo dieses Dort lag.

Verstohlen warf sie einen Blick auf die Statue des Fürsten. Nun wirkten die Züge wieder plump, wie von Kinderhänden aus Knetmasse geformt und von den Regengüssen vieler Jahrzehnte entstellt. Wie hatte sie sich so täuschen können?

»Du bibberst ja, Mädchen.« Jacques zog seine Jacke aus und legte ihr das speckige Kleidungsstück um die Schultern. Da erst merkte sie, dass sie bis auf die Haut durchnässt war. »Kein Wunder – es ist auch schon nach sechs Uhr. Eigentlich wollten wir die Baustelle gerade schließen«, brummte der alte Steinmetz.

Sechs Uhr? Voller Entsetzen starrte Ravenna ihn an. Wie um alles in der Welt konnte es plötzlich sechs Uhr abends sein? Gerade eben hatte sie die Teekanne aufgeschraubt, um vor der Mittagspause einen Schluck zu trinken. Der Becher stand noch auf dem Sims.

Doch der Inhalt war kalt und vom Regen verwässert. Das Licht hatte sich verändert und die Turmuhr zeigte den frühen Abend an. Was war aus den sieben Stunden geworden, die in der Zwischenzeit verstrichen waren? Hatte sie sieben Stunden lang auf die Figuren gestarrt? Dann war es nur verständlich, dass die wandernden Schatten sie glauben ließen, der Fürst der Welt schneide ihr Grimassen.

»Es tut mir leid«, stammelte sie. »Aber es ist nicht meine Schuld. Nicht meine Schuld.« Plötzlich merkte sie, dass sie wirres Zeug stammelte, und hielt den Mund.

Monsieur Pascal bückte sich und hob die abgeschlagene Hand auf. Behutsam bettete er das Bruchstück in einen Pappkarton, den jemand herbeigeschafft hatte. Mirco und ein anderer Kollege krochen auf den Knien herum und suchten einen abgesplitterten Finger.

»Geh nach Hause und leg dich in die Wanne!«, forderte Jacques sie auf und schob sie fürsorglich in Richtung Leiter. »Nimm ein heißes Bad und wärm dich erst mal auf! Morgen sehen wir weiter.«

Aber ein Blick auf den wütenden Leiter der Dombauhütte belehrte Ravenna eines Besseren. »Das wird ein Nachspiel haben«, rief Monsieur Pascal ihr nach, als sie in die Tiefe kletterte.

Ein Sammler und Gelehrter

Am nächsten Tag saß sie im Behandlungszimmer ihres Therapeuten und knetete nervös die Finger.

»Ich bin auf unbestimmte Zeit beurlaubt worden.«

Sie rutschte auf dem Ledersessel hin und her, während Doktor Corbeau sie schweigend musterte. Am Vormittag hatte sie in der Villa angerufen und sich einen Termin geben lassen. Glücklicherweise hatte Corbeau noch am selben Tag Zeit für sie. Vielleicht hatte sie am Telefon auch sehr aufgelöst geklungen. Immerhin geschah es zum ersten Mal, dass ihre Wahnvorstellungen so in ihr Leben eingriffen und es nachhaltig veränderten.

Sie zückte das Schreiben mit dem Briefkopf der Dombauhütte und schwenkte es vor Corbeaus Nase hin und her. Der Umschlag trug nur den Stempel des Absenders, aber keine Briefmarke. Monsieur Pascal hatte es so eilig gehabt, sie loszuwerden, dass er das Schreiben persönlich bei ihr vorbeigebracht hatte.

»Ich habe meinen Job verloren«, wiederholte Ravenna mit Nachdruck. Weil Sie mir nicht helfen konnten, setzte sie in Gedanken hinzu. Das anhaltende Schweigen ihres Therapeuten machte sie rasend.

Doktor Corvin Corbeau lehnte in dem tiefen Ledersessel und ließ sich nicht anmerken, ob er ihre Verzweiflung überhaupt wahrnahm. Die Fingerspitzen lagen geschlossen auf den Lippen, ein Zeichen höchster Konzentration. Wie gewöhnlich sah er blendend aus. Er war geschmackvoll gekleidet, trug ein dunkles Jackett und ein weißes Hemd, beides sicher nicht billig. Der oberste Knopf stand offen und ließ einen athletischen Körper erahnen. In dem ebenmäßigen Gesicht passte alles zusammen, und die Augen waren so dunkel, dass man die Iris kaum von der Pupille unterscheiden konnte.

Die Gesichtszüge ihres Therapeuten erinnerten Ravenna an das perfekte Modell, das einem Bildhauer als Grundform für alle Figuren dienen sollte. Jeder Steinmetz machte sich früher oder später auf die Suche nach einem solchen Gesicht, sie bildete da keine Ausnahme. Oft studierte sie die Gesichter der Passanten, wenn sie in einem Café saß, und überlegte sich, wie sie genau diesen Ausdruck in Marmor bannen konnte. Sie hatte sogar schon daran gedacht, Corbeau zu bitten, ob er ihr für einige Skizzen Modell sitzen würde. Der einzige Makel in seiner Miene waren die leicht gebogene Nase und die strengen Falten um den Mund. Auch wenn er entspannt war, wirkte er zornig und gekränkt, doch dieser Widerspruch machte sein Gesicht umso interessanter. Manchmal blickte der Doktor auch melancholisch aus dem Fenster, so dass Ravenna sich fragte, ob er die Gespräche nicht nötiger hatte als seine Patienten.

Ungeduldig zählte sie die Schrecken des Vortages an den Fingern auf. »Sieben Stunden Zeitverlust. Wahnvorstellungen. Eine zertrümmerte Steinskulptur von unschätzbarem Wert, für die keine Versicherung aufkommt. Ein Anpfiff vom Chef, haarscharf an der Kündigung vorbei. Und heute dieser Brief, in dem ich gebeten werde, meiner Arbeit fernzubleiben, bis die Sache geklärt ist. Es wäre wirklich nett, wenn Sie dazu etwas zu sagen hätten.«

Doktor Corbeau ließ die Hände sinken. »Das war kein Zeitverlust, sondern ein Verlust von Wirklichkeit. Ein Verlust der Erinnerungen. Vielleicht wissen Sie nicht mehr, was in diesen sieben Stunden geschehen ist. Aber Sie haben diese Zeit erlebt. So viel steht fest.«

Ravenna kniff die Augen zusammen und massierte die Falte zwischen den Brauen. Sie stand kurz davor loszuschreien. »Wo ist meine Erinnerung dann hingekommen? Was habe ich sieben Stunden lang auf dem Gerüst gemacht? Tee getrunken? Was, wenn ich in die Tiefe gestürzt wäre? Wenn der Fäustel jemandem auf den Kopf gefallen wäre? Dann wäre unter Umständen nicht nur eine wertvolle Figur beschädigt worden, sondern ein Mensch gestorben. Warum helfen Sie mir nicht endlich? Verschreiben Sie mir Pillen oder geben Sie mir eine Spritze! Weisen Sie mich von mir aus in eine Klinik ein, wo man mich heilen kann! Verstehen Sie nicht – ganz allmählich verliere ich den Verstand! Ich verliere mein Leben!«

Doktor Corbeau hatte ihr in aller Ruhe zugehört. Jetzt beugte er sich vor. »Niemand kann Ihnen helfen.«

Ravenna duckte sich unwillkürlich, so niederschmetternd waren diese Worte. Seit Monaten kam sie in die Praxis in der Villa an der Place des Meuniers. Alles in diesem Raum wirkte so aufgeräumt, so geordnet. Vor der Fensterfläche, die sich zum Garten hin öffnete, stand ein Schreibtisch aus Rosenholz, zweifellos eine wertvolle Antiquität. Die Stifte, das Krankenblatt und der in Leder gebundene Kalender lagen im rechten Winkel zueinander. Bücherregale verkleideten einen Teil der Wände, der Boden war mit einem cremeweißen Teppich ausgelegt. Im Hintergrund tickte eine Standuhr und an den Wänden hing eine historische Insektensammlung. In Glaskästen reihten sich Hunderte Käfer, Wanzen, Heuschrecken und Libellen aneinander, aufgespießt auf feine Silbernadeln. Panzer und Flügel schimmerten wie kostbare Schmuckstücke. Ravenna missfiel diese Sammlung und sie begriff nicht, wie Corbeau sich eine derartige Ausstellung an die Wände hängen konnte. Die leblosen Krabbeltiere machten sie nervös. Als würde man in einem Mausoleum sitzen, dachte sie. In einer Leichenhalle.

»Sie haben wohl Ihren Job verfehlt!«, schnaubte sie, um ein wenig Chaos in die erstarrte Ordnung zu bringen. »Ich dachte, Sie wären da, um mir zu helfen.«

Doktor Corbeau stützte die Ellenbogen auf die Oberschenkel.

»Niemand kann Sie heilen, wenn Sie es nicht zulassen. Und dafür kann ich leider keinerlei Anzeichen erkennen.«

Unbehaglich sank Ravenna in den Ledersessel. Corbeaus bohrender Blick ruhte auf ihr. Wie oft hatte sie diesen Satz schon gehört! Also war sie selbst schuld an allem, was ihr widerfuhr? Womöglich war es auch noch ihre Schuld, dass der Verbrecher ihr im dunklen Hausflur aufgelauert hatte! Diesmal jedoch schluckte sie ihren Ärger hinunter. »Was muss ich tun?«, fragte sie.

»Erzählen Sie mir von dem Überfall. In allen Einzelheiten. Jede Kleinigkeit kann uns weiterhelfen. Bannen Sie die Erinnerungen, die Sie immer wieder einholen, indem Sie dem Verbrecher, der Ihnen das angetan hat, ins Gesicht schauen.«

Hastig schüttelte Ravenna den Kopf. »Ich kann nicht.« Ihr Mund fühlte sich ganz ausgetrocknet an. »Ich kann mich nicht an sein Gesicht erinnern. Er ... stand die ganze Zeit hinter mir. Ich habe nur seine Stimme gehört, wenn er mir befahl, was ich als Nächstes tun sollte.«

»Was hat er befohlen?«

Schweiß trat Ravenna aus allen Poren. Ich muss da durch, sagte sie sich. Doktor Corbeau meint, es sei das Beste. Es wird mir helfen, wenn ich mich ganz genau erinnere.

»Ich sollte ihm die Tür öffnen«, sagte sie leise. »Und auf keinen Fall das Licht einschalten. Er befahl mir, durch den Flur zu gehen. Dann spürte ich seine Hände auf ... auf mir.«

Sie brach ab, umklammerte ihre Oberarme mit beiden Händen und beugte sich nach vorn. Wie oft hatte sie den Überfall nun schon beschrieben? Erst den Polizeibeamten, dann dem Kommissar, der ihren Fall übernommen hatte, und schließlich ihrem Therapeuten. Immer wieder hatte sie das Geschehen durchgemacht, ohne zu begreifen, warum der Mann in ihrem Hausflur gewartet hatte. Warum hatte er sich das Dachgeschoss eines Altbaus in der Petite France ausgesucht? Kannte er sie? War es ein Zufall? Hatte er sie schon lange vorher ausgekundschaftet oder hatte er sie willkürlich ausgewählt?

Ich hätte gerne Antworten auf diese Fragen statt selbst immer Rede und Antwort stehen zu müssen, dachte Ravenna. Plötzlich musste sie daran denken, dass ihre Schwester die ganze Angelegenheit als einen Fluch betrachtete. Vielleicht hat Yvonne gar nicht so Unrecht, überlegte sie.

»Sie machen das sehr gut«, lobte Doktor Corbeau. »Können wir fortfahren?«

Ravenna stand auf, um den beklemmenden Nachforschungen zu entgehen. Sie stellte sich vor das Fenster und blickte in den Garten hinunter. Der Swimmingpool war leer, in den Ecken des Beckens lagen tote Blätter aufgehäuft, die der Wind dort hingeweht hatte. Hinter dem Haus wuchs ein Baum mit dunkler, glatter Rinde, dessen kahle Äste sich in den Himmel reckten. Seltsam, dachte Ravenna, welcher Baum treibt Anfang Mai noch nicht aus? Vielleicht lag es am Winter, der in diesem Jahr besonders lang und hart gewesen war. Sogar in manchen Aprilnächten hatte es noch Frost gegeben.

Ihr Gesicht spiegelte sich in der Scheibe des hohen Fensters. Zum ersten Mal bemerkte sie, wie ausgemergelt und blass sie war. Ihre Wangen waren eingefallen. Sie hatte Jacques' Rat befolgt und noch am Abend ein heißes Bad genommen, doch sie fühlte sich matt und zerschlagen, als würde sie krank werden.

Ich halte das nicht mehr lange durch. Die Erkenntnis erschreckte sie. Was sollte sie tun, wenn die Verzweiflung die Oberhand gewann? Ihre Stelle hatte sie bereits so gut wie verloren. Was kam als Nächstes? Würde sie ihre Wohnung verlieren und auf der Straße landen? Die Vorstellung ließ sie frösteln.

»Ich habe das vorhin nicht so gemeint, das mit der Einweisung in ein Krankenhaus«, murmelte sie. »Es ist nur … manchmal bin ich so erschöpft von all diesen Schwierigkeiten.«

»Sie wissen doch, nichts geschieht gegen Ihren Willen.« Doktor Corbeau stand so dicht hinter ihr, dass sie erschrak. Sie drehte sich um.

»Es gäbe da vielleicht noch eine Möglichkeit«, sagte er. »Wir könnten es mit einer Hypnose versuchen. Manchmal lassen sich damit ungewöhnliche Resultate erzielen.«

Nein, dachte Ravenna unwillkürlich. Das ist mir zu viel. Er will in meinen Kopf eindringen und das kann ich nicht zulassen.

»Sie brauchen keine Angst zu haben. Sie werden in Trance gleiten, ohne etwas zu merken«, fuhr Corbeau fort. Sein Blick ruhte lauernd auf ihr. »Dann kommen wir ungehindert an alles heran, was in Ihrem Gedächtnis gespeichert ist.«

Ravenna schielte nach der Standuhr und vergewisserte sich, dass die Sitzung fast abgelaufen war. »Nein danke. Lieber nicht.«

»Es wäre einen Versuch wert«, beharrte Doktor Corbeau. »Kommen Sie nächste Woche um dieselbe Zeit. Ich sage den Termin nach Ihrem ab, dann sind wir ungestört. Oder noch besser: Wir versuchen es gleich.«

Sie schlüpfte an ihm vorbei und nahm ihre Regenjacke vom Ständer neben der Tür. »Es wird Zeit für mich«, sagte sie steif. »Also dann.«

Doktor Corbeau ließ sie nicht aus den Augen, während er den Raum mit raschen Schritten durchquerte. »Sie weichen mir aus. Nun gut, das ist verständlich, das geht vielen meiner Patienten so. Aber es wird Ihnen nichts nützen. Diese Ereignisse werden Sie für den Rest Ihres Lebens verfolgen, wenn wir uns nicht damit auseinandersetzen.«

Wir! Das kann er ja wohl kaum ernst meinen, dachte Ravenna und spürte, wie ihr der Ärger die Kehle zuschnürte. Ich muss mich mit meiner Vergangenheit herumquälen, ich ganz allein.

»Gehen Sie von der Tür weg«, sagte sie leise, doch Corbeau rührte sich keinen Millimeter. Er stützte die Hände gegen den Rahmen und starrte sie mit einem seltsamen Ausdruck an. »Gehen Sie nicht«, stieß er endlich hervor. »Warum Zeit verlieren, wenn man auch sofort haben kann, wonach man sich sehnt? Was sagen Sie? Sollen wir einen Versuch wagen?«

Ravenna atmete flach ein und aus, um die aufsteigende Panik in den Griff zu bekommen. »Wollen Sie mich testen? Geht es darum? Dass ich noch einmal dieselben Gefühle durchmache wie an jenem Abend? Und das soll helfen?« Sie lachte gezwungen und streckte die Hände nach oben, die Handflächen nach vorne gekehrt. »Na schön, Sie haben gewonnen. Da ist Beklemmung, Angst, Panik. Und Scham. Gleichzeitig fühle ich mich schutzlos und wütend. Reicht das für heute? Haben Sie genug gehört?«

Corbeau verschränkte die Arme und lehnte sich mit dem Rücken gegen die Tür. Seine Augen glitzerten und sein Kinn wirkte wie aus Marmor gemeißelt. »Gegen meinen Willen kommen Sie hier nicht raus«, stellte er fest. »So muss es auch gewesen sein, als der Irre in Ihrer Wohnung stand, nicht wahr? Der Psychopath, der Sie terrorisierte, um seine Macht zu demonstrieren. Glauben Sie mir, ich kenne solche Leute.« Corbeaus Lachen klang hohl. »Hören Sie, Ravenna, ich will Ihnen wirklich helfen. Als ich diesen Beruf ergriff, nahm ich mir fest vor, meinen Patienten zuzuhören und zu verstehen, was sie antreibt. Kennen Sie dieses wunderbare Buch über die Suche nach dem Glück? Darum geht es doch bei euch allen. Aber ihr macht es uns verdammt schwer mit eurem Starrsinn.«

Ravennas Puls schlug Kapriolen. Sie starrte ihren Therapeuten an und versuchte, einen klaren Kopf zu bewahren. Es geschah nicht zum ersten Mal, dass Corbeau sich bedrohlich verhielt. Er hatte ihr nie eine Erklärung gegeben, sondern immer nur ihre Reaktion beobachtet. Als wäre ich eine Ratte in einem Käfig, schoss es ihr durch den Kopf. Oder eine aufgespießte Motte.

»Ich muss gehen«, beharrte sie. »Meine Schwester wartet mit dem Essen auf mich.«

Doktor Corbeau nickte. »Yvonne. Der blonde Engel. Die Jüngere von Ihnen beiden. Die Hübschere, wenn man Ihren Beschreibungen glauben darf. Ihr laufen die Männer in Scharen hinterher, während Sie das Dasein eines Mauerblümchens fristen. Schreibt sie Ihnen jetzt auch noch vor, wie Ihr Tagesablauf auszusehen hat?«

»Es reicht!« Plötzlich pulsierte das Blut kraftvoller durch Raven-

nas Adern, und das Gefühl von Krankheit und Schwäche zerstob.
»Die Beziehung zu meiner Schwester lasse ich mir von niemandem kaputtreden! Wissen Sie, was Yvonne über den Einbrecher behauptet? Dass er mich verflucht hat. Dass es ein Fluch ist, der mich nicht mehr schlafen lässt und mir jede Lebensfreude nimmt. Was sagen Sie dazu?«

Corbeau lehnte sich mit einem hörbaren Atemzug zurück, bis sein Gesicht halb im Schatten lag. Aus der Dunkelheit unter dem Türsturz hörte Ravenna seine Stimme. »So, denkt sie das? Eine kluge, kleine Schwester haben Sie da. Glauben Sie denn an Voodoo oder Hexerei?«

Die Worte hatten einen unheimlichen Nachhall. Ravenna zog die Schultern hoch und atmete tief durch, doch plötzlich war es, als stünde sie unter einer Kuppel aus Kälte, einem Eisdom, in dem jeder Herzschlag gefror. »Ich möchte jetzt gehen«, sagte sie. »Was müssen Sie bloß für ein komischer Typ sein, wenn Sie immer mit dem Schlimmsten rechnen?«

Ganz allmählich zeigte sich ein Lächeln auf Corbeaus Lippen. Doch seine Augen lagen im Schatten. »Die Menschen kommen doch hierher, um mir ihre schlimmsten Geheimnisse anzuvertrauen«, sagte er leise. »Das haben Sie doch gewusst. Nicht wahr, das wussten Sie?«

Das Blut rauschte Ravenna in den Ohren. Corbeau machte keinerlei Anstalten, die Tür freizugeben. Ein Wort formte sich in ihren Gedanken, ein Wille, eine eiserne Entschlossenheit durchströmte sie, noch ehe sie es verhindern konnte. Avauntier!, befahl sie lautlos und Corbeau zischte, als habe er sich an einem glühenden Eisen verbrannt. Er drückte auf die Klinke und öffnete schwungvoll die Tür. Im hellen Licht nahm sein Gesicht wieder normale Züge an. Da stand ein gut aussehender Mann mittleren Alters, ein Sammler und Gelehrter und ein Doktor der Seelenkunde obendrein. Er lächelte, als Ravenna an ihm vorbeiging.

»Machen Sie's gut. Wir sehen uns dann nächste Woche.«

Hastig überquerte sie die Empore, bis sie die Treppe erreicht hatte. Der erste Schritt kostete jedes Mal Überwindung, denn Stufen und Geländer bestanden aus Glas. Es war, als würde sie ins Nichts treten. Corbeau hat Recht – es ist alles in meinem Kopf, dachte sie. Schatten und Kälte, wo keine Schatten sind. Gespenster über dem Portal des Münsters und Feuerkreise auf meinem Küchenboden. Und keiner kann mir helfen.

Verstohlen wischte sie die Tränen ab, wegen der sie die Einzelheiten in der Eingangshalle nur noch verschwommen sah: den schwarzweiß gefliesten Boden, die dunkelroten Vorhänge, antike Möbel und den Kronleuchter. Sie zerrte die schwere Eingangstür auf und schlüpfte ins Freie. Sobald sie ins Tageslicht trat, konnte sie leichter atmen, doch die Bestürzung über die letzten Minuten der Sitzung hielt auf dem ganzen Weg nach Hause an.

Das Erbe

Eine halbe Stunde später saßen Ravenna und ihre Schwester beim Abendessen. Es gab grüne Bohnen, Quiche und Salat – und einen guten Grund, weshalb Yvonne so aufwendig gekocht hatte. Er hatte Sommersprossen und saß schweigend zwischen beiden Schwestern, in den Anblick von Yvonnes schaukelnden Ohrringen versunken.

»Was hat Corbeau dir vorgeschlagen? Eine Hypnose?« In gespieltem Entsetzen riss Yvonne die Augen auf. »Das darfst du auf keinen Fall zulassen! Hast du eine Vorstellung, was während einer solchen Trance passieren kann? Alle deine früheren Leben könnten zum Vorschein kommen. Dann weißt du wieder, wer du früher gewesen bist: eine Kurtisane zum Beispiel! Eine Freischärlerin, die von Soldaten erschossen wurde. Eine Nonne! Oder eine Priesterin auf einer einsamen Insel. Und du wirst auch wissen, wie dein jeweiliges Ende aussah!«

»Du hast echt eine blühende Fantasie«, murmelte Ravenna, während sie sich ein weiteres Stück von der Quiche abschnitt. Der Duft des frisch gebackenen Speckkuchens erfüllte die Küche und in der gewohnten Umgebung fühlte sie sich langsam wieder sicher. Die Eindrücke von einer frostigen Kuppel, deren Wände mit toten Insekten übersät waren, die wie Eisdiamanten glitzerten, verblassten.

»Ich habe eine Freundin, die hat mal eine Rückführung gemacht«, fuhr Yvonne unbekümmert fort. »Eine Reise in ihre Vergangenheit vor ihrem jetzigen Leben. Weißt du, was sie als Erstes gesehen hat? Da war ein Boot, so eine Barke mit schwarzen Vorhängen …«

»Yvy – es reicht!« Das Zauberwort tat auch diesmal seine Wirkung. Ihre Schwester verstummte. Beleidigt schob sie ein Stückchen knusprigen Kuchenrand auf ihrem Teller herum. Dann bückte sie sich und legte den Happen vor Merle auf den Boden. Sofort machte sich die schwarze Katze über die Leckerei her. Ihre Jungen balgten sich unter dem Küchentisch.

Yvonnes neuer Verehrer saß auf dem Stuhl vor dem Fenster, ein Wuschelkopf mit verträumtem Blick. In dem zerknitterten Hemd sah er aus, als wäre er gerade aufgestanden, doch Ravenna vermutete, dass dies sein alltägliches Erscheinungsbild war. Er musste den Hals recken, wenn er Yvonne über den dicken Strauß Wiesenblumen hinweg sehen wollte, der mitten auf dem Tisch stand. Mathis hatte den ganzen Abend über noch nichts gesagt. Oder war sein Name Maxime? Na egal, dachte Ravenna. Yvonnes neuste Flamme hockte vor dem unberührten Teller und wartete ganz offensichtlich darauf, dass sie das Abendessen beendeten und sich die Tür zum Schlafzimmer hinter ihnen schloss.

Verärgert nahm Ravenna sich vor, ihrer Schwester die Meinung zu sagen, sobald Mathis – oder Mathieu – am nächsten Morgen das Feld geräumt hatte. Schließlich war es noch immer ihre Wohnung.

»Noch ein Schluck Wein?« Großzügig goss Yvonne ihrer Eroberung das Glas voll. »Um solche Hypnosen anzubieten, braucht man eine ganz bestimmte Ausbildung und ich bezweifle, dass dein Doktor Corbeau da Erfahrung hat. Schließlich ist er bloß Psychotherapeut. Meine Freundin jedenfalls war bei einer Frau, die sich auf Rückführungen von Schamanenseelen spezialisiert hat. Ein bisschen gruselig war es schon, hat sie gesagt. Aber … au! «

Wütend funkelte Yvonne ihre Schwester an. Der Tritt ans Schienbein war nicht gerade zimperlich gewesen. »Ins Badezimmer«, sagte Ravenna nur.

Nachdem sie beide im Bad waren, knallte Yvonne die Tür hinter sich zu. »Sag mal, spinnst du? Was soll das? Weshalb trittst du mich unter dem Tisch oder fällst mir ins Wort, wenn ich Mathis etwas erzählen will?«

»Wie kommst du dazu, meine Lebensgeschichte vor einem Typen auszubreiten, den ich heute Abend zum ersten Mal sehe?«, schnaubte Ravenna. »Und überhaupt hättest du mich vorher fragen können, ob mir Besuch recht ist!«

»Ach, tatsächlich?« Yvonne stemmte die Fäuste in die Hüfte. Sie trug ein geblümtes Oberteil mit einem wellenförmig eingefassten Ausschnitt. Ein rotes Band hielt ihr das Haar aus dem Gesicht. »Soll ich demnächst auch um Erlaubnis fragen, wenn ich Kaffee kochen oder die Blumen gießen will? Was ist eigentlich los mit dir? Erst wirfst du meine Freundinnen aus dem Haus und jetzt willst du mir auch noch vorschreiben, mit wem ich meine Abende verbringe! Ich werde dir zeigen, wie …«

Rasch hob Ravenna die Hand. »Pass auf, was du sagst, Yvonne. Du weißt, wie das manchmal endet. Marienkäfer sind ja recht niedlich, aber weißt du noch, wie einmal faustgroße Steine auf das Auto unseres Nachbarn herabfielen?«

»Um ein Haar hätte er Johnny angefahren. Und du hättest dir den Hals brechen können, so wie du vom Pferd gestürzt und auf der Straße aufgeschlagen bist. Aber dieser Kerl wollte einfach weiterfahren.«

»Also warst das doch du!« Ravenna holte tief Luft. Dann schüttelte sie den Kopf. »Bislang hast du immer abgestritten, dass du etwas mit diesem Hagelschlag zu tun hattest. Kein Mensch konnte sich damals erklären, wie das passiert ist.«

»Und wenn schon?«, maulte Yvonne. »Habe ich dem Typ auch nur ein Haar gekrümmt? Nein. Er musste die Windschutzscheibe ersetzen lassen und hatte ein paar Beulen in seiner Motorhaube. Ebenso gut hätte ich ihm die Steine auf den Kopf fallen lassen können. Verdient hätte er es jedenfalls.«

Sie streckte den Arm aus, öffnete die Hand und zeigte Ravenna einen graubraunen, scharfkantigen Felsbrocken. Ihre Lippen bewegten sich, und so schnell, wie der Stein erschienen war, verschwand er wieder.

Ratlos starrte Ravenna ihre Schwester an. Sollte Doktor Corbeau etwa Recht behalten? Waren sie beide zu unterschiedlich, um miteinander auszukommen? War sie wirklich eifersüchtig auf ihre kleine Schwester, weil Yvonne scheinbar alles mühelos gelang – sogar das Zaubern?

Kritisch musterte Ravenna sich im Spiegel. Sie musste zugeben, dass ihr introvertiertes Wesen wohl oft abweisend wirkte. Ihre Augen glänzten rauchgrau, eine ungewöhnliche Farbe, die aber zu ihren dunklen Haaren und den langen Wimpern passte. Außer dem Triskel trug sie keinen Schmuck. Das verwaschene T-Shirt und die ewig gleiche Jeans waren längst zur Gewohnheit geworden, ein unauffälliges und bequemes Outfit, meistens voller Katzenhaare, mit dem sie sich unter Menschen wagte. Sie hatte sich nie gerne aufreizend angezogen und seit dem Überfall war es damit ganz vorbei. Wenn sie sich recht erinnerte, hing in ihrem Schrank ein einziges Sommerkleid. Das hatte sie zuletzt an Mémés Geburtstag getragen, ein halbes Jahr vor dem Tod ihrer Großmutter.

»Raven?« Yvonnes Lockenschopf tauchte dicht vor ihr auf und unterbrach ihren Blickkontakt zum Spiegel. »Sagst du mir, was mit dir los ist?«

»Ich dachte gerade, dass ich dir das Kleid mit den gelben Blumen schenken will. Nimm es dir! Ich ziehe es bestimmt nie wieder an«, meinte Ravenna.

Die Besorgnis stand ihrer Schwester ins Gesicht geschrieben. »Mémé mochte es, wenn du dieses Kleid trägst«, wandte sie ein. »Bestimmt erinnerst du dich auch daran, dass wir ihr versprochen haben, zusammenzuhalten. Durch Dick und Dünn. Für immer und ewig. Es würde ihr nicht gefallen, wenn wir uns streiten.«

Ravenna nickte und schloss die Augen. Mémé ...

Sie sah ihre Großmutter vor sich, wie sie im Garten der Eltern inmitten einer Flut von Maiglöckchen saß. Die Bank mit der abgeblätterten Farbe war ihr Lieblingsplatz gewesen und sie hielt immer eine der zahlreichen Hofkatzen auf dem Schoß. So las sie stundenlang in alten, zerfledderten Büchern, oder kritzelte Notizen an den Rand ihrer gesammelten Kochrezepte.

Mémé war so wunderbar altmodisch gewesen, so unberührt von der Zeit, dachte Ravenna. Während ihrer Kindheit war sie für die Schwestern weitaus wichtiger gewesen als die Eltern, die mit dem Weingut und der Gastwirtschaft alle Hände voll zu tun hatten. Mémé lehrte die Mädchen, Gedichte aufzusagen und Lieder zu singen, Pflaumen einzukochen und Kuchen zu backen, Kleider zu nähen, Honigwaben zu schleudern und aus dem Wachs Kerzen zu ziehen. Sie erinnerte sich noch daran, wie die Gegend um das Dorf früher ausgesehen hatte, bevor die Autos, die Strommasten und die vielen Touristen kamen.

Obwohl sie den kleinen Weinort im Elsass nie verlassen hatte, wusste sie mehr über das Geschehen in Ottrott als der geschwätzige Zeitungshändler an der Rue Principale, der sein Geld mit Schlagzeilen verdiente.

»Mémé konnte hellsehen«, raunte Yvonne. »Sie war durch und durch eine Hexe. Von ihr habe ich die Macht des Rufens geerbt. Und du könntest deine magische Gabe auch entfalten, wenn du es nur zulässt.«

Ravenna schlug die Augen auf. Sie befand sich wieder in dem engen Badezimmer unter der Dachschräge, das vollgestopft war mit einem altmodischen Waschstand und einer Truhe voller Handtücher. Auf der Ablage neben dem Waschbecken standen ein Strauß Lavendel und ein Schälchen mit handgemachter Seife.

»Wozu?«, murmelte sie und nahm auf dem Rand der Wanne Platz. Plötzlich fühlte sie sich unendlich müde. »Meinst du, wenn ich über Magie gebieten könnte, wäre mir nicht so etwas Schlimmes passiert?«

Mit verschränkten Armen starrte die Schwester auf sie herab. »Man ist nicht unverwundbar, auch wenn man seine eigene Stärke kennt«, meinte Yvonne düster. »Von den Schamanen in der Mongolei habe ich ... nun lass mich doch wenigstens ausreden, ja? Von den Schamanen habe ich gelesen, dass man nicht selten verflucht wird, wenn sich die Gabe regt. Dein Talent jagt unbegabten Menschen Angst ein und sie wollten verhindern, dass du deine Kräfte nutzen kannst.«

Schweigend musterte Ravenna ihre Schwester. Angst hatte der Eindringling in ihrem Flur nicht gezeigt – ganz und gar nicht. Vielmehr hatte er wie ein Mann gewirkt, der sich jenseits menschlicher Gefühlswelten bewegte. Ein Hexenmeister ohne Gewissen, ein Voodoopriester, der sein Opfer genüsslich quälte. Wenn er hatte verhindern wollen, dass sie sich in ihrem Leben je wieder sicher fühlte, dann war es ihm gelungen. Und zwar gründlich.

»Das hast du doch nicht nur aus Büchern«, meinte sie schließlich.

»Nein«, gab Yvonne zu. »Natürlich nicht.« In ihrem Gesicht regte sich nichts, und sie ging auch nicht weiter auf Ravennas Frage ein. »Ich habe heute mit Mama telefoniert«, sagte sie stattdessen. »Sie meinte, dein Johnny langweilt sich im Stall noch zu Tode. Warum fährst du nicht raus aufs Land und machst einen Ausritt? Nur so zum Zeitvertreib. Und um der Sache mit diesen Zeitsprüngen auf den Grund zu gehen. Schließlich haben diese Phänomene auf dem Odilienberg begonnen. Dort hattest du das erste Erlebnis dieser Art und glaub mir, das ist kein Zufall. Es ist ein magischer Berg. Ein alter Hexentempel.«

»Schamanen. Zeitsprünge. Magische Berge.« Ravenna lachte tonlos. »Nur weil ich von einem Ausritt nicht mehr heimfand? Das hört sich noch verrückter an als alles, was Doktor Corbeau mir vorgeschlagen hat. Wie kommst du bloß darauf?«

»Wegen der uralten Bauten auf dem Gipfel.« Yvonne antwortete ohne eine Spur von Zögern. »Nicht das Kloster meine ich, sondern die Anlagen, die viel älter sind: das Druidengrab. Die Heidenmauer. Und die Beckensteine, aus denen die Zauberkundigen von einst die Zukunft lasen.«

Unruhig rutschte Ravenna auf dem Wannenrand hin und her. Je länger sie über diese Bemerkung nachdachte, desto schneller kreiste das Blut in ihren Adern. Es stimmte – in der Nähe der Schalensteine auf dem Gipfel hatte sie zum ersten Mal jenen Gedächtnisverlust erlitten, der sie durch Raum und Zeit zu schleudern schien. Sie versuchte sich an das Ereignis an der Kathedrale zu erinnern, an Einzelheiten, die diesen Ort betrafen. War es möglich, dass ihre seltsamen Erlebnisse mit bestimmten Plätzen zusammenhingen, Plätzen, die – wie Yvonne zweifellos bestätigt hätte – aufgeladen waren mit magischer oder religiöser Energie? Doch was hatte all das mit dem Fluch in ihrer Küche zu tun?

»Vielleicht hast du Recht«, murmelte sie. »Vielleicht sollte ich der Sache wirklich auf den Grund gehen. Dann haben du und Marcel wenigstens sturmfreie Bude.«

Beunruhigt sah Yvonne ihr zu, wie sie Zahnpasta, Bürste und Shampoo zusammenraffte und in ein Täschchen packte. »Nun sei nicht gleich eingeschnappt«, meinte sie. »Ich bin sicher, dass es zwischen den merkwürdigen Ereignissen, die dir in letzter Zeit widerfahren, einen Zusammenhang gibt. Mémé glaubte an solche Dinge. Unsere Großmutter glaubte an die Möglichkeit, dass sich der Himmel oder irgendein alter Felsen aufspalten und eine magische Welt hervorbringen können, eine Welt voller Geheimnisse und Wunder. Sie war geradezu besessen von Marienerscheinungen. Weißt du noch? Und auf den Odilienberg nahm sie uns jeden Sonntag mit.«

»Mémé hatte auch eine andere Seite, die mit Magie und Zauberei überhaupt nicht einverstanden war«, widersprach Ravenna. »Du vergisst, wie fromm sie war. Einmal im Jahr eine Wallfahrt nach Lourdes, Santiago de Compostela oder nach Mariazell – du meine Güte. Dir ist doch wohl klar, was sie mit dir gemacht hätte, wenn sie herausgefunden hätte, dass du Steine auf Monsieur Wylers Auto herabfallen hast lassen.«

Rasch verzog Yvonne den Mund und räusperte sich. »Das sind

magische Plätze. Alte Kultorte, die von der Kirche vereinnahmt wurden. Mémé war eine Heidin und wusste es nicht.«

Ravenna seufzte und ging ins Schlafzimmer, wo sie eines der Katzenjungen vom Bett scheuchte und eine Tasche aus dem Schrank holte. Wahllos stopfte sie Pullover, Unterwäsche und Socken hinein. Als sie Yvonne in der Tür stehen sah, hielt sie inne.

»Mémé hat uns ein Erbe hinterlassen, Raven. Sie hat uns zu dem gemacht, was wir sind: zwei Frauen, die tatsächlich nicht in diese Welt voller Flugzeuge, Autobahnen und Neonlichter passen! Weshalb bist du Steinmetzin geworden und hältst mittelalterliche Kathedralen instand? Warum wohl hüte ich einen Schatz an staubigen Büchern? Unsere Großmutter wollte, dass wir ein außergewöhnliches Leben führen. Durch versteckte Hinweise hat sie uns eine ganz bestimmte Verbindung zur Vergangenheit aufgezeigt, und ich bin der Meinung, wir sollten diesem Rätsel nachgehen.«

Energisch zog Ravenna den Reißverschluss der Tasche zu. »Ich glaube kaum, dass Mémé in unserer Berufswahl irgendwelche Verbindungen zum Mittelalter sah. Oder zu sonst irgendeiner Zeit. Aber du hast vollkommen Recht: Ich brauche einen Tapetenwechsel. Frische Luft wird mir guttun. Und jetzt geh bitte wieder in die Küche und mach dir noch einen schönen Abend mit Michel.«

»Mit Mathis.«

»Wie auch immer.«

Kopfschüttelnd betrachtete Yvonne ihre Schwester. »Ich dachte immer, wir hätten mehr miteinander gemeinsam. Bist du nicht wenigstens ein klein bisschen neugierig auf den Zauber hinter den Dingen? Wer bewegt die Sterne über den Himmel? Wohin gehen wir, wenn wir träumen? Weißt du nicht mehr, wie wir uns als Kinder diese Fragen gestellt haben? Ich dachte immer, als Erwachsene würde ich die Antwort finden. Ich suche danach – noch immer.«

»Es tut mir leid.« Plötzlich fiel Ravenna das Sprechen schwer.

Mit einem Ruck schlang sie den Tragegurt der Tasche über die Schulter und angelte den Autoschlüssel vom Nachttisch. Das junge Kätzchen krallte sich spielerisch in ihren Schnürsenkel. »Ich brauche einfach nur Zeit für mich. Grüß Mathéo von mir.«

»Mathis.«

»Dann eben Mathis.«

Grollend folgte Yvonne ihrer Schwester in den Flur. »Diesmal lohnt es sich wirklich, wenn du dir seinen Namen merkst. Ich glaube nämlich, er ist der Richtige.«

»Wenn es wahr ist, was du vorhin über Mémé gesagt hast, dann wäre vielleicht ein fahrender Minnesänger das Richtige für dich. Ein Drachentöter. Oder noch besser: ein Hofnarr.« Endlich war es Ravenna gelungen, ihrer Schwester ein versöhnliches Schmunzeln zu entlocken.

Vor der Haustür blieb sie stehen und ließ einen Blick durch ihre Wohnung schweifen. Alles an der Einrichtung war so, wie sie es gerne mochte: helle Farben und Materialien, die aussahen, als hätte man sie am Strand gefunden. Und wenn man genau hinsah, dann behielt Yvonne Recht: Dieser verwinkelten Dachkammer merkte man wirklich nicht an, in welchem Jahrhundert sie eigentlich bewohnt wurde.

Zuletzt umarmte Ravenna ihre Schwester. »Pass gut auf dich auf«, flüsterte sie Yvonne ins Ohr. »Versprich mir das! Dein neuer Freund kann bei uns wohnen bleiben, solange er will. Hauptsache, du bist hier oben nicht allein.«

Ein Ruf aus der Ferne

Das Elternhaus der Schwestern lag am Ortsrand von Ottrott, versteckt zwischen Weinbergen, Weiden und Kornfeldern. Die Fachwerkfassade hatte der Vater liebevoll restauriert und in einem kräftigen Blauton gestrichen. Geranien blühten auf allen Fensterbänken und ein golden angestrahltes Schild wies auf den Gasthof hin. Von ihrem Fenster aus konnte Ravenna es fast berühren. Ihr Zimmer ging zum Parkplatz hinaus. Sie roch den Duft von frisch gemähtem Gras und hörte das Zwitschern der Vögel.

Seufzend nahm sie die Armbanduhr vom Nachtkästchen, bevor sie das Zimmer verließ und die knarrende Treppe zum Erdgeschoss hinunterstieg. Eine unbestimmte Ahnung regte sich in ihr, eine Nervosität, die das Gespräch mit ihrer Schwester hinterlassen hatte. Sie ärgerte sich deswegen, denn sie hatte nicht vor, sich von Yvonne beeinflussen zu lassen. Doch sobald ihr Blick auf den schattigen Buckel des Odilienbergs fiel, wurde ihr ganz heiß. Ein alter Hexentempel, ein magischer Kultplatz ... war sie deshalb so verstört gewesen, als sie das letzte Mal auf den Gipfel geritten war?

Angst vor einem Ausritt – so weit kommt es noch, schimpfte sie mit sich, als sie die Tür zur Gaststube aufstieß. Schon morgens roch es verführerisch nach geschmolzenem Käse, Röstzwiebeln und Bratkartoffeln.

»Gut geschlafen, mein Schatz?«, rief Ravennas Mutter aus der Küche, wo sie am offenen Feuer hantierte. Kupferkessel und Eisenpfannen standen auf den Flammen und aus den Töpfen wallte

Dampf empor. Zwei Cousinen und eine von auswärts angeheuerte Küchenhilfe gingen der Mutter beim Vorbereiten des Mittagsmenüs zur Hand. In der ganzen Region war die Familie dafür bekannt, Weine und Speisen nur nach Originalrezepten zuzubereiten. Darin lag das Geheimnis der kleinen, erfolgreichen Wirtschaft am Fuß der Vogesen.

»Ich habe geschlafen wie ein Baby«, rief Ravenna in die Durchreiche. Sie brach ein Stück vom frischen Baguette ab und bestrich es dick mit Butter und Marmelade. Ihre Cousine stellte eine Schale Milchkaffee vor sie hin.

Ravenna hatte den Eltern nicht erzählt, weshalb sie mitten unter der Woche plötzlich genügend Freizeit hatte, um einen Ausritt zu unternehmen. Ebenso wenig wussten die Wirtsleute, was ihr in jener stürmischen, kalten Winternacht widerfahren war, als der Unbekannte plötzlich in ihrem Hausflur aufgetaucht war. Sie brachte es einfach nicht übers Herz, ihren Eltern die Wahrheit zu erzählen. Sie würden sich nur Sorgen machen und konnten ihr doch nicht helfen. Gilbert und Anna Doré waren vollauf mit dem Betrieb von Hof und Gasthaus beschäftigt. Vom Treiben ihrer Töchter in der nahen Stadt hatten sie keine Ahnung und sie fragten auch nicht – sie vertrauten darauf, dass die beiden Schwestern wussten, was sie taten. Das magische Talent, wenn es diese Gabe denn wirklich gibt, hat in unserer Familie eine Generation übersprungen, dachte Ravenna.

»Dein Vater ist schon auf den Feldern«, fuhr die Mutter fort und reichte der Küchengehilfin einen Bund Frühlingszwiebeln. Schneidemesser und Deckel klapperten um die Wette und über dem Grillrost summte die Abzugshaube. »Er lässt fragen, ob du mit ihm die Zäune nachziehen willst.«

»Ich kümmere mich erst mal um Johnny«, erwiderte Ravenna mit vollem Mund. »Helfen kann ich ihm auch heute Nachmittag noch. Die Zäune laufen ja nicht weg.«

»Die Kälber aber schon«, rief ihr die Mutter lachend hinterher, aber da war sie schon aus der Tür. Sie wollte sich nicht aufhalten lassen, wollte den Ritt so schnell wie möglich hinter sich bringen und mit der Erkenntnis zurückkehren, dass der Odilienberg nur ein Gipfel war wie viele andere auch. Das hat nichts mit Flüchen oder irgendeiner Gabe zu tun – diesen Satz wiederholte sie in Gedanken immer wieder.

Der gescheckte Tinkerwallach begrüßte sie mit einem aufgeregten Wiehern. Mit dem Vorderhuf donnerte Johnny gegen die untere Türhälfte, bis Ravenna ihm alle Karotten verfüttert hatte, die sie aus der Küche mitgenommen hatte. Anschließend führte sie das Pferd ins Freie. Unter ihren Bürstenstrichen begann das schwarzweiß gemusterte Fell des Tieres zu glänzen. Sie kämmte auch den dichten Fesselbehang und reinigte die Hufe, ehe sie dem Wallach den Sattel auflegte und die Gurte festzog.

»Vorwärts!«, rief sie, sobald sie auf dem Pferderücken saß. Die lange Warterei auf den Ausritt hatte Johnny übermütig gemacht, und als sie ihm die Sporen gab, buckelte er genüsslich und galoppierte über die Wiesenwege, die von dem Gehöft in Richtung Berge führten.

Sobald sie den Hof verließ, lag die Kammlinie der Vogesen vor ihr. Wie mächtige, dunkle Riesen ragten die Berge aus der Rheinebene auf. Auf den Feldern zog ein einsamer Traktor seine Bahnen, und als sie an den Koppeln des örtlichen Reiterhofs vorbeikam, begrüßte Johnny die anderen Pferde mit einem schrillen Wiehern. Kurz darauf stieg das Gelände an. Wald umgab sie und es duftete nach Tannennadeln und Rinde. Im fernen Dunst erblickte Ravenna die Umrisse der Stadt und entdeckte sogar den Nordturm der Kathedrale.

Aber Straßburg und das Leben dort waren an diesem Morgen weit weg. Sogar Yvonnes Andeutungen und Mutmaßungen verloren an Bedeutung, denn der sonnige Tag enthielt nicht die geringste Bedrohung. Im Gegenteil – Ravenna trabte unter dichtem Laub dahin und genoss es, das Gesicht im Sonnenlicht zu baden und sich von den Bewegungen des Pferdes tragen zu lassen. Zum ersten Mal seit langer Zeit fühlte sie, wie das Gefühl ständiger

Wachsamkeit in ihr nachließ. Dankbar gab sie dem Pferd die Zügel frei. Johnny warf den Kopf hoch und scheute spielerisch, als sie ihn antrieb und er zwischen den Kiefernstämmen bergauf trabte.

Eine knappe Stunde später hatte sich das Gelände verändert. Aus dem Wald ragte eine breite, rötliche Felsnase, steil wie der Bug eines Schiffes. Dort oben lag das große Kloster mit der Kapelle, den Speisesälen für die vielen Pilger, einem Souvenirladen und einem Parkplatz für die Reisebusse. Von den Aussichtsterrassen aus hatte man einen herrlichen Blick auf die Flussebene, doch Ravenna lenkte das Pferd in die andere Richtung, fort von dem Felsvorsprung unter die dichten Bäume. Dort verlief die Heidenmauer. Sie stieß auf das Bauwerk, nachdem der Wallach die letzte Steigung erklommen hatte. Unter den Baumkronen türmten sich mit Moos überzogene Felsquader, die sorgfältig übereinandergeschichtet waren. Der Weg, auf dem sie ritt, schlängelte sich an der Mauer entlang. An manchen Stellen war das Bollwerk mehr als fünf Meter dick, Nischen und verwitterte Tore wechselten mit langgezogenen Wällen.

Mit klopfendem Herzen folgte Ravenna dem Verlauf der Mauer. Selbst ohne das geringste Zeichen von Magie wirkte der Bau unheimlich, ein düsterer, geheimnisumwitterter Bote aus einer anderen Zeit. Niemand wusste genau, weshalb der Wall errichtet worden war oder welchem Zweck er diente. Dass die Heidenmauer einen alten Kultplatz schützte, war nichts weiter als Spekulation.

Nach einer Weile zügelte sie das Pferd und starrte auf das verfallene Tor, das vor ihr lag. Ungefähr hier war es geschehen, hier hatte sie ihren ersten Gedächtnisverlust erlitten. Sie wusste noch, wie sie den Wallach zwischen den Mauerresten hindurchgelenkt hatte. Als sie die Augen schloss, überkam sie ein Gefühl von Nacht und Sturm, von einem Heulen in vom Wind gepeitschten Zweigen, aber das war auch schon alles. Ihre nächste Erinnerung war Kommissar Gress' beachtliche Gestalt, die sich am Brunnen in

Obernai über sie beugte. Dazwischen war nichts geschehen, und wenn Yvonne noch so sehr von Magie träumte – das konnte sie beschwören.

Seufzend lockerte Ravenna die Zügel. Lautlos sanken Johnnys Hufe in den Waldboden, als er durch das Tor schritt. Ravenna ließ dem Wallach seinen Willen, bis sie an eine Stelle kam, an der eine Gruppe großer, buckliger Felsen aufragte. Sie zog die Zügel an, schwang sich aus dem Sattel und zog das Pferd zu verwitterten Felsen. Es war eine Gruppe von Beckensteinen, wie man sie in der Nähe der Mauer hin und wieder fand. Wenn es einen Beweis für magische Mächte gab, die den Berg beherrschten, dann hier an dieser Stelle, wo vor Tausenden von Jahren womöglich wilde Tänze und blutige Opferungen stattgefunden hatten.

Gespannt beugte sich Ravenna vor. Die Schale in der Mitte des Felsens war vollkommen rund und man sah noch immer, dass der Stein vor langer Zeit mit Werkzeugen behauen worden war. Regenwasser hatte sich im Becken gesammelt und bildete einen stillen, dunkelgrünen Teich. Blaue Schatten lagen auf ihrem Gesicht, das sich auf der Wasseroberfläche spiegelte. Die Farbe der Wolken im Hintergrund kehrte in ihrer Augenfarbe wieder und über ihrem Kopf sah sie Buchenblätter, Kieferzweige und ein Stück blauen Himmel. Eine Gestalt in einer roten Regenjacke – mehr war nicht zu erkennen. Keine Vision, keine Prophezeiung, nicht den geringsten Spuk gab es hier. Na bitte, dachte Ravenna. Wahrscheinlich musste man schon eine keltische Heilige sein, um die schlafende Macht des Odilienbergs zu wecken.

Seufzend zog sie den Reißverschluss bis zum Kinn. Ein Windstoß kräuselte die Wasseroberfläche, die Zweige über ihrem Kopf rauschten. Das Wetter wurde schlechter, das konnte sie auch ohne magische Eingebung vorhersagen.

Mein armes Kind, folge deinem Weg!

Überrascht blickte Ravenna auf, als sie von weither ein Echo hörte, einen Ruf aus der Ferne. Oder hatte sie sich getäuscht? Misstrauisch blickte sie sich um. Ihre Umgebung hatte sich nicht verändert: Die Bäume wuchsen in lockerer Ordnung, Heidelbeersträucher bedeckten den Boden. Zwischen den Stämmen schlängelte sich die alte Mauer.

Ihre Finger zitterten, als Ravenna nach den Zügeln griff und den Wallach zu sich heranzog. Geschickt schwang sie sich in den Sattel und wendete das Pferd. Der Wald wirkte dunkler, als sie nach dem Pfad suchte, der sie wieder in die Flussebene führen würde. Wolken waren vor die Sonne gezogen und der Wind blies in heftigen Böen. Von Westen her rollte leiser Donner.

Auch das noch, dachte Ravenna. Die Eltern werden sich Sorgen machen, wenn ich in ein Unwetter gerate. Um sicherzugehen, dass ihre Mutter sie nicht wegen irgendwelcher ausgebrochenen Kälber von ihrem Ausritt zurückrief, hatte sie das Mobiltelefon ausgeschaltet und in die Schublade des Nachtkästchens gelegt. Jetzt konnte sie zu Hause nicht einmal Bescheid geben, falls sie auf der Bergkuppe in einem Unterstand ausharren musste, bis das Gewitter vorübergezogen war.

Hektisch trabte der Wallach durch den Wald. Der Wind blies Ravenna ihre Haarsträhnen in die Augen. Immer wieder duckte sie sich unter tief hängenden Zweigen und konnte einige Trabschritte lang nichts sehen. Als das Pferd scheute und sich heftig zur Seite warf, gelang es ihr gerade noch, sich an der Mähne festzuklammern.

»Ruhig, Johnny, immer ruhig Blut! Was machst du denn für Sachen?« Keuchend stützte Ravenna sich auf den Hals des Pferdes und setzte sich zurecht. Die Bäume ächzten mittlerweile in den Windstößen und unter den Zweigen war es so düster wie nach Einbruch der Dämmerung. Ihre Armbanduhr zeigte jedoch erst Viertel nach vier. Plötzlich entdeckte sie im Halbdunkel ein mattes Leuchten. Aus dem Waldboden sprossen nebelgraue Pilze und bildeten einen dichten, gleichmäßigen Kreis. Die Erscheinung hatte einen Durchmesser von mehreren Schritten und glühte in einem geisterhaften Licht.

Ein Hexenring! So wurde dieses Phänomen im Volksmund

genannt. Für das kreisförmige Wachstum der Pilze gab es einen triftigen Grund, ebenso wie für das geheimnisvolle Glimmen. Biolumineszenz, dachte Ravenna, leuchtende Pilze. Darüber habe ich schon einmal einen Artikel gelesen. Dennoch kroch ihr ein Schauer über den Rücken.

Sie straffte die Zügel und trieb das Pferd an. Aber der gutmütige Tinkerwallach weigerte sich und wollte nicht weitergehen. Als Ravenna ihn energischer vorantrieb, stieg er senkrecht auf die Hinterbeine und kam dem abschüssigen Hang gefährlich nahe.

»Johnny, verdammt, willst du, dass wir uns den Hals brechen?«, schrie sie. Sie hatte den Tinker noch nie geschlagen, doch jetzt versetzte sie ihm mit den Zügelenden einen Streich über die Kruppe. Erschrocken machte der Wallach einen Satz nach vorn und landete mit den Vorderhufen innerhalb des Hexenrings.

Etwas Merkwürdiges geschah.

Ravenna hatte das Gefühl, sie würde in die Luft geschleudert, aber es war kein gewaltsames Ereignis, sondern ein sanftes Gleiten. Sie schwebte wie am Rand eines Traums. Lichtfunken glühten auf und schwirrten langsam an ihr vorbei. Der Donner grollte in immer größerer Entfernung und verstummte schließlich ganz. Leicht wie eine Feder glitt sie zu Boden.

Als sie die Augen aufschlug, war der Wald dunkel und windstill. Sie blickte hinauf zu den Baumkronen und sah Sterne zwischen den Zweigen blitzen. Dies war kein Traum, das spürte sie an ihren ausgekühlten Gliedern und an der Wurzel, die sich schmerzhaft in ihren Rücken bohrte. Von Panik erfüllt, stemmte sie sich auf einem Ellenbogen hoch. Es war wieder geschehen! Wie viele Stunden oder Tage waren ihr diesmal entglitten, ohne dass sie merkte, was mit ihr geschah?

»Johnny?«

Jemand stand vor ihr und vor Schreck hätte sie beinahe laut aufgeschrien. Die Gestalt verharrte zwischen den schwach glühenden Pilzen. In den Händen hielt sie ein Licht, das ihr Gesicht von unten anstrahlte. Ihr Kopf war von einer Kapuze verhüllt.

»Yvonne? Bist du das?« Ravennas Stimme zitterte.

Die stumme Gestalt regte sich. »Es ist gelungen. Sie erwacht.«

Ihre Stimme klang tief und dunkel, die Worte und die Klangfarbe wirkten sehr seltsam. Sie sprach nicht zu Ravenna, die auf dem Boden kauerte, sondern zu unsichtbaren Gefährten im Hintergrund.

Ravenna fuhr herum. Hinter ihr standen weitere Gestalten, ebenso verhüllt und schweigsam wie die erste Frau. Zu sechst hatten die Unbekannten rings um den Hexenring Aufstellung genommen. Jede hielt ein unruhig loderndes Licht in der Hand.

»Sie erwacht. Aber ist sie auch die Richtige?«, fragte jemand.

»Sie trägt Morrigans Zeichen. Sie ist eine von uns«, bemerkte eine helle Stimme. Die Sprecherin beugte sich zu dem Triskel herunter, das unter Ravennas Pullover hervorgerutscht war. Unter der Kapuze entdeckte sie ein Gesicht mit elfenhaften Zügen. Obwohl die Fremde jung wirkte, war ihr Haar silbergrau. Sie hob die Hand mit dem Licht, bis der Schein auf Ravennas Gesicht fiel. Da bemerkte sie, dass mit einer pudrigen Substanz ein Muster ins Laub gezeichnet war: Sie lag auf einem fünfzackigen Stern.

Hastig sprang sie auf. Ihr Herz raste. Die fremde Frau wich vor ihr zurück und vollführte eine abwehrende Geste, als sei sie ebenso erschrocken wie Ravenna.

»Was ist das hier? Eine Theaterprobe? Ein übler Scherz?«, fuhr Ravenna die Unbekannte an. War sie wirklich Opfer einer Beschwörung geworden? »Ich will sofort wissen, wohin mein Pferd gelaufen ist. Im Dunkeln zwischen den Felsen bricht sich der Wallach sonst das Bein.«

»Sie ist verwirrt«, stellte die erste Sprecherin fest.

»Aber sie ist unserem Ruf gefolgt«, gab eine andere zu bedenken. »Wem außer Melisendes naher Verwandter sollte das gelingen?«

»Sie sieht seltsam aus«, meinte die junge Frau.

»Und wenn sie es nicht ist?«, fragte eine weitere, deren Gesicht ganz im Schatten verborgen lag. Dunkle Locken quollen unter der Kapuze hervor.

Die erste Sprecherin zuckte die Achseln. »Das Wagnis müssen wir eingehen. Wichtig ist nur, dass wir sie so schnell wie möglich von hier fortbringen.«

Ravenna klopfte sich das Laub von den Kleidern. Ihre Uhr war stehengeblieben, doch sie schätzte, dass es weit nach Mitternacht war. Jetzt kam es darauf an, einen klaren Kopf zu behalten. Wie ärgerlich, dass sie ihr Handy nicht wenigstens eingesteckt hatte, auch wenn es ausgeschaltet war! Ihre Eltern waren bestimmt verrückt vor Sorge. Sie schob zwei Finger in den Mund und stieß jenen gellenden Pfiff aus, dem Johnny immer sofort gehorchte.

Zischend fuhren die Frauen sie an. »Hast du den Verstand verloren? Sei still – still! Weißt du nicht, wo wir uns befinden? In diesen Wäldern wimmelt es von Beliars Männern.«

»Wer ist Beliar? Und was kümmern mich seine Männer? Wenn ich mitspielen soll, müsst ihr mich schon in die Regeln einweihen«, knurrte Ravenna.

»Weißt du nicht, was mit einer Frau geschieht, die nachts im Wald vom Feind überwältigt wird?«, fragte eine der Verhüllten.

Und ob ich das weiß, dachte Ravenna. Plötzlich wurde ihr schwindlig und furchtbar übel. Fast fürchtete sie, wieder ohnmächtig zu werden. Fluchtartig wollte sie den Kreis verlassen, doch sie spürte ihre Füße kaum und taumelte wie eine Betrunkene.

»Kind, in einem Hexenring nimmt man niemals den geraden Weg«, ermahnte sie eine untersetzte, ältere Frau. Mit sicherem Griff umfasste sie Ravennas Handgelenk, ihre Finger waren warm und die Berührung wirkte beruhigend. Sie führte Ravenna auf der Bahn des grauen Puders entlang, so dass durch ihre Schritte ein Pentagramm entstand. Nun konnte sie den Ring gefahrlos verlassen.

»Das geht vorbei«, tröstete die Fremde sie, als Ravenna tief Luft holte und den Handrücken auf den Mund presste. »Die Übelkeit ist eine Nachwirkung der Beschwörung. Der Sturz durch ein Tor ist nicht immer angenehm.«

»Was?«, murmelte Ravenna. Vor lauter Verwirrung hatte sie die Worte nur zur Hälfte verstanden. Ihr Herz pochte wie wild, denn ihr Pferd war nicht wieder aufgetaucht und ihr wurde klar, dass es vermutlich bis zum Morgengrauen keinen anderen Ausweg gab, als sich diesen Leuten anzuschließen – so seltsam sie auch waren. Allein der Gedanke, nachts mutterseelenallein durch den Wald zu irren, versetzte sie in Panik.

Eine der Frauen senkte das Licht und murmelte ein kurzes Wort. Ein Blitz zuckte auf, gefolgt von einem Zischen. Der fünfzackige Stern flammte auf und verbrannte mit greller Flamme, heller als ein Schweißlicht auf Stahl. Das Feuer hinterließ den Geruch von Schwefel und einen verkohlten Umriss im Laub.

Hastig fegten die Frauen mit den Füßen Zweige und lose Blätter über die verbrannte Stelle. Ein Licht nach dem anderen erlosch und der Kreis der Verhüllten versank in der Dunkelheit. Die Furcht war ansteckend und plötzlich war Ravenna froh um die kräftige Hand, die ihre Finger gefasst hielt. Sie klammerte sich an ihrer Begleiterin fest, um nicht den Anschluss an die merkwürdige Gruppe zu verlieren.

In einer stummen Prozession bewegten sich die Fremden durch den Wald. An manchen buckligen Schatten neben dem Weg erkannte Ravenna, dass sie wieder der Heidenmauer folgten. Heimlich atmete sie auf, als sie die vertrauten Landmarken um sich sah. Sie bewegten sich in Richtung der höchsten Kuppe des Bergs. Dort lag das Kloster, das vor etlichen Jahren in eine Hotelanlage umgewandelt worden war. Von dort konnte sie ihre Eltern anrufen und sie beruhigen. Wahrscheinlich war der Wallach längst nach Hause gelaufen und stand daheim im behaglichen Stall, während die gesamte Hofmannschaft nach ihr suchte. Wenn es nicht allzu spät war, würde ihr Vater sie vielleicht sogar mit dem Auto abholen. Und dann würde sie sich mit ihren Eltern in die Küche setzen und ihnen erzählen, was ihr widerfahren war. Es würde keine Geheimnisse mehr geben, beschloss Ravenna, sie wollte nurmehr Vertrauen und Trost.

Die leuchtenden Zeiger ihrer Armbanduhr bewegten sich noch immer nicht. Wahrscheinlich war die Uhr beim Sturz gegen einen Stein geprallt und kaputtgegangen. Ravenna warf einen Blick in den Himmel. So weit und still war ihr die Nacht noch nie erschienen. Die Sterne funkelten über den Wipfeln und die Berge lagen in tiefem Schweigen. Zwischen den Bäumen tat sich eine Lücke auf und erlaubte ihr einen Blick in das Tal.

Ruckartig blieb sie stehen. Die Rheinebene war vollkommen dunkel. Weder Autoscheinwerfer noch Straßenbeleuchtung blinkten, obwohl doch neben dem Fluss zahlreiche Hauptverkehrsadern verliefen. Keine der Ortschaften war erleuchtet und es war vollkommen still.

Es war, als hätte es die Welt, die sie kannte, nie gegeben.

Die Sieben

Odilienberg im Jahr 1253

Im Dunklen durchquerten die Frauen die Pforte des Klosters. Nirgendwo brannte Licht, der große, ummauerte Innenhof war von vollkommener Ruhe erfüllt. Ravenna hatte die Anlage mit den herrschaftlichen Gebäuden und den Aussichtsterrassen oft besucht, doch an die beiden Reihen schlanker, junger Bäume, die vor dem Wohntrakt wuchsen, erinnerte sie sich nicht. Als sie unter den Torbogen der Eingangshalle trat, zögerte sie und blickte noch einmal zurück. War es möglich, dass es dieselben Linden waren, die im einundzwanzigsten Jahrhundert zu uralten, knorrigen Zeitzeugen geworden waren? Lindenbäume konnten ein ganzes Jahrtausend überdauern. Es war denkbar, dass sie jetzt gerade die Anpflanzung in einem viel früheren Stadium sah. Panik stieg in ihr auf. Was geschieht mit mir?, fragte sie sich. Dies war keine Wahnvorstellung und auch kein Tagtraum, sie war wirklich auf dem Odilienberg. Aber weshalb hatte sich ihre Umgebung derart verändert? Hatte sie wirklich einen Zeitsprung erlebt, wie Yvonne vermutete? Das ist verrückt, dachte sie. Vollkommen irrwitzig. Das kann einfach nicht sein.

Eine der verhüllten Frauen legte ihr die Hand zwischen die Schulterblätter und schob sie sanft durch die Tür. »Nun geh schon«, raunte die Stimme dicht an ihrem Ohr.

Ravenna betrat den langen, dunklen Gang. Unsicher folgte sie den Frauen, bis sie einen Saal mit blauem Gewölbe erreichten. Goldene Sterne funkelten an der Decke und in der Mitte stand eine runde Tafel. Sieben Stühle mit hoher Lehne umgaben den Tisch. Der achte Stuhl glich einem Thron aus blauem Samt, seine Stuhlbeine ruhten auf Bärentatzen. Ein Bogen aus Sternen überragte die Lehne.

Achtlos warfen die Frauen die Umhänge über Stuhllehnen oder Sitzbänke, ehe sie sich schwatzend am Feuer versammelten. Nur der blaue Thron blieb unberührt. Verstohlen musterte Ravenna ihre Begleiterinnen. Im Licht und ohne die grauen Mäntel wirkten sie wie ganz gewöhnliche Frauen, die sich für einen Abend in historische Kostüme gekleidet hatten. Bei der Herstellung der bodenlangen Gewänder hatte man sich große Mühe gegeben. Die Stoffe waren aus handgesponnener Wolle oder Leinen gewoben und mit Pflanzenfasern gefärbt. Am Kragen, am Saum und an den Ärmeln waren die Kleider mit Seidenbändern oder Borten versehen und mit verschlungenen Zeichen bestickt. An den Füßen trugen die Frauen flache Lederschuhe, die über dem Knöchel mit Schnüren oder Knöpfen geschlossen wurden. Die Gewänder sehen echt aus, dachte Ravenna und ihr Magen verkrampfte sich. Frühes Mittelalter, schätzte sie, so ähnlich wie die Statuen über dem Portal des Münsters.

»Was für eine ungemütliche Nacht«, beschwerte sich die dunkelhaarige Schöne und legte einen Scheit aufs Feuer. Ihre grünen Ohrringe blitzten.

»Eher eine ungemütliche Nachbarschaft«, brummte die groß gewachsene, sehnige Jägerin. Unter dem Umhang hatte sie Köcher und Bogen getragen. Geräuschvoll ließ sie nun die Ausrüstung auf die Bank neben der Feuerstelle fallen. Dann nahm sie an der Tafel Platz, streckte knackend die Gelenke und gähnte.

»Und ein ungemütlicher Ort für eine Beschwörung«, warf die Elfe ein. Das junge Gesicht und die silbernen Haare standen in einem merkwürdigen Gegensatz zueinander. Sie war sehr zierlich und unter dem Gewand sah man deutlich, dass sie schwanger war.

Verlegen stand Ravenna neben der Tür. Plötzlich war sie es, die sich fehl am Platz vorkam: in Pullover und Jeans, mit Schlamm besprritzten Stiefeln unter all diesen aufwändig und raffiniert gekleideten Frauen. Sie räusperte sich und spürte, wie sie rot wurde.

»Ich muss dringend meine Eltern anrufen«, sagte sie. »Sie wissen nicht, wo ich bin, und machen sich bestimmt große Sorgen. Gibt es hier irgendwo ein Telefon?« Aus der Jackentasche holte sie ihre Geldbörse hervor und entnahm ihr einige Münzen.

Ratlos sahen sie die Frauen an. »Wir könnten einen Boten schicken«, schlug die Älteste der sechs endlich vor. Sie war klein und rundlich, ihre Backen glänzten wie frische Äpfel und sie sprach mit einem bretonischen Akzent. Auf dem Kopf trug sie eine Haube aus steifer Spitze, von der ihr ein Schleier bis auf die Schultern fiel. »Wenn du uns sagst, wohin er sich wenden soll, reitet er sofort los. Allerdings bezweifle ich, dass es ihm gelingen wird, die Nachricht zu übermitteln. Schließlich bist du durch ein Tor gekommen, das ein Sterblicher nicht so ohne weiteres durchqueren kann.« Dennoch ließ sie sich von Ravenna die Adresse nennen. »Das Gasthaus zur Rebe in Ottrott? Wenn es dieses Wirtshaus geben sollte, wird es der Reiter kaum verfehlen. Doch wozu braucht ein Weiler mit drei Gehöften eine Schenke?«

Mit klopfendem Herzen starrte Ravenna die Sprecherin an. Das Ottrott, von dem sie aufgebrochen war, hatte sechzehnhundert Einwohner und besaß mit Sicherheit mehr als ein Wirtshaus. Erst kürzlich hatte eine Schulfreundin ein hübsches Café eröffnet, gleich neben der Bahnlinie.

»Ein Bote kann nicht schaden«, seufzte die untersetzte Frau, als sie Ravennas bestürzten Blick bemerkte. Sie öffnete die Tür zum dunklen Flur und rief: »Wer hat heute Abend Dienst?«

Ein eisiger Windzug fuhr durch die Halle. Eine Tür knarrte und eine mürrische, hagere Gestalt erschien. Mit dem langen, dunklen Rock und der weißen Haube war sie wie eine Nonne gekleidet, aber irgendetwas sagte Ravenna, dass sie nicht zu den Betreibern des Hotels gehörte.

»Geh und sag Chandler, er soll einen Reiter ins Tal hinunterschicken«, trug die Frau der Nonne auf. »Er suche nach den Eltern von …« Fragend blickte sie den Gast an.

»Ravenna.« Der Name kam ihr als Krächzen über die Lippen. Die prüfende Aufmerksamkeit der Frauen war ihr unangenehm, und sie wollte ihnen keine Umstände machen. Genau genommen wollte sie nur nach Hause und herausfinden, ob es ihrem Tinkerwallach gutging. Aber natürlich gab es im Kloster kein Telefon – es war eine Pilgerstätte, fernab des weltlichen Trubels.

»Nach den Eltern von Ravenna«, ergänzte die Frau. »Er reite sogleich los, aber er nehme sich vor den Männern in Acht, die dieser Tage durch die Wälder streifen.«

»Einen guten Reiter in Gefahr bringen wegen der da?«, knurrte die hagere Nonne. Sie musterte Ravenna von oben bis unten. »Sie trägt Hosen und geht wie ein Mann. Woher wollt Ihr wissen, ob sie die Richtige ist?«

Die Augen der rundlichen Frau blitzten und sie wirkte eine Handbreit größer als noch vor einem Augenblick. »Geh zu Chandler und überbringe ihm meine Nachricht!«, sagte sie streng. »Sofort. Alles andere lass unsere Sorge sein.«

Die Hagere streckte den Arm durch den Türspalt. Erschrocken zuckte Ravenna zurück, doch da kniff die Nonne sie schon in den Ärmel und rieb den Stoff der Regenjacke zwischen den Fingern. »Seltsames Gewebe für einen Umhang«, giftete sie. »Nicht von dieser Welt.« Dann verbeugte sie sich vor ihrer zornigen Herrin und schloss die Tür.

»Das hat sich aber schnell herumgesprochen«, meinte ein Mädchen mit lebhaftem Gesichtsausdruck. Sie war höchstens sechzehn Jahre alt, schätzte Ravenna. War sie ebenfalls im Wald gewesen? Ravenna konnte sich nicht erinnern. Die Gesichter unter den Kapuzen hatten im Kerzenschein maskenhaft starr gewirkt. Jedenfalls schien die junge Frau zum Kreis der Eingeweihten zu gehören. Sie rührte in dem Kessel, der über dem Feuer hing. Der hauchdünne Überwurf, den sie um die Schultern trug, glänzte im Gegenlicht.

»Was erwartest du, Aveline?«, brummte die Jägerin. Mit einem Kienspan zündete sie sich eine Pfeife an und paffte blasse Wölkchen in den Rauchfang. Der Pfeifenkopf war nicht mit Tabak gestopft, sondern mit einer Kräutermischung, deren Duft nach wenigen Zügen den ganzen Raum erfüllte. Ravenna meinte Beifuß und Salbei herauszuschmecken und noch etwas anderes – Gewürznelken vielleicht. Zwischen zwei Rauchwolken sprach die Jägerin weiter.

»Die Sieben ziehen zu einer nächtlichen Beschwörung auf den Hexenberg und kehren mit einem Gast zurück. Wenn das kein Gesprächsstoff für Hof und Herd ist!«

Ravenna hörte nur die Worte Beschwörung und Hexenberg. Halb erwartete sie, dass Yvonne endlich hinter dem schweren Vorhang hervorkam und sich ausschüttete vor Lachen über den Streich, den sie ihrer Schwester gespielt hatte. Doch eine innere Stimme sagte ihr, dass das nicht geschehen würde. Sie ging zu einem der Bogenfenster und blickte in den Hof hinaus. Die Blätter der Linden rauschten im blauen Nachtlicht. Es waren dieselben jungen Bäume wie vor einer halben Stunde. Sie schloss die Augen und ließ die Stirn gegen die steinerne Einfassung des Fensters sinken. Das darf alles nicht wahr sein, dachte sie. Warum passiert das ausgerechnet mir?

»Komm, Kind. Setz dich zu uns und trink einen Schluck. Du musst müde und hungrig sein.« Die ältere Frau fasste Ravenna am Arm und führte sie zur Tafel.

Bestürzt stellte Ravenna fest, dass sie auf dem blauen Thron Platz nehmen sollte. »Ich … das ist meine Reitkleidung. Sie ist nicht sehr sauber«, murmelte sie.

»Nimm Platz!« Die Frau hatte ihren Arm nicht losgelassen. Die Aufforderung klang nicht länger einladend, sondern fordernd und bestimmt.

Gehorsam rutschte Ravenna auf das blaue Polster. Die Armlehnen waren kunstvoll geschnitzt. Behutsam legte Ravenna die Hände auf die Griffe. Die Lehne mit den Sternen ragte hinter ihr auf.

Ihre Gastgeberinnen schienen zufrieden. Sie versammelten sich an der runden Tafel und nickten Ravenna lächelnd zu. Die Frau mit der Spitzenhaube sagte: »Ich heiße Viviale und bin die Magierin, die das Geheimnis des Siegels von Mabon hütet. Dies sind meine Schwestern. Du wirst ihre Namen erfahren, doch zunächst möchten wir dich um Verzeihung bitten, dass wir dich auf diese Weise in unseren Kreis riefen. Ich kann dir versichern, dass wir nicht alle Tage eine Beschwörung abhalten.«

»Eigentlich nie«, grinste die Jägerin. Sie trug das Haar zu einem langen Zopf geflochten, der ihr bis zum Gürtel reichte. Schon durch ihre ungewöhnliche Größe wirkte sie sehr schlank, ihre Bewegungen waren elegant und gelenkig. Mit der Stiefelspitze stieß sie ein glühendes Stück Kohle in den Kamin, das von einem Scheit abgeplatzt war.

»Beschwörungen sind Teufelskram«, erklärte sie. »Vieles daran ist fauler Zauber oder noch schlimmer: schwarze Magie. Damit geben wir uns eigentlich nicht ab. Aber in dieser ausweglosen Lage ... ich bin Josce und Chandler ist mein Geweihter Gefährte.« Sie packte Ravennas Hand mit beherztem Griff und drückte sie. Dann zog sie vergnügt eine Braue in die Höhe. »Sie hat Kraft«, stellte sie fest. »Das ist beinahe ein Schwertarm.«

»Bin ich hier auf einer Fohlenschau?«, rutschte es Ravenna heraus, ehe sie sich bremsen konnte. Die Frauen sahen sie verblüfft an. Dann brachen sie in schallendes Gelächter aus.

»Sie ist nicht auf den Mund gefallen«, meinte die Jüngste in der Runde, während sie ein Tablett herumtrug und jeder der Anwesenden einen dampfenden Becher vorsetzte. Die Pokale waren mit Perlen und Halbedelsteinen besetzt, der Inhalt duftete nach heißem, gewürztem Wein. Die Frauen hoben die Gefäße und nickten einander über die Tafel hinweg zu. Dann richteten sich alle Augen auf Ravenna.

»Zum Wohl«, sagte sie, weil das offenbar von ihr erwartet wurde, und nahm den ersten Schluck. Der Wein war stark und süß und außer Früchten und Gewürzen schmeckte sie ein unbekanntes Aroma heraus. Sie spürte, wie das Getränk sie wärmte. Sie stieß einen langen Atemzug aus und lehnte sich zurück. Aus dem Augenwinkel sah sie den Fensterbogen, der einen Ausschnitt des Innenhofs zeigte. Das Laub der Linden flimmerte wie Silber. Beklommen wandte sie den Blick ab.

»Gewiss weiß sie, wie man sich wehrt«, griff eine Frau den Gesprächsfaden wieder auf. Sie saß im Erker auf einer Bank und hatte bislang geschwiegen. Auf ihrer Stirn schimmerte ein goldener Stern. »Schließlich ist sie Melisendes nächste Verwandte.«

»Wer ist Melisende?«, fragte Ravenna. Der Wein, auf nüchternen Magen genossen, stieg ihr zu Kopf. Es fiel ihr schwer, der angestaubten Redeweise der Frauen zu folgen und sich die langen Namen zu merken – altfranzösische Namen, wenn sie sich nicht täuschte.

Stille senkte sich über die Runde. Nur das Knacken der Holzscheite war zu hören.

»Du weißt nicht, wer Melisende ist?«, brach die silberhaarige Elfe schließlich das Schweigen. Im Licht des Feuers leuchteten ihre Augen moosgrün. Noch nie hatte Ravenna eine so satte Farbe gesehen. Der Blick der Elfe wirkte fremdartig und irgendwie unheimlich. Nicht menschlich, dachte sie. Dann erschrak sie über ihren Gedanken. »Wirklich nicht? Du bist ihr nie begegnet?«

Ravenna schüttelte den Kopf. Sie spürte, wie ihr Gesicht glühte. Es war ihr unangenehm, dass die Frauen ihr so viele Fragen stellten, auf die sie keine Antwort wusste.

»Das muss aber eine weitläufige Verwandtschaft sein«, bemerkte das Mädchen spitz.

Josce stand auf, umrundete die Tafel und berührte Ravennas Schläfen mit den Fingerspitzen. »Nun sollte es bessergehen«, meinte sie. »Jedenfalls können wir dich ab sofort leichter verstehen. Einen merkwürdigen Dialekt sprichst du da. Aus welcher Gegend stammst du?«

Ravenna erging es wie einer Schwimmerin, deren Ohren sich nach einem Tauchgang öffneten. Überrascht bewegte sie den

Unterkiefer. Plötzlich hatte sie keine Mühe mehr, ihre Gastgeberinnen zu verstehen. »Aus Straßburg. Geboren wurde ich aber in Ottrott.«

Josce nickte. »Sehr gut – dann dürftest du bereits von dem neuen Marquis auf Hœnkungsberg gehört haben. Nein? Aber den Bischof kennst du. Er ist ein Freund. Allerdings gelingt es ihm nur schwer, sich gegen die Stadtherren zu behaupten. Fast der gesamte Adel steht auf Beliars Seite.« Wütend spuckte die Jägerin ins Feuer. »Deshalb konnte Constantin die Trutzburg nicht länger gegen ihn halten. Einige unserer Bogenschützen verschanzen sich noch immer im Belagerungsturm – nicht genug, um Beliars Festung dauerhaft zu belagern, aber ausreichend, um dem Marquis das Leben schwerzumachen.«

»Dem Land und seinen Bewohnern ging es besser, als der Marquis nicht einmal wagte, einen Fuß auf seine Zugbrücke zu setzen«, seufzte die Dunkelhaarige. »Damals machte er kaum seinen Einfluss auf die Kaufleute und Zünfte geltend und vergiftete den Stadtrat nicht mit dem Gerede von verzauberten Lämmern und Hagelsiederei.«

»Das war ein anderer Herr«, warf die Frau mit dem Stern auf der Stirn ein. »Nicht diese Ausgeburt der Hölle, die nun auf dem Hœnkungsberg herrscht.«

Die Dunkelhaarige schauderte. Ravenna blinzelte überrascht. Täuschte sie sich oder rann ein Schillern über ihre Haut wie fahles Regenbogenlicht? »Arme Melisende! Sie ist eine von uns«, erklärte sie, an Ravenna gewandt. »Sie hat König Constantin und seine Männer bei der Belagerung unterstützt. Als der Marquis einen Ausfall unternahm und Constantins Stellungen überrannte, fiel sie ihm in die Hände. Seit Wochen sitzt sie nun schon in Straßburg in Haft, nachdem der Marquis sie wegen angeblicher Hexerei angezeigt hat. Bislang sind all unsere Versuche, sie zu befreien, fehlgeschlagen. Nicht einmal der Aufruf des Königs an die Stadtväter zeigte Wirkung. Weshalb lässt Morrigan zu, dass solch schreckliche Dinge geschehen?«

Josce klopfte die Pfeife aus und zuckte die Achseln. »Warum gibt es Schwarz? Warum Weiß? Da kannst du dich auch gleich fragen, warum der Winter Eispaläste zaubert und der Sommer Mückenlarven ausbrütet. Die Welt ist, wie sie ist und wir richten uns so bequem darin ein, wie es eben möglich ist.«

»Ich glaube kaum, dass wir bloß tatenlos zusehen sollten, wenn uns der Markgraf auf dem benachbarten Berggipfel Pest und Verderben wünscht und eine von uns ins Gefängnis bringt!«, fiel die zarte Elfe ein. »Genau deshalb sind wir doch hier: Wir wirken Magie, um das Böse in Schach zu halten.«

»So wie Melisende«, fügte die Dunkelhaarige mit trauriger Stimme hinzu. Ihre Haut schillerte wirklich wie die Innenseite einer Muschel. »Ihr Bannkreis sollte Beliar in seiner Burg festhalten. Aber jetzt ...«

»Esmee hat Recht«, warf die untersetzte Magierin ein. »Wir dürfen Melisende nicht im Stich lassen. Sonst ist bald schon die nächste von uns an der Reihe und wird als Hexe angeklagt.«

In der Runde regte sich Widerspruch. »Hexen – so nennen uns die Stadtherren und Herzöge, die keine Ahnung haben, was wir tatsächlich tun. Leute, denen unser Konvent schon immer ein Dorn im Auge war«, erzürnte sich die Frau mit dem Stern auf der Stirn. »Natürlich hat Beliar diese Dummköpfe mühelos auf seine Seite gezogen, oder habt ihr etwas anderes erwartet? Wir sind Zauberinnen, Magierinnen und Gelehrte. Wir sind die Sieben.«

»Aber ihr seid nur zu sechst.«

Alle Augen richteten sich auf Ravenna, die sich sofort für ihr loses Mundwerk verfluchte. Nicht zum ersten Mal brachten sie ihre unbedachten Bemerkungen in Schwierigkeiten.

»Deswegen haben wir dich gerufen«, erklärte Josce gutmütig. »So wie es aussieht, wird es uns kaum gelingen, Melisende vor der Mittsommernacht freizukaufen. Als ihre nächste Verwandte sollst du ihren Platz einnehmen, damit der Tanz auf dem Hohen Belchen stattfinden kann. Dass du unserem Ruf gefolgt bist, ist Beweis genug, dass du ihre Gabe besitzt. Bestimmt erinnerst du dich an die eine oder andere Gelegenheit, bei der sich deine magische Ader zeigte?«

Aber Ravenna konnte nur hilflos die Achseln zucken. Vom Wein verschwammen ihr die Sinne und sie fühlte sich unwohl. »Ich habe keine Ahnung, wer diese Melisende ist«, wiederholte sie. »Oder Beliar. Aber wir sind ganz sicher nicht verwandt. Ich besitze weder eine Gabe noch eine magische Ader. Ihr verwechselt mich mit jemand anderem. Wen wolltet ihr dort unten an der Heidenmauer treffen? Ich bin nur eine Reiterin, die während des Unwetters vom Pferd gestürzt ist. Ich bin euch wirklich sehr dankbar, dass ihr mich nicht im dunklen Wald liegen gelassen habt, aber morgen früh wird sich sicher alles aufklären.«

Keine der Frauen machte Anstalten aufzustehen oder gab in irgendeiner Weise zu erkennen, dass das Spiel unterbrochen war. Jede behielt ihre Rolle bei und die Zuversicht, mit der Ravenna die letzten Worten hervorgestoßen hatte, verschwand. Sie mied den Blick in den Innenhof, wo die jungen Linden rauschten – wie ein Kind, das das Gesicht im Schoß vergrub und glaubte, es sei unsichtbar. Doch tief im Inneren spürte sie, dass etwas geschehen war, etwas vollkommen Unglaubliches. Dies war nicht länger ihre Welt, jene Zeit, die sie kannte und in der sie heimisch war. Wie ist so etwas möglich?, dachte sie.

»Ein unausgebildetes Talent. Auch das noch!«, stöhnte das Mädchen. »Hat dich nie der Ruf der Göttin ereilt? Oder hast du dir die Ohren verstopft, als er ertönte? Man glaubt gar nicht, wie viele Leute heutzutage ihre Fähigkeiten brachliegen lassen.«

»Still, Aveline«, ermahnte sie die Magierin von Mabon. »Nur weil du das Glück hattest, dass deine Gabe schon im Kindesalter erkannt wurde, heißt das noch lange nicht, dass du über andere spotten darfst.«

»Aber gerade jetzt, da Melisende in Gefahr ist, könnten wir eine wie sie brauchen – eine echte Zauberin, die die Feuerzeichen am Himmel lesen kann!«, brauste das Mädchen auf. »Wir haben keine Zeit, eine Ahnungslose durch alle Stufen der Ausbildung zu schleppen und uns dabei zu fragen, ob sich die Raupe jemals in einen Schmetterling verwandelt.«

»Vielleicht möchte ich gar nicht eingeweiht werden«, knurrte Ravenna die Sprecherin an. »Vielleicht gefällt es mir ganz gut in meinem Kokon.«

Die Frau mit dem Stern auf der Stirn hatte während des ganzen Gesprächs auf der Fensterbank gesessen. Nun stand sie auf, fasste Ravenna unter dem Kinn und blickte ihr in die Augen. Ihr Blick war kühl und klar und ihre Berührungen sanft. Ravenna konnte nicht erkennen, wie der Schmuck auf ihrer Stirn befestigt war, doch je länger sie hinschaute, desto mehr gewann sie den Eindruck, dass das Blattgold mit der Haut verschmolzen war.

»Die Ärmste hat wirklich keine Ahnung, wovon ihr sprecht«, stellte sie leise fest.

»Ach, Nevere!« Ungehalten winkte die Jägerin ab und schnippte den langen Zopf zurück, der ihr über die Schulter gerutscht war. »Heb dir deine Heilergabe lieber für Constantin und seine Ritter auf, wenn sie vom Gefecht zurückkehren. Ravenna ist müde und zerstreut, aber sie wird sich sicher bald besinnen. In Straßburg spricht man doch seit Wochen über den anmaßenden Burgherrn von Hœnkungsberg und seine Gemahlin.« Das letzte Wort sprach sie mit besonderem Abscheu aus. Das Mädchen rümpfte die Nase.

Die Frau mit dem Stern ließ jedoch nicht locker. »Du stammst also aus dem Rheintal«, forschte sie. »In welchem Jahr wurdest du geboren, Kind?«

»April Achtundachtzig«, sagte Ravenna. Erleichtert atmete sie auf, weil endlich jemand auf ihre Geschichte einging. Dann bemerkte sie das Befremden auf den Gesichtern. »Neunzehnhundertachtundachtzig«, setzte sie erklärend hinzu. »Und im Mai 2011 bin ich losgeritten.«

Die Verwirrung verwandelte sich in Bestürzung.

»Das kann nicht sein«, meinte Viviale mit fassungsloser Miene. »Unmöglich.«

»War es etwa ein Zeittor, an dem wir sie gerufen haben?«, warf das Mädchen kleinlaut ein. »Oder haben wir nur zu wenig von Melisendes Haar verbrannt, bevor der Spruch zu wirken begann?«

»Gewiss war es das«, schnaubte die silberhaarige Elfe, »doch leider ist Melisende die Einzige, die uns hätte sagen können, in welche Richtung sich das Tor öffnet und wie weit es in die Zeit reicht. Über siebenhundert Jahre – das ist unfassbar.«

»Beweise, was du da behauptest!«, donnerte die Jägerin Ravenna an. »Bist du wirklich die, die du vorgibst zu sein? Eine einfache Reiterin – oder eine Spionin des Bösen?« Ihre Brauen waren zornig zusammengezogen und sie ließ ihre Hand zu dem silbernen Messer gleiten, das in ihrem Gürtel steckte.

Fieberhaft kramte Ravenna das Kleingeld aus der Hosentasche, das sie gerne fürs Telefonieren verwendet hätte, und warf es auf den Tisch. Die Münzen rollten in alle Richtungen. Ein Euro fiel der dunkelhaarigen Esmee in den Schoß. Sie nahm das Geldstück zwischen zwei Finger und hielt es gegen das Licht.

»O wie hübsch!«, rief sie. Ravenna wusste, was sie meinte: Auf der Rückseite zeigte das Geldstück eine irische Harfe. Deshalb hatte sie es behalten. Wenn sie sich recht erinnerte, stammte die Münze aus dem Jahr 2002. Auch Esmee entdeckte die Prägung und wurde blass. Behutsam legte sie das Geldstück zurück auf den Tisch. »Mehr als siebenhundert Jahre«, flüsterte sie. »Sie sagt die Wahrheit. Wir haben eine Hexe aus der Zukunft gerufen.«

Bestürzt blickten die Frauen einander an. »Und was jetzt?«, fragte Josce.

Mit den Handballen rieb Ravenna sich die Augen. Ihre Lider brannten vor Müdigkeit und ihre Glieder waren schwer wie Blei. »Jetzt würde ich mich gerne ausruhen«, murmelte sie. »Ich kann nicht mehr klar denken und so, wie ihr ausseht, geht es euch genauso. Können wir nicht morgen früh weiterberaten?«

Die Sieben tauschten einen Blick untereinander. Nach einem kurzen Wortwechsel seufzte die Elfe, erhob sich und führte Ravenna aus dem Saal. »Du hast Recht«, sagte sie, als sie den Flur betraten. »Wir könnten alle etwas Ruhe vertragen.« Wieder ging es durch verwinkelte Gänge und über lange Treppen bis zu einer Kammer im oberen Stock. Vor der Tür reichte die Elfe Ravenna die Kerze und ließ sie eintreten. »Chandler hält am Tor Wache, gemeinsam mit einigen von Constantins jungen Rittern«, sagte sie. »Du kannst also unbesorgt sein.«

Ravenna nickte nur aus Höflichkeit. Sei unbesorgt – nachdem sich die Zeit einmal wie ein Handschuh umgestülpt und sie irgendwo in der Vergangenheit verloren hatte. Ihre Gastgeberin blieb im Gang stehen und die moosgrünen Augen wanderten über Ravennas Gestalt, als wolle sie sich jede Einzelheit einprägen. Plötzlich streckte die Elfe die Hand aus, berührte Ravenna an der Stirn und ließ die Finger über Schläfe, Wangenknochen und Kinn gleiten.

»Über siebenhundert Jahre«, murmelte sie. Kopfschüttelnd wandte sie sich ab und verschwand im Gang.

Fröstelnd trat Ravenna in die Kammer und zog die Tür hinter sich zu. Es gab keinen Riegel und kein Schloss, und sie spürte, wie die Zugluft durch das Zimmer wehte. Die Einrichtung bestand aus einem Holztisch, einem Stuhl mit einer Sitzfläche, die aus Stroh geflochten war, einem altmodischen Waschstand und einer Truhe. An der gekalkten Wand über dem Bett hing ein Wandschmuck, der sie an eine Windrose erinnerte. Ein Kranz aus acht Strahlen, die in alle Himmelsrichtungen zeigten. Jeder Strahl war mit Zeichen beschriftet, die wie schnörkelige Runen aussahen. Eine ähnliche Schrift hatte Ravenna unten im Saal gesehen, auf den Gewändern der Hexen.

Nun nennst du sie auch schon so!, schimpfte sie sich im Stillen, während sie die Stiefel abstreifte und sich aufs Bett fallen ließ. Vor dem Fenster hörte sie die Linden rauschen. Die Fensteröffnung war schmal wie ein Handtuch und lag so hoch, dass sie nicht in den Innenhof schauen konnte. Doch sie wollte auch nicht hinausblicken und die Bäume betrachten, die einzigen Lebewesen, die die Zeitspanne bis zu ihrer Geburt überstehen würden. Die Absurdität dieses Gedankens ließ sie schaudern. Sie rollte sich zusammen und zog sich die Decke über den Kopf. Ich hätte Yvonnes Andeutungen als Warnung verstehen sollen, dachte sie. Dann hätte ich den Berg gemieden und all das wäre nie passiert.

Einige Atemzüge lang lag sie in der Dunkelheit unter dem Laken. Ihr Körper fühlte sich seltsam leicht an, als würde sie noch immer schweben, und vor ihren geschlossenen Lidern zuckten Ströme von lebhaften, bunten Hirngespinsten auf und ab. Das Letzte, an das sie sich erinnerte, und zugleich das erste Bild ihres Traums war eine Frau in einem weiten, grauen Mantel. Sie stand auf einer Bergkuppe und reckte die Arme zum Himmel, an dem sich eine blasse Mondsichel zeigte. Der Wind spielte mit ihrem Umhang. Mit beiden Händen hob die Frau eine blasse Flamme über den Kopf, die in der zunehmenden Dunkelheit schrumpfte und schließlich ganz erstarb.

Die Wahrheit und kein Ausweg

Ravenna erwachte zwischen blütenweißen, frisch gestärkten Laken und wunderte sich im ersten Augenblick, wie sie in diese Kammer gekommen war. Seufzend rollte sie auf den Rücken. Die Sonne schien durchs Fenster und sie hatte gut geschlafen – was kein Wunder war, denn außer Vogelgezwitscher und entferntem, fröhlichem Mädchengeplapper war nichts zu hören. In ihrem Schlafzimmer in der Petite France wurde sie dagegen regelmäßig vom Hupen ungeduldiger Pendler geweckt, vom Rattern der Eisengitter, die vor Geschäften und Cafés hochgezogen wurden, und vom Tuckern der Ausflugsschiffe, auf denen sich Touristen durch die Altstadt gondeln ließen.

Dann fügte sich die bruchstückhafte Erinnerung des vergangenen Abends zu einem Ganzen und mit einem Ruck fuhr sie hoch. Ihre Regenjacke lag vor dem Fußende des Betts auf dem Boden, der Pullover war staubig und voller Pferdehaare, die Stiefel standen neben der Tür. Alles wirkte ruhig und friedlich, nur dass es nicht stimmte – wie ein Suchbild mit einem gravierenden Fehler. Und dieser Fehler war sie.

Mit klopfendem Herzen schwang Ravenna die Füße aus dem Bett, goss einen Schwall Waschwasser in die Schüssel auf dem Gestell und wusch sich das Gesicht. Gleich würde sie wieder ihren seltsamen Gastgeberinnen gegenübertreten und sie musste sich gut überlegen, wie sie die Sieben davon überzeugen konnte, sie sofort zu dem Zeittor im Wald zurückzubringen. Sie konnte nur hoffen, dass der Weg in die Zukunft ebenso leicht begehbar war – ein Schritt in den Bannkreis und schon stürzte man ins Nichts. Es war die einzig vernünftige Forderung an diesem Morgen, auch wenn ihr der Verstand etwas vollkommen anderes sagte.

Warum ich?, fragte sie sich erneut, während sie in ihre Kleider schlüpfte. Diese Frage hatte sie sich den ganzen Abend über gestellt. Ich glaube nicht einmal an meine Gabe, zumindest nicht allzu sehr. Ganz anders dagegen Yvonne, die Magie in jeder Ausprägung erforschte. Die Sieben suchten eine Hexe, die Feuerräder über den Himmel rasen ließ, eine mittelalterliche Zauberin, die Schweinen das Fliegen lehrte und Bäume sprechen ließ. Das bin nicht ich, dachte Ravenna, während sie den Gürtel schloss und die Jacke vom Boden aufhob. Ganz bestimmt nicht.

Als sie die Tür öffnete, stand sie unvermittelt einer Traube erschrockener Mädchen gegenüber. Alle trugen dieselben dunklen Röcke und weißen Hauben, unter denen Zöpfe hervorlugten. Sie starrten Ravenna an, als stünden sie einem Geist gegenüber. Offenbar hatten die Mädchen an ihrer Zimmertür gelauscht.

»Guten Morgen«, sagte Ravenna. »Wisst ihr, wo ich …« Weiter kam sie nicht. Kreischend stoben die Mädchen auseinander, rasten die Treppenstufen hinauf oder den Gang entlang. Die Mutigsten hielten auf der obersten Stufe inne und spähten durch das Geländer. »Das ist sie!«, hörte Ravenna eines der Mädchen tuscheln. Vor Aufregung klang die Stimme ganz gequetscht. »Seht nur, sie hat wirklich Hosen an!«

»Sie sieht aus wie einer von Constantins Stallknechten«, ließ sich eine vollere Stimme vernehmen.

»Das habe ich gehört!«, rief Ravenna in den dunklen Flur. Die Mädchen stöhnten auf und kicherten.

»Kann mir eine von euch sagen, wie ich in den Speisesaal komme? Und wo finde ich eine Toilette?«

Eine der kleinen Hexenschülerinnen stand auf. Sie war hübsch. Mit ihrer Lockenpracht erinnerte sie Ravenna an die dunkelhaarige Schöne, die Frau mit der Regenbogenhaut. Wie hieß sie noch …

Esmee? »Die Speisesäle sind im Erdgeschoss«, rief das Mädchen von oben herab. »Und zum Abtritt geht es durch den Garten.«

Im Garten?, wunderte Ravenna sich, doch nach einigem Suchen fand sie sich zurecht. Das ist was für Liebhaber des Landlebens, dachte sie, als sie sich die Hände an einem Brunnen wusch, der neben dem kleinen Erker plätscherte. Weder Licht noch Wasserspülung, sondern freier Fall in den Halsgraben – manche Äbtissinnen gönnten den Bewohnern ihrer Klöster mehr Bequemlichkeit.

Als sie in den Speisesaal trat, empfing sie fröhlicher Lärm. Auf den Bänken drängten sich Mädchen verschiedenen Alters, alle ähnlich gekleidet wie die Gruppe auf der Treppe.

Ravenna erblickte zauberhafte, dunkelhäutige Mädchen und andere mit fast weißen Wimpern und hellblondem Haar. Am Kamin saß eine Gruppe junger Mädchen, die orientalischen Schmuck trug und die Augen fingerdick mit schwarzer Schminke nachgezogen hatte. In der langen Schlange vor der Küche hatten sich einige Freundinnen gemeinsam angestellt, Mädchen mit mandelförmigen Augen und glatten, schwarzen Zöpfen. Andere wiederum hatten krauses, brünettes oder flammenrotes Haar und eine Flut von Sommersprossen. Die älteren Mädchen saßen im vorderen Teil des Saals und führten ernsthafte Gespräche. Die meisten von ihnen trugen Schleier und Kinnbinden und sahen wie richtige Edelfräulein aus. Von den sechs Frauen, die sich die Sieben nannten, fehlte an diesem Morgen jede Spur.

In dem Gedränge und Geschubse vor der Küche bahnte sich Ravenna mühsam den Weg. Um ein Haar stieß sie mit einer Servierin zusammen, die eine große, dampfende Schüssel schleppte. »Entschuldigung, ich suche ...«

»Platz gibt's hinten am Kamin noch genug!«, rief die schwitzende Frau Ravenna zu. »Da schmeckt's auch nicht anders als hier vorne.« Geräuschvoll setzte sie die Schüssel ab und tauchte die Kelle in den Brei. »Hafergrütze mit Honig, Rahm und einer Prise Salz. Wer will den ersten Löffel?«

Keines der Mädchen machte Anstalten, den Napf vorzustrecken. Wer bereits eine Portion oder einen Kanten dunkles Brot erhalten hatte, hatte längst aufgehört zu essen. Die Gespräche verstummten, bis der ganze Saal in Ravennas Richtung starrte.

»Was ist? Was gafft ihr denn so?«, fauchte diese, peinlich berührt von so viel Aufmerksamkeit. Seit ihrem ersten Tag in der Berufsschule, als sie vor den angehenden Handwerkern aufgestanden war und verkündet hatte, dass sie Steinmetzin werden wollte, war sie nicht mehr so angestarrt worden. »Ich bin es nur – die mit der Hose, die aussieht wie einer von Constantins Stallburschen. Habt ihr noch nie eine Frau in einer Jeans gesehen?«

Die Mädchen fingen an zu tuscheln. Unter ihren zornigen Blicken tauchten die Jüngsten hastig die Holzlöffel in den Brei, aber die jungen Frauen musterten Ravenna feindselig. »Sie hat nicht nur keine Ahnung, wie man sich kleidet – sie hat auch das Benehmen eines Stallknechts«, bemerkte eine so laut, dass Ravenna es hören musste. »Man darf sich wirklich fragen, warum die Sieben ausgerechnet sie ausgewählt haben.«

Die Sprecherin trug Goldschmuck und ein weißes Gebende. Blonde Locken quollen unter dem Rand der Haube hervor. Plötzlich begriff Ravenna, weshalb die Mädchen so finstere Gesichter machten: All ihre Gespräche drehten sich um sie.

Sie ging auf die Gruppe zu. »Ist das hier eine Besserungsanstalt? Oder ein Internat für unartige Töchter?« Wenn sie wollte, konnte sie so garstig vom Leder ziehen wie ein Gerüstbauer. »Keine Sorge, ich mache euch euren Platz auf dem Odilienberg nicht streitig. Eine zugige Kammer, eine Küche ohne Strom und ein Plumpsklo im Garten? Vielen Dank auch!«

Herausfordernd standen die jungen Frauen auf und blickten ihr entgegen. »Wir sind Jungmagierinnen im letzten Jahr vor der Einweihung«, fauchte die Sprecherin der Gruppe. »Viele von uns stammen aus Fürstenhäusern oder Adelsfamilien, manch andere nur von einem Dorf auf dem Land. Aber jede, die auch nur einen Funken Talent besitzt, kommt hierher. Es ist eine Ehre, in diesen

Konvent aufgenommen zu werden. Doch was hast du schon vorzuweisen?«

»Ich bin durch ein Zeittor gekommen, das siebenhundert Jahre in die Zukunft reicht«, platzte Ravenna heraus. Sie wusste selbst nicht, warum sie das sagte. Vielleicht nur, um die erschrockenen Gesichter der anderen Mädchen zu sehen?

»Lynette hat Recht«, warf ein Mädchen mit geflochtenen braunen Haarschnecken ein. »Aus der ganzen Welt kommen hoffnungsvolle Anwärterinnen zum Odilienberg, doch trotz langer Vorbereitungen gelingt es nur den wenigsten, das Aufnahmeritual zu bestehen. Dir aber glückt es auf Anhieb. Da ist es doch verständlich, dass man eifersüchtig wird.«

»Was denn für ein Aufnahmeritual?«, fragte Ravenna verblüfft.

Die anderen Mädchen stöhnten und rollten mit den Augen. »Das gibt's doch nicht!«, rief eine quirlige, junge Frau. »Warst du nun gestern Nacht im blauen Saal oder nicht? Hast du auf dem Sternenthron gesessen und aus Avelines Kessel getrunken? Na also.«

»Das war das Ritual?«, fragte Ravenna. »Was ist denn schon dabei? Ein bisschen Wein trinken und die Füße ans Feuer strecken – warum macht ihr darum so ein großes Aufheben?«

»Weil es der Thron der Göttin ist«, zischte Lynette. Sie näherte sich Ravenna, bis sie einander aus kürzester Entfernung in die Augen sahen. »Jede von uns nimmt nur zweimal in ihrem Leben auf dem gefährlichen Stuhl Platz: bei ihrer Aufnahme in den Konvent und bei ihrer Einweihung als Magierin. Jede Unbefugte wird sofort von dem magischen Kraftstrom getötet. Und da fragst du, was dabei ist?«

Ein magischer Kraftstrom ... Ravenna konnte nur den Kopf schütteln. Sie hatte den ganzen Abend lang auf dem Stuhl gesessen und nichts gespürt. Von Avelines Gewürzwein war sie höchstens ein bisschen beschwipst gewesen.

Das Mädchen mit der weißen Haube wollte sich nicht beruhigen. »Ich frage mich, durch welch finsteres Hexenwerk dir das gelungen ist. Aber das werde ich schon noch herausfinden. Du gehörst nicht hierher! Jede von uns wäre geeignet und bereit, Melisende beim Mittsommertanz zu vertreten. Wir haben jahrelange Übung in der magischen Praxis, wir kennen die Lieder und haben das geheime Wissen auswendig gelernt. Wozu muss man dann dich herbeirufen?«

»Das weiß ich auch nicht«, sagte Ravenna, »aber ich werde euch beim Mittsommertanz ganz bestimmt nicht im Weg stehen. Zum Sommeranfang bin ich nämlich längst nicht mehr hier.«

»Dann wirst du dir also keinen Geweihten Gefährten nehmen?« Die junge Frau mit den geflochtenen Haarschnecken bekam große Augen. »Willst du tatsächlich die Schwertleite verpassen?«

»Ich schwöre«, sagte Ravenna und wusste wirklich nicht, ob sie lachen oder weinen sollte. »Ich schwöre, dass ich die Schwertleite verpasse, mir keinen Geweihten Gefährten nehmen und an Mittsommer nicht mehr hier sein werde. Noch heute kehre ich nämlich nach Hause zurück.«

Ihre Worte schienen die Mädchen keineswegs zu besänftigen. Mürrisch drängten sie sich um den Eindringling in ihrer Mitte. »Pass lieber auf, was du sagst«, fauchte Lynette. »Denn der Schwur einer Hexe geht manchmal auf unvorhersehbare Weise in Erfüllung.«

Aber ich bin keine Hexe, wollte Ravenna erwidern, doch die Worte erstarben ihr in der Kehle. Pass auf, was du sagst – so lautete die geheime Warnung, die sie und ihre Schwester einander immer wieder zugeflüstert hatten. Pass auf, was du sagst, oder dein Wunsch geht in Erfüllung. Dann öffnen sich Rosenknospen mitten im Winter, Kaninchen kommen aus ihrem Bau oder ein Marienkäfer krabbelt dir aus dem Mund.

Wie kam es nur, dass Worte und der dazugehörige Wille solche Macht besaßen? Als Kindern war es den Schwestern wie ein unschuldiges Spiel erschienen, ein Zeitvertreib, mit dem sie die Abende im Garten zubrachten. Sie zauberten Dutzende von

Glühwürmchen in die Büsche, indem sie einfach nur auf den Zweig zeigten, auf dem das Käferchen leuchten sollte. »Fyr fleogan«, flüsterten sie und ein grüner Punkt glühte zwischen den Blättern.

Wie sehr waren die beiden Schwestern erschrocken, als sie merkten, dass Mémé plötzlich hinter ihnen stand! Und sie erschraken noch mehr, als sie merkten, dass ihre Großmutter beim Anblick der vielen Leuchtkäfer in Panik geriet!

»Fort! Fort mit euch!«, schrie Mémé. Sie verscheuchte die Glühwürmchen mit beiden Händen und schüttelte die Zweige, bis es grüne Funken regnete. »Was habt ihr zwei da angestellt? Woher kennt ihr diese Worte?«

Damals war Yvonne ein fünfjähriger Engel mit blonden Locken gewesen. Vor Schreck über den Wutausbruch der Großmutter heulte sie laut auf. »Ich weiß nicht! Ich weiß es nicht! Ich schaue die Dinge an und dann fällt mir einfach ein, was ich sagen muss! Stagga heorot!«

Plötzlich hatte sie Mémé Hörner aufgesetzt, ein prachtvolles, zwölfendiges Geweih. Die alte Frau richtete sich kerzengerade auf, beschrieb mit der linken Hand einen Bogen um ihren Kopf und rief: »Esvanier!«

Das Geweih verschwand. Da wussten die beiden Schwestern, dass auch Mémé zaubern konnte. Sie hatten es mit eigenen Augen gesehen. Die Großmutter packte sie jedoch am Arm und schleifte sie in die alte Waschküche. Dort zeigte sie den Kindern ein großes, braunes Stück Kernseife.

»Wenn ihr diese Sprache noch einmal verwendet, wasche ich euch den Mund mit Seife aus. Habt ihr mich verstanden?« Nie zuvor hatten die Mädchen Mémé so zornig erlebt. Eingeschüchtert nickten sie. »Aber warum?«, fragte Ravenna. »Warum dürfen wir nicht spielen? Waren die Glühwürmchen denn nicht hübsch?«

»Sehr hübsch sogar. Aber diese Sprache wird seit langer Zeit von keiner Menschenseele mehr gesprochen. Eigentlich hatte ich gehofft, dass sich in dieser Familie niemand mehr an diese Worte erinnert, bis sie schließlich ganz in Vergessenheit geraten und verschwinden. Du wirst mir jetzt versprechen, dass du nie wieder Magie benutzt.«

Plötzlich lag ein Gefühl von drohendem Unheil in der Luft, das Sirren einer unsichtbaren Gefahr. Ravenna bekam eine Gänsehaut. »Aber wir erinnern uns eben doch«, beharrte sie, obwohl sie das dumpfe Gefühl hatte, lieber den Mund zu halten. »Yvonne sagt fyr fleogan und dann kommen die Glühwürmchen. Und wenn ich rufe ...«

Bevor das Bild eines großen, schwarzen Salamanders in ihrem Kopf zu einem Wort geworden war, landete Mémés Hand auf ihrem Gesicht und erstickte die Laute. »Ihr werdet das nie wieder tun. Nie wieder, versteht ihr mich!«

Yvonnes Gesicht war rot vor Zorn und nass von den Tränen. Ravenna befreite sich mit einem Ruck. »Ich mache, was ich will«, rief sie. »Es ist doch nichts Schlimmes dabei.«

»Es ist gefährlich«, warnte Mémé, und das Sirren in der Luft verstärkte sich. Die Waschküche mit den dunklen, dampfigen Ecken wirkte unheimlicher als je zuvor. Als wären wir nicht allein, dachte Ravenna. Als könnte uns jemand sehen. Doch sie wollte nicht klein beigeben.

»Aber warum?«, beharrte sie.

Mémé zog die beiden Kinder zu sich heran. »Es ist die Sprache der Hexen. Wer sie benutzt, fällt leicht ins Feuer und verbrennt sich. Es ist eine Geheimsprache, und ein Geheimnis soll sie bleiben. Deshalb werdet ihr auch euren Eltern nichts davon erzählen, weder heute noch irgendwann. Schwört ihr mir das?«

»Nein«, stieß Ravenna hervor. »Wir gehen jetzt in den Garten und spielen weiter.«

Blitzschnell hatte Mémé sie gepackt und drehte den Wasserhahn auf. So sehr Ravenna sich auch wand und zappelte – ein ekeliges Stück Seife landete in ihrem Mund. Noch immer erinnerte sie sich daran, wie Mémé sie festhielt und sie zwang, den Brocken im Mund zu behalten, bis sie am Schaum fast erstickte. Hustend und würgend durfte sie die Seife endlich ausspucken und sich den Mund mit klarem Wasser ausspülen.

»Ich hasse dich!«, schrie sie und bekam vor Wut und Unglück kaum Luft. »Ich hasse dich, Mémé! Warum hast du das getan? Es war doch nur ein Spiel.«

Fieberhaft presste die Großmutter beide Mädchen an sich. Der Geruch von kalter Asche, Seifenlauge und Rattendreck lag in der Luft. Die dunklen Ahnungen verstärkten sich, bis sie kaum mehr auszuhalten waren, und nicht einmal Mémés schuldbewusste Liebkosungen konnten sie vertreiben. »Besser Seife als Feuer!«, flüsterte sie und ihre Augen starrten ins Nirgendwo. »Irgendwann werdet ihr das verstehen.«

Besser Seife als Feuer – Ravenna merkte nicht, dass sie diese Warnung flüsternd wiederholte.

»Was ist los mit ihr? Was murmelt sie da?« Die Stimmen der jungen Hexen schwirrten durcheinander und holten sie in den stickigen, überfüllten Speisesaal zurück.

»Sie war zu lange im Tor«, zischte Lynette. »Der magische Strom hat schon ganz anderen die Sinne verdreht.«

Ohne ein Wort wandte Ravenna sich ab und ließ die jungen Frauen stehen. Sie hatte Gänsehaut an beiden Armen. Voller Unbehagen zog sie die Jacke enger um sich, während sie durch die endlosen Gänge eilte. Mein Kokon, dachte sie. Das Schneckenhaus, in dem ich sicher bin. Ganz gleich, was die Sieben von ihr erwarteten: Sie wollte nicht mehr an die Ahnungen erinnert werden, an die Gelegenheiten, bei denen sich ihre magische Ader gezeigt hatte – ein gefährlicher Kraftstrom, durchaus.

Nach einigen Irrwegen fand sie den Saal mit der blauen Gewölbedecke wieder. Ungeduldig pochte sie an der Tür. »Josce! Aveline!«, rief sie, doch niemand antwortete. »Viviale – wo steckt ihr? Was war das für ein Aufnahmeritual, von dem die Aufgenommene nicht ein Sterbenswort erfährt? Ich dachte immer, die Anwendung von weißer Magie setzt das Einverständnis der Betroffenen voraus! Und ich bin nicht einverstanden, hört ihr! Ich bin es nicht!«

Nur Schweigen war die Antwort. Der unbeleuchtete Gang wirkte wie ausgestorben. Behutsam drückte Ravenna die Klinke hinunter. Die Tür öffnete sich geräuschlos, doch der Raum war verlassen und die Feuerstelle kalt. Durch das Fenster fiel ein Streifen staubigen Sonnenlichts. Ravennas Blick wanderte zum Thron. Bei Tageslicht wirkte er weder majestätisch noch erhaben, sondern einfach nur wie ein Stuhl mit verzierter Lehne.

Ravenna holte tief Luft. Einige Sekunden lang war sie versucht, sich zu setzen und herauszufinden, ob tatsächlich ein tödlicher, magischer Stoß durch sie hindurchjagen würde. Dann zuckte sie die Achseln und trat einen Schritt zurück.

Das Licht glänzte auf der runden Tafel. Da entdeckte Ravenna, dass vor jedem Sitzplatz ein Ring aus schwarzem Silber eingelassen war. Im flackernden Feuerschein und nach einem Becher Wein war ihr in der Nacht zuvor der Schmuck nicht aufgefallen, doch nun beugte sie sich über die Tischplatte, um die Verzierung genauer zu untersuchen.

Jeder Ring war etwa handtellergroß. In der Mitte saß ein achtzackiger Stern, wie die Windrose, die als Wandschmuck in ihrer Kammer hing. An der Verbindungsstelle von Radkranz und Zacke glitzerten winzige Edelsteine, die bei jedem Ring eine andere Farbe hatten. Dazwischen waren Zeichen eingeprägt wie bei einem Siegelring. Dieselben Zeichen hatte sie auf den Gewändern und Gürteln der Sieben gesehen und auch in der Mitte der Windrose kehrten sie wieder. Behutsam ließ Ravenna die Finger über den Silberschatz der Hexen gleiten. Diese Siegel gehörten nicht ins Mittelalter, sie wirkten beinahe zeitlos. Keines der Räder ließ sich auch nur einen Fingerbreit verschieben, so fest saßen sie in ihren Vertiefungen.

Neugierig umrundete sie die Tafel und studierte jedes Siegel. Sie entdeckte eine Apfelblüte, eine Reiterin mit hoch erhobenen Armen, ein geschlossenes Auge, eine Ähre, einen Kelch und einen silbernen Knoten. Nur vor dem Thron gab es kein Siegel, der Stuhl selbst schien die magische Runde zu vervollständigen.

Wer hatte gestern Abend wo Platz genommen? Sie erinnerte sich nicht genau. Hatte Josce vor dem Ring mit der Reiterin gesessen? Es würde gut zu ihr passen. Und die Elfe, deren Namen sie nicht kannte? Hatte sie sich nicht mit beiden Händen neben dem Siegel mit dem Auge aufgestützt, um ihren gewölbten Bauch zu entlasten?

Ravenna hob den Kopf. An dem Platz, der dem Thron gegenüberlag, war die Vertiefung leer. Das Siegel fehlte. Wo war es? War es ausgeliehen worden? Oder hatte es jemand in Gebrauch? Aber nein – dieser Platz war am Vorabend leer geblieben.

Kopfschüttelnd ging sie zur Tür. Jetzt denkst du schon genau wie diese Leute hier, schimpfte sie sich. Aber du gehörst nicht hierher – so viel steht fest.

Ohne Vorwarnung fuhr sie herum und ließ den Blick über die Erker und die langen, schweren Vorhänge gleiten. Das Gefühl, beobachtet zu werden, hatte sie beschlichen, seit sie in den blauen Saal getreten war. Doch da war niemand, alles war still. Die Sterne über dem Thron schimmerten im Halbdunkel und schienen wie eine Spiegelung auf Wasser zu treiben.

Mit einem Knall schloss Ravenna die Tür. Höchste Zeit, diesen Ort zu verlassen! Flüchtig prüfte sie, ob sie alle Habseligkeiten bei sich trug: die Geldbörse, die Autoschlüssel und die kaputte Uhr. Wenn die Sieben sie nicht begleiten wollten, musste sie den Weg zurück zum Hexenring eben allein finden. Hätte sie das Scheuen ihres Pferdes doch ernst genommen! Offenbar hatte der Wallach gespürt, dass mit dieser Stelle auf dem Waldboden etwas nicht in Ordnung war. Ravenna seufzte. Wenigstens kehrte sie mit einer Geschichte in ihre Zeit zurück, die Yvonne bestimmt viele Abende lang unterhalten würde.

Mit raschen Schritten durchquerte sie den Innenhof und schritt durch das Spalier der jungen Linden. Der Platz war von allen Seiten von Gebäuden umgeben.

Erstaunt betrachtete Ravenna das Gebäude, das sich anstelle der romanischen Kapelle erhob, die sie aus ihrer Zeit kannte. Ein derartiges Bauwerk hatte sie noch nie gesehen. Mit den flachen Stufen und den Rundbogen sah es wie ein Tempel aus, die Wände zwischen den Säulen schienen aus flüssigem Glas zu bestehen.

Dahinter öffneten sich die Aussichtsterrassen, von denen man bei Sonnenschein eine großartige Aussicht hatte. Eng an die Mauer geschmiegt, erhob sich ein Türmchen, auf dessen Kuppeldach die Statue der heiligen Odilie stand. Schützend hielt sie ihre Hand über das Elsass. Ravenna bedauerte, dass sie die Statue auf dem Weg zur Pforte nur von hinten sah.

Nach wenigen Schritten erreichte sie das Eingangsgebäude. Im Gewölbegang, der siebenhundert Jahre später durch ein Tor zum Busparkplatz und dann hinunter zur Straße führen sollte, trat ihr ein Mann in den Weg.

Unwillkürlich zuckte sie zurück, denn er trug einen Helm, ein Kettenhemd aus feinen Ringen und Beinschienen aus Metall. An einem Gurt, der ihm quer über die Brust lief, hing ein großes Schwert. Der Griff ragte über seine Schulter hinaus.

»Herrin, wollt Ihr alleine spazieren gehen? Dort draußen ist es gefährlich. Vielleicht solltet Ihr Euch besser mit den anderen Magierinnen in den Lesesälen und Schulungsräumen versammeln.«

Voller Verblüffung ließ sie es zu, dass er ihr den Weg zurück ins Kloster wies. Hatte er sie wirklich Herrin genannt?

»Ich gehe nicht spazieren, ich gehe heim«, erklärte sie dann. Verstohlen musterte sie das Schwert. Es wirkte schwer und tauglich für den Kampf, nicht wie jener billige Ramsch, den man auf den Mittelaltermärkten im Herzen von Straßburg kaufen konnte. Ungefähr dreizehntes Jahrhundert, schätzte sie. Das war immerhin ein Anhaltspunkt, der erste genaue Hinweis auf die Zeit, in der sie sich aufhielt. Vielleicht war ihr dieses Wissen später von Nutzen, wenn sie am Hexenring stand.

Der Ritter verlor nichts von seiner Liebenswürdigkeit. »Aber hier seid Ihr doch zu Hause. An welchen Ort könntet Ihr sonst gehen wollen? Die Sieben werden gut für Euch sorgen und Euch alles lehren, was Ihr wissen müsst.«

»Ich wohne in Straßburg, gleich neben der Schleuse an der Ill. Komm mich doch mal besuchen.« Sie bemühte sich, ihrer Stimme einen unbekümmerten Klang zu geben, doch sie konnte nicht verhindern, dass sich ihr Puls beschleunigte. Der Ritter machte keine Anstalten, sie vorbeizulassen. Über seiner gepanzerten Schulter konnte sie einen Teil des mit Gras bewachsenen Vorplatzes sehen. Ohne den gewohnten Anblick der lärmenden Schulklassen und Souvenirläden wirkte er seltsam verwaist.

»Ich danke Euch für die Einladung, Herrin«, erwiderte der Mann ernsthaft. »Gewiss werde ich kommen, wenn die Zeiten anders sind. Gegenwärtig ist es in Straßburg für eine Frau wie Euch viel zu gefährlich. Hier seid Ihr wenigstens vor Beliars Schergen sicher.«

Beklommen starrte Ravenna ihm ins Gesicht. Ahnte er überhaupt, wie Recht er hatte? Straßburg und überhaupt jede Stadt der Welt waren ein gefährliches Pflaster für eine alleinstehende Frau. Das hatte sie zu ihrem Leidwesen erfahren.

»Es ist wirklich nett, dass man sich um mich sorgt«, meinte sie. »Trotzdem ist es höchste Zeit für mich. Es ist nicht gut, wenn man ... wenn man sich zu lange in der fremden Welt aufhält. Es verbraucht zu viel von dem magischen Kraftstrom.«

Vielleicht gelang es ihr, den Ritter zu überzeugen, wenn sie wie eine Hexe argumentierte? Als sie sich an dem geharnischten Wächter vorbeizwängen wollte, fasste er sie sanft am Arm. »Ich darf Euch nicht alleine ausgehen lassen, Herrin. Die Sieben haben es verboten.«

»Die Sieben haben ... was?« Ravenna spürte, wie ihr das Blut ins Gesicht stieg. »Bin ich denn eure Gefangene? Eine Geisel auf dem Odilienberg?«, fauchte sie. »In meiner Welt nennt man das Freiheitsberaubung. Ich werde jetzt durch dieses Tor marschieren und niemand hält mich auf.«

»Es tut mir wirklich leid«, bedauerte der Ritter. »Josce und ihre Schwestern denken, es ist das Beste, wenn Ihr Euch möglichst rasch eingewöhnt. Das macht es leichter für Euch und für uns.«

Es war blanker Irrsinn – sie stand hier und stritt sich lauthals mit einem Torwächter aus dem Mittelalter. Dann erst fiel ihr auf, was der Krieger gerade zu ihr gesagt hatte: Auch die Sieben mussten sich an ihre Anwesenheit gewöhnen. Offenbar war ihr Auftauchen im Tor für niemanden leicht – weder für die Hexen noch für sie selbst.

»Chandler ... so lautet doch dein Name. Du bist der Gefährte von Josce.« Allmählich fielen Ravenna wieder Einzelheiten ein, die sie am Abend zuvor erfahren hatte. Der Ritter lachte und nickte. Er schien erfreut, weil sie sich seinen Namen gemerkt hatte. Sie musterte das Gesicht unter dem Helm. Es wirkte offen und freundlich. Ein Mann, der viel Zeit im Freien verbrachte, dachte sie. »Chandler, hältst du es ernsthaft für möglich, dass ich einfach so in einen Brunnen gefallen und am anderen Ende der Zeit wieder herausgekommen bin?«

Der Ritter lachte erneut. »O ja, Herrin, das ist möglich, denn Eure Vorfahrin Melisende beherrscht diese Kunst ganz ausgezeichnet und hat uns oftmals vorgemacht, wie man solche Reisen unternimmt. Allerdings wagte sie nie einen so großen Sprung, wie Ihr ihn geschafft habt. Ich hingegen bin nur ein einfacher Diener des Konvents, und es steht nicht in meiner Macht, irgendwelche Zaubertore zu öffnen oder Brunnen zu durchschreiten. Deshalb dürft Ihr keine Hoffnung hegen, dass ich oder einer meiner Gefährten Euch helfen können. Bitte wartet einen Augenblick.« Er öffnete eine Tür, die unter dem Gewölbegang ins Gebäude führte, beugte sich ins Halbdunkel und brüllte: »Marlon! Ramon! Lucian! Ein bisschen Beeilung, wenn ich bitten darf! Wo bleiben die Schimmel?«

Hinter der Tür roch es vertraut nach Heu und warmen Pferdeleibern. Im Halbdunkel erspähte Ravenna große Schatten, die sich gelassen bewegten. Ein Pferdestall gleich neben der Klosterpforte? Welches Bauamt in ihrer Zeit würde so etwas genehmigen?

Chandler wandte ihr seine Aufmerksamkeit wieder zu. »Josce nahm an, dass Ihr so kurz nach Eurer Ankunft etwas verwirrt wärt und eine Menge Fragen stellt, die ich nicht beantworten kann. Deshalb schlug sie vor, dass Ihr heute Morgen einen Ausritt unternehmt, um den Odilienberg und die freie Reichsstadt Straßburg selbst in Augenschein zu nehmen. Sie glaubt, es wird Euch helfen, Eure Lage besser zu verstehen.«

Gegen einen Ausritt hatte Ravenna nichts einzuwenden. Umso schneller gelangte sie in die Nähe des Hexenrings im Wald, an dem die Sieben ihre Beschwörung abgehalten hatten. Und umso eher erhielt sie eine Gelegenheit zur Rückkehr. »Sag Josce, dass ich ihr dankbar bin«, bat sie in versöhnlichem Ton und achtete darauf, dass ihre Worte nicht zu sehr nach Abschied klangen. »Danke Euch allen für die Gastfreundschaft.« Chandler schien sich über die freundlichen Worte zu freuen. Er nickte ihr zu, während er einem jungen Mann, der zwei Pferde am Zügel führte, die Stalltür aufhielt.

Im ersten Moment hatte Ravenna nur Augen für die Pferde. Es waren Schimmel mit langen, schlanken Gliedern. Federnd tänzelten sie durch den Gang, und als sie auf den Vorplatz hinauskamen, schimmerten ihre Mähnen und Schweife wie gesponnenes Silber. Atemlos bestaunte Ravenna das kostbare Zaumzeug, das Brustgeschirr und die roten Satteldecken. Solche Gegenstände kannte sie nur aus dem Museum.

»Ghost und Willow stammen von der Feeninsel, wie alle Pferde des Konvents«, erklärte Chandler, als er ihr Entzücken sah. »Kennt Ihr die Geschichte von der Königin, die sich darauf verstand, die edelsten Pferde des westlichen Reichs zu züchten und sie nur mit der Kraft ihrer Gedanken zu lenken?«

»O ja, die kenne ich.« Gedankenversunken streichelte Ravenna den glatten Pferdehals. »Ihr Name war Rhiannon. So steht es in den Mabinogien geschrieben. Aber die Gabe brachte ihr kein

Glück. Sie fiel in Ungnade und wurde selbst wie ein Pferd behandelt.« Sie schauerte, als sie an diese Geschichte dachte, ein Märchen voller Gewalt und Ungerechtigkeit.

Chandler und der junge Ritter tauschten einen Blick. Da erst merkte Ravenna, dass sie sich bereits anhörte wie eines der Mädchen aus dem Speisesaal. »Die Mabinogien sind eine Sammlung von alten Schriftstücken«, ergänzte sie achselzuckend. »Meine Schwester arbeitet in der Bibliothek von Straßburg. Da kommt sie schon öfter mal mit solchen Ausleihen nach Hause.«

»Ihr habt eine Schwester?«

Zum ersten Mal hörte Ravenna die Stimme des jungen Ritters, der die Pferde am Zügel hielt. Sie sah ihn an. Er trug leichte Reitkleidung und war bei weitem nicht so schwer gepanzert wie Chandler. Sein braunes Haar glänzte in der Sonne, einige Strähnen fielen ihm in die Stirn. Auch wenn er übernächtigt wirkte und unrasiert war: Er gefiel ihr auf Anhieb, denn er besaß ein schmales, ebenmäßiges Gesicht mit hohen Wangenknochen und auffallend schönen Augen. Und ein wirklich süßes Lächeln, stellte sie fest. Plötzlich konnte sie die jungen Frauen verstehen, die darauf brannten, an der Schwertleite teilzunehmen und sich anschließend einen Gefährten zu suchen.

»Meine Schwester ist besessen von allem, was mit Mittelalter, Rittern und Hexen zu tun hat. Manchmal glaube ich, sie sollte an meiner Stelle hier sein«, seufzte sie. »Es würde ihr gefallen.«

Erstaunt hob der junge Mann die Augenbrauen. »Mittelalter?«, echote er, als höre er den Ausdruck zum ersten Mal.

Ravenna lachte. Kopfschüttelnd straffte sie Willows Zügel und setzte den Fuß in den Steigbügel. Schon sprang der junge Ritter vor, um ihr in den Sattel zu helfen.

»Danke, aber ich kann das sehr gut allein.« Schroff wies sie die helfende Hand zurück, griff nach Mähne und Sattellehne und saß mit gekonntem Schwung auf. »Wenn ich etwas so leidenschaftlich betreibe wie Yvonne ihren magischen Hexenzauber, dann das Reiten.«

Lächelnd tätschelte Chandler ihrem Pferd den Hals. »Lucian wird Euch sicher zum Aussichtspunkt begleiten. Sein Befehl lautet, Euch anschließend wieder hierher zurückzubringen. Ich bitte Euch, fügt Euch seinen Anweisungen. Mein Freund ist zwar noch jung, aber er kennt den Wald und er kennt den Feind. Er kennt ihn besser als jeder andere.«

»Dann soll er doch mit mir nach Straßburg reiten«, gab Ravenna zur Antwort. Sie schnalzte, schmiegte die Schenkel an den Pferdeleib, und die große, weiße Stute galoppierte los. Die Hufe gruben sich in die Grasnarbe und schleuderten Erde und kleine Steinchen empor. Nach wenigen Sprüngen tauchte sie in das schattige Grün des Waldes.

Was für ein Ritt! Die Schimmelstute war bestimmt zwei Handbreit größer als ihr Tinkerwallach und ihre Bewegungen fühlten sich kraftvoll und geschmeidig an. Ravenna musste sie nur am Hals berühren, und schon schwenkte Willow in eine andere Richtung. Als der Boden unebener wurde, drosselte die Stute das Tempo von selbst und trabte vorsichtig weiter.

Ravenna legte den Kopf in den Nacken. Wie still es hier ist!, dachte sie. Der Wald wirkte ruhig und friedlich, viel ruhiger als zu ihrer Zeit, in der man in der Ferne immer ein Motorengeräusch hörte.

Aber das ist meine Zeit, dachte sie dann ärgerlich. Schließlich bin ich doch hier!

Als sie einen Hufschlag hinter sich hörte, zog sie die Zügel an und ließ das Pferd langsamer gehen. Lucian schloss mit hochrotem Kopf zu ihr auf. Es war ihm sichtlich peinlich, dass sie ihn auf den ersten Metern abgehängt hatte, noch dazu vor Chandlers Augen.

»Tut mir leid«, rief sie gut gelaunt. »Hoffentlich bekommst du wegen mir keinen Ärger.«

Der junge Reiter schüttelte den Kopf. »Ärger bekomme ich nur, wenn ich Euch im Wald verliere, aber das wird nicht geschehen.«

Er lenkte Ghost auf einen Pfad, der sich durch Findlinge und

Heidelbeerbüsche schlängelte. Zwischen den Bäumen sah man immer wieder ein Bauwerk aus grauem Stein, das sich entlang der Hügelkuppe zog. Ist das die Heidenmauer?, fragte Ravenna sich erstaunt. Die Umwallung sah aus, als hätte man sie erst vor wenigen Tagen gebaut. Keine Messerklinge passte in die Ritzen zwischen den Steinen, und die Krone war sorgfältig von Farnen und jungen Bäumen befreit. Weitläufig umspannte die Mauer das Gelände unterhalb des Odilienkonvents.

Ravenna wandte die Aufmerksamkeit wieder ihrem Begleiter zu. Plötzlich bemerkte sie die schwarze Schwertscheide, die unter Lucians Knie am Sattel hing. Unter dem dunkelroten Wams trug auch er ein Kettenhemd aus feinen, silbernen Ringen.

»Gehörst du zu König Constantins Männern?«, fragte sie neugierig.

Wortlos zog Lucian den Lederhandschuh aus und streckte ihr einen Ring entgegen. Er trug das Motiv, das ihr überall wiederbegegnete: den flachen Silberkreis mit der Windrose in der Mitte. Als Schmuckstück eines Ritters war es deutlich kleiner gearbeitet als die Siegel, die sie im Saal der Hexen gesehen hatte. Der Kreis war kaum größer als eine Fünf-Cent-Münze.

»Man nennt es das Rad der Geweihten«, erklärte Lucian, als er ihren fragenden Blick bemerkte. »Jede Zacke des Sterns steht für einen bestimmten Sonnenstand während des Jahres. Zum jeweiligen Zeitpunkt aktivieren die Sieben die Siegel, um den Fluss der Magie zu erneuern.«

»Mabon«, warf Ravenna ein. »Oder Beltaine.«

Der junge Krieger blickte sie überrascht an. Sonnenlicht fiel durch das Laub und warf helle Flecken auf seine Schultern und die Kruppe seines Pferdes. »Für eine Fremde kennt Ihr Euch sehr gut aus«, meinte er.

Ravenna zuckte die Achseln. »Wie schon gesagt: Das habe ich meiner Schwester zu verdanken. Yvonne beschäftigt sich andauernd mit irgendwelchen Sonnenwendfeiern und keltischen Kalendern.«

Lucian lächelte. »Mir scheint, Eure Schwester ist eine kluge Frau«, bemerkte er.

»Das ist sie, das ist sie«, lachte Ravenna. »Sie hätte bestimmt Spaß daran, dir – euch allen – bei der Schwertleite zuzusehen.«

Bei diesen Worten huschte ein Schatten über das hübsche Gesicht ihres Begleiters. »Oh, die Schwertleite. Noch weiß niemand, wer das Turnier gewinnt. Wenn Ritter Tade noch am Leben wäre, bräuchten wir gar kein Lanzenstechen abzuhalten«, murmelte Lucian.

Ravenna schwieg. Offenbar hatte sie einen wunden Punkt getroffen, und sie wollte nicht weiter in ihn dringen. Während sie weiterritten, musterte sie ihren Begleiter von der Seite. Einfache Diener des Konvents – als solche hatte Chandler sich und die anderen Ritter bezeichnet. Wenn Lucian von magischen Angelegenheiten wirklich keine Ahnung hatte, sie aber für eine Hexe hielt, sollte er sich eigentlich vor ihr fürchten. So war es zumindest in jenem Mittelalter gewesen, das sie aus Geschichtsbüchern kannte. Stattdessen ritt er sorglos neben ihr, umgeben von knarrendem Sattelleder, klingender Kette und dem gedämpften Schnauben der Pferde.

Sie seufzte und ordnete die Zügel. Dann runzelte sie die Stirn. »Es sind acht Daten im Jahreskreis«, zählte sie an den Fingern auf. »Viviale und ihre Schwestern nennen sich jedoch die Sieben.«

Beim Klang ihrer Stimme schrak Lucian aus seinen düsteren Gedanken auf.

»Verzeiht mir! Was bin ich doch für ein schlechter Begleiter! Neben mir langweilt Ihr Euch bestimmt zu Tode.«

»Nein, ganz und gar nicht«, grinste Ravenna. »Eigentlich finde ich dich ganz nett.«

Woher nehme ich nur diesen Schneid?, wunderte sie sich im nächsten Augenblick. Früher hätte ich nie im Leben den Mund aufgemacht, wenn mir so ein gut aussehender Bursche über den Weg gelaufen wäre. Aber Yvonne, nun ja – binnen einer Viertelstunde hätte sie ihn um den Finger gewickelt.

»Die Mittwinternacht – Yule – ist der Göttin vorbehalten«, erklärte Lucian. »Gestern Abend im Blauen Saal habt Ihr sieben Stühle gesehen, nicht wahr? Sie sind für die Hexen bestimmt – für die Magierinnen. Der Thron dagegen gehört Morrigan.«

Fröstelnd schloss Ravenna die Augen. Plötzlich war sie wieder allein in dem Raum unter der blauen Kuppel. Das Gefühl, beobachtet zu werden, wurde übermächtig, und sie klammerte sich an das Sattelhorn. Rotgoldene Kreise tanzten ihr vor den Augen und sie spürte den Wiegeschritt der Stute, der sie langsam wieder beruhigte.

»Ja, ich war dort«, bestätigte sie. »Aber ein Siegel fehlte. Ich glaube, es gehört zu Litha – zu Mittsommer, wenn die Sonne am höchsten steht. Jetzt erkenne ich es: Die Siegel sind entsprechend den Jahreszeiten angeordnet.«

Lucian nickte, doch er wirkte bedrückt. »Dieses Siegel wurde gestohlen. Bei der Belagerung von Burg Hœnkungsberg wirkte Melisende einen Zauber, der es Beliar unmöglich machen sollte, die Festung zu verlassen. König Constantin, Tade und wir anderen Ritter sollten sie beschützen, während sie einen Ring aus Feuer um den Burgfelsen legte. Aber dann ging alles plötzlich ganz schnell – Beliar durchbrach den Ring und die magischen Flammen konnten ihm nicht das Geringste anhaben. Er und seine Männer, die Ritter von Burg Hœnkungsberg, trieben uns bis an den Waldrand zurück. Tade war einer unserer besten Streiter, aufrichtig, mutig und ein guter Freund für jedermann, aber Beliar erschlug ihn, und seine Soldaten nahmen Melisende gefangen. Dabei fiel ihnen auch das Siegel des Sommers in die Hand.«

»Melisende«, murmelte Ravenna nachdenklich. »Ich erinnere mich. Die Frau mit dem Stern auf der Stirn behauptete, ich wäre mit ihr verwandt.«

Lucian nickte voller Überzeugung. »Nevere hat Recht, das seid Ihr auch. Ihr seid diejenige unter Melisendes Nachfahren, in der ihre Gabe am stärksten ausgeprägt ist. Anders kann es nicht sein, sonst wäre der Ruf der Sieben am Tor ungehört verhallt. Während einer Beschwörung kann man nur einen Menschen rufen, zu dem Blutsbande bestehen.«

»Aber wie soll das denn möglich sein, wenn ich doch siebenhundert Jahre nach ihr geboren wurde?«, fragte Ravenna unwirsch. »Was ist denn mit all den anderen Verwandten, die es zwischen uns geben muss?«

»Das weiß ich nicht«, entgegnete Lucian mit einem bescheidenen Lächeln. »Ich bin nur ein einfacher Ritter und noch keiner Magierin geweiht. Aber ich glaube nicht, dass selbst ein Gefährte wie Chandler mehr über diese Geheimnisse weiß, und er dient seiner Herrin Josce nun schon viele Jahre. Eine von Melisendes Enkelinnen wird im Konvent erzogen«, fuhr er fort. »Außerdem hat sie noch zwei verheiratete Töchter, die in den umliegenden Tälern leben. Diese beiden Frauen haben die Sieben als erste aufgesucht, aber keine war auch nur annähernd geeignet, Melisende zu vertreten. Eine Gabe, die so stark ist wie Eure, zeigt sich vielleicht nur alle siebenhundert Jahre.«

Ravenna schwieg und nagte an ihrer Unterlippe. Wie sollte sie dem jungen Ritter erklären, dass die Gabe in ihrer Zeit höchstens ein schwaches Glimmen war? Die Überreste eines Flächenbrands, den Jahrhunderte der Verfolgung und Vernichtung erstickt hatten? Dann runzelte sie die Stirn. Denn wie stand es mit den angeblichen Wahnvorstellungen, unter denen sie in ihrer Welt gelitten hatte? Ein Zeitverlust, kein Verlust von Wirklichkeit – Yvonne war nicht müde geworden, diesen Unterschied zu betonen. Hatte sie sich möglicherweise bereits in der Zwischenwelt eines Tors befunden, angezogen von der Hexenbeschwörung auf dem Odilienberg? Krampfhaft versuchte Ravenna, sich an Geräusche, Gerüche oder an das Licht während der Anfälle zu erinnern. Die Marktstände und das große schwarze Pferd in der Rue Mercière fielen ihr ein, die sie vom Gerüst am Münster aus gesehen hatte. War das bereits das Mittelalter gewesen?

»Sag mir, Lucian«, begann sie und ihr Begleiter drehte den Kopf zu ihr. »Sag mir, ob die Sieben in letzter Zeit schon einmal versucht haben, eine Verwandte von Melisende zu rufen.«

Lucian lachte auf. »Ob sie es schon einmal versucht haben? Seit Beliar die arme Melisende in das Verlies nach Straßburg schaffen ließ und sie vor dem Stadtrat der Hexerei beschuldigte, ziehen Josce und ihre Gefährtinnen jeden Abend aus, um eine Beschwörung abzuhalten! Vor kurzem berichtete Chandler uns noch, wie verzweifelt die Sieben waren, weil es wieder nicht gelungen war. Und dann kehrten die Magierinnen in Eurer Begleitung vom Hexenring zurück. Wisst Ihr denn nicht, wie viele Hoffnungen auf Euch ruhen? Beltaine ist schon vorüber und die Sonne steigt immer höher. Uns läuft die Zeit davon. Habt Ihr überhaupt eine Vorstellung davon, was geschieht, wenn der Kreis der Geweihten unterbrochen wird?«

Ravenna blickte auf den Ring an seiner Hand und schwieg. Nein, sie hatte keine Vorstellung, was dann geschah, und sie wollte auch nicht wissen, was sich gerade im Kopf des jungen Ritters abspielte. Lucians Gesicht verdüsterte sich wieder, seine Wangenmuskeln spannten sich an und er ballte die Faust um die Zügel.

»Es gibt in diesem Land leider nicht wenige Narren, die sich der Schwarzmagie und Schadenszauberei verschrieben haben. Sie betreiben eine Art dämonischen Kult und beten die Kräfte der Finsternis an. Ihr Ziel ist es, den Strom der Magie, der durch das Wirken der Sieben ständig erneuert wird, in ihre Richtung zu lenken. Dadurch würden sie unvorstellbar mächtig werden, denn sie selbst besitzen keinerlei Macht, sie sind nur Schatten. Ihr Wortführer ist jener Marquis auf dem Hœnkungsberg. Inzwischen fordert Beliar sogar die Königswürde für sich, die Constantin, wie er behauptet, zu Unrecht trägt. Falls das geschieht – und Morrigan bewahre uns davor –, würden wir etwas erleben, das dem Ende der Welt gleichkommt. Ich weiß es, denn ich habe es selbst gesehen.«

Der junge Mann mit dem netten Lächeln war verschwunden. Neben Ravenna ritt einer von Constantins Kämpfern, ein geübter

Krieger, der Tag für Tag sein Leben riskierte, um einen Plan zu vereiteln, den sie selbst nur zur Hälfte begriff. Lucian kennt den Feind besser als wir alle. Chandlers Worte kamen ihr in den Sinn. Der Ritter mit den schönen Augen hatte also ein Geheimnis – eines, das offenbar so düster und schrecklich war wie das ihre.

Seufzend setzte sie sich im Sattel zurecht und versuchte den Gedanken an den Fluch und an den Einbrecher abzuschütteln. »Weißt du, aus meiner Sicht klingt das alles ziemlich unglaublich. Wenn du meine Welt kennen würdest, wüsstest du, dass es mit Magie nicht mehr weit her ist.«

»Aber Ihr müsst unfassbare Kräfte besitzen.« Lucian schüttelte den Kopf, als könnte er nicht glauben, was sie erzählte. »Soweit wir wissen, ist noch keiner Tormagierin ein Sprung über so eine große Zeitspanne hinweg gelungen. Kein Mensch, den ich kenne, hätte das überlebt und den Hexenring unbeschadet verlassen.«

»Dieser Hexenring«, warf Ravenna ein, um endlich auf das Thema zu kommen, das sie so brennend interessierte. »Dieser Ort, an dem die Sieben ihre Beschwörung abhielten – ich glaube, er lag in der Nähe der Druidenhöhle. Weißt du, wie man dorthin gelangt?«

Das Lächeln, das gerade eben noch auf Lucians Zügen lag, erstarb. »Chandler warnte mich schon, dass Ihr mich danach fragen würdet. Ja, ich weiß, wo diese Pilze wachsen und wo die alten Zauberer begraben sind. Aber ich darf Euch nicht dorthin führen.«

»Und warum nicht?«, fragte Ravenna und spürte, wie eine ungute Mischung aus Zorn und Verzweiflung in ihr aufwallte. »Ich kann nicht hierbleiben. Und ich möchte es auch nicht. In meiner Zeit wartet meine Familie auf mich und ich habe dort mein eigenes Leben. Ich bin Steinmetzin und wirke am Erhalt des Straßburger Münsters mit. Da staunst du, nicht wahr? So leben wir in meiner Zeit. Und jetzt möchte ich bitte dorthin zurückkehren.«

Lucian schüttelte den Kopf. »Chandler würde mir den Kopf abreißen«, meinte er trocken. »Ganz abgesehen davon, dass ich meine Ehre als Ritter einbüßen würde, wenn ich es zulasse.

Constantin würde mich aus der Burg jagen und die Sieben verfluchen mich bis zu meiner letzten Stunde. Nein ...« Lucian schauderte. »Wenigstens bis zum Tag der Schwertleite müsst Ihr bei uns bleiben.«

»Und dann?«, grollte Ravenna. »Was geschieht eigentlich bei diesem Turnier?«

»Beim Lanzenstechen ermitteln wir, wer von uns Tades Nachfolger wird«, erklärte Lucian. »Alle jungen Ritter aus der Burg nehmen daran teil. Der Sieger wird von seiner Herrin die Schwertleite empfangen und am Mittsommermorgen als ihr Gefährte geweiht.«

»Oh, da kenne ich aber eine ganze Reihe junger Frauen, die an diesem Tag Schlange stehen werden!«, murmelte Ravenna. Missmutig dachte sie an die Blonde mit der weißen Haube oder an das Mädchen mit den geflochtenen Haarschnecken.

»Es wird keine der Jungmagierinnen ausgewählt werden«, sagte Lucian leise. »Melisendes Nachfolgerin steht bereits fest.«

»So?« Ravenna runzelte die Stirn. Je länger sie sich in der Welt der Hexen aufhielt, desto weniger begriff sie die Regeln, nach denen alle anderen in ihrer Umgebung lebten.

Lucian betrachtete sie lange. »Ihr werdet diejenige sein«, sagte er dann. »So hat es Mavelle vorhergesehen. Die Frau, die bei der Beschwörung durch das Tor tritt, wird als Magierin in den Zirkel der Sieben aufgenommen.«

Sprachlos starrte Ravenna ihrem Begleiter ins Gesicht. Schließlich beugte sie sich aus dem Sattel und legte eine Hand schwer auf Ghosts Mähnenkamm. »Hör zu, mein Freund, was immer man dir befohlen hat: Heute reite ich vom Berg hinab ins Tal. Und ich komme bestimmt nicht wieder herauf – nicht einmal am Johannistag.«

Lucians Züge verwandelten sich in eine regungslose Maske. »Wir sind da.«

Ravenna drehte sich um und folgte dem Fingerzeig des ausgestreckten Arms. Sie hatten eine Felsplatte erreicht, die weit über den Abgrund vorsprang. Keine Bäume verstellten hier die Sicht und man sah ins offene Land hinaus.

Dort unten lagen der Rhein und die Stadt Straßburg – Ravenna hätte selbst mit verbundenen Augen in die richtige Richtung gezeigt. Wie klein die Stadt von hier oben wirkte! Dann stutzte sie. Irgendetwas war anders als sonst. Die weit verzweigten Flussarme, die sich durch die Ebene schlängelten, die Aufteilung der Stadtbezirke und die mittelalterlichen Tore …

Ravenna keuchte, als ihr Blick auf die Kathedrale fiel. Der Nordturm fehlte. Das Langhaus war erst zur Hälfte fertiggestellt, doch selbst von ihrer hohen Warte aus erkannte sie den romanischen Stil. Diesen Bauabschnitt hatte sie schon oft gesehen – bei einem Modell, das im Lager der Dombauhütte stand. Die Miniatur stellte das Münster im Jahre 1253 dar, kurz vor dem Abriss des Langhauses, das sie nun in voller Pracht vom Berg aus sah. Damals waren alle bislang fertiggestellten Teile wieder entfernt worden, weil die Rundbögen und wuchtigen Linien nicht dem Geschmack des Bischofs entsprachen. Sie mussten einer verspielteren Bauweise weichen. Und nun war aus damals heute geworden.

»Herrin? Ravenna!« Erst als Lucian sie an der Schulter packte, merkte sie, dass sie im Sattel schwankte. Krampfhaft umfasste sie das Sattelhorn und rang nach Luft. Da hatte sie nun den Beweis, auf den sie den ganzen Morgen über gelauert hatte: Man schrieb das Jahr 1253. Seit ihrem Aufbruch vom elterlichen Hof, der für sie erst gestern gewesen war, waren mehr als siebenhundert Jahre vergangen. Nein – sie waren rückwärts gelaufen wie ein Film, der in die Vergangenheit zurückspulte. Aber was für eine Vergangenheit war das? Hier war sie vollkommen fremd! Sie kannte niemanden, und alle, die sie liebte, waren noch nicht geboren.

»Ich kann nicht … ich halte das nicht aus«, stammelte sie. Wütend fegte sie Lucians Arm zur Seite. »Das ist also deine Aufgabe? Du solltest mir schonend beibringen, dass es keinen Ausweg gibt? Aber du irrst dich, wenn du glaubst, ich lasse mir das so einfach gefallen.«

Als sie der Stute diesmal die Sporen gab, bäumte Willow sich auf. Unvermittelt schoss das Pferd vorwärts, jagte von der Steinplatte zurück in den dunklen Wald. Lauf!, feuerte Ravenna Willow in Gedanken an. Lauf schneller! Die Hufe trommelten über den Waldboden. Zweige peitschten über sie hinweg. Wenn sie erst einmal unten in der Rheinebene war, würde sie schon einen Ausweg finden. Wahrscheinlich gab es mehr als ein Tor, mehr als einen Ausweg aus der Hexenwelt, doch zunächst musste sie genügend Abstand zwischen sich und den Odilienberg bringen, um wieder klar denken zu können.

Aber das Pferd lief nicht schnell genug, um der Wahrheit zu entfliehen.

Hastig krallte Ravenna die Faust in die Mähne des Tieres, als die Stute einen scharfen Schwenk vollführte. Vor ihr lag die Heidenmauer. Im Jahr 1253 war die Umwallung erst wenige Jahrhunderte alt. Als meterhohes Bollwerk riegelte sie den Weg ab und verlief über Kuppen, durch Senken und an Felsen entlang. In ihrer Zeit war der Wall noch immer mehr als zehn Kilometer lang und sie befürchtete, dass es im Mittelalter genauso war. Kein Quader fehlte, und die Holzkeile, die als Klammern zwischen den Steinblöcken saßen, wirkten unverwüstlich. Selbst als Ravenna Willow dicht neben die Mauer lenkte und sich vorsichtig auf den Sattel stellte, fand sie keinen Halt an dem Mauerwerk. Und sie wusste auch, warum: Die Heidenmauer schützte den Konvent der Hexen.

Als sie eine Stelle berührte, an der ein runder Steinbuckel eingelassen war, flammte entlang der Krone plötzlich ein blaues Feuer auf. Hastig zog sie die Hand zurück. Die Flammen wehten lautlos auf der Mauer. Wenn sie die Hand in die Nähe brachte, wurde das Feuer heller und heißer. Zog sie die Finger zurück, sank es in sich zusammen.

Verdammt, dachte Ravenna. Sie verspürte keine Lust auszuprobieren, wie sich das magische Feuer verhielt, wenn sie auf die Mauerkrone kletterte.

Die Stute schnaubte und bewegte sich jäh. »Ruhig, Willow – bleib ruhig.«

Ravenna warf einen Blick über die Schulter. In ruhigem Schritt kam Lucian auf sie zu. Im Schatten unter den Bäumen wirkten seine Gesichtszüge bekümmert. Als Ravenna warnend die Hand hob, zog er die Zügel an und brachte Ghost zum Stehen.

»Herrin, bitte vergebt uns!«, rief er ihr leise zu. »Wir wollten Euch nicht erschrecken oder Euch Böses tun. Es gab einfach keinen anderen Ausweg. Melisende sitzt im Hexenturm zu Straßburg gefangen, und es steht zu befürchten, dass sie ihren Peinigern nach und nach sämtliche Geheimnisse verrät, die der Zirkel der Sieben hütet. Unterdessen erhöhen Beliar und seine Marquise den Druck auf die Stadtherren, denn sie wollen erreichen, dass Constantin beim Rat in Ungnade fällt. Wenn er abdanken muss, wird nicht einmal dieses Bollwerk die Sieben schützen können.«

»Tut mir wirklich leid, das zu hören!«, fauchte Ravenna ihn an. »Aber das ist nicht mein Problem, sondern das von Josce, Aveline und wie sie alle heißen. Ich will zurück in mein eigenes Leben und zu meinen eigenen Schwierigkeiten. Jetzt zeig mir den Weg zum nächsten Tor!«

Es musste Tore in der Mauer geben – in ihrer Zeit gab es diese Durchgänge doch auch.

Aber der junge Ritter schwieg. Wie eine Statue saß Lucian zu Pferd, mit dem Schwert unter dem Knie und den Zügeln in der linken Hand. »Das darf ich nicht«, wiederholte er leise. »Und selbst wenn – ich würde es nicht tun. Ihr seid die Einzige, die Melisendes Platz einnehmen kann. Begreift Ihr denn nicht: Wenn es anders wäre, dann wäre eine andere Frau im Tor erschienen. Aber Ihr seid die Erste nach siebenhundert Jahren, in der die Macht einer Tormagierin in voller Entfaltung wiederkehrt. Und somit ist Beliar tatsächlich auch Euer Problem.«

»Zeig mir das nächste Zeittor!« Geschmeidig glitt Ravenna zurück in den Sattel. Dicht neben Ghost brachte sie die Stute zum Stehen. »Ich befehle es dir!«

Ein trauriges Lächeln huschte über Lucians Züge. »Ihr könnt mir nichts befehlen, denn noch habt Ihr die Einweihung nicht bestanden. Und ich bin nicht befugt, Eure Befehle anzunehmen, denn ich bin nicht Euer Gefährte. Das Beste wird sein, wenn wir zurückreiten. Es ist bald Zeit für das Mittagsmahl.«

Wie kannst du jetzt nur ans Essen denken!, schoss es Ravenna durch den Kopf. Tränen der Wut und Hilflosigkeit strömten ihr über das Gesicht und sie fürchtete, dass sie lächerlich aussah: eine Reiterin mit zorngerötetem, tränennassem Gesicht in einer roten Regenjacke.

»Die Kathedrale – so wie sie dasteht, wird sie wieder abgerissen werden. Später errichtet man einen Turm, der viele Jahrhunderte lang alle anderen Bauwerke des Abendlands überragen wird.« Sie sagte das nur, um Lucian zu erschrecken. Und es gelang: Der junge Ritter erbleichte und vollführte eine abwehrende Geste. Kraftvoll beschrieb seine freie Hand einen Halbkreis, dann schnellte sie nach vorn, als sollte der Ballen einen Stoß abfangen. Magie.

»Ihr habt das Zweite Gesicht! Wie Melisende seht Ihr, was die Zukunft bringen wird!«, rief Lucian.

»Ich komme aus der Zukunft«, rief Ravenna verzweifelt. »Aus dem Jahr 2011, falls dir das etwas sagt. In meiner Zeit fliegen die Menschen in stählernen Kapseln durch die Luft, wenn sie auf Reisen gehen. Sie können die Kraft ihrer Gedanken miteinander verknüpfen und sich über Ozeane hinweg unterhalten, als säßen sie am selben Tisch. Und sie wissen, dass die Sterne aus glühenden Gaswolken geboren werden und der Mond nichts weiter als ein lebloser Felsklumpen ist. Hexenkräfte sind nicht länger notwendig. Hörst du überhaupt, was ich sage?«

Der junge Ritter war aus dem Sattel geglitten. Hastig sank er auf ein Knie und verbeugte sich so tief vor ihr, dass seine Stirn beinahe den Waldboden berührte. »Wenn das wahr ist – und daran zweifle ich nicht –, seid Ihr eine noch mächtigere Zauberin als Melisende. Ich bitte Euch inständig, Herrin, kehrt mit mir in den Konvent zurück und durchlauft die Ausbildung zur Magierin. Gegen Eure Gabe vermag nicht einmal der neue Marquis auf dem Hœnkungsberg etwas auszurichten. Er wird unterliegen.«

Ravenna starrte den knienden Ritter an. Sie wollte ihm Angst einjagen und hatte genau das Gegenteil erreicht. Nun verehrte er sie beinahe wie eine Heilige.

Als sie schwieg, richtete Lucian sich wieder auf und klopfte sich das Laub von den Knien. Reglos saß sie auf dem Pferd und starrte ihn an. Da schwang er sich in den Sattel, wendete den großen Hengst und ritt langsam auf dem Pfad zurück in Richtung Kloster. Horchte er unauffällig, ob sie ihm folgte? *Ärger bekomme ich nur, wenn ich Euch im Wald verliere. Aber das wird nicht geschehen.* Mit welcher Selbstsicherheit er das gesagt hatte! Nun wusste Ravenna auch, woher er die Gewissheit nahm: Die Kuppe des Odilienbergs war von einer meterhohen Mauer umschlossen, die mit rätselhafter Magie gesichert war.

Sie saß in der Falle.

Als Willow ihren Stallgefährten zwischen den Bäumen verschwinden sah, tänzelte sie unruhig. Mit einem Seufzen ließ Ravenna der Stute ihren Willen. In flottem Trab schloss sie zu Ghost auf. Ravenna konnte sich das siegessichere Grinsen auf Luciens Gesicht gut vorstellen, als er nun voranritt.

»Danke«, raunte er jedoch, als der weitläufige Vorplatz und das Eingangsgebäude mit dem Torbogen in Sicht kamen. »Danke, dass Ihr mir gefolgt seid und mich nicht vor Chandler und den anderen bloßstellt.«

»Dank mir lieber nicht zu früh«, fauchte sie ihn ungnädig an. »Ich werde nämlich unter keinen Umständen die Magierin des Sommerfestes. Und jetzt möchte ich augenblicklich mit den Sieben sprechen. Da du dich weigerst, werden sie mir den Weg zurück in meine Zeit zeigen.«

Die erste Lehrstunde

Kurze Zeit später saß Ravenna wieder auf der mit Stroh gefüllten Matratze in ihrer Kammer und starrte düster auf die Einrichtung. Stuhl, Tisch, Bett und weißgekalkte Wand – diese Zelle sollte nun ihr neues Zuhause sein. Für wie lange?, fragte sie sich. Es muss doch irgendeinen Ausweg geben – es muss! Verzweifelt ballte sie die Fäuste.

Nach dem Ausritt hatten die Sieben sie nicht empfangen. Sie hatte gebetet und gebettelt und die strenge Nonne angeschrien, der Chandler sie übergeben hatte, doch es half nichts. Die Frau hatte sie erst ignoriert und dann auf ihre Kammer geschickt. Da saß sie nun – eine Gefangene der Zeittore.

Sie konnte den Odilienberg nicht verlassen. Auf dem Rückweg waren Lucian und sie an einem Durchgang in der Heidenmauer vorbeigekommen und sie hatte gesehen, dass die Mauer nicht nur durch Magie gesichert war, sondern zudem schwer bewacht wurde. Ritter in stählernen Rüstungen, bewaffnet mit Schwertern, Lanzen und Schildern, patrouillierten im Wald. Wovor hatten die Bewohner des Hexenbergs nur so viel Angst? Wer war dieser Marquis vom Hœnkungsberg, dass sich Magierinnen, die von Rittern, einem König und einer verhexten Mauer beschützt wurden, vor ihm in Acht nehmen mussten?

Ravenna schüttelte den Kopf. Je länger sie über das Gespräch nachdachte, das sie mit Lucian auf dem Ausritt geführt hatte, desto auswegloser und verrückter erschien ihr ihre Lage.

Als es an der Tür klopfte, zuckte sie zusammen. Sie zögerte einen Augenblick, doch dann rief sie: »Herein!« Und war erleichtert, die dicke Serviererin zu sehen, mit der sie beim Frühstück beinahe zusammengeprallt war. Die Frau brachte ihr ein Holzbrett mit knusprigem Speckfladen, Obst und ein großes Glas Milch.

»Ihr müsst ja umkommen vor Hunger«, sagte sie. »Warum seid Ihr denn nicht zum Mittagessen im Speisesaal erschienen? Ihr habt seit Eurer Ankunft nichts gegessen. Bitte verzeiht, dass ich Euch heute Morgen nicht gleich erkannte, aber die Mädchen veranstalten beim Essen immer so ein Geschrei. Da habe ich nicht gleich gemerkt, dass Ihr der Gast der Sieben seid.«

»Das geht schon in Ordnung«, murmelte Ravenna. Sie schob sich gierig das erste Stück Flammkuchen in den Mund. Tatsächlich war sie völlig ausgehungert, doch weil sie nicht die geringste Lust auf eine weitere Begegnung mit Lynette und den anderen Mädchen verspürte, hatte sie den Speisesaal gemieden.

»Mein Name ist Arletta und ich bin die Wirtschafterin hier«, stellte sich die Frau vor. »Falls Ihr irgendetwas wünscht, braucht Ihr nur zu klingeln.« Sie deutete auf ein Glöckchen, das sie neben das Holzbrett auf den Tisch gestellt hatte. Den Stil bildete eine kleine, geflügelte Elfe aus Silber, die auf dem Glöckchen kauerte. Bis auf einen Kranz aus Efeu, der ihr verrutscht auf den Hüften saß, war die Figur nackt. »Den Speisesaal betretet Ihr von nun an durch den Seiteneingang. Von dort kommen auch die Sieben. Sie sitzen an dem großen Tisch neben dem Kamin und sind stets die Ersten, die kommen, und die Ersten, die gehen. Dort wird auch für Euch gedeckt sein. Außerdem lässt Nevere Euch das hier schicken.«

Misstrauisch beobachtete Ravenna, wie die Wirtschafterin verschiedene Kleidungsstücke auf dem Bett ausbreitete. Eines war ein Untergewand aus Leinen. Dazu gehörte ein dunkelblaues Kleid mit weiten Ärmeln. Es reichte bis zu den Fußknöcheln und wurde mit einem Gürtel gerafft, dessen Ende durch einen Ring gefädelt wurde und seitlich herabhing. Ravenna erinnerte sich: Die älteren

Schülerinnen waren alle auf diese Weise gekleidet gewesen. Lederschuhe und ein weiter Kapuzenmantel vervollständigten die Hexengarderobe.

Sie wischte die fettigen Finger an der Hose ab und trank den letzten Schluck Milch. »Ich trage keine Röcke«, erklärte sie. »Und ich fange auch im Mittelalter nicht damit an.« Die Mahlzeit hatte sie für eine weitere Auseinandersetzung mit ihren Gastgeberinnen gestärkt. Als sie Arlettas bestürztes Gesicht sah, bedauerte sie jedoch ihre schroffe Weigerung. »Ist das denn wirklich so wichtig?«

»Wollt Ihr denn die Sieben beleidigen, indem Ihr Euch kleidet wie ein Bauer?«, fragte die Wirtschafterin zurück.

Ravenna seufzte. Eines musste sie zugeben: Ihre Sachen waren durch den Sturz vom Pferd in Mitleidenschaft gezogen. Und die Angelegenheit hatte noch einen weiteren Vorteil: Wenn sie dieselben Kleider trug wie die Mädchen hier, fiel sie weniger auf und man würde sie vielleicht eher in Ruhe lassen.

Sie nahm das Untergewand und hielt es mit spitzen Fingern hoch. »Na schön, wenn es unbedingt sein muss. Aber du musst mir beim Ankleiden helfen. Ich habe solche Sachen noch nie getragen und weiß nicht, wie man sie anzieht.«

Nachdem sie sich aus ihren Kleidern geschält hatte, zeigte Arletta ihr, wie man die Gewänder nacheinander über den Kopf streifte und seitlich mit Bändern verschloss. Der Mantel besaß eine Spange, die man unter dem Kinn anbrachte, aber Ravenna nahm den Umhang gleich wieder ab und verstaute ihn in der Truhe. Für den dicken, handgewebten Wollstoff war es wirklich zu warm. Sie hatte erwartet, dass sich die Gewänder rau anfühlten und auf der Haut kratzten, aber der fließende Stoff der Kleider schmiegte sich angenehm an ihren Körper.

Arletta bestand darauf, auch den Haargummi zu entfernen und ihr die Locken zu bürsten. Anschließend strahlte die Wirtschafterin über das ganze Gesicht.

»Nun seht Ihr wirklich wie eine angehende Magierin aus«, sagte sie und reichte Ravenna einen Handspiegel.

Zögernd blickte Ravenna in das Glas. Eine junge Frau aus dem Mittelalter blickte zurück – schlank, ernst und mit nachdenklichen, dunklen Augen. Äußerlich gab es nun keinen Unterschied mehr.

Das fand offenbar auch Aveline, die Ravenna im Klostergarten erwartete. Sie trug einen großen Sonnenhut mit Schleier, der Ravenna an den Kopfschutz einer Imkerin erinnerte.
Tatsächlich standen im Schatten der Mauer einige spitz zulaufende Körbe, die von Bienen umschwirrt wurden. Einen Fuß auf den Spaten gestützt, während die Wange auf der Faust ruhte – so wartete die junge Hexe auf sie. Als Ravenna näher kam, straffte sie ihren Oberkörper. Offenbar dachte sie erst, dass eine der älteren Schülerinnen den Garten betrat. Als sie Ravenna erkannte, glitt ein überraschter Ausdruck über ihre Züge.
»Sieh an, sieh an, die Verwandlung hat eingesetzt. Wenn du dich hier nützlich machen willst, musst du allerdings den Rock schürzen – etwa so.« Mit wenigen Handgriffen zeigte sie Ravenna, wie sie das lange Gewand mit dem Gürtel raffen konnte, damit der Saum nicht durch den Schmutz schleifte.
»Ich soll den Klostergarten umgraben?« Argwöhnisch betrachtete Ravenna die Beete. Aveline und sie standen auf der letzten Aussichtsterrasse. Eine Sonnenuhr und ein Türmchen, das als Observatorium diente, säumten den Felsvorsprung, auf dem der Garten angelegt war. Blaue Wolken schwebten über dem Flusstal, wie mit dem Pinsel in den Himmel getupft.
Aveline erledigte die Gartenarbeit nicht allein: Dutzende kleiner Mädchen mit Strohhüten und weißen Hauben halfen ihr, Weidenruten zu flechten und daraus die Begrenzungen der Beete herzustellen. Manche jäteten Unkraut und breiteten frisches Stroh um die Setzlinge aus, andere schleppten Gießkannen, um Erbsen, Zwiebeln und junge Karotten zu wässern.
Aveline seufzte. »Beginnen wir also ganz am Anfang. Erstens: Das ist kein Kloster, sondern ein Konvent. Zweitens ist es eine

hochmagische und sehr begehrte Angelegenheit, den Garten umzugraben. Man könnte stattdessen nämlich auch in der Bibliothek sitzen, in staubigen Büchern lesen und Zauberformeln auswendig lernen. Nicht wahr, Mirelle?«

Die Angesprochene nickte. Ihre Hände waren voller Erde, denn sie pflanzte gerade winzige Bohnensprösslinge ein. Um jeden Setzling zog sie mit dem Finger einen Kreis und murmelte einen Spruch. Sofort glättete die Erde sich und der Setzling richtete sich auf. Es ging so schnell, dass Ravenna ihre Beobachtung zunächst für Einbildung hielt. Aber dann fiel ihr auf, dass es die anderen Mädchen genauso machten. Jede murmelte oder flüsterte bei der Arbeit vor sich hin, die Finger führten flinke Gesten aus, und manche der Mädchen schlossen die Augen, um sich besser auf die Magie zu konzentrieren. Ein Zaubergarten, im wahrsten Sinn des Wortes.

Kopfschüttelnd folgte sie der jungen Hexe. Aveline führte sie herum und fragte sie gleichzeitig aus. Offenbar wollte sie sich ein Bild vom Kenntnisstand ihres Schützlings machen. Ravenna war nicht gerade erfreut darüber, dass die schnippische junge Hexe ihre erste Ausbilderin sein sollte – ein Mädchen von höchstens sechzehn Jahren. Ihr entging nicht, dass Aveline sie mit gerunzelter Stirn musterte. Die Tatsache, dass ihre dunklen Augenbrauen in der Mitte zusammengewachsen waren, unterstrich ihr grimmiges Aussehen noch.

»Bevor du dich an Magie wagst, musst du begreifen, in welcher Umgebung sie gewirkt wird«, erklärte die junge Hexe. »Alles hat Einfluss aufeinander, wie bei einem dicht gewebten Wandteppich. Wenn du das nicht begreifst, richtest du mehr Schaden an, als du wieder gutmachen kannst. Also: Welchen Mondstand haben wir heute?«

»Keine Ahnung«, erwiderte Ravenna wahrheitsgetreu. In ihrer Stadtwohnung am Kanal sah sie den Mond nur selten. Manchmal schien er rund und voll durchs Fenster, dann wieder als schmale Sichel. Nur daran erkannte sie, dass sich die Mondphasen abwechselten.

Aveline schien ihre Antwort bereits erwartet zu haben. Mit hochrotem Kopf stapfte sie zwischen den Beeten umher. »Das war ja klar«, murmelte sie vor sich hin. »Wir haben kaum Zeit, der Kreis der Geweihten droht zu zerbrechen und dann bringt man mir auch noch eine Anfängerin aus dem Tal der Ahnungslosen. Selbst Celine hat mehr Vorbildung als du.«

Sie strich einem Mädchen über den Kopf, das höchstens sieben oder acht Jahre alt war. Die Kleine schien unter der Hand der Zauberin vor Stolz gleich um mehrere Zentimeter zu wachsen. Eifrig bohrte sie mit dem Stock Löcher in den Boden und ließ Rettichsamen hineinfallen. Dann verschränkte sie die Arme hinter dem Rücken und starrte die Löcher an. Sie schlossen sich, ohne dass Celine einen Finger rührte. Wenige Augenblicke später brachen die Keimblätter hervor.

Ravenna starrte das Mädchen an. Sie sah der kleinen Yvonne zum Verwechseln ähnlich: derselbe dicke Zopf, dieselben strahlenden Augen und das Grübchen in der rechten Wange. Dann erinnerte sie sich – eine von Melisendes Enkelinnen wurde im Konvent erzogen. Das hatte Lucian ihr auf dem Ausritt erzählt. Gab es vielleicht so etwas wie eine Familienähnlichkeit, die über siebenhundert Jahre Bestand hatte?

Nachdenklich folgte sie der jungen Hexe durch den Garten. Sie hörte kaum zu, als Aveline sie über die Pegelstände am Fluss, über Wolkenformen und den Aussaatkalender ausfragte, und gab ihr nur unkonzentriert Antwort. Schließlich blieb Aveline vor einem Beet stehen, in dem wilde Kräuter wucherten.

»Was wächst hier?«, fragte sie matt. Sie schien keine zufriedenstellende Auskunft mehr zu erwarten, aber diesmal antwortete Ravenna ohne großes Nachdenken: »Beinwell, Johanniskraut und Schafgarbe. Das erste hilft bei Knochenbrüchen, das zweite gegen Niedergeschlagenheit und das dritte tut dem Magen gut.«

Misstrauisch musterte Aveline sie. Ravenna zuckte die Achseln. »Ich hatte eine Großmutter, die einen Kräutergarten besaß, den größten in Ottrott. Zumindest hat das der Bürgermeister immer über den Zaun gerufen, wenn er mit dem Rad vorbeifuhr. Er nannte Mémé dann immer ›meine Hildegard‹, nach der berühmten Benediktinerin.«

Avelines mürrisches Gesicht erhellte sich. »Hildegard von Bingen! Ich kenne ihre Lehren. Eine kluge, weitsichtige Frau. Und eine echte Hexe. Wenn man den Legenden glauben darf, besaß sie das zweite Gesicht. Hier auf dem Odilienberg wurden mehrere ihrer Urenkelinnen ausgebildet, aber keine gewann solchen Einfluss wie sie«, erzählte die junge Hexe. »Na schön«, meinte sie dann. »Hier hätten wir also die Heilpflanzen. Was wächst dort drüben?«

Ravenna kniff die Augen zusammen, um nicht von der Sonne geblendet zu werden. »Fingerhut. Daraus gewinnt man eine Medizin für das schwache Herz – übrigens auch in meiner Zeit. Daneben stehen Tollkirsche und Bilsenkraut. Das sind Giftpflanzen. Diesem Beet würde ich also lieber nicht zu nahe kommen. Ihr pflanzt hier so ziemlich alles an, außer Tabak, Tomaten und Kartoffeln. Die sind nämlich noch nicht entdeckt worden.«

Aveline blinzelte verwirrt. »Ich habe keine Ahnung, wovon du redest. Aber das hier ist kein Ratespiel, bei dem wir uns gegenseitig übertrumpfen, sondern deine erste Lehrstunde in Sachen Hexenmagie.« Trotz der Rüge nickte sie zufrieden. »An der Anordnung der Beete erkennst du, dass der Garten einen bestimmten Aufbau hat. Dort stehen die Küchenkräuter und Gemüsesorten, hier wachsen Nutzpflanzen wie Flachs und Hanf und hinten an der Mauer findest du alle Pflanzen zu medizinischen Zwecken. Fragt sich also, was in diesem Teil des Gartens wächst.«

Sie führte Ravenna zu einem Gitter aus biegsamen Ästen, die kunstvoll miteinander verflochten waren. An den Zweigen rankte eine kräftige Kletterpflanze empor. Im Vorbeigehen rieb Ravenna die Blätter zwischen den Fingern. Sie hatte keine Ahnung, welches Kraut das war. Im Laub hingen Blüten, die wie Papierlampions aussahen und geheimnisvoll leuchteten.

Hinter dem Gitter lag der seltsamste Garten, den sie je betreten hatte, denn dort wuchsen ausschließlich schwarze Blumen: Rosen, Lilien, Malven und düstere Akelei. Die Beeren und Früchte glänzten tiefschwarz und die Blätter an den Büschen schimmerten, wodurch sich der Eindruck verstärkte, dass sie aus dem farbenfrohen Sonnengarten in ein Schwarz-Weiß-Foto getreten waren. Alle Geräusche – das Summen der Bienen, das Vogelgezwitscher und die Stimmen der Mädchen – waren verstummt.

Das ist echt abgefahren, schoss es Ravenna durch den Kopf. Und gruselig.

»Alles, was du hier siehst, dient magischen Zwecken«, erklärte Aveline. »Hier wachsen Pflanzen zum Hellsehen, zum Verfluchen und Erlösen, tödliche Kräuter neben solchen, die einen Toten wieder zum Leben erwecken. Wenn wir einmal mehr Zeit haben, werde ich dir gerne mehr erklären. Heute aber ist deine Aufgabe zu bewirken, dass dieser Kelch überfließt.«

Auf der flachen Hand streckte sie Ravenna einen Siegelring entgegen, der Teil des Schatzes aus dem Hexensaal war. In der Mitte der Windrose befand sich ein Kelch. Er war aus Silber geschmiedet und kaum größer als ein Fingernagel.

Ravenna lachte matt. »Wie soll ich das schaffen? Dieser Kelch ist nichts anderes als eine Skulptur aus Metall.«

Aveline zuckte die Schultern. »Das sollst du ja herausfinden. Genau das lernen die Mädchen in der ersten Stufe der Ausbildung – und sie lernen nichts anderes. Solange sie bei mir in die Lehre gehen, haben sie die Möglichkeit, die Ausbildung jederzeit abzubrechen, falls sie feststellen, dass der Weg der Magie für sie nicht das Richtige ist. Sobald sie der nächsten Zauberin begegnen, gibt es kein Zurück mehr.«

Ravenna starrte auf den Silberring. Als Aveline ihr das Siegel aufdrängte, nahm sie es und hielt es ratlos in der Hand. Dann fiel es ihr wieder ein: Lucian hatte davon gesprochen, dass die Sieben die Siegel aktivierten, um den geheimnisvollen, magischen Strom zu lenken. Aber sie war Steinmetzin, keine Hexe. Sie glaubte nicht einmal an Magie. Zumindest nicht allzu sehr.

»Ich weiß, was du denkst.«

»Ach ja? Was denn?«

Mit gerunzelter Stirn starrte Ravenna die junge Hexe an. Sie mochte es nicht, wenn sie beobachtet wurde. Aveline blieb von ihrem finsteren Gesichtsausdruck völlig unberührt.

»Du denkst dir, was soll das Ganze? Richtig? Weißt du, das fragen sich alle, die auf den Odilienberg kommen und erwarten, dass sie gleich am ersten Tag einen Verwandlungszauber lernen. Doch mach dir bitte Folgendes klar: Du bist eine Tormagierin. Eine Zaunreiterin, wie manche sagen. Diese Gabe ist am begehrtesten, denn mit ihr ist die Zeit nicht länger ein Hindernis. Sieben Tage oder siebenhundert Jahre – was macht das für einen Unterschied? Deswegen interessieren sich besonders Schwarzmagier für dein Talent.«

Bei diesen Worten starrte Aveline sie durchdringend an. Mit einem mulmigen Gefühl dachte Ravenna an ihr Gespräch mit dem jungen Ritter. Schwarze Magie – davon hatte auch Lucian gesprochen. Sie wusste nicht so recht, was sie davon halten sollte, aber die Hexen schienen diese Bedrohung sehr ernst zu nehmen. Genau wie Yvonne, dachte sie plötzlich, und der verkohlte Fleck auf ihrem Küchenboden fiel ihr ein. Unbehaglich zog sie die Schultern hoch.

»Auch die Marquise auf dem Hœnkungsberg besitzt diese Gabe«, fuhr Aveline fort, »allerdings nicht in demselben Ausmaß wie du. Sie hat ein Tor aufgetan und den Bann eines Dämons gelöst, der das Tageslicht besser nie wieder erblickt hätte. Wir … das heißt, die Sieben hatten ihn bereits schon einmal gebannt. Es geschah im Jahr meiner Geburt, doch noch heute spricht man davon, wie teuer dieser Sieg erkauft war.«

Ravenna merkte, dass sie am ganzen Körper Gänsehaut bekam. Lag es am kühlen Schatten, der über dem Garten hing? Auch zur Mittagsstunde drang kein Sonnenstrahl in diese Ecke. Oder lag es an der unheimlichen Geschichte, die Aveline ihr erzählte?

»Du redest von Beliar.«

Die junge Hexe nickte. »Genau. Beliar. Seit der Bann gebrochen wurde, der ihn an den Pol der Nacht kettete, beobachten wir, wie er immer stärker wird. Offenbar ist er mit großen Plänen zurückgekehrt. Und damit sind wir wieder bei dem Punkt, was das Ganze mit dir zu tun hat: Du schwebst in großer Gefahr. Von dem Augenblick an, an dem du durch das Tor kamst, hat Beliar ... wie soll ich es am besten ausdrücken? Er hat Witterung aufgenommen. Möglicherweise war er dir auch schon vorher auf der Spur. Er braucht jemanden wie dich, wenn er seine Pläne in die Tat umsetzen will.«

Ravenna schien das Blut in den Adern zu gefrieren. Aveline konnte unmöglich wissen, was ihr in Straßburg zugestoßen war. Nicht einmal ihre Eltern wussten Bescheid. Yvonne war die Einzige, die sie ins Vertrauen gezogen hatte. Sie holte tief Luft.

»Und was hat das Siegel damit zu tun?«, fragte sie.

Aveline seufzte. »Du wirst dich nur verteidigen können, wenn du deine Gabe beherrschst. Deshalb werden wir dir alles beibringen, was wir wissen. Dieser Kelch enthält das Geheimnis von Imbolg. Entdecke es und du hast den ersten Schritt getan.«

Durch den magischen Garten führte Aveline sie nun zu einer Pforte, durch die sie in einen Nebenraum des Konvents gelangten. Alles wirkte ordentlich und aufgeräumt. Holzbänke standen um eine Feuerstelle mit Rauchabzug. Sie waren angeordnet wie in einem Hörsaal. Über einem Haken an der kalten Feuerstelle war ein Kupferkessel befestigt.

An den Wänden hingen Pergamentbögen, die zwischen zwei Holzschienen geklemmt waren. An der oberen Schiene war ein Faden befestigt, der an einem Nagel hing, die zweite Schiene beschwerte den Bogen. Eine Handschrift zeigte eine Übersicht des Gartens mit der Einteilung der Beete. Dann folgten Darstellungen von verschiedenen Pflanzen. Der dazugehörige Text beschrieb die Heilwirkung und warnte vor der Giftigkeit mancher Kräuter. Ein anderes Dokument stellte die Mondphasen dar, ein weiteres den

Sonnenbogen im Verlauf eines Jahres. Die letzte Schriftrolle zeigte eine Art Landkarte, über die massenhaft Halbkreise, Dreiecke und Tangenten gezeichnet waren, beschriftet mit winzigen Pfeilen, Sicheln und Zahlen. Dieser Pergamentbogen war so eng beschrieben, dass Ravenna den Text kaum entziffern konnte. Sofort fühlte sie sich an den Unterricht in Baustatik erinnert. Eine unangenehme Erinnerung, denn Berechnungen zählten nicht gerade zu ihren Lieblingsfächern.

Sie drehte sich um. Aveline hatte den Strohhut auf die Bank gelegt, ihr Gesicht war von der Sonne gerötet. Sie grinste schwach. »Hier lernen die Schülerinnen, wie man magische Tränke, Salben, Tinkturen und Heilmittel zubereitet«, erklärte sie. »Sie lernen es auswendig. Bei der Abschlussprüfung sind diese Aushänge selbstverständlich verschwunden.« Sie deutete auf eine große Truhe aus Eichenholz. Das Vorhängeschloss war von einem düsteren Leuchten umgeben, wie der Docht einer sterbenden Kerze.

Magie, dachte Ravenna und beschloss, der Truhe nicht zu nahe zu kommen.

»Gestern Abend im Blauen Saal hast du unseren Willkommenstrank gekostet«, fuhr die junge Hexe fort. »Es ist der Beginn deiner Ausbildung. Bei manchen Mädchen löst der Trunk Visionen aus, einen Ausblick auf die Zukunft. Deshalb ist es wichtig, sich zu erinnern, was man in der ersten Nacht auf dem Odilienberg träumt.« Sie blickte Ravenna forschend an.

Eine Frau mit einem Licht in der Hand. Eine Zauberin im grauen Mantel und eine weiße Flamme, die in der Dunkelheit erstickte. Ravenna hatte das Gesicht in ihrem Traum nicht klar erkennen können, aber die Erscheinung hatte sich in ihrer Erinnerung eingebrannt. Sie schwieg.

Ihre Begleiterin seufzte und schwenkte den großen Kessel herum. »Wie du willst. Du musst nicht darüber reden.«

Sie klatschte in die Hände. Sofort züngelten helle Flammen unter dem Kessel hoch, wie auf dem Gasherd in Ravennas Küche.

»Wie lange dauert die Ausbildung denn?«, fragte Ravenna, während sie Aveline zu einem großen Schrank folgte, der in einer Ecke stand.

»Sieben Jahre, wenn alles gutgeht«, erklärte die junge Frau. »Nehmen wir mich als Beispiel. Nächsten Winter werde ich siebzehn. Ich war acht, als ich herkam, denn meine Eltern haben meine Gabe zum Glück früh erkannt. Sieben Jahre Ausbildung, die Einweihung – und nun bin ich hier.« Sie öffnete den Schrank, der eine Unmenge an Tonkrügen in verschiedenen Größen, Zinnbecher, Zangen und Wiegemesser, Siebe, Leintücher und Mörser enthielt. »Allerdings gelangen nicht alle Mädchen ans Ziel«, fuhr sie fort, während sie einige Gegenstände auswählte und auf den Tisch stellte. »Vor der Aufnahme in den Zirkel der Sieben erfolgt nämlich noch ein entscheidender Schritt: Die Göttin muss sich der neuen Magierin zeigen. Tut sie es nicht, dann waren es sieben Jahre verlorene Liebesmüh.«

Ravenna hatte von der langen Rede nur wenige Worte gehört: Sieben Jahre Ausbildung! Nervös knetete sie ihre Finger. Sie hatte sich eingebildet, dass alles ganz schnell gehen würde. Da man sie nicht freiwillig zurückbringen wollte, plante sie, auf eigene Faust herauszufinden, wie man die Tore bediente. Der Weg zur Druidenhöhle war nicht allzu weit und der Dolmen lag innerhalb der Mauer. Wenn es jedoch sieben Jahre dauerte, ehe man die Grundlagen der Magie begriff …

»Genug geplaudert«, beschloss Aveline. »Vor dem Abendessen möchte ich wenigstens einen Versuch wagen. Eine ordentliche Ausbildung wird das ohnehin nicht, bei dieser Zeitnot.«

»Sieben Jahre erscheinen mir nicht gerade wie Zeitnot«, murmelte Ravenna. Lustlos stellte sie sich auf die Zehenspitzen, um in den Kessel zu sehen. Er war leer.

Dann drehte sie sich zu der jungen Magierin um. Da war er wieder, der Schmollmund und der gereizte Blick. Avelines Augenbrauen bildeten einen wütenden Strich. »Wofür andere sieben Jahre brauchen, hast du genau sieben Tage Zeit. Dann nämlich findet das Lanzenstechen statt und Tades Nachfolger benötigt eine Zauberin, die sein Schwert weiht. Der gesamte Stadtrat wird anwesend sein und die hohen Herren dürfen nicht einmal ahnen, dass du keineswegs jahrelang auf Melisendes Nachfolge vorbereitet worden bist. Ich persönlich bezweifle sehr, dass das gelingt, aber man kann nie wissen: Morrigans Humor ist manchmal ziemlich seltsam.«

Sprachlos starrte Ravenna sie an. Sieben Tage! In sieben Tagen wollten die Magierinnen vom Odilienberg aus ihr eine richtige Hexe machen! Nach allem, was sie bislang über den Kreis der Geweihten erfahren hatte, schien ihr dieser Plan vollkommen undurchführbar.

Als Aveline sie zu dem Tisch neben dem Kessel winkte, gehorchte sie zögernd. Die junge Zauberin zeigte ihr, wie sie aus Alraunenwurzel und Hexenkraut einen Sud kochen konnte, der das Siegel aktivierte. Es war schwierig, denn sie musste in einer bestimmten Reihenfolge weitere Essenzen hinzufügen und achtgeben, in welcher Richtung sie umrührte.

Der erste Versuch misslang kläglich. Ein einzelner Tropfen fiel in den Kelch auf dem Siegel und schäumte ein bisschen. Das war alles. Die zweite Tinktur zauberte einen hässlichen Überzug auf den Silberring, den Aveline fluchend abschrubbte. Zwei- oder dreimal kippte Ravenna den Sud einfach in den Ausguss, ohne einen Tropfen auf das Siegel der jungen Hexe zu träufeln. Sie war schon kurz vor dem Aufgeben, als eine Substanz im Kessel schwamm, die sie entfernt an Quecksilber erinnerte. Das Gemisch erfüllte den Raum mit einem scharfen Geruch. Der Dampf trieb ihr Tränen in die Augen, doch Aveline nickte zufrieden. »Das sieht schon mal nicht schlecht aus«, murmelte sie. »Versuchen wir es!«

Mit einer langen, dünnen Kelle entnahm Ravenna einen Tropfen und ließ ihn in den winzigen Kelch fallen. Dann starrte sie auf das magische Siegel.

Täuschte sie sich, oder begannen sich die Zacken der Windrose zu drehen? Erst langsam und dann immer schneller wirbelten sie, wobei die kürzeren Zacken gegenläufig zu den längeren kreisten.

Gleichzeitig begannen die Edelsteine auf dem äußeren Silberring zu glühen.

Aveline lachte. »Das ist es! Du hast es geschafft! Ausgezeichnet! Und nun gib Acht, was dir das Siegel enthüllt!«

Ravenna konnte die Zacken schon nicht mehr voneinander unterscheiden, alles verwischte zu einem silbernen Strom. Plötzlich brach ein Lichtstrahl aus dem Kelch hervor, der bis zur Decke schoss. Dort brach er und fächerte auseinander wie die Fontäne eines Springbrunnens im Gegenlicht. In diesem Funkeln zeigte sich die Erscheinung aus ihrem Traum wieder. Erneut hob die Gestalt die Hände, der Mantel flatterte im Wind und die kleine Flamme schwebte dem Himmel entgegen. Als der Lichtschein über das Gesicht unter der Kapuze streifte, erkannte Ravenna ihre eigenen Züge.

Mit einem erschrockenen Ausruf wich sie zurück. In der Nacht hatte sie angenommen, ihre Umgebung flöße ihr diese Bilder ein: der alte Wald, die verhüllten Frauen und die Nachtwanderung auf dem Odilienberg. Doch nun erkannte sie: Sie war die Frau aus dem Traum. Und sie sah wie eine Hexe aus.

Das Bild verblasste, das glitzernde Licht verschwand. Anschließend lag ein ganz gewöhnlicher Siegelring auf dem Tisch, beschlagen vom Alter und ohne jeden Zauber. Aveline musterte sie wieder mit diesem halb spöttischen, halb nachdenklichen Ausdruck.

»Das war doch schon mal ein Anfang«, murmelte sie, nahm das Siegel und schob es in ihre Tasche. »Erwarte bitte nicht, dass ich den Traum für dich deute. Das ist Mavelles Spezialität. Allerdings wissen die meisten Anwärterinnen selbst, was die Vision in der ersten Nacht bedeutet.«

Ravenna schwieg. Voller Unbehagen fühlte sie, wie ihr Herz pochte, und sie hatte das Gefühl, ihre Gedanken waren wie aus Glas – deutlich sichtbar für die Hexen auf dem magischen Berg.

Sie fuhr zusammen, als es an der Tür klopfte. Ein älterer Mann trat ein. »Verzeiht, Herrin, wenn ich Euch störe, aber das Essen wird soeben aufgetragen und man erwartet Euch im Saal.«

Aveline nickte und machte den Mann und Ravenna miteinander bekannt. »Ich danke dir. Darf ich dir meine überaus begabte Schülerin vorstellen? Ravenna, das ist mein Gefährte Terrell.«

Ravenna nickte flüchtig und wandte dann den Blick ab, um den Ritter nicht unhöflich anzustarren. Avelines Gefährte war ein alter Mann. Er hatte schütteres Haar und eine Narbe im Gesicht, die sich von der Schläfe bis zum Kinn zog. Sein Kittel war fleckig und hing unordentlich über den Gürtel, das Kettenhemd wies rostige Stellen auf, und er schlurfte beim Gehen. Er war das vollkommene Gegenteil von Männern wie Chandler oder Lucian, die sogar bei der Stallarbeit sauber und gepflegt wirkten.

So kann es also auch gehen, sagte sie zu sich, während sie die gebrauchten Gegenstände – Messbecher, Schöpfkellen und eine Waage mit winzigen Bleigewichten – reinigte und samt der Zutaten im Schrank verstaute. Der Gedanke an die bevorstehende Schwertleite erfüllte sie mit Sorge. Was, wenn der Sieger des Turniers ebenso wie Terrell weit über fünfzig war? Wenn er hinkte, stank oder ein aufgeblasener Angeber war? Was, wenn er grob wurde und Dinge von ihr verlangte, die sie nicht tun wollte?

Was redest du denn da?, schimpfte sie auf dem Weg in den Speisesaal mit sich. Niemand verlangte von ihr, Tades Nachfolger mit ins Bett zu nehmen. Wahrscheinlich ging es bei der ganzen Angelegenheit zwischen Ritter und Hexe um etwas ganz anderes, um irgendeine Mischung aus Minnesang und Magie. Außerdem fand das Turnier erst in ein paar Tagen statt. So lange wollte sie keinesfalls auf dem Odilienberg bleiben – nicht, wenn es einen Ausweg gab.

Während des Abendessens saß sie am Tisch der Sieben. Solange sie sich in der Nähe der Magierinnen aufhielt, starrte sie keines der Mädchen an. Alle verhielten sich respektvoll und murmelten beim Hinausgehen höfliche Grüße. Von Lucian war keine Spur zu sehen. Ravenna merkte zu ihrer eigenen Überraschung, wie enttäuscht sie war, ihm nicht wieder zu begegnen. Offenbar lebten die Ritter, wenn sie sich nicht gerade in Constantins Burg aufhielten, in einem eigenen Trakt über dem Tor. Stattdessen hörte sie zu, wie Aveline ihre Fortschritte lobte. Sie vermied es, selbst viel dazu zu sagen, und häufte sich stattdessen eine weitere Portion Eintopf auf den Teller.

Später jedoch, als sie mit unter dem Kopf verschränkten Armen auf dem Bett in ihrer Kammer lag, kamen ihr andere Gedanken. Der Hexengarten mit seinen bunten Beeten zog vor ihren Augen vorüber und sie atmete wieder die Gerüche in der Siedeküche. Sei ehrlich zu dir selbst, ermahnte sie sich, der heutige Tag hat dir Spaß gemacht. Du hast es genossen, etwas Neues zu lernen. Echte Eindrücke aus dem Mittelalter. Und du hast dich tatsächlich nicht ungeschickt angestellt.

Seufzend stützte sie die Schultern gegen das Kopfende des Bettgestells und stopfte sich das harte Kissen in den Rücken. Sie war hellwach und viel zu aufgewühlt, um einzuschlafen. Ab und zu wanderten ihre Gedanken zu Lucian. Ob sie ihn wohl morgen wiedersah?

Schließlich gab sie den Versuch auf, auf der harten, pieksenden Matratze einzuschlafen. Sie stand auf und schob den Stuhl vor das Fenster. Nackt bis auf das Triskel, das sie um den Hals trug, stellte sie sich auf die Sitzfläche.

Von ihrer Kammer aus blickte sie in den Innenhof hinunter. Die Luft war mild und die Blätter der Linden rauschten im Wind. Am Brunnen neben dem Eingang standen ein schlankes Mädchen und ein junger Krieger. Sie tuschelten miteinander, und als sie sich küssten, glitzerte das Kettenhemd des Ritters im Fackelschein.

Ravenna starrte angestrengt zu den beiden hinunter, doch sie konnte die Gesichter nicht erkennen. Ob sich Lucian auf dem Ausritt auch so zuvorkommend verhalten hätte, wenn er hier im Konvent eine Geliebte hatte? Seufzend hob sie den Blick. Der Himmel war klar und nahezu wolkenlos und sie konnte einzelne Sterne sehen. Sie sprang vom Stuhl herunter und zog sich das Unterkleid über den Kopf. Auf bloßen Füßen schlich sie die Treppe hinunter und achtete darauf, niemanden zu wecken. Weder in den langen Gängen im ersten Stock noch vor dem Speisesaal begegnete ihr jemand, und als sie in den Hof hinaustrat, waren auch der junge Ritter und das Mädchen verschwunden.

Zu ihrer Überraschung bemerkte sie, dass das Tor des Konvents offen stand. Zögernd wandte sie sich dem Ausgang zu und erwartete, erneut aufgehalten zu werden, doch unter dem Gewölbegang stand kein Wächter. Es roch nach Heu und aus dem Stall hörte sie das gedämpfte Hufescharren der Pferde. Einige Schritte noch, dann lagen die abschüssige Wiese und der Waldrand vor ihr.

Seltsam, dachte sie. Chandler war heute Morgen so vorsichtig gewesen. Er wollte mich nicht einmal alleine ausreiten lassen. Wahrscheinlich lag es an Terrell und seiner Nachlässigkeit, dass nun sogar beide Torflügel offen standen.

Ravenna rollte die Zehen ein, denn das Gras war feucht. Sie konnte zur Druidenhöhle gehen – jetzt sofort. Zu Fuß dauerte der Weg durch den Wald vielleicht zwanzig Minuten. Dann würde sie wieder vor dem Hexenring stehen, der schwach im Dunkeln leuchtete, und ein letzter Schritt brachte sie zurück in ihre Welt.

Sie legte den Kopf in den Nacken und atmete den Duft von frisch gemähtem Gras. Der Himmel war sehr dunkel, doch über dem Flusstal stand eine dünne, scharfe Sichel. Der Mond nimmt eindeutig zu, dachte sie, zufrieden, weil sie nun auch Avelines letzte Frage beantworten konnte. Sie blieb noch ein Weilchen vor dem Tor stehen und genoss die kühle Nachtluft, ehe sie in ihre Kammer zurückkehrte. Diesmal schlief sie sofort ein.

Steine, Blumen und ein Leben
Straßburg im Jahr 2011

»Blickt in den magischen Spiegel. Was seht ihr?«

Die Köpfe senkten sich über das Zinnbecken, die Stimmen summten leise. Angespannt beobachtete Yvonne, wie ihre Freundinnen ins Wasser starrten. Ihre Gesichter spiegelten sich neben den Kerzenflammen auf der Wasseroberfläche. Auf dem Grund des Kessels lagen verschiedenfarbige Mineralien, ein runder Schminkspiegel und einer von Ravennas Ringen.

»Was seht ihr?«, fragte Yvonne wieder. Ungeduldig trommelte sie mit den Fingern auf dem Küchentisch. Mit der anderen Hand kraulte sie die Katze. Merle lag auf ihren Oberschenkeln und schnurrte. Die Luft war schwer vom Duft geschmolzener Weihrauchkügelchen und Räucherstäbchen. Das Fenster war mit einer dünnen Campingmatte verdunkelt und im Hintergrund lief leise Musik.

Diesmal wurden die Freundinnen bei ihrem Tun nicht gestört. Fast wünschte Yvonne jedoch, dass es so wäre und ihre Schwester wieder zur Tür hereingestürmt kam, um das Spiegelorakel durcheinanderzubringen. Aber Ravenna war verschwunden. Aufgelöst hatte ihr die Mutter am Telefon berichtet, dass Johnny allein zurück in den Stall gefunden hatte. Das Zaumzeug war zerrissen, der Sattel vom Regen durchweicht und das Pferd bis zum Bauch mit Schlamm bespritzt, als sei es eine Nacht lang durch die Dunkelheit galoppiert.

Von Ravenna fehlte jede Spur. Seit den frühen Morgenstunden

durchkämmte die Polizei nun den Odilienberg und die Umgebung, ohne einen Anhaltspunkt zu finden, was mit ihr geschehen war. Der Einsatzleiter war derselbe Mann, der Ravenna am Brunnen in Obernai entdeckt hatte. Kommissar Gress wirkte alles andere als erfreut, dass er innerhalb weniger Wochen dieselbe Frau suchen musste.

Diesmal wird Ravennas Reise ins Land der Geister Folgen haben, dachte Yvonne. Aber nicht, wenn wir sie vor der Polizei finden! Entschlossen ballte sie die Fäuste.

»Na los, was seht ihr?«, herrschte sie ihre Freundinnen an. »Es kann doch nicht so schwer sein! Schließlich haben wir bei der Vorbereitung alles richtig gemacht. Strengt euch mal ein bisschen an!«

»Es geht nicht«, jammerte Marie. »Vor meinen Augen ist alles verschwommen.«

Mit geschlossenen Augen presste Clara die Fingerspitzen gegen die Schläfen, bis ihr Gesicht ganz spitz und weiß aussah. Yvonne versetzte ihr einen Stoß in die Rippen.

»Du sollst in den Spiegel schauen, du dumme Gans. Wie willst du etwas wahrnehmen, wenn deine Augen geschlossen sind?«

Clara warf ihr einen beleidigten Blick zu und rieb sich die getroffene Stelle. »Du sagst doch immer, dass das dritte Auge zwischen den Brauen auf der Stirn sitzt. Und dass man damit ungewöhnliche Dinge sehen kann. Wozu sollte ich da meine normalen Augen offen halten?«

»Das hier ist ein Orakel, keine Vision«, erklärte Yvonne. »Ihr sollt nicht in die Zukunft sehen. Ich will wissen, wo sich meine Schwester in diesem Augenblick aufhält und nicht, wen sie eines schönen Tages heiraten wird. Niemanden wahrscheinlich, so wie sie sich anstellt.«

»Wozu brauchen wir denn dann die Schale und die Steine? Das haben wir doch sonst immer anders gemacht«, meuterte Juliana. »Ich finde, das viele Drumherum stört bloß die Aufmerksamkeit.«

»Rauch, klares Wasser, Steine und Kerzen«, zählte Yvonne auf.

»Das ist doch kein Drumherum. Das sind die magischen Elemente, die in jedem Hexenritual verwendet werden. Wenn du unbedingt willst, kannst du ja die nächste Zeremonie vorbereiten.«

Clara seufzte. Sie rieb sich die Augen, blinzelte einige Male und starrte wieder in das Becken.

Yvonne spürte Ärger in sich aufsteigen. Warum waren ihre Freundinnen so zimperlich und stellten sich derart ungeschickt an? Ausgerechnet jetzt, wo es galt, echte Magie zu wirken, zauderten sie und benahmen sich wie Schulmädchen vor einer bevorstehenden Prüfung.

Ein Wort in einer fremden Sprache stieg in ihren Gedanken auf, mit dem sie die träge Runde im Handumdrehen aufscheuchen konnte. Rasch wischte sie sich mit dem Handrücken über die Stirn und verdrängte das Wort wieder aus ihren Gedanken.

Seit Monaten beschäftigte sich ihr Zirkel nun mit dem Erlernen von Beschwörungsformeln und Zaubersprüchen und versuchte, hinter die Geheimnisse des Hexenwissens zu kommen. Es war schwer, ohne Anleitung durch erfahrene Lehrer die Hexensabbate einzuhalten und die eigenen magischen Kräfte zu entfalten. Zudem hatte Yvonne manchmal den Eindruck, dass sie die Einzige war, die diese Studien ernst nahm. Ihre Freundinnen alberten mit Kräutern, Kraftsteinen und Kelchen herum, ohne zu begreifen, dass bereits der Umgang mit magischen Gegenständen alles andere als harmlos war.

Yvonne seufzte. Als sie den Kopf hob, kreuzten sich ihr und Orianas Blick. Ein herablassendes Lächeln spielte um den Mund der jungen Frau. Als Einzige war sie dunkel geschminkt und ganz in Schwarz gekleidet. Sie trug ein enges Mieder und einen Rock aus Samt, hohe Schnürstiefel, dazu schwarzen Lippenstift, schwarzen Nagellack und, als sei das noch nicht genug, ein umgedrehtes ägyptisches Kreuz an einer Kette um den Hals. Das Ankh bestand aus einer Schlaufe mit Querbalken und Henkel. Aus Büchern wusste Yvonne, dass es als Zeichen für das ewige Leben angesehen wurde. Sie hatte keine Ahnung, was es bedeutete, wenn man es verkehrt herum trug. Vielleicht, dass das Leben der betreffenden Person auf dem Kopf stand?

Schick sie weg!

Yvonne zuckte zusammen. Sie hörte die Worte so deutlich, als wären sie laut ausgesprochen worden. Zweifelnd betrachtete sie Oriana. War es möglich ...

Schick sie weg, sonst wird das nie was. Sobald wir allein sind, zeige ich dir, was du sehen willst.

Yvonnes Herz pochte hart. Orianas Blick durchbohrte sie. Warum habe ich die bloß eingeladen!, dachte sie und wurde wütend auf sich selbst. Sie scheuchte die Katze von ihrem Schoß, stand auf und verrichtete einige überflüssige Handgriffe am Herd. Dann drehte sie sich um. Oriana hatte sie auf Schritt und Tritt beobachtet. Ihr Lächeln war noch ironischer. Da hält sich wohl jemand für ziemlich überlegen, dachte Yvonne.

Sie nahm das dünne, weiße Seidentuch, das auf der Fensterbank lag, und warf es mit Schwung über die Zinnschale. »Genug für heute«, verkündete sie. »Morgen ist Neumond, dann versuchen wir es wieder. Wahrscheinlich ist das eine günstigere Nacht.«

Die anderen Mädchen blinzelten und räkelten sich. Erleichtert schoben sie die Stühle zurück. Juliana bedauerte, dass sie Yvonne bei der Suche nach ihrer Schwester nicht hatte helfen können. Marie machte sich Sorgen, weil ihre Magie nicht gewirkt hatte.

»Vielleicht ist Ravenna in Gefahr«, überlegte sie. »Ich meine, vielleicht steht sie unter einem Bann oder so und wir konnten sie deshalb nicht im Spiegel sehen.«

»Meine Schwester?« Yvonne lachte auf. »Alles, nur das nicht. Ravenna würde um jede Art von Magie genau so einen Bogen machen wie du um eine an der Wand lehnende Leiter.«

»Ja aber«, beharrte Marie, »mal angenommen, sie hat gar nicht gemerkt, dass sie verflucht wurde. Was dann?«

»Tja«, sagte Yvonne, während sie am Türrahmen lehnte. »In diesem Fall müssen wir wohl unsere Kräfte bündeln, um sie von dem Fluch loszusprechen. Beim nächsten Mal klappt es bestimmt.«

»Hast du das eigentlich schon einmal gemacht? Jemanden verflucht?«, wollte Juliana wissen.

»Nein«, beruhigte Yvonne das Mädchen und schob sie freundlich in Richtung Treppe. »Und ich würde es auch nie tun. Wir sind weiße Hexen, schon vergessen? Und jetzt kommt gut nach Hause. Gute Nacht!«

Sie wartete, bis sie die Eingangstür ins Schloss schnappen hörte. Dann drehte sie sich um. In diesem Augenblick ging das Licht im Treppenhaus aus und sie stand im Dunkeln. Den hellsten Fleck bildete das Dachfenster über den Stiegen. Bleigraues Licht sickerte durch die Scheiben.

Da hinten hat er gestanden, fuhr es Yvonne durch den Kopf. Wie schrecklich muss das gewesen sein. Arme Ravenna. Sie beeilte sich in die Wohnung zurückzukehren und drehte den Schlüssel zweimal im Schloss. Als sie den Flur durchquerte, stellte sie die Stereoanlage aus, die auf der Kommode stand. Mit überkreuzten Armen lehnte Oriana in der Küchentür.

»Das war gelogen«, stellte sie fest. »Leermond war vor zwei Tagen. Wenn sie nach Hause gehen, werden sie die dünne Sichel sehen.«

»Und wenn schon«, erwiderte Yvonne wütend. »Wie machst du das mit den … mit der …« Sie ließ den Finger vor der Schläfe kreisen und suchte nach dem richtigen Ausdruck.

»Mit der Gedankenübertragung?« Oriana zuckte die Achseln. »Das konnte ich schon als kleines Mädchen. Da ist nichts weiter dabei. Was ist deine Gabe?«

»Das Rufen«, erwiderte Yvonne. Die schwarz gekleidete junge Frau zog eine Braue hoch, und Yvonne konnte nicht beurteilen, ob sie beeindruckt oder belustigt war. »Setz dich«, forderte sie ihren späten Gast auf und deutete auf den zweiten Stuhl.

Oriana hatte sie in dem kleinen Laden bedient, in dem sie das Zubehör für diesen Abend gekauft hatte: die Zinnschale, das Räucherwerk, die Kerzen und die Kristalle. Als Yvonne ihre Einkäufe bezahlen wollte, sprach sie die Schwarzgekleidete an. »Ein Spiegelorakel? Worum geht es? Sucht ihr jemanden? Dann würde ich statt Rosenquarz Amethyst nehmen. Dieser Stein erschließt Bereiche unseres Denkens, die wir meist ungenutzt lassen. Das Unbewusste.«

Lächelnd legte Oriana ihr den Kristall in die Hand. Yvonne fühlte, wie sich der Stein in ihre hohle Hand schmiegte. Das Licht der Neonröhre, die den Kassenbereich beleuchtete, spiegelte sich auf den glatten Flächen. »Und Mondstein? Mondstein beleuchtet den Pfad ins Ungewisse, habe ich gehört.«

Oriana nickte lächelnd. »Mondstein und Malachit wirken ausgezeichnet zusammen«, bestätigte sie. »Der grüne Stein öffnet die Tore zum Übersinnlichen und ermöglicht es, Stimmen aus dem Zwischenreich zu hören. Geht es um eine bestimmte Person? Jemanden, den ihr kennt? Dann würde ich noch einen einzelnen, möglichst gerade gewachsenen Bergkristall dazunehmen.«

»Du kennst dich ziemlich gut aus«, bemerkte Yvonne, während Oriana die Steine in dünnes, graues Papier wickelte und in eine Tüte legte. »Hast du heute Abend schon etwas vor?«

Und nun flackerten Kerzen in den Ecken des Raums und die Matte am Fenster sperrte das Mondlicht aus. Auch Merle schien die Spannung zu spüren, die in der Luft lag: Unruhig strich die Katze um die Küchenstühle und maunzte.

»Du wolltest mir etwas zeigen«, erinnerte Yvonne ihre Besucherin. Etwas an Orianas finsterer Art gefiel ihr ganz und gar nicht, doch andererseits war sie die Einzige von ihren Bekanntschaften der letzten Zeit, die so etwas wie eine echte magische Begabung erkennen ließ.

Oriana streckte die Füße unter den Tisch und verschränkte die Hände hinter dem Kopf. »Immer mit der Ruhe«, mahnte sie. »Du scheinst es noch immer nicht ganz zu begreifen: Magie entsteht nicht aus Ansprüchen, sondern aus Opferbereitschaft, Hunger und Entbehrungen. Der Weg zu wahrer Macht ...« An dieser Stelle beugte Oriana sich nach vorne und stützte die Ellenbogen auf die

Tischplatte. »Der Weg zur Macht ist überaus steinig. Glaub mir, ich bin ihn selbst gegangen. Als ich am Ziel angelangt war, hatte ich alles aufgegeben – sogar mich selbst.«

Yvonnes Unbehagen wuchs, als Oriana ein silbernes Messer hervorzog und es vor sich auf den Tisch legte. Wer war diese Frau, die wie eine schwarze Krähe in ihrer Küche hockte und so tat, als habe sie sämtliche Weisheit der Welt auf ihrem Haupt versammelt? Zum Glück wird Mémé nie erfahren, was wir hier treiben, dachte sie.

Suchend sah Oriana sich in der Küche um. Auf der Fensterbank entdeckte sie einen Tontopf mit weißen Rosen. Die ersten Knospen waren gerade aufgegangen. Oriana griff nach dem Messer und trennte die Blütenköpfe mit schnellen Schnitten ab.

»Was machst du! Was soll das?« Zornig sprang Yvonne auf. Den Rosenstrauch hatte sie ihrer Schwester am Beltainetag geschenkt. Sie wusste zwar, dass Ravenna mit Hexensabbaten nichts anfangen konnte, aber weiße Rosen liebte sie über alles.

»Tat das weh?« Da war es wieder, das überhebliche Lächeln. »Es muss noch mehr wehtun.«

Oriana zog das Tuch zur Seite und warf drei Blüten in die Schale. Mit einer geübten Bewegung zog sie sich die Klinge über den Handballen. Dicke Tropfen fielen auf die Rosenblätter, das Seidentuch und die Tischplatte. Alles färbte sich rot. Oriana ließ das Blut laufen, bis eine Blüte nach der anderen vollgesogen war und sank.

»Was machst du denn? Was ist bloß in dich gefahren?« Yvonne keuchte, als sie das Handgelenk ihrer Besucherin sah. Ihr wurde flau im Magen, denn die Haut war von hässlichen roten Narben entstellt. Offenbar schnitt Oriana sich gerne mal in die Hand.

»Wenn wir Magie wirken, darf niemand verletzt werden«, schimpfte Yvonne, während sie das Verbandszeug holte und ihrer Besucherin ein Pflaster über die Wunde klebte. Mit einem schiefen Grinsen ließ Oriana zu, dass sie verarztet wurde. »So lautet das Gesetz vieler magischer Zirkel – unseres Kreises übrigens auch.«

»Ach, ihr weißen Hexen.« Oriana lachte. Dann zuckte sie die Achseln. »Ich befolge meine eigenen Gesetze. Glaubst du, ich kann nicht spüren, dass hier etwas vorgefallen ist? Etwas ... Dunkles voller Gewalt und Gefahr. Wie ein Schatten hängt es immer noch im Raum.« Erregt erhob sie sich und schritt durch die Küche. Vor der Anrichte blieb sie stehen. Schwach waren dort die verkohlten Umrisse des Rings zu sehen, den der Einbrecher in die Dielen gebrannt hatte. Es war ein Psychopath gewesen, ganz eindeutig, und es beunruhigte Yvonne sehr, dass der Kerl noch immer frei herumlief.

»Ich weiß, dass ihr nie an das Böse denkt«, fuhr Oriana fort. »Ihr verbannt es aus Euren Gedanken und glaubt dann, damit sei es aus der Welt geschafft. Aber ihr irrt euch! Es ist immer da, genau wie das Licht!« Wieder fuhr sie mit den schwarzen Fingernägeln durch die Luft. Ein Windstoß wirbelte die Tarotkarten vom Fensterbrett und die Tür knallte zu. Erloschene Kerzendochte qualmten. Die Katze verkroch sich unter dem Tisch.

Alle Achtung, dachte Yvonne. Was immer sie da gerade tut – sie hat es voll drauf. Eine innere Warnglocke schrillte in ihr auf und riet ihr, das Geschehen sofort abzubrechen, ehe es außer Kontrolle geriet. Andererseits war sie seltsam fasziniert von der dunklen Gabe ihrer Besucherin.

»Gedankenübertragung ist also nicht alles. Sicher hast du noch einige andere Überraschungen auf Lager«, stellte sie herausfordernd fest.

»Warum drückst du es so abwertend aus?«, entgegnete Oriana scharf. »Das hört sich ja an, als müsste man sich schämen, nur weil man Macht besitzt. Seit Jahrhunderten werden wir beschimpft, geschmäht, vertrieben und sogar verbrannt, aber es hat unserem Einfluss nicht geschadet – im Gegenteil: Je mehr Leid in der Welt ist, desto stärker werden unsere Kräfte. Auch das ist ein magisches Gesetz, Schwester, nur hört es niemand gern.«

Bei dem Wort Schwester zuckte Yvonne zusammen. Ihre Besucherin sah es und legte die Hand auf ihre. »Als du heute in den

Laden kamst, warst du vollkommen verzweifelt ... nein, sei still und warte, was ich zu sagen habe. Ich habe es gleich gesehen: Du bist eine gefangene Seele.«

Yvonne schwieg. Von der Berührung der anderen ging ein eigenartiger Trost aus. Zum ersten Mal fühlte sie sich angenommen und verstanden, obwohl sie Oriana erst seit wenigen Stunden kannte. Weder Mémé noch Ravenna hatten wirklich begriffen, was in ihr vorging. Wie die Gabe in ihr brodelte und an die Oberfläche drängte. Wie viel Kraft es sie kostete, die Magie Tag für Tag zu unterdrücken und so zu tun, als sei alles in Ordnung.

Tief in ihrem Inneren verbarg sie jene fremde Sprache, deren Anwendung Mémé unter Strafe gestellt hatte. Wie Vögel im Käfig saßen die Worte zwischen ihren Rippen gefangen, ohne Hoffnung auf Freiheit. Thagianier!, rief Yvonne und die Vögel verstummten.

»Eine gefangene Seele? Was soll das denn sein?«, murmelte sie.

»Eine Seele, die ihrer Bestimmung nicht folgen kann«, erklärte Oriana sanft. »Fühlst du dich nicht auch zu vielen Zwängen unterworfen? Zu viele Pflichten, zu wenig Zeit, um dem Ruf der Kraft nachzugeben – und es gibt niemanden in deiner Umgebung, dem du dein wahres Gesicht zeigen würdest. Die meisten Menschen verstellen sich ihr ganzes Leben lang. Wir tun das nicht.« Mit einem tiefen Atemzug nahm Oriana wieder auf dem Stuhl Platz.

»Wer ist denn wir? Gibt es noch mehr von euch?«

Ihre Besucherin lachte. »Du wärst erstaunt, wie viele zu unseren geheimen Treffen kommen. Man entfaltet eine ungeheure Stärke, wenn man nicht so viele Zweifel mit sich herumträgt.«

»Das heißt, ihr handelt vollkommen gewissenlos.«

Verärgert beugte Oriana sich vor. »Ich habe dich heute Nachmittag nicht aus Zufall angesprochen, sondern weil ich dachte, dass ich dir vielleicht helfen kann. Aber wenn du lieber auf meinen Rat verzichten möchtest – bitte.«

»Nein.« Fast wäre Yvonne ebenfalls aufgesprungen, als ihre Besucherin aufstand und zur Tür ging. Als Oriana zögerte, sank sie in den Stuhl zurück und legte die Hand über die Augen.

»Nein«, stieß sie endlich mit einem langen Atemzug hervor. Sie ließ die Hand wieder sinken. »Geh nicht! Einen Versuch ist es wert.« Ravenna wird mich hochkant aus ihrer Wohnung werfen, wenn ich ihr von diesem Abend erzähle, dachte sie. Aber sie ist nicht hier und genau das ist das Problem.

Oriana griff in ihre Umhängetasche und holte einen schweren, verhüllten Gegenstand hervor. »Ich habe etwas mitgebracht«, erklärte sie. »Man nennt es das Auge des Teufels.«

Als sie das Tuch auseinander schlug, veränderte sich die Atmosphäre im Raum. Die Luft verdichtete sich, bis Yvonne nur noch mit Mühe atmen konnte. Ihr Gesichtsfeld verengte sich. Etwas zwang sie, das Teufelsauge anzusehen.

»Pack das weg!« Überstürzt sprang sie auf und warf dabei den Stuhl um. »Steck es wieder ein!«

Oriana lachte wieder. »Hast du Angst? Im Ernst? Bist du wirklich nicht stark genug? Ah, eine Hüterin weißer Zauberkraft … ihr werdet niemals genug Macht besitzen, um euch mit uns zu messen. Alles, was ihr beherrscht, ist Blümchenmagie.«

Sie legte das Auge des Teufels auf den Tisch. Der Stein sah wirklich wie ein Auge aus – wie das große, glänzende Auge eines geschlachteten Ochsen.

Ächzend stützte Yvonne sich auf die Tischkante. »Pack das weg!«, forderte sie ihren Gast auf. »So ein Ding will ich nicht in meiner Küche haben.«

»Das ist nicht deine Küche«, bemerkte Oriana trocken. »Und es ist auch nicht länger deine Zeremonie. Es war voreilig von dir, deine Gefährtinnen wegzuschicken. Sie sehen so harmlos aus, aber in dieser Nacht haben sie tatsächlich den Wind, die Flamme und den Fels verkörpert. Sie hätten dich schützen können. Nun bist du allein mit mir und den Mächten, denen ich gehorche.«

»Nein«, krächzte Yvonne. Sie hatte die Kontrolle über das Orakel verloren und wusste es auch. Von nun an übernahm ihr Gast die Führung. »Warum tust du das?«

Orianas schrilles Lachen schmerzte Yvonne in den Ohren.

»Weil es meine Natur ist! Und weil ich dir eine Lektion erteilen möchte. Du willst die Mächte der Finsternis um einen Blick in die Schatten bitten? Dann bringe ihnen zuerst ein Opfer dar. Es muss etwas sein, an dem dein Herz hängt.«

Ratlos warf Yvonne die Hände in die Luft. »Wie gesagt, das ist nicht meine Wohnung. Hier gehört mir so gut wie gar nichts. Was verlangst du: Schmuck? Geld? Noch mehr Blumen?« Der Gedanke an ein Opfer war ihr vertraut. Auch der Göttin bot man Getreide, Früchte, Tabak oder manchmal sogar ein Gläschen Wein dar, als Dank für einen gewährten Wunsch.

»Wie wäre es mit der Katze?«, schlug Oriana vor. Ungerührt beobachtete sie Merle, die sich wieder unter dem Tisch hervorgewagt hatte. Ängstlich strich sie vor der Küchentür auf und ab, denn durch das Holz hörte sie ihre Jungen maunzen.

Yvonne starrte ihren Gast an. »Das ist nicht dein Ernst.«

»Das ist mein voller Ernst.« Die Messerspitze zeigte auf die verschwommenen Kristalle und den Spiegel unter der Wasseroberfläche. »Ein Stück unbelebter Natur, ein Teil der Pflanzenwelt und ein Leben – mehr verlangt mein Meister nicht, damit er dich durch sein Auge blicken lässt.«

»Kommt nicht infrage. Nicht mal im Traum denke ich daran, so etwas Widerwärtiges zu tun!« Yvonne bückte sich und versuchte, die verstörte Katze zu greifen. »Merle, sei brav, lass dich hochnehmen. Oriana, du packst jetzt deinen Krempel und verschwindest!«

Die Angesprochene rührte sich nicht. Merle sträubte das Fell und hieb mit den Krallen nach der ausgestreckten Hand. Sie weiß es, dachte Yvonne entsetzt. Sie spürt, worüber hier geredet wird! Mit einem erstickten Aufschrei prallte sie gegen die Wand, als Oriana plötzlich vor ihr stand – ein dunkler Schemen zwischen den Schatten der Nacht. Das Messer in ihrer Hand glitzerte wie ein Dorn.

»Deine Schwester ist verschollen«, erinnerte Oriana sie mitleidlos. »Ravenna von der Dombauhütte, nicht wahr? Sie ist durchgedreht und hat eine Statue beschädigt. Vielleicht irrt sie gerade einsam durch den Wald und weiß weder, wer sie ist, noch wo sie hingehört. Hast du eine Vorstellung davon, was ihr zustoßen könnte, während wir hier stehen und nutzlos unsere Zeit verplempern? Wie man hört, sitzt der Kerl, der sie überfallen hat, noch immer nicht hinter Schloss und Riegel. Aber du willst ihr nicht helfen.«

»Nicht so. Nicht jetzt«, stieß Yvonne hervor. Sie presste die zappelnde Katze an sich. »Woher weißt du das alles überhaupt?«

»Es stand in allen Zeitungen. Mit einem Bild von ihr, falls jemand sie gesehen haben sollte. Hübsch. Ein ganz anderer Typ als du.«

Yvonne gelang es kaum noch, die Tränen zurückzuhalten. »Wer hat denn ihr Foto an die Zeitungen gegeben? Kommissar Gress hatte uns doch geraten …«

Ungehalten wischte Oriana ihre Frage beiseite. »Ich glaube, es war ihr Arzt, Doktor Cordeau oder so ähnlich. Jedenfalls wird er in dem Bericht zitiert. Aber was spielt das denn noch für eine Rolle? Jeder weiß jetzt, dass Ravenna schutzlos durch die Gegend irrt. Vielleicht gibt es noch jemanden, der sie finden will – jemand, der sie schon einmal gefunden hat.«

Yvonne keuchte. Sie wollte in diesem Augenblick ihren ersten Fluch ausstoßen, einen schrecklichen und wirkungsvollen Fluch, aber plötzlich fühlte es sich an, als würde ihr eine unsichtbare Faust die Kehle zudrücken. Hustend beugte sie sich nach vorn und für einen Augenblick wurde ihr schwarz vor Augen.

»Ach, du Ahnungslose, du begreifst wirklich nichts vom Wesen dunkler Magie«, sagte Oriana leise. »Und jetzt gib mir die Katze. Gib sie her! Schöne Merle … braves Tier.«

Später sollte Yvonne sich immer wieder fragen, wie es zu den grausigen Szenen gekommen war, die sie in den nächsten Minuten erlebte. Plötzlich hallte ein Befehl in ihren Gedanken, ein Wort der Verbotenen Sprache, und sie sollte nie herausfinden, ob sie selbst es gedacht oder ob Oriana es ihr eingegeben hatte.

Givanier!

Ihre Finger öffneten sich und sie spürte, wie Oriana ihr die Katze aus den Händen nahm. Die schwarze Hexe setzte Merle auf den Tisch und streichelte sie sanft. Dann zückte sie den Dolch.

Mit einem Aufschrei stürzte Yvonne zum Tisch. »Nein! Merle – nein!« Ihr Hilferuf fiel mit dem grellen Kreischen der Katze zusammen. Dann war alles vorbei. Gelähmt vor Entsetzen blickte Yvonne auf das zusammengesunkene Tier. Von der Messerspitze rannen einige dunkle Tropfen in die Zinnschale. Oriana zählte sie genau ab. Dann legte sie das Messer zur Seite und griff nach dem Teufelsauge.

»Nimm es! Sieh hinein!«, zischte sie. »Lass die Chance nicht verstreichen, nur weil du schwach wirst! Vielleicht bekommst du nie wieder eine Gelegenheit, nach deiner Schwester zu suchen.«

Ein trockenes Schluchzen drang aus Yvonnes Kehle. Nie zuvor hatte sie sich so elend gefühlt, unglücklich, schlecht, vergiftet bis ins Mark. Sie packte den ekelhaften Kristall, um ihn gegen die Wand zu schleudern und für immer zu zerschmettern.

Er lebte. Er war warm wie menschliche Haut und in seinem Inneren loderte ein Pentagramm aus Feuer. Wie eine glühende Iris saß der Fünfzackstern um eine schwarze Pupille und zeigte ihr Bilder ...

Straßburg bei Nacht. Die Gassen waren vom Fackelschein erhellt und die ganze Stadt war auf den Beinen. Auf dem Platz vor dem Münster ragte ein Pfahl auf, um den Reisigbündel und Holzscheite aufgeschichtet waren. Wächter hatten zu beiden Seiten des Scheiterhaufens Aufstellung genommen. Jemand sollte hier sterben. Eiskalt fuhr es Yvonne in die Glieder, als sie dies begriff. Aber wer?

Wer?, schrie sie im Traum die Wächter an. Die Männer trugen Masken aus Eisen und kümmerten sich nicht um die schäbig gekleidete Frau, die Holzschuhe trug, mit den Fäusten gegen die Schilde trommelte und klagte: Wer soll hier sterben? Wer?

Schluchzend taumelte sie über den Platz. Der Boden war voller

Schlamm und Sägespäne, sie erkannte das Münster und die umliegenden Straßenzüge ... doch wer war sie? Sie spürte nur, wie sehr sie sich schämte, denn ihr Kleid aus handgesponnener Wolle war zerrissen und ihre Haare waren dreckig und verfilzt.

Als sie den Kopf hob, bemerkte sie, dass sich die Wächter in Bewegung setzten. Die Soldaten kamen auf sie zu. Da geriet sie in Panik und versuchte zu fliehen, aber mit ausgebreiteten Armen und verzerrten Gesichtern trieb die Menschenmenge sie immer wieder auf den Platz zurück. Ihre Knie gaben nach, als die Männer sie packten. Ihre Fäuste waren unnachgiebig hart, wie Eisenbande umschlossen sie Yvonnes Handgelenke. Und da begriff sie.

Ich! Ich soll hier sterben!

Yvonne taumelte ins Bad. Kalter Schweiß stand ihr auf der Stirn. Sie klammerte sich ans Waschbecken und übergab sich mehrmals, bis sie nur noch galligen Schaum hochwürgte. Zitternd saß sie danach auf dem Toilettendeckel und wartete, bis die ärgsten Gliederschmerzen verebbt waren.

Was hatte sie getan? Welcher Teufel hatte sie geritten, sich eine Schwarzmagierin ins Haus zu holen – mitten in den magischen Bannkreis? So leichtsinnig war sie in ihrem ganzen Leben nie gewesen, und sie konnte von Glück sagen, dass nicht noch mehr passiert war. Obwohl ...

Auf wackligen Beinen tastete sie sich die Wände entlang in die Küche zurück. Ihr Herz klopfte wild, aber Oriana war verschwunden und mit ihr der Dolch und der schwarze Kristall. Merle lag auf dem Tisch. Beim Anblick des schlaffen, leblosen Körpers sank Yvonne an der Wand zu Boden und schluchzte haltlos.

War das wirklich der Preis für die magische Gabe? War es tatsächlich so, dass die Mächte einen Blutzoll forderten, ehe sie eine Zauberin zwei oder drei Herzschläge lang an der Kraft teilhaben ließen? War das die Lektion des heutigen Abends?

Die Mächte – oder irgendein finsterer Dämon, dachte Yvonne und bebte vor Zorn. Was haben sie mir denn nun schon Großartiges enthüllt? Außer meinen eigenen Ängsten, dass man auch mich in früheren Zeiten als Hexe bezichtigt und verfolgt hätte, hat Oriana mir nicht das Geringste gezeigt! Ich weiß noch immer nicht, wo Ravenna ist und wie ich meine Schwester finden kann. Erneut krampfte sich ihr Magen schmerzhaft zusammen und sie presste die Faust auf den Mund.

Als die Welle der Übelkeit vorübergegangen war, rappelte sie sich vom Boden auf. Das Wasser in der Zinnschale war verdampft. Die Steine auf dem Grund des Beckens waren zu schwarzen, rissigen Klumpen verkohlt und der Spiegel war gesprungen.

Ratlos und von Grauen erfüllt betrachtete Yvonne die Verwüstung. Etwas war geschehen. Sie hatte nicht nur schlecht geträumt – sie hatte wirklich in das Auge des Teufels geblickt.

Nun wusste sie also Bescheid: Ravenna war in Gefahr. Sie war das Opfer, sie war die Frau in dem zerlumpten Kleid. Oder etwa nicht? Das Orakel hatte ihr gezeigt, was ihre Schwester durchmachte oder was sie in naher Zukunft erleben würde. Aber wo war sie? Yvonne hatte eindeutig den Platz vor dem Münster erkannt, mit dem Kirchenportal und den windschiefen Fachwerkhäusern im Hintergrund. Etwas war jedoch anders als sonst gewesen, und deshalb war sie sich nicht sicher, wen die Person in ihrer Vision nun wirklich darstellte. Die Frau schwebte jedenfalls in tödlicher Gefahr – so viel stand fest.

Als sie eine Turmuhr schlagen hörte, raffte sie sich auf. Die dunkelste Stunde war lange vorüber und die Nacht neigte sich ihrem Ende zu. Yvonne zog die Campingmatte aus dem Fensterspalt, kratzte das Kerzenwachs vom Boden, warf die Stummel in die Schale und brachte alles hinunter in den Müll. Beim Anblick der verwaisten Katzenjungen traten ihr von neuem die Tränen in die Augen.

»Ich werde gut auf euch aufpassen«, versprach sie und streichelte die verschlafenen Kleinen. »Niemand wird euch etwas tun. Das schwöre ich.«

Nachdem sie die Kätzchen versorgt hatte, bettete sie Merle behutsam in einen Schuhkarton und deckte den kleinen Leichnam mit einem Tuch zu. Bei Sonnenaufgang würde sie einen Platz am Flussufer suchen und ihre Katze begraben. Sie füllte ein Glas mit Leitungswasser, setzte sich aufs Fensterbrett und zog die Füße an ihren Körper.

Bis zur Dämmerung saß sie so da, trank das Wasser in kleinen Schlucken und dachte über die Eindrücke nach, die ihr von dieser Nacht geblieben waren. Waren die dunklen Magier also tatsächlich stärker? Solche Gerüchte hatte sie oft gehört, aber daran geglaubt hatte sie nie. Sie hatte sich ganz bewusst dazu entschieden, eine weiße Hexe zu sein. Eine von den Guten, dachte sie und verzog den Mund zu einem schiefen Lächeln. Orianas Teufelsauge hatte ihr jedoch wesentlich mehr enthüllt als jedes Spiegelorakel, an dem sie sich versucht hatte. Und ihre Schutzmagie und der Dämonenbann, mit dem sie Ravennas Wohnung gleich nach ihrem Einzug gesichert hatte, hatten sie nicht vor Oriana und ihren Machenschaften bewahrt. Sie hatten nicht verhindert, dass Merle in dieser Nacht sterben musste.

Yvonne ließ den Kopf gegen den Fensterrahmen sinken. Langsam rötete sich der Himmel über der Stadt. Sobald die Zeiger der Küchenuhr acht Uhr zeigten, sprang sie vom Fensterbrett, rief in der Bibliothek an und meldete sich krank.

Das Zeitalter des Hexenwahns

Odilienberg im Jahr 1253

In Ravennas Traum donnerte es, es war ein lang anhaltendes, bedrohliches Geräusch, das immer näher kam. Schlaftrunken schreckte sie hoch und stellte fest, dass das Poltern von der Treppe vor ihrem Zimmer kam. Mädchenfüße trampelten auf den Stiegen.

»Auf, auf! Wacht auf! Sammelt euch in der Halle! Es ist etwas vorgefallen!« Der Ruf drang aus dem Untergeschoss zu ihr herauf.

Benommen rollte sie aus dem Bett, wusch sich mit kaltem Wasser und fuhr sich mit dem Holzkamm durch die Haare. Ungeduldig fingerte sie an den Bändern des Kleides herum. Es dauerte eine Ewigkeit, bis sie endlich fertig war.

Auf der Treppe schloss sie sich dem Strom der jungen Magierinnen an, der sie in einen großen Saal mit Bogenfenstern und Kronleuchtern trug. Vorne am Pult stand Mavelle. Die zierliche Elfe war blasser als gewöhnlich und ihr Leib wölbte sich unter dem Gewand zu einem Spitzbauch. Das wird bestimmt ein Junge, dachte Ravenna.

»Hört alle her! Alle herhören!«, rief Mavelle und das Gemurmel verstummte. »König Constantin hat heute unerwartet eine Sitzung einberufen, zu der die Sieben erwartet werden.« Sogleich schwollen die Stimmen wieder an. Die Mädchen flüsterten und schmiedeten Pläne für den Nachmittag. Wie eine Schulklasse, die hitzefrei bekommen hat, dachte Ravenna. Sie hielt sich am Rand der Menge auf, denn hier kannte sie kaum jemanden.

»Ruhe!« Obwohl sie kaum lauter gesprochen hatte, drang die Stimme der Elfe durch den ganzen Saal. »Dass wir nicht da sind, bedeutet nicht, dass der Unterricht ausfällt. Die Älteren von euch nehmen die Mädchen im ersten und zweiten Jahr unter ihre Fittiche und gehen mit ihnen noch einmal den Ablauf der Feierlichkeiten während des Turniertages durch. Ich verlange, dass bei der Schwertleite jede an ihrem Platz steht und weiß, was sie zu tun hat. Stümperei oder Nachlässigkeit werden hart bestraft!«

Mavelles Blick glitt von einer Schülerin zur anderen. Eifrig nickten die Mädchen mit den Köpfen. *Und ich dachte, Aveline wäre streng,* ging es Ravenna durch den Kopf. Plötzlich zuckte sie zusammen, denn sie hörte ihren Namen.

»Weiß jemand, wo unsere Neue ist?«, fragte Mavelle laut in den Saal hinein.

»Hier steht sie!«, hörte Ravenna und schon erhielt sie einen Stoß zwischen die Schulterblätter, der sie vorwärts taumeln ließ. Zornig fuhr sie herum. Lynette und ihre Freundinnen standen hinter ihr und grinsten. »Oh, seht nur, sie will sich schlagen!« Die blonde Hexenschülerin rümpfte die Nase. »Nun, wen wundert das? Stellt euch vor, gestern hat sie Lucian erzählt, dass sie am Münster arbeitet und den ganzen Tag Steine schleppt.« Der Saum ihres Kleides fegte über den Boden und sie trug eine hohe Haube ohne Krempe, von deren Spitze ein Schleier hing.

»Wer hat dir erzählt, worüber ich mit Lucian rede?« Hitze wallte in Ravenna auf und ihr Herz begann heftig zu pochen. Sie musste wieder an das junge Paar unter der Linde denken. War die Frau etwa Lynette gewesen?

Die junge Hexe lachte. »Hier gibt es keine Geheimnisse. Wir sind eine Gemeinschaft, aber du gehörst nicht dazu.« Die anderen Mädchen wichen vor ihr zurück, als sie mit den Fingern hastige Zeichen in die Luft schrieb und dabei flüsterte: »Sieben Dornen, rot wie Blut, sieben Eisen in der Glut ...«

Plötzlich stand Mavelle neben ihnen. Die Elfe fasste Ravenna am Arm. »Was machst du denn noch hier? Die Pferde stehen gesattelt im Hof und alle warten auf dich.« Und zu Lynette sagte sie: »Du wirst heute eine besondere Aufgabe erledigen. Der Taubenschlag wurde schon seit einer Ewigkeit nicht mehr gereinigt! Wenn wir zurückkommen, will ich dort keinen einzigen modrigen Strohhalm und kein Krümelchen Kot mehr finden. Übrigens – die Decke ist ziemlich niedrig. An deiner Stelle würde ich mir also etwas Passendes anziehen«, setzte die Elfe mit einem Blick auf die Burgunderhaube hinzu.

Lynettes Gesicht wurde dunkelrot. Zornig tuschelte sie mit ihren Freundinnen, aber sie wagte keinen Widerspruch gegen die Anweisung der Elfe.

»Was war das denn eben?«, fragte Mavelle, während sie Ravenna zum Ausgang schob. »Eine kleine Teufelsbeschwörung kurz vor dem Frühstück? Dieses Biest muss aufpassen, dass sie nicht in hohem Bogen aus dem Konvent fliegt.«

»Gibt es denn auch böse Hexen?«, fragte Ravenna verwirrt.

Mavelle rollte mit den Augen. »Du würdest kein Auge mehr zutun, wenn du wüsstest, was es alles gibt«, seufzte sie und stieß die Tür zum Innenhof auf.

Es goss in Strömen. Pfützen sammelten sich auf den Kieswegen, und der Regen spritzte von den Vordächern und Mauerkronen.

»Ich hole noch schnell meinen Umhang«, murmelte Ravenna. Im Laufschritt stürmte sie die Treppen zu ihrer Kammer hinauf. Arletta hatte ihr Brot, Honig und frische Fassbutter auf den Tisch gestellt. Ravenna war dankbar, denn bereits zum zweiten Mal brach ihr Tag ohne Frühstück an – vor allem aber ohne eine Tasse frisch gebrühten Kaffee. Sie liebte ihn stark, süß und mit viel Milchschaum, doch leider sollte sich das Getränk erst vierhundert Jahre später von Italien aus in Mitteleuropa verbreiten. Da werde ich wohl noch ein wenig warten müssen, dachte sie mit schiefem Grinsen.

Sie stopfte sich ein Stück Brot in den Mund und öffnete die Truhe. Der graue Kapuzenmantel war warm und weich, aber der

Wollstoff würde den Regen kaum abhalten. Seufzend entschied sie sich für ihre Regenjacke. Mochten die anderen das Kleidungsstück ruhig für Hexenwerk halten – dafür würde sie als Einzige halbwegs trocken an König Constantins Hof eintreffen.

Sie rannte durch den Innenhof. Die Pferde warteten unter dem Gewölbegang, damit Sättel und Reiter nicht nass wurden. Die weiße Stute – Willow – begrüßte Ravenna mit einem Wiehern, und Josce grinste breit. Die Jägerin stützte den Ellenbogen auf das Sattelhorn, den Köcher trug sie an einem Riemen über der Schulter und ihr langer, brauner Zopf fiel ihr bis zum Gürtel. Auf dem Pferd sah sie noch größer aus, als sie in Wirklichkeit war. Eine Meute weißer Hunde balgte sich zwischen den Beinen der Schimmel. Das Kläffen und Jaulen war ohrenbetäubend.

»Du hast dich also entschieden«, rief die Jägerin Ravenna über den Lärm hinweg zu. »Das dachte ich mir zwar schon, aber es ist trotzdem schön, dich wiederzusehen.«

»Entschieden?«, fragte Ravenna verblüfft, während sie kurzerhand den Rock hochzog und sich mit halbnackten Beinen aufs Pferd schwang. »Wofür denn?«

Ehe die Jägerin antworten konnte, hob Terrell die Hand über den Kopf und gab seinen Begleitern das Zeichen zum Aufbruch. »Vorwärts! Wir reiten los!«

Wie auf Kommando stürmten die Hunde aus dem Tor hinaus. Zwei Ritter blieben als Wächter im Konvent zurück, die anderen schlossen sich dem Zug an. Verstohlen ließ Ravenna den Blick über die jungen Männer gleiten. Lucian war nicht dabei und sie fragte sich enttäuscht, wann sie ihn wohl das nächste Mal wiedersah.

Unter Terrells Führung trabte die Schar durch den Wald zur Heidenmauer. Ravenna war als Einzige in leuchtendes Rot gehüllt, die anderen Frauen verschmolzen in ihren grauen Umhängen nahezu mit den Regenschleiern. Gut gelaunt ritt Aveline neben ihrem Gefährten an der Spitze. Ravenna konnte kaum mit ansehen, wie das ungleiche Paar miteinander scherzte.

»Mein Spätzchen, mein süßes Täubchen«, raunte der Alte bei

jeder Gelegenheit. Er drückte Aveline einen Kuss auf die Wange, und sie ließ es kichernd geschehen. Einmal musste er absteigen, um ihr frische Himbeeren zu pflücken, einige Meter weiter verlangte sie nach einem Stängel Waldmeister. Wie ein Verrückter galoppierte Terrell dann mit wehenden Zügeln hinter der Gruppe her, um den Anschluss nicht zu verlieren, und die Hunde begrüßten ihn mit lautem Bellen. Zu guter Letzt setzte Aveline ihm ein großes Blatt Bärenklau wie einen Hut auf den Kopf und schüttete sich aus vor Lachen. »Was ist bloß mit dir, du alter Esel? Dein Haar ist schon ganz nass«, verspottete sie ihn. »Erwartest du vielleicht, dass dich der Mairegen schöner macht?«

»Wunderst du dich über die beiden?« Ravenna schrak herum, als Josce zu ihr aufschloss. Das Gesicht der Jägerin lag halb im Schatten der grauen Kapuze, die Nässe tropfte vom Saum. Hier im nebeligen Wald sah Josce ganz geheimnisvoll aus.

Ravenna zuckte die Achseln. »Für mich ist es ein ungewohntes Bild«, gab sie zu. »Eine junge Hexe und ihr Ritter.«

»Der erste Eindruck täuscht leicht. Terrell ist ein guter Mann«, erklärte Josce. »Ein geschickter Schwertkämpfer, unbeirrbar in schwierigen Verhandlungen und ein Reiter, den so schnell keine Lanze aus dem Sattel wirft. Aveline hat die richtige Entscheidung getroffen, als sie ihn als Gefährten wählte.«

»Aber er macht sich für sie zum Narren.« Und er ist viel zu alt, um der Gefährte einer Sechzehnjährigen zu sein, setzte Ravenna in Gedanken hinzu.

Mavelle, die ihre Unterhaltung gehört hatte, lachte. »Ach, natürlich tut er das! Schließlich ist er ihr Gefährte. Glaub mir, jede Zauberin wählt genau den Mann, der zu ihr passt. So ausgelassen, wie Terrell sich gibt, könnte man allerdings meinen, dass er täglich aus dem magischen Kessel trinkt.«

»Oh, aus ihrem Kessel bestimmt!«, warf Josce ein.

Ravenna fühlte, wie sie rot wurde. Die Frauen plauderten ungeniert weiter über das Liebesleben ihrer Gefährtinnen und ließen auch nicht davon ab, als die Heidenmauer in Sicht kam.

»Wenn Ave nicht aufpasst, wird sie schwanger, und dann macht sie dir den Platz zu Samhain streitig«, stichelte Josce soeben.

Lächelnd streichelte die Elfe ihren Bauch. »Nun, lange wird es sowieso nicht mehr dauern und der Platz der Magierin wird wieder frei.«

»Weißt du eigentlich schon, welchen Namen du deinem Sohn geben wirst?«, fragte Ravenna. Die Elfe und die Jägerin verstummten und starrten sie durchdringend an. »Ich wusste es! Sie hat das zweite Gesicht, genau wie Melisende«, stellte Mavelle endlich fest.

»Allerdings«, nickte Josce. »Nur die Mutter träumt vom Geschlecht ihres Kindes«, setzte sie hinzu, als sie Ravennas ratloses Gesicht bemerkte.

»Bei uns glaubt man, an der Form des Bauchs erkennen zu können …«, stotterte Ravenna, aber beide Hexen winkten ab.

»Das ist Unfug. Und Aberglaube«, meinte Mavelle. »Die Mutter träumt vor der Geburt von ihrem Kind, das ist das sicherste Anzeichen. Den Namen meines Sohnes werde ich dir natürlich nicht verraten. Man gibt ihn erst bekannt, nachdem ein Bannkreis um die Wiege gezogen wurde.«

Die Wächter am Tor in der Heidenmauer ließen sie ungehindert passieren. Danach verstummten die fröhlichen Gespräche und die Reiter rückten dichter zusammen. Besorgte Blicke glitten über das Unterholz. Die Nervosität steckte auch Ravenna an. Ihre Hände, mit denen sie die Zügel hielt, wurden feucht.

»Was ist denn los?«, keuchte sie, durchgeschüttelt von Willows flottem Trab. »Warum verhaltet Ihr Euch so komisch? Stimmt etwas nicht?«

»Still!«, zischte Josce ihr zu, »und bleib in unserer Nähe. Dieser Teil des Waldes ist nicht sicher. Es könnte sein, dass wir auf Beliars Männer stoßen.«

Ravenna duckte sich und trieb die Stute an. Angst kroch ihr in die Glieder. Plötzlich war die Bedrohung durch einen feindlichen Burgherrn nicht mehr nur ein Gesprächsthema am Kamin, sondern bedrückende Realität. So unheimlich wie an diesem Morgen war ihr der Odilienberg noch nie erschienen. Es gab keinen Weg, nicht einmal einen sichtbaren Pfad, und die Straße, die sich in ferner Zukunft auf den Gipfel schlängelte, war verschwunden. Nebelschwaden trieben zwischen den Baumstämmen und dämpften die Geräusche. Wie Perlen auf einer Schnur reihten sich die Regentropfen an Spinnweben und dünnen Zweigen auf.

Sie erschrak, als sie vor dem Hintergrund der Bäume Schatten sah, die sich bewegten. Als Ravenna durch den Dunst spähte und erkannte, welche Tiere dort grasten, stockte ihr der Atem. Einhörner. Das Rudel bestand aus fünf Stuten und einem Hengst. Sie waren deutlich kleiner und stämmiger als die Hexenpferde. Mit dem zottigen Fell und den breiten Mäulern erinnerten sie Ravenna an Lamas oder Hochlandrinder. Die Schwänze endeten in Quasten, die Hufe waren zu zwei Zehen gespalten und von einem dichten Behang überwachsen. Mitten auf der Stirn saß das lange, dünne Horn.

»Du kannst sie sehen?«

Ravenna schrak herum, als die Stimme der Jägerin dicht neben ihr erklang. Josces forschender Gesichtsausdruck ließ sie einen Augenblick lang zögern, doch dann nickte sie.

Der Seufzer der Jägerin drang als Atemwölkchen unter der Kapuze hervor. »Dann hast du die Gabe. Nur eine echte Hexe kann durch das Tarngespinst blicken, das Mavelle gewebt hat.«

»Tarngespinst?«, wiederholte Ravenna verständnislos.

Mit der Spitze des Bogens deutete die Jägerin auf die Spinnweben. »Jede Herde ist mit einem solchen Faden umgeben«, erklärte sie. »Er begleitet die Tiere, wohin sie auch gehen, aber die meisten Einhörner bleiben auf unserem Berg. Sie wissen, dass sie hier sicher sind. Niemand würde es wagen, ihnen auch nur ein Haar aus dem Schweif zu reißen.«

Wachsam starrten die Tiere zu den vorbeireitenden Hexen herüber. Die Hunde warfen flehende Blicke auf Josce und zitterten vor Aufregung, aber solange die Jägerin ihnen keinen anderen Befehl zurief, verhielten sie sich vollkommen still.

»Es werden jedes Jahr mehr«, fuhr Josce fort. »Wenn es einer Herde in ihrem Weidegrund zu unruhig wird, dann kommt sie auf den Odilienberg. Hier werden die Tiere in Ruhe gelassen.«

»Wer sollte ihnen denn etwas tun?«, fragte Ravenna.

»Einhörner werden gejagt.« Josce zog ein finsteres Gesicht. »Haare, Hufe und vor allem das Horn sind begehrte Trophäen. In manchen Gegenden wird es sogar mit Gold aufgewogen, denn viele Leute glauben, man könne damit irgendwelche Wunder vollbringen oder die eigene magische Gabe steigern. Das ist natürlich Unsinn.«

Ravenna nickte. Sie dachte daran, Josce zu erzählen, dass Einhörner in der Zeit, aus der sie kam, vollkommen verschwunden waren. Genau wie die Hexen. Doch dann überlegte sie es sich anders. Warum sollte sie Josce mit dem Wissen belasten, wie sehr sich die Welt in Zukunft veränderte?

Plötzlich schrak die Einhornherde auf. Zwei oder drei Herzschläge lang standen die Tiere wie erstarrt auf der Lichtung. Dann stoben sie in alle Richtungen auseinander.

»Achtung!«, schrie Josce im gleichen Augenblick. »Ein Überfall!«

Zuerst begriff Ravenna nicht, was die Jägerin meinte. Dann begann der Waldrand zu flimmern und zwischen den Baumstämmen quoll ein wolkiger Schatten hervor. Eine Schockwelle raste auf die Hexen zu, und als sie über die Reiterinnen hinwegfegte, hatte Ravenna das Gefühl, eine riesige Faust quetsche ihr die Luft aus dem Brustkorb.

Ächzend klammerte sie sich ans Sattelhorn. Die Hunde jaulten schrill. Plötzlich war die Lichtung von Gebrüll erfüllt. Krieger in Kettenhemden und langen Umhängen stürmten aus dem Unterholz und schlugen sofort auf Terrell und seine Männer ein.

Der Zusammenprall war so unwirklich, dass Ravenna wie gelähmt auf die hoch erhobenen Schwerter und kreisenden Morgensterne starrte. Als der Erste von Terrells Rittern brüllte und in das Blut fasste, das ihm von der Schulter rann, drang endlich die entsetzliche Erkenntnis in ihr Bewusstsein. Das hier war echt!

Sie zog die Zügel an, Willow drehte sich panisch im Kreis. Die Kampfhandlungen liefen so schnell vor ihren Augen ab, dass sie Freund und Feind kaum voneinander unterscheiden konnte. Um die Schwerter der Gegner waberten magische Felder, in denen sich alles verzerrte: der Wald, die Ritter und der strömende Regen. Ein Pferd stürzte und wälzte sich auf dem Boden, der junge Reiter – Marlon – rollte über das Gras. Zwischen den Bäumen tauchten immer neue Gegner auf.

Plötzlich zuckte ein glühender Schmerz über Ravennas Wange. Sie schrie auf, als sich eine Handbreit vor ihrem Gesicht ein Pfeil in einen Birkenstamm bohrte. Als sie am Kragen gepackt wurde, schlug sie um sich.

»Halt still! Halt still, du Närrin! Zieh die Jacke aus! Das Rot macht dich zur Zielscheibe.«

Keuchend zerrte Josce ihr das Kleidungsstück vom Leib und ließ es fallen. Ravenna war gelähmt vor Angst. Es war wie damals in ihrer dunklen Wohnung – da war jemand, der stärker war als sie. Jemand, der roh und rücksichtslos war und ihr Schmerzen zufügen würde.

Die Sieben drängten sich auf der verregneten Lichtung aneinander und fassten einander an den Händen. »Komm zu uns, Ravenna! Nun mach schon!«, schrie Aveline ihr zu.

Hastig reihte Ravenna sich neben der jungen Hexe ein. Als ihr Blick auf die Sieben fiel, keuchte sie. Die Hexen hatten Angst! Sie waren weder mächtige Zauberinnen, die den Feind mit einer Handbewegung zerquetschen konnten, noch waren sie unsterbliche Magierinnen. Sie waren einfach nur Frauen, denen die Furcht ins Gesicht geschrieben stand.

»Legt die Hände aneinander! Nun macht schon!«, befahl Josce. Ihre Stimme drang kühl und klar in Ravennas Bewusstsein. Sie hob die Arme und legte die Handflächen gegen die der anderen Frauen, so wie sie es bei ihren Begleiterinnen sah. Josce und Terrell wechselten einen Blick.

»Macht euch bereit!«, brüllte der alte Ritter.

Josce begann eine Flut von Worten hervorzustoßen, deren Klang Ravenna an die geheimnisvolle, verbotene Sprache ihrer Kindheit erinnerte. Sie schrie auf, als ein Stromstoß durch ihre Handflächen zuckte. Im selben Augenblick drehten sich die Hexen nach außen und schleuderten eine magische Stoßwelle auf die Angreifer.

Blasses Elmsfeuer flackerte über die Rüstungen der feindlichen Ritter. Die Angreifer brüllten auf und fassten vom magischen Licht geblendet nach den Sehschlitzen ihrer Visiere.

»Vorwärts! Los, los, los!«, brüllte Terrell. »Wir brechen durch!«

In diesem Augenblick schätzte Ravenna den alten Ritter sehr für seinen Mut und seine Besonnenheit. Sie trieb ihre Stute an. Mit gewaltigen Sätzen stürmte Willow über die Lichtung und verschwand zwischen den Bäumen. Ravenna achtete nicht darauf, ob die anderen ihr folgten. Sie sah kaum, wohin die Stute galoppierte. Und sie wollte es auch nicht wissen, sie wollte nur weg von der umkämpften Lichtung – am besten durch ein Tor in der Zeit.

Plötzlich bäumte sich die Stute auf. Ravenna keuchte. Vor ihr erschien ein Krieger auf einem riesigen Rappen. Er stützte eine Faust auf den Schenkel, in der er eine gezackte Klinge hielt. Das Schwert war mit Schuppen bedeckt. Auf dem schwarzen Harnisch des Fremden glänzte ein Skorpion und auf seinem Helm loderten Flammen. Durch die Schlitze des Visiers musterte er Ravenna mit durchdringendem Blick.

Jetzt ist es aus, schoss es ihr durch den Kopf und ihr Magen krampfte sich zusammen.

Dann war Josce an ihrer Seite, ein Schatten in Weiß und Grau. »Ich hoffe, du verstehst wirklich etwas von Magie«, knurrte die Jägerin, als sie Ravenna einen schweren, kalten Gegenstand in die Hand drückte.

Das zweite Siegel. Der Silberring mit der Reiterin, die beide Arme hoch über den Kopf hielt.

Erschrocken starrte Ravenna auf den Schatz. Heute war ihr zweiter Tag im Hexenkonvent! Wie hatte sie das vergessen können? Was hatte Aveline ihr gestern mit auf den Weg gegeben? Wenn du der nächsten Magierin begegnest, gibt es kein Zurück mehr.

In diesem Augenblick versetzte Josce der Stute einen derben Schlag. Willow keilte aus und in wilder Jagd stürmten Pferde und Hunde den Steilhang hinunter. Regenschleier wehten Ravenna ins Gesicht. Weitab von jedem Weg rasten sie über Stock und Stein, setzten über Bäche und umgestürzte Baumstämme. Vor sich sah Ravenna nur die zuckende, weiße Mähne, hinter ihr dröhnte der Hufschlag des Verfolgers.

»Halte den Ring hoch über den Kopf!«, befahl Josce ihr. »Mit beiden Händen! Nun mach schon!«

Zugleich schwang sie das Bein über den Sattelknauf. Ein behänder Schwung – und sie saß verkehrt herum auf dem Sattel. Ihr langer Haarzopf tanzte wild auf und ab. Ravenna klammerte sich mit den Knien an den Sattel, während die Jägerin den Bogen spannte. An der Spitze des Pfeils glühte ein weißes Licht.

Es flog auf Ravenna zu, während sie das magische Siegel mit beiden Händen umklammerte und in die Höhe reckte, wie Josce ihr befohlen hatte. Geblendet schloss Ravenna die Augen, als der Pfeil mitten durch ihre ausgebreiteten Arme flog. Die Zacken der Windrose begannen sich zu drehen, genau wie es tags zuvor in der Kräuterküche geschehen war. Sie spürte, wie das Siegel in ihren Händen vibrierte. Als Ravenna die Augen wieder öffnete, sah sie, dass sie eine gleißende Funkenspur hinter sich herzog.

»Docgan – chacanier!«, befahl Josce schrill, und die Hundemeute machte kehrt. Aus den fröhlichen, kläffenden Tölen wurden zähnefletschende Bestien, die sich in die Lüfte erhoben. Wie ein Rudel Wölfe dem Leitwolf nachhetzte, folgten sie der gleißenden Bahn des Pfeils.

Der Verfolger fluchte und riss den Rappen zurück. Die Schuppenklinge fauchte durch die Luft, als der schwarze Ritter nach den Hunden schlug, die wie ein Schwarm über ihn herfielen.

Ravenna ließ erschöpft die Arme sinken. Das Aufjaulen eines

getroffenen Tiers und das Gebrüll des zurückbleibenden Feindes rauschten ihr in den Ohren, Regen prasselte ihr ins Gesicht. Sie grub die Finger in die Mähne ihres Pferdes und achtete nur noch darauf, im Sattel zu bleiben und Josces Siegel nicht zu verlieren, während Willow den Hang hinabstürmte.

Du hast dich entschieden!, hatte Josce ihr bei der Begrüßung unter dem Tor des Konvents zugerufen. Jetzt begriff sie, wie die Worte gemeint waren. Der Eingang war in der vergangenen Nacht keineswegs durch Zufall oder wegen Terrells Schlampigkeit offen geblieben. Es war ein Test, dem die Hexen sie unterzogen hatten. Sie hätte dem Konvent den Rücken kehren können, ohne dass sie jemand daran hinderte. Wahrscheinlich hatten alle Bescheid gewusst und sie beobachtet, wie sie barfuß und im Nachthemd auf der Wiese vor dem Tor stand.

Doch jetzt war es zu spät. Sie war in der Welt der Hexen geblieben.

Burg Landsberg begrüßte sie im strömenden Regen. Ravenna war bis auf die Haut durchnässt, als sie die Festung am Fuß des Odilienbergs erreichten. Sie schlotterte und hatte kaum noch ein Gefühl in den Händen, als sie aus dem Sattel glitt. Außer grauen Mauern, einer Zugbrücke und einem dampfenden Misthaufen nahm sie kaum etwas wahr.

Sie hörte erst auf zu zittern, als sie in eine Wolldecke gehüllt am Kamin saß. Nevere drückte ihr einen Becher mit heißem Wein in die Hand und betupfte die Schnittwunde auf ihrer Wange mit Öl.

»Alles halb so wild«, versuchte die Frau mit dem Stern auf der Stirn sie zu trösten. »Davon bleibt höchstens eine kleine Narbe.« Ravenna biss die Zähne zusammen, um die Heilerin nicht vor Wut und Entsetzen anzuschreien. Der Überfall war Wirklichkeit, schreckliche, grauenvolle Wirklichkeit! Sie hatten mehrere Hunde und ein Pferd verloren. Und der Feind hatte einen der jungen Ritter erschlagen, einen Burschen von höchstens zwanzig Jahren.

Marlons Leichnam lag draußen im Hof auf einem Karren, zugedeckt mit einem blutigen Leinentuch.

»Auf ihrem eigenen Grund und Boden werden die Jägerinnen zu Gejagten!«, fluchte Josce. »Was glaubt dieser Beliar eigentlich, wer er ist!« Erregt schritt sie am Kopfende der langen Tafel auf und ab. Ihre Hunde lagen unter dem Tisch. Manche hatten sich eingerollt und dösten, andere hechelten mit halbgeschlossenen Augen.

König Constantin betrachtete die Hexen nachdenklich. Er war einen Kopf kleiner als die meisten Ritter und so drahtig, dass das Gewand an seinem Körper schlackerte. Mit dem zerzausten, blonden Haar sah er eher wie der Hofnarr aus, nicht wie der Herrscher. Weder eine Krone noch eine goldene Kette deuteten darauf hin, dass er König über Ländereien war, die sich von Straßburg bis zum höchsten Berg des Elsass erstreckten. Außerdem war Constantin Anführer der Schwerter des Lichts, hatte man Ravenna beim Betreten der Halle ins Ohr geraunt. So nannte sich der Ritterorden, dem Terrell, Chandler und die anderen Gefährten der Sieben angehörten.

»Seit wir die Belagerung der Festung abbrechen mussten, wird der Marquis immer dreister«, stimmte er Josce zu. »Mittlerweile spricht Beliar regelmäßig vor dem Stadtrat und versucht, die Patrizier davon zu überzeugen, dass Ihr schwarze Hexen seid. Beim Hochwasser im Frühling sind auf einer Weide am Fluss etliche Stück Vieh ertrunken – angeblich habt Ihr sie verzaubert, damit sie vor den Fluten nicht davonlaufen. Als in die große Ulme am Löwentor der Blitz einschlug, habt Ihr ihn natürlich vom Berg herabgeschleudert. Und an der beschämenden Krankheit, die sich im Gerberviertel ausbreitet, tragt Ihr ebenfalls die Schuld.«

»Dabei weiß jedes Kind, dass diese Krankheit von der Schamlosigkeit mancher Ratsherren kommt«, bemerkte Aveline spitz.

Constantin strich sich über das Kinn. »Gerade deshalb werden sie um so eher bereit sein, Beliars Behauptungen zu glauben und Gerüchte unter das Volk zu streuen. Nichts lenkt besser von den eigenen Verfehlungen ab als ein Sündenbock, dem man alle Schuld zuschieben kann.«

»Arme Melisende«, stieß Viviale hervor. Im Feuerschein wirkte ihr Gesichtsausdruck ganz niedergeschlagen. Die Spitzenhaube und der Schleier waren vom Regen feucht.

»Du und deine Ritter – ihr wart erst vor kurzem in der Stadt«, wandte Mavelle sich an den König. »Gibt es denn wirklich gar nichts, was wir für unsere Freundin tun können?«

Constantin schüttelte den Kopf. »Wir haben den Stadtrat erneut aufgefordert, uns stichhaltige Beweise zu liefern, dass Melisende Schadenszauber gewirkt hat«, berichtete er. »Andernfalls sei sie unverzüglich freizulassen. Als Antwort übergab man mir das hier.« Auf der offenen Handfläche zeigte der König einen Stein herum. Er war ungefähr so groß wie das Ei einer Taube und von grauem Perlglanz überzogen.

»Was ist das?«, wollte Ravenna wissen.

»Ein Bezoar«, erwiderte Aveline. Mit angewidertem Gesicht tippte sie das Ei an. »Es ist ein Gewöllestein aus Fell und Knochen, der sich im Magen von Eulen oder Katzen findet. Man benutzt ihn gerne für jede Art von Wetterzauber.«

»Er lag unter der Ulme«, sagte Constantin. »Ein Gänsejunge hat ihn gefunden. Er dachte, der Stein sei wertvoll und wollte ihn dem Münzmeister verkaufen. Aber dieser schöpfte Verdacht und zeigte den Jungen an. Daraufhin wurde Remi festgenommen.«

Die Worte des Königs lösten Unruhe unter den Hexen aus. Josce unterbrach ihr Auf- und Abschreiten. Mit verschränkten Armen starrte sie auf den Gewöllestein. »Der Stein ist wertvoll, sehr sogar. Allerdings nur für einen Zauberkundigen, der damit umzugehen versteht. Ein Gänsejunge kann nun wirklich nichts damit anfangen.«

»So wie es aussieht, will jemand den Verdacht unbedingt auf uns lenken«, warf die Elfe ein und Nevere nickte. »Menschen, die keine magische Gabe besitzen, fürchten uns, und wenn wir ihnen einen Grund geben, dann hassen sie uns bald«, pflichtete sie bei.

Constantin legte den Stein auf den Tisch. »Dieser Fund gilt nun in der Stadt als Beweis für die Anwendung von Schwarzer Magie. Durch diesen Fund gerät Melisende noch viel stärker unter Druck, vor allem, da Beliar sofort bekräftigte, dass sie einen ähnlichen Zauber um seine Burg wirken wollte. Aber es ist nicht länger sie alleine, um die wir bangen müssen«, sagte er. »Ihr alle schwebt in Gefahr.«

Ravenna spürte die Hitze des Kaminfeuers im Rücken. Der Geruch von Holzrauch, feuchter Wolle und nassem Hundefell hing im Raum. Schweigend saßen die Gefährten der Magierinnen am Tisch. Einige der Männer sah Ravenna zum ersten Mal. Esmees Sitznachbarn fand sie auf Anhieb liebenswürdig, er wirkte ruhig und ausgeglichen und las seiner Gefährtin jeden Wunsch von den Augen ab. Nevere, die Frau mit dem Stern auf der Stirn, wurde hingegen von einem Mann hofiert, der einen verwegenen und verschlagenen Eindruck machte. Ravenna mochte ihn nicht.

Vor der großen Doppeltür drängten sich die jungen Ritter, die noch keinen Platz an der Ehrentafel des Königs erhalten hatten. Auch Lucian stand bei dieser Gruppe. Er wirkte angespannter und blasser als am Tag zuvor und ließ den König nicht aus den Augen.

Ravenna hätte sich am liebsten hinter der gemauerten Feuerstelle verkrochen. Sie fühlte sich schuldig, weil sie die verräterische, rote Regenjacke getragen hatte. Das Haar klebte ihr an der Stirn, ihre Kleider waren feucht und dreckig. Sie sah bestimmt schrecklich aus.

»Was war denn so dringlich, dass wir diesen Ritt unternehmen mussten?«, wollte Esmee wissen. Ihre Haut funkelte im Feuerschein.

Der König räusperte sich. »Wir müssen das Turnier verschieben.«

Erleichterung machte sich unter den Magierinnen breit. »Ah, das ist gut – sehr gut!« Josce rieb die klammen Hände über den Flammen. »Je mehr Zeit wir haben, Ravenna in unser Wissen einzuweihen, desto besser.«

Mit einem flauen Gefühl behielt Ravenna den König im Auge. Constantin wirkte alles andere als zufrieden. Grimmig nestelte er an dem Schwertgurt, den er um die Hüften trug.

»Eigentlich wollte ich damit sagen, dass wir das Lanzenstechen vorverlegen müssen. Wir verschieben es auf übermorgen«, verkündete er. »Die Schwertleite für Tades Nachfolger findet gleich im Anschluss statt.«

»Was?« Josce fuhr auf. »Das ist völlig unmöglich! Du hattest uns sieben Tage versprochen, damit wir Ravenna in die Geheimnisse der Magie einweisen können. Ich hatte noch nicht einmal Gelegenheit, mit ihr über die Wildhege zu sprechen, geschweige denn an der Falknerei vorbeizureiten.«

»Und sie weiß nicht das Geringste über Abwehrzauber oder den Pfad des Schicksals«, warf Esmee ein. »Oder über die Sehergabe«, ergänzte die Elfe und blickte Ravenna scharf an. »Sie spielt bloß leichtsinnig damit herum.«

»Trotzdem«, entschied Constantin. »Das Turnier wird auf übermorgen angesetzt. Einen Tag mehr Zeit – das ist alles, was ich Euch verschaffen kann. Heute Morgen erhielt ich einen Brief, in dem der Stadtrat verlangt, dass Tades Nachfolger ohne jede weitere Verzögerung bestimmt wird. Außerdem hat sich ein weiterer Ritter zur Teilnahme am Turnier gemeldet.«

»Und das können die so einfach?« Als Ravenna ihre eigene Stimme hörte, merkte sie, wie kläglich sie klang. König Constantin wandte sich ihr zu. »Ja, Ravenna, das können sie. Vor vielen Jahren wurden der Konvent auf dem Berg und diese Burg auf Wunsch der Menschen errichtet, die am Fluss und in den angrenzenden Tälern leben. Ein Gesetz aus dieser Zeit besagt, dass Stadt und Umland festsetzen können, wann zu ihrem Schutz Ritter eingesetzt werden. Wir zögern diese Wahl nun schon mehr als zwei Mondwechsel hinaus. Länger können wir nicht warten.«

Verwirrt erhob Ravenna sich. Die Wolldecke ließ sie neben der Herdstelle liegen. »Aber warum dauert es denn so lange, einen Nachfolger für Tade zu bestimmen?«

Josce fasste sie an der Hand. »Weil du seine Gefährtin bist«, erklärte sie. »Ein Sieger ohne eine Hexe als Gegenüber hat zwar alle Gegner im Turnier bezwungen, aber er bleibt doch nur ein einfacher Ritter. Erst wenn eine Magierin sein Schwert weiht, wird er in den Orden aufgenommen.«

»Aber warum ich?«

Josce lächelte. »Mavelles Vision hat uns gezeigt, dass eine Nachfahrin von Melisende auf den Hexenberg kommen wird. Du bist die rechtmäßige Erbin ihrer Gabe. Ohne dich – und ohne Melisendes Siegel – wird der magische Strom an Mittsommer versiegen. Deshalb war es gut, dass du unserem Ruf gefolgt bist.«

Aber das ist doch Unsinn, wollte Ravenna sagen. Siebenhundert Jahre – wie kann ich da ihre Erbin sein? Ihr Blick wanderte wieder zur Tür. Lucian hatte die Hände auf dem Rücken verschränkt und betrachtete seine Stiefelspitzen.

Sanft fasste Josce Ravenna unter dem Kinn und drehte ihren Kopf herum, bis sie die Jägerin wieder ansah. Ein fröhliches Funkeln zeigte sich in Josces Augen. »Erst nachdem er gewonnen hat, wird er dein Ritter!«, erinnerte sie Ravenna leise.

Und wenn er nicht siegt?, ging es Ravenna durch den Kopf. Würde sie dann einen der anderen Männer wählen müssen? So wie Aveline ihren alten Freund Terrell? Plötzlich kam ihr ein Gedanke. »Wer hat sich noch am Turnier angemeldet?«, fragte sie den König. »Vorhin war die Rede von einem weiteren Teilnehmer. Wer kämpft mit Lucian und den anderen Rittern um den Sieg?«

Constantin ging zum Kamin. Mit dem Schürhaken stieß er einen angekohlten Scheit tiefer in die Glut. Es war eine wütende Bewegung.

»Constantin«, mahnte Mavelle an. »Ravenna hat dich etwas gefragt. Wer kommt noch zum Turnier?«

Mit einem Seufzer hängte der König das Eisen an den Haken neben dem Kamin. Er drehte sich zu den Anwesenden um. Seine Miene wirkte gequält.

»Beliar«, sagte er. »Der Marquis de Hœnkungsberg nimmt am Turnier teil.«

Ravenna war es, als hätte man sie mit einem Kübel Eiswasser übergossen. Der ärgste Feind der Hexen kam zum Turnier und beteiligte sich an dem Lanzenstechen. Und wenn er nun gewann? Wenn er als Sieger aus dem Kampf hervorging, wurde er dann ihr Gefährte? Entsetzt erinnerte sie sich an die schwarze Gestalt mit dem lodernden Helmbusch, der sie im Wald gegenübergestanden war.

»Nein«, hörte sie aus ihrem Mund kommen. »Das könnt ihr nicht zulassen.«

Constantins Lippen bildeten einen schmalen Strich. »Ich muss«, erwiderte er. »Der Stadtrat hat das Recht, beim Turnier einen eigenen Teilnehmer zu stellen. So will es das Gesetz.«

»Ich pfeif auf das Gesetz!«, schrie Ravenna. »Ihr seid total verrückt, wenn ihr denkt, dass ich da mitspiele.«

»Das ist kein Spiel«, meinte Josce mit rauer Stimme. »Constantin hat Recht: Diese Gesetze wurden einst mit der Zustimmung der Sieben erlassen. Wir sind daran gebunden.«

»Das ist mir egal!« Ravennas Stimme überschlug sich. »Soll sich die Stadt doch neue Gesetze geben! Ich bin jedenfalls nicht der Preis, den man bei diesem Turnier gewinnen kann!«

Josces Handrücken traf sie hart auf den Mund. Zorn verdunkelte die Augen der Jägerin. »Glaubst du vielleicht, wir haben keine Angst? Oder nimmst du an, die jungen Männer dort reiten mit Freude ins Turnier, obwohl sie wissen, dass sie an diesem Tag verletzt werden oder sterben könnten? Und Constantin – wie würde es ihm wohl gefallen, wenn sein ärgster Feind an seiner Ratstafel Platz nimmt und jeden seiner Beschlüsse vergiftet? Du hast die Lektion, die ich dir heute erteile, noch immer nicht begriffen: Die Liebe eines Gefährten muss man sich verdienen! Sie fällt einem nicht in den Schoß, sondern man erwirbt sie durch Mut, Vertrauen und Treue in der Not. Wir alle mussten darum kämpfen.«

Ihr habt ja keine Ahnung!, dachte Ravenna. Sie fühlte blinde Panik in sich aufsteigen. Wo war da der Unterschied zu dem Überfall, den sie in Straßburg erlebt hatte?

»Ihr hattet kein Recht, mich am Tor zu rufen!«, warf sie Josce und den anderen vor. »Niemand hat mich gefragt, ob ich eine Magierin werden will! Was gehen mich Zauberkräuter, magische Siegel oder fliegende Jagdhunde an? Ihr habt mich einfach aus meinem Leben herausgerissen und benutzt mich für eure Pläne. Aber wenn ihr es genau wissen wollt: In meiner Zeit gibt es längst keine Hexen mehr! Euer Konvent wurde in ein Hotel umgewandelt und diese Burg hier ist nur noch eine Ruine!«

Unheilvoll verklang das letzte Wort. Ravenna hatte nicht mit der Wirkung ihres Ausbruchs gerechnet: Aveline und Mavelle wurden bleich wie Wachs. Viviale zog den Schleier vors Gesicht und die Ritter murmelten erschrocken. Nur Lucian löste sich aus der Gruppe und trat vor, bis er an der Tafel des Königs stand.

»Wir lassen nicht zu, dass Beliar übermorgen siegt«, erklärte er. »Niemand hier wird erleben, wie der Marquis durch Eure Hand die Schwertleite empfängt. Das schwöre ich.« Sein Blick bohrte sich in ihren. Er wusste, dass sie die Zukunft kannte, und in seinen Augen stand ein Ausdruck, den sie noch nie gesehen hatte, bei niemandem: Ein eiserner Wille, gepaart mit dem Wissen, wozu ihre Gegner fähig waren. Es war dieses Wissen, dass ihn so überzeugend wirken ließ. Constanins Ritter hatte Dinge erlebt, die ein Mensch nie mehr vergaß.

»Lucian.« Die Stimme des Königs klang ungehalten, doch statt sich zurückzuziehen, stützte Lucian die Hand auf die Tafel und beugte sich vor. »Ihr habt mein Wort«, stieß er hervor. »Hört Ihr? Ihr habt mein Ehrenwort.«

Constantins Hand landete auf seiner Schulter. »Zurück auf deinen Platz, mein Junge, oder ich lasse dich hochkant aus dem Saal werfen«, drohte der König. »Dann kann dir Ramon in der Strafzelle berichten, wie die Beratung ausging.«

Während er zur Tür zurückkehrte, sah Lucian zu ihr zurück.

Ravenna spürte ihren Pulsschlag bis in die Fingerspitzen. Plötzlich schien es ihr, als könnte sie tatsächlich klar und deutlich in die Zukunft sehen, und sie begriff genau, warum sie durch das Tor in diese Zeit gerutscht war.

Man schrieb das Jahr 1253. Noch hatte es keine Hexenverfolgungen gegeben. In den Geschichtsbüchern konnte man lesen, dass sie erst einige Zeit später begannen und dann umso schrecklicher wüteten. 1487 erschien der *Hexenhammer* – ein Buch, das genau beschrieb, was eine Frau angeblich zur Hexe machte, wie sie zu verfolgen und unter welchen Qualen sie zu vernichten sei. Zehntausende unschuldiger Menschen sollten in den kommenden Jahrhunderten den Tod finden, bevor der Hexenwahn verebbte. Danach gab es in ganz Europa keine Magierinnen mehr. Und sie war die Einzige im Saal, die über das Ausmaß der bevorstehenden Katastrophe Bescheid wusste.

Langsam setzte sie sich an die lange Tafel. Sie schloss die Finger um Josces Siegel, bis ihre Knöchel hervortraten, und dachte nach. Sie begriff nun, dass sie am Anfang dieser Entwicklung stand. Noch ist es nicht passiert, dachte sie. Und die Sieben haben keine Ahnung, was ihnen bevorsteht.

»Was hat sie?«, fragte Aveline und beugte sich über die Tischplatte.

»Sie sammelt sich«, schlug Nevere vor, aber die kleine Elfe schüttelte den Kopf. »Sie hat das Gesicht. Sie sieht gerade in die Zukunft«, meinte Mavelle.

Ravenna hörte kaum, was die Sieben über ihren Kopf hinweg miteinander beredeten. War es tatsächlich möglich, dass eine unerklärliche Absicht hinter ihrem Sturz durch das Zeittor stand? Besaß sie wirklich eine Gabe, mit der sie verhindern konnte, was in den nächsten siebenhundert Jahren geschah?

Aber wie soll ich es denn verhindern – ich ganz allein?, dachte Ravenna verzweifelt. Die Wunde auf ihrer Wange brannte. Eine Handbreit tiefer und der Pfeil hätte ihren Hals durchbohrt. Sie war nicht unverwundbar, auch wenn sie aus der Zukunft kam.

Und sie war nicht im Geringsten auf dieses Abenteuer vorbereitet. Sie drehte den Kopf und blickte zur Tür. Lucian stand dort, zusammen mit den anderen jungen Rittern, und wartete auf ihre Entscheidung. Ihr habt mein Wort – dieser Satz ging ihr nicht mehr aus dem Kopf.

Sie atmete tief durch. »Ich werde es tun«, verkündete sie laut und deutlich. Die Gespräche verstummten und die Aufmerksamkeit aller Anwesenden richtete sich auf sie. »Was ihr da von mir verlangt: Ich bin bereit, es zu tun. Heute ist ein Mann gestorben – meinetwegen. So kann es nicht weitergehen.«

Der König nickte anerkennend. »Eure neue Schülerin hat Mut«, stellte er fest. »Aber weiß sie auch, wovon sie redet?«

»Woher denn?«, knurrte Josce. »Sie ist doch erst zwei Tage hier. Und wie wir gerade gehört haben, können wir nicht davon ausgehen, dass ihre Welt noch dieselbe ist wie unsere.«

Allerdings, dachte Ravenna, in meiner Zeit hat sich so manches verändert. Zum Beispiel lauert niemand mehr mit gezücktem Schwert im Wald. Mühsam stand sie auf. Ihre Knie waren steif von dem scharfen Ritt. »Ich werde es tun«, wiederholte sie. »Ich werde den Tag des Turniers gemeinsam mit euch erleben und den Sieger bei der Schwertleite begleiten.«

Und wenn es Beliar ist, dachte sie insgeheim, werde ich ihn vor aller Augen und Ohren als Schwarzmagier entlarven.

Wahrheitsfindung

Kurz darauf rüsteten sich die Sieben zum Abritt. Sie wollten vor Einbruch der Dunkelheit in den Konvent zurückkehren. Ravennas Stimmung hob sich nicht gerade, als sie daran dachte, dass sie dieselbe Wegstrecke wieder zurückreiten mussten, doch Constantin versicherte ihnen, dass seine Späher keinen einzigen Feind mehr entdeckt hatten. Offenbar hatten sich der schwarze Marquis und seine Krieger zurückgezogen, nachdem der Überfall gescheitert war.

»Ravenna.«

Sie fuhr herum, als sie Lucians leisen Ausruf hörte. Er stand in dem Gang, der vom Ratssaal zu den Stallungen führte, und schien auf sie gewartet zu haben. Jetzt kam er auf sie zu.

»Das war sehr mutig.« Langsam ging der junge Ritter neben ihr her. Ihre Schritte hallten auf dem Steinboden. Durch die hohen Bogenfenster sah man in den Hof hinunter. Vor den Ställen wurden soeben die Pferde gesattelt. »Ihr habt diesen Beliar gesehen, nicht wahr? Ihr wisst, worauf Ihr Euch einlasst.«

Bisher hatte sie noch kein Wort gesagt. Jetzt blieb sie stehen. »Ja, ich habe ihn gesehen. Und nein, ich habe keine Ahnung, worauf ich mich einlasse. Gibt es denn keine Möglichkeit, den Marquis auszuschalten, bevor er noch mehr Unheil anrichtet?«

Aufmerksam betrachtete Lucian das Triskel, das sie trug. Das Hexenkleid hatte einen weiten Ausschnitt und man konnte die Halskette gut sehen. Endlich seufzte er und schüttelte den Kopf.

»Es war ein kluger Schachzug unseres Gegners, sich die Unterstützung des Stadtrats zu sichern. Man wird beobachten, was geschieht, und wenn wir den Marquis auf unlauterem Weg loswerden, fällt der Verdacht sofort auf uns. Es würde die Sache nur verschlimmern.«

»Na toll«, murmelte Ravenna. Ihr blieb noch ein Tag Zeit, um sich auf die Begegnung mit dem Marquis vorzubereiten. Ein einziger Tag.

»Einen hübschen Anhänger tragt Ihr da«, stellte Lucian fest. »Ist er besprochen?«

»Ist er was?«, wiederholte Ravenna und fasste verwirrt nach dem Triskel. »Ach, du meinst, mit einem magischen Spruch belegt oder so etwas? Nein, ganz sicher nicht. Es ist ein Geschenk meiner Schwester.« Die verschlungenen Wege, die zu magischen Geheimnissen führten. Plötzlich erinnerte sie sich an das Ritual in ihrer Küche, als wäre es gestern gewesen.

»Du kennst Beliar ebenfalls«, sagte sie herausfordernd. »Du sagtest, er sei der Wortführer dieser Teufelsbeschwörer. Aveline nannte ihn einen Dämon. Was ist er denn nun wirklich?«

Da war er wieder, der finstere Ausdruck, der Lucians hübsches Gesicht in Sekundenschnelle in eine kalte Maske verwandelte. »Er ist der Teufel«, stieß er hervor. »Der Fürst der Hölle, der König der Hexer. Nennt ihn, wie Ihr wollt. Tatsache ist, dass er Euch braucht, um das gestohlene Siegel zu benutzen. Den Ring der Tormagierin.«

Ravenna schluckte schwer. »Beliar will mich in seine Gewalt bekommen? Und dann soll ich ihm dabei behilflich sein, eure Welt und jede andere zu unterwerfen, in die er mit Hilfe von Melisendes Siegel gelangen kann? Ist es das, was du mir sagen willst?«

Lucian nickte. Ravenna starrte ihn an. Die Brauen über den dunklen Augen waren zusammengezogen, die Lippen aufeinandergepresst. Ihr Herz pochte hart gegen die Rippen. Lucians Aufmerksamkeit machte sie nervös. »Du weißt mehr, als du mir sagst«, beschwerte sie sich. »Da steckt doch noch etwas anderes dahinter. Irgendetwas passiert bei diesem Turnier. Aber was?«

Lucian wandte den Blick ab. Seine Finger spielten mit einer kleinen Ledertasche, die an seinen Schwertgurt genäht war, und er starrte aus dem Fenster. Endlich ballte er die Faust um den Gurt. »Seit ich auf dieser Burg lebe, gab es schon öfters ein Turnier. Nicht alle gehen gut aus. An manchen Tagen hat es Tote gegeben. Freunde von mir.«

»Noch mehr Tote?« Ravenna schauderte, als sie an die Leiche des unglücklichen, jungen Mannes dachte, die draußen auf dem Karren lag. Sie verschränkte die Arme. »Du weichst mir aus.«

»Tue ich das?« Lucians Blick kehrte zu ihr zurück und verursachte ein Kribbeln in der Magengrube. »Wie steht es denn mit Euch? Seid Ihr vollkommen aufrichtig zu den Sieben? Sie werden Euch noch öfter auf die Probe stellen. Wenn es etwas gibt, das sie wissen sollten, solltet Ihr besser ehrlich zu ihnen sein.«

Ravenna klemmte die Unterlippe zwischen die Zähne und versuchte, nicht an den Fluch zu denken, der seit jenem dunklen Abend über ihr schwebte. Denn es war zweifellos ein Fluch gewesen, den der Einbrecher um sie gewebt hatte – daran hatte sie nun nicht mehr den geringsten Zweifel.

»Ich vermisse meine Schwester«, erklärte sie und es war nicht gelogen. »Gerade habe ich mich dazu verpflichtet, noch länger hierzubleiben. Weißt du, wie es nach der Schwertleite weitergeht?«

Der Ring, den Lucian an der Hand trug, blinkte, als er den Gurt losließ und den Arm sinken ließ. »Nein«, seufzte er. »Zumindest nicht in Eurem Fall. Es hängt wohl alles davon ab, wer das Turnier gewinnt.«

Als sie aufbrachen, blieb der junge Ritter unter dem Burgtor zurück. Constantins Krieger wechselten sich ab, wenn es darum ging, den Konvent auf dem Gipfel zu bewachen, und statt Terrell führte nun ein Mann namens Darlach den Zug der Hexen an. Es war der freundliche Ritter, der im Saal neben Esmee gesessen hatte.

Verstohlen blickte Ravenna über die Schulter zurück. Lucian hatte sich noch nicht abgewandt. Mit verschränkten Armen lehnte er im Torbogen und blickte den Reitern nach, bis sie hinter einer Wegbiegung verschwunden waren. Mit einem langen Atemzug wandte sie sich wieder nach vorn. Sie hatte sein Wort und glaubte ihm – so sehr, wie er selbst an sein Versprechen glaubte.

Der Ritt zurück zum Gipfel verlief ohne Zwischenfälle. Josce nutzte die Gelegenheit, um Ravenna so viel über Abwehrzauber und magische Verteidigungsmöglichkeiten beizubringen, wie in einer Stunde möglich war. Gleich nach ihrer Ankunft riefen die Sieben alle Mädchen in den Hof. Schweigend versammelten sich die Schülerinnen auf der vordersten Aussichtsterrasse. Die Regenwolken hatten sich verzogen, der Abendhimmel glänzte tiefblau. Scharf und weiß stand die Mondsichel über dem Flusstal.

Auf der Terrasse war ein großes Becken aufgemauert. Auch hier kehrte das Motiv aus dem Blauen Saal wieder: Die Siegel der Magierinnen waren als Mosaiken in den Fliesen rund um das Becken eingelassen.

Voller Unbehagen fasste Ravenna sich an den Oberarmen. Die Luft war kühl, und sobald Wind aufkam, fror sie. Die Sieben waren zornig. Schwarz verschleiert hatten die Magierinnen rund um das Becken Aufstellung genommen. Jede trug einen kurzen Dolch am Gürtel, ein Hexenmesser mit dreieckiger Klinge. Ein Platz am Brunnen blieb leer.

Das ist Melisendes Platz – eigentlich sollte ich dort stehen, dachte Ravenna. Aber man hatte ihr gesagt, dass sie an diesem Abend nicht zur Runde der Magierinnen gehören würde. »Nicht bei diesem Ritual«, hatte Viviale entschieden erklärt. »Du bist noch nicht so weit.«

Deshalb stand sie einige Schritte abseits unter einem Baum und beobachtete das Geschehen. Die Ankündigung, dass sich an diesem Abend etwas Besonderes ereignen sollte, und das lange, regungslose Schweigen der Sieben erzeugten eine unangenehme Spannung. Das Tor zum Innenhof war geschlossen, und die Hexen blieben diesmal unter sich.

Ravenna zuckte zusammen, als die Zauberinnen plötzlich die Dolche erhoben. Alle beschrieben zur selben Zeit denselben Bogen und reckten die Klingen in den Himmel. Wie machen sie das?, schoss es Ravenna durch den Kopf. Anklagend glänzten die Schneiden vor dem Mond.

»Morrigan«, sprachen die Sieben wie aus einem Mund. Die Stimmen unter den Schleiern klangen dumpf. »Göttin der Hexen, erwache und öffne deine Augen.«

Murmelnd sprach der Chor der vielen Mädchenstimmen diese Worte nach. Ravenna lief ein Schauer über den Rücken. Ihr fiel auf, dass manche der Jungmagierinnen zu der Statue aufblickten, die auf der Kuppel des Aussichtstürmchens stand. Sie hob ebenfalls den Blick.

Die Figur aus rotem Sandstein, in weite Gewänder und einen langen Schleier gehüllt, trug einen Bogen aus Sternen über dem Kopf und hielt einen Stab in der Hand, während sie den linken Arm in einer magischen Geste über das Flusstal streckte.

Etwas stimmt nicht – die Hände sind vertauscht!, durchzuckte es Ravenna. In meiner Zeit ist es genau anders herum: Links hält sie den Stab und rechts segnet sie. Weshalb war ihr das noch nie aufgefallen, wenn sie den schmalen Durchgang zum Garten der Hexen benutzte, der sich am Fuß des Türmchens vorbeischlängelte?

Die linke Hand erteilt den Segen, hatte Josce ihr auf dem Rückweg von der Burg eingeschärft. Die Linke ist dem Herzen näher. Alles, was du damit tust, ist aufrichtig gemeint. Vergiss das nicht, wenn du während der Schwertleite vor deinem Ritter stehst.

Aufgeregt versuchte Ravenna, der Figur ins Gesicht zu sehen. Es war keineswegs dieselbe Statue, die siebenhundert Jahre später an dieser Stelle stehen sollte. Auf der Spitze des Stabs saß ein Tierkopf. Im schwachen Licht konnte sie nicht erkennen, was es war. Eine Wölfin oder ein Bär vielleicht.

Frierend wandte sie die Aufmerksamkeit wieder dem großen Becken zu. Die Hexendolche senkten sich und die Sieben schoben die Klingen wieder in die Lederscheiden am Gürtel. Dann streiften sie die Schleier zurück.

Ravenna keuchte. Die Gesichter der Sieben schimmerten wie schwarzes Glas. Nur die Wimpern, die Lippen und der Haaransatz leuchteten in einem frostweißen Licht. Als Viviale das Wort ergriff, dröhnte ihre Stimme, als würden durch sie alle Hexen sprechen.

»In letzter Zeit haben sich im Reich König Constantins und in der freien Stadt Straßburg Dinge ereignet, die wir keinesfalls hinnehmen können.« Ihre Stimme hallte. Das war nicht länger die freundliche, untersetzte Frau, die Ravenna am Abend ihrer Ankunft willkommen geheißen und den Boten ins Tal geschickt hatte. Der arme Mann war unverrichteter Dinge aus Ottrott zurückgekehrt. Im dreizehnten Jahrhundert gab es dort kein Gasthaus zur Rebe.

Ravenna schluckte. Ihr Mund war trocken und sie musste zugeben, dass sie Angst hatte. Sie wusste nicht, worauf dieser Abend hinauslief; niemand hatte sich die Mühe gemacht, sie auf die Ereignisse vorzubereiten. Die anderen Mädchen schwiegen.

»König Constantin hat uns heute von Vorfällen berichtet, die unter den Bewohnern der Stadt Besorgnis erregen: von ertrunkenen Kühen, von einer Linde, die vom Blitz gespalten wurde, und von einer Krankheit, die die Bevölkerung von Straßburg plagt. Das kann nur eines bedeuten: Eine unter uns wirkt schwarze Magie.«

Keines der Mädchen regte sich. Alle, auch die kleinsten Schülerinnen, standen in Reih und Glied wie Strohpuppen auf einem abgeernteten Feld. Ihre Umrisse verschmolzen zunehmend mit der Dunkelheit.

»Die Schuldige wird keinesfalls straflos davonkommen«, bekräftige Viviale noch einmal. »Das Wissen, das wir euch auf diesem Berg vermitteln, und jede Gabe, die ihr selbst mitbringt, können sowohl zum Guten wie zum Schlechten eingesetzt werden – das wisst ihr genau. Und ihr wisst auch, dass die Verantwortung für euer magisches Handeln ganz bei euch liegt. Aber mit dem Eintritt in den Konvent habt ihr eine Wahl getroffen. Ihr habt euch verpflichtet, unsere Gesetze zu befolgen. Und diese Gesetze besagen: Nichts, weder Tier noch Pflanze und erst recht kein Mensch, darf durch euer Tun verletzt werden! Die Mauer, die unseren Konvent umgibt, wurde nicht errichtet, um eine Schwarzmagierin zu schützen.«

Ravennas Herz pochte hart. Ohne es zu merken, hatte sie den Wahlspruch der Sieben lautlos mitgesprochen. Wie oft hatte sie diese Worte von ihrer Schwester gehört? Und obwohl sie mit Sicherheit wusste, dass sie unschuldig war, spürte sie Furcht in sich aufsteigen. Der Zorn der Hexen war schrecklich.

»Wer auch immer sich an Flüchen, Wetterzauber und Teufelsbeschwörungen versucht hat, wird es heute Abend bereuen!«, drohte die Magierin. »Aufgrund ihrer Taten wird die Reichsstadt Straßburg ein hartes Urteil über unsere Schwester Melisende verhängen. Ihre Schuld gilt nun als erwiesen. Niemand wird uns mehr Glauben schenken, wenn wir beteuern, dass sie mit den Vorfällen nichts zu tun hat – wie auch, da die Schadensmagie auf dem Odilienberg gewirkt wurde! Deshalb werdet ihr euch alle einer Prüfung unterziehen.«

Wieder erhoben sie ihre Dolche in einer gemeinsamen Bewegung. Diesmal trafen die Klingen sich waagrecht über dem Becken und bildeten einen scharfkantigen Stern.

»Vatnar goða Morrigan, scavianier ða treowð!«

Mehr als zweihundert Mädchenstimmen sprachen die Worte nach. Kaum waren ihre Stimmen verklungen, als das Wasser im Becken gespenstisch zu leuchten begann. Der Lichtschein hüllte die Hexen ein, fahler als das letzte Glühen der Abenddämmerung im Westen.

»Beginnen wir mit der Wahrheitsfindung!«, rief Viviale. Ihre nächsten Worte waren wie ein Schock. »Den Anfang macht Ravenna.«

»Was – ich?« Die Gerufene schien ihren Ohren nicht zu trauen.

Aber bei mir könnt ihr euch doch sicher sein!, dachte sie entsetzt. Ich stamme doch gar nicht von hier! Und ich habe keine Ahnung von Magie, egal ob schwarz oder weiß!

Die Runde am Becken erwartete sie schweigend. Das Heer der Mädchen stand stumm im Hof. Ravenna begriff, dass sie die ganze Nacht warten würden. Zögernd löste sie sich von dem Baumstamm, an dem sie lehnte.

Auch von nahem erkannte sie die Gesichter der Magierinnen kaum wieder, sie wirkten durchsichtig und dunkel wie Rauchglas.

»Zieh das Obergewand aus«, riet ihr Esmee flüsternd. »Die Schuhe und das Amulett auch.«

Schweigend gehorchte Ravenna und legte das Triskel in die ausgestreckte Hand. In dem weißen Unterkleid aus Leinen kam sie sich wie eine arme Sünderin vor. So musste es gewesen sein, wenn man am Pranger stand.

»Hab keine Angst«, fuhr Esmee ebenso leise fort. Nur sie und die Hexen am Brunnen hörten die Worte. »Wenn du keine Schwarzmagierin bist, wird dir nichts geschehen. Siehst du die drei Stufen dort?« Ravenna nickte. Im kalten Abendwind schlang sie die Arme um sich, als sie die Treppe betrat.

»Steig in das Becken!«, befahl Viviale.

Das meinen die wirklich ernst, dachte Ravenna, während sie auf dem Rand des Beckens balancierte. Sie konnte nicht erkennen, woher das Licht im Wasser kam. Auch auf der Innenseite des Beckens gab es Stufen und die Oberfläche kräuselte sich im Wind.

Na dann, dachte sie. Zuerst tauchte sie ihre Zehen und Knöchel ein, dann die Knie. Das Wasser war kalt und der weiße Unterrock bauschte sich um ihre Hüften.

Das war's dann?, dachte sie, als sie im Becken stand. Als weiter nichts geschah, strebte sie auf die Treppe auf der anderen Seite zu.

Plötzlich spürte sie die Hände der Magierinnen auf ihrem Kopf. Sie hatte kaum noch Zeit, Luft zu holen, ehe die Sieben sie untertauchten. Sie wehrte sich unter Wasser, zappelte und schrie, während sie versuchte, die Hände abzuschütteln. Aber die Hexen hielten sie erbarmungslos fest. Als die Luft knapp wurde, riss Ravenna die Augen auf.

Sie wurde von allen Seiten angestarrt! Riesige, glotzende Augen aus Mosaiksteinen befanden sich auf den Innenwänden des Beckens, aus den hohlen Pupillen fielen Lichtstrahlen auf sie. Täuschte sie das aufgewühlte Wasser oder verfolgten die Augen jede ihrer Bewegungen?

Sie schrie mit der letzten Luft in ihren Lungen, aber das Wasser dämpfte den Hilferuf. Sie verschluckte sich und fing an zu husten. Dann verschwand der Druck auf Kopf und Schultern so unerwartet, wie er gekommen war.

Ausgestreckte Hände halfen ihr aus dem Becken. Zum zweiten Mal an diesem Tag war sie nass bis auf die Haut, und obwohl sie keuchte und würgte, strahlte Aveline sie an. Die Zähne leuchteten aus dem schwarzen Gesicht.

»Sehr gut – sehr gut, Ravenna! Du hast dich wirklich noch nie mit Schadensmagie befasst, nicht einmal in Gedanken. Jede von uns muss in den Augenbrunnen steigen, ehe sie tiefer in das Geheimnis der Magie dringt. Jetzt kannst du deinen Platz in unserer Runde einnehmen!«

Aveline zerrte ihr das klatschnasse Kleid über den Kopf. Zwei oder drei Herzschläge lang stand Ravenna splitternackt vor dem Mond. Dann halfen ihr die Sieben, warme und trockene Gewänder anzuziehen. Zuletzt hakte Aveline den Verschluss ihrer Halskette ein. »Die ist hübsch«, flüsterte sie und berührte die dreifache Spirale mit dem Finger. »Und so was gibt es in deiner Zeit, obwohl keine Hexen mehr da sind?«

Währenddessen tauchten Viviale und die anderen Frauen das nächste Mädchen unter. In einer langen Schlange warteten die Anwärterinnen vor dem Brunnen.

»Du hast auch schon mal ein solches Bad genommen?«, fragte Ravenna leise Aveline, während sie beobachtete, wie die kupferroten Locken des Mädchens auf der Oberfläche schwammen. Mit einem japsenden Atemzug tauchte die Kleine wieder auf. Die Behandlung, die man im Hexenzirkel über sich ergehen lassen musste, gefiel ihr immer weniger, und sie fragte sich, was sie wohl noch alles erwartete.

Aveline lachte. »Natürlich habe ich im Augenbecken gebadet – das haben wir alle! In meinem Fall war allerdings Hochsommer. Und es gab keinen Verdacht auf Hexerei«, setzte sie düster hinzu.

»Was geschieht eigentlich mit einer Magierin, die tatsächlich …«, fing Ravenna an, aber Aveline bedeutete ihr, still zu sein und das Ritual der Wahrheitsfindung nicht länger zu stören.

Schweigend nahm sie ihren Platz an der Südkante des Beckens ein. Ein Mädchen nach dem anderen tauchte ins Wasser und wurde den Blicken der leuchtenden Augen ausgesetzt. Jedes Mal lief Ravenna ein Schauer über den Rücken. Sie war ganz sicher: Die magischen Augen hatten sie angestarrt. Die meisten Schülerinnen wussten, was im Brunnen geschah und wehrten sich nicht, doch es kamen alle schluchzend und schlotternd wieder aus dem Wasser. Esmee und Aveline hüllten sie in weiche Tücher, sprachen einige tröstende Worte und trugen den Mädchen auf, sofort auf ihre Kammern zu gehen und sich umzuziehen. Für sie war der Abend vorbei.

Florence stand auf der Treppe. Die hochgedrehten Haare der jungen Frau waren gelöst, die braunen Zöpfe fielen ihr über das Gewand. An ihrem Gesicht erkannte Ravenna, dass sie Angst hatte.

Gespannt beobachtete sie, wie das Mädchen ins Becken tauchte. Täuschte sie sich oder schien Florence länger unten zu bleiben als die anderen? Fiel es ihr etwa schwer, wieder an die Oberfläche zu kommen? Doch nein, die Spiegelungen auf der unruhigen Wasseroberfläche hatten sie getäuscht. Zwei oder drei Atemzüge später tauchte Florence wieder auf. Das weiße Kleid klebte ihr am Körper. Weinend stieg sie aus dem Becken.

»Ich bin unschuldig!«, stieß sie hervor. »Seht ihr? Ich habe nichts Böses getan!« Ihre Gestalt wurde vom Fackelschein beleuchtet. Die Mondsichel stand noch immer gestochen scharf über den Bergen.

Sie ist erleichtert, dachte Ravenna, während Florence das Leintuch über die nassen Schultern zog und im Laufschritt zum Wohngebäude rannte. Das Mädchen duckte sich schuldbewusst, als sei das Bad im Augenbrunnen gerade noch einmal gutgegangen.

Irgendetwas stimmt hier nicht, dachte Ravenna.

»Die Nächste!«, befahl Viviale. Gelassen betrat Lynette die Stufen. Die Bänder ihres Leinenkleides waren gelöst. Gold glänzte unter dem Stoff. Mit einer entschiedenen Handbewegung hielt Viviale die junge Frau auf. »Die Halskette. Leg sie ab!«

Mit gespielter Entrüstung presste Lynette die Hand auf das Schmuckstück. »Diese Halskette? Sie ist ein Erbstück meiner Familie! Ich trenne mich niemals von ihr, nicht einmal wenn ich ins Bett gehe.«

»Nun, ins Bett sollst du auch nicht gehen, sondern ins Bad«, erwiderte Viviale. »Zieh die Kette aus! Du weißt genau, dass Edelsteine und Metall die Magie verfälschen, und wir wollen uns vollkommen sicher sein.«

Die Hand auf die Brust gepresst, blieb Lynette stehen. Trotzig blickte sie die Sieben an. »Ich bin die Schwägerin eines Königs! Er hat mir diesen Schmuck geschenkt, und er erwartet von mir, dass ich ihn trage. Mehr noch: Er erwartet von mir, dass ich eine große Zauberin und Hexe sein werde, wenn ich an seinen Hof zurückkehre. Meine Antwort lautet also: Nein, ich lege die Halskette nicht ab.«

»Eine große Zauberin und Hexe?«, fragte Josce ironisch. »In welchem Jahr der Ausbildung bist du jetzt?«

»Im siebten.« Stolz hob Lynette das Kinn. »In einem halben Jahr habe ich alles gelernt und werde zur Magierin geweiht.«

»Darauf würde ich nicht wetten«, warf die zierliche Elfe ein. »Vorher musst du nämlich in diesen Brunnen steigen. Und solange das nicht geschehen ist, werde ich dir als deine letzte Ausbilderin niemals bescheinigen, dass dein Abschlussjahr im Konvent erfolgreich verlaufen ist.«

Fordernd streckte Mavelle die Hand nach der Halskette aus. Sie war einen Kopf kleiner als das blonde Mädchen und wirkte schwerfällig mit ihrem schwangeren Bauch. Aber in diesem Augenblick strahlte sie eine Entschlossenheit aus, der sich Lynette schließlich widerwillig beugte. Sie neigte sich nach vorn und hob die Kette mit beiden Händen vom Nacken. Mit einer herrischen Kopfbewegung warf sie die Locken zurück.

»Sieh an, ein Amulett der Schatten«, murmelte Mavelle und hob den Goldschmuck mit spitzen Fingern in die Höhe. Die Halskette endete in einem verschlungenen Knoten, der Ravenna an alte, keltische Muster erinnerte.

»Solche Amulette kosten ein Vermögen«, bemerkte Mavelle. »Dein Schwager muss wirklich außerordentlich von deiner Gabe überzeugt sein, wenn er dir so ein kostbares Geschenk macht. Oder du hast etwas zu verbergen.« Scharf blickte die junge Magierin Lynette an. »Das Amulett der Schatten dient dazu, die Wahrheit zu verschleiern.«

Das Mädchen zuckte die Achseln. »Davon weiß ich nichts. Der Schmuck wurde mir bei der Hochzeit meiner Schwester überreicht. Seither trage ich ihn und es hat mir nie geschadet.«

Josce runzelte die Stirn. »Im siebten Jahr der Ausbildung zur Magierin und du hast noch nie von der magischen Knotenschrift der Druiden gehört? Du musst wirklich miserable Lehrerinnen haben, Lynette. Und jetzt sei so gut und steig endlich ins Wasser. Wir wollen hier fertig sein, bevor die Sonne wieder aufgeht.«

Zögernd tauchte Lynette den großen Zeh ein. Sie fröstelte und warf ihren Freundinnen einen theatralischen Blick zu. Aber die Gesichter der Mädchen wirkten wie versteinert. Endlich wandte sich die blonde Jungmagierin um und stieg mit schnellen Schritten in das Becken. Die Hexen brauchten sie nicht unterzutauchen. Sie breitete die Arme aus und ging von selbst unter, bis sie klein und verzerrt wirkte. Aus dem Wasser heraus blickte sie Ravenna an.

Irgendetwas stimmt hier ganz und gar nicht, dachte diese wieder. Die hässliche Begegnung im Versammlungssaal fiel ihr wieder ein, ebenso erinnerte sie sich an die flüchtige Beschwörung, die Lynette am Morgen gemurmelt hatte, bevor sie unterbrochen wurde. Ravenna musste ihren ganzen Mut zusammennehmen, um neben den anderen Magierinnen am Beckenrand stehen zu bleiben.

Regungslos blickten die Sieben ins Wasser. Die Mädchen, die im dunklen Hof warteten, fingen an zu tuscheln, als sich Lynettes Tauchgang immer mehr in die Länge zog.

»Sie hat Drachenlungen«, stellte Mavelle trocken fest.

»Und eine Drachenzunge bei so viel Bosheit, wie sie versprüht«, brummte Josce. »Keine Angst, Ravenna, dass sie so lange tauchen kann, ist nur ein magischer Trick. Warten wir ab, was geschieht, wenn sie wieder herauskommt.«

Lynette hielt es so lange unter Wasser aus, bis Ravenna allein vom Zuschauen zu ersticken glaubte. Plötzlich zog das Mädchen die Arme an und schoss an die Oberfläche. Gierig schnappte sie nach Luft. Dann stieg sie sofort zum Beckenrand hinauf und hob siegreich die Arme.

Die Wirkung fiel allerdings anders aus als erwartet. Die Mädchen in der vordersten Reihe wichen zurück und fingen an zu kreischen. Im Handumdrehen löste sich die festgefügte Ordnung auf, die Schülerinnen rannten durch den Innenhof wie verirrte Vögel, die unter ein Netz geraten waren.

Für den Rest ihres Lebens sollte Ravenna den Anblick von Lynettes Gesicht nicht mehr vergessen, als sich das Mädchen zu den Sieben umdrehte. Befremden zeichnete sich in ihren Zügen ab, und aus ihren Augen rann schwarzes Blut.

Fast wäre Ravenna vom Beckenrand gesprungen und ebenso panisch wie die anderen Schülerinnen durch den Hof gerannt. Aveline packte sie in letzter Sekunde am Handgelenk und zwang sie, dazubleiben. Währenddessen hob Esmee einen Silberspiegel, den sie am Gürtel trug, und hielt ihn dem Mädchen vors Gesicht. Lynettes Überraschung verwandelte sich in Entsetzen. Aber je mehr sie schluchzte und stöhnte, desto mehr klebrige Tränen flossen ihr aus den Augen, und als sie versuchte, das Blut abzuwischen, verschmierte sie es mit der Hand auf dem ganzen Gesicht.

»Siehst du nun ein, dass man die Wahrheit niemals verbergen kann?«, fragte Viviale ruhig. »Das Blut auf deinem Gesicht stammt von deinen Opfern. Du hast schwarze Magie gewirkt und das Leben von Menschen, Tieren und der alten Ulme am Löwentor zerstört. Außerdem hast du den Zirkel der Sieben verraten. Deine Missetaten werfen nun ihren langen Schatten auf den Konvent.«

»Aber ich habe doch nur ... ich wollte doch ... mein Schwager hat mir befohlen, die Künste der Hexen zu erlernen, damit sein Königreich das mächtigste und siegreichste Land im ganzen Westen wird«, würgte Lynette hervor. Starr vor Entsetzen spreizte das Mädchen die Hände und wusste nicht wohin mit den blutbefleckten Fingern. Bei jeder Bewegung besudelte sie ihr Leinenkleid noch mehr. Keine der Hexen machte Anstalten, ihr zu helfen.

»Als du herkamst, hast du gelernt, für dich selbst zu denken!«, zürnte Josce. »Sieben Jahre lang haben wir dir nichts anderes beigebracht, als dass du für dein Tun die Verantwortung trägst. Nichts und niemand darf verletzt werden – diesen Satz hörst du von deinem ersten Jahr als Anwärterin in der Ausbildung bis zu deinem letzten Tag im Konvent.«

»Und der ist heute«, bemerkte Aveline ohne Mitleid. Sie drückte Ravenna einen der scharfkantigen Dolche in die Hand. Was soll ich damit?, dachte diese erschrocken. Doch nicht etwa ...

Als die anderen Magierinnen ihre Messer zückten, hob sich ihr Arm ganz von selbst. Lynette sank in ihrer Mitte auf die Fersen. Die Spitzen der Dolche zeigten auf ihren nassen Scheitel.

»Was Morrigan gefügt hat, zerschneiden wir nun«, sprach Viviale und die anderen fielen in den Singsang ein. Ihre Stimmen hallten wie aus einem tiefen Brunnen. »Das Band der Freundschaft. Das Band zwischen Lehrerin und Schülerin. Das Band der Sieben.«

Bei den letzten Worten raffte Viviale Lynettes blonde Locken und kürzte sie mit schnellen Schnitten auf Kinnlänge. Die abgetrennten Strähnen fielen auf den Boden. Jede der Sieben trennte eine Locke ab, auch Ravenna. Dann traten die Hexen einen Schritt zurück.

Lynette weinte still vor sich hin, als sie aufstand. Diesmal waren es ihre eigenen Tränen, das Bluten hatte aufgehört. Mavelle gab dem Mädchen das goldene Amulett zurück.

»Nun hast du erreicht, was du wolltest: Du bist wieder ganz auf dich gestellt«, sagte sie. »Geh dich jetzt umziehen und deine Sachen holen! Danach wird Darlach dich bis in die nächste Ortschaft begleiten. Wohin dich dein Weg auch führt, vergiss nie, Lynette: Du bist durchschaut. Falls du jemals wieder versuchen solltest, Schadenszauber zu wirken, wird dir das Blut aus Mund und Nase strömen, bis du daran erstickst.«

Ravenna blickte der jungen Frau hinterher, die langsam und mit gesenktem Kopf zum Wohntrakt ging – allein. Keine der anderen Schülerinnen wagte sich in Lynettes Nähe, und von ihren ehemaligen Freundinnen fehlte jede Spur.

»Es werden immer mehr, die mit den Schwarzmagiern im Bunde stehen«, murmelte Nevere. »Und jetzt sogar eine unserer Schützlinge. Lynette war begabt, aus ihr hätte eine großartige Zauberin werden können.«

Viviale zuckte die Achseln. Der gespenstische schwarze Schimmer auf ihrem Gesicht verblasste allmählich, und sie wirkte bekümmert und müde. »Bedenke, dass wir das Mädchen höchstwahrscheinlich vor größerem Schaden bewahrt haben«, meinte sie, während sie das Haar ins Becken fegte. »Wer weiß, was sie geopfert hat, um uns diesen Streich zu spielen. Denn ein Opfer fordern die dunklen Mächte immer, und mit jedem Mal verlangen sie ein bisschen mehr.«

Gurgelnd lief das Wasser ab. Nun sah das Becken wie ein ganz gewöhnlicher Brunnen aus. Da die Augen nicht mehr unter Wasser lagen, wirkten sie starr und leblos. Die magischen Strahlen waren erloschen.

»Geh ins Bett und schlaf, ehe Esmee dich morgen in aller Früh aus den Federn holt«, riet Aveline Ravenna. »Nach dem Ritt und dem Bad musst du völlig erledigt sein. Du weißt, dass uns für die Vorbereitung zum Turnier nur noch ein einziger Tag bleibt.«

Ravenna nickte. Allerdings, das hatte sie nicht vergessen. Ein einziger Tag, um herauszufinden, wie sie mit dem König der Schwarzmagier fertigwurde.

Bevor sie zum Wohntrakt ging, schaute sie schnell im Stall vorbei und versorgte Willow mit einem Apfel und einigen Streicheleinheiten. Ohne die trittsichere Stute wäre der Ritt zu Constantins Burg sicher weniger glimpflich verlaufen. »Das war wie in dem Märchen von der Stute, die ihren Schweif verlor«, flüsterte Ravenna in das weiße Pferdeohr. »Der betrunkene Reiter wollte den Hexen heimlich beim Tanzen zusehen, aber sie entdeckten ihn. Fast hätten sie den Trunkenbold noch erwischt, aber die Stute war schneller und brachte ihren Herrn sicher nach Hause. Allerdings packte eine Hexe sie am Schweif und riss ihn ihr bis auf das letzte Haar aus.«

Mit geschlossenen Augen schmiegte sie sich gegen die Pferdeschulter. Nach einer Weile glaubte sie, es wäre ihr kleiner Tinkerwallach Johnny, an den sie sich anlehnte, und wenn sie die Augen aufschlug, wäre sie daheim in ihrer Welt, wo es weder Augenbrunnen noch Teufelsbeschwörungen gab, wo man Pferde sorglos nach Hollywoodschauspielern benannte und wo sie nicht die Last eines ganzen Zeitalters auf den Schultern spürte.

»Aber ich habe es den Sieben versprochen, nicht wahr, mein Mädchen? Alle zählen jetzt auf mich, sogar Lucian. Für das Turnier und die Schwertleite bleibe ich noch in der Hexenwelt. Dann kehre ich nach Hause zurück, aber ich werde dich vermissen – ganz bestimmt.«

Nach einem Klaps bückte sie sich unter der Absperrung hindurch und verließ den Stall. Darlach, der am Tor Wache hielt, war ein Freund: Er schmunzelte, als er Ravenna durch den Gang huschen sah, aber er tat so, als habe er ihr Kommen und Gehen nicht bemerkt.

Gähnend stieg sie die Stiege zu ihrer Kammer herauf. Sie spürte jeden Knochen in ihrem Körper und war sogar zu faul gewesen, an der Küche vorbeizugehen, um sich dort eine der kleinen Kerzen zu holen, die Arletta in einem Korb bereithielt. Das Licht reichte immer nur für eine Nacht. Aber Ravenna wollte ohnehin nichts als schlafen. Im Dunkeln stieß sie die Tür zu ihrer Kammer auf.

Lynette saß im Schneidersitz auf dem Bett.

Die Tür fiel ins Schloss und Ravenna sank atemlos dagegen. Ihr Herz pochte so heftig, dass sie meinte, man müsse die Schläge wie einen Gong im ganzen Konvent hören.

»Was machst du denn noch hier? Darlach wartet unten am Tor auf dich«, herrschte sie das Mädchen an.

Lynette lächelte. Auf dem Schoß hielt sie eine jener Wachskerzen, die Ravenna gerade verschmäht hatte. Der Lichtschein fiel von unten auf ihr Gesicht und weckte unangenehme Erinnerungen.

»Darlach ist mir völlig egal. Ich wollte mich von dir verabschieden. Immerhin bist du kaum zwei Tage hier und schon hast du erreicht, dass ich in hohem Bogen aus dem Konvent fliege.«

»Damit habe ich ja wohl kaum etwas zu tun«, meinte Ravenna. Die Kerze verströmte einen süßlichen Geruch nach Honig und Bienenwaben. Sie ging zum Fenster und wollte die frische Nachtluft in die Kammer lassen. Aber der Verschluss klemmte und das Fenster ließ sich nicht öffnen, selbst als sie daran rüttelte.

Missmutig wandte sie sich ihrer ungebetenen Besucherin zu. Von Lynettes jammervoller Verfassung vorhin am Brunnen war nun keine Spur mehr zu sehen. Sie saß mit kerzengeradem Rücken da. Statt des blutbefleckten Untergewands trug sie ein edles

Kleid aus Brokat. Ihr beschämend kurzgeschnittenes Haar war unter einer mit Goldfäden bestickten Kappe verschwunden, und das Amulett der Schatten glitzerte auf ihrer Brust.

»Oh, ganz gewiss hast du etwas damit zu tun«, sagte sie und schwang die Beine von Ravennas Bett. »Deine Anwesenheit gibt diesen Gänsen genügend Selbstsicherheit, dass sie es wagen, eine ihrer begabtesten Schülerinnen zu entlassen. Nun starr mich nicht so feindselig an, ich weiß genau, wovon ich rede. Schließlich war ich fast sieben Jahre hier.«

Lynette stellte sich so dicht vor sie hin, dass Ravenna der aufdringliche Duft der Kerze in die Nase stieg. Spöttisch ahmte Lynette die Stimmen der Sieben nach. »Von nun an bist du ganz allein! Wir schneiden dies und wir schneiden das und wir verstoßen dich, denn die Göttin hat dich nicht mehr lieb. Vielleicht lässt Morrigan dich irgendwann wieder auf ihrem Schoß spielen, wenn du ein artiges Mädchen bist, aber jetzt musst du alleine in die böse Welt hinausziehen. Soll ich dir einmal etwas sagen, Ravenna? Ich bin nicht allein!«

Die letzten Worte brüllte Lynette mit solcher Löwenkraft, dass Ravenna zusammenfuhr. Es ist nur ein magischer Trick, redete sie sich ein, wie die Drachenlunge, durch die Lynette es so lange unter Wasser ausgehalten hatte. Auch die Sieben erscheinen größer und furchteinflößender, wenn sie Magie wirken.

»Es reicht jetzt«, sagte sie und versuchte ihrer Stimme einen entschiedenen Klang zu geben. »Verlass sofort mein Zimmer und den Konvent! Du hast die Sieben doch gehört – du bist nicht länger ihre Schülerin.«

Lynette rümpfte die Nase. »Warst du im Stall? Du riechst danach ... Vielleicht möchtest du heim und hast gehofft, dass das Tor auch heute Nacht offen steht? Aber es geschieht nur einmal, dass wir wählen dürfen – solange wir jung und ahnungslos sind und nicht begreifen, dass wir uns vollkommen in die Hand der Sieben geben. Die Hexen vom Odilienberg sind mächtige Strippenzieherinnen und Intrigantinnen. Hast du schon beobachtet, wie sklavisch ihnen Constantins Männer ergeben sind? So geht es jedem, der sich auf sie einlässt – er wird zu einem Spielball in ihren Plänen.«

Heimlich betastete Ravenna mit der Zungenspitze die Innenseite ihrer Lippe. Sie hatte sich gebissen, als Josce zuschlug. Voller Unbehagen erinnerte sie sich an den Streit in König Constantins Halle.

Lynette umschmeichelte sie unterdessen wie eine Katze. »Möchtest du nicht endlich deine Familie wiedersehen? Weißt du, ich könnte dir helfen. Ich könnte dich zu dem Zeittor führen und dir das Zauberwort verraten, mit dem man es öffnet. Mehr ist es nicht – ein einziges Wort und du bist wieder zu Hause. Du musst mich nur begleiten.«

Einige schmerzhafte Herzschläge lang war Ravenna versucht, der Verlockung nachzugeben. Heim – zu den Eltern und zu ihrer Schwester! Heim ins eigene Bett, in eine Zeit ohne Schwertkämpfe und gruselige Rituale. »Nein«, sagte sie schließlich. »Ich habe den Sieben mein Wort gegeben. Ein Versprechen gilt auch in siebenhundert Jahren noch etwas, Lynette.«

Die blonde Hexe kicherte, als hätte sie die Antwort erwartet. »Ach, wie edelmütig! Glaubst du wirklich, es kümmert die Sieben, was du ihnen geschworen hast? Du weißt doch rein gar nichts über sie! Aber ich werde dir die Augen öffnen. Kennst du das Geheimnis der dreizehnten Fee?«

»W... was?« Allmählich vermochte Ravenna den Gedankensprüngen ihres aufdringlichen Gastes nicht mehr zu folgen.

Mit einem Seufzen schlenderte Lynette an ihr vorbei und legte die Hand auf den Bettpfosten, ehe sie sich umdrehte. »Sie war genau wie die anderen Zwölf«, erklärte sie. »Sie war klug, beredt und sittsam, besaß ausreichend Bildung und verstand es, den Faden auf der Spule stets gleichmäßig zu drehen. Aber man lud sie bei der letzten Schwertleite nicht zum Festmahl ein. Aus Nachlässigkeit? Aus Vergesslichkeit? Oder weil der König wirklich keinen Teller mehr im Schrank hatte? Nein, es geschah aus einem sehr viel einfacheren Grund …« An dieser Stelle blickte Lynette sie an. »Die anderen wollten ihren Einfluss nicht mit ihr teilen.«

Die Kerze brannte ruhig auf dem Nachtschränkchen. Das samtige Licht fiel auf das Kopfkissen, die Wolldecke und die weiß verputzte Wand. Ravenna schwieg.

»Ihr Name war Elinor«, fuhr Lynette fort. »Ja, da staunst du, nicht wahr? Von ihrer ungeliebten Stiefschwester haben dir die Sieben wohl noch nichts erzählt. Als ich auf den Odilienberg kam, stand sie kurz vor der Einweihung zur Magierin und ich hoffte sehr, mein letztes Jahr unter ihrer Obhut zu verbringen. Was hätte sie mich alles lehren können! Sie besaß außergewöhnliche Fähigkeiten und hätte den Konvent weit über die Grenzen seiner bisherigen Bedeutung hinausgeführt. Aber die anderen Frauen haben sie verstoßen. Bei Nacht und Nebel musste Elinor den Konvent verlassen, genau wie ich heute Nacht.«

Gedankenverloren kratzte Lynette mit dem Fingernagel am Bettpfosten. »Kannst du dir vorstellen, dass so etwas geschieht? Ganz sicher – die Menschen werden sich auch in siebenhundert Jahren nicht so sehr verändert haben. Im Fackelschein wirken die Sieben vielleicht mächtig und eindrucksvoll. In Wahrheit sind sie aber genauso wie alle anderen Menschen, mit allen Fehlern, Schwächen und Lügen.«

Das stimmt allerdings, dachte Ravenna. In ihrem Gedächtnis lief immer wieder der Überfall ab, und sie sah den jungen Marlon regungslos in der Wiese liegen, während sich die Sieben im Hintergrund hielten.

»Und wenn schon«, sagte sie müde. »Das alles geht mich wirklich nichts an. Ich erfülle hier meine Aufgabe und dann gehe ich wieder.« Zwei Tage noch, dachte sie. Zwei Tage, dann ist alles vorbei.

»Es ist niemals vorbei«, sagte Lynette leise, als könne sie Gedanken lesen. »Nicht einmal in deiner Welt.«

Sie ging zur Tür. Der Luftzug ließ die Kerze flackern, dann war Ravenna allein. Betäubt starrte sie auf den Eingang. Lynettes Geschichte hatte ihr ins Gedächtnis gerufen, wie sie selbst hierhergekommen war: als Opfer einer Beschwörung. Keine der Frauen hatte ihr gesagt, dass sie einen verhexten Trank zu sich nahm, als sie auf dem blauen Thron saß. Und Josce schlug ihr in Gegenwart des Königs und all seiner Ritter ins Gesicht. Gab es auf dem Odilienberg überhaupt noch einen Menschen, dem sie vertrauen konnte?

Seufzend zog sie die Schuhe aus. Sie wollte sich soeben in die Kissen fallen lassen, als sie plötzlich wieder das Bild der weinenden und blutenden Lynette vor Augen hatte. Und dieses Mädchen hatte auf ihrer Decke gesessen! Nein, sie konnte unmöglich auf derselben Matratze liegen.

Sie schimpfte halblaut vor sich hin, als sie den Hexenmantel aus der Truhe kramte. Das Tuch war so gut wie neu und vollkommen trocken, da sie auf dem Ritt unbedingt ihre rote Regenjacke hatte tragen müssen. Sie wickelte sich in den Umhang und legte sich auf die Strohmatte vor dem Fenster. Die zusammengerollte Jeans diente ihr als Kopfkissen. Dieses Nachtlager war zwar hart und unbequem, aber auf Wanderritten und Zelturlauben hatte sie schon öfter so geschlafen.

Sie seufzte. Wenigstens war sie sicher, nicht von Lynette und den glotzenden Augen im Brunnen der Wahrheit zu träumen. Um sich abzulenken, dachte sie an die letzte Begegnung mit Lucian. War er ihretwegen am Burgtor stehen geblieben, um den Reiterinnen nachzusehen? Fast wünschte sie sich, dass es so wäre. Pass auf oder du verknallst dich wirklich in ihn!, rief sie sich ärgerlich zur Ordnung. Und wie soll es dann weitergehen? Eine Steinmetzin aus dem einundzwanzigsten Jahrhundert und ein junger Ritter – wir würden ja ein schönes Paar abgeben.

Wenige Atemzüge später fielen ihr die Augen zu und sie schlief ein.

Die verbotene Sprache

Straßburg im Jahr 2011

Yvonne suchte eine ganze Weile, bevor sie überzeugt war, dass es wirklich keine Klingel gab. Sie trat einen Schritt zurück, beschattete die Augen mit der Hand und blickte an dem Gebäude empor. Irgendwo in dieser Villa befand sich die Praxis. Es war ein großes Gebäude, dunkelrot gestrichen, während die Fensterrahmen in weißem Marmor abgesetzt waren. Ein Neidkopf blickte vom Giebel auf den Besucher herab, eine wutverzerrte Fratze mit Widderhörnern, Spitzbart und einem Kranz aus Weinranken. Links neben dem Eingang prangte ein Messingschild mit der Aufschrift CC.

Yvonne erschrak, als ein Radfahrer klingelnd und schimpfend an ihr vorbeifuhr. Sie stand mit einem Bein auf der Straße. Entschlossen ging sie wieder unter das Vordach und nahm den Ring des Türklopfers in die Hand. Die Schläge hallten wie in einem langen, gefliesten Flur.

Wenige Minuten später blickte sie zu einem Mann auf, der in grauer Hose und weißem Hemd auf der Türschwelle erschien. Verdammt, warum hat Ravenna mir nie erzählt, wie gut Doktor Corbeau aussieht?, schoss es ihr durch den Kopf.

Durchdringend starrte sie der Hausherr an. »Sie wünschen?«

Sie streckte die Hand aus. »Mein Name ist Yvonne. Und ich habe einen Termin.«

»Sie sind also Ravennas Schwester.«

Belustigt stellte Yvonne fest, dass Doktor Corvin Corbeau die

Angewohnheit besaß, beim Sprechen mit den Fingerspitzen ein Dreieck zu formen. Außerdem hatte er die Beine übereinandergeschlagen und wippte mit dem freien Fuß, was seinen Ledersessel in Schwingungen versetzte. In seinem Blick lag etwas Lauerndes. Typisch Psychologe, dachte sie. Gleichzeitig fiel es ihr schwer, sich dem Bann dieses vollkommenen Gesichts zu entziehen. Corbeau wirkte wie ein schöner, trauriger Engel.

»Und Sie sagen, die Polizei hat noch immer keine Spur von ihr? Tut mir sehr leid, das zu hören.«

Lügner, dachte Yvonne für sich. Es lässt dich doch völlig kalt, was mit Ravenna geschehen ist. Wer weiß, wie viele Patientinnen der Doktor schon betreut hat, die von einem auf den anderen Tag spurlos verschwunden sind.

»Weshalb mischen Sie sich in deren Arbeit ein?«, blaffte sie. »Das Bild in der Zeitung und die Einzelheiten über den Tag, an dem Ravenna ihren Job verlor – das waren Sie. Sie haben diese Informationen an die Presse weitergegeben.«

Unschuldig hob Corbeau die Augenbrauen. »Ach, deshalb suchen Sie mich auf! Die Polizei hatte mich um eine Einschätzung gebeten.« Er zuckte die Achseln. »Ich dachte, vielleicht kann ich helfen, weil ich Ihre Schwester mittlerweile ziemlich gut kenne. Und als dann der Journalist anrief, dachte ich, es wäre in Ordnung, ein wenig mehr Hintergrundinformationen zu liefern. Ich wollte dazu beitragen, dass der Fall aufgeklärt wird.«

»Möglicherweise war der Mann ja gar kein Polizist«, schnaubte Yvonne. »Haben Sie sich den Ausweis zeigen lassen? Hat er einen Namen hinterlassen? Eine Telefonnummer? Und wenn es nun der Kerl war, der den Überfall verübt hat?«

Sie hatte ihn verärgert. Ruckartig stand Corbeau auf und blätterte in dem Terminkalender, der auf dem Schreibtisch lag. Schließlich hielt er eine kleine Karte in die Höhe. »Ich habe sogar noch seine Visitenkarte, für den Fall, dass Ravenna sich bei mir meldet. Kommissar Gress. Hier bitte. Vielleicht wollen Sie ihn auch zur Rede stellen.«

Dankend lehnte Yvonne ab, als er ihr die Karte reichte. »Deshalb bin ich nicht hier.«

»Und warum dann? Um mir Vorwürfe zu machen?« Mit einer nachlässigen Bewegung warf Corbeau das Kärtchen auf den Tisch. Es fiel neben den Briefbeschwerer, eine Glaskugel, in der ein weiteres Prachtstück von Corbeaus Insektensammlung eingegossen war, irgendein riesengroßes Krabbeltier, im flüssigen Glas erstarrt. Yvonne wollte gar nicht genauer hinsehen. Sie musterte den Doktor.

»Ich bin gekommen, weil Sie mir helfen können, meine Schwester zu finden.«

Ratlos öffnete Doktor Corbeau die Hände und lächelte. »Jetzt machen Sie mich neugierig, Yvonne. Gerade eben haben Sie mir erklärt, ich solle mich nicht in die Polizeiarbeit einmischen. Ich wüsste nicht, wie ich Ihnen dienlich sein kann.«

Yvonne holte tief Luft. »Indem Sie mich hypnotisieren. Ich weiß, dass Sie dazu in der Lage sind. Ravenna hat mir erzählt, dass Sie ihr eine Trance-Reise angeboten haben.«

Corbeaus Lächeln verschwand. Auf der Stirn erschien eine zornig pochende Ader. »Sie irren sich, wenn Sie mich für einen Schamanen halten. Wenn Sie Erfahrungen mit Visionen machen wollen, wenden Sie sich besser an einen Medizinmann.«

Er nimmt mich nicht für voll!, ärgerte Yvonne sich. Sie stützte die Ellenbogen auf die Knie. »Mag ja sein, dass das in Ihren Ohren wie Unsinn klingt, aber es gibt da eine besondere Beziehung zwischen meiner Schwester und mir. Ich bin fest davon überzeugt, dass ich sie finden kann.«

»Indem Sie auf Traumreise gehen?« Kopfschüttelnd griff Corbeau nach einem der dicken Nachschlagewerke, die im Regal standen, und kehrte zum Schreibtisch zurück. »Haben Sie das schon der Polizei erzählt, die mit Hunden und Hubschraubern nach Ihrer Schwester sucht?«

»Meinen Sie nicht, dass man jede Möglichkeit ausschöpfen sollte?«, hielt Yvonne dagegen.

Mit einem Knall schloss Corbeau das Buch und musterte sie. Seine Angewohnheit, mit der Kappe seines teuren Füllfederhalters auf den Tisch zu klopfen, machte sie nervös.

»Haben Sie schon einmal daran gedacht, dass Ihre Schwester aus freien Stücken verschwunden ist? Ravenna hatte große Probleme, und zwar nicht erst seit dem Überfall. Sie fühlte sich minderwertig, nutzlos und war oft deprimiert. Manchmal sagte sie zu mir, sie habe das Gefühl, sie sei zur falschen Zeit geboren. Wissen Sie, wann sie das letzte Mal eine Verabredung hatte? Sehen Sie – Ravenna wusste es auch nicht.«

Warum erzählt er mir das?, dachte Yvonne wütend. »Ich dachte, Therapiegespräche sind vertraulich«, fuhr sie ihn an.

»Das sind sie auch. Deshalb bitte ich Sie jetzt zu gehen.« Corbeau stand auf und durchquerte den Raum. Höflich hielt er ihr die Tür auf.

»Bitte«, flehte Yvonne. Sie machte keine Anstalten, aufzustehen. »Ich brauche jemanden, der mich in einen hypnotischen Zustand versetzt. Alleine schaffe ich es nicht.«

Was hatte sie in den letzten vierundzwanzig Stunden nicht alles ausprobiert, um in Trance zu fallen: Von Kakteensaft bis zu indischen Nüssen hatte sie jede berauschende Pflanze zu sich genommen, die ihr in den Sinn kam, was leider wirkungslos blieb und obendrein verboten war. Lange Anrufungen, stilles Fasten und ekstatischen Tanz, ganz abgesehen von dem grauenhaften Spiegelorakel, das so grässlich aus dem Ruder gelaufen war – nichts hatte eine Vision ausgelöst oder ihr einen Hinweis auf Ravennas Aufenthaltsort gegeben.

»Sie verlangen von mir, dass ich Ihnen bei einer Art Weissagung behilflich bin«, stellte Corbeau kopfschüttelnd fest. »Aber ich bin Psychotherapeut, kein Wunderheiler. Als ich Ihrer Schwester eine Hypnose vorgeschlagen habe, ging es um ihr Unterbewusstsein, nicht um eine Geisterbeschwörung. Tut mir leid, aber ich fürchte, Sie verschwenden Ihre Zeit. Ich kann Ihnen nicht helfen.«

Er schien zu erwarten, dass sie nun aufstand und niedergeschmettert aus seiner Praxis verschwand. Doch Yvonne lehnte sich im Sessel zurück. »Ich gehe nicht von hier weg, bis Sie es nicht wenigstens versucht haben«, erklärte sie. Nach einem Blick auf die Standuhr fügte sie hinzu: »Die Sitzung hat gerade erst angefangen. Wir haben also noch mindestens fünfundvierzig Minuten Zeit. Keine Sorge, ich bezahle diese Stunde aus eigener Tasche.« Betont langsam holte sie einige Scheine aus ihrer Geldbörse, glättete sie und legte sie auf den Tisch. »Danach sehen Sie mich nie wieder.«

Durchdringend starrte Doktor Corbeau sie an. »Sie sind die jüngere Schwester, richtig?«, fragte er. »Irgendwelche weiteren Geschwister? Nein? Vergleichbare Krankheitsgeschichten in der Familie?« Als er Yvonnes Verwirrung bemerkte, winkte er ab. »Warten Sie hier.«

Während er in den Nebenraum ging und dort rumorte, sah Yvonne sich in der Praxis um. In dem Sitzungszimmer mit den antiken Möbeln und der tickenden Uhr herrschte eine bedrückende Atmosphäre. Auf den Fensterscheiben spiegelte sich ein Teil des Raums. Von den zahlreichen, in Leder gebundenen Büchern bis zu den Glaskästen voller Insekten wirkte die Einrichtung wie auf einem alten Ölgemälde, und es schien Yvonne, als würde sie ständig beobachtet, auch wenn Corbeau nicht im Raum war. Hier hatte Ravenna also gesessen und einem fremden Mann ihr Herz ausgeschüttet. Wie sollte man davon gesund werden?

Sie stand auf und schlenderte an den Bücherregalen entlang. Die meisten Titel sagten ihr nichts. Sie arbeitete in der Abteilung für Handschriften und alte Drucke, wo sie dafür sorgte, dass zerstreute Kunst- und Archäologiestudenten Stoffhandschuhe überstreiften, ehe sie die kostbaren Dokumente berührten. Mit Psychologie und der Lehre von der menschlichen Seele hatte sie sich noch nie befasst. Oder vielleicht doch?, dachte sie, während sie mit dem Finger ein Lehrbuch aus dem Regal kippen ließ, den Titel las und es wieder zurückstieß. Vielleicht hatte sie nur Studien einer völlig anderen Art betrieben? Was würde Corbeau wohl sagen, wenn sie ihm erklärte, dass sie sich während ihrer Mediationen an eine Art Weltgedächtnis angeschlossen fühlte, in dem sämtliche Ereignisse gespeichert waren, von der ersten bis zur letzten Sekunde? Wahrscheinlich weist er mich umgehend in die Geschlossene Abteilung ein, dachte sie und grinste.

In diesem Augenblick kehrte Corbeau ins Sitzungszimmer zurück. Schuldbewusst zog Yvonne das Schiebefenster des Kastens zu, der eine Auswahl riesengroßer, gehörnter Käfer enthielt. Die Tiere wirkten überaus lebendig, so als könnten sie jeden Augenblick aus ihrem durchsichtigen Gefängnis entkommen. »Tut mir leid. Ich wollte nicht … ich dachte nur … ach, ich bin einfach krankhaft neugierig.«

Corvin Corbeau gönnte ihr ein schmallippiges Lächeln. »Zwanghaftes Kontrollverhalten. Dagegen gibt es tatsächlich eine Therapie. Wenn Sie mir jetzt bitte folgen wollen.«

Yvonne ging mit ihm in den Nebenraum. Der Doktor hatte sich umgezogen, stellte sie fest. In der bodenlangen schwarzen Robe, die seinen Oberkörper eng umschloss, wirkte er wie ein Druide. Seine Sohlen verursachten beim Gehen keinerlei Geräusch und die Bewegungen wirkten konzentriert. Er bedeutete Yvonne, Schuhe und Strümpfe auszuziehen und den Gürtel zu lockern.

Eine innere Spannung erfasste sie. In den Nebenraum drangen keine Geräusche von außen. Ein Zimmerbrunnen plätscherte und es roch schwach nach Sandelholz. Die Rollos ließen nur gedämpftes Licht ein. Auf dem Parkett bildeten große, weiße Steine einen Ring, in dessen Mitte eine Matte lag. Corbeau bedeutete Yvonne, sich dort auf den Rücken zu legen. Also doch ein Schamane, dachte sie zufrieden. Sobald sie eine bequeme Haltung eingenommen hatte, fühlte sie sich vollkommen gelöst. Die durchwachte Nacht steckte ihr in den Knochen und sie musste sich zusammenreißen, um nicht zu gähnen.

Im Schneidersitz nahm Corbeau am Kopfende der Matte Platz. »Ich werde Sie jetzt auf die Hypnose vorbereiten. Anschließend befolgen Sie einfach meine Anweisungen, dann geht es ganz leicht.«

Yvonne nickte. Sie entspannte sich, als ihr Corbeau das Haar aus dem Gesicht streifte. Dann hielt er ein Pendel aus Silber über ihr Gesicht. Es war wie eine Hand geformt, die in die Tiefe zeigte. Seine Stimme klang tief und voll.

»Yvonne, du wirst jetzt dieses Pendel beobachten. Sieh, wie es über dir kreist ... du spürst deinen Herzschlag ... er wird langsam ... und noch langsamer ... dein Atem fließt ganz ruhig ... sieh auf das Pendel ... es dreht sich ... und dreht sich ... es windet sich ... wie eine Treppe, auf der du in die Tiefe steigst ...«

Die Augen fielen ihr zu. Im Geiste stand sie wirklich auf einer Treppe, die in einen gemauerten Schacht hinabführte. Neugierig begann sie in die Tiefe zu steigen ... tiefer ... und immer tiefer, wie Corbeaus Stimme ihr befahl. Schließlich gelangte sie auf den Grund des Schachts. In der Mauer lag eine Tür aus Eisen. Die Stimme forderte sie auf, den schweren Riegel zurückzuziehen und die Tür aufzustoßen. Sie mühte sich eine Weile mit dem verrosteten Schieber, ehe es gelang.

»Was siehst du?«, fragte Corbeau.

»Einen Raum mit einem Kreuzgewölbe«, erwiderte Yvonne, tief in Trance. Ihre Stimme hallte unter der hohen Decke, die von einer Öllaterne beleuchtet war. An einem Tisch in der Mitte saßen vier Männer. Sie trugen Kappen aus Samt und ihre Mäntel waren mit Hermelin verbrämt. Als Yvonne eintrat, unterhielten sie sich leise. Dann richteten sie die Aufmerksamkeit auf sie. Einer der Männer stand auf.

»Herrin Melisende, man hat Euch nun endgültig der Schadenszauberei überführt«, sagte er ruhig. »An der Ulme beim Löwentor wurde ein Bezoar gefunden.« Bei diesen Worten deutete er in eine Ecke des Raums. Yvonne drehte sich um. Dann zuckte sie heftig zusammen. Ein Junge von vielleicht zehn Jahren kauerte an der Wand. Er stöhnte, sein Hemd und seine Haare waren blutig. Eiserne Schellen ketteten seine Arme an einen Ring in der Mauer.

»Was ist denn hier los?«, fuhr Yvonne auf. Von Corbeau kam keine Antwort. Ihr Herz klopfte heftig, als sie sich wieder zu dem Richtertisch umdrehte.

»König Constantin hat uns die Echtheit des Steins bestätigt, auch wenn er seine vorschnelle Antwort hinterher bereute«, fuhr der Mann fort. »Wir wissen, dass dieser Junge – Remi – mit Euch gemeinsame Sache machte, denn er konnte den magischen Stein in der Hand halten, ohne dass er Schaden erlitt. Das bedeutet, dass auch er der Schwarzen Magie mächtig ist. Leugnen hat nun keinen Zweck mehr. Gesteht Ihr endlich ein, eine Hexe zu sein?«

»Aber … ich suche doch nur meine Schwester. Wo bin ich überhaupt?« Yvonne erschrak, als sie merkte, dass sie auf die Frage des Richters antwortete. Sie war als Beobachterin hier und durfte sich nicht zu sehr in die Vision ziehen lassen. Hoffentlich hat Corbeau alles im Griff, dachte sie.

»Ihr seid im Hexenturm zu Straßburg, wo Ihr hingehört!«, zischte einer der Männer. Ein Buckel erlaubte ihm nicht, sich aufrecht hinzusetzen, und er starrte sie hasserfüllt an. »Ja, starrt mich nur an! Weidet Euch an meiner Hässlichkeit! Dass ich entstellt bin und mir mein Brot nicht mehr selbst verdienen kann, habe ich Euch zu verdanken! Ihr habt meine Rösser verhext, so dass sie scheuten und ich von meinem eigenen Bierwagen überrollt wurde.«

Ein Hexenturm zu Straßburg?, dachte Yvonne bestürzt. Ihr war kein derartiges Bauwerk bekannt. Sie würde Ravenna fragen müssen, ob es so einen Turm wirklich gegeben hatte, denn als Steinmetzin kannte sie sich in der Stadtgeschichte besser aus.

»Meine Schwester – wo ist sie?«, fragte sie den Buckligen.

»Da hört Ihr es wieder! Sie wagt es, die Hohe Richterschaft zu verspotten!«, zischte der verunstaltete Bierbrauer. »Machen wir diesem Treiben ein Ende! Sprechen wir endlich das Urteil über Melisende vom Hexenberg und verbrennen sie gemeinsam mit Remi.«

Der Junge wimmerte. Voller Mitleid und Entsetzen entdeckte Yvonne, dass sein rechtes Auge zugeschwollen war. »Was hat euch denn dieses arme Kind getan?«, herrschte sie die Männer an. »Habt ihr ihn so zugerichtet? Was seid ihr nur für abscheuliche Kerle! Wegsperren sollte man euch! Komm her, mein Kleiner, und lass mich … aaaja!«

Als sie den Jungen tröstend in den Arm nehmen wollte, fauchte er sie an und schlug ihr die Zähne in die Hand. Vor Schmerz schrie Yvonne auf. Remi wich bis in den hintersten Winkel zurück und starrte sie aus weit aufgerissenen Augen an. Vor ihr schien er noch mehr Angst zu haben als vor seinen Peinigern.

Betroffen blickte Yvonne auf die Stelle, wo er sie gebissen hatte. Der Abdruck seiner Zähne und der Schmerz in ihrem Handballen waren echt – viel echter, als es in einer Trance möglich war.

»Was geschieht mit mir?«, fragte sie laut, aber Corvin Corbeau schien sie nicht zu hören. Von ihm kam keine Antwort.

»Ihr steht vor Gericht.« Mit dem grauen Bart, den grauen Augenbrauen und dem traurigen Blick wirkte der Mann, der jetzt redete, als bereue er, überhaupt an diesem Richtertisch zu sitzen. »Ich bin der Hexenbanner, den die Stadt bestellt hat, um Eurem Treiben ein Ende zu setzen. Ihr seid angeklagt, den Menschen in Straßburg Schaden zugefügt zu haben.«

»Aber das ist doch lächerlich«, fuhr Yvonne auf.

Der Bucklige zeigte mit dem Finger auf sie. »Da hört Ihr es! Das Weib ist völlig verstockt. Seit Wochen weigert sie sich, sich zu ihrer Schwarzen Gabe zu bekennen. Lasst uns endlich zu anderen Mitteln greifen, damit wir die Wahrheit erfahren.«

»Immer langsam«, mahnte der Graubart. »Geben wir Herrin Melisende noch eine Gelegenheit, sich zu besinnen! Immerhin war sie eine der Sieben und Trägerin eines magischen Siegels. Kommt näher!«

Er winkte Yvonne. Erschrocken stellte sie fest, dass sie an den Richtertisch trat. Aber in welcher Verfassung war sie! Nackt bis auf ein Hemd aus grobem Leinen, das ihr gerade bis zu den Knien reichte, schämte sie sich plötzlich, den Blicken der Ankläger ausgesetzt zu sein. An ihren Füßen klebte schmutziges Stroh.

»Das muss ein Irrtum sein. Ich ... ich glaube, ich habe mich verirrt. Ich bin auf der Suche nach meiner Schwester.« Hektisch wandte sie sich zum Gehen, aber die eiserne Tür war verschwunden.

Yvonne erschrak. Verdammt, was war hier los? »Ich glaube, das ist nicht die richtige Trance«, sagte sie und hoffte, dass Doktor Corbeau ihre Worte diesmal nicht als Teil ihrer Vision deutete. »Vielleicht sollten wir mit der Hypnose noch einmal von vorne beginnen.«

Hastig vollführte einer der Richter eine Schutzgeste. »Die Haft im Hexenturm hat ihren Geist verwirrt«, murmelte er. »Vor lauter Angst und Hunger weiß sie nicht mehr, was sie redet.«

»O nein, es ist das Hexenwissen, das ihren Verstand verdirbt«, giftete der Bucklige. »So versteckt sie vor uns, was sie eigentlich gestehen sollte.« Anklagend wandte er sich an Yvonne. »Gebt zu, dass Ihr mit offenen Haaren zwischen den Sommersteinen getanzt habt. Anschließend lagt Ihr bei einem Mann!«

»Das war ... das geschah doch nur einmal.« Stotternd gab Yvonne den Vorfall zu und ärgerte sich anschließend über sich selbst. Es war eine laue Nacht gewesen und sie hatte mit einigen Freunden in den Rheinauen gefeiert. Was war denn schon dabei?

Der Bucklige schrie jedoch auf, als hätte man ihm einen glühenden Nagel ins Auge gestoßen. Wieder zeigte er mit dem Finger auf sie. »Da hört Ihr es! Ihr hört es! Sie ist eine Hexe. Dann ist es also auch wahr, dass Ihr zu Neumond Blumen, Blut und ein Leben geopfert habt, um im Spiegel die Wahrheit zu sehen?«

Bitte, dachte Yvonne, nicht schon wieder diese Geschichte! Nicht schon wieder diese Schuldgefühle! Niemand bereut mehr als ich, dass meine arme Katze tot ist. Sie schloss die Augen und presste die Hand auf die Stirn. Warum gelingt es mir denn nicht, aufzuwachen? Das hier ist schlimmer als ein böser Traum.

Jemand packte sie am Handgelenk und bog ihr den Arm auf

den Rücken. Der Junge wimmerte wieder. »Sie versucht, das dritte Auge vor uns zu verbergen – ihre Sehergabe! Aber du irrst dich, Weib, wenn du glaubst, dass du uns durch Arglist täuschen kannst. Wir bringen deine Schandtaten ans Licht.«

»Aufhören!«, stöhnte Yvonne. »Bitte aufhören!« Auch der zweite Arm wurde ihr nach hinten gedreht und sie spürte, wie ein Strick um ihre Handgelenke geschlungen wurde. »Ich heiße Yvonne und nicht Melisende. Ich bin auf der Suche nach meiner Schwester, die seit ein paar Tagen verschwunden ist. Doktor Corbeau? Doktor Corbeau! Holen Sie mich zurück! Irgendetwas läuft völlig schief!«

Die letzten Worte schrie sie aus vollem Hals. Wie eine Ertrinkende klammerte sie sich an einen Erinnerungsfetzen, der ihr sagte, dass sie irgendwo in der Petite France auf dem Parkettboden einer Praxis lag und eine Traumreise machte. Aber in was für eine Horrorvorstellung war sie da geraten!

»Sie ruft nach ihrem Verbündeten! Sie ist eine Teufelsbuhle!« Schaudernd wandte der Bucklige sich von ihr ab. Der Junge schluchzte leise und versteckte sein Gesicht in der Armbeuge.

»Erzähl mir von dieser Schwester.« Aufmerksam beugte sich der Graubart zu ihr. »Ist sie wie Ihr? Besitzt sie auch übernatürliche Kräfte? Kräfte der Art etwa, die ihr erlauben, die magischen Tore zu durchqueren?«

Alle Alarmsirenen in Yvonnes Kopf schrillten. So benebelt sie vor lauter Angst war – sie begriff, dass sie Ravenna in höchste Gefahr brachte, sobald sie noch ein weiteres Wort sagte. Warum brach dieser verdammte Corbeau die Hypnose nicht endlich ab?

»Ich habe nichts weiter zu sagen«, stieß sie hervor.

Ein Ausdruck des Bedauerns huschte über das Gesicht des Graubärtigen. »Wollt Ihr denn wirklich nicht reden? Damit wären wir gezwungen, die gütliche Befragung abzubrechen und andere Maßnahmen zu ergreifen.«

Stumm schüttelte Yvonne den Kopf. Der Mann mit dem grauen Bart beugte sich zu den anderen Richtern vor und sie berieten sich halblaut. »Da Ihr nicht reden wollt, sind wir gezwungen, die Befragung zu verschärfen«, erklärte der Graubart schließlich. Er gab dem Mann, der hinter Yvonne stand, einen Wink. Trotz ihrer Gegenwehr schleifte man sie zu einer hölzernen Bank.

»Ich weiß nicht, wo Ravenna ist!«, brüllte Yvonne aus Leibeskräften. »Wenn ich es wüsste, wäre ich doch nicht hier! Ich suche sie, die Polizei sucht sie, ganz Straßburg sucht nach ihr. Und jetzt will ich wieder zurück!«

Ihre Knie zitterten. Der kalte Boden unter ihren Füßen, der grobe Stoff und der Gestank in diesem Raum – das alles war viel zu real und zu schrecklich, um bloß ein Traum zu sein. Ich bin in eines meiner früheren Leben geraten, dachte sie. Oder in das einer meiner Vorfahrinnen. Was passiert nur mit mir, wenn ich in diesem Alptraum sterbe? Sterbe ich dann in Wirklichkeit auch?

Der Junge Remi stieß schrille Schreie aus, ehe ihn ein Schlag auf den Kopf zum Schweigen brachte. So muss es gewesen sein, durchzuckte es Yvonne. Genau so – die armen Frauen redeten völlig umsonst gegen den Irrsinn ihrer Henkersknechte an, und es gab nichts, was ihnen helfen konnte. Ganz gleich, ob sie logen oder beim Leben ihrer Kinder auf die Wahrheit schworen: Die Überzeugung, dass sie Hexen waren, hatte sich schon vor dem Verhör in den Köpfen der Richter festgesetzt.

Als sie auf der Bank lag, zwang sie sich, langsam und ruhig zu atmen. Dann dachte sie an Mémé. Du hast es verboten, sagte sie im Stillen zu ihrer Großmutter. Seife ist besser als Feuer, hast du gesagt und ich verstehe dich jetzt. Aber möglicherweise ist die verbotene Sprache jetzt meine einzige Rettung.

»Baðor«, schrie sie und im nächsten Augenblick regnete es Fledermäuse von der Decke. Zu Hunderten fielen die Tiere aus dem Halbschatten, umschwirrten den Richtertisch und und erfüllten die Luft mit ihren nadelspitzen Schreien.

Remi kreischte vor Entsetzen noch lauter als die Männer. Wie ein Irrer warf sich der Junge hin und her und trat mit den Füßen nach den Fledermäusen, die ihn umflatterten. Der Bucklige stieß den Tisch um und verkroch sich dahinter. Der Grauhaarige sah Yvonne vollkommen ruhig an. Da wusste sie, dass er von allen Richtern der Gefährlichste war und ein vernichtendes Urteil über sie sprechen würde.

»Lyeinier!«, befahl sie. Die Knoten lösten sich und die Stricke fielen zu Boden. Dennoch konnte sie nicht aufstehen, sie lag auf dem Rücken und bekam kaum Luft. Langsam erhob sich der alte Graubart und streckte ihr ein umgedrehtes Pentagramm entgegen.

»Sie ist enttarnt! Sie hat dieses Höllengetier gerufen und sich selbst von den Banden befreit! Melisende ist eine Hexe.«

»Fleoge chaim!«

Die Wolke aus Fledermäusen zerstob. Gleichzeitig spürte Yvonne, wie sie in die Luft gehoben wurde und schwebte ... oder fiel ... sie fiel wie in einem Traum, in dem man vom Fallen träumt.

Ihr Körper zuckte. Sie ruderte wild mit ihren Armen und Beinen, aber es gelang ihr nicht, den freien Fall zu bremsen. Kurz vor dem Aufprall riss sie die Augen auf.

Sie lag wieder in dem abgedunkelten Meditationsraum mit dem Zimmerbrunnen und dem weißen Steinkreis. Ihre Brust hob und senkte sich unter heftigen Atemzügen. Ihre Bluse war schweißgetränkt und in der Bauchhöhle kribbelte es, als würde sie sich immer noch im freien Fall befinden.

Zittrig setzte sie sich auf. So echt, wie die Matte, der Parkettboden und ihre lackierten Zehennägel waren, so wirklichkeitsgetreu war auch ihr Aufenthalt im Verlies des Hexenturms gewesen. Sie drehte sich um. Corbeau kauerte hinter ihr auf einem Hocker. Die Ellenbogen ruhten auf den Knien und die aneinandergepressten Finger zeigten nach unten. Sein Gesicht wirkte düster und glänzte vor Schweiß.

»Kann ich ein Glas Wasser haben?«, fragte Yvonne heiser.

Schweigend erhob der Doktor sich und verließ den Raum. Sie

nutzte die Gelegenheit, um sich aufzurappeln. Als sie sich aufstützte, durchzuckte sie ein Schmerz, und sie fuhr zusammen. Betäubt starrte sie auf ihre Hand. Auf dem Ballen zeigte sich noch immer der blaurote Abdruck von Remis Zähnen.

Ich war dort!, dachte Yvonne entsetzt. Ich war wirklich dort. Aber wie ist so etwas möglich? Und was wird nun aus dem armen Jungen? Und aus der Frau, durch deren Augen ich den Schrecken erlebt habe?

Ihre Finger zitterten so sehr, dass sie kaum den Reißverschluss der hochhackigen Stiefel zubekam. Als der Therapeut zurückkehrte, bemühte sie sich, ihre Aufregung zu verbergen. Sie nahm ihm das kalte Glas aus der Hand und trank gierig.

Endlich brach Corbeau sein Schweigen. »Sie besitzen eine außerordentlich starke Begabung für Hypnose. Es war mir nicht möglich, Sie zurückzuholen.« Seine Überheblichkeit war verschwunden, er wirkte tief beeindruckt.

Vielleicht liegt es auch an zu wenig Schlaf und zu viel halluzinogenen Drogen, dachte Yvonne. Locker ballte sie die Faust, bis die Finger die schmerzende Stelle berührten. Mit dem Handrücken fuhr sie sich über den Mund. »Wie lange war ich denn weg?«

»Über drei Stunden. Sie lagen regungslos da, als hätten Sie Ihren Körper verlassen, und Ihre Gliedmaßen waren eiskalt. Ich dachte schon, ich müsste den Notarzt holen. Aber dann sprachen Sie … Satzfetzen in einer merkwürdigen Sprache. Einer Sprache, die ich schon lange nicht mehr gehört habe.«

Da war er wieder, der lauernde Blick. Yvonne hob ihre Jeansjacke auf und sah sich nach ihrer Handtasche um. »Drei Stunden? Dann wird es höchste Zeit für mich. Ich muss gehen.«

Beunruhigt folgte Corbeau ihr durch die Praxisräume. Er erinnerte sie an einen Wolf, der Witterung aufgenommen hatte. »Ich habe da einige Studenten, die sich mit Trance und Hypnose befassen. Wenn Sie bereit wären, sich ihnen für eine Sitzung zur Verfügung …«

»Nein.« Bloß nicht, dachte Yvonne. Nie wieder wollte sie einen Blick in dieses Turmverlies werfen und fühlen, was diese arme Frau und der Junge durchgemacht hatten. Oder sie selbst in einem früheren Leben.

Doktor Corbeau folgte ihr ins Besprechungszimmer. Sie schnappte sich die Tasche, die noch auf dem Stuhl lag. Wenn sie Ravenna wiedergefunden hatte, würde sie ihr dringend raten, sich einen anderen Psychotherapeuten zu suchen, am besten eine verständnisvolle, einfühlsame Frau.

»Sie müssen nicht viel tun.« Corbeau ließ nicht locker. »Erzählen Sie meinen Studenten von dem Erlebnis heute. Anschließend stellen Sie sich für eine Hypnose zur Verfügung. Nur eine oberflächliche Trance, zu Übungszwecken.«

»Ich bin kein Versuchskaninchen. Warum lassen Sie sich nicht selbst hypnotisieren?«

Mit klappernden Absätzen eilte sie die Glastreppe hinunter und betrat das Erdgeschoss. Sie konnte die Villa nicht schnell genug verlassen.

Corbeau folgte ihr in die Halle. Er seufzte resigniert und öffnete ihr die Tür. »Ehe ich es vergesse: Haben Sie eigentlich einen Hinweis auf den Aufenthaltsort Ihrer Schwester erhalten?«, fragte er.

»Wie man es nimmt«, entgegnete Yvonne. »Nicht auf den Ort, sondern auf die Zeit.«

Auf dem Weg zu ihrem Lieblingscafé amüsierte sie sich im Stillen über Corbeaus verdutzte Miene, als er den letzten Satz hörte. Zuletzt hatte sie ihm doch noch eines ausgewischt, nachdem er sie während der Hypnose so kläglich im Stich gelassen hatte. Sie wählte einen Tisch im Schatten unter der gelben Sonnenmarkise, bestellte Eieromelette mit Salat und holte ihr Notizbuch aus der Tasche. Nachdenklich kaute sie auf dem Stift. In dieses Buch trug sie alles ein, was ihr auf ihrer Suche nach den Geheimnissen der Magie begegnete, einer Suche, die nun schon etliche Jahre andauerte.

Wie sollte sie in Worte fassen, was heute in der Villa an der Place des Meuniers geschehen war? Nachdenklich betrachtete sie den geschwollenen Handballen. Plötzlich hatte sie das Gefühl, ein außerordentliches Geschenk erhalten zu haben, ein Geschenk magischer Natur. Sie hatte einen Blick durch ein Tor getan. So hatte es der Hexenbanner ausgedrückt: ein magisches Tor.

Gedankenverloren machte sie Platz, als ihr die Bedienung Besteck und einen dampfenden Teller brachte. Den ersten Bissen kaute Yvonne mit geschlossenen Augen. Nach dem langen Fasten schmeckte das Omelette unglaublich köstlich. Dann schlug sie das Büchlein auf und fing an zu schreiben.

Die Maikönigin
Odilienberg im Jahr 1253

Diesmal war Ravenna die Erste im Schulungsraum. Noch vor ihrer Ausbilderin traf sie in dem Saal mit den hohen Bogenfenstern ein, den ihr eines der Mädchen als Raum der dritten Magierin beschrieben hatte. Unruhig strich sie an den Werkbänken entlang und betrachtete die halbfertigen Stücke, die dort lagen. Offenbar beherrschte Esmee die Kunst des Goldschmiedens und würde sie in dieses Handwerk einweisen.

Ravenna freute sich auf die Lehrstunde. Mit den Händen zu arbeiten und aus Werkstoffen Dinge zu formen, lag ihr weit mehr als trockenes Auswendiglernen. Neben dem Pferdestall in Ottrott hatte ihr Vater eine kleine Schmiede eingerichtet, wo er Sensen dengelte, Ersatzteile für die landwirtschaftlichen Maschinen fertigte und ab und zu auch ein Hufeisen zurechtbog, das der Wallach beim Sprung über einen Graben verloren hatte. Oft hatte sie mit ihm zusammengearbeitet und ihm beim Hämmern und Schweißen über die Schulter geschaut.

»Oh, du bist schon da!«, sagte Esmee beim Eintreten. »Das ist gut, denn dann können wir gleich anfangen.«

Ravenna beobachtete verstohlen, wie die Magierin von Beltaine die dunklen Locken im Nacken hochsteckte. Die schaukelnden Ohrringe verliehen ihr einen verwegenen Ausdruck und das merkwürdige Schillern der Haut erinnerte sie an eine Meerjungfrau. Oder eine irische Fee.

Die Zauberin lächelte, als sie merkte, dass sie beobachtet

wurde. »Komm, Ravenna, heute weise ich dich in die Kunst der Verführung ein«, sagte sie.

Ravenna wurde rot bis unter die Haarwurzeln. »Aber ich ... ich dachte ...« Ihr Blick glitt über die Ansammlung an Hämmerchen und Zangen, den Golddraht, die verschiedenen Verschlüsse, die halbfertigen Spangen, Gewandnadeln und Gürtelschnallen.

Esmee lachte. »Die Herstellung der Amulette ist etwas für geschickte Finger im dritten Jahr der Ausbildung. Nein, du sollst heute lernen, wie man Gegenstände bespricht, damit sie eine besondere Wirkung auf den Betrachter entfalten. Gib mir bitte deine Halskette.«

Langsam öffnete Ravenna den Verschluss. Esmee hielt das Triskel ans Fenster, drehte es im Licht hin und her und bog es schließlich zwischen den Fingern. »Gut gemeint und schlecht gemacht«, urteilte sie. »Aber es spielt keine Rolle, wie sorgfältig der Kunstschmied war. Wichtig ist nur die Absicht, die mit dem Gegenstand verbunden ist.«

Ravenna nickte. »Das Triskel war als Schutzzauber gedacht«, sagte sie.

Esmee lächelte. »Wenn du die heutige Lektion gelernt hast, kannst du sogar diesen Anhänger in einen Gegenstand voll magischer Macht verwandeln«, erklärte sie, während sie Ravenna das Triskel zurückgab.

Ravenna schluckte. Der Bannkreis fiel ihr wieder ein, den ihre Schwester mit ihren Freundinnen um die Dachwohnung hatte ziehen wollen. Endlich begriff sie den tieferen Sinn hinter Yvonnes Absichten. Ihre Schwester meinte es nur gut mit ihr, doch sie hatte sich unmöglich benommen. Sie senkte den Kopf und fingerte absichtlich ungeschickt an dem Verschluss herum, damit Esmee den Ausdruck auf ihrem Gesicht nicht sah.

Sie hatte schlecht geschlafen. Anfangs hatte sie von Lucian geträumt, doch sein Gesicht war immer wieder verblasst, um einem schwarzen Reiter mit loderndem Helmbusch Platz zu machen. Sogar im Traum war das Gefühl von einer drohenden Gefahr so mächtig, dass Ravenna sich unruhig hin und her warf. Als sie dann am Morgen auf dem Boden erwachte, fühlte sie sich zerschlagener als am Abend zuvor.

Esmee öffnete die Tür und rief nach ihrem Ritter. Als Darlach eintrat, trug er ein Kissen, auf dem drei Gegenstände lagen: ein grünes Kleid, eine Hülle aus rotem Samt und ein Schwert. Der Ritter sank vor der dunkelhaarigen Zauberin auf ein Knie, überreichte ihr das Kissen, und sie küsste ihn zum Dank.

Wie sklavisch die Ritter den Hexen ergeben sind ... Lynettes böse Worte hallten in Ravenna nach. Und es stimmte: Sie hatte noch nie einen Mann getroffen, der seiner Geliebten so hingebungsvoll diente. Gleichzeitig wirkte Darlach aufrecht und gelassen, ein freier Mann, der Herr über sich selbst war. Beim Hinausgehen schenkte er Ravenna ein Lächeln.

Eine Welle der Angst überkam sie. Morgen war der Tag des Turniers, der Tag, an dem sich die Zukunft des Hexenkonvents entscheiden würde. Alles hing von ihr ab, doch sie fürchtete, dass sie diese Prüfung nicht bestehen würde.

»Ravenna.« Sanft legte Esmee ihr die Hand auf den Arm. »Mein armes Kind, glaubst du, ich weiß nicht, wie sehr du dich fürchtest? Mir ging es nicht anders, als ich in deinem Alter war. Ich dachte damals, ich würde nie hinter das Geheimnis der Siegel kommen und begreifen, wie man sie benutzt. Du musst wissen, dass der Strom der Magie eines Tages völlig unerwartet zu fließen begann. Niemand hatte mit diesem Ereignis gerechnet und es dauerte lange, ehe die Druiden und Magierinnen der damaligen Zeit begriffen, was geschehen war. Seitdem gibt es einige Männer und Frauen, die an diesen Strom angeschlossen sind. Er fließt sozusagen durch sie hindurch. Wir nennen es die Gabe.«

Bei diesen Worten blickte Esmee sie forschend an. Ravenna nickte wie eine gehorsame Schülerin, doch es fiel ihr schwer, sich vorzustellen, wovon die Zauberin sprach. Noch schwerer fiel es ihr, zu glauben, dass sie selbst von diesem Fluss der Magie durchströmt wurde. Woher kam dieser Strom? Was hatte ihn ausgelöst? Und wieso traf er ausgerechnet sie?

Vergeblich erwartete sie eine Antwort auf diese Fragen.

»Wir haben lange Zeit erforscht, welchem Zweck der Strom dient«, erklärte Esmee. »Alles, was wir feststellen konnten, ist, dass er an einem Punkt entspringt, den wir den Pol des Tages nennen.« Ihre Hand deutete zur Decke. Gemeint war jedoch der Himmel dahinter, begriff Ravenna nach einem kurzen Augenblick. »Und er versiegt an einem entgegengesetzten Punkt.«

»Dem Pol der Nacht«, mutmaßte Ravenna.

Die Zauberin nickte. »Alles dazwischen liegt im Spannungsfeld des Stroms. Mit der Zeit begannen wir den Fluss der Magie zu erforschen und seine Wirkungsweise besser zu verstehen. Die Siegel wurden entwickelt, um den Strom sichtbar zu machen und ihn zu lenken. Bald fanden wir heraus, dass das nur zu bestimmten Zeiten im Jahr möglich ist.«

Ravenna nickte. Von ihrer Schwester wusste sie, dass die Hexen sich an einen strengen Zeitplan hielten, der an die Sonnenstände und die Mondphasen gekoppelt war.

»Zwei große Gefahren sehen wir: Zum einen, dass die Magie versiegt. Berichten zufolge herrschte ein Zeitalter der Dunkelheit auf der Welt, bevor der Strom zu fließen begann. Das Zeitalter der Drachen wird es von manchen genannt und nicht wenige Hexen befürchten, dass es wiederkehrt, sobald die Magie nicht mehr fließt. Zum anderen wurde klar, dass nicht alle Menschen gleichermaßen an der Gabe teilhaben. Bald gab es Neider, dunkle Zauberer, die einen Teil der Magie für sich abzweigen wollten«, fuhr Esmee fort. »Da sie keine natürliche Gabe besitzen, versuchen sie es mit Gewalt. Es gelingt ihnen, indem sie ein Opfer bringen, denn jedes Mal, wenn irgendwo Schmerz oder Leid entstehen, scheint ein Rinnsal in diese Richtung zu fließen. Der Strom fördert also auch die Heilergabe, doch darüber wird dir Nevere mehr erzählen.«

»Was machen die dunklen Zauberer denn mit … mit dem

Strom?«, wollte Ravenna wissen. Sie fand es unbegreiflich, wie jemand von Magie sprechen konnte, als handle es sich um eine Art elektrischen Fluss zwischen Himmel und Erde. Eine anhaltende Blitzentladung zwischen zwei magischen Polen.

»Magie ist formbar.« Esmee lächelte. »Wenn man mit ihr umzugehen versteht, lässt sie sich in viele nützliche Dinge verwandeln. Jede von uns Sieben hat eine andere Gabe und kann daher unterschiedliche Dinge tun. Die dunklen Zauberer hingegen haben nur eines im Sinn: Sie wollen Macht. Der Strom dient ihnen dazu, andere zu beherrschen. Mit seiner Hilfe dringen sie in den Geist ihrer Opfer ein und tyrannisieren sie, bis sie zugrunde gehen oder zu ihren Sklaven werden. Ob es Lebende oder Tote sind, spielt dabei keine Rolle.«

Unwillkürlich schlang Ravenna schützend die Arme um den Körper. In ihren Geist eindringen – war das nicht genau das, was der Einbrecher in ihrer Wohnung getan hatte? Sein Verbrechen war so absonderlich und beängstigend gewesen, dass die Erinnerung an den Vorfall schlimmer war als die eigentliche Tat. Daran erkannte sie, dass er tatsächlich einen Fluch gewirkt hatte.

Esmee fuhr fort, ihr die Wirkungsweise des magischen Stroms zu beschreiben, doch Ravenna hörte kaum noch zu. Die Bilder aus ihrer nächtlichen Küche tauchten wieder in ihr auf, es war schlimmer als je zuvor. Nach dem anfänglichen Schrecken über ihren Sturz durch das Hexentor hatte sie begonnen, sich auf dem Odilienberg sicher zu fühlen – trotz der Bedrohung durch den Marquis. Der Unbekannte, der sie an dem Abend überfallen hatte, war unendlich weit fort. An seine Stelle war Lucian getreten, ein ernsthafter, junger Ritter, der ihr versprach, dass er sie niemals im Stich lassen würde. Woher wusste er, dass es genau diese Art von Beistand war, die sie in ihrer Verfassung brauchte?

Ravenna nagte mit den Zähnen an der Unterlippe.

Mittlerweile war Esmee in ihren Ausführungen bei dem Verwendungszweck ihres Siegels angelangt. Ravenna nickte tapfer, doch dann hielt sie es nicht länger aus. Tränen rollten ihr über das

Gesicht, so aufgewühlt war sie. Sie rang vergeblich um Beherrschung. Beim Gedanken an den morgigen Tag erschreckte sie nicht einmal so sehr die Möglichkeit, dass der Marquis als Sieger aus dem Turnier hervorging. Viel schlimmer war die Vorstellung, dass tatsächlich Lucian ihr Gefährte werden könnte.

Wann hatte sie das letzte Mal solche Gefühle für jemanden empfunden? Ihr Herz hüpfte, wenn sein Name fiel, und sie wurde abwechselnd blass und rot, wenn er denselben Raum betrat. In ihren Ohren klang seine Stimme unglaublich aufregend, sein Lachen aber war unwiderstehlich. Insgeheim malte sie sich aus, wie er aussah, wenn er morgens schlief, welche Bücher er in ihrer Welt lesen würde, welche Art von Musik er bevorzugt hätte und wie es sich anfühlte, in seinen Armen zu liegen.

Und dann würde sie ihm gestehen müssen, dass sie es nicht ertrug, berührt zu werden, dass sie sich wertlos und schuldig fühlte. Der Einbruch in ihre Wohnung würde immer zwischen ihnen stehen, denn sie war sicher, dass sie niemals den Mut aufbringen würde, ihm davon zu erzählen.

»Was geschieht eigentlich, wenn der Sieger des Turniers mich nicht will?«, stieß sie hervor. »Ich meine ... kann ... kann ich euch dann überhaupt helfen?«

Esmees Lachen perlte wie Elfenmusik. »Das wird ganz gewiss nicht geschehen«, erklärte sie. »Deswegen bist du doch heute hier. Wenn du gelernt hast, was ich dir zu zeigen habe, wirst du morgen so unwiderstehlich sein, dass jeder Reiter bei dem Turnier bis zum Äußersten gehen wird, um dir zu gefallen.«

Ravenna grinste schief. Ich und unwiderstehlich?, dachte sie. Das wäre dann wohl das erste Mal. Für ihre Kollegen war sie ein guter Kumpel, dem man auf die Schulter klopfte und nach Feierabend ein Bier anbot. Anderen Männern fiel sie kaum auf, wenn sie auf dem Weg zur Arbeit mit gesenktem Kopf und klobigen Sicherheitsschuhen durch die Stadt stürmte. Und falls wider Erwarten doch jemand Interesse an ihr bekundete, fand sie todsicher einen Weg, den Betreffenden aus ihrem Leben zu vergraulen.

Dennoch ließ sie zu, dass Esmee ihr zeigte, wie sie das grüne Festgewand zu schnüren und den passenden Schleier anzulegen hatte. Die Magierin flocht ihr Bänder ins Haar. Dann gab sie Ravenna den Silberspiegel, der von ihrem Gürtel hing.

Es war seltsam – nun sah sie ganz und gar wie eine Frau aus dem Mittelalter aus. Die Verwandlung war vollkommen, von den Lederschuhen bis zu der aufwendigen Frisur. Nichts erinnerte mehr an ihre Erscheinung in Reitstiefeln und Regenjacke, als sie auf dem Odilienberg aufgetaucht war.

»Und das genügt, um die Ritter zu beeindrucken?«, fragte sie und drehte den Kopf vor dem Spiegel. Ihre Haare glänzten wie frische Kastanien.

»Nun, nicht ganz«, schmunzelte Esmee. »Es wird auch etwas Magie im Spiel sein. Morgen hilft dir Arletta beim Ankleiden. Du nimmst ein Bad und musst schon in aller Frühe fertig sein, denn vor dem Turnier wird der junge Ritter beerdigt. Marlon.«

Ravenna ließ den Spiegel sinken. Vor ihren Augen erschien wieder der trostlose Anblick in Constantins Burghof: der Karren, der mit seiner blutigen Last im Regen stand. Plötzlich wurde ihr bewusst, dass am morgigen Tag junge Männer ihr Leben aufs Spiel setzten, um sich in ihren Augen hervorzutun.

»Kann ich nicht einfach einen der Teilnehmer als meinen Gefährten bestimmen?«, fragte sie kleinlaut. »König Constantin soll den Ritter auswählen, der an seiner Tafel sitzen soll, und ich werde sein Schwert weihen, ganz gleich, wer es ist. Dann fließt kein Blut, niemand wird verletzt und alle sind zufrieden.«

Esmees Gesicht wirkte ungewöhnlich ernst. »Die Krieger, die in Constantins Burg leben, wissen um die Gefahren, denen sie im Dienst des Königs ausgesetzt sind. Das Turnier bietet ihnen die Möglichkeit, ihr Können auf die Probe zu stellen. Es ist ihr Weg, uns ihre Wertschätzung zu beweisen, ehe wir sie zu unseren Gefährten machen. Die magische Gabe verdient man sich nicht, indem man sich vor dem Leben fürchtet und sich in einem Schneckenhaus verkriecht, Ravenna.«

Angespannt kaute die Getadelte an ihrem Fingernagel. Diesen Satz hörte sie nun schon zum wiederholten Mal, seit sie auf den Odilienberg gekommen war. War ihr Zögern denn wirklich so offensichtlich?

»Also gut«, seufzte sie. »Was muss ich tun, um den Sieger des Turniers zu überzeugen?«

Esmee nahm die rote Hülle, die Darlach ihr gebracht hatte, öffnete sie und zog einen Gürtel heraus. Es war feinste Goldschmiedekunst, von den Händen einer Meisterin geschaffen. Der Gürtel bestand aus einem silbernen Gewebe, das mit weißen und grünen Steinen besetzt war. Wie blühende Apfelzweige rankten sie sich um die Schärpe. Auf einer Seite hing ein Gurt herab, an dem sich eine leere Scheide befand – der Platz für das Hexenmesser. Die Schließe erkannte Ravenna sofort wieder: Es handelte sich um das dritte Siegel, den Silberring mit der Apfelblüte in der Mitte.

»Sieh mich an«, forderte Esmee sie auf. »Schau genau hin, was passiert.« Mit diesen Worten legte sie sich den Gürtel um die Hüfte. Als sie das lose Ende mit dem Siegel verhakte, begannen die Steine zu schillern.

Überrascht sog Ravenna den Atem ein. Esmee war schön, vielleicht war sie sogar die Schönste der Magierinnen, von denen jede eine besondere Ausstrahlung besaß. Doch plötzlich war es, als hätte man sie gegen eine Fee aus einer Zauberwelt ausgetauscht: Ihr Haar hatte dieselbe Farbe wie das Laub der Blutbuche, ihre Haut schimmerte wie Seide und ihre Augen waren groß und geheimnisvoll wie Schatten in einem Brunnen.

Der Gürtel klickte, als sie ihn zurück auf die Werkbank legte. »Na?«, fragte sie. »Was sagst du?«

»Das ... das war unglaublich!«, stieß Ravenna hervor. Sie musste blinzeln, wenn sie Esmee jetzt ansah: Es war dieselbe Frau, immer noch schön, aber irgendwie – gewöhnlich. »Wie geht das? Ich meine ... was ist der Trick dabei?«

Esmee schüttelte den Kopf. »Es ist kein Trick, sondern Magie. Das Siegel verstärkt den Strom, der ohnehin schon durch dich fließt. In Verbindung mit dem Gürtel macht es deine besondere Gabe sichtbar. Den Rest erledigt die Einbildungskraft des Betrachters.«

»Und dein Ritter ... Darlach. Weiß er Bescheid darüber?«

Diesmal lachte Esmee schallend. »Aber natürlich tut er das. Oder glaubst du etwa, ich hätte ihn verhext, damit er mir blind hinterherläuft? Er mag mich mit und ohne diese Schärpe. Er mochte mich sogar, als ich an einem faulen Zahn litt und meine Backe dick wie eine Birne anschwoll.« Sie ließ den Gürtel wieder in die Hülle gleiten und gab Ravenna das Säckchen. »Trage diesen Gürtel morgen beim Turnier. Für das einfache Volk und die geladenen Gäste wirst du die Maikönigin sein und das ist gut und richtig, denn schließlich kommen die Leute, um etwas zu erleben. Der Sieger aber wird erkennen, was euch wirklich verbindet.«

Nachdenklich wog Ravenna das Säckchen in der Hand. Dann nahm sie ihren ganzen Mut zusammen. »Ich würde gerne mit Lucian sprechen, bevor das Turnier beginnt. Ich ... muss ihm noch etwas sagen. Es ist sehr wichtig.«

Esmee nickte verständnisvoll. »Heute Nachmittag wird dazu Gelegenheit sein«, erwiderte sie. »Dann reitet Darlach ins Tal, denn von heute Abend an versieht Neveres Gefährte Dienst am Tor. Ich werde ihm Bescheid sagen, dann kannst du ihn begleiten. Derzeit sind Lucian und die anderen jungen Ritter ohnehin zu beschäftigt, um dich zu empfangen, denn sie bereiten den Turnierplatz vor. Jetzt komm dort hinüber ans Fenster, denn ich muss dir zeigen, was bei der Schwertleite zu tun ist.«

Sie nahm das Schwert mit dem dunklen Griff und drückte Ravenna die Waffe in die Hand. Sie war überraschend schwer und auf der Klinge zeichnete sich ein Muster aus Apfelblüten ab, ganz genau so wie auf dem Gürtel von Beltaine.

»Dieses Schwert gehört Darlach«, erklärte Esmee. »Ich bat ihn, es uns heute zu überlassen, damit wir üben können. Stell dir vor, es sei das Schwert des Siegers.« Geduldig zeigte sie Ravenna, wie sie die Waffe halten musste und wie ein Wort und eine Geste den magischen Strom durch die Klinge fließen ließ.

»Die linke Hand, immer die Linke«, ermahnte Esmee sie, als Ravenna die Klinge mehrmals aufnahm. »In der Handfläche befindet sich eine Stelle, von der aus die Kraft übertragen wird. Wenn du darauf achtest, kannst du sie spüren.«

Ravenna schloss die Augen. Vorsichtig schwenkte sie das Schwert hin und her. »Ich spüre gar nichts«, beschwerte sie sich, nachdem sie eine Weile mit der Handfläche am Griff herumgedrückt hatte. Esmee stieß ein ungeduldiges Zischen aus. »Wie auch, wenn du ständig redest? Achte auf den Pulsschlag in deinen Fingerspitzen. Lass dir Zeit und versuch es nochmal. Morgen, wenn du den Gürtel trägst, wird es leichter gehen.«

Doch noch ging es gar nicht. Der Griff in Ravennas Hand wurde warm, bis er sich anfühlte wie ein Teil ihres Körpers. Seufzend legte sie das Schwert auf die Werkbank zurück. »Ich kann nicht«, beharrte sie. »Ich bin einfach vollkommen unbegabt für Magie. In den Fingern meiner Schwester hätte sich das Ding vermutlich in einen sprechenden Vogel verwandelt.«

»Du bist nicht unbegabt, du hast nur zu wenig Selbstvertrauen«, stellte Esmee trocken fest. »Nun gut, dann muss es eben ohne einen Probelauf gehen. Vergiss nicht, was ich dir gezeigt habe, und denk an die Worte, die du sagen musst, wenn du am Maistein stehst. Du solltest das Schwert voller Ernst und Aufrichtigkeit weihen, denn diese Waffe wird dein Gefährte für den Rest seiner Tage tragen und ihr im Kampf sein Leben anvertrauen. Es ist ein Gegenstand, der ihm lieb und teuer ist, und genauso musst du ihn auch behandeln.«

Ravenna nickte und rieb sich die linke Hand, die von der ungewohnten Anstrengung taub geworden war. Sie bekam kaum mit, dass die anderen Mädchen zwischenzeitlich in den Saal strömten und sich zu zweit oder zu dritt an einer Werkbank einfanden. Schwatzend und lachend gingen sie an die Arbeit. Unter Esmees kundiger Anleitung fädelten sie Halsketten und Armreifen auf, schnitten Gemmen und fertigten Fußglöckchen, Spangen, Haarnadeln, Stirnreifen und Kämme. Mit einem Becher Wasser in der Hand, aus dem sie gelegentlich einen Schluck nahm, schlenderte Ravenna an den Werkbänken entlang und staunte über die Geschicklichkeit der Jungmagierinnen. Wie gerne hätte sie auch solche Fertigkeiten besessen! Im Zentrum von Straßburg würde sie dann eine kleine Werkstatt eröffnen, in der es nur wertvolle Einzelstücke zu kaufen gab. Das wäre eine willkommene Abwechslung zu der schweren Arbeit in der Dombauhütte und auf den Gerüsten um den Münsterturm, dachte sie. Wenn sie in ihre Welt zurückkehrte, würde sie sich ohnehin eine neue Stelle suchen müssen. Warum nicht als Goldschmiedin?

»Wie hübsch Ihr heute seid!«, rief ihr eines der jüngeren Mädchen zu. »Das grüne Kleid steht Euch gut.«

Sie nickte dem Mädchen freundlich zu. Ich bin dieselbe Frau wie gestern, außer dass ich in der Zwischenzeit einen Regenguss, einen halsbrecherischen Ritt und ein Bad im Augenbrunnen mitgemacht habe, dachte sie insgeheim. Tat der magische Gürtel bereits seine Wirkung, ohne dass sie ihn am Körper trug?

»Psst ... Ravenna. Ravenna!«

An der letzten Werkbank stand Florence. Mit einer Pinzette setzte das Mädchen Halbedelsteine in die Fassungen auf einem Pokal. Der Becher wurde bestimmt ein Trinkgefäß für einen König, so prächtig sah er aus. Als Ravenna den Blick hob und das Mädchen ansah, stellte sie schockiert fest, dass Florence ihre langen, braunen Zöpfe abgeschnitten hatte. Sie hatte eine stumpfe Schere oder ein Messer benutzt, denn die Kanten waren ungleichmäßig geschnitten und wirkten fransig. Florences Gesicht war gerötet und ihre Augen wirkten, als hätte sie lange geweint.

»Warum hast du das gemacht?« Mit der Handkante strich sich Ravenna am Unterkiefer entlang. Dort endete Florences einstige Haarpracht nun. »Das war doch nicht nötig. Schließlich hast du keine Schwarze Magie gewirkt und die Sieben wollten dich ganz sicher nicht bestrafen.«

Die Jüngere senkte den Kopf. »Die Bestrafung habe ich mir selbst zugefügt. Ich alleine weiß, wie sehr ich sie verdiene.«

Mitfühlend schüttelte Ravenna den Kopf. Das Bild des klatschnassen Mädchens, das schlotternd vor Angst aus dem Brunnen stieg und zum Wohngebäude rannte, holte sie wieder ein. »Du hast doch nichts Schlimmes getan. Lynette hat den Schadenszauber gewirkt, deshalb musste sie auch den Konvent verlassen.«

Florences Augen schwammen in Tränen. »Es tut mir so leid. Ich stamme aus dem Loiretal und habe fünf Geschwister. Meine Eltern haben mich weggegeben, weil sie nicht noch ein hungriges Maul stopfen konnten. Sie schickten mich zum Odilienberg, weil ich das Gesicht habe. Manchmal kann ich in die Zukunft sehen und das macht den Menschen Angst. Niemand bei uns will eine Hexe heiraten. Lynette war die Erste, der ich mich anvertrauen konnte. Jetzt weiß ich auch, dass sie falsch gehandelt hat. Wir waren sehr gemein zu Euch.«

»Halb so wild«, meinte Ravenna. »Das verkrafte ich schon. Und hör bitte auf, mich mit Ihr und Euch anzureden, sonst komme ich mir vor wie meine eigene Großmutter.« Es gab also durchaus noch mehr Schülerinnen im Konvent, die sich vor ihrer Aufgabe als Hexe fürchteten, stellte sie fest. Armes Ding!, dachte sie. Bei Lynette war das Mädchen leider an die Falsche geraten.

Florence wollte von ihren tröstenden Worten nichts wissen. Ernsthaft schüttelte sie den Kopf.

»Ihr nehmt die Sache mit der dunklen Magie zu sehr auf die leichte Schulter«, warnte sie. »Eine Schwarzmagierin wie Lynette ist viel gefährlicher als Ihr glaubt. Seht her!«

Sie hob den Becher und drehte ihn, so dass der Rand im Licht funkelte.

»Ich könnte aus diesem Pokal einen heiligen Gral machen – oder ein Gefäß, in dem sich jeder Tropfen Wein in Gift verwandelt. Niemand würde etwas merken, ehe es zu spät ist. Gut und Böse liegen so dicht beieinander wie diese beiden Schmucksteine hier. Man sagt, sie kamen zur selben Zeit in die Welt.«

Plötzlich rauschte Ravennas Blut schneller durch die Adern. Herausfordernd stützte sie sich auf die Werkbank. »Und weiter, Florence? Was willst du mir damit sagen? Du willst mich vor etwas warnen, richtig? Worum geht es? Spuck dein Geheimnis aus, sonst hast du deine Buße ganz umsonst getan. Dann kannst du dir das nächste Mal gleich den Schädel kahlrasieren.«

Ihre forsche, direkte Art durchbrach den Zauber des silbernen Gürtels und der grünen Maibänder in ihrem Haar. Florence sah sie völlig erschrocken an. Dann lehnte sie sich über den Tisch und senkte die Stimme, so dass nur Ravenna ihre Worte hören konnte.

»Sagt, habt Ihr Lynette gestern nach dem Brunnenritual noch einmal gesehen?«

Ravenna nickte. »Sie saß auf meinem Bett und quatschte mich eine halbe Stunde lang voll, ehe sie endlich abgereist ist«, bestätigte sie.

Florence wurde weiß wie ein Laken. Da war sie wieder, die abwehrende Geste, die diesmal mit beiden Armen ausgeführt wurde. »Auf Eurem Bett! Und da seid Ihr heute hier, gesund und munter? Wahrlich, Ihr seid die größte Zauberin von uns allen! Die Sieben taten gut daran, Euch als Melisendes Nachfolgerin zu wählen«, keuchte das Mädchen. Sie verbeugte sich hastig.

Nichts verblüffte Ravenna mehr als dieses Verhalten. »Ich verstehe kein Wort«, gestand sie.

»Lynette besaß einen Salamander«, erklärte Florence, als sie die Verwirrung ihrer Gesprächspartnerin bemerkte. »Und ich weiß, dass sie ihn nicht mehr hatte, als sie gestern den Konvent verließ.«

»Einen Salamander?«, wiederholte Ravenna. Ihre Ratlosigkeit wuchs. »Na und? Erwartest du vielleicht, ich schlafe schlecht, nur weil ein Lurch durch mein Zimmer kriecht? Ich bin auf einem Bauernhof groß geworden. Da kommt schon mal irgendwelches Getier ins Haus.«

Florence machte große Augen. Furchtsam wollte sie wieder an

die Arbeit gehen, aber Ravenna packte sie am Handgelenk. »Was ist hier eigentlich los? Was wird hier gespielt? Willst du mir nicht endlich verraten, was Lynette gegen mich hat?«

Als Florence sie wieder ansah, wirkte sie gequält. »Hat sie Euch verraten, wohin sie als Nächstes gehen wollte? Ja? Mir hat sie es auch gesagt – zu Herrin Elinor. Ihr solltet wissen, dass Elinor mittlerweile Marquise de Hœnkungsberg ist. An Yule hat sie Beliar geheiratet, als ihren zweiten Ehemann. Niemand weiß, ob es freiwillig geschah, doch wir bezweifeln es sehr. Denn Beliar ist der leibhaftige Teufel!«

Die letzten Worte hatte Florence mit solcher Abscheu hervorgestoßen, dass die Mädchen an den anderen Werkbänken aufmerksam wurden. Sie kamen herbei und drängten sich um den Tisch mit dem goldenen Pokal.

Mit einem unguten Gefühl dachte Ravenna an den schwarzen Ritter, der Josce und sie im Wald verfolgt hatte. Sie hatte keine Ahnung gehabt, dass er bereits eine Zauberin in seiner Gewalt hatte. Oder waren die beiden vielleicht Verbündete im Kampf gegen die Sieben? Sie erinnerte sich dumpf daran, dass auch Lucian einmal die Marquise erwähnt hatte.

Sie leckte sich über die trockenen Lippen. »Na schön, dieser Beliar ist ein echter Finsterling. Aber der Teufel – findet ihr das nicht ein bisschen übertrieben?«

»Er ist der Leibhaftige«, flüsterte eines der Mädchen. »Der größte Dämon, den es je gab. Man sagt, er habe Elinors Ehemann mit einem einzigen Schwertstreich getötet.«

»Der Mord geschah auf ihren Wunsch hin«, wusste eine andere Jungmagierin zu berichten. »Seitdem sind auf Burg Hœnkungsberg alle Bäume verdorrt.«

»Und Elinor hat ihre Seele verloren«, flüstere Florence. »Jetzt gehört sie ihrem Ehemann mit Haut und Haaren.«

Ravenna wurde zunehmend nervöser, Angst überkam sie. »Nun hört schon auf mit diesem Gerede!«, fuhr sie die Mädchen an. »Wenn Beliar morgen besiegt wird – und das wird er –, zeigt sich, dass er nichts weiter als ein Großmaul und ein Betrüger war.« Das Zittern in ihrer Stimme strafte ihre Worte Lügen.

Schweigend starrten die anderen Mädchen sie an. »Ihr irrt Euch, Herrin«, sagte Florence leise. »Wenn Beliar morgen besiegt wird, und das hoffen wir alle, fangen die Schwierigkeiten erst an. Ihr müsst Melisendes Siegel zurückholen und in den Kreis der Geweihten einfügen, sonst wird der magische Strom unterbrochen. Und das wäre das Ende.«

Mit wütenden Schritten stapfte Ravenna auf ihr Zimmer. Warum hatte ihr niemand gesagt, dass ihr Abenteuer auf dem Hexenberg mit dem Turnier noch nicht ausgestanden war? Erst der Wettkampf, dann die Schwertleite und nun war es angeblich auch noch ihre Aufgabe, den Diebstahl an dem Siegel aufzuklären! Keine der Sieben hatte sie darauf vorbereitet, dass ihr noch eine weitere Prüfung bevorstand, ehe sie endlich heimkehren durfte.

Vor der Tür blieb sie stehen und fing an zu rechnen. Von Beltaine bis Mittsommer waren es genau sieben Wochen. Sie erinnerte sich wieder, dass Lucian zu ihr gesagt hatte, sie solle in der kürzesten Nacht des Jahres Melisendes Platz einnehmen. Doch wozu soll das gut sein?, fragte sie sich. Und wie, bitte schön, soll ich das verschwundene Siegel bis dahin herbeischaffen?

Sie hatte keine Ahnung, wo sie mit der Suche nach dem Silberschatz der Hexen beginnen sollte. Vielleicht auf Burg Hœnkungsberg?, sagte sie in Gedanken zu sich und lachte tonlos. Von Hunderten von Burgen und Ruinen, die auf den Höhenzügen der Vogesen thronten, war die Festung auch in ihrer Zeit noch das größte und mächtigste Bauwerk. Liebevoll hatte man die Ruinen wieder instand gesetzt. Ravenna erinnerte sich an die breite Sternschanze, das Bollwerk mit den Wachtürmen und die unterirdischen Gänge, die sie auf vielen Streifzügen erkundet hatte. Hunderte von Kriegern fanden in der Burg Platz, die nun dem schwarzen Marquis gehörte.

Falls Beliar morgen gewinnt, soll ich ihn dann vielleicht höflich bitten, mir das Siegel auszuhändigen? Je mehr Ravenna über den Tag des Turniers nachdachte, desto aussichtsloser schien ihr das Unterfangen. Doch aus irgendeinem Grund hielten die Sieben sie für eine mächtige Zauberin und trauten ihr zu, Melisendes Siegel zurückzuholen! Über so viel Zuversicht konnte sie nur den Kopf schütteln. Und wenn ich mich nun einfach weigere?, überlegte sie. Doch dann fiel ihr Blick auf den langen Seidenrock und die rote Hülle, die sie in der Hand hielt, und ihr wurde klar, dass sie sich schon viel zu weit in die Welt der Hexen gewagt hatte.

Sie trat in ihre Kammer und nahm mit entschlossenen Handgriffen Schleier und Geschmeide ab, zog das Kleid aus und zerrte sich die grünen Bänder aus dem Haar. Dann verstaute sie die Sachen samt dem Gürtel und dem Hexendolch in der Truhe. Morgen würde sie die Gewänder lange genug tragen, doch heute mussten die verwaschene Jeans und das T-Shirt genügen.

Ungeduldig begann sie, nach dem verschollenen Salamander zu suchen. Warum achteten die Mädchen nicht besser auf ihre Haustiere?, fragte sie sich, als sie das Kissen hochhob und Laken und Wolldecke ausschüttelte. In jedem anderen Internat wären vierbeinige Mitbewohner verboten – noch dazu solche, die siebenhundert Jahre später unter Naturschutz standen. Als sie die Matratze zur Seite rollte, entdeckte sie den Lurch. Schwarz glänzend und mit einer auffälligen Zeichnung versehen, kauerte er auf dem Rost. Er sah aus wie ein winziger Drache.

»Na, komm schon, mein Kleiner, da kannst du nicht auf Dauer hocken bleiben«, murmelte Ravenna. Mit einer Hand stützte sie sich auf die zusammengerollte Unterlage, mit der anderen packte sie den Salamander am Schwanz. Er stieß ein helles Fauchen aus. Mit einem Aufschrei ließ Ravenna das Tier fallen, als dessen ledriger Körper plötzlich glühend heiß wurde.

Rauch quoll aus der Matratze. Einen Lidschlag später fraßen sich Brandflecken in den Leinenüberzug. Feuer schlug knisternd aus den Löchern und binnen zwei Atemzüge stand das ganze Stroh in Flammen. Qualm wallte bis unter die Zimmerdecke.

Überstürzt zerrte Ravenna das T-Shirt über Mund und Nase, hastete zum Fenster und rüttelte daran – vergeblich, denn der Rahmen war verzogen und das Fenster ließ sich nicht öffnen. Erst dann fiel ihr ein, wie dumm ihre Vorgehensweise war: Der Luftzug würde das Feuer nur noch stärker anfachen. Als sie sich umdrehte, stand sie vor einer Flammenwand. Der Salamander saß auf dem Knauf des Bettpfostens und starrte sie aus blanken, schwarzen Augen an. Die flimmernde Hitze schien ihm nicht das Geringste auszumachen.

Voller Verzweiflung packte Ravenna das Glöckchen und schüttelte es. Das Klingen übertönte kaum das Knistern und Knacken des Feuers, doch die Wirtschafterin hatte versprochen, sie höre die Glocke auf jeden Fall. Dann packte sie die Kanne mit dem Waschwasser und leerte den Inhalt über der Matratze aus. Die Menge reichte nicht aus, um das Feuer zu löschen, aber es entstand eine Lücke, durch die sie zur Tür stürzte.

»Hilfe!«, brüllte sie in den Gang. »Hilfe – es brennt!«

Tatsächlich traf Arletta als Erste an der Unglücksstelle ein. Beherzt leerte die Wirtschafterin einen Waschzuber über dem lodernden Bettgestell aus. Auch der Nachtkasten und die Strohmatte hatten Feuer gefangen. Mit einigen Mädchen bildete Arletta rasch eine Kette, die vom Brunnen neben der Küche bis in den ersten Stock reichte. Auch Ravenna reihte sich ein. Die Eimer flogen von Hand zu Hand, doch das Feuer brannte hartnäckig weiter.

Dann erschien Viviale auf der Treppe.

»Was ist hier los?«, rief die rundliche Magierin. Sobald sie die Gefahr erkannte, riss sie die Hand hoch, so dass ihr Kleiderärmel in der Luft flatterte. »Blinnanier!«, befahl sie. Die grellen Flammen erstarben. Hie und da zeigte sich noch ein blaues Znglein, doch mit ausgestreckter Hand erstickte die Zauberin die Flammen. Hustend und mit rußgeschwärzten Wangen lehnten Ravenna und ihre Helferinnen am Treppengeländer.

»Puh, das war knapp!«, stöhnte die Wirtschafterin. »Wenn sich das Feuer ausgebreitet hätte …« Vielsagend musterte sie die hölzernen Treppen und den Dachstuhl. »Wie konntest du nur so unachtsam sein!«, schimpfte sie mit Ravenna.

Regungslos starrte die Getadelte auf das Bettgestell. Es war zu einem Häufchen Asche verbrannt, Wand und Fußboden waren schwarz. Der Salamander hatte auf ihre Berührung reagiert – ganz wie es seine Besitzerin beabsichtigt hatte. Wenn sie sich nun am Abend zuvor unbekümmert ins Bett gelegt hätte statt auf die Strohmatte vor dem Schrank … Ravenna schauderte. So also hatte Lynette dafür sorgen wollen, dass sie den unbedachten Schwur einhielt, den sie an ihrem ersten Morgen im Speisesaal abgelegt hatte. Ich werde an Mittsommer nicht mehr hier sein …

Mit einem Ruck wandte sie sich von dem verkohlten Bett ab. »Das war Lynettes Abschiedsgeschenk«, sagte sie zu der Magierin von Mabon.

Viviale musterte sie schweigend. Wie immer trug sie die Spitzenhaube, ihre Wangen waren von der Aufregung gerötet. Graue Haarsträhnen zogen sich von den Schläfen bis unter den Schleier.

»Gestern Abend war sie noch einmal hier, um mir von Elinor zu erzählen – von der verstoßenen Magierin.«

Viviale zog die Augenbrauen hoch. »Und du hast ihr geglaubt?«

»Na ja … anfangs schon.« Ravenna zuckte die Achseln. »Vieles hier ist neu und fremd für mich. Warum sollte ihre Geschichte nicht wahr sein?«

»Sie ist wahr«, bestätigte Viviale. »Elinor musste den Konvent der Sieben verlassen. Hat Lynette dir auch erzählt, warum?«

Stumm schüttelte Ravenna den Kopf. Unterdessen machten sich Arletta und die Küchenmägde daran, die restlichen Einrichtungsgegenstände aus dem Raum zu tragen. »Heute Nacht werdet Ihr woanders schlafen müssen. Diese Verwüstung beseitigen wir nicht so schnell«, rief ihr die Wirtschafterin zu. »Ihr könnt von Glück sagen, dass Ihr Eure Kleider in der Truhe aufbewahrt, die das Feuer nur von außen angekohlt hat.«

Viviales Gesicht verfinsterte sich noch mehr. »Komm mit«, forderte sie Ravenna auf. »Dann werde ich dir berichten, was sich damals zugetragen hat.«

Die Zauberin führte sie zu dem schmalen Weg, der sich außen um den Konvent zog. Nur ein Fußbreit Fels und ein hüfthohes Mäuerchen trennten die Spaziergängerinnen vom Sturz in die Tiefe. Über den Dächern sah man die Statue der Hexengöttin.

»Schau sie an!«, verlangte die Magierin.

Ravenna musste den Kopf in den Nacken legen, um der Figur ins Gesicht zu sehen. Morrigans Züge wirkten ernst und in sich gekehrt. Zugleich schien sie auf alles zu lauschen, was um sie herum geschah. Efeu rankte sich um ihre nackten Zehen und auf ihrer linken Schulter saß eine Kohlmeise.

»Morrigan sieht alles und weiß alles, was in der Welt geschieht«, sagte Viviale leise. »Es heißt, wir hätten es ihr zu verdanken, dass der Strom zu fließen begann. Sie war eine Gelehrte, eine Hexe aus dem Westen, die entdeckte, wie man den Fluss der Magie in Gang setzte. Angeblich überlistete sie einen Drachen, der ihr das Geheimnis verriet. Vielleicht ist dir schon aufgefallen, dass es an ihrem Platz kein Siegel gibt.«

Ravenna nickte.

»Das liegt daran, dass es zu Morrigans Zeit noch keine Siegel gab. Die Magie war noch nicht aufgeteilt in die unterschiedlichen Gaben, sie war der Strom. Erst in späteren Zeiten wurde die Magie genauer untersucht und den verschiedenen Zwecken zugeordnet, die wir heute kennen. Es war gefährlich, damit umzugehen, viel gefährlicher, als es heute ist. Als Morrigan starb, wurde sie von diesem großen Strom mitgerissen. Sie wurde eins mit ihm, als sie versuchte, ihren ärgsten Widersacher zu bezwingen, einen mächtigen Druiden, der ihrer Entdeckung misstraute und sie herausgefordert hatte. Die Bezeichnung Göttin ist deshalb etwas irreführend. Eigentlich war sie so etwas wie die Königin der Hexen.«

Schweigend hörte Ravenna den Bericht der älteren Magierin an. Sie saßen auf dem Mäuerchen und hielten den Blick auf die Statue gerichtet. Viviale seufzte.

»Jedenfalls gehen wir davon aus, dass ein Teil von ihr in diesem großen Strom zurückgeblieben ist. Ihre Seele, wenn du willst. Der Strom hat sie aufgenommen, weil sie diejenige war, die ihn zur Erde lenkte. Manchmal ist es so, dass wir ihr begegnen. Zumindest glauben wir, dass sie es ist: ein körperloses, rein magisches Wesen. Es ist seltsam, wenn es sich zeigt, denn es geschieht meistens völlig unerwartet und überraschend. Wir nennen das die Anerkennung durch Morrigan. Es ist, als würde uns der Strom ebenfalls in sich aufnehmen, allerdings ohne uns zu töten.«

»Das ist die Voraussetzung, um eine der Sieben zu werden«, sagte Ravenna. Sie erinnerte sich, dass Aveline ihr von diesem letzten Schritt einer Ausbildung erzählt hatte.

Viviale nickte. »In der Magie ist Morrigan immer gegenwärtig, ob auf dem Thron im Blauen Saal, im Augenbrunnen oder in diesem Moment, während wir hier sitzen und miteinander reden. Diese Stelle war Elinors Lieblingsplatz. Hier saß sie stundenlang und blickte zu der Statue empor oder vertiefte sich in ein Buch. Ich liebte sie wie eine Schwester.«

Überrascht von diesem Eingeständnis sah Ravenna die alte Zauberin an. Ein schmerzlicher Ausdruck zeigte sich in Viviales Gesicht. »Jemanden mit Elinors Gabe findet man nur sehr selten«, murmelte sie. »Sie war nie zufrieden mit dem Erreichten. Ihr Ehrgeiz machte sie so gut und zugleich so gefährlich. Sie durchlief ihre Ausbildung in kürzester Zeit und als eine der besten Magierinnen, die je auf dem Odilienberg unterwiesen wurden.«

»Aber sie wurde nie zur Schwertleite eingeladen«, warf Ravenna ein. »Und das bedeutet, dass sie sich nie einen Gefährten genommen hat. Aber warum nicht?«

»Sie wurde nie in den Zirkel der Sieben aufgenommen«, erklärte Viviale. »Sie erhielt nie eines der Siegel, so sehr sie es sich auch wünschte. Mit großem Können und ausreichend Wissen ist es noch lange nicht getan, Ravenna. In der letzten Prüfung muss eine Zauberin der Königin der Hexen begegnen. Morrigan führt sie in ihre magische Aufgabe ein – niemand sonst. In Elinors Fall ist das jedoch nie geschehen, sooft sie auch hier stand und Morrigan anflehte, sich ihr zu zeigen.«

Mit verschränkten Armen blickte sie zu der Statue empor. »Jahr für Jahr ging ins Land und Elinor verpasste nicht nur eine Schwertleite – o nein! Es müssen fast ein Dutzend gewesen sein. Ich allein wusste, wie sehr sie unter Morrigans Zurückweisung litt. Wir alle hatten erwartet, dass sie eines Tages den Platz der Magierin der Mittsommernacht einnehmen würde. Schließlich ist Melisende nicht mehr die Jüngste. Aber Morrigan ist ihr auch Jahre nach dem Ende ihrer Ausbildung nicht erschienen.«

Schweigend starrte Ravenna die Statue an. Dann ist es also keineswegs sicher, dass ich wirklich die richtige Nachfolgerin bin. Mich muss die Göttin schließlich auch anerkennen, dachte sie.

»Was hat Elinor denn falsch gemacht?«, fragte sie.

»Hier geht es nicht um richtiges oder falsches Verhalten«, erwiderte Viviale. »Es kommt darauf an, welche Absicht hinter deinem Tun steht. Elinor wollte Macht. Leider erkannten wir das viel zu spät. Wir hätten sie gerne behalten, als eine der Ausbilderinnen, als eine unserer Schwestern, die in Land und Stadt höchstes Ansehen genießt. Sie hätte ihr ganzes Leben auf diesem Berg verbringen können. Doch sie hatte keine Lust dazu.«

Viviale schwieg. Aus einer Gürteltasche holte sie ein Leinentuch, putzte sich die Nase und verstaute das Tuch wieder. »An einem stürmischen Winterabend kamen wir alle im Blauen Saal zusammen. Durch einen Boten hatten wir erfahren, dass die damalige Marquise de Hœnkungsberg schwer erkrankt war, und wir berieten, wie der armen Frau zu helfen sei. Es wurde beschlossen, dass Elinor sie aufsuchen sollte, denn wenn es sich um einen Fluch handelte, war sie diejenige, die den Verursacher am ehesten aufgespürt hätte. Als wir ihr unseren Entschluss mitteilten, geriet sie völlig außer sich. Sie dachte, wir hätten einen Weg gefunden, sie loszuwerden. Ehe wir es verhindern konnten und ohne im Recht zu sein, nahm sie auf Morrigans Thron Platz – auf dem gefährlichen Stuhl. Dieser Sitz steht an der Stelle, an welcher der Kraftstrom durch den Felsen fährt.«

Ravenna schluckte. Sie hatte selbst dort gesessen und nicht das Geringste gespürt. Höchstens, dass sie warme Füße bekam, doch dieses Wohlbefinden hatte sie dem Kaminfeuer zugeschrieben.

Schaudernd schob Viviale die Hände in die weiten Ärmel. »Jede andere hätte die magische Entladung getötet. Doch Elinor ... es war, als würde man siedendes Öl in ein Feuer gießen. Wir erkannten, dass sie sich auf diesen Augenblick vorbereitet hatte und bereit war, bis zum Äußersten zu gehen, um Morrigans Anerkennung zu erzwingen. Doch es sollte anders kommen.«

Mit einem langen Atemzug lehnte sich die Hexe zurück. »Der Strom wurde sichtbar und sprengte das Dach an dieser Stelle weg. Elinor wurde durch den Raum geschleudert, so dass wir dachten, sie würde sich davon nie wieder erholen. Als sie Platz nahm, hatte sie ein Tor geöffnet und den Strom um eine Winzigkeit zur Seite gelenkt, doch das konnte nicht länger als ein oder zwei Herzschläge gutgehen. Dann brach das Unwetter los. Bäume wurden entwurzelt und das Eingangsgebäude unterspült. Ein Blitz schlug in die Statue ein und zerstörte sie fast. Es schien, als wolle Morrigan den Konvent von diesem Felsen reißen.« Als Ravenna dem Fingerzeig der alten Magierin folgte, entdeckte sie den verästelten Riss, der sich durch die Figur zog.

»Am nächsten Morgen musste Elinor ihre Sachen packen. Wenn wir geahnt hätten, dass ihr nächstes Ziel tatsächlich der Hœnkungsberg war, hätten wir sie aufgehalten. Aber so ... von weitem erlebten wir nun, wie sie ihren verderblichen Einfluss auf den Burgherrn und seine Gemahlin ausübte. Die Ärmste starb, kurz nachdem Elinor eintraf, und Cedric, der verliebte Narr, verfiel ihr ganz und gar. Nun ist er tot und ein Dämon herrscht auf der Feste.«

Ravenna zog den Kopf ein. Was sie von Viviale erfuhr, klang keineswegs beruhigend. Bisher war sie immer davon ausgegangen, Beliar sei der Gegner, den die Hexen bekämpften, doch nun wurde ihr klar, dass sie es auch mit Elinor aufnehmen musste. Mit einer voll ausgebildeten, hochbegabten Magierin.

»Und wenn Beliar morgen das Turnier gewinnt?«, klagte sie. »Ich kann doch gar nichts tun! Ich bin erst seit drei Tagen hier.«

»So denkst du jetzt, doch morgen ist ein anderer Tag«, beruhigte Viviale sie. »Jedes Mal, wenn wir Magie wirken, verändern wir uns. Wir wachsen und entdecken neue Stärken in uns. So wird es dir auch gehen. Heute fürchtest du Beliar vielleicht noch, doch bald wirst du ihn durchschauen und dann kann er dir nichts mehr anhaben. Vertrau einfach auf deine Gabe. Sie wird dich nicht im Stich lassen.«

Ravenna schluckte. »Aber wie soll Morrigan mich denn anerkennen?«, fragte sie. »Ich meine ... sie kennt mich doch gar nicht.«

Sie hatte es tatsächlich geschafft – die Magierin von Mabon lachte herzlich. Dann nahm sie Ravennas Gesicht zwischen beide Hände. »Keine Sorge, mein Kind. Du wirst Morrigan begegnen, wenn es dir bestimmt ist, und davon gehen wir alle aus, denn sonst wärst nicht du durch das Tor gekommen, sondern eine andere. Und nun geh und bitte Darlach, dein Pferd zu satteln! Du übernachtest heute auf Constantins Burg. Dort bist du wenigstens vor besprochenen Salamandern und dem Neid deiner Mitbewerberinnen sicher. Und du wirst morgen früh rechtzeitig zu Marlons Begräbnis zur Stelle sein.«

Die Abendsonne tauchte das Rheintal in goldenes Licht. Mücken tanzten in der Luft und die Gräser raschelten. Auch diesmal war der Ritt ohne Zwischenfälle verlaufen und Ravenna genoss es, die weite Ebene zum ersten Mal ohne Verkehrsadern, Staudämme und Hochspannungsleitungen zu erleben.

Der Turnierplatz war bereits abgesteckt. Am oberen Ende stand ein Birkenhain, von dessen Rand das Gelände sanft zum Flussufer abfiel. Bunte Wimpel und Banner flatterten im Wind. Die Gäste, die auf der Burg keinen Platz mehr gefunden hatten, übernachteten in Zelten, die man hinter den Tribünen aufgestellt hatte.

Schmiede, Sattler und Kunsthandwerker hatten ihre Stände errichtet, der Duft von über Holzkohle gegrilltem Fleisch lag in der Luft, und die Gaukler erprobten Saltos, Stelzenlauf und andere Kunststücke, mit denen sie die Gäste des Königs unterhalten würden. Aus einem der Zelte drang Lautenspiel und eine Frauenstimme sang ein melancholisches Lied.

Mit klopfendem Herzen suchte Ravenna nach Lucian und seinen Freunden. Vor den Toren der Burg hatte Darlach ihr freundlich erklärt, sie solle nur ruhig weiterreiten, denn der Turnierplatz war nicht zu verfehlen. Er hatte Recht gehabt. Den eigentlichen Kampfplatz bildete ein langgezogenes Rechteck, in dessen Mitte man eine Bande errichtet hatte. Dort würden morgen die Gegner aufeinander losstürmen.

Zimmerleute verrichteten soeben die letzten Handgriffe an der Ehrentribüne. Ihre Hammerschläge hallten durch das Tal. Die jungen Männer aus Constantins Burg schwangen Sensen und mähten das kniehohe Gras entlang der Bande. Anschließend rafften sie die Halme zusammen, warfen sie auf Handkarren und brachten sie den Pferden der Gäste als Abendfutter. Es war seltsam, Ritter bei dieser bäuerlichen Arbeit zu beobachten, doch die jungen Männer schienen Spaß an der ungewohnten Tätigkeit zu haben. Sie schufteten mit bloßem Oberkörper, riefen sich lockere Sprüche zu und erfrischten sich zwischendurch mit Milch, die mit Honig und Eiern verquirlt war.

»Habt ihr schon die neue Anwärterin gesehen?«, hörte Ravenna eine Männerstimme, als sie ihr Pferd zu der Gruppe lenkte. Das Gras dämpfte Willows Hufschläge und die Stute schnappte zwischendurch nach den Halmen. »So ein spindeldürres, unglückliches Mädchen. Also, mir persönlich sind Frauen mit mehr Temperament lieber.«

»Weil du selber so ein spindeldürrer Flegel bist, Ramon!«, rief sein Gefährte, der mit einem Holzrechen zugange war. »Wenn ich mich recht entsinne, war dir das Temperament deiner Liebsten ein bisschen zu viel des Guten!«

»Oho, Norani konnte auch kalt sein wie Eis, mit einem Blick, der dich ans Bett nagelte, wenn ihr etwas nicht passte.« Der junge Ritter lachte, während er und sein Freund sich gegenseitig aufzogen.

»Als die Neue hier ankam, hatte sie tatsächlich Hosen an«, wusste ein anderer Mann. Da begriff Ravenna, dass von ihr die Rede war. Lautlos brachte sie das Pferd zum Stehen und stützte den Ellenbogen auf das Sattelhorn. »Wenn das die Zukunft ist und die Frauen nicht mehr wissen, dass sie Frauen sind, dann bin ich doch froh im … wie nannte sie es doch gleich, Lucian?«

»Im Mittelalter«, erwiderte der Angesprochene, und der andere fuhr großspurig fort: »Dann bin ich doch froh, im Mittelalter geboren zu sein! Unserem Freund hier gefällt das dürre Ding allerdings recht gut, wie man hört.«

Wieder brach die Runde in fröhliches Gelächter aus. Lucian lud einen Arm voll Gras auf den Karren und wischte sich den Schweiß von der Stirn. »Zu mir war Ravenna sehr freundlich«, sagte er. »Ich sollte sie zu dem Aussichtspunkt begleiten und ihr Straßburg zeigen. Mir schien, sie wusste sehr viel – von ihrer Welt.«

Als er den Arm sinken ließ, fiel sein Blick auf Ravenna, die reglos auf ihrem Schimmel saß, und er wurde blass. »Herrin – verzeiht mir und meinen Freunden! Wir sind nur ein paar Dummköpfe auf der Suche nach ein wenig Abkühlung. Wir hätten solche Reden nicht führen dürfen.«

Im Handumdrehen knieten er und Constantins fröhliche Schar vor ihr im Gras. Geschickt schwang sie ein Bein über das Sattelhorn und sprang ab. »Solche Reden machen mir nicht viel aus«, erklärte sie, »und dumme Sprüche bin ich auch aus meiner Welt gewohnt. Lasst euch durch mich nicht von der Arbeit abhalten. Ich habe ohnehin nur einen von euch gesucht. Lucian?«

Er hob den Kopf, und sein Blick wirkte wie ein elektrisierender Schlag auf sie. Seine Augen glänzten, Grassamen und einzelne Halme klebten an seiner Brust.

Ravenna lächelte steif, um sich nicht anmerken zu lassen, welche Wirkung seine Gegenwart auf sie hatte. »Kann ich dich kurz sprechen?«

Langsam gingen sie am Ufer entlang, an einem Flussarm des weit verzweigten Rheins. Holunder blühte in den Auen und auf den Inselchen im Fluss. Die Weiden am Ufer ließen ihre Zweige im Wasser treiben. Ravenna beobachtete einen Graureiher, der an einer flachen Stelle unbeweglich wie auf Stelzen stand.

»Wie still und friedlich es hier ist«, murmelte sie. Als wäre nichts von den dramatischen Ereignissen wahr, über die sie noch vor zwei Stunden mit Viviale gesprochen hatte.

»Ja, das ist ein schöner Ort«, bestätigte Lucian. »Ich komme gerne hierher, wenn ich etwas Abstand vom Treiben in der Burg brauche. Allerdings habe ich nur selten Gelegenheit dazu.«

In Beinlingen und langen Schaftstiefeln schritt er neben ihr her. Ab und zu schwenkte er das Hemd, das er zusammengerollt in der Hand trug, um aufdringliche Stechmücken zu vertreiben.

»Du musst mir noch etwas versprechen«, bat sie und er blieb stehen. »Nimm morgen nicht an diesem Lanzenstechen teil. So oder so wird es einen Sieger geben, und ich möchte nicht, dass dir etwas zustößt.« Oder dass du es bist, der morgen Abend aufgebahrt in der Grotte liegt, fügte sie in Gedanken hinzu. Ich könnte es nicht ertragen, an deinem Tod schuld zu sein.

Lucians Gesicht nahm einen düsteren und enttäuschten Ausdruck an. »Alles andere verlangt von mir, aber nicht das!«, stieß er hervor. »Meine Freunde werden mich für einen Feigling halten und König Constantin könnte mich nicht länger in seiner Burg behalten. Dann müsste ich Landsberg verlassen und mir einen neuen Herrn suchen. Wisst Ihr überhaupt, wie lange ich mich auf diesen Tag vorbereitet habe? Ich war acht, als ich hierherkam, um ein Ritter des Lichts zu werden, denn genau das bedeutet mein Name.«

Warum wissen in dieser Welt bloß immer alle ganz genau, was sie wollen?, dachte Ravenna. Ärgerlich warf sie einen Stein ins Wasser. Der Reiher erschrak, flatterte auf und flog davon.

»Verzichte auf die Herausforderung, nur dieses eine Mal«, flehte sie. »Tu es mir zuliebe! Meinetwegen kannst du allen erzählen, dass ich dich dazu überredete. Dann bin ich eben der Feigling und nicht du. Von einem unglücklichen Mädchen glaubt man das bestimmt.«

Lucian senkte den Kopf und verknotete das Hemd, das er in den Händen trug. Das Haar fiel ihm in die Augen, und bevor er Ravenna wieder anblickte, schüttelte er die Strähnen mit einer Kopfbewegung zurück. »Nein«, sagte er. »Ich kann nicht. Meine Rüstung steht bereit und mein Pferd ist frisch beschlagen. Ghost brennt auf den Kampf. Ich muss Euch Eure Bitte leider abschlagen.«

»Ich werde an Mittsommer nicht mehr hier sein«, rief Ravenna verzweifelt. »Auch wenn ihr es euch noch so sehr wünscht. Begreif doch – ich gehöre nicht in eure Welt! Ich bin bloß ein Gast hier mit einem Auftrag, und sobald ich meine Aufgabe erledigt habe, kehre ich in meine Zeit zurück. Es nützt dir nichts, selbst wenn ich dein Schwert morgen weihe. Eines Tages wirst du eine andere Magierin kennenlernen, eine andere Frau.«

Lucians Gesicht nahm einen traurigen Ausdruck an. »Ich werde Euch nicht aufhalten, wenn Ihr zurückkehren müsst, obwohl ich Euch sogar in Eurer Welt treu dienen würde«, sagte er leise. »Aber dieses eine Mal, zur Beltainezeit ...« Er verstummte.

Betroffen erkannte Ravenna, dass er sie wirklich mochte. Er tat nicht nur seine Pflicht oder fiel auf einen verzauberten Gürtel herein. Sie trat zu ihm und fasste ihn an der Hand. Die Schwielen an seinen Fingern fühlten sich wie kleine, harte Knubbel an.

»Ich habe Angst um dich. Kannst du das verstehen?«, fragte sie.

Lucian seufzte. »Als ich Euch vorhin auf Willow sah, glaubte ich schon, Ihr wärt gekommen, um mir Glück zu wünschen«, entgegnete er. »So ist es üblich, wenn eine Frau hofft, dass ein bestimmter Ritter das Turnier gewinnt. Ist das in Eurer Zeit nicht mehr Brauch?«

Ravenna schüttelte den Kopf. »Keine Turniere und keine

Schwertkämpfe mehr«, sagte sie. »Tut mir leid.« Die Strahlen der Abendsonne fielen auf sie und tauchten die Stämme der Weidenbäume in ein weiches Licht. Behäbig zog der Fluss vorbei. Möwen schaukelten auf den Wellen.

»Du findest mich also nicht zu dürr, wie dieser ... dieser Ramon behauptet?«, fragte Ravenna schließlich.

Ein Lächeln huschte über Lucians Gesicht. »Ach, Ihr dürft ihn nicht beim Wort nehmen. Ramon ist ein Frauenheld und hinter allem her, was nicht beim neunten Glockenschlag in der Stube sitzt. In meinen Augen seid Ihr ...« Er sah sie an. »Ihr seid außergewöhnlich. Ich habe noch nie eine Frau wie Euch getroffen.«

»Dann will ich dir Glück wünschen«, flüsterte Ravenna. Sie musste sich auf die Zehenspitzen stellen, um ihn zu küssen. Zuerst wirkte Lucian überrascht, beinahe erschrocken. Dann legte er die Arme um ihre Hüften und zog sie dicht zu sich heran.

Mit allen Sinnen nahm Ravenna diese Berührung wahr. Sie spürte die raue Haut an seiner Wange und atmete den Duft von frisch gemähtem Gras, von Schweiß auf sonnenbeschienener Haut. Seine Arme waren warm und stark und magischer als jeder Gürtel.

So unvermittelt, wie Lucian sie zu sich gezogen hatte, ließ er sie wieder los. »Das hätten wir nicht tun dürfen«, stieß er hervor. »Nicht, bevor das Turnier morgen entschieden ist, denn nun haben wir den Sieger um den ersten Kuss betrogen.«

»Ich komme aus der Zukunft und ich küsse, wen ich will«, erklärte Ravenna. »Oder glaubst du vielleicht, wenn es Beliar ist, werde ich ihn genauso herzlich umarmen? Nun tu, was du nicht lassen kannst, und zieh in den Kampf. Morgen um diese Zeit hole ich mir einen weiteren Kuss von dir. Das verspreche ich!«

Sieger und Verlierer

Der junge Ritter Marlon wurde im Morgengrauen zu Grabe getragen. Er erhielt einen Ehrenplatz in der Feengrotte im Felsen unterhalb der Burg. Dort hatten seine Freunde fast die ganze Nacht Wache gehalten.

Alle waren zu dem Begräbnis gekommen, sogar die hohen Herren aus der Stadt. Schweigend und in betrübte Gedanken versunken, standen die Gäste im Eingangsbereich der Höhle und erwiesen dem Ritter die letzte Ehre. Der Bischof sprach einige Worte, dann hob Mavelle die Arme und hüllte den Leichnam in Zedernrauch.

Gebannt beobachtete Ravenna, wie sich die Schwaden über Marlons Körper ballten. Eine Laute erklang und die zierliche Elfe begann zu singen. Als ihre Stimme die Grotte erfüllte, kam plötzlich Leben in die Wolke. Ravenna hielt den Atem an – Aveline hatte sie vorgewarnt, dass etwas Derartiges geschehen würde. In rauchgrauen, unscharfen Bildern erlebte Ravenna, wie das Kind Marlon geboren wurde, wie es in der Burg seiner Eltern aufwuchs und wie der Jüngling an Constantins Hof geholt wurde. Dann wurde Marlon zum Ritter geschlagen und er blieb es bis zur Stunde seines Todes.

Der König weinte, und Ravenna spürte, wie auch ihr Tränen über die Wangen rollten. Wütend wischte sie sich mit dem Handrücken über die Augen und starrte zur Marquise de Hœnkungsberg hinüber. Wie konnte Elinor es wagen, zu dem Begräbnis zu erscheinen! Wusste sie nicht, dass es die Krieger ihres Gatten gewesen waren, die den jungen Ritter erschlagen hatten?

Erbittert beobachtete sie, wie die Marquise eine weiße Rose auf die Brust des Toten legte und ihn auf die Stirn küsste. Eines musste man Elinor lassen: Sie war sehr schön. Sie trug ein Kleid aus schwarzer Seide, einen Spitzenschleier und einen Kranz aus schwarzen Malven im Haar. Sogar ihr Schmuck war schwarz und inmitten von so viel Dunkelheit leuchtete ihr Gesicht wie Elfenbein.

Als sie Ravennas Blick spürte, lächelte sie. Lynette ging dicht hinter ihr und trug die Schleppe wie den Schleier einer trauernden Braut.

»Marlon war Elinors Neffe«, hauchte Aveline ihr ins Ohr. Offenbar hatte sie Ravennas herausfordernden Blick bemerkt. »Dritten oder vierten Grades ist Elinor sogar mit dem König verwandt. Sie hat das Recht, an der Feier teilzunehmen.«

Ravenna spürte, wie ihr das Blut ins Gesicht stieg. Elinor verhöhnt die Sieben, dachte sie. Ihre Aufmachung und ihr Erscheinen bei der Grablegung ist eine einzige Herausforderung.

Dann wurde ihre Aufmerksamkeit abgelenkt. Mavelle sprach ein Wort der magischen Sprache und, aus Rauch geformt, erschien Marlons Gesicht über der Bahre. Traurig blickte er seine Gefährten an. »Geh jetzt, mein Freund«, sagte die Elfe weich. »Irgendwann kommt ein anderer Tag und dann sehen wir uns wieder. Jetzt musst du Abschied nehmen.«

Eine weitere Handbewegung, und der Rauch zerstob. Marlons Mutter schluchzte, als Lucian und seine Freunde die Bahre anhoben und ans Ufer des unterirdischen Sees trugen, der den größten Teil der Höhle erfüllte. Sie legten den Toten in ein Boot und entzündeten eine kleine Laterne am Bug. Ein Stoß und das Boot begann über den stillen See zu treiben.

Ravenna starrte dem Licht nach, bis es so klein wie eine Streichholzflamme war. Ihre Augen brannten.

Nach der Trauerfeier versammelten sich die Gäste auf dem Turnierplatz am Fluss. Nebelstreifen waberten über den Auen, die Luft war kühl und roch nach Sommer. Über dem festlichen Kleid trug Ravenna den langen, grauen Hexenmantel. Die Kapuze verhüllte ihr Gesicht und das geflochtene Haar, als sie zusammen mit den anderen Magierinnen und deren Gefährten den erhöhten Platz unter dem Baldachin der Ehrentribüne aufsuchte. Alles war mit Bändern und frischen Birkenzweigen geschmückt. König Constantin unterhielt sich mit dem Bischof und den Mitgliedern des Stadtrats und bewirtete seine Gäste mit Wein und süßem Kirschkuchen. Die Schülerinnen des Konvents, die Handwerker und Bauern aus den umliegenden Dörfern und die Besucher aus der Stadt drängten sich beiderseits des Turnierplatzes auf roh gezimmerten Sitzbänken hinter der Absperrung. Nur den Hain am oberen Ende des Turnierplatzes betrat niemand.

Obwohl Ravenna den Kopf gesenkt hielt, spürte sie, wie sie von allen Anwesenden angestarrt wurde. Lynette, diese Schlange, hatte sicher überall herumerzählt, dass sie einer Beschwörung der Sieben gefolgt und durch ein magisches Tor gekommen war. Sogar in Hörweite machte sie sich darüber lustig, dass sich Ravennas Erfahrung als Magierin auf den gewaltigen Zeitraum von drei Tagen beschränkte.

»Ärgerlich, aber nicht zu ändern«, meinte Josce mit einem Achselzucken. Die groß gewachsene Jägerin reichte Ravenna die Hand und half ihr, über die hechelnde und dösende Hundemeute zu steigen. »Natürlich hätten wir den Außenstehenden gerne weisgemacht, dass du seit langem als Melisendes Nachfolgerin ausersehen bist. Nun ist es anders gekommen. Du wirst deiner Aufgabe trotzdem gerecht werden.«

Behaglich steckte die Jägerin die Beine aus, wobei sie einen ihrer Hunde aufscheuchte, der sich daraufhin schüttelte und sich dann dicht an Ravennas Beinen einen neuen Schlafplatz suchte. Als sie den Becher hob, um sich von Chandler einschenken zu lassen, kroch der Feuersalamander aus ihrem Ärmel. Ravenna erschrak. Blitzschnell schlang das Tier den Schwanz um Josces Handgelenk. »Keine Angst«, lachte die Jägerin jedoch, »und starr ihn nicht so an. Schließlich kann er nichts für die Boshaftigkeit seiner früheren Besitzerin. Lurche lösen nur dann unvorhergesehene Brände aus, wenn man sie mit einem Bann belegt. Ich wünschte nur, es wäre ebenso leicht, Elinor den Giftstachel zu ziehen.« Missmutig starrte die Jägerin zu dem Platz auf der gegenüberliegenden Tribüne hinüber, auf dem die Marquise mit ihrem Gefolge saß. Das schwarze Banner des Hœnkungsberg wehte über ihr. Mit Silberfäden war ein Skorpion in das Tuch gestickt. Aufmerksam beobachtete Elinor das Geschehen auf dem Turnierfeld, während Lynette hinter ihr stand und ihr Erfrischungen reichte.

»Was meinst du zu diesen Auftritt, mein Freund?«, murmelte Josce. »Gewiss freust du dich, deine alte Herrin wiederzusehen, aber du wirst ganz sicher nicht zu ihr zurückkehren.« Der Salamander antwortete ihr mit einem Fiepen. Es klang tatsächlich, als unterhielten die beiden sich in einer geheimnisvollen Sprache.

»Starr mich nicht so an, Ravenna.« Die Jägerin lächelte, als sie Ravennas Stirnrunzeln bemerkte. »Als Herrin der Wälder verstehe ich viele Wesen – nicht nur die Menschen. Deshalb konnte ich auch dir helfen.«

»Mir?«, wunderte Ravenna sich. Dann fiel ihr die Berührung an der Schläfe ein, mit der Josce im Hexensaal ihren Sinn für mittelalterliches Französisch geweckt hatte.

Als Constantin aufstand und den Becher hob, richteten sich aller Augen auf ihn. »Heute ist der Tag des großen Turniers«, rief der König. Mühelos erfüllte seine Stimme den gesamten Platz. »Am Abend wird der Sieger feststehen und die Schwertleite empfangen. Nun begrüßt mit mir die Maikönigin.«

Ravenna erhob sich auf sein Zeichen und legte den Mantel ab. In diesem Augenblick durchbrach die Sonne die Dunstschwaden über dem Fluss. Das frühe Licht blitzte auf dem Gürtel und der magischen Schließe. Ein Raunen ging durch die Menge. Ravenna lächelte verkrampft. Sie wandte sich nach allen Seiten, um die

Gäste zu begrüßen. Eine huldvolle Geste sah ganz bestimmt anders aus.

»Gemeinsam mit den sieben Magierinnen vom Odilienberg heißen wir nun die Streiter des heutigen Tages willkommen!«, rief Constantin. Eine Fanfare rief die Ritter auf das Feld. Sie trabten in einer langen Reihe herbei, die Gesichter lagen im Schatten der aufgeklappten Visiere. Obwohl sie die Vorstellung, dass diese Männer gleich gegeneinander kämpfen würden, beängstigend fand, konnte sich Ravenna dem Anblick nicht entziehen. Rösser und Reiter waren mit bunten Farben geschmückt. Wimpel und Banner flatterten über der Schar. Wie es den Regeln des Turniers entsprach, trug keiner der Kämpfer ein Schwert. Nun lösten sich einzelne Reiter aus der Linie, trabten zur Bande und senkten die Lanzen, um ein Band, eine Perlenkette oder einen Ring in Empfang zu nehmen. Auch Elinor löste einen Streifen schwarze Spitze von ihrem Schleier und band ihn dem Marquis ums Handgelenk.

»Was machen sie denn da?«, erkundigte Ravenna sich aufgeregt. »Warum reiten manche von ihnen zur Bande?«

»Sie nehmen das Pfand ihrer Liebsten entgegen«, erklärte Mavelle. Seufzend rückte die Elfe sich auf ihrem Platz zurecht. Sie hatte sich ein Polster in den Rücken gestopft, doch so richtig wohl schien ihr nicht zu sein. »Es gilt als Glücksbringer und als Zeichen, dass es jemanden gibt, für den sie kämpfen.«

Ravenna wurde blass. Das also hatte Lucian am gestrigen Abend gemeint, als er sie bat, ihm Glück zu wünschen! Sie blickte zu dem Reiter auf dem großen Silberschimmel, der regungslos zwischen den anderen Kriegern verharrte. Ghosts Fell schimmerte in der Sonne. Blickte Lucian zu der Tribüne herüber? Oder besann er sich ganz und gar auf den vor ihm liegenden Kampf? Dann fiel ihr Blick auf den Schild, den er am Arm trug, und der Atem stockte ihr. Als Wappen prangte dort die dreifach verschlungene Spirale. Das Triskel.

»Wieso ... wieso trägt er dieses Zeichen?«, stammelte sie. »Wie kann das sein?«

Die Elfe betrachtete sie neugierig. »Nun, ich habe gehört, dass Lucian dem Waffenschmied zwei Tage lang ins Gewissen geredet hat, damit dieser das Zeichen noch rechtzeitig auf dem Schild anbringt. Soviel ich weiß, hat es ihn eine beträchtliche Summe gekostet.«

Betroffen starrte Ravenna zu dem Reiter hinunter. Ich würde Euch sogar in Eurer Welt dienen, lautete sein Versprechen. Wodurch hatte sie so viel Zuneigung verdient? Und was hatte sie getan, um ihm zu danken? Sie hatte versucht, ihm auszureden, wonach er sich ein Leben lang gesehnt hatte: diesen Kampf zu gewinnen und einer der Gefährten zu werden.

Sie sprang auf. »Lucian! Lucian!« Rasch drängte sie sich durch die Menge und rannte an der Bande entlang. »Lucian! Ich will dir auch etwas geben!« In der Faust schwenkte sie das Triskel, das Yvonne ihr geschenkt hatte. Es war die Maigabe ihrer Schwester – welches Geschenk könnte passender sein?

Unter dem Jubel der Menge drehten die Reiter eine Ehrenrunde. Lucian blickte sie an, als er an ihr vorbeisprengte, aber er konnte nicht aus der Reihe ausscheren und zur Bande reiten – die Gelegenheit war verpasst. Als er mit den anderen Reitern zwischen den Zelten verschwand, merkte Ravenna, dass sie inmitten johlender und pfeifender Handwerksburschen stand. Die Gesichter waren bereits zu dieser frühen Stunde vom Biergenuss gerötet, und einer der fröhlichen Trinker haschte nach dem Schmuckstück in ihrer Hand.

»Gebt es mir! Ach, kommt schon, gebt es mir, edle Herrin vom Berg!«, schrie er, um das Grölen seiner Freunde zu übertönen. »Dann will ich Euer Ritter sein.«

»Halt den Mund oder es gibt was auf die Nase!«, fuhr Ravenna ihn an. Der Geselle wurde bleich, als sie derart aus der Rolle fiel. Mit der Würde der Maikönigin war es ohnehin vorbei. Die Leute starrten sie an, als sie den langen Rock hochzog und mürrisch zu ihrem Platz hochstieg.

Josce empfing sie mit einem breiten Grinsen. »Nun, wenigstens hat sich Lucians Einsatz gelohnt«, meinte sie. »Er wäre ein Ritter von trauriger Gestalt, wenn es anders wäre«, warf Mavelle ein. Dann verzog sie das Gesicht und legte eine Hand auf ihren Bauch. »Ach, Kind, hab Mitleid mit deiner armen Mutter. Die ganze Nacht tritt er mich schon.«

Wenn die Sieben wenigstens aufhören würden, ständig über mich zu reden, als wäre ich die Hauptfigur in irgendeiner Abenteuergeschichte, wünschte Ravenna sich. Es fiel ihr schwer, an diesem Morgen ruhig zu bleiben und an ihre Aufgabe zu denken, sie war aufgeregt wie ein kleines Mädchen. Heimlich probte sie die Handgriffe, mit denen sie später das Schwert des Siegers weihen sollte. All diese Menschen würden ihr dabei zusehen und sie wollte keinen Fehler begehen.

Ein Fanfarenstoß kündigte den Beginn des Turniers an. Zwei Reiter nahmen zu beiden Enden der Bande Aufstellung. Auf ein Zeichen des Königs senkten sie die Lanzen und die Pferde galoppierten los. Auch wenn die Enden der Waffen abgerundet waren – Ravenna konnte kaum hinsehen, wie sie aufeinander losgingen. Losgetretene Erdbrocken und Grashalme flogen umher und bei dem lauten Knall, mit dem die Lanzen auf die Schilde trafen, fuhr sie zusammen. Zwei Knappen halfen dem Besiegten auf die Beine und führten ihn an den Rand des Turnierfelds. Der Sieger ließ sich eine neue Lanze geben und ritt zurück zur Gruppe der Wartenden.

Als nächste waren Ramon und der Baron de Munchstein an der Reihe. Nevere flüsterte Ravenna zu, dass der Baron die Stadtväter so lange bekniet hatte, bis sie bei Constantin ein zweites Gesuch einreichten und ihn als weiteren Streiter in die Teilnehmerlisten eintragen ließen.

»Das macht er jedes Mal«, lachte die Magierin mit dem goldenen Stern auf der Stirn. »Niemand rechnet mit seinem Sieg, aber es ist immer wieder ein Vergnügen, ihm beim Verlieren zuzusehen. Nun gib acht – es geht los!«

Der Baron war ein älterer Mann. Sein Bauch war rund wie ein

Fass und er konnte das Pferd kaum mit den Beinen umschließen. Auf seinem Schild war eine dunkelrote Weinrebe abgebildet. Das könnte gut und gerne einer meiner Vorfahren sein, dachte Ravenna gut gelaunt.

In gespielter Verzweiflung rang Ramon die Hände. »Ich bitte Euch, mein Herr und König, erlaubt mir, diesen armen Mann zu schonen«, flehte er Constantin an. »Falls ich mit meiner Lanze ein Loch in ihn steche, fließt der schöne Traubensaft, mit dem er gefüllt ist, ungenutzt auf die Erde.«

Die Menge johlte vor Vergnügen. Die zornige Antwort des Barons ging im Lärm unter. »Haltet Euch an die Vorschriften des Turniers!«, rief Constantin seinem Ritter zu, aber er lachte über das ganze Gesicht. »Sobald Ihr den Kampfplatz betreten habt, darf sich niemand mehr in das Duell einmischen. Nun schließt die Visiere und legt die Lanzen an. Und los!«

Ramon kitzelte sein Ross mit den Sporen, bis es Kapriolen schlug. Seine Lanze schien den Schild des Gegners nur zu streifen, aber der Baron fiel vom Pferd wie eine reife Pflaume. Dann lag er auf dem Rücken und schimpfte, weil ihn das Gewicht der Rüstung am Aufstehen hinderte.

Ravenna hätte nicht gedacht, dass es an einem Tag, der so düster und traurig begonnen hatte, so viel zu lachen gab. Mehr und mehr ließ sie sich von der Stimmung der Menge mitreißen. Sie naschte vom Kirschkuchen, feuerte die Reiter an, beklatschte die Sieger und trauerte mit den Verlierern.

Lucian gewann seine Partie mit Leichtigkeit. Mit wendiger Eleganz hebelte er seinen Gegner aus dem Sattel und schien sich dabei nicht einmal sonderlich anzustrengen. Als er auf Ghost zum Ausgang trabte, erntete er ohrenbetäubenden Applaus. Viele der Mädchen kreischten wie bei einem Popkonzert und schrien seinen Namen. Ravenna fühlte einen Stich der Eifersucht. Lucian hatte nicht einmal zu ihr hochgesehen.

Sie sank wieder zwischen Nevere und Mavelle auf die harte Bank. Mittlerweile stand die Sonne höher am Himmel und man spürte, dass es ein heißer Tag werden sollte. Im zweiten Durchgang trafen Ramon und der Marquis aufeinander. Diesmal gab es kein Geplänkel und keine spaßigen Vorreden. Beliar hatte das Visier geschlossen. In schwarzer Rüstung und schwarzem Rossharnisch wirkten er und sein Rappe wie aus einem Guss und auf seinem Schild prangte der Skorpion. Ramons Pferd, ein Schimmelhengst namens Charmer, trippelte auf der Stelle, sein langer Schweif peitschte hin und her.

Als die Pferde angaloppierten, hielt Ravenna den Atem an. Ramon beugte sich vor, um sein Pferd zusätzlich anzufeuern. Beliars Lanze zielte auf den Schild mit dem silbernen Halbmond, aber in letzter Sekunde zuckte die Spitze hoch und traf mit voller Wucht auf das Visier des jungen Ritters. Ramons Kopf wurde zurückgeschleudert, ein Teil von Beliars Lanze brach ab. Mit dem Rest versetzte der Marquis dem Getroffenen einen Stoß in die Rippen, der Ramon aus dem Sattel warf. Er rollte durchs Gras und blieb regungslos liegen.

Einen Herzschlag lang verharrte die Menge ohne jeden Laut. Dann brach ein Sturm der Entrüstung los. Die Menschen schrien und tobten und beschimpften den Marquis. Ramons Freunde galoppierten auf den Platz und verlangten von Constantin, dass er Beliar von der weiteren Teilnahme am Turnier ausschloss. »Das kann ich nicht!«, erwiderte der König mit versteinerter Miene. »So lauten die Regeln. Ein Mann muss selbst von seinem Recht auf den Sieg zurücktreten, sonst bleibt er unter den Herausforderern.«

»Aber der Marquis hält sich doch auch nicht an die Regeln!«, brüllte Vernon.

»Mavelle! Mavelle! Gib mir meine Tasche!« Nevere war längst aufgesprungen und zwängte sich an den anderen Magierinnen vorbei. »Ravenna, hilf ihr. Nein, am besten kommst du gleich mit mir. Mach schnell!«

Zum zweiten Mal an diesem Morgen rannte Ravenna zum Turnierplatz hinunter. Die Handwerksburschen starrten stumm und ernüchtert auf den gestürzten Reiter. Ein Knappe versuchte, Ramons Pferd einzufangen, zwei weitere Burschen rannten mit einer Trage herbei. Gelassen trabte Beliar zu seiner Marquise und nahm ihre Huldigung entgegen. Elinor wirkte blasser als der Tod. Lynette stand hinter ihrer rechten Schulter und lächelte.

»Sieh hierher und gib acht!« Nevere stieß Ravenna mit dem Ellenbogen an. Ihr blaues Festgewand glitzerte wie Wasser, als sie neben Ramon niederkniete. »Du musst mir helfen, das Visier aufzuklappen. Siehst du das Gelenk hier? Halte das ... so ist es gut. Ich hoffe nur, du kannst Blut sehen. Manche Schülerinnen werden mir schon ohnmächtig, wenn ich ihnen nur die Gedärme eines toten Huhns auf den Tisch lege.«

Ich halte das schon aus, wollte Ravenna erwidern, doch mit dem Anblick unter dem verbeulten Visier hatte sie nicht gerechnet. Ein Splitter der Lanze hatte sich durch den Sehschlitz gebohrt und steckte in Ramons linkem Auge. Die ganze Gesichtshälfte war eingedrückt.

Ravenna brach der Schweiß aus. Sie biss die Zähne zusammen und half Nevere mit zittrigen Fingern, die Schnüre des Helms zu lösen und den Kopf des Ritters auf ihre Knie zu betten. »Es wird alles gut, Ramon. Hörst du mich?« Nevere ergriff den jungen Mann an der Schulter und schüttelte ihn sanft. »Bald lachst du wieder schönen Mädchen hinterher.«

Als Heilerin muss sie erbarmungslos lügen, schoss es Ravenna durch den Kopf. Ramon stöhnte. Gestern hatte er noch mit seinen Freunden herumgealbert und dumme Witze über sie gerissen. »Ich hätte mich doch von dem Baron ausstechen lassen sollen«, lallte er undeutlich. Dann drehte er den Kopf zur Seite und spie einen Schwall Blut auf Ravennas Rock.

Ravenna versuchte auszublenden, was um sie herum geschah, und achtete nur auf die Anweisungen, die Nevere ihr gab. Sie hielt den Kopf des Ritters, als die Knappen ihn auf die Trage legten. Im Laufschritt trugen sie Ramon zu einem großen Zelt am Rande des Turnierplatzes und Nevere folgte ihnen mit der Tasche in der Hand.

Dieses Zelt war nur zu dem Zweck errichtet worden, die Verwundeten dieses Tages aufzunehmen, begriff Ravenna. Zweifellos würde es noch mehr Opfer geben, denn nun hatte sie keinen Zweifel mehr: Constantins Ritter kämpften gegen den leibhaftigen Teufel.

Als sie sich umdrehte, prallte sie fast gegen Ghosts weiße Schulter. Lucian hatte das Visier hochgeklappt. Er war kreidebleich und die dunklen Augen stachen aus dem blassen Gesicht. »Habt Ihr das gesehen?«, stieß er leise hervor. »Dieser Marquis ist ein Unmensch. Lieber sterbe ich, als dass ich zulasse, dass Ihr ihm am Ende dieses Tages in die Hände fallt.«

Ravenna fasste nach dem Zügel des Hengsts. »Hier«, sagte sie und reichte ihm das Triskel hinauf. »Das ist mein Pfand für dich. Esmee meint, es sei gut gemeint, aber schlecht gemacht, doch etwas anderes besitze ich nicht.«

Sie blinzelte, um Lucian durch die verräterischen Tränen hindurch zu sehen. Zwei oder drei Herzschläge lang schien es ihr, als seien sie, Lucian und das weiße Pferd der Mittelpunkt der Welt. Dann drehte sie sich um und lief zu dem großen Zelt.

Scharfer Kräuterduft empfing sie, als sie ins Halbdunkel trat. Nevere beugte sich über die Liege, auf die man den jungen Ritter gebettet hatte. »Na endlich«, empfing sie Ravenna ungeduldig. »Wo warst du so lange?«

Ravenna konnte nicht antworten. Ihre Kehle war wie zugeschnürt. Ängstlich warf sie einen Blick auf Ramon, der reglos dalag und die Augen geschlossen hatte. »Ist er tot?«

»Nein. Ich habe ihn in einen Schlaf versetzt, in dem er keine Schmerzen mehr verspürt. Jetzt werde ich den Splitter herausziehen. Du musst seinen Kopf festhalten.«

Ravenna tat, was die Magierin ihr befahl. Neveres Handgriffe erfolgten sachlich und geübt, als habe sie keine Vorstellung von den Qualen, die der Verletzte erdulden musste. Von jeder ihrer Berührungen blieb ein wenig Goldstaub auf Ramons Gesicht und Körper haften, bis der junge Mann in ein mattes Leuchten getaucht war. »Es ist die Gabe«, erklärte Nevere knapp, als sie Ravennas staunenden Blick bemerkte. »Die Gabe und ein wenig von diesem Mittel.« Sie hob eine bauchige Flasche mit schlankem Hals, die sich in ihrer Tasche befunden hatte. Als Nevere sie schüttelte, wirbelte Goldstaub in einer klaren Flüssigkeit. Auf dem Boden der Flasche lag Neveres Siegel. Es zeigte eine Ähre. Der goldene Staub hatte sich in jeder Ritze festgesetzt, so dass der ganze Ring zu leuchten schien.

»Einmal im Jahr, wenn das Korn geschnitten wird, begebe ich mich auf Wanderschaft«, erklärte sie leise. Sie berührte den Stern auf ihrer Stirn. »Ein Traum hat mir gezeigt, wie ich meine Heilgabe finde: In einer Schlucht sammelt sich ein Teil des Stroms. Es ist eine Art magischer Niederschlag, wie Staub von einem weit entfernten Stern. Ich nehme immer nur wenig mit, denn diese Substanz ist kostbar. Kennt man ein solches Heilmittel in deiner Zeit?«

Ravenna schüttelte den Kopf. Aus dem Augenwinkel sah sie, wie sich Ramons Brust langsam hob und senkte. »Ich weiß nicht, ob er überlebt oder wieder ganz gesund wird«, beantwortete Nevere ihre unausgesprochene Frage. »Niemand weiß so etwas, denn alleine die Zeit heilt die Wunden.« Eilig packte sie ihre Sachen wieder in die Tasche. Als sie die Flasche in die Hand nahm, zögerte sie.

»Esmee hat mir erzählt, dass du auch eine Wunde mit dir herumträgst«, sagte sie. »Eine unsichtbare Wunde, die deshalb jedoch nicht weniger schmerzhaft ist.«

Ravenna spürte, wie sie blass wurde. Sie wich zurück bis an die Zeltwand. Niemals würde sie den stolzen Zauberinnen vom Odilienberg von der Nacht in ihrer Küche erzählen, von der Erniedrigung und dem Entsetzen, die sie seit dem Übergriff nicht hatte abwaschen können.

»Hab keine Angst«, beruhigte Nevere sie. »Ich will nicht hinter dein Geheimnis dringen. Du musst nur eines verstehen...« Langsam trat sie näher. Ihre Hände verströmten den Geruch der Kräutersalbe, mit der sie Ramons Wunde behandelt hatte, und von ihrem Körper ging eine merkwürdige Kühle aus. Wie von einem Regenguss nach langer Hitze, ging es Ravenna durch den Kopf. Dann fiel ihr ein, wie die anderen Mädchen ihr erzählt hatten, dass Nevere eine große Wetterzauberin war.

»Sag mir, ob du dich im Kreis der Geweihten noch zurechtfindest«, wollte die Magierin wissen.

»Aveline führte mich in das Geheimnis von Imbolg ein«, rechnete Ravenna ihr an den Fingern vor. »Dann folgten Josce und das Siegel des Frühlings. Esmee machte mich zur Maikönigin und du ...« Ruckartig hob sie den Kopf. »Wir haben das Sonnwendfeuer ausgelassen. Mittsommer – wenn die Nacht am kürzesten ist und die Tage heiß und sonnig.«

Nevere nickte zufrieden. »Du lernst schnell«, stellte sie fest. »Das ist gut, denn leider sind unsere Feinde verschlagen und grausam. Die Mittsommernacht gehörte Melisende. Zu diesem Zeitpunkt konnte sie ihr Siegel in den großen Strom tauchen und die Magie zur Erde lenken. Darüber kann dir keine von uns etwas beibringen. Du musst selbst herausfinden, was in dieser Nacht zu tun ist.«

Ravenna schluckte. »Aber ...«, begann sie, doch mit einer barschen Handbewegung schnitt Nevere ihr das Wort ab. »Hör mir gut zu! Bis zur Sommersonnwende sind noch wenige Wochen Zeit. Bis dahin werden wir dich alles lehren, was wir wissen. Lucian wird dich auf der Suche nach dem verschwundenen Siegel begleiten. Deshalb ist es wichtig, dass er den heutigen Tag unbeschadet übersteht. Ihr müsst das Siegel des Sommers finden und rechtzeitig zum Tanzplatz bringen, sonst, fürchte ich, wird der Strom versiegen. Das wäre das Ende der Magie und das Ende unseres Konvents.« Sie nahm Ravennas Hand. »Denk immer daran: Was heute geschieht, hat Einfluss auf morgen. Es ist auch dein Leben, um das du kämpfst.«

Das Blut rauschte Ravenna in den Ohren. Sie dachte an die Besprechung in Constantins Halle und daran, dass Mémé sich vor dem Augenblick gefürchtet hatte, in dem jemand die magische

Gabe ihrer Enkelinnen entdeckte. Oder ihre eigene. Nichts ist jemals wirklich vergangen, dachte Ravenna, weder das Gute noch das Schlechte. Sie blickte Nevere fest in die Augen.

»Wir werden es versuchen«, versprach sie und war sich im Klaren darüber, dass ihr Vorhaben, den Odilienberg des Jahres 1253 noch in dieser Nacht zu verlassen, damit hinfällig wurde. »Lucian und ich – wir bringen das Siegel des Sommers zurück.«

Nevere wirkte erleichtert. »Ihr zwei seid füreinander bestimmt. Jeder konnte das vorhin sehen, als du ihm das Pfand gabst«, raunte sie. »Du warst wunderschön, eine echte Maikönigin. Man sieht einer Hexe an, wenn sie Magie wirkt.«

Aus ihrer Tasche holte sie ein Säckchen aus Leder und drückte es Ravenna in die Hand. »Ein wenig Heilstaub besitze ich noch. Nimm ihn, Ravenna. Eine Zauberin muss stark und unerschrocken sein. Sie darf keine Schatten auf der Seele haben. Das ist es, was du von mir lernst: Was immer dich bedrückt, befreie dich davon! Und wenn du das Heilmittel ansetzt, musst du darauf achten, dass …«

Ravenna schrak herum, als die Plane vor dem Eingang zurückgeschlagen wurde. Ein Mann mit fuchsrotem, struppigem Haar stürmte ins Zelt. Er trug eine Armbrust und ein Lederwams. Flüchtig beugte er vor Nevere das Knie und sprang sofort wieder auf.

»Herrin, erlaub mir, gegen diesen Beliar zu kämpfen! Gerade reitet der Kerl frech über den Platz und verspottet die Sieben! Er behauptet, ihr hättet seine Lanze verflucht, so dass sie Ramon von selbst ins Gesicht sprang.«

Nevere schloss ihre Tasche. »Nein, Marvin«, sagte sie kühl. »Es wurde verfügt, dass heute nur Constantins junge Ritter kämpfen. Vergiss nicht, es geht um Tades Nachfolge.«

»Dann gestatte mir wenigstens einen Schuss aus dem Hinterhalt«, rief der Rothaarige und schlug mit der flachen Hand gegen seine Armbrust. »Ein gezielter Bolzen, genau in die Stirn, und die Nachwelt plagt sich mit einem Scheusal weniger! Was starrst du mich so verschüchtert an, Mädchen!«, wandte er sich unwirsch an

Ravenna. »Ist es dir vielleicht lieber, wenn dein Held im Kampf fällt?«

Ravennas Herz pochte hart, als ihr klarwurde, dass Marvin seiner Magierin soeben einen heimtückischen Mord antrug. Und dass er sie zur Mitwisserin machte. »Wenn du Beliar umbringst, würde Constantin den Sieg vielleicht nicht gelten lassen«, gab sie zu bedenken. »Dann fängt alles wieder von vorne an.«

Verächtlich schnaubte Marvin durch die Nase. Er war der Einzige, der Nevere und sie wie gewöhnliche Frauen ansprach. »Nun hör sich das einer an!«, höhnte er. »Hier geht es längst nicht mehr um den Sieg bei einem Turnier! Beliar ist drauf und dran, die Stadtväter davon zu überzeugen, dass ihr schwarze Hexen seid. Dann blüht euch das gleiche Schicksal wie Melisende, der nun niemand mehr helfen kann. Leider kann ich ihn so ohne weiteres nicht aus dem Weg räumen, denn er ist ein Dämon und hat in Drachenblut und Schlimmerem gebadet. Es sei denn ...« Listig hielt er Nevere einen Bolzen hin. »Nur ein kleiner Fluch, Nevere. Eine beiläufige Verwünschung und dann ... tock! Mit schönen Grüßen zurück in die Hölle!« Mit dem Mund ahmte er das Geräusch nach, das der Spannhebel der Armbrust beim Auslösen machte.

»Es reicht jetzt, Marvin«, drohte Nevere. Sie hielt ihren beiden Begleitern die Zeltplane auf und wartete, bis sie ins Freie traten. »Das Turnier wird nach Constantins Regeln ausgetragen, denn wenn Beliar auf unehrenhafte Weise fällt, werden die Stadtväter uns alle der Hexerei beschuldigen. Dann ist es mit dem Konvent auf dem Odilienberg gleich vorbei.«

Spöttisch verneigte sich Marvin vor der Heilerin. »Dem König sind die Zügel längst entglitten. Um seine Regeln schert sich nun wirklich niemand mehr, aber das werdet ihr gleich selbst sehen, wenn ihr auf den Platz zurückkehrt. Wozu braucht ihr mich dann noch?« Die Fasanenfeder auf seiner Kappe wippte, als Marvin wutentbrannt losstapfte.

Mit einem scharfen Wort rief Nevere ihn zurück. »Halte vor

diesem Zelt Wache! Niemand darf sich Ramon nähern, der nicht zu uns gehört. Und wehe dir, wenn du meinen Befehl nicht befolgst! Wenn wir Beliar zwingen wollen, dass er sich an die Regeln hält, müssen wir sie selbst beachten.«

Mit einem flauen Gefühl im Magen folgte Ravenna der Heilerin zu dem abgesteckten Kampfplatz. Sie schob das Päckchen mit dem magischen Heilstaub unter das Gewand. Wind war aufgekommen, die Blätter der Birken flirrten in der Sonne. Die Schimmel der jungen Ritter drängten sich vor Constantins Platz auf der Tribüne. Die Reiter lauschten, als Nevere dem König über den Zustand des Verletzten Bericht erstattete. Unterdessen ritt Beliar dicht an der Bande entlang und sprach eindringlich auf die Menschen ein. Mit Schrecken stellte Ravenna fest, dass er immer mehr Zuhörer fand. Nicht wenige Leute klatschten, sobald er den Rappen weitertrieb. Könnte ich ihm nur wenigstens einmal von nahem ins Gesicht sehen, wünschte sie. Ich würde ihn anspucken und verfluchen.

In einem Wasserkübel, der am Rande des großen Platzes stand, wusch sie sich die Hände. Das Kleid war ruiniert, Ramons Blut ließ sich nicht auswaschen, so sehr sie den Stoff auch knetete und rieb. Der nasse Rock klebte ihr an den Beinen, als sie auf die Tribüne zurückkehrte, gerade noch rechtzeitig, um Constantins Beschluss zu hören.

»Das Turnier wird fortgesetzt!«, rief der König. Auf dem großen Platz breitete sich Stille aus, auch Beliar brachte seinen Rappen zum Stehen. Auf seinem Helmbusch loderte die knisternde Flamme.

»Allerdings wird es eine Änderung geben«, fuhr Constantin fort. »Die Reiter aus meiner Burg haben mir soeben ihren Verzicht auf die weitere Teilnahme erklärt. Mit einer Ausnahme treten sie geschlossen vom Turnier zurück. Es verbleiben auf dem Platz: der Baron de Munchstein, der Marquis de Hœnkungsberg und Lucian von Landsberg.«

Fast wäre Ravenna auf den Stufen ausgerutscht. Nein!, dachte sie und ihr Herz pochte dumpf. Warum tut er das? Das darf er nicht! Mit dem nächsten Atemzug wurde ihr klar, was Lucian und seine Freunde zu dieser Entscheidung bewog.

Es war allein ihre Schuld.

Sie hatte ihm ihre Halskette als Pfand gegeben, während sie den Gürtel der Maikönigin trug, und alle auf dem Platz hatten es gesehen. Er kämpfte für sie, die als Melisendes Nachfolgerin ausersehen war. Aber genau das wollte ich doch verhindern, schoss es ihr durch den Kopf, während sie versuchte, sich zu Constantins Sitzplatz vorzudrängen. Überall standen Städter und Kaufleute in pelzverbrämten Mänteln, Bauernleute in groben Holzschuhen, von der Arbeit gebeugte Knechte und Dienstmägde, die die Kinder ihrer Herrschaften an der Hand hielten. Alle reckten die Hälse, als Beliar und der Baron zur Bande ritten.

Warum lässt dieser Narr es denn nicht sein?, dachte Ravenna verzweifelt. Gegen den Marquis hat der Baron doch keine Chance! Er hatte sogar Mühe, sein ängstliches Pferd zu bändigen. Der Wallach witterte die Flammen auf Beliars Helm und scheute immer wieder vor der Bande zurück, bis der Baron seinem Knappen befahl, das Pferd zu führen. Geduldig wartete Lucian am Rand auf den Sieger des nächsten Durchgangs.

Ein vielstimmiger Aufschrei ertönte. Der Baron hatte das Visier noch nicht geschlossen, als Beliar auf ihn losstürmte. Hektisch versuchte der Mann, Ordnung in die Zügel zu bringen, aber sein Pferd wollte nicht einmal traben, als Beliar schon die Lanze anlegte. Scharfe Grate blinkten an der Spitze aus Eisen. Der Marquis hatte die Waffen unbemerkt ausgetauscht. Diese Lanze war nicht für ein Turnier gedacht, sondern für den Kampf.

Er wird ihn umbringen!, durchzuckte es Ravenna.

Plötzlich ging ein Aufschrei durch die Menge. Wie ein weißer Blitz schoss Ghost am Wallach des Barons vorbei. Ravenna stockte der Atem, als der Schimmel mit vorgestrecktem Hals an der Bande entlangstürmte.

»Pass auf!«, schrie sie, denn sie sah, wie die Spitze von Beliars

Lanze zuckte. Doch Lucian war auf die Finte des Gegners gefasst. In letzter Sekunde duckte er sich tief in die flatternde Mähne, glitt aus dem Sattel und hing wie eine Klette an der linken Seite des Hengsts. Beliars Lanze zischte über ihn hinweg, während sein Speer sicher auf der Sattelfläche auflag. Mit einem dumpfen Geräusch prallte er auf den Schild des Gegners.

Der Marquis schwankte, aber er blieb im Sattel. Sein Helmbusch zog eine Rauchschwade hinter sich her. Mit harter Hand riss er sein Pferd herum, während Lucian sich wieder aufrichtete und Ghosts trommelnden Galopp abbremste. Ein Aufstöhnen ging durch die Menge, dann wurden zaghafte Beifallsrufe laut. Starr vor Schreck hockte der Baron auf seinem Pferd.

»Ein weiterer Durchgang!«, verkündete der Hofmarschall. »Noch steht kein Sieger fest. Es muss einen weiteren Durchgang geben!« Fanfarenstöße gellten über den Platz. Ravenna biss sich auf die Fingerkuppen, um nicht zu schreien. Alle sprangen auf, als der junge Ritter und der schwarze Marquis an der Bande Aufstellung nahmen. Mit ruhiger Hand nahm Lucian eine andere Lanze entgegen. Diesmal war es kein Spiel mehr, sondern tödlicher Ernst.

Das Signal ertönte. Der Rappe des Marquis' stieg auf die Hinterbeine, ehe er lospreschte. Ein Sturmbanner, so flatterte die Flamme auf Beliars Helm. Seine Lanze zielte auf den Brustharnisch des jungen Ritters, und im vollen Lauf ließ er die Zügel schießen und strich mit dem Handrücken über den Schaft.

Eine Feuerwolke löste sich und raste Lucian entgegen. Erschrocken hob der junge Ritter die Hand und drehte das Gesicht weg, ehe die Stichflamme ihn einhüllte. Er stürzte fast zu Boden, als Ghost zur Seite scheute. Später würde Ravenna immer wieder erzählen, dass der unwillkürliche Schlenker Lucian das Leben rettete, doch in diesem Augenblick sah sie nur eine abgeplatzte Stahlschiene über der Schulter, zerrissene Kettenglieder und Blut.

Unbarmherzig schmetterten die Fanfaren. Lucian krümmte sich im Sattel, aber er wehrte die ängstliche Fürsorge seiner Freunde ab. Wütend drohten die jungen Ritter dem Marquis mit den Fäusten, während dieser sein Ross entlang der Bande tänzeln ließ. Aber Lucian wollte von ihren Einwänden nichts wissen.

Er blickte zu Ravenna herauf. Über all die Köpfe und die vielen Arme hinweg sah er nur sie an, bis sich die ersten Zuschauer umdrehten, um zu sehen, wer dort stand. Dann schloss er das Visier.

Nein, o nein!, stöhnte Ravenna innerlich. Wie soll ich denn das Siegel des Sommers finden, wenn ihm etwas zustößt? Wie soll ich jemals wieder lachen, wenn er stirbt?

Die dreifache Spirale auf Lucians Schild blitzte in der Sonne. Starr heftete sie den Blick auf das Triskel. Schütze ihn! Morrigan, beschütze meinen Gefährten! Sie wankte, als ihr der lautlose Schrei wie Fieberglut durch die Adern strömte. Eine Lichtbrücke entstand, und einen Augenblick lang glaubte sie, ohnmächtig zu werden.

»Herrin?« Einer der Handwerksburschen fing sie auf und stützte sie. Dankbar lehnte sie sich auf seinen Arm, und nicht einmal der Geruch von Schweiß und saurem Bier störte sie.

Blut tropfte von Lucians Ellenbogen auf das weiße Pferdefell, aber es gelang ihm, den Schild zu heben und die Lanze auf Kurs zu halten. Als das Signal ertönte, grub er die Fersen in Ghosts Weichen und der Schimmel startete mit gewaltigen Sätzen. Diesmal dachte Lucian nicht länger daran, den Flammen auszuweichen oder sich zu ducken – in einer Geraden hielt er auf Beliar zu. Der Knall, mit dem die Lanzen auf die Schilde prallten, war ohrenbetäubend. Der mächtige Rappe bäumte sich auf und im nächsten Augenblick wälzten sich Ross und Reiter auf dem Boden.

Die Zuschauer schrien auf. Der Geselle riss beide Arme in die Luft und hätte Ravenna in seiner Begeisterung um ein Haar von der Treppe gestoßen. Erst als sie das Gebrüll und Getrampel rings um sich hörte, begriff sie, dass Lucian gewonnen hatte. Sein Schild war geborsten, und er schwankte kreidebleich im Sattel, aber er ging als Sieger aus dem letzten Durchgang hervor. Es war vorbei.

Schluchzend sank sie auf die Stufen und verschränkte die Arme über dem Kopf. So fand sie Mavelle, die sich mit ihrem schwangeren Bauch durch die Menge schob.

»Da bist du ja! Was machst du denn zwischen lauter Fassbindern und Wagnern?« Sie packte Ravenna am Handgelenk und zog sie auf die Füße. »Komm schon! Nun komm doch – jetzt ist keine Zeit zum Weinen. Du bist die Maikönigin und musst den Sieger ehren«, befahl sie.

König Constantin erwartete die Besucher am Rand des Birkenhains. Dorthin führte Mavelle auch Ravenna. An der Seite der Elfe schritt sie durch das lange Spalier der Gäste. Viele betrachteten sie neugierig, nicht wenige applaudierten und alle hielten Birkenzweige in den Händen. Nervös suchte Ravenna die Reihen nach Beliar ab, doch seit dem Sturz vom Pferd war er verschwunden. Auch Lynette war nirgends zu sehen. Zuletzt entdeckte sie die Marquise. Zu Fuß und ganz allein stand Elinor neben dem König. Über der Schulter trug sie einen Sack aus weichem Leder, der wie die Schutzhülle eines Instruments aussah.

Sie sucht die Nähe zur Macht, ging es Ravenna durch den Kopf. Dann hob sie den Kopf. Die Siegerehrung wollte sie sich von niemandem verderben lassen, auch nicht von der Hexe vom Hœnkungsberg.

Constantin empfing sie mit offenen Armen und küsste sie auf beide Wangen, als hätte dieser Nachmittag sie zu seiner Schwiegertochter gemacht. Anschließend stellte er sie den geladenen Gästen vor. Der Reihe nach schüttelte Ravenna Königen aus anderen Teilen des Landes, Constantins Grafen und dem Bischof die Hand. Die Marquise musterte sie kühl. Ravenna zuckte zusammen, als sie Elinors Hand nahm. Die Innenfläche war dick vernarbt. Von nahem erkannte sie, dass Elinor so ausgezehrt war, als stünde sie kurz vorm Verhungern. Mit mageren Fingern strich die Marquise über ihren Handrücken und die große, dunkelblaue Perle auf ihrer Stirn schimmerte.

»Drei Tage hier und schon Maikönigin. Das ist beachtlich«, stellte sie fest.

»Vier«, entgegnete Ravenna. Sie stellte sich aufrechter hin und reckte das Kinn vor. »Mit heute sind es vier Tage.«

Elinor lächelte. »Wenn du glaubst, dass es dir etwas nützt.« Sie zuckte die Achseln und wandte sich ab.

Während der offiziellen Begrüßung wartete Lucian bei seinen Freunden. Statt der Rüstung trug der junge Ritter nun Hemd und Hose aus Leinen sowie einen Umhang. Nevere hatte die verletzte Schulter verbunden, und Lucians Blicke folgten Ravenna überallhin.

Für den Sieger des Lanzenstechens sah Lucian jedoch ungewöhnlich ernst aus. *Ich habe ungute Erinnerungen an manche Turniere. Es hat Tote gegeben, Freunde von mir.* Seine Warnung hallte in Ravenna nach. Er bewacht mich, dachte sie, genau wie er versprochen hat. Doch wovor? Lucians Aufmerksamkeit erfreute sie und machte sie zugleich nervös, denn sie konnte nicht erkennen, woher die Gefahr drohte, jetzt, da der Marquis besiegt war.

Endlich war das Begrüßungszeremoniell vorbei. König Constantin winkte den Baron de Munchstein zu sich. »Wir alle haben erlebt, wie Lucian kämpfte und das Duell gegen den Marquis gewann«, begann er. »Erklärt Ihr nun vor all diesen Zeugen, edler Baron, was Ihr mir vorhin bereits unter vier Augen sagtet, nämlich dass Ihr auf eine weitere Herausforderung am heutigen Tag verzichten wollt? Somit wäre Lucian endgültig der Sieger des Turniers.«

Würdevoll verneigte sich der Baron vor dem König und dann vor Lucian. »Mein lieber Constantin«, hob er an und erntete bereits für diese Anrede die ersten Lacher. »Ich glaube, Euer junger Freund hier hat mich für den Rest meiner Tage davon geheilt, mich mit Euren Rittern messen zu wollen – auch wenn das bedeutet, niemals eine der schönen Frauen vom Odilienberg zu gewinnen. Statt ihn erneut zum Kampf zu fordern, will ich ihm lieber danken, denn nur durch sein beherztes Eingreifen bin ich noch am Leben. Falls Ihr, Lucian von Landsberg, eines Tages in Bedrängnis seid, so braucht Ihr Euch nur auf mich berufen. Ich werde kommen.«

Die jungen Handwerksburschen japsten vor Lachen. Einige Frauen aus der Stadt seufzten, als der Baron seinem Retter die Hand schüttelte. Lucian wirkte verlegen, als er einige höfliche Worte murmelte.

»Nun macht nicht so ein Aufheben um so ein lausiges Ergebnis«, knurrte eine Stimme hinter Ravenna. Als sie sich umdrehte, entdeckte sie Neveres rothaarigen Gefährten in der Menge. Marvin funkelte sie an. »Beliar hat den Sturz leider überlebt. Ein verstauchter Knöchel und ein lahmes Pferd – es wäre für uns alle besser gewesen, der Marquis wäre nie wieder aufgestanden.«

»Lucian ist eben kein feiger Mörder«, gab Ravenna zurück.

»Sondern ein Dummkopf«, erwiderte Marvin kalt. »Oder glaubst du vielleicht, der Feind weiß seine Großherzigkeit zu schätzen? Irgendwann rächt sich sein Edelmut und dann wäre es deinem Geliebten bestimmt lieber, er hätte Beliar mit der Lanze an einen Baum genagelt.«

Ravenna spürte, wie ihre Wangen brannten. »Lucian ist nicht mein ...«

»Bist du blind oder tust du nur so? Ist dir denn gar nicht aufgefallen, dass die Ratsherren und die Zunftmeister aus der Stadt bereits abgereist sind?«, fiel ihr der Krieger mit den fuchsroten Haaren ins Wort. »Sie sind mit dem Ergebnis dieses Turniers ganz und gar nicht einverstanden. Beliar hat sich ihnen übrigens angeschlossen und wird sie sicher auf dem ganzen Ritt nach Straßburg bearbeiten. Etwas Gutes kommt dabei bestimmt nicht heraus.«

Marvin hatte Recht. Beunruhigt betrachtete Ravenna die Gäste, die sich im Hain versammelt hatten, und entdeckte tatsächlich nur noch wenige Edelleute aus fremden Burgen. Von den Besuchern aus Straßburg waren ebenfalls nur wenige Gäste geblieben. Der überwiegende Teil der Zuschauer war einfaches Volk, das aus den benachbarten Tälern und von den Dörfern am Fluss stammte.

»Ravenna.«

Als sie ihren Namen hörte, blickte sie wieder nach vorn. Esmee streckte ihr die Hand entgegen und führte sie nun vom Waldrand mitten in den Hain. Unter den Bäumen standen die Sieben mit ihren Gefährten. Die Schülerinnen des Konvents, aufgereiht nach Stimmlage und Gesangsvermögen, bildeten einen Halbkreis, und in seiner Mitte lag der Maistein.

Als Ravenna den Findling erblickte, auf dem Lucians Schwert lag, vergaß sie Marvin und seine warnenden Worte. Es war ein alter Felsen, verwittert und grau. Er ragte zwischen den Birken aus der Wiese. Die Oberfläche des Steines war vollständig mit Spiralen bedeckt. Ravenna entdeckte immer wieder Stellen, an denen sie sich kreuzten und in der Mitte ein Dreieck bildeten so wie auf ihrem Amulett.

»Ihr wusstet es wirklich nicht«, stellte Lucian leise fest, als sie sich neben ihn stellte. »Ihr hattet keine Ahnung, wie der Beltainestein aussieht, und dennoch habt Ihr das Richtige getan.« Mit den Fingern streifte er über das Triskel, das er um den Hals trug. »So geschieht es oft in magischen Dingen.«

Dann kniete er vor ihr nieder. Ravenna warf einen fragenden Blick auf Esmee, und als die schöne Hexe nickte, nahm sie das Schwert, das in einer schwarzen Scheide steckte. Es war dieselbe Waffe, die Lucian auf ihrem Ritt zum Aussichtspunkt getragen hatte. Nur das Gurtzeug war neu.

Esmee gab den Einsatz und die Mädchen begannen zu singen. Es war ein Gesang, wie Ravenna ihn noch nie gehört hatte und sie begriff sofort, dass Magie im Spiel war. Die Stimmen der jungen Hexen klangen klar und hell, die Melodien verästelten und verflochten sich, bis sie die Zuhörer mit einem Zauber umgaben, so dicht wie das Blätterdach der Bäume. Die Lieder erinnerten Ravenna an die alten, irischen Gesänge, die sie so gerne hörte, wenn sie an der Kathedrale arbeitete oder ihr Pferd versorgte. Mit halbem Ohr lauschte sie auf die Musik, während sie die Sieben betrachtete. Jeder Ritter stand neben seiner Magierin und hörte dem

Gesang mit gesenktem Kopf zu. Sogar der fuchsrote Marvin lehnte andächtig neben der Heilerin und hielt ihre Hand.

Es war ein magischer Segen, den die Sängerinnen woben, begriff Ravenna. Der Gesang spann ein Netz um alle Menschen im Hain, das sich wie Neveres Goldpuder auf die Anwesenden legte. Wieder staunte sie, als sie feststellte, in wie vielen verschiedenen Formen sich der magische Strom zeigte.

Sie lächelte, als sie Lucian anblickte. Als sie seine fragend hochgezogenen Augenbrauen sah, merkte sie, dass eine lange Pause eingetreten war. Der Gesang der Hexen war verstummt. Alle Anwesenden schauten sie und Lucian an, der geduldig neben dem Beltainestein kniete.

»Jetzt müsst Ihr mich fragen«, flüsterte er ihr zu.

Da wurde Ravenna klar, dass sie beinah ihren Einsatz verpasst hätte. Sie nahm das Schwert und zog es aus der Scheide. Leicht und schlank lag es in ihrer Hand. Sie suchte die Klinge nach einem Muster ab, wie es sich auf Darlachs Schwert gezeigt hatte, aber da war nichts. Lucians Waffe war blank und glatt.

Sie blickte den jungen Ritter an. Sie hatte keine Ahnung, ob sie jetzt wie eine richtige Hexe mit dem magischen Strom verbunden war, aber sie genoss den Moment: In diesem Augenblick gehörte Lucian ihr allein.

»Lucian, ich frage dich, ob du mein Geweihter Gefährte werden willst.«

Die Sätze, die Esmee ihr beigebracht hatte, waren weitaus länger und schwieriger zu lernen gewesen, und sie hatte fast alle Worte vergessen. Hastig senkte Lucian den Kopf, damit niemand sah, wie er lachte. Als er wieder aufblickte, spiegelte sich das Licht des Maiabends in seinen Augen.

»Ja, das will ich, in dieser und in deiner Welt«, erklärte er. Ein Raunen ging durch die Menge, als auch er ein Versprechen gab, das bei der Schwertleite so nicht vorgesehen war.

Mit der flachen Seite der Klinge berührte Ravenna ihn an den Schultern und auf dem Kopf. Als sie die Waffe zum letzten Mal hob, wurde das Siegel, das sie am Gürtel trug, plötzlich lebendig. Es sandte einen Impuls aus, der sich wie eine warme Welle durch ihren Körper ausbreitete. Ein Energiestrahl floss ihren Arm hinab und über den Griff in das Schwert – genau wie Esmee es ihr geschildert hatte. Sie keuchte, als die Klinge in einem grellen Licht erstrahlte, und merkte kaum, dass derselbe Lichtschein von dem magischen Gürtel ausging. Erst als das Licht verblasste, nahm sie wieder die Bäume, die umstehenden Gäste und den jungen Ritter wahr, der vor ihr kniete.

Ein Raunen ging durch die Menge, die Hexen starrten sie an. Auf Lucians Gesicht zeigte sich ein Ausdruck des Erstaunens. Offenbar war auch er von ihrer magischen Kraft überrascht. Ravennas Arm zitterte leicht, als sie nun das Muster aus feinen Spiralen bemerkte, das sich auf der Klinge zeigte. Es verlief entlang der Hohlkehle abwärts und war vor wenigen Augenblicken noch nicht zu sehen gewesen.

Mit einer fließenden Bewegung schob sie das Schwert zurück in die Umhüllung. Es fiel ihr leicht, die Waffe zu handhaben. Manche Werkzeuge, mit denen sie in der Dombauhütte arbeitete, waren deutlich schwerer und unhandlicher als die gut ausbalancierte Klinge. Als sie Lucian zunickte, stand er auf und sie legte ihm den Schwertgurt um die Hüften.

Sein Blick ruhte ernst und seltsam traurig auf ihr. »Jetzt ist es geschehen«, raunte er ihr zu. »Jetzt habt Ihr mich zu Eurem Gefährten gemacht.«

Was ist denn los mit ihm?, dachte Ravenna. Dieser Tag sollte ein Freudentag für ihn sein. Er hatte das Turnier gewonnen und stand nun an der Seite der Maikönigin. Nach langen Jahren der Ausbildung war er endlich am Ziel. Doch statt sich zu freuen, starrte er sie mit kummervoller Miene an.

Sie kam jedoch nicht dazu, ihn nach dem Grund für seine Betrübnis zu fragen. Esmee drückte erst ihr und dann dem jungen Ritter einen Kranz aus Birkenzweigen auf die Stirn und legte ihre Hände ineinander. »Zwischen euch besteht nun ein magisches

Band«, erklärte die dunkelhaarige Hexe. »Ob es Last oder Liebe ist, wird sich zeigen. Erinnert euch immer an diesen Tag und geht niemals leichtfertig mit eurem Gelübde um, denn Magie hat ihre eigenen Gesetze und wird denjenigen, der sein Wort bricht, hart bestrafen.«

Auch die anderen Zauberinnen und ihre Gefährten drängten herbei, um das junge Paar zu beglückwünschen. Zum zweiten Mal an diesem Nachmittag schüttelte Ravenna Dutzende Hände und wurde von allen Seiten umarmt. Doch plötzlich fiel ein Schatten auf das Wäldchen. Das Summen der Insekten verstummte. Kein Laut war mehr zu hören, weder das übermütige Bellen der Hunde noch das Singen der Betrunkenen, die bereits an der langen Tafel neben den Zelten Platz genommen hatten. Das einzige Geräusch war ein einzelner, durchdringender Ton, der Ravenna einen Schauder über den Rücken jagte.

Elinor saß auf dem Maistein. Der schwarze Schmuck glitzerte und trotz der Hitze des vergangenen Tages wirkten die Blumen in ihrem Haar so frisch wie am Morgen. Auf ihrem Schoß hielt sie eine Drehleier und betätigte die Kurbel, so dass nur eine einzelne Saite angespielt wurde. Als sie Ravennas Blick bemerkte, ließ sie den Griff los und die Saite verstummte mit einem hässlichen Schnarren.

»Du sollst auch meinen Segen haben«, sagte Elinor leise, während sie das Instrument zur Seite legte. »Schließlich war auch ich – fast – einmal eine der Sieben.«

Dann runzelte sie die Stirn, denn Ravenna zuckte vor ihren ausgestreckten Fingern zurück. Auf der Handfläche der Marquise prangte eine scheußliche Narbe: ein Fünfzackstern, dessen Spitze zur Handwurzel zeigte. Ein Drudenfuß.

»Lass mich ... ich will deinen Segen nicht!«, stieß sie hervor. Hilfesuchend wandte sie sich an die Sieben, aber die Gesichter der Hexen wirkten geistesabwesend und leer, ihre Hände waren in der Luft erstarrt. Marvin beugte sich zum König und flüsterte ihm ins Ohr, aber er kam nie ans Ende seiner Botschaft. Zwei von

Josces Hunden balgten sich neben dem Maistein, und der Unterlegene würde für immer unterlegen bleiben. Niemand atmete, niemand sprach, die ganze Festgesellschaft wirkte wie eingefroren, und als Ravenna das Gesicht ihres Ritters berührte, fühlte es sich an wie Wachs. Nur Lucians Augen wirkten lebendig und seine Faust umklammerte den Schwertgriff, als hätte er die drohende Gefahr gespürt.

»Was hast du getan?«, herrschte Ravenna Elinor an. »Was ist das hier für ein Spuk? Hast du diese Verzauberung bewirkt?«

»Das fragst du noch?«, erwiderte die Marquise, während sie Ravenna mit einer geschickten Bewegung den Kranz vom Kopf nahm. Sie zog zwei der schwarzen Malven aus ihrem Gebinde und fädelte sie zwischen die Birkenzweige. »Glaubst du, die Sieben würden mich in deine Nähe lassen, ohne dass ich ein bisschen nachhelfe?«

Ravenna wich zurück, bis sie den Maistein im Rücken spürte. Ihre Finger tasteten nach dem silbernen Hexendolch, der in ihrem Gürtel steckte. »Verschwinde!«, fauchte sie. »Ich weiß alles über dich und ich will von dir nichts haben.«

»Warum so unhöflich?«, fragte Elinor leise. Mit dem Kranz in den Händen trat sie auf Ravenna zu. »Reden die Sieben so schlecht über mich? Oder fühlst du dich mir nicht gewachsen?«

Ravennas Herz schlug plötzlich sehr langsam. Sie war noch nie einer Herausforderung aus dem Weg gegangen und sie hatte nicht vor, am Tag des Turniers damit anzufangen. »Was willst du von mir?«, fragte sie barsch.

Am Aufblitzen in Elinors Augen erkannte sie, dass sie den richtigen Ton getroffen hatte. Schon mit dem nächsten Atemzug lächelte die Marquise wieder. »Ich wollte dich warnen. Auf dem Platz hast du Magie gewirkt. Jeder konnte sehen, wie du den Strom zu deinem Ritter gelenkt hast, bevor er Beliar besiegte. Daran merkt man, dass deine Ausbildung noch lange nicht vollendet ist. Wärst du wirklich eine der Sieben, wäre niemandem etwas aufgefallen.«

Ravenna schwieg. Das Blut pochte ihr in den Schläfen, als sie an den Lichtbogen dachte, der sie fast von den Füßen geworfen hatte. Sie hatte tatsächlich geglaubt, nur sie und einer der Fassbindergesellen hätten bemerkt, was durch diesen Funkenschlag geschehen war: Sie hatte echte Magie gewoben. Sie hatte Lucian beschützen wollen und ihre ganze Willenskraft in ihren Wunsch gelegt. Offenbar hatte sie sich auf diese Weise an den magischen Strom angeschlossen.

»Lucian von Landsberg hat das Lanzenstechen nur aufgrund deiner Hexenkünste gewonnen. Noch in dieser Stunde tritt in Straßburg der Hohe Rat zusammen, um über den Vorfall zu beraten«, erklärte Elinor.

»Was gibt es da noch zu beraten!«, zischte Ravenna. »Lucian hat gewonnen. Und basta.«

Elinor zuckte die Achseln. Sie hielt den Maikranz in den Händen und murmelte ein Wort. Plötzlich glaubte Ravenna, zwei Skorpione zu sehen, die anstelle der Blumen zwischen die Birkenzweige krochen. Die Stachelschwänze krümmten sich und die Tiere glänzten schwarz.

»Mag sein, aber mein Mann hat einen festen Sitz im Rat«, fuhr die Marquise fort. »Er wird bezeugen, dass er den Lichtbogen gesehen hat, und dich als Hexe anklagen. Wenn man dich für schuldig befindet, was ich für sehr wahrscheinlich halte, kommt Beliar dich holen. Und dann kann niemand, weder die Sieben noch dein junger Ritter, dich beschützen.«

»Aber ich habe nichts Verbotenes getan!« Der Aufschrei rutschte Ravenna heraus, ehe sie begriff, dass er schon fast wie ein Geständnis klang.

Elinors Lächeln wurde kälter. »Das hat Melisende auch behauptet, viele Wochen lang, während sie im Kerker zu Straßburg gefangen saß. Gestern hat sie endlich ein Geständnis abgelegt. Unter der Folter rief sie deinen Namen und gab zu, eine Hexe zu sein. Mehr noch – sie bewies sogar, dass sie eine Schwarzmagierin ist, indem sie ihren Richtern Höllengetier auf den Leib hetzte.

Die Ärmsten sind zu Tode erschrocken, als Fledermäuse von der Decke fielen.«

»Man hat ... man hat sie gefoltert?« Ravenna spürte, wie ihre Knie weich wurden. Schreckliche Bilder tauchten vor ihrem inneren Auge auf. Rasch griff sie nach Lucians Arm, aber die Sehnen und Muskeln fühlten sich so kalt an wie Stein. Der junge Krieger regte sich nicht.

Die Marquise nickte. »Sie und den Gänsejungen, der den Bezoar in ihrem Auftrag unter der Ulme versteckte. Beide werden morgen vor Sonnenaufgang verbrannt. Ah – denke noch nicht einmal im Traum daran, dass du mich angreifen könntest«, warnte sie, als Ravenna den Dolch packte. Sie trat auf die junge Frau zu und drückte ihr das Gebinde aus Birkenreisig und Skorpionen in die Locken. Mit festem Griff nahm sie Ravennas Gesicht zwischen die Hände und senkte den Kopf, bis der Reif mit der dunkelblauen Perle Ravennas Stirn berührte.

Eine mandelförmige Stelle über der Nasenwurzel glühte. Ein Sog entstand, der ihr die Gedanken bis aus der letzten Windung des Gehirns aussog. Sie schrie auf und versuchte sich loszureißen, als Elinor ihr sämtliche Erinnerungen entriss – sogar jene, die bis in das Jahr 2011 reichten. Bilder von einem düsteren Treppenhaus krochen aus dem Vergessen hervor. Der Geschmack von Stahl in ihrem Mund. Der einzige Ausweg war ein bleigraues Rechteck im Dach, ein unerreichbares Fenster. Und die Erinnerung an Angst ... Angst!

»Männer können grausam sein, nicht wahr?«, stieß Elinor mit einem langen Atemzug hervor. »Glaub mir, ich kann ein Lied davon singen. Und wenn du einmal einen guten, treuen Freund gefunden hast, dann bleibt er dir nicht lange erhalten.«

Mit einem Ruck riss Ravenna den Kopf zurück und unterbrach den Sog. Erneut wollte sie sich befreien, doch mit unerwarteter Kraft umklammerte die Marquise ihre Handgelenke.

»Schöne Maikönigin, nimm auch meinen Segen: Wisse, dass du diesen Überfall niemals vergessen wirst. Die Erinnerung an jene Nacht wird dich dein Leben lang begleiten. Wenn du schlau und mutig bist, wirst du aus dieser Begegnung Kraft gewinnen. Wenn nicht, wird sie dich zerstören.«

Zwei oder drei Herzschläge lang ruhten Elinors Fingerspitzen auf Ravennas Stirn. Das nächste Geräusch, das in ihr Bewusstsein drang, war das Jaulen des unterlegenen Hundes. Josce schimpfte und trennte die Raufbolde mit sicherem Griff. Der Baron und der Bischof lachten. Sie unterhielten sich, während der König Marvin am Arm packte und einige Schritte zur Seite zog, um endlich den Rest der Botschaft zu hören. Erregt sprach der rothaarige Ritter auf Constantin ein.

Ravenna blinzelte. Hatte sie eben geträumt? Hatte Elinor wirklich vor ihr gestanden und ihr gedroht oder hatte sie einfach nur zu lange in der Sonne gesessen? Mit zitternden Fingern betastete sie den Kranz, aber sie spürte nichts Ungewöhnliches. Da waren keine Skopione mit Giftstacheln und auch keine schwarzen Malven. Wie vorhin lehnte Elinor am Waldrand im Schatten an einer Birke und trug die Drehleier an einem Riemen über der Schulter. Das Instrument steckte in der Hülle aus Fell und weichem Leder. Die Marquise schien sich keine Handbreit bewegt zu haben. Und dennoch ... unbehaglich rieb sich Ravenna über die Stirn.

»Ist alles in Ordnung? Geht es Euch gut?« Lucians Faust spannte sich noch immer um den Schwertgriff. An dieses Bild erinnerte Ravenna sich sehr deutlich. Ihr Puls schnellte in die Höhe.

»Ich weiß nicht ... ich glaube nicht. Ist dir eben etwas Ungewöhnliches aufgefallen?«

Unbehaglich zuckte Lucian die Schultern. Die kummervolle Miene, die er am Maistein gezeigt hatte, war verschwunden. Er wirkte wachsam und konzentriert. »Ich dachte, eine Wolke wäre vor die Sonne gezogen. Und mir ist nicht ganz wohl, wahrscheinlich durch den Aufprall und den Blutverlust.«

Aufgeregt packte Ravenna ihn am Handgelenk. »O nein, nein, das war etwas ganz anderes. Elinor hat ihre schwarze Zauberkunst gewirkt. Und sie hat mir etwas mitgeteilt, das die Sieben unbedingt erfahren müssen. Komm mit!«

Sie zog Lucian zu den Hexen, aber als sie ihr Erlebnis schilderte und den Maikranz herumzeigte, erntete sie Stirnrunzeln und Kopfschütteln.

»Wie? Elinor hat dich mit der Perle berührt? Zeig her!« Aufmerksam betrachtete Nevere ihre Stirn. »Nein, da ist nichts«, befand die Heilerin dann.

»Aber es tut weh«, murrte Ravenna. »Und sie hat irgendwas von einem Segen gefaselt. Für mich klang es eher wie ein Fluch.« Wisse, dass du niemals vergessen wirst. Ihr war schwindlig und ihre Stirn fühlte sich an, als hätte man ihr einen glühenden Stempel aufgedrückt.

Lucian beobachtete sie besorgt. »Ich glaube ihr«, sagte er.

Diese einfachen Worte berührten Ravenna, sie wurde ganz verlegen. Wann war es das letzte Mal geschehen, dass jemand ohne Zögern zu ihr gehalten hatte, jemand, den sie erst vor wenigen Tagen kennengelernt hatte?

»Ihre Gabe ist Elinors Macht ähnlich«, fuhr Lucian fort. »Sie sind beide Tormagierinnen. Falls die Hexe vom Hœnkungsberg diesen Ort soeben tatsächlich manipuliert hat, ist Ravenna möglicherweise mit ihr in diesen Zeitspalt getreten.«

Ein Spalt in der Zeit – genauso hatte sich die gruselige Erfahrung angefühlt. Als hätte Elinor die Wirklichkeit ein kleines Stück zur Seite gekippt.

Ravenna schüttelte sich. »Melisende soll sterben«, sagte sie. »Und zwar noch heute Nacht. Wir müssen sofort in die Stadt reiten.«

Ihre Worte riefen unter den Hexen große Bestürzung hervor. »Das geht nicht«, stieß Aveline hervor. »Um Straßburg zu betreten, brauchen wir die Zustimmung des Hohen Rats. Die Stadt ist unabhängig von den Burgen und untersteht weder dem König noch irgendeinem anderen Fürsten. Hexen haben dort nicht ohne weiteres Zutritt.«

»Das gibt's doch nicht«, platzte Ravenna heraus. »Seid ihr nun die Sieben oder nicht?«

»Trotzdem gelten für uns dieselben Gesetze wie für alle anderen auch«, warf Viviale ein. »Das solltest du bereits gemerkt haben.«

»Niemand wird Melisende etwas antun«, versuchte Josce die Runde zu beruhigen, doch sie sah nicht sehr überzeugt aus. »Sie ist eine Weise vom Odilienberg. So etwas ist noch nie vorgekommen.«

Aber es wird vorkommen!, dachte Ravenna verzweifelt. Tausendfach, wenn wir nichts unternehmen. »Eure Freundin und der Junge werden morgen bei Sonnenaufgang verbrannt. Man wird sie bei lebendigem Leibe ins Feuer werfen«, stieß sie hervor. Und das ist erst der Anfang, dachte sie, doch diese Worte brachte sie nicht über die Lippen. Plötzlich bereute sie, aus der Zukunft zu kommen und diesen schrecklichen Wissensvorsprung zu haben.

»Melisendes Natur ist das Feuer. Es wäre sehr töricht, sie in die Flammen zu stoßen«, stieß Mavelle hervor. Die kleine Elfe wirkte aufgebracht. »Und überhaupt: Wer würde auf so eine barbarische Idee kommen?«

Ravenna schwieg.

Lucian hatte den Platz an ihrer Seite nicht verlassen. Jetzt legte er ihr die Hand auf die Schulter. »Und wenn es wahr ist?«, fragte er. »Unsere Feinde haben uns bereits mehr als einmal durch ihre Grausamkeit überrascht. Wenn Melisende wirklich in Gefahr schwebt, sollten wir handeln.«

»Ach, möchtest du jetzt anstelle des Königs die Entscheidungen fällen?«, bemerkte Nevere scharf. Denselben Tonfall hatte sie ihrem fuchsroten Ritter gegenüber angeschlagen, als er ihr den Mord an Beliar vorschlug. »Du musst dich noch ein bisschen gedulden, bevor du hier Ratschläge erteilst, denn noch gehörst du nicht vollgültig zu Constantins Runde. Erst wenn Ravenna die letzte Prüfung bestanden hat und dich immer noch an ihrer Seite haben will, wird es soweit sein.«

Lucians Gesicht verdüsterte sich, aber er widersprach nicht.

Seufzend klopfte ihm die Elfe auf die unverletzte Schulter. »Wenn du darauf bestehst, werde ich mit dem König reden«, schlug sie vor. »Wenn Constantin uns sicheres Geleit verspricht, reiten wir nach Straßburg, ob der Rat nun einwilligt oder nicht. Jetzt aber begebt euch endlich zur Festtafel! Die Gäste sind hungrig, doch sie werden nicht ohne euch zu essen anfangen.«

Mit einem unguten Gefühl im Magen folgte Ravenna den Sieben zum Turnierplatz. Pagen trugen Speisen auf, bis sich die Tische bogen: Hühnerragout und Krebsfleisch, frischen Spargel und knusprige Pasteten, Wachteln, Ochsenbraten und am Spieß gegrilltes Schwein, dazu jede Menge Suppen, Saucen, Wein und frisches Brot.

Als sie den Birkenhain betreten hatte, war Ravenna hungrig gewesen wie ein Steinmetz nach getaner Arbeit. Jetzt wurde ihr beim Gedanken an Wein und fettes Hammelfleisch beinahe übel. Sie beobachtete, wie Mavelle neben dem König Platz nahm.

Als Verwandte saß Elinor ebenfalls in Constantins Nähe. Sie ließ die Speisen auf ihrem Teller unberührt und trank nur ab und zu vom Wein, der in ihrem Kristallpokal funkelte wie schwarzes Blut. Als sie Lucian und Ravenna bemerkte, prostete sie ihnen mit einem spöttischen Lächeln zu.

Mit einer langsamen Bewegung nahm Ravenna die Krone der Maikönigin ab und legte sie zwischen sich und den jungen Ritter auf die Bank. Die Gedanken strömten ihr schwer und langsam durch die Adern, denn sie begriff, dass die Feinde ihnen einen Schritt voraus waren.

Eine unschuldige Frau und ein kleiner Junge sollten die ersten Opfer des Hexenwahns werden – und zwar noch in dieser Nacht.

Es hatte begonnen.

Das Erwachen

Straßburg im Jahr 2011

»Kannst du dich nicht wenigstens ein paar Tage um die Kätzchen kümmern? Nur übers Wochenende?« Mit dem Kugelschreiber kritzelte Yvonne Halbmonde aufs Papier und hörte sich wütend Claras Ausreden an.

»Nein, ich kann sie nicht zu meinen Eltern bringen. Kannst du dir denn nicht vorstellen, was bei uns zu Hause los ist? Das Gasthaus ist geschlossen, der Nachbar versorgt das Vieh und meine Eltern wollen mit keiner Menschenseele reden. Stell dir mal vor, die Polizei hat sogar einen Beamten abgestellt, der Tag und Nacht bei uns im Wohnzimmer sitzt, für den Fall, das Ravenna entführt wurde und der Kidnapper sich meldet. Was, ich? Nein, ich glaube nicht an eine Entführung.«

Der nächste Satz, der in dieser Unterhaltung fiel, sollte ihr noch lange durch den Kopf gehen. »Ich bin nicht cool! Ich bin überhaupt nicht cool!«, herrschte sie ihre Freundin an. Dann legte sie auf.

Was mache ich jetzt bloß mit Merles Jungen?, dachte sie. Nachdenklich stützte sie den Kopf auf den Arm und beobachtete die Kleinen, die sich im Flur balgten. Immer wieder kam eines der Kätzchen zu ihr gelaufen, maunzte und rieb den Kopf an ihrem Bein.

Seufzend wählte sie die Nummern ihrer anderen Freundinnen. Marie ließ sich schließlich breitschlagen und versprach, in der nächsten halben Stunde vorbeizuschauen. Erleichtert stand

Yvonne auf, bereitete den Katzenkorb vor und sammelte die Winzlinge ein.

»Och, die werden ja von Tag zu Tag süßer!«, rief Marie beim Anblick der Kleinen. Mit dem Fingernagel kraulte sie einem der schwarzen Zwerge den Bauch. »Wo ist denn Merle? Sie lässt ihre Jungen doch bestimmt nicht allein verreisen. Merle! Komm, meine Schöne! Miezmiezmiez …«

Yvonne trat ihr in den Weg, ehe sie noch die ganze Wohnung auf den Kopf stellte. »Sie ist nicht mehr da. Fort. Weggelaufen.«

Maries Augen weiteten sich. »Welche Katzenmama lässt denn ihre Babys im Stich? Merle hat sich doch so liebevoll um die Kleinen gekümmert. Und dich lässt das völlig kalt? Na los doch, wir müssen nach ihr suchen! Überall Zettel aufhängen, im Tierheim anrufen und …«

Yvonne packte den Oberarm ihrer Freundin mit einem Griff, von dem sie wusste, dass er mit Sicherheit wehtat. »Ich hab im Augenblick andere Sorgen. Nimmst du die Kleinen jetzt mit, oder was ist? In der Tüte da ist Milchersatz und ein Fläschchen. Die zwei Größeren fressen aber auch schon richtiges Futter.«

Marie wich in den Flur zurück und presste den Korb mit den Kätzchen an sich. »Was ist bloß los mit dir?«, stieß sie hervor. »Seit ein paar Tagen benimmst du dich so komisch! Wenn du bei dem Spiegelorakel etwas gesehen hast, dann sag es uns! Wir machen das alles doch nur, um dir und Ravenna zu helfen.«

»Ich habe nichts gesehen. Gar nichts.« Das war bereits die zweite Lüge an diesem Vormittag. Die dritte Schwindelei lautete, dass sie die Kätzchen wieder abholen würde, sobald das Wochenende vorüber war. Aber Marie würde die Wahrheit schon selbst herausfinden, wenn sie den Umschlag mit Geld und den Brief entdeckte, den Yvonne unter dem Polster im Körbchen versteckt hatte.

Als Marie gegangen war, schloss sie die Haustür. Eigentlich hatte sie gedacht, sie würde ein wenig wehmütig sein, aber als sie die verwaiste Wohnung betrachtete, fühlte sie sich erleichtert. Nun bestand für die Kleinen wenigstens keine Gefahr mehr.

Kalt also ... ihre Freundinnen hielten sie für kaltblütig? Nun, sollten sie doch denken, was sie wollten. Sie hatte ohnehin nicht die Absicht, dieses magische Kaffeekränzchen noch länger fortzuführen. Oriana hatte ihr bewusstgemacht, wie echte Magie aussah, und sie wollte sich nicht länger mit sinnloser Stümperei aufhalten.

In Ravennas Zimmer waren die Fensterläden geschlossen. Über das breite, französische Bett, das unter der Dachschräge stand, hatte sie eine blaue Tagesdecke geworfen, auf der noch die Dellen zu sehen waren, die die herumtollenden Katzenjungen hinterlassen hatten. Vor dem Fenster stand ein Tontopf mit einer blühenden Hortensie.

Mit einem Ruck zog Yvonne die Decke glatt. Dann schaltete sie das Licht ein und suchte im Schrank nach dem gelben Blumenkleid, das ihre Schwester ihr versprochen hatte. Vor dem Spiegel drehte sie sich ein paarmal hin und her. Das Kleid passte, wie für sie gemacht. Sie zog ihre Jeansjacke über und schlüpfte in ein paar elegante Sandalen. Aus der Wohnung nahm sie nur eine Flasche Mineralwasser mit, denn sie wollte nicht lange wegbleiben.

Die Straße zum Odilienberg schlängelte sich durch eine Allee aus Nadelbäumen, Kastanien und nackten Felsen. Wegen des trüben Wetters waren nur wenige Besucher in der Anlage und Yvonne hatte den Gipfel nahezu für sich. Auf den Bänken im Innenhof hatte eine Pilgergruppe ihre Vesper ausgepackt und unterhielt sich lebhaft. Auf der vordersten Aussichtsterrasse lärmte eine Schulklasse. Die Jungen versuchten sich gegenseitig zu übertreffen, indem sie aus immer größerer Entfernung in das verwitterte Becken spuckten, das dort stand.

Yvonne nahm ein Geldstück aus ihrer Börse und steckte es in das Münzfernglas. Wie albern, dachte sie, während sie das Gerät zur nebligen Rheinebene hin schwenkte. Als könntest du deine Schwester durch ein Fernglas entdecken. Lange verfolgte sie ein Auto, das von Ottrott in Richtung Straßburg fuhr. Wie winzig die

Häuser und Straßen von hier oben wirkten! Ein Mensch war nicht größer als eine Ameise, und wenn er verschwand …

Es klickte und die schwarze Sperre verdeckte ihr die Aussicht. Seufzend schob Yvonne sich den Riemen der Tasche auf ihre Schulter und schlenderte über das Gelände. Sie besichtigte die Klosteranlage mit den alten Gräbern, den Kapellen und der Sonnenuhr im Garten. Wegen des bedeckten Himmels zeigte sie keinerlei Zeit an.

Yvonne blieb stehen. Keine Uhrzeit, dazu der unbewegliche, hellgraue Himmel … Ravenna war aus der Zeit gefallen, so wie sie selbst während der Hypnose in eine grauenhafte Vergangenheit getaucht war. Nur bestand der Unterschied darin, dass ihre Schwester noch immer dort gefangen war. Irgendwo auf dem Odilienberg musste es eine Art Tunnel geben, eine Schleuse zwischen dem Hier und Damals. Das – oder sie und Ravenna waren ernsthaft verrückt.

Yvonne setzte sich auf eine Bank, schlug die Beine übereinander und holte den zerknitterten Brief aus ihrer Handtasche. Sie hatte ihn im Briefkasten gefunden, am Tag nach der Trancereise. Er trug keinen Absender und weder Briefmarke noch Stempel. Sie las die Zeilen nun schon zum wiederholten Mal, aber sie wurde nicht schlau daraus. Wer schrieb heute noch mit Tinte und auf handgeschöpftem Papier? Doktor Corvin Corbeau schien sich wohl zum alten französischen Adel zu zählen, ein Schönling aus gutem Haus.

In dem Schreiben bat er sie noch einmal, sich seinen Studenten für ein Experiment zur Verfügung zu stellen. Er nannte ihr den Ort und die Stunde und bat sie, einige Dinge mitzubringen: bequeme Kleidung und Socken, eine Decke und eine Wetterkerze.

Keine Ahnung, was das Ganze soll, dachte Yvonne, während sie den Brief zurück in die Handtasche stopfte. Aber eines muss man ihm lassen – er hat mich neugierig gemacht.

Sie kehrte zum Ausgang zurück und betrat den kleinen Souvenirladen, der sich im Gebäude neben dem Gewölbegang befand.

Vor dem Tresen lieferten sich die Schüler gerade lautstark eine Schlacht mit Plastikschwertern und Schilden aus Gummi, die es neben Plüschstörchen, Trachtenpuppen und dunkelblauen Kuchenformen massenweise zu kaufen gab. Hilflos lächelte die Lehrerin sie an, als sie der Verkäuferin über die Köpfe der Kinder hinweg eine Kerze reichte.

»Geben Sie mir auch noch eine von denen da.« Yvonne deutete auf eine Figur der Namenspatronin des Bergs, die in allen Größen angeboten wurde: eine Nonne, die dem Betrachter die Hand entgegenstreckte. Ein Auge blickte zwischen ihren Fingern hervor.

»Sie sieht, was für einen Unfug ihr treibt!«, warnte Yvonne die Kinder, während sie die Kerze in die Tasche gleiten ließ. »Sie sieht alles! Sie hat das zweite Gesicht!«

Verschüchtert steckten die Jungen die Schwerter zurück in den Eimer neben dem Regal. Die Lehrerin starrte Yvonne empört nach.

Im Auto zog sie die Schutzfolie vom Sockel der Statue und klebte die Figur auf das Armaturenbrett. »Dann mal los«, seufzte sie, während sie den Motor anließ. Was konnte schon schiefgehen, wenn eine blinde Seherin sie führte?

Kurze Zeit später bog sie vor der Rheinbrücke in eine Straße, die Richtung Hafen führte. Corbeau hatte ihr geschrieben, sie solle sich nicht um die Verbotsschilder kümmern, sondern immer geradeaus fahren, vorbei an Frachtschiffen, Kränen, Jachten, Kuttern und Hausbooten.

Was soll ich bloß hier?, dachte sie, während sich die Becken und Kanäle immer weiter verästelten. Eine Hypnose im Hafen – das kann er doch unmöglich ernst meinen! Dann tauchte plötzlich ein weißes Ausflugsschiff auf, das an der Anlegestelle festgemacht hatte. Einige Meter weiter parkte Corbeaus Sportwagen, den sie in der Auffahrt der Villa gesehen hatte. Yvonne stellte den Motor ab. Beim Aussteigen versuchte sie den Namen des Schiffs zu entziffern, aber da eilte Corvin Corbeau schon über den Steg auf sie zu.

»Yvonne! Wie schön, dass Sie kommen konnten. Ich habe meinen Studenten alles über Sie erzählt. Sie brennen darauf, Sie kennenzulernen.«

»So? Dabei hatte ich Ihnen doch gar nicht zugesagt«, bemerkte Yvonne spitz, aber sie ließ es zu, dass der Doktor ihr die Hand reichte und sie an Deck führte. Dunkelblauer Pullover, helle Hose, Segelschuhe – Corbeau wusste sich wirklich in Szene zu setzen.

»Keine Angst, das Schiff ist nur gemietet«, lachte er, als er Yvonnes abschätzigen Blick bemerkte. »So üppig verdiene ich mit meiner Praxis und der Stelle an der Uni nun wirklich nicht. Ab und zu unternehme ich einen Ausflug mit meinem Team, um für den nötigen Zusammenhalt zu sorgen. Wir arbeiten schon sehr lange an diesem Forschungsprojekt und haben immer wieder Rückschläge zu verkraften.«

»Und worum geht es bei diesem Projekt?«

Corbeau lächelte. »Nur Geduld, meine Liebe, das werden Sie noch früh genug erfahren.«

Als er die Glastür zum Aussichtsdeck aufschob, empfing sie eine gedämpfte Atmosphäre wie in einem eleganten Club. Corbeaus Studenten standen in Grüppchen beisammen und unterhielten sich, leise Barmusik tönte im Hintergrund und es gab Cocktails, Weißwein und feine Häppchen.

»Was war das?«, fragte Yvonne. Hastig griff sie nach einem verchromten Geländer. Ihr war plötzlich schwindlig.

»Wir haben abgelegt«, beruhigte Corbeau sie und reichte ihr einen Aperitif. »Genießen Sie einfach den Abend. Wir machen eine Rundfahrt durch die Stadt, plaudern ein wenig, bis alle ganz entspannt sind, und dann erkläre ich Ihnen, worum es geht. Haben Sie die Wetterkerze dabei?«

Yvonne nickte. Das Schiff drehte mitten auf dem Fluss. Nach und nach machte Corbeau sie mit den anderen Anwesenden bekannt. Manche waren eindeutig zu alt, um noch Studenten zu sein. Corbeau bezeichnete sie als Dozenten und wissenschaftliche Mitarbeiter und nannte Yvonne immer nur die Vornamen. Sie wunderte sich, dass er von allen mit höchster Ehrerbietung behandelt wurde, als sei er nicht nur Doktor – sondern eher so eine Art Übervater. Manche der Gäste verneigten sich sogar vor ihm. Albern, dachte Yvonne. Gerade angehenden Psychologen hätte sie mehr Distanz zugetraut.

Doch es fiel ihr selbst schwer, den Blick von Corvin Corbeau abzuwenden. Wie bei ihrer ersten Begegnung fühlte sie sich von ihm angezogen und abgestoßen zugleich. Ihr fielen die streitbaren Konturen um seine Nase und seinen Mund auf, die zornigen Augenbrauen, doch gleichzeitig besaß der Doktor das makelloseste Gesicht, das sie je gesehen hatte. Ein Gott, in Stein gemeißelt. So behandelten ihn die anderen Anwesenden auch.

Meine Liebe, er ist definitiv zu alt für dich, warnte sie sich kopfschüttelnd. Anfang vierzig oder noch älter und du bist gerade mal zweiundzwanzig. Finger weg von Ravennas Doktor!

Sie trank nur sehr wenig Alkohol, denn sie wollte nicht den gleichen Fehler begehen wie bei ihrer ersten Hypnose. Diesmal wollte sie einen klaren Kopf bewahren und alles bewusst erleben, vom Eintauchen in die Vision bis zum Erwachen.

Gemeinsam mit den anderen Gästen beobachtete sie, wie das Schiff durch den weit verzweigten Rheinhafen fuhr und dann vor dem Europaparlament eine Schleife drehte. Wie eine Burg aus spiegelndem Glas lag das Gebäude am Ufer der Ill. Anschließend glitt das Schiff durch die Kanäle Richtung Innenstadt. Von der Brücke aus beobachteten Spaziergänger, wie das Wasser in der Schleuse abgelassen wurde und das Boot auf ein anderes Niveau sank. Ein Mann machte Fotos und ein Mädchen zeigte mit dem Finger auf die Gesellschaft hinter den Panoramafenstern. Dann öffneten sich die Schleusentore und die abendliche Altstadt mit ihren schiefen Fachwerkhäusern und den mit Blumen geschmückten Fassaden zog vorbei.

»Da wohne ich! Dort oben!« Aufgeregt packte Yvonne den Mann neben sich am Ärmel und deutete auf die beiden Dachfenster unter dem Giebel. »Das ist unsere Wohnung!«

Der Angesprochene lächelte und tupfte sich das Handgelenk mit einer Serviette. Yvonne hatte seinen Weißwein verschüttet, aber es gelang ihr kaum, sich angemessen zu entschuldigen. Sie starrte auf das Haus mit dem dunklen Fachwerk und den roten Geranien.

Wie schön könnte das alles sein!, dachte sie. Wie schön wäre es, wenn Ravenna wieder hier wäre. Dann wäre alles gut. Ein ungewohntes Gefühl der Verzweiflung machte sich in ihr breit.

»Was ist mit Ihnen? Geht es Ihnen nicht gut?« Der Mann, den sie angerempelt hatte, besaß eine angenehme Stimme. Er streckte die Hand aus. »Damian. Dozent der Humoralpathologie. Man hat uns noch nicht bekanntgemacht.« Er fasste ihre Hand mit unerwartet kräftigem Griff. Für einen Mitarbeiter an der Universität war er überraschend jung. Sein Gesicht war von schulterlangen Locken umrahmt und er besaß ein gewinnendes, strahlendes Lächeln. Corbeau versteht es, sich mit schönen Menschen zu umgeben, dachte Yvonne.

»Humoralpathologie? Die Lehre von den Körpersäften, die angeblich den Charakter einer Person prägen?« Lächelnd schüttelte sie den Kopf. »Ich dachte, dieses Fachgebiet aus dem Mittelalter beschäftigt nur noch Historiker.«

Damian lachte überrascht. »Woher wollen Sie wissen, dass ich kein Historiker bin? Aber im Ernst: Ich habe noch nie eine Frau getroffen, die auf Anhieb wusste, worum es bei meiner Forschung geht. Allerdings beschäftige ich mich weniger mit den Säften als mit den Grundstoffen, für die diese stellvertretend stehen.«

»Ich lese eben viel«, erklärte Yvonne. »Ein bisschen von jedem Fachgebiet, wie die großen, alten Gelehrten. Sie wissen schon: Astronomie, Botanik, Medizin …«

»Sternkunde und Pflanzenwissen?« Damian schien angenehm überrascht. »Ich habe mich nicht getäuscht, Sie sind eine außergewöhnliche Frau.« Mit dem Glas in der Hand folgte er ihr, als sie zur Bar schlenderte.

»Was meinen Sie mit der Theorie von den Grundstoffen?«, fragte Yvonne. »Ich kenne zwar die Viersäftelehre: gelbe und schwarze Galle, Blut und Schleim. Es heißt, ein hoher Anteil Blut mache einen Menschen fröhlich, von zu viel Schleim dagegen wird man träge.« Angeekelt schüttelte sie sich, während sie sich Lachsbrötchen und Sellerie auf den Teller häufte. »Aber was hat das mit den Grundstoffen zu tun?«

Damian lächelte. Mit der Hand streifte er sich das halblange Haar zurück. »Feuer und Erde, Wasser und Luft. Sagt Ihnen das etwas? Die Grundbestandteile der Welt. Die Elemente. Mich interessiert, wie man sie neu zusammensetzen könnte. Und was geschieht, wenn man sie alle in einem Punkt vereint.«

Yvonne hielt inne. Ein lauernder Ausdruck erschien auf Damians Gesicht und ihr war bewusst, dass er sie beobachtete. Er schien auf ihre Reaktion zu warten. Mit einem Lächeln löste Yvonne die Spannung auf. »Dann entsteht Magie«, erklärte sie achselzuckend.

Damian lachte. »Sie sind also auch eine Alchemistin! Das überrascht mich nicht, denn sonst hätte der Doktor Sie wohl kaum eingeladen.« Er war am Ende der Tafel stehen geblieben. »Aber Sie haben Glück«, sagte er. »Heute Abend befassen wir uns nicht mit diesen langweiligen, theoretischen Grundlagen, sondern mit Parapsychologie.«

Yvonne fuhr herum. »Para ... was? Das ist nicht Ihr Ernst.«

Der Dozent lächelte erfreut, weil ihm die Überraschung geglückt war. Das Deckenlicht schimmerte auf der Lockenpracht, um die ihn jede Frau beneidet hätte. Sein Aussehen wurde nur von einem Tick getrübt, der ihn zwang, von Zeit zu Zeit für Sekundenbruchteile die Augen nach oben zu rollen. Anschließend wischte er sich mit dem Daumen über das untere Augenlid und blinzelte.

»Parapsychologie«, nickte er. »Corbeau wird weltweit als Koryphäe anerkannt. Er ist ein wahres Genie auf seinem Gebiet. Und unser Meister.«

Seltsam, dachte Yvonne. Ravenna hätte mir bestimmt erzählt, wenn sie aus Versehen zu einem Parapsychologen gegangen wäre. Und wie ich sie kenne, hätte sie nach der ersten Sitzung die Nase voll von allem Übersinnlichen. Nachdenklich biss sie in ein Lachsbrötchen. Und wieso unser Meister?, fragte sie sich. Ich dachte, Corbeau wäre ein Doktor oder Professor oder etwas in der Art.

»Es stimmt, sie ist nahezu perfekt.« Sie drehte sich um, als sie die halbblauen Worte hörte. Ihr neuer Bekannter und Corbeau unterhielten sich. »So spontan und natürlich, und dann besitzt sie auch noch echtes Talent.«

»Geht es etwa um mich?«, fragte Yvonne. Herausfordernd ging sie auf die beiden Männer zu. Damian schob die Lippen vor, sein Tick quälte ihn stärker als zuvor. Für Sekundenbruchteile sah man nur noch das Weiße in seinen Augen. Es passiert, wenn er erregt ist, dachte Yvonne angewidert.

Corbeau rettete die Situation, indem er lachte und sein Glas zur Seite stellte. Gutmütig fasste er Yvonne an der Hand. »Natürlich geht es um Sie! Sie sind sozusagen der Stargast des Abends. Kommen Sie bitte mit, dann zeige ich Ihnen, was wir vorbereitet haben.«

Er führte sie ins Freie. Auf dem hinteren Bootsdeck roch es nach Schiffsdiesel, Algen und Teer. Trotz des bewölkten Himmels war der Abend mild, und Yvonne hörte, wie sich die Möwen zankten. In der Stadt gingen die ersten Lichter an.

»Ich habe Ihre Unterhaltung mit Damian gehört«, sagte Corbeau leise. »Nehmen Sie es ihm nicht übel, aber mein Kollege neigt manchmal zu schamlosen Übertreibungen. Wir führen heute Abend keineswegs ein parapsychologisches Experiment durch. Es geht vielmehr um das Erlangen einer erweiterten Bewusstseinsstufe.«

Die anderen Gäste waren ihnen an Deck gefolgt. Alle wirkten äußerst konzentriert. Erst jetzt, da die Gruppe im Kreis stand, merkte Yvonne, dass viele der Anwesenden dunkel gekleidet waren. In dem gelben Kleid war sie die einzige Ausnahme.

Corbeau breitete die Arme aus und winkte. »Die Lichter. Bitte.«

Yvonne musste in ihrer Handtasche suchen, ehe sie die schwarze Kerze fand. Damian beobachtete sie. Wie alle anderen trug auch er die Kerze in der Tasche seines Jacketts bei sich. Corbeau nahm ihr das Licht aus der Hand, kratzte das Wachsbildchen ab und ließ es achtlos auf das Deck fallen. Mit einem Lächeln gab er ihr die Kerze zurück.

»Was wir beide in meiner Praxis erlebt haben, war nur eine Vorstufe dessen, was wir heute Abend tun werden. Landläufig nennt man es zwar Hypnose oder Meditation, doch das wäre so, als würde man Guckloch nennen, was in Wirklichkeit ein Scheunentor ist. Mit der Kraft Ihrer Gedanken haben Sie dieses Tor aufgestoßen – ein Tor zu einer anderen Zeit.«

Yvonne schnappte nach Luft. Woher konnte er das wissen? Sie hatte doch kaum Andeutungen gemacht, was sie während der Trance erlebt hatte. Nicht einmal die Bisswunde, die ihr der Junge Remi beigebracht hatte, hatte sie ihm gezeigt. Mittlerweile hatte sich daraus ein sichelförmiger Bluterguss entwickelt.

»Den meisten meiner Gäste ist es bereits gelungen, dieses Tor zu öffnen, allerdings nur für kurze Zeit – gerade ausreichend, dass jemand hindurchschlüpfen konnte. Sie, Yvonne, sind die Einzige, die diesen Durchgang für volle drei Stunden offen gehalten hat. Sie müssen immense Kräfte besitzen.«

Sie schluckte. Ihr Mund wurde trocken, als sie an die Eindrücke aus dem Hexenturm erinnert wurde. Nein, Eindrücke war das falsche Wort, dachte sie dann: Es waren echte Erlebnisse gewesen.

Corbeaus Jünger standen nun alle an Deck. Yvonne zählte mehr als dreißig Personen, die sich um eine flache Ladeluke versammelt hatten. Die Luke war mit einem Schiebedach verschlossen. Eine schöne junge Frau ging im Kreis herum und zündete die Kerzen an. Mit der Hand schützten die Gäste die Flammen vor dem Fahrtwind, während die Frau jedem Anwesenden etwas ins Ohr flüsterte. Gespannt wartete Yvonne, bis sie an der Reihe war, aber die Frau sagte nur: »Träger des Lichts.« Dann ging sie weiter.

Corbeau war verschwunden. Die Runde wartete lautlos und geduldig, bis er wiederkehrte. Geschmeidig wie eine Katze bewegte er sich an Deck und trug nun wieder die bodenlange Robe, deren Stehkragen von eng nebeneinander liegenden Stoffknöpfen gehalten wurde. An der Hand führte der Doktor eine tief verschleierte Gestalt. Als er auf die Ladeluke wies, streckte sich die Verhüllte ohne Zögern auf dem Deckel aus.

Was wird das denn jetzt?, dachte Yvonne nervös. Das Licht hinter ihrer hohlen Hand zuckte und tanzte. Plötzlich merkte sie, dass sich das Schiff im offenen Gewässer bewegte, weit draußen auf dem Fluss.

Corbeau leitete die Versammlung. Als er beide Arme hob, streckten die Versammelten die Hand, in der sie keine Kerzen hielten, zum Himmel. Ihre Stimmen schwollen zornig murmelnd an. Spannung lag in der Luft, dann zuckten die ersten Blitze über den Himmel.

Nein, dachte Yvonne dann erschrocken: Das Wetterleuchten entsprang aus den Fingerspitzen der Anwesenden – und auch aus ihren eigenen Fingerkuppen, wie sie zu ihrem Entsetzen bemerkte. Sie wusste nicht, wann sie die Hand gehoben hatte und in das allgemeine Raunen eingefallen war. Es war, als gehorche ihr Körper einem fremden Willen.

Die Blitze formten Schlangenlinien und Bögen, kreuzten und verzweigten sich, bis ein Dom aus Funken über dem Schiff knisterte. Ein Schauer rann Yvonne über den Rücken, während sie die entstehenden Muster beobachtete, widerwillig und zugleich fasziniert von der Schönheit der Erscheinung. Je länger sie auf die Blitze starrte, desto mehr gewann sie den Eindruck, dass die Versammelten in eine Art Materie hineingriffen, die bereits da war – wie das Licht oder die Luft.

Sie zuckte zusammen, als Corbeau sie plötzlich am Handgelenk fasste und sie aus der Reihe der murmelnden Verschwörer löste.

»Ich will dir zeigen, wie schön und mächtig du bist!«, flüsterte er ihr ins Ohr. »Viel mächtiger und möglicherweise auch wertvoller als deine Schwester.«

»Ravenna?« Yvonnes erhobener Arm fiel herab und ihre Lippen bebten. »Was hat das denn mit ihr zu tun? Wo ist sie?«, stieß sie hervor. »Wo ist meine Schwester?«

Corbeau lächelte dünn. »Immer noch auf der Suche? Nicht auf den Ort, sondern auf die Zeit kommt es an – weißt du noch, wie du das zu mir sagtest? Natürlich wusste ich da bereits, dass sie ein Tor gefunden hatte. Ohne es zu ahnen, hat Ravenna mir ein Dutzend Hinweise gegeben, wohin sie gehen wollte. Mir war klar, dass sie irgendwann einen Weg finden würde. Ihr Hexen stammt doch immer aus denselben, alten Blutlinien.«

Yvonnes Finger zuckte. Im nächsten Augenblick versetzte sie Corbeau eine heftige Ohrfeige. »Sie haben es die ganze Zeit gewusst? Sie belügen die Polizei, die Presse, mich ... sind Sie eigentlich noch bei Trost?«

Das Singen, das für eine Schrecksekunde verstummt war, setzte wieder ein. Nun klang es noch bedrohlicher als zuvor.

Corbeau hatte Yvonnes Handgelenk nicht losgelassen. Er wirkte nicht wütend, sondern merkwürdig traurig und konzentriert. Auf seiner Wange sah sie die Abdrücke ihrer Finger, und in seinen Augen spiegelte sich das Wetterleuchten.

»Was hätte ich Kommissar Gress sagen sollen? Dass deine Schwester im Mittelalter verschollen ist? Dass sie sich bei den Sieben verkrochen hat? Es wird ihr nichts nützen. Ich finde sie überall, denn es gibt immer noch dich ...«

Yvonne fühlte, wie ihr ein Heft in die Hand gedrückt wurde. Als sie auf ihre Finger blickte, stockte ihr der Atem, denn sie hielt einen schmalen Silberdolch mit dreieckiger Klinge. Ein Hexenmesser. Griff und Klinge bestanden aus einem hellen, erstaunlich schweren Metall. Das Heft war mit einer Fülle magischer Zeichen bedeckt, die so tief in den Stahl getrieben waren, dass Yvonne die Rillen unter den Fingern fühlte. Die Klinge endete in einer scharfen Spitze.

Das ist jetzt ein böser Scherz, dachte sie. Sie wollte die Waffe fallen lassen, aber Corbeau presste ihre Faust zusammen, bis ihr die Knöchel schmerzten. »Jede Aufwallung dunkler Macht verlangt ein Opfer«, sagte er. »Das wusstest du doch schon, bevor du herkamst. Niemand hat dich gezwungen, an Bord dieses Schiffes zu kommen. Doch jetzt bist du hier.«

»Nein«, stieß Yvonne hervor. »Ich will das nicht! Ich kann das nicht.«

Das Mädchen auf der Ladeluke räkelte sich, als zwei der Anwesenden ein Muster aus flüssigem Pech um die verhüllte Gestalt gossen. Der scharfe Geruch nahm Yvonne fast den Atem. Mittlerweile war es Nacht. Nur das Zucken der Blitze erhellte die Szenerie.

Corbeau zwang Yvonne, näher an die Luke zu treten. Mit dem ganzen Körper schob er sie vor sich her und ließ ihr Handgelenk nicht los, obwohl sie sich sträubte. »Wehr dich nur, das macht die Sache leichter, für dich wie für mich«, keuchte er ihr ins Ohr. »Je mehr Gefühl im Spiel ist – Zorn, Wut, Hass oder Schmerz –, desto wirksamer ist die Magie. Ahnst du eigentlich, wie lange ich nach dir gesucht habe? Ich brauche jemanden wie dich, diesseits wie jenseits des Tors. Und jetzt lass uns anfangen!«

Er schnipste mit dem Finger. Die Frau auf der Ladeluke lüftete die Schleier. Zuerst kamen ihre Hände zum Vorschein, dann ein Kleid aus schwarzer Seide. Auf ihrer Brust lag eine Malvenblüte und sie bog den Kopf so weit zurück, dass sich die Kehle wie ein Bogen spannte. Als Yvonnes Blick auf das Gesicht der Liegenden fiel, schrie sie gellend auf.

Es war Oriana – die Frau aus dem Steineladen.

Melisendes Lied

Burg Landsberg im Jahr 1253

»Lucian!«

Ravenna fand ihren Ritter auf der Spitze des Burgfrieds. Sie war außer Atem, weil sie die Treppe, die sich zwischen dem fünfeckigen Außenwall und dem Kern aus Mauerwerk in die Höhe schraubte, im Laufschritt genommen hatte. Schießscharten ragten in die Wand und an der Fahnenstange, die auf einem Podest befestigt war, wehte Constantins Banner. Es zeigte ein Hexensiegel, in dessen Mitte sieben Sterne funkelten.

Lucian stand bei seinen Freunden und blickte sie mit gerunzelter Stirn an. Keiner der jungen Männer wirkte glücklich. Wie es den Anschein hatte, störte Ravenna die Gruppe soeben bei einer geheimen Besprechung. Warum sonst sollten sich die jungen Ritter an der höchsten Stelle der Burg einfinden, wo ein kalter Wind blies und Nebelschwaden um den Fahnenmast trieben? Unten in der Halle war es weitaus angenehmer, doch es gab Zuhörer, die das Gesagte möglicherweise weitertrugen, bis es die Ohren des Königs erreichte.

»Diese Beratungen dauern viel zu lange. Wir müssen endlich etwas unternehmen!«, stieß Ravenna hervor. »Ich werde nicht zulassen, dass man Melisende auf den Scheiterhaufen bringt.«

Sie hatte alles abgelegt, was ihr nicht gehörte: Esmees Gürtel, das grüne Festkleid und vor allem den Hexendolch, den eine Aura umgab, die ihr nicht gefiel. Nun trug sie wieder das Gewand einer Jungmagierin und hatte sich den Mantel lose um die Schultern geworfen. Sie war bereit. Wenn es nach ihr ginge, konnten sie sofort losreiten.

Die jungen Ritter regten sich voll Unbehagen. »Ihr wisst, dass wir an einen Eid gebunden sind und Constantin Gehorsam schulden. Das ist Euch bekannt, nicht wahr?«, fragte ein riesiger blonder Mann. Niall hatte Schultern wie ein Schmied und ein gutmütiges Lächeln, das im Augenblick jedoch Sorgenfalten gewichen war.

»Ich dachte mir etwas in der Art.« Fröstelnd drängte Ravenna sich in eine Nische, die im Windschatten lag. Der Sturm heulte um den Turm und die einzelnen Regentropfen trafen sie wie Peitschenhiebe. Das Wetter hatte umgeschlagen, das milde Frühjahr war vorbei. »Aber je länger wir beraten, umso mehr Zeit verlieren wir. Zeit, die Melisende und der Junge nicht mehr haben. Bis Sonnenaufgang sind es nur noch wenige Stunden. Ich verstehe nicht, weshalb der König so lange zögert.«

»Weil er weiß, dass er uns alle in Gefahr bringt, wenn er die falsche Entscheidung fällt«, erklärte Lucian. »Seit vielen Jahren ringen die Burgen Landsberg und Hœnkungsberg um die Vorherrschaft in diesem Landstrich. Ein Zwist mit den Stadtherren käme Beliar sehr gelegen.«

»Politik.« Angewidert stieß Ravenna dieses Wort hervor. »Es geht um Politik? Deswegen riskiert ihr Melisendes Leben? Manche Dinge ändern sich doch nie.«

Lucians Freunde tauschten bedeutsame Blicke untereinander, aus denen Ravenna eine Spur von Bedauern für ihren Gefährten las. Die Wut staute sich noch weiter in ihr auf.

»Constantins Stand als König ist keineswegs so fest und sicher, wie Ihr vielleicht glaubt«, erwiderte Lucian. Er blieb geduldig und freundlich, obwohl er ihren Zorn zweifellos bemerkte. »Besonders in den letzten Jahren hat er viel Macht eingebüßt. Ihr habt keine Ahnung, wie kompliziert die Bündnisse sind, die er eingehen muss, um die Sieben zu schützen. Da sind die einflussreichen Eltern der Mädchen, die Grafen im Süden und im Westen und die

Patrizier, die wiederum untereinander zerstritten sind. Wer heute ein Freund zu sein scheint, fällt uns morgen vielleicht schon in den Rücken.«

»Sag ich doch«, murmelte Ravenna. »Diplomatie ist immer ein schmutziges Geschäft. Ich verlange auch nicht viel – nur dass ihr mich in die Stadt begleitet. Wenn ich vor dem Hohen Rat spreche ...«

»... wird man Euch dran erinnern, dass Ihr durch ein Zeittor gekommen seid, nachdem die Sieben auf dem Hexenberg eine Beschwörung abgehalten haben. Mit Verlaub, ich glaube kaum, dass Ihr eine gute Gewährsperson seid, wenn es darum geht, Melisende vom Verdacht der Zauberei freizusprechen.« Ein anderer von Lucians Freunden hatte gesprochen, ein Ritter namens Vernon.

Ravenna kratzte sich nachdenklich hinter dem Ohr. »Richtig, du hast vollkommen Recht. Ich bin nicht besonders glaubwürdig. Bestimmt hatte Lynette auch nichts Besseres zu tun, als mich überall anzuschwärzen und in der Stadt herumzuerzählen, was für eine unvorstellbar grässliche Hexe ich bin. Es muss einen anderen Weg geben! Es muss einfach!«

Mit den Fäusten trommelte sie auf die Brüstung und dachte nach. Vom Festplatz drangen noch immer Flötenspiel, Fidelklänge und lautes Singen zu ihnen herauf. Fackeln und ein großes Feuer erhellten die Bankreihen, auf denen die Feiernden saßen. Der Wind und der beginnende Regen schienen die fröhlichen Zecher nicht zu stören.

»Ravenna.«

Als sie sich umdrehte, stand Lucian direkt vor ihr. Auch er trug wieder die gewohnte Kleidung: Stiefel, ein mehrlagiges Untergewand, das verhinderte, das ihm der Kettenpanzer die Haut aufscheuerte, und einen breiten Gürtel. Die geprellte Schulter bewegte er nur vorsichtig. *Er gefällt mir* – diesen Gedanken konnte Ravenna trotz der Angst, die sie gerade hatte, noch fassen.

»Uns allen ist klar, dass Ihr Euch große Sorgen macht. Aber Ihr müsst Euch beruhigen. Constantin wird Eure Warnung sehr genau abwägen, glaubt mir.«

Mit den Handballen stützte sich Ravenna auf die kalte Mauer. »Du bist jetzt mein Geweihter Gefährte, richtig? Dann befehle ich es dir. Ich befehle dir, mit mir in die Stadt zu reiten und Melisende zu befreien. Wir reiten jetzt los. Sofort.«

Sie erschrak, als sie die Enttäuschung sah, die sich in Lucians Gesicht zeigte. »Das könnt Ihr verlangen, gewiss. Und ich muss Eurem Befehl gehorchen, denn das verlangt das Gesetz meines Ordens. Aber ist das auch klug? Ist es wirklich das, was Ihr wollt?«

»Lucian.« Sie fasste ihn an der Hand. Es störte sie nicht, dass die anderen Ritter zusahen, wie sie bettelte und sich zur Närrin machte. »Es ist mir egal, was dir dein Ritterorden vorschreibt. Ich will deinen Gehorsam nicht. Ich möchte, dass du mir glaubst.«

Er musterte sie schweigend. Die anderen Ritter rückten näher heran und umringten sie. »Vielleicht solltest du auf sie hören«, schlug Niall vor. »Immerhin haben die Sieben sie gerufen.«

»Sie weiß bestimmt mehr als jeder von uns. Denn sie hat das Gesicht und ist die größte Hexe von allen«, stieß ein anderer hervor. Ravenna betrachtete den Sprecher. Er war das jüngste Mitglied der Gruppe, ein sommersprossiger Bengel von vielleicht siebzehn Jahren. Sein Haar war kupferrot. Plötzlich kam ihr ein Gedanke. »Marvin ... du kennst Marvin doch. Neveres Gefährte. Bist du mit ihm verwandt?«

Der Junge nickte. »Er ist mein Cousin. Eines Tages will ich auch ein Geweihter werden, genau wie er.«

Ravenna nickte. Sie verschränkte die Hände und rieb die kalten Finger aneinander. »Marvin gehört zu den Männern, die unten an Constantins Tafel sitzen und mit ihm beratschlagen dürfen. Trotzdem hält er sich nicht immer an die Regeln. Wusstet ihr, dass er Nevere vorschlug, den Marquis während des Turniers mit einem gezielten Bolzenschuss zu erledigen?«

Die jungen Männer bewegten sich unruhig hin und her. »Also

nein«, stellte Ravenna zufrieden fest. »Es würde mich doch sehr interessieren, was Constantin zu dieser Art von Konfliktlösung sagt. Auf jeden Fall solltet ihr anhand dieser Geschichte erkennen, wie Marvin das Problem mit Beliar betrachtet.«

»Marvin ist der Gefährte von Lammas«, wandte Lucian ein. »Und er ist Constantins Späher. Er muss trickreich und verschlagen sein. Doch was für ihn gilt, gilt noch lange nicht für uns.«

Ravenna musterte die Krieger der Reihe nach. »Wer von euch würde Lucian folgen, wenn er mit mir nach Straßburg reitet?«

»Ich!«, platzte der junge Bursche heraus. »Ich auch«, nickte Vernon. Nach und nach erklärten sich alle anwesenden Ritter dazu bereit, Lucian in das Abenteuer zu begleiten.

Zuletzt blickte Ravenna ihren Ritter an. »Was sagst du jetzt?«

»Man sollte Euch zur Königin machen, so durchtrieben wie Ihr Verhandlungen führt«, brummte er.

Ravenna grinste. »Ich würde sagen, du bist überstimmt. So macht man es in meiner Welt. Wir treffen uns also in zehn Minuten unten im Hof.« Sie wandte sich an Marvins Cousin. »Du bleibst allerdings hier, denn du siehst mir nicht so aus, als ob du schon volljährig wärst. Dafür wirst du mir dein Kettenhemd borgen.«

Der Rotschopf ließ sie durch eine Seitenpforte aus der Burg hinaus. Sehnsüchtig starrte er den Reitern nach, die den Pfad ins Flusstal hinabtrabten. Ravenna war überzeugt davon, dass ein einziges Wort von ihr genügte, und Marvins Cousin hätte alles stehen und liegen lassen, um sich der Gruppe anzuschließen. Aber es war besser so, denn nun konnte wenigstens einer dem König erklären, was in seine jungen Ritter gefahren war.

Lucian führte die Gruppe in einem weiten Bogen um den Turnierplatz. Dort zerstreuten sich nun die Gäste, denn der Wind hatte zugenommen. Böen schüttelten die Kronen der Bäume und türmten im Fluss graue Wellen auf. Donner grollte in der Ferne.

Solange das Gelände hüglig war, trabten die Pferde, doch als sie den Zufluss zur Ill erreichten, fielen die Tiere in Galopp. In ihrer Zeit hätte Ravenna den Nachtritt bestimmt als ein aufregendes Abenteuer empfunden und ihn besonders genossen, aber jetzt war sie von Unruhe erfüllt. Mit dem Auto brauchte sie von Obernai bis nach Straßburg keine halbe Stunde, im Dunkeln und zu Pferd dauerte der Weg eine Ewigkeit. Der Morgen war nicht mehr fern, als die Stadt endlich in Sicht kam, und vom ständigen Auf und Ab im Sattel taten ihr die Knochen weh.

Zwei tiefe, mit Wasser gefüllte Gräben, von Brücken überspannt, Wachtürme, Mauern und Zinnen – es war ein anderes Straßburg, dem sie sich näherten. Mit der Stadt, in der Ravenna sich heimisch fühlte, hatte diese Festung nicht viel gemeinsam. Unter der Aufsicht eines Ritters ließen sie die Schimmel an der Furt außerhalb der Stadtmauer zurück. Die Feenpferde waren viel zu auffällig, jeder hätte die Reiter sofort als Constantins Gefolgsleute erkannt. Außerdem hatte Ravenna den Rittern geraten, ihre Helme und Schilde in der Burg zu lassen, weil auch die Rüstungen verräterisch waren. Übernächtigt, zu Fuß und in weite, graue Umhänge gehüllt, gingen ihre Begleiter vielleicht als verspätete Turniergäste durch, die der Regen in die Stadt trieb.

Lautstark verhandelte Vernon mit der Torwache. Er spielte den Betrunkenen so überzeugend, als habe er jede Menge Übung. Unterdessen schmiegten Ravenna und Lucian sich an die Stadtmauer. Sie beide hatten während des Turniers zu viel Aufmerksamkeit erregt, um ihre Gesichter sorglos in den Schein der Öllaterne zu halten.

Sie hätte besser auch ein gepolstertes Untergewand anziehen sollen, wie es Lucian und seine Freunde trugen, überlegte Ravenna. Der dünne Leinenkittel, den sie unter dem Ringpanzer trug, warf Falten, und das Kettenhemd scheuerte ihr die Haut an Schultern und Hüfte wund. Außerdem presste das Gewicht des Panzers ihre Brüste unangenehm an den Körper. Trotzdem war sie froh um die Panzerung, denn die Stadt machte einen feindseligen Eindruck. Das Wasser in den Gräben stank nach fauligem Schlamm.

Über ihren Köpfen verlief ein Wehrgang, in den im Abstand von jeweils zehn Schritten Gussöffnungen eingelassen waren. Durch diese Schächte konnten bei Bedarf Steine geworfen werden oder es wurden Pech und kochendes Öl auf die Angreifer gegossen – wehe dem Unglücklichen, der sich dann am Fuß der Mauer befand!

Lucian hatte sich die Kapuze tief in die Stirn gezogen. Unter dem Mantel verborgen lag seine Hand auf dem Schwertgriff. Ich habe den richtigen Ritter gewählt, dachte Ravenna, als sie seinen entschlossenen Gesichtsausdruck sah. Plötzlich erinnerte sie sich wieder an ihr Versprechen, sich einen weiteren Kuss von ihm zu holen, aber da stieß Vernon einen leisen Pfiff aus und winkte sie herbei.

Lautlos stahl sich die Gruppe durch das Tor. Der Wächter lehnte unter der Laterne an der Wand. Er hatte einen Arm um die Hellebarde geschlungen und zählte die Münzen in einem Ledersack. Als Ravenna an ihm vorbeischlüpfen wollte, ließ er den Spieß plötzlich nach vorne fallen.

»He, du da musst auch bezahlen!«

Vor Schreck biss sich Ravenna auf die Zunge, als die Spitze der Hellebarde plötzlich vor ihrem Gesicht tanzte. Sie sagte kein Wort, denn ihre hohe Stimme hätte sie sofort verraten.

»Elf Mann – wir haben für elf Mann bezahlt!«, fauchte Vernon. »Kannst du Dummkopf etwa nicht zählen?«

»Ist das überhaupt ein Mann?«, zeterte der Wächter. Mit der Spitze der Hellebarde schob er Ravennas Umhang auseinander. »Er kommt mir eher wie ein Junge vor. Oder wie ein Mädchen.«

Krampfhaft verbarg Ravenna das Hexenmesser im Rücken – bereit, zuzustoßen, falls der Wächter noch zudringlicher werden sollte. Mit einem Schritt trat Lucian neben sie und legte ihr den Arm um die Schultern. »Das ist mein kleiner Bruder. Nun hab dich doch nicht so ... schließlich will er das Spektakel auch sehen.«

Der Torwächter zwinkerte. »So einen Bruder hätte ich auch gerne. Der Bursche bleibt hier. Ihr andern könnt weitergehen. Wenn ihr euch beeilt, könnt ihr noch zusehen, wie sie die Hexe aus dem Turm holen.«

»Wo soll die Hinrichtung denn stattfinden?«, wollte Lucian wissen, während er einen Beutel vom Gürtel löste. Ravenna hielt den Atem an. Sie wunderte sich, wie er so gelassen bleiben konnte. Scheinbar zerrte das Versteckspiel unter dem Tor nicht im Geringsten an seinen Nerven. An ihn gelehnt, spürte sie, wie sie selbst zitterte. Der Torwächter gab den Rittern die gewünschte Auskunft und versuchte gleichzeitig, einen Blick auf ihr Gesicht zu werfen. Mit zwei Fingern zog sie die Kapuze noch tiefer in die Stirn.

Lucian kramte in dem Beutel herum. Dann überlegte er es sich anders, schnürte das Säckchen zu und ließ es in die ausgestreckte Hand des Torwächters fallen. »Da, nimm, guter Mann«, seufzte er. »Und sei damit zufrieden. So eine Hexenverbrennung ist offenbar recht einträglich für dich.«

Der Torwächter deutete eine Verbeugung an und gab ihnen den Weg frei. Lucian behielt Ravenna dicht neben sich, während sie die schlafende Stadt betraten. Die Laternen an den Hausecken warfen ein fahles Licht auf die Straßen und Zinnengärten. Auf einem Absatz gleich hinter der Mauer rankten sich Bohnen und Gurken um lange Stangen. Zwischen Beeten mit Schwarzwurzel, Petersilie und Löwenzahn verlief ein Trampelpfad, vermutlich für die Stadtwache.

»Das war mein letztes Geld«, seufzte Lucian. »Nun muss ich wieder ganz von vorne anfangen und Constantin ein ganzes Jahr lang als Turmwache und Stallknecht dienen, ehe ich an neues Sattelzeug denken kann.«

»Tut mir leid«, murmelte Ravenna, aber gleichzeitig spürte sie, wie er sie noch enger an sich zog.

»Falls wir kämpfen müssen«, sagte er und sie öffnete den Mund, um ihm zu widersprechen. An einen Kampf in den engen

Gassen gegen eine Überzahl von Soldaten aus der Stadt mochte sie noch nicht einmal denken. In dem Armenviertel, das sie jetzt durchquerten, stank es nach Unrat. Hinter einer hohen Mauer bellte ein Hund.

»Falls wir kämpfen, verlange ich, dass Ihr im Hintergrund bleibt«, beharrte Lucian. »Haltet Euch dicht hinter uns und kommt den Schwertern nicht zu nahe. In der Hitze des Gefechts geschieht es manchmal, dass man auf einen Schatten losgeht, den man nur aus dem Augenwinkel sieht.«

Ravenna nickte. Sie hatten jetzt die Innenstadt erreicht, wo die Häuser der reichen Städter standen. Im Morgennebel tauchte die Kathedrale vor ihnen auf, ein Gebirge aus rotem Sandstein. Ein einsames Kerzenlicht schimmerte unterhalb der Turmspitze. Dort saß der Wächter in seiner kleinen, zugigen Kammer, achtete auf Brände und hielt nach Feinden Ausschau. Fackeln erleuchteten den Platz vor dem Portal und strahlten die Nebelschwaden von unten rötlich an.

Als Ravenna die Menschenmassen sah, die sich auf dem Platz drängten, stockte ihr der Herzschlag. Endlich begriff sie, warum sie nirgendwo ein Licht gesehen hatte und warum niemand auf das wütende Bellen reagierte: Die ganze Stadt war auf den Beinen. Aber die Leute verhielten sich merkwürdig. Regungslos und ohne einen Laut von sich zu geben, standen sie auf dem Platz, eine Menschenmasse, aus der nur Schultern, dunkle Hüte und Hauben ragten. In zwei Reihen hatten Soldaten Aufstellung genommen und hielten eine Gasse frei, die bis zur Kathedrale führte.

»Lucian! Vernon!« Ihr eigenes Flüstern kam Ravenna lauter vor als Glockenschläge. »Nehmt euch in Acht! Irgendetwas geht hier vor. Etwas stimmt nicht.« Sie wusste selbst nicht, weshalb sie das sagte, doch es war mehr als eine Ahnung. Eine Drohung lag in der Luft, eine vergiftete Atmosphäre. Die jungen Ritter nickten ihr zu. Bleich umfassten sie die Griffe ihrer Schwerter.

»Wir teilen uns auf!«, befahl Lucian leise. »Wir nähern uns der

Kathedrale von drei Seiten. Wenn wir fliehen müssen, dann in Richtung Kanal. Dort gibt es Kähne, Schleusen und einen Durchlass in der Mauer, durch den die Ill fließt. Im Ernstfall ist die Wasserstraße unser einziger Ausweg.«

Ravenna blieb dicht hinter ihm, als er sich einen Weg durch die Menge bahnte. Die Leute murrten, als er sie zur Seite drängte, und machten nur unwillig Platz. Vielleicht hielten sie den jungen Mann in Kettenhemd, Stiefeln und langem Mantel für einen Angehörigen der Stadtwache.

Am größten war der Andrang vor dem nördlichen Portal. Dort sollte die Hinrichtung stattfinden, doch als Ravennas Blick auf die freie Fläche fiel, die von Soldaten bewacht wurde, blieb sie verwundert stehen. An dieser Stelle war nichts Auffälliges zu sehen und schon gar nicht das, was sie erwartet hatte – weder Holzstöße noch mit Ketten behangene Pfähle.

»Bei Morrigans Namen, Ihr hattet Recht!«, flüsterte Lucian jedoch. »Man will Melisende wirklich verbrennen. Seht Ihr diese Eisenringe, die ins Pflaster eingelassen sind?«

Ravenna folgte Lucians ausgestrecktem Arm mit den Blicken und entdeckte mehrere Kreise, die aus ineinanderliegenden Metallringen gebildet wurden. Sie hatten den Durchmesser von Brunnenschächten. Jeder Ring war mit seltsamen Zeichen bedeckt. Mit magischen Runen, wie Ravenna auf den zweiten Blick begriff.

»Das ist die Stätte«, raunte Lucian. »Hier soll Melisende sterben.« Dann hob er den Kopf. »Achtung, es geht los!«

Ein einachsiger Karren rollte durch die Menge, die sich lautlos teilte, um das Gefährt durchzulassen. Unter dem mit Fransen geschmückten Baldachin stand eine Frau mit schlohweißem, schulterlangem Haar. Ravenna atmete auf, als sie erkannte, dass die Henkersknechte ihre ferne Verwandte wenigstens nicht in Sack und Asche über den Platz zerrten. Im Gegenteil – Melisende war wie eine echte Magierin gekleidet. Den rosenfarbenen Schleier hatte sie lose über Kopf und Schultern gebreitet. In der linken

Hand hielt sie einen Fächer und fächelte sich damit Luft zu. Mit gelassener Miene betrachtete sie die Zuschauer, die zu ihrer Hinrichtung gekommen waren.

Ravenna konnte den Blick nicht von ihr abwenden. Melisende sah wie eine adelige Witwe aus, wie eine stolze Königin, die zur Beerdigung ihres Gemahls gefahren wurde – unerschütterlich, ruhig und beeindruckend. Ganz anders dagegen der Junge, der neben ihr kauerte. Er umklammerte das schwarz lackierte Geländer, das den Karren umgab, und starrte die Leute aus aufgerissenen Augen an.

Plötzlich ertönte ein Schrei in der Menge. »Remi! Remi ... ach, mein Junge!« Eine ärmlich gekleidete Frau bahnte sich den Weg bis zur Gasse und rannte neben dem Wagen her. Immer wieder versuchte sie, den Jungen an der Hand zu fassen. Er erkannte sie und heulte auf.

»Maman! Maman, bitte hilf mir!«

Der Aufschrei löste den Bann, unter dem die Menge stand. Die Leute reckten die Hälse und begannen zu tuscheln. Manche duckten sich unter den schweren, kalten Regentropfen, die vereinzelt aus den Wolken fielen.

»Diese Zauberin hat dich verhext!«, schrie die verzweifelte Mutter. »Melisende hat einen Fluch über dich geworfen, so dass du gar nicht anders handeln konntest, als den Bezoar bei der Ulme zu verstecken! Das wirst du doch den Richtern sagen, damit sie dich freilassen? Nicht wahr, das wirst du sagen!«

»Maman!«, wimmerte der Junge wieder. Als die Soldaten, die den Platz absperrten, die Frau gewaltsam zurückdrängten, hämmerte sie mit den Fäusten gegen die Schilde und schluchzte.

Melisende ergriff ihren Schleier, zog ihn vom Kopf und ballte rasch die Faust um das rosenrote Tuch. Durch die Finger murmelte sie einige Worte, und als sie den Schleier anschließend auseinander schüttelte, bemerkte Ravenna einen hauchdünnen Schimmer von Goldpuder, das wie Licht zu Boden stäubte. Dann hörte sie Melisendes Stimme, die mühelos den ganzen Platz erfüllte. Magie, es musste Magie sein, welche die Stimmen der Sprechenden derart verstärkte.

»Du wirst lange um deinen Jungen weinen«, rief die Hexe der Mutter zu, während sie ihr das Tuch über die Köpfe der Soldaten hinweg reichte. »Genauso lange wird es dauern, bis dieser Schleier von deinen Tränen durchnässt ist. Aber wenn er getrocknet ist, sollst du deinen Schmerz vergessen und erkennen, wer der wahre Schuldige ist. Wenn du ihm dann noch einmal begegnest und ihn ansiehst, wird er in Stein verwandelt werden.«

»Der Schleier der Basilisken!«, schrie jemand in der Menge. »Das ist der Beweis! Melisende ist eine Schwarzmagierin und hat den armen Remi ins Unglück gestürzt!«

Unsinn!, hätte Ravenna am liebsten gerufen. Sie hat bloß ein Stück Stoff besprochen, um die Ärmste zu trösten. Aber sie beherrschte sich. Niemand durfte wissen, dass sich unter den Zuschauern noch eine Hexe befand.

Als der Karren weiterrollte, zog Melisende Remi in die Arme. Er versteckte das Gesicht in den Falten ihres Gewands. Die Mutter erstarrte und blieb stehen. Das rosenrote Tuch hing von ihren Fingern zu Boden. Ehe sie in sich zusammensackte, war eine Gestalt in einem grauen Umhang neben ihr, fing sie auf und führte sie vom Platz. Vernon warf Ravenna und ihrem Begleiter einen warnenden Blick zu, ehe er mit der Frau zwischen einer Häuserzeile verschwand.

Ravenna sog die Unterlippe zwischen die Zähne und begann sich entschlossen durch die Menge zu drängen. Als sie sich den Stufen vor der Kathedrale näherte, wurde ihr beinahe übel. Wie aus dem Nichts war der Marquis aufgetaucht. Fürsorglich reichte er Melisende die Hand und half ihr, vom Wagen herabzusteigen, eine Geste, die sie gelassen annahm. Beliar war immer noch von Kopf bis Fuß gerüstet, doch er hatte den Helm gegen ein Barett getauscht, das mit einer prunkvollen Fibel geschmückt war. Mit Silberfäden waren stilisierte Skorpione in seinen Umhang gewirkt, die im Faltenwurf wie lebendige Kreaturen schimmerten.

Der Anblick des Marquis wirkte wie ein Sog, der alle anderen Vorgänge auf dem Platz nebensächlich erscheinen ließ. Wimmernd duckte Remi sich auf dem Boden des Karrens zusammen. Der Anblick des schwarzen Ritters versetzte ihn in Angst und Schrecken.

Warum verflucht Melisende ihn denn nicht oder sticht ihm die Augen aus?, dachte Ravenna aufgebracht. Sie selbst wäre dem Marquis mit Sicherheit an den Hals gesprungen, und wenn es das Letzte gewesen wäre, was sie tat. Die Schicksalsergebenheit der Zauberin quälte sie. Melisende schien zu wissen, dass dieser verhangene Morgen ihr letzter war.

Immer rücksichtsloser schob Ravenna sich durch die Menge, wobei sie einige Leute unsanft zur Seite stieß. Sie wünschte sich sehnlichst, dass die Lichtbrücke entstand, die Lucian auf dem Turnierplatz geschützt hatte, doch das geschah nicht. Ihre Gabe ruhte eingeschlossen in ihrer Brust und ihre Kraft entfaltete sich nicht.

Nach wenigen Schritten holte Lucian sie ein. Er fluchte leise. »Bleibt in meiner Nähe! Ihr scheint unsere Gegner noch immer zu unterschätzen.«

»Ich muss dorthin!«, zischte Ravenna. »Bring mich so dicht wie möglich an die beiden heran! Merkst du denn nicht, was hier passiert? Beliar hat die Stadt längst eingenommen – dieser Hexer blendet die Leute mit seiner finsteren Magie. Und er unterdrückt meine Gabe und die von Melisende vermutlich auch. Ach, und jetzt versammelt sich der Hohe Rat vor der Kathedrale! Jemand muss die Menschen doch wachrütteln!«

Der Griff um ihren Arm lockerte sich nicht. Nervös beobachtete Lucian die Vorgänge auf der Fläche vor dem Kirchenportal. »Ihr werdet es nicht sein, die dem Stadtrat die Augen öffnet. Ich bin nämlich für Eure Sicherheit verantwortlich, und solange ich atme, lasse ich Euch nicht einmal in die Nähe des Marquis.« Plötzlich reckte der junge Ritter den Hals. »Was ist das? Wer spricht da? Diese Stimme kenne ich nicht.«

»Das ist der Hexenbanner, den die Stadt auf Anraten des Marquis einbestellt hat«, erklärte ein Mann, der vor ihnen stand. Er trug einen schweren, von Motten zerfressenen Pelzumhang. Während er sprach, sah er Ravenna scharf an. »Er reiste sofort aus Paris an, als er hörte, dass Zauberinnen hier ihr Unwesen treiben.«

Ravenna stellte sich auf die Zehenspitzen. Der Hexenbanner war ein Mann mit grauem Haar und grauem Bart. Mit müder, mitleidsloser Stimme verlas er die Anklage gegen Melisende und den Jungen. Es war eine Ansammlung haarsträubender Behauptungen, die darin gipfelten, dass Melisende in einem geschlossenen Raum im Hexenturm einen Regen aus Fledermäusen erzeugt hatte. Jedes Kind, das beobachtet hatte, wie ein Apfel vom Baum auf die Erde fiel und wie Wasser beim Kochen verdampfte, würde über diese Anschuldigungen den Kopf schütteln.

»Gesteht Ihr nun öffentlich ein, dass Ihr eine Hexe seid?«, fragte der grauhaarige Mann Melisende.

»Du törichter Tropf!«, lachte sie und schüttelte das Haar. »Du bist doch nichts weiter als ein armer, verirrter Zauberlehrling. Wie wirst du bloß den Dämon, der dir im Nacken hockt, wieder los? Soll ich dir vielleicht helfen?« Dann hob sie beide Arme und begann mit voller und tiefer Stimme zu singen.

Noch nie hatte ein Lied Ravenna so berührt, und sie konnte sehen, dass es den anderen Anwesenden ähnlich erging. Der kalte Wind, der Regen und der schreckliche Anlass dieser Versammlung waren vergessen. Der Platz war erfüllt von Melisendes Gesang und der Himmel über den Dächern schimmerte wie Rosenquarz. Sogar der Hexenbanner schien regelrecht aufzublühen. Mit jeder Strophe wurde er jünger und lebendiger, er hing an Melisendes Lippen. Verblüfft beobachtete Ravenna, wie der Marquis hingegen schrumpfte. Beliar duckte sich und sah einen Augenblick lang aus wie eine zerzauste Krähe. Dann schlug er der Zauberin mit der gepanzerten Faust auf den Mund.

Melisende taumelte und verstummte. Blut glänzte auf ihren Lippen. Beliar packte sie am Handgelenk und stieß sie in die Mitte eines jener Eisenringe, die im Boden vor der Kathedrale eingelassen waren.

Sofort erlosch jeglicher Zauber, und der Morgen wurde wieder dunkel, kalt und still. Melisende war erstarrt. Nur ihre Augen lebten und ihr Haar leuchtete wie eine weiße Lohe. Plötzlich wirkte sie wie eine Statue, ein Relikt aus grauer Vorzeit, eingeschlossen in einem Kristall. Einige Frauen weinten, doch sie verstummten, als Beliar sich an die Menge wandte.

»Basiliskenschleier und magische Banngesänge! Ich glaube, wir haben genug gesehen!«, rief er.

»Melisende vom Odilienberg ist zweifelsfrei eine Anhängerin schwarzer Magie. Sie wurde im Hexenkonvent erzogen und ausgebildet, wo noch immer die Töchter vieler Könige, Stammesfürsten und Schamanen unterrichtet werden. Heute in aller Frühe bat mich der Hohe Rat, eine Untersuchung gegen diese Schule einzuleiten. Dies soll umgehend geschehen! Hiermit stellt der Rat die Sieben unter Acht und Bann. Sie dürfen den Konvent nicht verlassen und keinerlei Magie mehr wirken, bis die Untersuchung abgeschlossen ist.«

»Wir müssen hier weg«, raunte Lucian Ravenna ins Ohr.

»Ich fürchte, der Kaufmann, mit dem wir gerade sprachen, hat Euch erkannt. Zumindest scheint er etwas zu ahnen, denn er spricht soeben mit einem Soldaten.«

Der junge Ritter deutete zum Kirchenportal. Dort stand der Kerl in dem löchrigen Pelz und redete auf einen Wächter ein. Ravenna hatte jedoch nur Augen für den Marquis. Zum ersten Mal war sie Beliar nahe genug, um sein Gesicht in allen Einzelheiten zu erkennen – die leicht gekrümmte Nase, die zornigen Lippen, das energische Kinn. Das kann nicht sein, dachte sie und spürte einen Kranz aus Eis, der ihr aufs Herz drückte. Das kann einfach nicht wahr sein. Ich glaube, jetzt verliere ich wirklich den Verstand.

Der Marquis de Hœnkungsberg glich ihrem Therapeuten wie ein Zwilling dem anderen. Beliar sah haargenau so aus wie Doktor Corvin Corbeau in schwarzer Rüstung – obwohl dieser seine Praxis erst siebenhundert Jahre später und in einer Entfernung von zehn Minuten Fußweg einrichten sollte.

Oder etwa nicht? Waren der Teufel und der Therapeut vielleicht ein und dieselbe Person?

»Ravenna!«

Sie erschrak, als sie am Ellenbogen gepackt wurde. Lucian zog sie zum Portal des Münsters. Der Hexenbanner zerrte Remi unterdessen vom Karren. Der Junge jaulte wie ein Welpe, dem man auf die Pfoten getreten war, doch sobald er in die Mitte des zweiten Kreises gestoßen wurde, erstarrte er genauso wie Melisende.

»Habt Ihr denn nicht gehört, was der Hexenbanner soeben verkündet hat? Das galt Euch!«, zischte Lucian. »Ihr seid eine der Sieben, begreift es doch endlich. Wenn man Euch auf dem Platz erwischt, ist es aus mit Euch, denn ab sofort steht Ihr unter dem Bann des Stadtrats. Wir müssen fliehen und können nur hoffen, dass es uns gelingt, Constantin und unsere Gefährten rechtzeitig zu warnen.«

Verzweifelt sträubte sich Ravenna und drehte sich zu den Verurteilten um. »Aber Melisende! Und der Junge!«

»Es ist zu spät, um ihnen zu helfen!«, stieß der junge Ritter hervor. »Bei Licht betrachtet hatten wir nie eine Chance. Und jetzt kommen wir nicht einmal mehr zum Fluss durch und müssen uns den Weg womöglich freikämpfen.« Der Schwertgriff unter seinem Mantel blitzte und sie sah, dass er die Waffe gelockert, wenn auch noch nicht gezogen hatte.

Sie blickte ihn an. »Tut mir wirklich leid«, sagte sie. Mit einem Ruck befreite sie sich und rannte auf die beiden Eisenkreise zu. »Er da, er ist ein Lügner!«, brüllte sie und zeigte auf Beliar. Oder auf Corvin Corbeau. Wie man es nimmt, dachte sie. »Fragt ihn doch einmal, wie es ist, Magie zu wirken – Schwarze Magie! Der Marquis beherrscht das Feuer wie einen treuen Hund, er kann in den Geist eines anderen Menschen eindringen und ihn bezwingen, und tausend Jahre vergehen für ihn schneller als ein Wimpernschlag! Er ist ein mächtiger Hexenmeister, während Melisende unschuldig ist! Ihn sollte man an ihrer Stelle verbrennen!«

Der Kaufmann in dem Mottenmantel warf sich auf sie. Unter dem staubigen Pelz trug er eine prallgefüllte Geldkatze, das spürte Ravenna, weil das Säckchen hart gegen ihren Hüftknochen prallte. Sie zog die Knie an den Leib, rollte durch Sägespäne und Dreck und zerkratzte dem Mann das Gesicht, als er versuchte, sie festzuhalten. Der Kaufmann heulte vor Schmerz auf und fasste sich an die Augen, während sie durch ein Dickicht aus Beinen von ihm fortkroch. Jemand trat ihr auf die Hand, ein Knie traf sie in die Rippen und sie knickte ein. Als sie die Augen wieder aufriss, starrte sie auf einen Stiefel samt Sporn, der dicht neben ihrem Kopf landete. Lucians Klinge sirrte über ihr und krachte gegen fremde Schwerter. Breitbeinig stand er über ihr und verteidigte sie gegen ein halbes Dutzend Soldaten, während er brüllend versuchte, die Aufmerksamkeit seiner Freunde zu erringen.

Auf allen vieren kroch Ravenna unter dem wallenden Mantel des Ritters hervor. Die Totenglocke schlug. Da fasste sie den ihr am nächsten stehenden Mann am Bein und am Gürtel und zog sich hoch. Verblüfft starrte der Soldat sie an, aber er regte sich nicht einmal, als sie mit beiden Händen die magische Geste ausführte, die sie auf dem Odilienberg beobachtet hatte. Obwohl sie ihren Gegner nicht einmal berührte, wurde der Soldat zurückgeschleudert und stürzte rücklings zu Boden. Die Leute, die den Vorfall beobachtet hatten, begannen zu schreien und mit dem Finger auf Ravenna zu zeigen.

Sie drehte sich um. Der Marquis lächelte ihr über die in Bewegung gekommene Menschenmenge hinweg zu, und in diesem Augenblick erkannte sie, dass es wirklich Corbeau war, ihr Therapeut aus der roten Villa. Sie hatte gegen ihn nie eine Chance gehabt – er war ihr und den jungen Rittern des Königs mehr als siebenhundert Jahre vorausgewesen.

Seine Hand senkte sich, die Lippen bewegten sich und aus den magischen Zeichen, die den Rand der Eisenkreise bedeckten, brach ein bläuliches Feuer hervor, heißer als eine Gasflamme. Melisende und der Junge wanden sich qualvoll, ohne den Käfig aus rauchloser, weißer Glut verlassen zu können. Die Zauberin blickte Ravenna an. Ihr Haar war längst zu Asche vergangen, doch ihre Augen funkelten und plötzlich hörte Ravenna, wie eine Stimme laut und deutlich zu ihr sprach.

Lauf weg, Kind! Lauf weg von hier, schnell! Wenigstens eine von uns muss überleben!

Sie stöhnte. Sie kannte diese Stimme, hatte denselben Klang schon einmal gehört: an dem Schalenstein auf dem Odilienberg, kurz bevor sie in den Hexenring getreten war. Es war der Ruf aus der Ferne.

Plötzlich sprühte die Säule aus Licht und Gas, in der Melisende gefangen war, grelle Funken. Mit einem Aufschrei wichen die Zuschauer zurück. Entlang des Lichtstrahls blühten Rosen auf, Blüten aus orangefarbenem Feuer, die die schattenhafte Gestalt umrankten. Dann erlosch der Brand mit einem Knall und ein Schauer aus Blütenblättern regnete zu Boden. Die Magierin war verschwunden, nur Remis Scheiterhaufen brannte noch mit heller Flamme.

Ein scharfer, metallischer Knall warnte Ravenna – das Schwert ihres Ritters, der sie verbissen gegen eine Übermacht von Angreifern verteidigte. »Verdammt«, schrie Lucian ihr zu. »Was sollte das?«

Sie blinzelte und wischte sich über das Gesicht. Menschen, Karren und Pferde, alles war in Bewegung, alles schob sich in ihre Richtung. »Zum Münster! Auf das Gerüst – mach schnell!«, schrie sie Lucian zu. »Ich kenne vielleicht einen Ausweg!«

Das nördliche Portal war mit Brettern und Bohlen verkleidet, die mit Stricken befestigt waren. Auch siebenhundert Jahre vor ihrer Zeit war die Kathedrale eine Baustelle, und genauso sollte es in den kommenden Jahrhunderten bleiben. Doch bevor sie das Gerüst erreichten und sich vor der wütenden Menge in Sicherheit bringen konnten, schnitt der Marquis ihnen den Weg ab.

Beliars Hiebe hagelten auf Lucian ein, so dass dem jungen Ritter kaum Zeit zur Abwehr blieb. Er wich zurück, bis er mit dem Rücken an den Säulen stand. Ravenna sprang den Marquis an. Wie eine Katze klammerte sie sich an seinen Umhang, während sie versuchte, ihre Finger in die Lücke zwischen Hals und Brustharnisch zu quetschen und Beliars Kehlkopf nach innen zu pressen. Mit dem Schwertknauf traf der Marquis sie am Kinn. Sie stürzte rücklings zu Boden. Ihr Kopf dröhnte, sämtliche Zähne schmerzten und das Kirchenportal drehte sich vor ihren Augen. Sie starrte Beliar an, als dieser das Schwert beidhändig über den Kopf hob. Die Schuppenklinge zeigte nach unten. Auf ihr Herz.

»Pass auf!«

Mit gestrecktem Schwert duckte Lucian sich unter dem erhobenen Arm des Marquis. Sein Gegner verwandelte den Todesstoß sofort in einen Seitenhieb. Er traf Lucian mit voller Wucht unter der Achsel. Wie ein heißes Messer durch Butter – so glitt die verhexte Klinge durch die Ringpanzerung des Ritters. Lose Kettenglieder regneten rings um Ravenna zu Boden. Gleichzeitig trennte das Schwert einen Streifen Muskelgewebe und Haut von Lucians Körper ab.

Lucian wurde leichenblass. Er ließ das Schwert fallen und taumelte, während er mit der Hand den blutigen Gewebefetzen an sich presste. Der Marquis holte zum letzten Stoß aus. Da schmetterte Ravenna ihm mit aller Kraft Lucians Schwert auf die linke Schulter, als wäre es ein Fäustel, mit dem sie einen widerspenstigen Steinblock spalten wollte. Zuckend umhüllte eine Flamme die Klinge, ein Funkenregen stob unter dem Gewölbe auf und versengte ihr die Hände. Ihre Finger wurden taub. Dann fiel die schwarze Rüstung in sich zusammen, als gäbe es keinen Körper, der sie füllte. Der Platz vor dem Portal flimmerte. Dicht an dicht drängten die Menschen herbei, bewaffnet mit Schwertern, Knüppeln und Pflastersteinen. Im Hintergrund rauchten die Überreste der beiden Scheiterhaufen.

»Komm! Auf das Gerüst!« Ravenna war selbst überrascht, wie

ruhig ihre Stimme klang. Sie fasste Lucian an der Hand und half ihm, die Stiege zu erklimmen. Er wankte und sein Atem ging schwer. Mit dem rechten Fuß hinterließ er blutige Abdrücke auf den Holzbohlen.

Ravenna hatte völlig klar vor Augen, was sie als Nächstes tun musste. Sie hatten nur noch eine Chance – wenn es nicht gelang, starb Lucian sofort und sie wenig später in einem ähnlichen Feuer wie Melisende. Gebückt schob sie sich auf dem niedrigen Gerüst vorwärts, während unten die ersten Angreifer an den Stelzen rüttelten und auf der Stiege trampelten. Flüche hallten unter dem Gewölbe.

Da war der Fürst der Welt, der die törichten Jungfrauen verführte – Ravenna schluchzte vor Erleichterung, als die Figurengruppe vor ihr auftauchte. Lucian folgte ihr mit geschlossenen Augen und schleppenden Schritten, ein Schlafwandler am Abgrund des Todes.

Jetzt, dachte Ravenna. Jetzt oder nie. Sie legte die Finger auf den Apfel aus Stein, den der Fürst in der Hand hielt und wünschte sich weit fort von dem düsteren Morgen des Jahres 1253.

Der Himmel verfinsterte sich. Die Sterne rasten vorbei, so dass sie Leuchtbahnen durch die Nacht zogen. Immer schneller drehte sich das Karussell aus Licht und Dunkelheit, bis die Zeit zu einem blendenden Strom verwischte. Wieder erfasste Ravenna das Gefühl von Schwerelosigkeit und sie hörte, wie Lucian schrie – vor Überraschung, vor Schmerz, oder weil er starb … sie wusste es nicht. Sie schlang die Arme um ihn, als könnte sie ihn festhalten, während der Strudel der Jahrhunderte sie verschlang.

Als es wieder hell wurde, fiel sanfter Regen auf die Stadt. Mit dem Rücken lehnte Lucian am Fuß der Figurengruppe und starrte sie an. Sie hörte das Wort Hexe so deutlich in seinen Gedanken, als stünde es ihm auf die Stirn geschrieben.

Vor dem Münster ertönte ein knatterndes Geräusch und der Gestank von Benzingemisch wehte zu ihnen herauf. Hastig beugte Ravenna sich über das Geländer. Ein Motorroller – wie sehr hatte sie die Dinger früher gehasst! Jetzt wurde ihr beim Anblick des lärmenden Fahrzeugs ganz flau vor Erleichterung. Sie hatte ein Zeittor gefunden, dasselbe Tor, das sie ihren Job gekostet hatte: Der Apfel in der Hand des weltlichen Verführers war offenkundig verhext. Zuverlässig hatte die Magie sie in ihre Zeit zurückversetzt, in die Zeit der gelben Markisen, der klingelnden Fahrradfahrer und der überfüllten Souvenirläden.

»Lucian, steh auf! Bitte steh auf! Du kannst hier nicht sitzen bleiben!«

Sie zog an seinem ausgestreckten Arm und er kam torkelnd auf die Füße wie ein Betrunkener. An der Stelle, an der er gesessen hatte, klebte eine Blutlache.

Behutsam half Ravenna ihm die Treppe hinunter, immer auf der Hut vor ihren Kollegen, denen sie um keinen Preis der Welt in die Arme laufen wollte, solange sich ein schwer verletzter Ritter auf sie stützte. Noch schien Lucian nicht zu bemerken, was sich verändert hatte. Er war zu benommen von Beliars Treffer und der Unterschied war auf den ersten Blick nicht allzu gewaltig: Auf dem Platz rings um die Kirche fand an diesem Tag ein Mittelaltermarkt statt. Marktschreier, Geflügelhändler und Schmiede übertönten einander, Stelzenläufer und Jongleure begeisterten das Publikum und von der Rue des Hallebardes näherte sich ein Spielmannszug: Leute in Schnabelschuhen, wollenen Umhängen und Filzhüten. Sie zogen einen Rattenschwanz von Touristen und aufgeregten Kindern hinter sich her.

Mit klopfendem Herzen wartete Ravenna, bis der Umzug die Place de la Cathédrale erreicht hatte. Dann ließ sie sich von dem bunten Treiben aufsaugen, das sie auf einer Woge von Trommelschlägen, Schellenrasseln und Flötenklängen durch die Gassen trug. Niemand nahm Anstoß an ihren grauen Umhängen, den Ringpanzern und den Beinschienen, ganz zu schweigen von dem Schwert, das sie in der Hand trug. Offenbar hielt man ihre Verkleidung für besonders gelungen und das klebrige, rote Zeug auf ihrem Arm für Theaterblut. Passanten applaudierten, als sie in das Gerberviertel einbogen. Ein Sprecher gab Einzelheiten aus der Stadtgeschichte zum Besten, während sie dem Verlauf der Ill folgten. Ravenna biss die Zähne aufeinander und schluckte die Tränen hinunter. Wie ein totes Gewicht hing Lucian auf ihrer Schulter. Nur am gelegentlichen Zittern seines Körpers merkte sie, dass er noch lebte.

Endlich gelangten sie in die Nähe ihrer Wohnung. Ravenna bugsierte Lucian in den Innenhof und ließ den Zug unbemerkt vorüberziehen. Tagsüber war die Eingangstür des alten Fachwerkhauses nicht abgeschlossen. Stufe für Stufe zog sie den Verletzten nach oben und hoffte bei jedem Schritt, dass ihnen keiner der Nachbarn begegnete. Aber es war ein Arbeitstag und das Haus wirkte wie ausgestorben.

Als sie vor ihrer Haustür angelangt war, war sie schweißgebadet. Es gab einen dritten Schlüssel, den sie beim Einzug in die Lampenschale im Flur gelegt hatte. Sie stöhnte erleichtert auf, als sie ihn unter den Fingern fühlte, denn nun wusste sie, dass sie wirklich in die richtige Zeit zurückgekehrt war – in ihre Zeit, in der ihre Spielregeln galten. Die Finger zitterten ihr so sehr, dass sie mehrere Anläufe brauchte, ehe der Schlüssel ins Schloss glitt.

»Yvonne? Yvonne, bis du da?«

Keine Antwort. Von Merle und ihren Kätzchen fehlte jede Spur. Die Küchenuhr zeigte Viertel nach neun am Morgen. War es nun auch Viertel nach neun in der Hexenwelt? Dann waren Melisende und der Junge seit drei Stunden und siebenhundertachtundfünfzig Jahren tot.

Hastig warf Ravenna ihren Umhang aufs Bett und ließ Lucian auf die Unterlage rollen. Er war bleicher als der Tod. Sie zerrte sich das schwere Kettenhemd über den Kopf. Rasselnd fiel es zu Boden, die Ringe rissen ihr einzelne Haare aus, aber sie kümmerte sich nicht darum. In der Küche setzte sie einen Topf Wasser auf und suchte im Bad nach Nadeln und Garn. Unter dem Waschbecken stand ein kleiner Werkzeugkasten, aus dem sie eine Zange nahm.

Lucian fantasierte, als sie zurück ins Schlafzimmer kam. In seinen Alpträumen kämpfte er gegen Nachtmahre und Schattenwölfe, und einmal traf er sie mit dem Arm fast am Kopf.

»Halt still, du Idiot, oder ich muss dich festbinden«, murmelte sie. Der Schädel dröhnte ihr ohnehin von dem Ritt durch die Nacht, von Beliars Schlag und von der Zeitreise siebenhundert Jahre zurück in die Zukunft. Mit der Zange öffnete sie die Kettenglieder über Lucians linker Schulter, bis sie ihm den Panzer ausziehen konnte. Das wattierte Untergewand, der Hosenbund und der Umhang, auf dem er lag, waren blutgetränkt.

»Ich muss jetzt diesen Schnitt in deiner Seite zunähen, oder du verblutest. Das wird bestimmt wehtun.« Ravenna sprach mit ihm, obwohl er sie nicht hören konnte. Im Fieberwahn drehte er den Kopf hin und her und knirschte mit den Zähnen. Schweißtropfen standen auf seiner Stirn.

Sie kehrte in die Küche zurück, warf Nadel und Faden ins kochende Wasser und wartete zehn Minuten. Das Garn dampfte noch, als sie es in die Öse fädelte. Dann holte sie ein Säckchen aus Leder aus ihrer Gürteltasche und hielt es ratlos in der Hand.

Nevere hatte ihr noch Anweisungen geben wollen, wie aus dem magischen Niederschlag, den sie in einer abgelegenen Schlucht sammelte, ein Heilmittel wurde, aber dann waren sie von Marvin und seinen Mordplänen unterbrochen worden. Hätte er Beliar doch erschossen!, dachte Ravenna grimmig. Dann versuchte sie sich wieder darauf zu konzentrieren, was als Nächstes zu tun war. Sollte sie den Heilstaub mit Wasser vermischen oder mit Alkohol? Wie sah das richtige Verhältnis aus und war Leitungswasser in Ordnung? Und wie sollte sie das Problem lösen, dass sie so weit von Neveres magischem Siegel entfernt war? Sie erinnerte sich daran, wie der Ring auf dem Grund der Flasche gelegen hatte, mit deren Inhalt die Heilerin Ramons Wunden behandelte. Selbst wenn sie alles richtig machte – zum Schluss würde ihr das Siegel fehlen.

Eine wütende Träne rollte ihr über die Wange und fiel auf das

Päckchen. Der Staub an dieser Stelle begann golden zu schimmern. Also Wasser, beschloss Ravenna, Wasser und Salz. Vorsichtig schüttete sie den Inhalt des Päckchens in eine leere Karaffe, ließ Wasser hineinlaufen und gab einen Teelöffel Salz dazu.

Während sie die Mischung mit dem Stil eines Kochlöffels umrührte, dachte sie an den magischen Strom, von dem ihr die Sieben erzählt hatten, und wünschte mit aller Kraft, er möge an diesem Morgen durch ihre Küche fließen und durch die Karaffe, die sie mit beiden Händen an sich presste. Langsam öffnete sie die Augen. Vor Erleichterung bekam sie weiche Knie, denn nachdem sich das Salz aufgelöst hatte, schwammen im Wasser plötzlich winzige, golden leuchtende Punkte. Sie umkreisten sich immer schneller, während sich die Flüssigkeit erwärmte.

Vielleicht ist es auch egal, womit man den Staub mischt, überlegte Ravenna, während sie mit Nadel, Faden und der Karaffe ins Schlafzimmer zurückkehrte. Vielleicht ist auch hierbei nur die Absicht wichtig. Der junge Ritter war in einen Dämmerzustand geglitten. Umso besser, dachte Ravenna. Während sie sich mit Nadel und Faden voranarbeitete, benetzte sie die Wunde immer wieder sorgfältig mit dem Heilmittel aus der Welt der Hexen. Sie starrte nur auf ihre Finger und verbot sich jegliches Zittern. Als die Wunde geschlossen war, betupfte sie die Ränder zusätzlich mit Desinfektionsmittel. Im Bad bewahrte sie Verbandszeug auf – es war genug, um den Schnitt großzügig zu verbinden. Überall blieb Goldstaub haften, an ihren Händen und dem Wasserhahn, an den Türklinken und an dem Laken, mit dem sie das Bett frisch bezog. Sie stopfte die verdreckten Umhänge in die Waschmaschine und wischte die Böden in der Küche und im Hausgang, ehe sie beide Kettenhemden und Lucians Schwert in ihren Schrank sperrte.

Erschöpft stieß sie die Fensterflügel in der Küche auf und lehnte sich aus dem Fenster. Ein Motorschiff schwamm auf der Ill. Die Gäste an Bord fotografierten die Schleuse und die Häuserzeilen entlang des Kanals. Vom Café an der Promenade drangen Gelächter und das Klappern von Geschirr, während das wütende Hupen des Berufsverkehrs die Ringstraßen erfüllte.

Sie war wieder daheim. Auch wenn ihr jeder Knochen wehtat und sich ihr Kiefer anfühlte, als würde ein Bienenschwarm darin wüten – sie war dem Marquis und dem schrecklichen Mittelalter entronnen.

Ravenna stützte die Stirn in beide Hände. Dann ließ sie ihren Tränen freien Lauf.

Ein Fluch und ein Versprechen

Straßburg im Jahr 2011

Als sie erwachte, lag sie eng an Lucian geschmiegt. Ruckartig hob sie den Kopf. Er atmete gleichmäßig und schlief, das Gesicht zum Fenster gedreht. Seine Haut fühlte sich weich und warm an, und um seinen Hals hing die Lederschnur mit dem Triskel.

Mit einem Seufzen ließ Ravenna den Kopf wieder auf seine Schulter sinken. Ihr Arm lag quer über seiner Brust und er hielt sie umfasst, ohne es zu wissen. Seitlich konnte sie die Delle spüren, die sein Körper in ihrer Matratze hinterließ. Für eine Weile lauschte sie nur auf seine Atemzüge. Es kam ihr seltsam vor, dass er neben ihr lag. In der Welt der Burgen, Hexen und Turniere war seine Anwesenheit irgendwie selbstverständlich gewesen. Aber hier, in ihrer Dachkammer über dem Kanal, wirkte seine Gegenwart so unglaublich, dass ihr ganz schwindlig wurde. Dann fielen ihr die Augen zu und sie träumte, sie wäre wieder auf Constantins Burg, wo schlafende Ritter hingehörten.

Als sie zum zweiten Mal erwachte, fiel schwefelgelbes Licht durchs Fenster. Es war spät am Nachmittag. Lucian hatte sich nicht bewegt. Sie lauschte auf die vertrauten Geräusche in ihrer Wohnung. Seltsam, dass Yvonne noch nicht da ist, dachte sie, aber dann fiel ihr ein, dass auch Merle und die kleinen Katzen fort waren. Wahrscheinlich war ihre Schwester nach Ottrott gefahren, um den Eltern beizustehen.

Wieder fuhr sie mit einem Ruck hoch. Ihre Eltern! Die Ärmsten waren bestimmt verrückt vor Sorge! Ravenna schwang die

Beine aus dem Bett. Sie trug einen Slip und ein langes T-Shirt, das ihr bis über die Oberschenkel reichte. Mit den Zehen tastete sie nach ihren Wollsocken und streifte sie über die nackten Füße. Lucian bewegte sich im Schlaf, aber er wurde nicht wach. Ravenna schlich auf die andere Seite des Betts. Sie hielt die Luft an, als sie den Verband ein Stück vom Körper wegzog, denn sie erwartete, scheußlich entzündete, verklebte Wundränder zu sehen. Aber da war nichts. Bis auf einen dünnen, weißen Strich, der sich bogenförmig über Lucians Rippen zog, war die Wunde vollkommen abgeheilt.

Verblüfft starrte Ravenna auf die Karaffe, in der sich noch ein kleiner Rest des leuchtenden Heilmittels befand. L'eau de vie – Lebenswasser, so nannte ihr Vater einen starken Schnaps, den er im Herbst brannte. Nun bekam das Wort eine völlig neue Bedeutung für sie.

Lautlos ging sie ins Bad und anschließend in die Küche, wo sie die Espressomaschine aufsetzte. Gab es ein besseres Willkommen als den Duft von frisch gemahlenem Kaffee? Auf der Fußmatte des Nachbarn hatte sie eine Zeitung liegen sehen. Er würde ihr sicher verzeihen, wenn sie das Blatt für eine halbe Stunde entlieh. Sie hob die zusammengerollte Ausgabe auf und warf einen Blick auf das Datum. Es war der neunte Mai. Seit ihrem Ausritt auf dem Odilienberg waren in dieser Welt fünf Tage vergangen, genau wie auf ihrem Ausflug ins Mittelalter. Wieder blinzelte sie und schüttelte den Kopf. Die Erlebnisse im Konvent und in Constantins Burg kamen ihr so unwirklich vor, als hätte sie alles nur geträumt.

Sie nahm sich Zeit, um die Milch zu schäumen, und vergaß auch nicht die Prise Zimt, mit der sie ihren Kaffee immer würzte. Einen Fuß auf die Sitzfläche des Stuhls gestellt, damit sie den Arm abstützen konnte, begann sie in der Zeitung zu blättern. In der Regierung tobte der Streit über ein neues Gesetz zur Besteuerung von Großkonzernen. In Paris hatten Randalierer mehrere Autos angezündet und im Rhein war eine junge Frau ertrunken. Ihre

Leiche war bei Kehl ans Ufer gespült worden. Als Ravenna den Mittelteil aufschlug, blickte sie in ihr eigenes Gesicht. Sie erschrak so sehr, dass sie weiterblätterte und es erst nach mehreren tiefen Atemzügen wagte, die entsprechende Seite wieder aufzufalten. »Entführungsfall am Oberrhein?«, lautete die Schlagzeile. »Von Ravenna D. (24) fehlt noch immer jede Spur.« Der Artikel war eine halbe Seite lang und mit Fotos und einem verzweifelten Appell ihrer Eltern versehen.

Verdammt, wie komme ich denn in die Zeitung?, dachte sie. Sie griff sofort zum Telefon und drückte auf die Tasten, bis sie auf dem Display die Nummer ihrer Eltern las, aber dann zögerte sie. Nach so viel Aufregung – war da ein so überraschender Anruf wirklich gut? Wie würden sich ihre Eltern fühlen, wenn sie sich plötzlich wie ein Geist am anderen Ende der Leitung meldete?

Stattdessen wählte sie die Nummer von Yvonnes Mobiltelefon. Es klingelte, aber ihre Schwester antwortete nicht, auch die Mailbox war ausgeschaltet. Ungehalten warf Ravenna das Telefon auf den Tisch. Sie stand auf und ging zu Yvonnes Zimmer. Die Tür war abgeschlossen.

Seltsam, dachte Ravenna. Das macht sie doch sonst nie. Sie kehrte in ihr eigenes Schlafzimmer zurück und holte eine frische Jeans aus dem Schrank. Lucian hatte sich zur Seite gedreht und schlief zusammengerollt wie ein kleiner Junge. Wie soll ich ihm bloß klarmachen, was passiert ist?, überlegte sie, während sie ihn betrachtete. Und wie soll ich den anderen erklären, wo er plötzlich herkommt?

Nach der Dusche meldete sich wieder ihr Hunger. Wenigstens war der Kühlschrank aufgefüllt, stellte Ravenna fest. Yvonne wollte also nicht lange fortbleiben. Sie deckte den Tisch für drei, schnitt Brot und Tomaten auf, mischte Salat mit Schafskäse und Oliven und schob ein Blech mit Kartoffelscheiben in den Ofen. Erst dann merkte sie, dass sie in den verkohlten Fleck auf ihrem Küchenboden getreten war, in den Bannkreis, den der Einbrecher gezogen hatte. Seit dem Überfall hatte sie diese Stelle gemieden, denn es war das Tor zu einer Hölle, die sich nur in ihren Gedanken auftat. Sie starrte auf den verfluchten Fleck. Die Spuren ergaben ein verzerrtes Muster, das perverse Spiegelbild eines Hexensiegels. Langsam atmete sie aus. Dann zuckte sie die Schultern und ließ Wasser in die Karaffe laufen. Es kümmerte sie nicht länger, was der Eindringling mit Feuer und glühendem Metall auf die Dielen geschrieben hatte. Etwas hatte sich verändert, seit sie aus Lucians Zeit zurückgekehrt war, der Fluch hatte seine Wirkung verloren. Sie hatte sich verändert. Sie fühlte sich stark und ausgeglichen – ganz anders als vor ihrem Sturz durch das Zeittor.

Als die Kartoffeln zu duften begannen, hörte sie den Schlüssel im Schloss. Yvonne betrat den Flur. Dann bemerkte sie das Licht in der Küche und starrte ihre Schwester an wie ein Gespenst. Und Ravenna starrte nicht minder.

Yvonne hingen die Haare wirr herab. Sie sah aus, als wäre sie in einen heftigen Regenguss geraten und hätte sich seitdem weder gewaschen noch gekämmt. Zu Ravennas Überraschung trug sie das gelbe Kleid mit den Blumen, aber es war zerknittert und verschwitzt. Über dem Knie klebte ein undefinierbares, schwarzes Zeug, das wie Schmieröl aussah. An einer ihrer Sandalen war ein Riemen gerissen und ihre Fußknöchel und beiden Hände waren zerkratzt.

Ohne ein Wort zu verlieren, stürzte Yvonne ins Bad, knallte die Tür hinter sich zu und drehte den Schlüssel im Schloss. Durch die Tür hörte Ravenna hemmungsloses Schluchzen.

»Yvonne! Yvonne! Mach sofort auf!« Sie hämmerte gegen die Tür. Panik erfüllte sie. Es war nicht allzu lange her, da war sie selbst in einem ähnlichen Zustand ins Bad getaumelt, aufgewühlt, verängstigt und verstört.

»Yvonne!«

»Was ist denn los?« Sie schrak herum, als sie Lucians Stimme hörte. Er stand im Flur, nackt bis auf das Laken, das er sich um die Hüfte gewickelt hatte, und sah völlig zerzaust und verschlafen aus.

»Meine Schwester. Sie ist da drin.« Wieder klopfte Ravenna gegen die Tür. »Yvonne, bitte mach auf und lass uns reden.«

Bei dem Wort Schwester schien Lucian endlich aufzugehen, in welcher Umgebung er sich befand. Seine Augen weiteten sich, als er sich umschaute. »Was ist passiert?«, flüsterte er. »Wo sind wir? Und wie kommen wir hierher?«

»Ich bin eine Tormagierin – schon vergessen?«, stieß Ravenna hervor. »Das hier ist mein Zuhause. Hier wohne ich ... in der Zukunft. Wir sind durch ein Zeittor gesprungen, Lucian. Es war die einzige Möglichkeit, Beliar zu entkommen.« Mit der flachen Hand schlug sie gegen die Badtür. »Yvonne!«

Auf bloßen Füßen tappte Lucian durch den Flur. Seine Finger glitten über die Garderobe, die Stehlampe und das Radio, als müsste er die Gegenstände berühren, um sich zu vergewissern, dass sie Wirklichkeit waren. Als der Regler klickte und ein Gitarrensolo erklang, zuckte er zurück.

»Keine Angst«, beruhigte Ravenna ihn. »Das ist nur Musik.«

Die Badezimmertür öffnete sich. »Was ist das für ein Zeug hier überall?«, fragte Yvonne. Sie deutete auf die Reste des goldenen Heilmittels, die am Wannenrand, an der Toilettenspülung und im Waschbecken klebten. Auch ihre Hände leuchteten. »Und mit wem redest du?«

Dann fiel ihr Blick auf den halbnackten Ritter, der im Flur stand und sie anstarrte.

»Ach du lieber Himmel.«

Die Badtür schloss sich wieder und Ravenna hörte Wasser rauschen. Im Flur war ein schwacher Duft wahrnehmbar. Wie von einem Herbstfeuer, dachte sie. Dann fluchte sie, eilte an Lucian vorbei und rettete die Kartoffelscheiben vor dem Verkohlen. »Setz dich doch!«, bat sie und deutete an, er solle sich etwas zu trinken nehmen. Langsam sank ihr Ritter auf einen Küchenstuhl. Die Situation war so verwirrend und kompliziert, dass Ravenna nicht wusste, ob sie lachen oder weinen sollte. Erneut klopfte sie an die Badtür.

»Yvonne, hör mal, bewahrst du in deinem Zimmer vielleicht ein paar von Mathis' Sachen auf? Eine Hose und ein Hemd oder so ähnlich?«

Als Yvonne diesmal erschien, hatte sie ein Handtuch um das nasse Haar gezwirbelt und war frisch geschminkt. »Mathis? Welcher Mathis?«

Ravenna lief ihr bis zur Zimmertür hinterher. »Na ja, Mathis eben. Weißt du nicht mehr, er hat vor ein paar Tagen mit uns zu Abend gegessen. Damals hattest du gesagt, ich soll mir seinen Namen merken, weil er der Richtige sei.« Ein paar Tage und eine halbe Ewigkeit ist das jetzt her, dachte sie.

»Ach so«, sagte Yvonne und riss die Schranktüren auf. »Soll das etwa heißen, dein Freund ist ohne Kleider hier aufgetaucht? Wer ist er überhaupt? Warst du die ganzen fünf Tage mit ihm zusammen? Meine Güte, Ravenna!« Sie drehte sich um und hielt zwei kurze Röcke vor sich. »Welcher ist besser, der rote oder der schwarze?«

»Egal«, sagte Ravenna. Plötzlich kämpfte sie mit den Tränen. »Sag mal, könntest du unsere Eltern anrufen und ihnen sagen, dass es mir gutgeht? Ich habe gesehen, was die Zeitungen über mich schreiben …«

Als Ravenna stockte und nicht mehr weitersprach, warf Yvonne die Röcke aufs Bett und schlang ihr beide Arme um den Hals. Ein fremdartiger Duft umwehte sie, ein Gemisch aus Weihrauch, Wacholder und Teer. »Ach Ravenna … meine arme große Schwester«, flüsterte Yvonne ihr ins Ohr. »Wie gut, dass du wieder da bist.«

Als sie kurz darauf beim Abendessen saßen, war Yvonne wieder ganz die Alte. Sie häufte sich Salat auf den Teller und pickte nur den Schafskäse heraus, plauderte ungezwungen mit Lucian und kräuselte spöttisch die Nase, als sie merkte, wie Ravenna für ihren Gast die Schraubverschlüsse öffnete und den Korkenzieher benutzte. »Was ist los mit dir? Hast du vielleicht zwei linke Hände?«, zog sie den jungen Mann auf.

Überrascht blickte Lucian auf seine Finger, mit denen er eine Scheibe Brot zerkrümelte. »Nein«, erwiderte er dann ganz ernsthaft. »Eine Schwerthand und einen Schildarm, so wie es sich gehört.«

Yvonne hob die Augenbrauen.

Bitte, dachte Ravenna. Bitte lass diesen Abend ohne größere Katastrophen vergehen! Sie merkte, wie schwer es Lucian fiel, dem modernen Französisch zu folgen, in dem die Schwestern in schnellem Tempo miteinander plauderten.

Zum Glück hatte Yvonnes Verflossener tatsächlich einige Kleider in ihrem Schrank zurückgelassen, so dass Lucian wenigstens nicht in ein Tuch gehüllt wie ein römischer Senator am Tisch sitzen musste. Die Jeans und das weiße Kapuzenshirt standen ihm gut, und er hatte sich weder über die fremde Kleidung noch über das ungewohnte Essen beschwert. Eigentlich beschwert er sich nie, dachte Ravenna.

»Wo habt ihr euch kennengelernt?«, wollte Yvonne wissen. Sie kaute mit vollen Backen und trank ab und zu einen Schluck Wein. Ihr Blick wanderte zwischen Lucian und Ravenna hin und her.

»Auf dem Odilienberg«, sagte Ravenna schnell. »Auf einem Ausritt vor ein paar Tagen.« Es war nicht einmal gelogen.

»Oh, ein Reiter«, bemerkte Yvonne. »Das passt ja.«

»Ein Ritter«, verbesserte Lucian. »Mein Orden lebt auf Burg Landsberg.«

Yvonnes Gabel klapperte auf dem Tellerrand. Im Jahr 2011 waren von der Festung König Constantins ein Mauerrest und ein Turm mit leeren Fensterhöhlen übrig, doch das konnte Lucian nicht wissen.

»Noch mehr Kartoffeln?«, fragte Ravenna hoffnungsvoll, doch Yvonne ließ sich nicht vom Thema abbringen. Sie streckte den Teller vor, während sie Lucian durchdringend musterte. »Du gehörst einem Orden an?« Ihre Stimme besaß jenen bissigen Unterton, der jeden, der sie kannte, vor ihren Launen warnte. »Das klingt aber interessant. Wer seid ihr denn? Templer? Der Orden wider das Fluchen? Oder etwa Gralsritter?«

Lucian merkte nicht, wie er hochgenommen wurde. »Wir nennen uns die Schwerter des Lichts, weil wir den Sieben dienen«, erklärte er freundlich. »Den Hexen vom Odilienberg.«

Ravenna ließ den Kopf in die Hände sinken. Plötzlich rutschte ihr Ritter besorgt auf dem Stuhl hin und her. »Habe ich etwas Falsches gesagt?«, fragte er.

»Nein, nein, alles bestens«, bemerkte Yvonne spitz. »Wir haben keine Geheimnisse voreinander. Nicht wahr, Ravenna?«

Ihre Schwester hob den Kopf. »Ich kann das erklären«, sagte sie lahm.

Yvonne lehnte sich zurück und verschränkte die Arme. »Da bin ich aber gespannt.«

Ein Augenblick unangenehmer Stille entstand. Im Radio, das im Flur auf der Kommode stand, endete der Bericht über ein Radrennen. Niemand hatte daran gedacht, den Apparat auszuschalten.

»Es tut mir leid«, sagte Lucian in das Schweigen. »Unser Weg war vielleicht doch etwas weiter als angenommen.«

»Es scheint fast so«, giftete Yvonne ihn an. »Jedenfalls solltest du wissen, dass es längst keine Ritter mehr gibt. Und auch keine Burgen, keine Orden und keine Schwerter. Es sind höchstens noch ein paar Hexen übrig.«

Ravenna entging nicht, wie Lucian blass wurde. Hilfesuchend wandte er sich zu ihr um. Sie legte ihm die Hand auf den Arm. »Yvonne hat Recht«, gestand sie. »Seit wir aufgebrochen sind, hat sich manches verändert und du wirst meine Welt höchst seltsam finden. Aber mach dir keine Sorgen, ich zeige dir alles, was du wissen musst.«

Der Ritter fluchte leise. Yvonne stützte die Unterarme auf die Tischplatte und beugte sich vor. »Wann genau seid ihr denn aufgebrochen?«, fragte sie.

Ravenna und Lucian schwiegen. Der Wasserhahn tropfte, die Stimme des Nachrichtensprechers erfüllte den Flur. Endlich stieß Yvonne einen langen Atemzug aus. »Einen hübschen Anhänger trägst du da«, bemerkte sie mit Blick auf das Triskel, das um Lucians Hals hing. »Wenn mich nicht alles täuscht, hatte Ravenna ihn ursprünglich von mir.«

Unwillkürlich streiften Lucians Finger über die dreifache Spirale. »Ich weiß. Sie erzählte mir davon, bevor sie mir die Halskette beim Turnier als Pfand gab. Da war sie die Königin von Beltaine.«

»Die ... was?« Yvonnes Augen weiteten sich und Ravenna spürte förmlich, wie ihre Schwester ganz steif wurde. Königin der magischen Maizeit – war das nicht genau der Titel, den Yvonne so gerne getragen hätte?

»Wo sind eigentlich Merle und die Kleinen?«, fragte Ravenna, um das Gespräch endlich in eine andere Richtung zu lenken. Diesmal war es Yvonne, die zusammenzuckte, als habe sie an einen Strom führenden Draht gefasst. »Die sind bei Marie«, murmelte sie. Sie erhob sich und stellte ihren Teller in die Spüle. Der Sprecher im Radio verlas die nächste Meldung.

»... konnte im Fall der bei Kehl am Rhein aufgefundenen Frauenleiche die Identität der Toten noch nicht geklärt werden. Fest steht mittlerweile, dass es sich nicht um einen Unfall, sondern um ein Verbrechen handelt. Die Tote ist zwischen zwanzig und fünfundzwanzig Jahre alt. Bekleidet war sie mit einem schwarzen ...«

Yvonne stürzte in den Flur und schaltete das Gerät aus. »Ich geh ins Bett«, verkündete sie. »Lasst Euch bitte nicht weiter stören.« Und in gereiztem Tonfall setzte sie hinzu: »Immerhin bist du jetzt ja eine Königin, Raven.«

Die Tür zu ihrem Zimmer fiel krachend ins Schloss. In der Küche entstand wieder betretenes Schweigen. Geräuschvoll schob Ravenna ihren Stuhl zurück und begann, Gabeln, Messer und Teller abzuräumen.

Plötzlich stand Lucian neben ihr und griff nach ihrem Handgelenk. Sanft hielt er sie fest. »Was tut Ihr da? Habt Ihr denn keine Magd, die den Aufwasch übernimmt?«

»Nein«, flüsterte Ravenna. »Es gibt nämlich auch keine Mägde mehr.« Sie konnte nicht verhindern, dass ihr Puls in die Höhe schnellte. Lucian war ihr so nah, dass sie spürte, wie ihr sein warmer Atem über die Haut strich. Für einen Mann, der im dreizehnten Jahrhundert geboren worden war, wirkte er überaus lebendig, und diesmal gab es keine Gefahr und keine Gegner, die sich zwischen sie drängten. Er nahm ihr das Weinglas aus der Hand und stellte es achtlos auf den Tisch. Dann führte er sie ins Schlafzimmer.

Ob er wohl ahnte, dass sie bereits einige Stunden verstohlen an seiner Seite gelegen hatte? Aber es war etwas anderes gewesen – da war er tief in einen magischen Schlummer versunken gewesen und sie hatte gedacht, dass er dem Tode nahe war. Er hatte nicht einmal gemerkt, wie ihm geschah, als sie sich heimlich an ihn schmiegte. Jetzt hingegen war er wach und wusste sehr genau, was er tat. Schüchtern wie ein Teenager saß sie auf der Bettkante, während er das dünne Laken und die Wolldecke zur Seite zog und die Kerze auf dem Nachtkästchen ausblies.

»Ravenna?«

Seine Hand lag auf ihrem Arm, rau und schwielig von der Arbeit in der Burg und von endlosen Übungsgefechten mit dem Schwert. Als sie sich nicht rührte, schob er ihr behutsam das Haar zur Seite und küsste sie auf den Nacken. Sie schauderte und schloss die Augen.

»Weist mich zurück und ich werde auf dem Boden schlafen«, flüsterte er. »Oder im ... wie nanntet Ihr diesen Ort? Im Bad. Doch es gibt gewisse Dinge, die zu Beltaine gehören, genau wie der Kampf und die Schwertleite an dem alten Stein. Ich bin nicht besonders erfahren«, setzte er entschuldigend hinzu. »Ich weiß nur, was die anderen Ritter mir erzählten.«

Dieses Eingeständnis brachte Ravenna zum Lachen. Als er sie

an sich zog, ließ sie sich nach hinten sinken, bis sie in seinen Armen landete. Lucian beugte sich über sie und streichelte ihr Gesicht. Gleichzeitig betrachtete er sie, als wolle er sich ihren Anblick für den Rest seines Lebens einprägen.

»Ihr seid ein Wunder, wisst Ihr das?«, raunte er. »Ihr seid ein Wunder, das mir widerfahren ist, obwohl ich schon lange nicht mehr an Wunder glaube.«

Ihr Herz klopfte. Ohne dass er es erklären musste, wusste Ravenna, dass er an vergangene Erlebnisse dachte, an Ereignisse, die im Schatten einer unendlich weit entfernten Vergangenheit versunken waren, zumindest für sie. Sie tastete nach seinem Handgelenk, zog seinen Arm zu sich, küsste die Handfläche und presste dann seine Finger auf ihre Brust. Sie hörte, wie er den Atem anhielt. Jeder Muskel in seinem Körper spannte sich.

»Spürst du das?«, flüsterte sie ihm ins Ohr. »Das ist die Magie von Beltaine.« Sie meinte ihren flattrigen Herzschlag, ihr aufgeregt bebendes Herz, das von der Sehnsucht nach seiner Umarmung erzitterte.

Lucian atmete erleichtert aus, als habe sie ihn von einem Fluch erlöst. »Ravenna«, flüsterte er wieder und ließ die Stirn neben ihrem Kopf ins Kissen sinken. Ein Zittern lief durch seinen Körper, Dinge, die ihm durch den Kopf gingen und die er nicht mit ihr teilen wollte. Immer wieder hauchte er ihren Namen wie einen Zauberspruch, einen magischen Bann, der alles Böse von ihnen fernhielt.

Er unternahm nichts dagegen, als sie das Shirt am Saum raffte und ihm den weichen Stoff über den Kopf zog. Plötzlich wirkte er verletzlich und wirklich, weil es keine Verkleidungen mehr gab, weder aus dieser noch aus seiner Welt.

Sie schlang die Arme um seinen Oberkörper und begann ihn leidenschaftlich zu küssen, ängstlich, dass er im letzten Augenblick verschwinden könnte, ein Trugbild, das ihr nur im Traum begegnet war. Seine Haut fühlte sich kühl an, die Muskeln glatt und kräftig. Gelegentlich streifte das Triskel über ihre Wange, denn er presste ihr die Lippen auf den Hals, küsste ihre Ohrmuscheln und ihren Mund.

Dann schob er ihr langsam das T-Shirt hoch und strich sanft über ihre Brüste.

Darlach und die anderen Ritter müssen ihm eine Menge erzählt haben, dachte Ravenna. Im blauen Nachtlicht betrachtete sie ihn, während er die Lippen über ihren Bauch wandern ließ. Sie lag ganz still, während eine Stelle tief in ihrem Körper zu vibrieren begann. Lucian war ihr aus einer Vergangenheit voller Magie in ihre Welt gefolgt, und er erwies sich als ein wahrer Ritter, der sie auch in ihrer Zeit verzauberte und dem ihr Herz gehörte.

Plötzlich rannen ihr Tränen über die Schläfen. Ravenna blinzelte und wischte sie mit dem Handballen weg. Sie weinte vor Erleichterung, vor Freude und vor Stolz. Elinor hatte nicht die Macht besessen, sie zu verfluchen – das wusste sie nun. Auch der Einbrecher, der in dunkler Nacht auf sie gewartet hatte, um sie zu demütigen und zu erschrecken, hatte ihren Lebenswillen nicht brechen können. Denn sie war hier und lebte, während jede von Lucians Berührungen auf ihrem Körper zu leuchten schien wie Neveres magisches Heilwasser.

»Ravenna? Geht es Euch gut?« Lucian hatte den Kopf gehoben und betrachtete sie. Sie streckte beide Hände nach ihm aus, um ihn näher an sich zu ziehen.

»Ja. Aber ja doch! Würdest du bitte nicht aufhören?«

Er lachte überrascht. Dann umfasste er ihre Taille mit beiden Händen. Feines Narbengewebe bedeckte seine Arme und die Rippenbögen an manchen Stellen, eine geheimnisvolle Schrift, Zeichen aus einem anderen Jahrhundert. Zärtlich zog er sie an sich und sie umarmten einander, bis ihr ganzes Denken fortgeschwemmt wurde und sie zu einem einzigen empfindenden Wesen verschmolzen, einem Wesen mit einem Willen, einem Herzschlag und derselben Leidenschaft.

Wenig später lag Ravenna in der Dunkelheit und dachte darüber nach, wie alles gekommen war. Sie war auf eine lange Reise gegangen, widerwillig und voller Angst vor all dem Unerwarteten, das auf sie einstürzte, doch nun war sie wieder hier und konnte ihr Leben durch einen neuen Blickwinkel betrachten. Sie war zufrieden und im Reinen mit sich – nein, mehr als zufrieden: Sie war glücklich.

»Lucian? Schläfst du?« Sie streckte die Hand aus und tastete nach ihm, bis sie ihn an der Schulter berührte.

»Mhm.« Er drehte den Kopf zu ihr. Entspannt lag er auf dem Rücken und beobachtete die blinkenden Lichter der Abendmaschinen, die nach Marseille, Toulouse oder Djerba abflogen. Die Geschichte von Stahlkapseln, die auf Flügeln aus Feuer durch die Luft katapultiert wurden, schien ihn nicht weiter zu beunruhigen. Offenbar genügte es ihm, dass sie wusste, wie die Dinge in ihrer Welt funktionierten, und er vertraute ganz auf sie. *In dieser und in deiner Welt ...* Mittlerweile wusste sie, dass Lucian ihr kein leeres Versprechen gegeben hatte.

»Beliar ist möglicherweise hier. In der Gegenwart, meine ich.«

»Was?« Er stützte sich auf einen Ellenbogen. Die ruckartige Bewegung brachte die Matratze ins Schaukeln. *Dieses Bett ist wirklich nur für eine Person gemacht,* dachte Ravenna. Sie grinste.

»Nicht so laut«, bat sie. »Ich möchte nicht, dass meine Schwester aufwacht. Auf dem Platz vor der Kathedrale habe ich den Marquis zum ersten Mal von nahem gesehen. Ohne Helm oder Visier. Da wurde mir klar, dass ich ihn kenne.« *Das war heute Morgen gewesen,* erinnerte sie sich. Langsam schüttelte sie den Kopf. *Wie abwegig, dass seit dem schrecklichen Hexenfeuer nur wenige Stunden vergangen waren!*

»Ich kenne Beliar aus meiner Welt. Es wird jetzt ein bisschen schwirig, das zu erklären.«

Ravenna rieb sich den Nacken. Geduldig und aufmerksam hörte Lucian zu, als sie ihre Geschichte vor ihm ausbreitete und ihm von dem Überfall und der anschließenden Therapie berichtete. Alle waren der Meinung gewesen, der Besuch bei einem erfahrenen Psychiater sei das Beste für sie: ihre Eltern, ihre Schwester und sogar der Kommissar, der den Fall bearbeitete. Er hatte ihr Corbeaus Telefonnummer gegeben, zur Nachsorge, wie er sich ausdrückte.

Lucian hielt es nicht einmal für nötig, sie zu unterbrechen. »Und Ihr sagt, man hat diesen Einbrecher nie gefunden? Obwohl man nach ihm gesucht hat?«, fragte er, als sie geendet hatte.

Ravenna nickte. Sie sah, wie Lucian die Fäuste ballte. »Ich hätte ihn gefunden«, murmelte er. »Ganz bestimmt.« Er schwieg eine Weile. Dann fragte er: »Und dieser Gelehrte, dieser Corbeau – seid Ihr ganz sicher, dass es sich um denselben Mann handelt? Um den Marquis de Hœnkungsberg?«

Wieder nickte sie. Gab es eine andere Erklärung dafür, weshalb sich Corbeau und Beliar so ähnlich sahen? Als der Marquis sie auf dem Platz vor der Kathedrale anblickte, wusste sie, dass auch er sie wiedererkannte. Oder dass er sich ihr endlich zu erkennen gab – das war die andere Möglichkeit.

Lebhaft erinnerte sie sich an Yvonnes Ausbruch, nachdem sie von der Hypnose erzählt hatte, zu der Corbeau ihr geraten hatte. Zum Glück habe ich mich nie darauf eingelassen, dachte sie.

Laut fuhr sie fort: »Jedenfalls glaube ich, dass Beliar – oder Corbeau, wie er sich mittlerweile nennt – ein Tor gefunden hat. Einen ähnlichen Durchgang wie den, durch den wir gekommen sind. Vielleicht sogar denselben. Anders ist es nicht zu erklären, dass er wusste, wen er vor sich hat, als er mich auf dem Platz vor der Kathedrale sah. Das war nicht der Marquis von damals, sondern der Doktor der Psychiatrie von heute.«

»Das würde bedeuten, dass er Helfer hat«, meinte Lucian. »Vielmehr eine Helferin, denn selbst der Mächtigste aller Dämonen ist nicht in der Lage, ein Zeittor aus eigener Kraft zu bedienen. Er braucht die Gabe einer Zauberin, wenn er Magie wirken will. Und er braucht Blut. Der Teufel besitzt keine eigene Macht.«

»Deshalb unterstützt die Marquise Beliar!« Plötzlich wurde Ravenna klar, worin die Beziehung zwischen Elinor und ihrem

Mann bestand. Sie schüttelte sich. »Sie tritt an seiner Stelle auf den Plan, wenn er sich in … in der anderen Zeit befindet. Sie deckt ihn und ermöglicht es ihm, das Tor zu durchqueren.«

»Ich glaube kaum, dass sie ihm aus freien Stücken hilft«, wandte Lucian ein. »Jedes Mal, wenn man den magischen Strom unter den eigenen Willen zwingt, kostet es ein entsprechendes Maß an Kraft. Es ist ein Geben und Nehmen: Durch den Mord an ihrem Ehemann bekam Beliar Gewalt über Elinor. Damit hatte sie wohl nicht gerechnet. Cedrics Tod verlieh ihm genügend Kraft, um Burg Hœnkungsberg zu erobern und unseren Belagerungsring zu sprengen. Sobald er weitere Magie wirken will, wird es jedoch weitere Opfer geben.«

Ravenna zog das Laken bis unters Kinn. Die Wolldecke war vom Bett gerutscht, aber Lucians Körper strahlte genug Wärme ab für sie beide. »Du meinst … er fordert Menschenopfer?«, fragte sie leise. Schaudernd dachte sie an die knochigen Handgelenke und das ausgezehrte Gesicht der Marquise.

Lucian zuckte die Schultern. »Lämmer. Kälber. Ziegen. Manchmal auch ein besonders edles Pferd. Es gibt nichts, was nicht am Altar des Höllenfürsten geopfert wird, solange es atmet und Blut durch seine Adern fließt. Man nennt Beliar auch den Herrn der Ratten, weil die Gedärme der Opfer Ungeziefer anziehen.« Seine Stimme klang hart, als er das sagte, und sein Blick verriet, dass er dergleichen bereits gesehen hatte.

»Uuhh …« Ravenna verzog das Gesicht. »Wieso verbietet man das nicht?«

»Es ist verboten. Constantin bestraft jeden, bei dem er einen solchen Hausaltar findet, mit zwanzig Stockhieben auf die nackten Fußsohlen – so wie schon die Könige vor ihm. Und trotzdem gibt es immer wieder leichtsinnige Narren, bei denen wir Anzeichen für eine Teufelsbeschwörung entdecken.«

Nachdenklich schlang Ravenna die Finger um die Knie. Das also taten die Ritter, wenn sie landauf und landab durch Constantins Reich zogen: Sie hielten Ausschau nach dem Bösen.

»Und die Hexen?«, fragte sie.

Auch Lucian lehnte sich mit dem Rücken ans Kopfende des Bettgestells. Er rieb über die frisch verheilte Narbe. »Die Hexen lenken den magischen Strom und sorgen dafür, dass Beliar und seine Anhänger keinen Anteil daran erhalten. Genauso beharrlich versucht Beliar den Bannkreis der Sieben zu durchbrechen.«

Plötzlich setzte sich Ravenna kerzengerade auf. »Wir sollen doch nach dem Siegel des Sommers suchen«, sagte sie. »Hältst du es für möglich, dass Beliar – oder Corbeau – es in meine Welt gebracht hat? Vielleicht geht er davon aus, dass es hier vor dem Zugriff der Hexen sicher ist.« Keine der Sieben, nicht einmal die lebhafte Josce oder die strenge Nevere, konnte das Zeittor durchschreiten. Das konnte nur sie, weil sie Melisendes Erbin war.

Lucian nickte nachdenklich. »Das wäre denkbar«, murmelte er und Ravenna fröstelte, als sie plötzlich begriff, wie ein Puzzlestein zum anderen passte. Sie war tatsächlich die Einzige, die den Sieben helfen konnte. Eine von uns muss überleben ...

»In diesem Fall wäre unser Sturz durch das Zeittor kein Zufall«, überlegte der Ritter. »Aber in magischen Dingen gibt es ohnehin keine Zufälle. Wisst Ihr denn, wo wir mit der Suche beginnen sollten?«

Ravenna nickte. »Ich hätte da eine Idee«, murmelte sie und schlang die Arme um sich. Lucian beugte sich aus dem Bett, hob die Decke auf und breitete sie über sie beide. Das Fenster in der kleinen Dachkammer stand offen. Die Gardine bewegte sich im Wind und in einem der benachbarten Gärten bellte ein Hund.

»Warum unternimmt Morrigan denn nichts dagegen?«, fragte Ravenna ihren Ritter leise. »Ich meine, als Göttin der Hexen könnte sie Beliar doch ein für alle Mal das Handwerk legen.«

Durch das Nachtdunkel sah Lucian sie an. »Das tut sie – sie unternimmt etwas. Winter für Winter, wenn alles gutgegangen ist, vollendet sie den Bannkreis der Hexen. Sie fügt ihr Siegel in den Kreis ein und unterbindet Beliars Einflussnahme für ein weiteres Jahr.« Lucian schwieg und dachte nach. »In manchen alten Balladen heißt es, dass sie sich einst liebten.«

»Wer?«, fragte Ravenna verblüfft. »Morrigan und Beliar?«

Lucian nickte. »Zumindest erzählt man sich solche Legenden gerne an langen Abenden am Kamin. Vielleicht hassen sie sich deshalb so sehr. Die Liebe ist eine sehr gefährliche Macht«, ergänzte er. »Äußerst gefährlich, denn man offenbart sich einem vollkommen Fremden. Das ist, als zöge man ohne Schild und Harnisch in die Schlacht. Man muss Vertrauen schenken, ohne dass es eine Gewähr gibt, und falls sich dann zeigen sollte, dass man am Ende an den Falschen geraten ist …« Er zuckte die Achseln und ließ den Satz unvollendet.

Als er Ravennas Blick sah, nahm er ihre Hand und küsste sie. »So war das nicht gemeint«, flüsterte er. »Ihr macht es mir leicht, Euch zu lieben. Und ich werde Euch immer treu ergeben sein, denn das verlangt der Eid der Schwertleite von mir.« Ravenna nickte, aber sie hatte schon verstanden: Offenbar war sie nicht die Einzige, die Angst vor der Magie von Beltaine hatte.

»Ich weigere mich zu glauben, dass die Welt von einem rachsüchtigen Götterpaar beherrscht wird«, erklärte sie mit einem unterdrückten Gähnen. »Auf jeden Fall werden wir beide uns morgen auf die Suche nach dem verschwundenen Siegel machen. Vielleicht lässt sich der Diebstahl doch noch rechtzeitig aufklären.«

Während sie sich unter der Decke einkuschelte, blickte Lucian suchend im Zimmer umher. »Wo ist eigentlich mein Schwert?«, wollte er wissen.

»Das hängt im Schrank«, murmelte Ravenna schon halb im Einschlafen. Seine nächste Frage machte sie schlagartig wieder hellwach. »Dieser Einbrecher, von dem Ihr mir erzählt habt«, sagte er leise. »Hat er Euch wehgetan?«

Regungslos starrte sie ins Dunkel. Ihr Herz schlug hart an ihre Rippen.

»Nein«, sagte sie dann. »Das hat er nicht. Aber er hat mir furchtbare Angst eingejagt. Ich glaube, er war verrückt. Ein Psychopath, der es darauf anlegte, mit seinem Opfer zu spielen.«

Sie spürte, wie Lucian auf der schaukelnden Matratze näher rückte und sich eng an ihren Rücken schmiegte. Den rechten Arm legte er schützend über sie.

»Das wird nie wieder vorkommen, hört Ihr? Nie wieder. Das verspreche ich.«

Böse Überraschungen und neue Pläne

Am nächsten Morgen verbrachte Lucian mehr als eine halbe Stunde unter der heißen Dusche. Yvonne hatte Kaffee aufgesetzt und spülte das Geschirr vom Vortag. Sie grüßte nicht, als Ravenna in die Küche kam, und zog ein Gesicht, von dem vor allem eines deutlich abzulesen war: Während du dich mit deinem Ritter vergnügst, stehe ich hier und schufte wie eine Milchmagd.

»Wegen gestern Abend«, begann Ravenna, ohne auf die Stimmung ihrer Schwester einzugehen. Sie schnappte sich einen Stuhl und ließ sich rittlings auf der Sitzfläche nieder. »Was war eigentlich los mit dir?«

Mit einem lauten Klirren landete ein Teller auf dem Berg nassen, frisch gespülten Geschirrs. Es grenzte an ein Wunder, dass er nicht zerbrach. »Meinst du nicht, dass du diejenige bist, die mir eine Erklärung schuldet?«, giftete Yvonne sie an. »Immerhin warst du tagelang verschwunden, nicht ich.«

Ravenna massierte sich die Schläfen. »Du glaubst mir nie im Leben, was ich erlebt habe«, murmelte sie.

»Und ob ich das glaube«, erwiderte Yvonne. »Heute Morgen wollte ich das Kleid waschen und was finde ich?« Mit spitzen Fingern zog sie Ravennas langen, grauen Hexenmantel aus der Waschmaschine. Er war bedeckt mit verkrustetem Blut, die rostigen Abdrücke des Kettenhemds waren deutlich zu sehen. »Was ist das? Und wer ist dieser Kerl, der gerade unsere Wasserrechnung in astronomische Höhen treibt?«

»Lucian weiß nicht, dass wir später eine Rechnung kriegen. Er glaubt, Magie treibt das warme Wasser aus der Wand.«

Yvonne lachte. »Er weiß nicht, dass Strom und Wärme Geld kosten, er kann den Korkenzieher nicht bedienen und er redet wie Chrétien de Troyes. Wo hast du den bloß aufgegabelt?«

»Er redet wie wer?«

Yvonne seufzte gereizt. »Chrétien de Troyes. Er lebte um 1160 und schrieb die Sagen um den legendären König Artus auf: die Insel Avalon, das Schwert Excalibur und Morgane le Fay. Du weißt schon.« Wieder seufzte sie. »Manchmal glaube ich, du vergisst, dass ich das mal studiert habe.«

»1253«, sagte Ravenna. Diesmal war es an ihrer Schwester, verwirrt zu blinzeln. »Was?«

Sie stand auf und nahm die brodelnde Kaffeekanne vom Herd. »Erinnerst du dich noch, was du zu mir sagtest, als es um mein rätselhaftes Verschwinden ging: ein Zeitverlust, kein Verlust von Wirklichkeit. Du hattest Recht, Yvonne. Ich habe einen Zeitsprung von genau siebenhundertachtundfünfzig Jahren erlebt, und zwar zurück in die Vergangenheit.« Sie verteilte den Kaffee auf drei Tassen und gab gedankenverloren einige Löffel Zucker hinein. »Ein magisches Tor auf dem Odilienberg schleuderte mich in die Welt der Hexen. Ich erhielt eine Einführung in die Benutzung von vier von insgesamt sieben magischen Siegeln und wurde in Kesselmagie, Abwehrzauber und als Heilerin ausgebildet. Mit Lucian nahm ich an der Beltainefeier teil, aber als wir versuchten, Melisende, eine große Hexe und unsere Vorfahrin, vor dem Feuertod zu retten, wurden wir angegriffen. Durch ein anderes Tor flohen wir zurück in meine Zeit und gestern Nachmittag rettete ich Lucian das Leben. Den Rest kennst du.«

Geistesabwesend nahm Yvonne die Kaffeetasse entgegen. »Verrückt«, sagte sie. »Das klingt so verrückt, wie es sich nicht einmal ein Irrenarzt ausdenken könnte. Wenn du nachher mit Gress redest, solltest du dir etwas anderes einfallen lassen.«

Ravenna trank einen Schluck und verzog das Gesicht. Beim

Versuch, ihre Aufregung zu verbergen, hatte sie viel zu viel Zucker genommen. »Kommissar Gress? Was hat der denn damit zu tun?«, murmelte sie. Sie erinnerte sich an ihn: einen älteren Polizisten mit Bauchansatz und schütterem Haar. Ein freundlicher, höflicher Beamter im gehobenen Dienst, nur eine Spur zu misstrauisch. Er hatte sie nach Hause gebracht, nachdem er sie nach ihrem ersten Verschwinden am Brunnen von Obernai gefunden hatte.

Ein Gefühl des Unbehagens beschlich sie. Die letzten Tage und vor allem die letzte Nacht waren in einer Traumwelt vergangen, die sie nur ungern verließ. Doch der Gedanke an den Kommissar holte sie unerbittlich in die Wirklichkeit zurück. Verärgert goss sie einen Teil des Kaffees ins Waschbecken und schenkte sich den Rest aus der Kanne nach.

»Ravenna!« Kopfschüttelnd nahm ihre Schwester ihr Kanne und Tasse aus der Hand und stellte beides auf den Rand der Spüle. »Kannst du dir überhaupt vorstellen, was hier los war? Du galtest vier Tage lang als vermisst und das schon zum zweiten Mal! Die Polizei hat sogar mit Tauchern den Fluss abgesucht, für den Fall, dass dir ein Unglück widerfahren ist. Gestern Abend, als ich zu Hause anrief, musste ich erst den Beamten überreden, der dort auf deinen mutmaßlichen Entführer wartete, damit er mich mit Vater sprechen ließ. Natürlich will Gress mit dir reden. Er müsste eigentlich jeden Augenblick hier sein.«

»Er kommt hierher? Verdammt!« Hektisch stopfte Ravenna den mittelalterlichen Umhang zurück in die Waschmaschine. »Wo ist dein Kleid? Gib mir dein Kleid!« Sie breitete den Stoff über ihrem und Lucians Mantel aus, schloss das Bullauge und überprüfte, ob man wirklich nur geblümte Baumwolle sah. Dann entdeckte sie an ihrem Daumen einen schwarzen Streifen. An Yvonnes Kleid klebte noch immer die schmierige Substanz, und nun merkte Ravenna auch, woher der seltsame Wacholderduft kam, der ihrer Schwester anhaftete: Er stammte von diesem Zeug.

»Kannst du mir den Rücken freihalten? Bitte, Yvonne, nur dieses eine Mal«, flehte sie, während sie sich die Hände wusch. »Du glaubst mir doch, nicht wahr?«

Yvonne zog eine Augenbraue hoch und spitzte die Lippen. »Also, ganz ehrlich, ich weiß nicht, ob ...«

Ravenna legte ihr die Hand auf den Arm. »Lucian und ich wurden von König Constantin und den Sieben mit einem Auftrag entsandt«, erklärte sie. »Wir müssen ein gestohlenes Siegel zurückbringen und zwar bis Mittsommer, sonst zerbricht der Bannkreis der Hexen und der magische Strom wird für immer versiegen. Bitte, Yvy, es ist äußerst wichtig. Und das Verrückte an der Sache ist: Es ist auch wichtig für uns beide!«

Du kämpfst auch um dein Leben. Neveres Lektion hatte sich ihr eingeprägt. Yvonne musterte sie aufmerksam. »Eines muss man dir lassen«, räumte sie schließlich ein. »Du hast dich verändert. Du wirkst so ... verdammt glücklich.«

Weil ich Lucian getroffen habe. Weil er die Liebe meines Lebens ist, dachte Ravenna ohne einen Augenblick zu zögern. Und weil ich in vier Tagen mehr über mich gelernt habe als in den vergangenen vier Monaten bei Doktor Corbeau. Sie merkte, wie eine Woge von Gefühlen über sie hereinbrach. Plötzlich hatte sie Mühe, ruhig zu atmen. Sie kannte Lucian zwar erst seit ein paar Tagen, aber sie wusste es, sie brauchte ihn nur anzusehen. Er war der Richtige. Sie wollte nie wieder ohne ihn leben.

In diesem Augenblick klingelte es. »Ich werde dich in alle Einzelheiten einweihen, das verspreche ich«, schwor sie. »Und nun sei so gut, geh zu Lucian und bitte ihn, dass er aufhören soll, diese fürchterlichen, mittelalterlichen Schnulzen zu singen. Er soll im Schlafzimmer auf mich warten und keinen Mucks von sich geben, bis Gress wieder gegangen ist.«

Mit zwei, drei Handgriffen drehte sie das Haar locker im Nacken zusammen und fixierte es mit einem Haargummi. Kopfschüttelnd ging Yvonne zur Tür des Badezimmers. »Du hättest mir ruhig sagen können, dass du dich auch mit Ritualmagie beschäftigst, statt dich über mich und meine Freundinnen lustig zu machen.« Sie wirkte noch immer leicht beleidigt. »Dann wäre ich mir nicht ganz so blöd vorgekommen.«

Bitte, flehte Ravenna lautlos. Dann öffnete sie die Haustür.

Mit schweren Schritten schlurfte der Kommissar die Treppe herauf. Kein Wunder, dass Gress den Kerl nicht schnappt, der hier eingebrochen ist, dachte sie. Bei diesem Kampftempo.

»Kommissar! Guten Morgen, schön, Sie zu sehen. Kommen Sie doch herein. Wir haben gerade Kaffee gemacht.« Sie führte Gress in die Küche und setzte ihm klirrend die Tasse vor, die eigentlich für Lucian gedacht war. Der Kommissar bedankte sich höflich und musterte sie über den Rand seiner Brille. »Wie geht es Ihnen?«

»Gut.«

»Erinnern Sie sich daran, was in den letzten Tagen passiert ist?«

Ravenna biss sich auf die Lippe und schüttelte den Kopf. Sie hatte beschlossen, bis in die letzte Konsequenz zu lügen. Besser, man hielt sie für eine Verrückte, als dass Gress auf Lucian stieß und Nachfragen stellte, die sie nicht beantworten konnte. Was würden die Behörden mit einem jungen Mann tun, der allem Anschein nach vom Himmel gefallen war? Keine Papiere, keine Identität, keine Spur eines früheren Lebens – Lucian besaß nichts, womit er seinen Anspruch, in der Gegenwart zu existieren, beweisen konnte. Ganz abgesehen davon, was passierte, wenn er den Mund aufmachte. Chrétien de Troyes. Du meine Güte. Sie wollte sich lieber nicht ausmalen, was geschah, wenn jemand auf ihren jungen Ritter aufmerksam wurde.

»Na schön.« Gress seufzte, zückte einen Stift und ließ die Mine einrasten, indem er das Ende des Kugelschreibers auf die Tischplatte drückte. »Fangen wir also ganz von vorne an. Ihre Schwester sagte aus, dass Sie zu Ihren Eltern gefahren sind, um ein paar Tage auszuspannen. Ist das richtig?«

Ravenna bejahte.

Nach und nach versuchte Gress, ihr zu entlocken, was seit ihrem Ausritt auf dem Odilienberg geschehen war. Sie antwortete einsilbig und versuchte, sich nicht in Widersprüche zu verstricken. Sie war keine gute Lügnerin und Gress' Fragen machten sie nervös. Bei den meisten Fragen zuckte sie nur die Achseln und sagte: »Ich erinnere mich nicht daran. Es ist weg.«

Irgendwann im Verlauf der Vernehmung tauchte Yvonne wieder in der Küche auf. Zu Ravennas Erleichterung wirkte sie völlig entspannt. Gut gelaunt plauderte sie mit Gress und umarmte Ravenna beiläufig, als sie zum Fenster ging, um zu zeigen, wie glücklich sie über das erneute Auftauchen ihrer Schwester war. Gress stellte auch ihr ein paar Fragen. Während sie antwortete, füllte er ein Formular aus.

»Dann tauchte Ravenna gestern Abend also völlig überraschend in der Wohnung auf?«

Yvonne nickte. Dann schüttelte sie den Kopf. »Nein, sie tauchte nicht einfach so auf. Sie war schon da, als ich heimkam.«

Gress schrieb fleißig mit. »War sie allein?«

Seltsam, dachte Ravenna, als sich der Raum plötzlich wie unter einem Vergrößerungsglas aufzublähen schien. Die Uhr über der Tür tickte lauter, als sie es je gehört hatte. Der Kühlschrank röhrte. Gress' Stift knirschte auf dem Papier, so dass sie von dem Geräusch Kopfschmerzen bekam.

»Ja«, sagte Yvonne. »Ja, sie war allein.«

Die Küche schrumpfte wieder auf ein normales Maß zusammen. Ravenna atmete auf. Als Gress sie anblickte, gelang es ihr zu lächeln.

»Gut, das wäre alles. Unterschreiben Sie Ihre Aussage bitte hier«, sagte er und sah zu, wie sie schriftlich bestätigte, dass sie den Verstand verloren hatte. Nachdem sie unterschrieben hatte, steckte Gress den Kugelschreiber in die Innentasche seines Jacketts, riss den Durchschlag ab und schob ihn quer über den Tisch zu ihr.

»Sie wissen, falls das noch einmal passiert, müssen wir Sie per richterlicher Verfügung in eine Klinik einweisen.«

Ravenna nickte artig. Unter dem Tisch bohrte sie die Fingernägel in den Handballen. »Glauben Sie ja nicht, dass ich mich mit allen Personen, die als vermisst gelten und dann plötzlich wieder auftauchen, am Küchentisch unterhalte«, fuhr Gress in belehrendem Tonfall fort. »Das mache ich in Ihrem Fall nur, weil Ihr Vater und ich alte Anglerfreunde sind. Ach, das wussten Sie nicht? Gilbert und ich waren jahrelang im selben Verein.« Schwerfällig stand Gress auf. Die Kaffeetasse hatte er nicht angerührt. Im Stehen knöpfte er das Jackett zu und schnupperte. »Übrigens, was riecht denn hier so? Wie angebrannt. Sehen Sie zu, dass Sie nicht irgendwo eine Kerze vergessen und als Nächstes auch noch die Feuerwehr ausrücken muss.«

»Keine Sorge. Wir haben das schon im Griff.« Ravenna begleitete den Kommissar zur Tür. »Sie haben im Augenblick sicher eine Menge zu tun, wegen der Frau, die im Rhein ertrunken ist. Und wegen des Einbrechers, der mich angegriffen hat und noch immer frei herumläuft.«

Auf der obersten Treppenstufe drehte sich Gress noch einmal um. Als Ravenna seinen stechenden Blick bemerkte, biss sie sich sofort auf die Lippe. Sie rechnete mit einem Wutausbruch, aber Gress sagte nur: »Oriana ist nicht ertrunken. Jemand hat ihr die Kehle durchgeschnitten.« Die Stufen knarrten, als er nach unten stieg. »Passen Sie gut auf sich auf. Und halten Sie sich zur Verfügung, falls es noch Fragen gibt.«

Na klar, dachte Ravenna und hob grüßend die Hand. Eine schöne Bescherung ist das! Als sie sich umdrehte, sah sie ihre Schwester unter der Tür stehen. Yvonne war weißer als eine Wand.

Danke! Ravenna formte das Wort lautlos mit den Lippen. Unten schlug die Eingangstür ins Schloss.

Eine halbe Stunde später stand sie mit Lucian auf dem Platz hinter dem Haus. Es war ein dreieckiger, kleiner Hof, in dessen Mitte eine Esche wuchs, die wiederum von einer Bank eingefasst war. Kinder tobten auf dem Spielplatz, der mit einer Schaukel, einer Rutsche und einem Klettergerüst aus Holz ausgestattet war. Eine junge Mutter saß neben dem Kinderwagen und las ein Buch, während sie ihr Baby schaukelte. Das alte Ehepaar aus dem dritten Stock des Nachbarhauses genoss die Sonne: sie, indem sie die Fäden aus Erbsenschoten zog und grüne Erbsen in einer Schüssel sammelte, er, indem er mit geschlossenen Augen an seiner Pfeife zog. Niemand schien Lucian seltsam zu finden. Die alte Frau lächelte nur und nickte Ravenna zu, während die Erbsen durch ihre Finger rollten.

Lucian ging zu dem Baum. Verblüfft beobachtete Ravenna, wie er die Hand über die Rinde gleiten ließ und einige Worte murmelte.

»Was machst du da?«, fragte sie.

»Das wisst Ihr nicht?« Lucian wirkte überrascht. »Die Esche ist ein magischer Baum. Sie zählt zu jenen Pflanzen, die den Kraftstrom leiten können, wie bestimmte andere Bäume, Felsen oder auch die Masten von besprochenen Schiffen. Deshalb sollte man sich in einem Gewittersturm auch nicht unbedingt unter einer Esche aufhalten. Es könnte sein, dass man von einem Energiestoß erfasst wird. Das endet oft tödlich, vor allem, wenn man einen Harnisch aus Eisen trägt.«

»Es gibt verzauberte Schiffe?« Ravenna riss die Augen auf. Dann beschattete sie ihr Gesicht mit beiden Händen und starrte in die Krone hinauf. Die Zweige bewegten sich im schwachen Wind. In ihrem Hinterhof, der von Vogelgezwitscher und Kindergeschrei erfüllt war, stand eine magische Esche und sie hatte nichts davon gewusst. Jahr und Tag gingen sie und ihre Nachbarn an dem Baum vorbei und sahen ihn manchmal kaum, als sei er so selbstverständlich da wie die Luft oder der Himmel.

»Kann man sich auch etwas wünschen?«, erkundigte sie sich.

Lucian lachte so unbekümmert wie am Maistein. »Was immer Ihr wollt. Es muss nur von Herzen kommen.«

Sie legte beide Hände auf die Rinde und schloss die Augen. Führe uns!, dachte sie. Führe uns zu dem vermissten Siegel und hilf uns, es zurückzubringen! Zwei oder drei Atemzüge lang stand sie so da. Sie wollte sich schon von dem Baum lösen, als sie unter den Händen plötzlich ein warmes Rinnsal spürte. Licht strömte in den Furchen der Rinde. Ravenna keuchte. Zum ersten Mal spürte sie die Fließrichtung des magischen Stroms: Er verlief gleichzeitig von oben nach unten und umgekehrt. Die Magie drang in die Wurzeln der Esche ein und ließ die Blätter aufleuchten.

»Genug. Das reicht.« Lucian umfasste ihre Handgelenke und unterbrach den Kontakt zur Rinde. Kopfschüttelnd sah sie der junge Ritter an. »Ihr habt ein außergewöhnliches Talent, den Strom zu lenken. Bei Euch sieht es aus wie ein Kinderspiel, doch ich weiß, dass sich andere vergeblich in dieser Kunst versuchten. Setzt die Gabe nicht zu oft ein, denn das könnte Euch schwächen.«

Ravenna nickte. Sie fühlte sich seltsam benommen. Wie nach einer durchwachten Nacht war ihr schwindlig und sie war erschöpft und hellwach zugleich.

»Was tun wir jetzt?«, wollte Lucian wissen.

»Jetzt gehen wir eine Runde durch die Stadt«, erklärte Ravenna. »Vieles wird dich erschrecken, fürchte ich. Zunächst einmal: Niemand verehrt mehr irgendwelche Bäume.« Lucian wurde blass, doch dann nickte er. »Zweitens: Halte dich immer in meiner Nähe und versuche, dich ungefähr so zu benehmen wie ich. Ich will nicht, dass du irgendjemandem auffällst und die Leute Fragen stellen. Und drittens …«

»Mein Schwert. Ich weiß.« Der junge Ritter seufzte. »Hättet Ihr mir die Hosen genommen, käme ich mir weniger nackt vor. Wie soll ich Euch verteidigen, falls Euch jemand angreift?«

Ravenna schürzte die Lippen. »Mich wird niemand angreifen, glaub mir! Weder mit Waffen noch mit Magie. Nicht einmal Beliar wäre so dumm, etwas zu unternehmen. Überlege doch nur, welche Tarnung er sich für diese Welt zugelegt hat. Ein Psychotherapeut – ausgerechnet! Und dann auch wieder: wie passend.«

Sie schlenderte mit Lucian bis zum Beginn der kleinen Straße. »Bereit?«, fragte sie und er nickte.

Als Erstes führte sie ihn zur Dombauhütte. Die Werkhalle der Steinmetze lag auf einem großen, flachen Gelände in der Nähe des Flusses. Gerade wurden große Blöcke Buntsandstein von einem Laster geladen und im Hof gestapelt. Wasserspeier und Figurengruppen standen auf der Galerie und aus dem offenen Tor drang das Kreischen einer Steinsäge.

Als Ravenna eintrat, verstummte die Säge. »Sieh einer an! Unser Mädchen ist wieder da!«, rief Jacques, kaum dass er sie entdeckt hatte. Er und die anderen Steinmetze umringten sie, schüttelten ihr die Hand und wollten wissen, wie es ihr in der Zwischenzeit ergangen war.

»Von dir liest man aber abenteuerliche Sachen in der Zeitung«, murmelte der Vorarbeiter. Die staubige Mütze hatte er weit ins Genick geschoben. »Wir wussten gar nicht, dass bei dir eingebrochen wurde. Das hättest du uns aber sagen sollen. Sogar Monsieur Pascal tat es leid, dass er dich so angefahren hat.«

»Ach wirklich?« Hoffnung keimte in Ravenna auf. »Du meinst, ich könnte nochmal mit ihm reden, ob er mich vielleicht wieder einstellen würde, wenn … na ja, wenn alles ausgestanden ist?«

»Wir legen alle ein gutes Wort für dich ein«, versicherte Mirco. Der junge Steinmetz grinste. Er hatte die Ohrenschützer abgenommen und sie sich um den Hals gelegt. Die staubige Schutzbrille war in die Haare hochgeschoben. Sein Blick wanderte vielsagend zur Tür. »Vorher musst du uns allerdings verraten, wen du mitgebracht hast.«

Lucian war im Eingang stehen geblieben und ließ den Blick durch den Raum gleiten. Als Ravenna ihn herbeiwinkte und als ihren Freund vorstellte, begrüßten ihn ihre Kollegen reihum. »Freut mich!«, rief Jacques und packte die dargebotene Hand. »Schön, dich kennenzulernen. Was machst du so?«

Diesmal zögerte Lucian einen Moment, ehe er antwortete. »Ich diene meinem König und dem Zirkel der Sieben geweihten Hexen.«

Ravenna zog den Kopf ein, als sie die ratlosen Gesichter ihrer

Kollegen sah, aber dann rief Mirco in die Runde: »Was war das denn für ein Kauderwelsch? Hat das jemand verstanden?« Hilfesuchend sah sich der junge Steinmetz in der Runde um.

»Er sagte, dass er für die Sieben königlichen Zirkel arbeitet«, warf Ravenna hastig ein. Siedend heiß fiel ihr Josces Berührung ein und das dumpfe Druckgefühl, als sich ihre Ohren für die Sprache des Mittelalters öffneten. Offenbar war sie die Einzige, die Lucians Französisch verstand. Sie und Yvonne, die einige Semester lang alte Literatur studiert hatte.

»Die was?«, fragte Jacques. Mit einem Finger bohrte er im Ohr. Die jüngeren Kollegen lachten.

»Die Sieben Zirkel«, fabulierte Ravenna. »Es … ist eine Bauhütte in Südfrankreich. Tiefes Südfrankreich.« Sie schwitzte, wenn sie log, und ihr Lächeln saß schief. Jacques sah sie komisch an und Lucian fragte: »Worüber sprechen sie?«

Als sie sagte: »Über dich«, runzelte er die Stirn.

Georges umkreiste den jungen Ritter misstrauisch. »Südfrankreich? Mein Onkel lebt in Montpellier. Die sprechen da aber nicht so komisch.«

Lucians Gesicht verdüsterte sich. »Was will er von mir? Sucht er Streit?«

»Nein. Um Himmels willen, nein. Entspann dich«, beruhigte Ravenna ihn und zu ihren Kollegen sagte sie: »Er kommt aus den Pyrenäen, aus der Nähe von Andorra. Steile Berge, enge Täler, düstere Schluchten – diese Ecke. Und sein Name ist Lucian.«

»Lucian?« Mirco prustete los. »Das klingt wie ein Mädchen.«

Hastig drängelte sich Ravenna zwischen die beiden Männer, die einander feindselig taxierten. »Das ist Mirco«, sagte sie, um die Situation zu entspannen. »Jetzt seid nett zueinander und gebt euch die Hand.«

»Mirco? Wir hatten mal ein Pferd mit diesem Namen«, brummte Lucian, ohne sich zu rühren. Etwas hatte er also doch verstanden. Ihr Ritter war keineswegs auf den Mund gefallen, stellte Ravenna fest. »Sei friedlich. Bitte. Sie meinen es nicht böse«, raunte sie ihm zu. »Als ich hier anfing, musste ich mich auch erst an die Sprüche gewöhnen. Aber die Jungs sind in Ordnung.«

»Nur damit eines klar ist«, sagte Mirco, an Lucian gewandt. »Ravenna ist eine von uns. Und das bedeutet, dass wir auf sie aufpassen. Wer zur Bauhütte gehört, hat so etwas wie eine zweite Familie.«

Sprachlos starrte Ravenna den jungen Steinmetz an. Sie hatte nicht gewusst, wie eifersüchtig ihre Kollegen über das einzige weibliche Mitglied der Dombauhütte wachten. Ebensowenig war ihr klar gewesen, dass die Männer in dieser zugigen Werkhalle ihre Freunde waren – Freunde, auf die sie sich verlassen konnte.

»Wenn das so ist.« Lucian lockerte seine angespannte Haltung, so beiläufig, dass es fast gedankenlos wirkte. Er war geübt darin, eine drohende Haltung einzunehmen und sie dann mit einem Achselzucken wieder zurückzunehmen. »Dann wollen wir beide dasselbe.« Mit diesen Worten packte er Mircos Hand und drückte zu. Der Steinmetz zögerte einen Augenblick, dann nickte er und erwiderte die Geste.

Jacques klatschte in die Hände, dass es nur so staubte. »Also dann, meine Herren: an die Arbeit. Die Fassade erneuert sich schließlich nicht von selbst.« Mit einem Augenzwinkern zog er seine speckige Schirmmütze in die Stirn und scheuchte sein Team zurück an die Arbeitsplätze.

Langsam führte Ravenna ihren Begleiter durch die Halle. »Ich wollte dich hierherbringen, damit du begreifst, was in den vergangenen Jahrhunderten geschehen ist«, erklärte sie leise. »Hier kommen beide Zeiten zusammen – meine und deine.«

Sie klopfte auf eine stark verwitterte Figur, die neben ihrem Arbeitsplatz stand. Niemand hatte dort etwas verändert. Die heilige Ursula schien geduldig auf sie zu warten, neben einer angebrochenen Flasche Mineralwasser und den aufgereihten Werkzeugen. Auf dem Kopf der Figur war ein Punktierstück befestigt, mit dessen Hilfe Ravenna die genauen Abstände zwischen Krone, Nase, Stirn und Kinn bestimmen konnte. Die Daten übertrug sie säuberlich auf einen Bogen Pergament und schuf so den Aufriss: eine maßstabsgetreue Abbildung der Heiligen, die als Vorlage für die Kopie diente.

»Dieser Stein ist bestimmt siebenhundert Jahre alt«, erklärte Ravenna und strich über die Schulter der Figur. »Möglicherweise auch älter. Du siehst, wie die Zeit und der Regen der Ärmsten zugesetzt haben – mehr als sämtliche Hunnen in der Legende es vermochten. Die Art und Weise, wie wir hier Maß nehmen, kannte man schon im Mittelalter. Zusätzlich benutzen wir ein computergestütztes Programm und Messkameras, mit denen wir die Kathedrale vom Helikopter aus fotografieren. Maschinen.«

Sie deutete auf den Gabelstapler und die dröhnenden Gebläse, die über den Arbeitsplätzen angebracht waren. Im Lärm und im ständigen Klopfen der Hämmer gingen ihre Worte beinahe unter.

Lucian nickte. Für einen Mann, der aus derselben Zeit stammte wie der Barde Chrétien de Troyes, nahm er die vielen Neuigkeiten erstaunlich gelassen auf. Zu ihrer Überraschung zeigte er sogar eine Art wissenschaftliche Neugier, mit der er die Winkelschleifer, die Bohrmaschinen und die Magnettafel in Augenschein nahm, an der zahlreiche Skizzen und Fotos hingen. Sie hatte ihn unterschätzt, stellte Ravenna fest, sie hatte nur seinen verträumten Blick gesehen und nicht geahnt, welcher Forscherdrang in ihm steckte.

»Als wir die Trutzburg auf dem Hœnkungsberg bauten, wurde ein Windenknecht von einem mit Steinen beladenen Korb erschlagen«, erklärte er, während er das Rangieren des Gabelstaplers beobachtete. »Maschinen, wie sie in Eurer Zeit verwendet werden, scheinen mir weitaus sicherer.«

Dem konnte Ravenna nicht widersprechen. Während ihrer Ausbildung hatte sie sich mit historischer Bautechnik beschäftigt. Unfälle auf mittelalterlichen Baustellen waren leider nicht selten. Viele Burgen, Befestigungsanlagen und Türme hatten eine hohe Zahl an Opfer gefordert, ehe sie ihre endgültigen Ausmaße erreicht hatten.

»Das sieht wie ein Drache aus«, meinte Lucian und wies auf den Greifarm des Krans, der im Hof den Lastwagen entlud. Das oberste Gelenk hatte einen Zweig von der Kastanie abgerissen. Wie ein frecher, grüner Federbusch wippten die Blätter auf und ab.

»Siehst du den Mann hinter der Scheibe?«, fragte Ravenna und zeigte auf den Kranführer. »So ist es mit allem, was du hier siehst. Hinter allem steckt der Mensch.«

»Ja, aber die Idee stammt von den Drachen«, beharrte Lucian. Er ahmte den Gelenkarm nach, der unbehauene Steinblöcke ergriff und behutsam unter der Kastanie absetzte. »Es heißt, sie graben nach Schätzen und durchwühlen ganze Landstriche mit ihren Klauen. Eine echte Plage.«

Zweifelnd sah Ravenna ihren Ritter an. »Es gibt doch gar keine Drachen«, meinte sie.

Lucian zwinkerte und lachte. »Vier Tage im Mittelalter. Meint Ihr wirklich, Ihr hättet alles gesehen?«

Wenigstens erschrickt er nicht vor dem Maschinenlärm, dachte Ravenna. Als sie sich von ihren Kollegen verabschiedete, musste sie versprechen, bald wiederzukommen. Jacques klopfte ihr aufmunternd auf die Schulter.

»Ich rede mit dem Chef«, versprach er. »Du wirst sehen, Ravenna, ein paar Tage noch, dann kletterst du wieder auf den Gerüsten herum und polierst den Engeln die Nase.«

Den Vormittag über schlenderten sie durch die Stadt. Lucian zeigte sich beeindruckt von den elektrisch versenkbaren Pollern, dem unterirdischen Kanalsystem, den Oberleitungen und den Straßenbahnen. Ravennas Erläuterungen und ihre Hinweise auf Gefahrenquellen nahm er gelassen auf. »Wenn wir länger hierbleiben, werde ich vieles lernen müssen«, meinte er nur und blickte einer Frau in einem sehr kurzen Rock hinterher, die auf der Straße telefonierte. Lautstark zankte sie sich mit ihrem Freund.

»Warum starrst du sie denn so an?«, zischte Ravenna.

Lucian hob die Hand und berührte seine Stirn an der Stelle, an der das dritte Auge saß. »Sie ist eine Magierin. Sie streitet mit einem Geist.«

Verblüfft drehte Ravenna sich um. Die Frau wedelte aufgeregt mit den Armen. Es sah aus, als ohrfeige sie die Luft. »Siehst du die kleinen Stöpsel, die in ihren Ohren stecken? Am anderen Ende der Leitung ...«

»Wo ist denn die Leitung?«

Ravenna nahm einen tiefen Atemzug. Das mit den Strom führenden Drähten hatte Lucian offenbar begriffen. »Na ja, es gibt keine Leitung, es ist eine Funkverbindung. Das sind unsichtbare Wellen in der Luft.«

»Unsichtbar. Also ein Geist«, stellte Lucian fest. Er wirkte höchst zufrieden.

Seltsam, dass ihn der Sturz durch das Zeittor so kaltlässt, dachte Ravenna, während sie am Kanal entlanggingen. Sie erinnerte sich an ihre eigene Verzweiflung, nachdem sie in der Hexenwelt erwacht war. Dann fiel ihr ein, dass Lucian bereits im Alter von acht Jahren in Constantins Dienst getreten war und seitdem kein anderes Ziel verfolgt hatte, als einer der Gefährten zu werden. Und jetzt war er ihr eingeschworener Ritter, egal in welcher Welt.

»Wie groß die Stadt geworden ist«, murmelte er, als sie auf den überdachten Brücken standen und ins Wasser hinunterblickten. Die Böschung, die Bäume und die angrenzenden Häuser spiegelten sich auf dem Fluss. Die Brücken wurden von mächtigen, quadratischen Türmen geschützt, denselben Türmen, an denen sie einen Tag zuvor im Morgengrauen den Wachmann bestochen hatten. Bei diesem Gedanken kroch Ravenna eine Gänsehaut über die Arme.

»Und wie wenig von dem geblieben ist, was ich kannte«, seufzte Lucian. Er sah bedrückt aus. Vermutlich dachte er an seine Freunde, die sie während des Kampfes vor dem Münster aus den Augen verloren hatten.

»Komm, ich zeige dir, wo Corbeau wohnt«, schlug Ravenna vor. »So nennt sich Beliar in dieser Welt.«

Kurz darauf standen sie vor der rot gestrichenen Villa. Die Vorhänge im Erdgeschoss waren zugezogen, und der Sportwagen stand nicht wie sonst in der Auffahrt.

»Merkwürdig«, murmelte Ravenna. »Eigentlich hat der Doktor um diese Zeit immer viele Patienten. Zumindest war es oft schwierig, am Vormittag einen Termin bei ihm zu bekommen.«

Als sie sich dem Haus näherten, nahm sie zum ersten Mal den verdorrten Garten wahr. Das Gras war gelb und die Rosensträucher neben dem Plattenweg welkt. Dicht am Haus wuchs ein Baum, dessen Äste die hintere Terrasse beschattet hätten, wenn sie Blätter getragen hätten. Aber der Baum war kahl, er sah aus wie ein verkohlter Riese, den ein Feuersturm übriggelassen hatte.

Ravenna fröstelte. Sie musste an die Erzählung der Hexen denken, was nach Beliars Auftauchen auf dem Hœnkungsberg geschehen war. Verbrannte Erde. Totes Land.

»Was ist das?« Lucian deutete auf einen Bewegungsmelder, der über dem Eingang angebracht war.

»Eine Art magisches Auge«, sagte Ravenna. Sie hatte längst den Versuch aufgegeben, ihren Begleiter davon zu überzeugen, dass in ihrer Welt kaum etwas von Magie beseelt war. »Es teilt Corbeau … Beliar mit, wenn sich jemand dem Haus nähert.«

Ihr Ritter fluchte. Es war das erste Mal, dass Ravenna eine solche Gefühlsäußerung von ihm hörte.

»Er ist ja nicht dumm«, meinte sie achselzuckend. »Trotzdem ist es leichter, hier einzudringen, als die Burg auf dem Hœnkungsberg zu erstürmen. Sogar König Constantin ist an diesem Vorhaben gescheitert.«

Lucian nickte. »Ihr sprecht wie eine echte Hexe«, meinte er.

Langsam begannen sie, das Grundstück zu umrunden. Es war von einem schmiedeeisernen Gitter umgeben, das in scharfen Spitzen endete. Auf der Innenseite verlief ein Draht. »Siehst du das?«, machte Ravenna ihren Begleiter darauf aufmerksam. »Wenn du diesen Draht berührst, kriegst du vermutlich einen kräftigen Stromschlag. So wie bei Gewitter unter einer Esche. Und dann bricht hier die Hölle los.«

Sie umfasste die Gitterstäbe unterhalb des Drahts, um sich den kahlen Baum genauer anzusehen. Im nächsten Augenblick zuckte sie zurück. Sie hatte sich an einem Dorn gestochen. Als sie an der Fingerkuppe saugte, schmeckte sie Blut.

»Warum lachst du?«, knurrte sie Lucian an.

»Verzeiht«, sagte er und sie konnte ihn gerade noch daran hindern, auf dem Gehweg vor ihr niederzuknien. »Aber wie Melisende seid Ihr eine Zaunreiterin. Eine Grenzgängerin. Dieses Gitter ist kein echtes Hindernis für Euch.«

Mit gerunzelter Stirn starrte Ravenna auf die Villa, die hinter staubtrockenen Bougainvilleen verborgen war. »Vielleicht hast du Recht«, murmelte sie.

Als sie kurz darauf den Türklopfer bediente, dauerte es nicht lange, bis die Haushälterin öffnete. Ohne nach dem Grund des Besuchs zu fragen, erklärte sie, dass der Doktor nicht zu sprechen sei. Ohne Voranmeldung würden heute keine Patienten vorgelassen.

»Dann geben Sie mir einen Termin«, beharrte Ravenna. »Und zwar den nächsten, der frei ist.« Lucian stand neben ihr und ließ den Blick durch die Eingangshalle gleiten: Fliesen aus Naturstein, antike Möbel, ein Kronleuchter und die Treppe aus Glas. Die schweren Vorhänge ließen kaum Licht in die Empfangshalle. Als die Haushälterin Lucians Neugier bemerkte, zog sie die Tür zu und starrte ihn tadelnd an. »Es tut mir leid, aber Doktor Corbeau empfängt in dieser Woche keine Patienten mehr«, sagte sie. »Er ist unpässlich.«

»Mich wird er empfangen«, meinte Ravenna. Sie stützte das Knie gegen den Türpfosten, legte das Stückchen Plakatpapier, das sie von der Litfasssäule auf der anderen Seite des kleinen Platzes abgerissen hatte, auf ihren Oberschenkel und presste die Fingerkuppe zusammen. Ein roter Tropfen erschien. Mit dem Blut malte sie einen gleichmäßigen, fünfzackigen Stern auf das Papier. Ein Pentagramm.

»Geben Sie ihm das hier, mit schönen Grüßen von Ravenna vom Odilienberg. Er soll mich anrufen. Sagen Sie ihm bitte, es sei dringend.«

Sie lachte, als sie die Straße im Laufschritt überquerten. »Der ruft bestimmt an«, meinte sie. »Jede Wette.«

Sie kehrten in die Innenstadt zurück. Mit dem Geld, das Yvonne ihr geborgt hatte, kaufte Ravenna einige passende Kleidungsstücke und Schuhe für Lucian. Anschließend nahmen sie in einem Café Platz.

»Meine Freunde hatten Unrecht«, stellte er fest, nachdem er den Teller geleert hatte. »Die Frauen in Eurer Welt wissen immer noch, dass sie Frauen sind. Sie zeigen es nur anders.«

Er deutete auf ein Mädchen, das mit hochgekrempelten Hosenbeinen und nackten Armen auf dem Rasen stand und einen Teufelsstab tanzen ließ. Mit zwei Stöcken hielt sie den schillernden Stab in Bewegung: Über ihrem Kopf, hinter dem Rücken, unter ihrem angewinkelten Knie hindurch und dann warf sie ihn in die Luft und fing ihn mit den beiden Handstöcken wieder auf. Einige Kinder blieben stehen, um ihr zuzusehen. Die junge Frau lachte.

»Ja, vielleicht«, murmelte Ravenna. »Aber sie wissen nicht mehr, dass ihre Vorfahrinnen Magie wirken konnten. Das ist aus und vorbei.«

In dem weißen Kapuzenshirt saß Lucian so lässig unter der Sonnenmarkise, als gehöre er von jeher in diese Zeit. Das einzig Auffällige an ihm waren, sein aufmerksam umherwandernder Blick und der Ring mit der Windrose. »Eure Schwester weiß es«, sagte er. »Yvonne ist eine Magierin. Das konnte ich deutlich spüren. Ist sie ausgebildet?«

Ravenna merkte, wie sie eine Gänsehaut bekam. »Das ist das Erbe unserer Großmutter«, sagte sie leise. »Und das von Melisende.« Sie beugte sich vor und verschränkte ihre Finger mit Lucians Fingern. »Ich muss dir etwas sagen. Etwas, das mir sonst keine Ruhe lässt.« Er nickte. »In meiner Welt wissen wir nichts mehr über Magie, weil dieses Wissen mit Zauberinnen wie Melisende gestorben ist. Auf die gleiche Weise wie sie. Die Hinrichtung, die wir gestern auf dem Platz erlebt haben, war erst der Anfang. Laut Berichten, die ich über eure Zeit kenne, wird es viele Opfer geben. Die Verfolgungen gehen über Jahre weiter. Über Hunderte von Jahren, bis kein Fünkchen Magie mehr übrig ist. Und auch keine Magierinnen.«

Sie merkte, dass Lucian schluckte. Sein Blick ruhte auf ihrem Gesicht. »Also wird es auch die anderen treffen ... Josce. Viviale. Esmee. Eine nach der anderen werden sie dem Feuer übergeben, wenn wir scheitern. Deshalb haben sie Euch gerufen.«

Nun war es Ravenna, der sich die Kehle zusammenschnürte. »Ich weiß wirklich nicht, ob ich etwas tun kann«, sagte sie. »Oder ob das, was ich tue, etwas nützt. Ich meine, die Geschichtsbücher sind längst geschrieben. Was soll ich daran verändern?«

Lucian verstärkte den Druck seiner Finger. »Vertraut auf Eure Gabe! Vertraut auf Euch, Ravenna. Ihr seid sehr mutig, viel mutiger als die meisten Frauen, die ich kenne. Und das will etwas heißen, denn die meisten waren Hexen.«

Er brachte sie zum Lachen. Sie konnte sich kaum sattsehen an seinen braunen Augen und an dem Lächeln, das seine Lippen umspielte. Mit halbem Ohr hörte sie auf das Gemurmel der anderen Gäste.

»Erzähl mir etwas über diesen Ring«, bat sie und deutete auf Lucians Hand. Er spreizte die Finger, während er den Ellenbogen auf die Tischkante stützte. Auch Vernon, Ramon und die anderen jungen Männer hatten solche Ringe getragen.

»Wir erhalten den Jahresring von König Constantin, wenn er uns zu Rittern schlägt«, erklärte er. »Versteht Ihr, die Schwertleite und der Ritterschlag sind etwas völlig Verschiedenes. Ritter werden so manche Männer, die das Schwert richtig herum halten und das Vorderteil ihres Pferdes vom Hintern unterscheiden können.

Aber bei Geweihter Gefolgschaft ...« Er zuckte die Achseln. »Da geht es um etwas anderes. Um Liebe. Um Magie. Um Wahrheit. Man fragt sich, wer man im Leben sein möchte, was das Ziel ist und ... Ravenna? Habt Ihr mir überhaupt zugehört?«

Sie rieb sich die Stirn. »Es tut mir leid. Mir ist gerade etwas ganz anderes in den Sinn gekommen: Ich habe das Siegel des Sommers nie gesehen. Ich habe keine Ahnung, wie Melisendes Schatz aussieht, oder ob ich ihn erkenne, wenn er vor mir liegt. Weißt du, welches Motiv der Ring zeigt?«

Lucian schüttelte den Kopf. »Die Siegel sind geheim. Nur die Sieben und ihre Gefährten bekommen sie zu Gesicht. Aber Ihr könntet Nachforschungen anstellen.«

Überrascht hob Ravenna die Brauen. »Hier? Heute? Wie soll das gehen?«

Lucian stützte den Kopf auf die Faust und blickte sie an. »Nun, auf unserem ersten Ausritt habt Ihr mir erklärt, dass Ihr in Eurer Welt die Macht hättet, die Kraft der Gedanken miteinander zu verbinden. Vielleicht erinnert sich einer der beteiligten Magier an das Siegel.«

Mit einem Ruck hob Ravenna den Arm und winkte die Kellnerin herbei. »Computer«, sagte sie, während sie das Geld abzählte. »Es sind Computer, keine Magier.«

Ehrfürchtiges Staunen lag in Lucians Blick, als er die Stufen der Nationalbibliothek hinaufstieg. Das Gebäude mit der grünen Kuppel empfing seine Gäste durch mehrere Eingänge aus buntem Glas. Unter den Wolken, die mittlerweile am Himmel aufzogen, sah das Bauwerk noch imposanter aus. Die Bibliothek erstreckte sich über einen ganzen Straßenzug und war mit Säulen, Figuren und Reliefs verziert. Die Eingangshalle war klimatisiert und von Gemurmel erfüllt wie der Ratssaal einer Burg.

»So, jetzt müssen wir nur noch herausfinden, ob sie da ist«, murmelte Ravenna und steuerte auf das Infodesk zu. Ehe sie sichs versah, sank Lucian jedoch vor der erstbesten Person, die seinen

Weg kreuzte, auf die Knie. »Edle Dame, könnt Ihr uns sagen, wo wir Yvonne von Ottrott finden?«, fragte er. »Sie ist die Schwester meiner Herrin und wir wünschen sie in einer dringlichen Angelegenheit zu sprechen.«

Die junge Anwältin in Kostüm und Bluse ließ beinahe den Gesetzestext fallen, den sie unter dem Arm trug. Sie starrte den Ritter an, als hätte er ihr einen unsittlichen Antrag gemacht.

Ravenna wurde dunkelrot und verpasste Lucian mit dem Knie einen Stoß in die Rippen. »Sein Schuhbändel ist aufgegangen«, murmelte sie, an die Anwältin gewandt, während er sich aufrappelte.

»Bitte gewöhne dir diese Verbeugungen ganz schnell ab«, flüsterte sie ihm zu, als sie durch die Halle eilten. Die junge Frau hatte die Brille abgenommen und starrte ihnen nach. »Und das Reden überlässt du besser mir, sonst kommt etwas dabei heraus, das du gar nicht sagen wolltest.«

»Was habe ich denn gesagt?«, fragte Lucian und wirkte zum ersten Mal an diesem Tag beleidigt.

»Ich bin nicht deine Herrin«, stieß Ravenna hervor und merkte, wie sie schon wieder rot wurde. »Wir sind Freunde, okay? Einfach nur Freunde.«

»Wir sind mehr als Freunde«, widersprach Lucian. »Ich liebe Euch. Ihr habt mein Schwert geweiht. Und Ihr habt mich überredet, Constantin zu hintergehen und mit Euch nach Straßburg zu reiten. Nicht einmal für einen Freund würde ich meinen König verraten.«

Ravenna blieb stehen. »In Ordnung, wir sind mehr als Freunde. Wir sind zusammen hinter dem Teufel her. Und ich liebe dich auch.« Jetzt hatte sie es ausgesprochen. Nach allem, was zwischen ihnen vorgefallen war, sollten ihr diese Worte eigentlich leicht über die Lippen gehen, und trotzdem drohte ihr Herz fast zu zerspringen.

Lucian sah sie an. Dann nahm er ihr Gesicht zwischen die Hände und küsste sie. In diesem Augenblick vergaß sie alles, was sich rings um sie abspielte: die lautlos auf und ab gleitenden Aufzüge, den Strom der Besucher und die ersten, dicken Regentropfen, die Striche auf die Scheiben malten. Wenn Lucian sie in den Armen hielt, lebte sie so intensiv wie nie zuvor.

»Ravenna.« Sie schlug die Augen auf, als er ihr ihren Namen ins Ohr flüsterte. Wenn es nach ihr ginge, bräuchte dieser Nachmittag nie zu enden. »Ihr wollt Eure Schwester besuchen«, erinnerte er sie mit einem spitzbübischen Grinsen. »Oder habt Ihr das etwa vergessen? Mir scheint, es wird langsam Zeit.« Er nickte in die Halle hinunter. Immer mehr Menschen strebten den Ausgängen zu und verließen das Gebäude.

Ravenna nickte. »Freitags schließt die Bibliothek immer etwas früher. Aber keine Sorge: Meine Schwester arbeitet hier. Und das bedeutet, dass sie Zugang zu Abteilungen hat, die das normale Publikum nicht betreten darf.«

Sie zog Lucian zu einem Lift. Lautlos glitten die Glastüren auf. Als er einstieg, hielt er misstrauisch nach dem unsichtbaren Pagen Ausschau, der die Türen bediente. »Achtung, jetzt geht es nach oben«, warnte Ravenna. Sie behielt ihn im Auge, als sie auf den Knopf drückte und der Lift zu schweben begann, aber er stand ganz ruhig da und hielt sich am Handlauf fest.

»In diesen Hallen muss ein Hochkönig wohnen«, stellte er fest. »Überall Marmor, edle Hölzer und spiegelglatte Böden. Und Magie. Constantins Burg ist eine schimmlige Scheune verglichen mit dieser Pracht.«

»Hier wohnt niemand. Es ist eine Bibliothek«, meinte Ravenna. »Wieso hast du eigentlich keine Angst? Du bist noch nie im Leben Lift gefahren. Bis gestern wusstest du nicht einmal, dass es eines Tages Aufzüge geben wird. Ich dagegen bin mit diesen Dingern groß geworden, aber ich mag sie nicht besonders.«

Lucian lächelte. »Ich war schon als Kind sehr neugierig. Mein Vater bestrafte mich oft, weil ich durch die Schlucht kletterte, in der unsere Burg stand, und mich in einer der vielen Höhlen verlief. Damals träumte ich von sagenhaften Drachenreitern und wäre gern einer von ihnen geworden. Velasco meinte aber nur, bevor das geschieht, würde ich mir den Hals brechen.«

»Velasco.« Plötzlich wurde Ravenna bewusst, dass Lucian zum ersten Mal von seiner Vergangenheit sprach. Sie blickte ihn an, doch sein Lächeln war fortgewischt. Der Lift hielt im ersten Stock und ein älterer Herr stieg zu. Er nickte den beiden anderen Fahrgästen zu. Wegen seines weißen Schnauzbarts betitelte ihn Ravenna in Gedanken sofort als den Professor.

»Wer war dein Vater eigentlich?«, fragte sie und drückte ungeduldig auf den Knopf, der die Türen schloss. Endlich fuhr der Lift weiter. »Von deiner Familie hast du mir noch nie etwas erzählt.«

»Ein andermal«, sagte Lucian abweisend. »Jetzt möchte ich nicht darüber sprechen.«

Ravenna betrachtete ihn. Sein bekümmertes Gesicht am Maistein fiel ihr ein und ihr wurde bewusst, dass es hinter ihrer gemeinsamen Geschichte noch eine weitere Geschichte gab, viele Geschichten, die sein Leben ausmachten. Es stimmt schon, was Lucian über die Liebe sagte, dachte sie. Man öffnet sein Herz einem völlig Fremden.

Ein heller Ton und eine Leuchtziffer informierten sie darüber, dass sie im obersten Stock angekommen waren. Höflich ließ Ravenna dem Professor den Vortritt. »Wir haben Zeit«, meinte sie und beobachtete, wie er zu dem Glaskasten trat, in dem ihre Schwester und eine andere Frau Dienst taten. Auch der ältere Herr musste seinen Bibliotheksausweis abgeben, ehe er die Handschriftenabteilung betreten durfte. Durch ein Schiebefach reichte Yvonne ihm weiße Stoffhandschuhe. Dann winkte sie. »Ravenna und ihr Ritter. Was für eine Überraschung!«

Ravenna beschloss, die Ironie in der Stimme ihrer Schwester zu überhören. »Hast du kurz Zeit für uns? Wir brauchen deine Hilfe.«

»Jetzt sofort?« Yvonne zog eine Augenbraue in die Höhe. Sie sah an diesem Nachmittag besonders hübsch aus. Neue Ohrringe, dachte Ravenna. Oder ein neuer Liebhaber. Beides wechselte ungefähr genauso schnell und brachte mit sich, dass Yvonne gute Laune hatte.

»Jetzt sofort«, beharrte sie. »Du musst uns helfen, etwas zu finden.«

Sie nahm Lucians Hand, zog den Ring ab und legte ihn in die Kunststoffschale, die unter Yvonnes Fenster hin- und hergeschoben wurde. »Wir suchen das Siegel des Sommers«, erklärte sie. »Es sieht vermutlich so ähnlich aus wie dieser Ring. Das echte Hexensiegel ist aber deutlich größer und in der Mitte der Windrose sitzt ein Motiv. Wir wüssten gerne, was es ist, damit wir das Siegel erkennen können.«

Mit einem Stirnrunzeln drehte Yvonne den Ring im Licht hin und her. Er funkelte. »Das Siegel des Sommers?«, murrte sie. »Nie gehört. Aus welcher Zeit stammt dieser Ring? Er sieht alt aus, wesentlich älter als 13. Jahrhundert.«

»Vielleicht findet sich etwas in alten Büchern oder Handschriften«, beharrte Ravenna, ohne auf die Frage ihrer Schwester einzugehen. »Oder im Katalog. Es muss doch irgendeinen Hinweis geben.« Yvonne seufzte. »Na schön. Hast du deinen Ausweis dabei?«

»Äh ... nein. Der liegt noch auf dem Odilienberg. Wie meine Uhr und die Autoschlüssel.« Ravenna spürte, wie ihr nun schon zum dritten Mal Hitze ins Gesicht stieg. Seufzend buchte Yvonne ihren eigenen Ausweis ein.

»Übernimmst du hier?«, bat sie ihre Kollegin. »Du kannst dann gleich schließen, denn ich glaube, heute kommt niemand mehr.«

Die andere Frau verzog das Gesicht. »Ausgerechnet jetzt muss ein Gewitter aufziehen«, jammerte sie. »Ich habe keinen Schirm dabei. Auf dem Heimweg werde ich bestimmt pitschnass.« Sie hatte Recht: Mittlerweile regnete es in Strömen und vor den großen Fenstern zuckten Blitze.

»Ich mag, wenn es donnert«, erklärte Yvonne kühl. Sie legte den Ring zusammen mit den Handschuhen in die Plastikschale. »Dass ihr mir ja keine Bücher mit bloßen Händen durchblättert!«, warnte sie. »Der Schweiß auf der Haut würde das Papier angreifen.«

Sie ging voraus und führte Lucian und Ravenna durch die Handschriftenabteilung. Ravenna mochte den Geruch der alten Bücher, den Duft von Leim, vergilbtem Pergament und brüchigen Seiten. Manche Bände waren so empfindlich, dass sie in flachen, klimatisierten Glaskästen aufbewahrt wurden. »Diese Kästen solltet ihr besser nicht anfassen«, sagte Yvonne. »Sie sind durch ein elektronisches System gesichert.«

»Was heißt elektronisch?«, fragte Lucian.

»Unsichtbar«, entgegnete Ravenna und ihr Ritter nickte verständnisvoll. »Ich kenne dieses Buch«, sagte er dann und deutete auf ein Ausstellungsstück, das in einem der beleuchteten Kästen ruhte. »Es wurde auf dem Odilienberg geschrieben und handelt vom Leben im Konvent. Hier ... seht Ihr die Hexen, die in einem Kreis stehen?«

Ravennas Atem beschlug die Scheibe, als sie sich vorbeugte und die handgemalten Figuren betrachtete. In bunten Gewändern gekleidet bildeten sie einen Kreis. Jede Magierin hielt ein anderes Zeichen in der Hand: einen Kelch, ein Auge oder einen blühenden Apfelzweig. Eine der Hexen war ganz in Weiß gekleidet und führte zwei Hunde an der Leine, eine andere war eindeutig schwanger.

»Das sind Josce, Mavelle und die anderen«, lachte Ravenna. Sie hatte das Bild schon einmal gesehen: in Avelines Kräuterküche, wo es neben zahlreichen anderen Wandbildern hing. Sie war überrascht von der Sehnsucht, die sie plötzlich überfiel. Sie hatte Heimweh nach dem Berg der Hexen. »Schau dir das an, Yvonne! Schau sie dir an: Jede Frau trägt ein anderes Zeichen bei sich. Es steht für ihre magische Gabe. Das sind ganz eindeutig die Sieben.«

Mit zweifelnder Miene betrachtete ihre Schwester das aufgeschlagene Buch. »Aber es sind doch acht. Wer ist denn die Figur in der Mitte?«

»Das ist Morrigan, die Hexengöttin!« Ravenna lachte wieder. »Du stellst genau dieselben Fragen wie ich. Daran sieht man, dass wir Schwestern sind.«

Der Professor, der zwei Tische weiter eine Schriftrolle ausgebreitet hatte, schmunzelte. Mit den weiß umhüllten Fingerspitzen berührte er das Papyrus. »Er dort ist doch bestimmt ein Magier«, flüsterte Lucian, als er sah, wie andächtig der Professor mit der Schriftrolle umging. »Seht nur, er benutzt einen Kristall, um besser lesen zu können.«

Ravenna schüttelte den Kopf. »Es ist ein Gelehrter«, flüsterte sie zurück. »Und das Ding in seiner Hand nennt man Lupe. Es ist ... na ja, du hast Recht. Es ist eine Art magischer Kristall.«

Yvonne kräuselte die Nase. »Wenn ihr mit Plaudern fertig seid ... was ist denn mit dem Zeichen auf dem Siegel, nach dem ihr sucht? Sieht man das vielleicht auch auf dem Bild?«

Mit der flachen Hand schlug Ravenna sich vor die Stirn. Daran hatte sie noch gar nicht gedacht. Aber natürlich ... der Maler oder die Malerin hatte alle Zauberinnen dargestellt, die in dem Konvent unterrichteten. Sie suchte den Kreis der Sieben ab, bis sie auf eine Figur stieß, die in rosenfarbene Seide gekleidet war. Eine stolze Witwe. Eine unbesiegte Königin.

»Hier ist es«, sagte sie. Sie kniff die Augen zusammen, um das Detail besser sehen zu können. »Es ist eine Blume. Hm ... aber welche Art? Ich erkenne schmale, spitze Blätter, die wie ein Kelch gebogen sind.«

»Was Sie da sehen, ist eine Lotosblüte.« Ravenna schrak zusammen, als sie dicht hinter sich eine Stimme hörte. Überrascht drehten sich die drei am Kasten zu dem Professor um. »Ein Zeichen für pure, magische Kraft. Es heißt, die Träger eines solchen Zeichens könnten den Strom sogar mit ihren Gedanken bewegen. Oder mit einem Lied.« Er reichte Ravenna die Lupe. »Schauen Sie ganz genau hin. Eine solche Blume sieht man selten.« Er zwinkerte der Gruppe zu und verschwand zwischen den Regalen. Von einem Augenblick auf den anderen war es, als hätte die Luft ihn aufgesogen.

»Ein Großmagier«, erklärte Lucian im Brustton der Überzeugung. »Habt Ihr gehört, wie er über den Strom sprach? Und ich darf mich ganz sicher nicht vor ihm verbeugen?«

»Nein«, erwiderte Ravenna. »Das darfst du nicht.«

Sie beugte sich wieder über den Schaukasten. Woher wusste dieser weißhaarige Gelehrte etwas über den magischen Fluss? Und wieso wurde sie das Gefühl nicht los, dass er nicht aus Zufall in den Lift gestiegen war, den sie und Lucian benutzten? Irgendetwas an dem Mann war seltsam.

Seufzend setzte sie die Lupe auf das Glas und blickte auf die Zeichnung. Es war ohne Zweifel Melisende abgebildet, die eine Lotosblume auf der flachen Hand trug. Die Blütenblätter sahen aus, als wären sie aus Feuer.

Eine Feuerblüte. Mit einem Ruck richtete Ravenna sich auf. Von solchen Dingen hatte sie geredet, als sie das erste Mal verschwunden war. Die Hexen hatten also schon damals nach ihr gerufen und eine Beschwörung abgehalten. Doch das Tor hatte sich nicht vollständig geöffnet.

Nachdenklich kratzte Yvonne sich am Kinn. »Eines verstehe ich noch immer nicht«, brummte sie. »Ein königlicher Auftrag, der bis Mittsommer erfüllt sein muss oder der magische Strom bricht zusammen … wieso springt ihr durch das Tor nicht einfach weiter zurück, wenn die Zeit so eine große Rolle spielt? Nur ein paar Tage. Oder zwei Wochen. Dann habt ihr alle Zeit der Welt.«

»Das geht nicht«, erklärte Ravenna. »Offenbar sind die Tore gleich getaktet. Als ich ins Jahr 1253 kam, war dort der gleiche Tag wie hier. Und während ich auf dem Hexenberg war, ist die Zeit hier wie dort genau gleich schnell vergangen. Es sind magische Tore. Und es ist eine magische Zeit.«

In diesem Augenblick schlug der Blitz ganz in der Nähe ein. Zumindest hörte es sich so an, denn es krachte entsetzlich laut und vom Donner vibrierte der Boden. Lucian starrte mit gerunzelter Stirn durch die Fenster, die den Saal von allen Seiten umgaben. Regenwasser lief über die getönten Scheiben.

»Wir sollten uns beeilen«, riet er. »Dieses Wetter gefällt mir nicht. Seht Ihr, dass sich der Sturm genau über diesem Gebäude zusammenzieht? Als hätte hier jemand einen Bezoar versteckt.«

»Keine Sorge, die Bibliothek hat einen Blitzableiter«, beruhigte Ravenna ihn. Sie warf einen Blick auf ihre Schwester. »Es gibt doch einen Blitzableiter und eine Nottreppe, falls der Strom ausfällt, oder?«

»Drei Millionen wertvolle Bücher. Und ob es einen Blitzableiter gibt!«, meinte Yvonne. »Kommt mit! Ich habe da eine Idee.« Sie trat zu einem Tresen, auf dem ein Computer stand. Sie schaltete das Gerät ein, rief eine bestimmte Seite auf und begann, Begriffe in die Suchmaske einzugeben. »Vor nicht allzu langer Zeit wurde die Münzsammlung der Bibliothek digitalisiert«, erklärte sie. »*Münzen und Medaillen aus dem Elsass* heißt dieser Katalog. Vielleicht ist etwas dabei. Mal sehen … Siegel des Sommers.« Sie tippte die Worte in die Suchmaske, aber sie ergaben keinen Treffer. Nachdenklich knetete Yvonne ihr Ohrläppchen. »Wie könnte es so noch heißen? Sommersiegel? Das Siegel des Feuers? «

»Das Siegel von Litha«, schlug Ravenna vor. »Die Speichen stellen die Hexenfeste dar. Genau dieselben übrigens, die du mit deinen Freundinnen feierst.«

Yvonne schwieg. Verbissen tippte sie den Begriff in den Computer. Während sie suchte, sah Lucian sich ehrfürchtig in dem Labyrinth aus Regalen um. »Drei Millionen Bücher gibt es in Eurer Welt?«, staunte er. »Man muss wirklich ein Magier sein, um das alles zu lesen.«

Ravenna lachte. »Nein, es gibt bestimmt noch tausendmal mehr Bücher! Ein Leben reicht nicht aus, um alles zu lesen, was bisher geschrieben wurde, aber auf diese Weise geht das Wissen nicht verloren.«

»So wie in diesem Computer«, rief Yvonne. »Schaut mal her, was ich gefunden habe.«

Lucian drehte sich zum Bildschirm um und stieß einen überraschten Laut hervor. »Das ist es!«, rief er. »Das muss Melisendes Siegel sein.«

Auf glänzendem rotem Stoff lag ein Ring aus Silber. Er war hell ausgeleuchtet, und Ravenna wusste so sicher wie Lucian, dass sie das richtige Siegel vor sich hatten. Es glich den Hexenringen, die sie im Blauen Saal gesehen hatte, in jeder Hinsicht. Der Rand trug eine Fülle von magischen Schriftzeichen. In der Mitte der Windrose, die mit Rubinen besetzt war, blühte eine Lotosblume aus Feuer.

»Wo ist der Ring jetzt?«, fragte sie. »Steht das auch da?« Ihr Herz pochte vor Aufregung. Vor mehr als siebenhundert Jahren war dieses Stück gestohlen worden, und nun hatten sie es wiederentdeckt. Sie mussten nur noch den jetzigen Besitzer ausfindig machen – und einen Weg finden, ihm Melisendes Schatz abzunehmen.

Wieder flogen Yvonnes Finger über die Tasten. »Es befindet sich seit langem in Privatbesitz«, las sie wenig später und beugte sich zum Bildschirm. »Es ist ein Familienerbstück aus einer traditionsreichen, elsässischen Familie. Bisher wurde es nur einmal für eine Ausstellung ausgeliehen. Daher haben wir das Foto.«

»Eine traditionsreiche, elsässische Familie!« Ravenna schnaubte durch die Nase. »Dass ich nicht lache! Ich kann dir sagen, wie der Besitzer des Siegels heißt: Doktor Corvin Corbeau.«

Yvonne zuckte zusammen. An ihrem Hals trat eine Sehne hervor, so angespannt war sie. »Nein, der rechtmäßige Inhaber hieß Samiel Fontainebleau. Zumindest war er zum Zeitpunkt der Ausstellung im Besitz des Siegels. Wie es scheint, ist das der Urgroßvater deines Therapeuten. Wieso kommst du überhaupt darauf, dass er etwas mit dem Diebstahl zu tun haben könnte?«

Ravenna antwortete nicht. Lucian stand dicht neben ihr, und sie beugten sich über Yvonnes Schulter. »Es gibt nicht zufällig ein Bild von diesem Samiel?«, wollte Ravenna wissen. »Könntest du nach weiteren Mitgliedern dieser Familie suchen? Vielleicht taucht irgendwo ein Porträt auf.«

»Ich wüsste nicht, was daran so wichtig sein soll«, maulte Yvonne, aber sie ließ den Mauszeiger über den Bildschirm wandern. Aufmerksam beobachtete Lucian, wie sie die Hand bewegte. Plötzlich zuckte sie zusammen. »Hoppla!«, rief sie und wollte den Bildschirm umdrehen, so dass Ravenna und der Ritter einen Blick hineinwerfen konnten.

Diesmal traf der Blitz das Gebäude. Zeitgleich mit dem Einschlag geschahen mehrere Dinge: Das Licht flackerte und erlosch, bis auf den grünen Streifen der Notbeleuchtung. Irgendwo schlug eine Tür und plötzlich wehte ein kalter, nach Regen riechender Wind durch die Handschriftenabteilung. Die Geräusche von draußen klangen nun erschreckend laut: rollender Donner, Autoreifen auf regennasser Straße, Hupen und das Klingeln einer Straßenbahn. In der Ferne jaulte eine Sirene. Yvonne stand auf.

»Wo ist der Ausgang?«, fragte Lucian. Seine Stimme klang vollkommen ruhig, und sein Gesichtsausdruck erinnerte Ravenna an den dämmrigen Morgen vor dem Stadttor, als sie darauf warteten, dass Vernon die Wache bestach. Ihr Puls raste. Sie hatte gar nicht mitbekommen, wann er sie an der Hand gefasst hatte, aber er hielt sie, als hinge ihr beider Leben davon ab. Immer wieder tastete seine Hand zum Gürtel, doch das Schwert hing nicht an seinem Platz.

»Yvonne, wo befindet sich der Ausgang?«

Der Himmel war stockdunkel, dabei war es erst kurz nach sechs. Es gab einen so heftigen Regenguss, dass man in der feuchten Luft nahezu ertrinken konnte. Yvonne antwortete nicht. Wie eine Schlafwandlerin schritt sie auf eines der Fenster zu, die von der Decke bis zum Boden reichten.

Rote Lichter sanken vom Himmel herab. Sie bildeten einen Kreis, der die Bibliothek umgab. Langsam näherten sie sich den Fensterscheiben.

Lucian fluchte. Ravenna bekam am ganzen Körper Gänsehaut, als sie sah, wie die Erscheinungen in der Luft schwebten, Globen aus rotem Licht.

»Yvonne!«, schrie sie und ging auf ihre Schwester zu.

Yvonne hörte sie nicht. Wie in Trance stand sie am Fenster, ihre Augen waren geschlossen und die Lippen bewegten sich ohne einen Laut. Dann hob sie beide Arme.

Die Fensterscheiben platzten. Die Druckwelle presste die Scheiben nach innen und von allen Seiten flogen Glasscherben durch den Raum. Ravenna schrie auf und hob schützend die Arme. Sie sah noch, wie Yvonne von dem Wirbel aus Glas und Regentropfen verschlungen wurde, und fürchtete das Schlimmste. Dann prallte sie mit dem Rücken gegen ein Regal. Als sie die Arme sinken ließ, stand ihre Schwester noch immer an der Kante, die nun nicht mehr durch eine Glasscheibe von dem Abgrund getrennt wurde. Tief unter ihr toste der Verkehr, und der Rock flatterte ihr um die Beine. Mit einer Handbewegung rief sie die glühenden, roten Globen zu sich.

Geräuschlos glitten die Lichter ins Innere der Bibliothek. Blitze zuckten im Innern der Blasen, Miniaturen des Unwetters, das über Straßburg tobte.

»Yvonne, verdammt! Was tust du denn da?« Benommen rappelte Ravenna sich vom Boden auf. Die Explosion hatte sie etliche Meter durch den Raum geschleudert. Glaskrümel rutschten ihr unter den Kragen, als sie sich auf die Beine zog.

»Weg hier!« Plötzlich war Lucian neben ihr und zerrte sie zwischen die Regale. »Los doch! Begreift Ihr nicht, was Eure Schwester getan hat? Oder wollt Ihr immer noch behaupten, in Eurer Welt verstünde niemand etwas von Magie? Von Schwarzer Magie, um genau zu sein.«

»Es gibt tatsächlich ...« Kugelblitze und rote Kobolde, hatte Ravenna sagen wollen, aber die Stimme versagte ihr. Ihr Mund war trocken und ihre Augen brannten. Die roten Lichter, die nun mitten im Raum schwebten, vergifteten die Atmosphäre. Yvonne ... was ist bloß mit Yvonne?, dachte sie und spürte Panik in sich aufsteigen.

Wie in Zeitlupe trieben die Lichter auf die Glaskästen zu, in denen die Handschriften aufbewahrt wurden, und begannen zu sinken. Plötzlich begriff Ravenna, was hier geschah: Beliar versuchte, die letzten Spuren der Sieben zu verwischen. Wenn diese Dokumente verbrannten, gab es nichts mehr, was an den Hexenkonvent auf dem Odilienberg erinnerte. Und aus irgendeinem Grund gelang es dem Hinterlistigsten aller Dämonen, ihre Schwester in seinen teuflischen Plan einzuspannen.

Sie riss sich von Lucian los und stürzte vorwärts. »Yvonne! Nein!«

Das erste Licht berührte den Glaskasten. Der Deckel explodierte und diesmal flogen scharfe Glassplitter durch die Bibliothek. Die alte Handschrift fing augenblicklich Feuer. Es war das Buch über den Hexenkonvent auf dem Odilienberg. Weitere Explosionen folgten und auch die anderen Bücher standen in Flammen.

Ravennas Haut spannte schmerzhaft, als sie zwischen zwei zuckenden Lichterscheinungen hindurchschlüpfte. Ihre Schwester stand mitten in dem Kreis aus roten Flammen. Yvonnes Haar knisterte wie Seidenpapier, die Augen rollten in ihrem Kopf und die Finger flatterten durch die Luft. Blitze zuckten um ihre Arme.

»Fyrcræft«, rief sie. Ihre Stimme war ein Echo, das aus einem Brunnen hallte, und es klang, als spräche sie nicht allein, sondern als riefen tausend Kehlen dasselbe Wort.

Ravenna versetzte ihr eine schallende Ohrfeige. Yvonne sog scharf den Atem ein und berührte die getroffene Stelle. Die Augen, die sich eben nicht auf einen Punkt hatten richten können, blickten Ravenna vorwurfsvoll an. Dann brach sie lautlos zusammen.

»Hilf mir! Lucian, hilf mir doch! Heb sie hoch! Wir müssen hier weg«, rief Ravenna ihrem Ritter zu. Hastig eilte sie von einem Glaskasten zum nächsten und streckte die Hände über die Flammen, wie sie es bei Viviale gesehen hatte.

»Blinnanier!«, schrie sie und wieder: »Blinnanier!«

Mit diesem Wort hatte die alte Magierin die Flammen erstickt, die in ihrer Kammer auf dem Berg wüteten, doch das Buch der

Hexen brannte weiter. Der beißende Rauch trieb Ravenna Tränen in die Augen. Wie durch Schleier beobachtete sie, wie sich die Seiten kräuselten und zu Asche zerfielen. Die Handschrift aus dem Konvent war für immer verloren.

Keuchend tauchte Lucian an ihrer Schulter auf. Er trug Yvonne auf den Armen. Ihr Kopf fiel weit nach hinten und ihre Augen waren geschlossen. »Es hat keinen Zweck! Wir müssen weg hier, sonst verbrennen wir auch!«

In ihrer Aufregung hatte Ravenna nicht bemerkt, dass nicht nur die zwölf Glaskästen mit den kostbarsten Schätzen der Bibliothek Feuer gefangen hatten. Auch einige der angrenzenden Regale brannten und die Sirenen heulten jetzt von nahem.

»Das ist die Feuerwehr. Wir müssen verschwinden, bevor sie hier sind«, stieß sie hervor. Sie wandte sich in die Richtung, in der sich der Lift befand, doch plötzlich nahm sie aus dem Augenwinkel einen schwachen, bleigrauen Schimmer wahr. Der Computer lief noch immer. Offenbar hing er am selben Stromnetz wie die Notbeleuchtung. Sie stürzte zu dem Pult und drückte auf die Eingabetaste.

Das Porträt eines Fürsten aus dem 17. Jahrhundert erschien auf dem Bildschirm, in Öl gemalt. Im Begleittext stand der Name Arden Lambert. Es war das gleiche Gesicht, 2011, im Jahr 1673 und im Mittelalter. Beliar war ein unsterblicher Dämon.

Ravenna beachtete das Porträt nicht weiter. Nach allem, was geschehen war, überraschte sie die Entdeckung kaum noch. Sie tippte die Begriffe Nationalbibliothek und Notausgang in die Suchmaske und drückte auf die Entertaste.

Dann rannte sie los.

Der Hexen Macht,
der Hexen Bann

»Es kann nicht mehr weit sein!«, schrie sie Lucian zu, der mit seiner Last hustend und keuchend hinter ihr hereilte. Die Haare ringelten sich um seine Stirn, von den Haarspitzen tropfte Wasser. Im ganzen Haus war die Sprinkleranlage angesprungen. Bitterer Qualm erfüllte den Flur.

»Hexerei! Ihr könnt es sogar im Innern eines Gebäudes regnen lassen!«, schnaufte Lucian, während er durch die Pfützen rannte, die sich im Gang sammelten. Wasser rann über die Scheiben des Empfangs, jenes Glaskastens, in dem Yvonne gearbeitet hatte.

Ravenna antwortete nicht. Sie warf einen besorgten Blick auf ihre Schwester. Yvonne war genauso nass wie Lucian und sie war noch immer ohne Bewusstsein. Eigentlich sollte ich wütend auf sie sein, dachte Ravenna. Aber sie spürte nur Angst.

»Hier ist es!«, rief sie. Ein grün leuchtendes Piktogramm zeigte den Notausgang an. Sie drückte den Griff nach unten. Die Tür war verschlossen.

»Das kann doch nicht wahr sein!«, stöhnte Ravenna und warf sich mit der Schulter gegen den Stahl. Weder Geschrei noch Gewalt halfen weiter. Der Ausgang war verriegelt.

Dabei war der dichte Qualm noch nicht einmal das einzige Problem, auch wenn er das Atmen erschwerte. Mit dem Rauch breitete sich eine bestimmte Art von Dunkelheit in den Fluren und Lesesälen aus, ein Schatten, vor dem es Ravenna graute. Sie sah, wie die Topfpflanzen auf dem Fensterbrett schwarz wurden und verdorrten, und musste wieder an Corbeaus vergifteten Garten denken. Schützend legte sie den Arm vor das Gesicht, um den Qualm nicht einzuatmen. Dann warf sie sich von neuem gegen die Tür.

»Ravenna.«

Als sie Lucians Stimme hörte, drehte sie sich um. Er stand im künstlichen Regen, ein von Blitzen beleuchteter, junger Mann, der ihre Schwester auf den Armen hielt. Neben ihm stand der Professor.

Statt des zerknitterten Anzugs trug der Gelehrte nun plötzlich einen langen Druidenmantel. Um seine Hüften lag eine breite Schärpe und in der Hand hielt er einen Stab, an dessen Spitze ein Licht strahlte. Er lächelte und sagte kein Wort. Mit der linken Hand wies er auf die Angeln der breiten Fluchttür und schrieb ein magisches Zeichen in die Luft. Sie glühten erst rot und dann weiß. Dann zerriss ein scharfer Knall die Luft und die Tür sackte zur Seite.

Der Professor schritt an Ravenna vorbei und stieg die Treppe hinunter. Das Licht, das er trug, schwebte in die Tiefe. Mit der Schulter schob Lucian sie an. »Geht! Bitte folgt ihm! Schnell.«

Mit weichen Knien ging sie die Treppe hinunter. Auf dem nächsten Absatz gab es wieder einen Notausgang, aber der Professor ließ ihn außer Acht. Zögernd streifte Ravenna mit den Fingerspitzen über die Stahltür – und zuckte zusammen. Ihre Fingerkuppen schmerzten, die Tür war glühend heiß.

Von nun an zögerte sie nicht mehr, dem kleinen, weißen Licht zu folgen. Der Professor führte sie in den Keller und dann durch die Tiefgarage, wo es eine weitere Fluchttür und einen Betonschacht gab, der in einer Treppe mündete.

Sie kamen in einem Park heraus, viele Schritte vom Gebäude entfernt. Es war dunkel und regnete immer noch, doch der Wind hatte nachgelassen. Zuckende Lichter erhellten den Park, aber sie stammten nicht von Blitzen, sondern von dem Ring aus Rettungsfahrzeugen, der sich um die Bibliothek gebildet hatte. Leitern waren ausgefahren, Schläuche spritzten Wasser in die qualmenden Fensterhöhlen im obersten Stock und ein Hubschrauber kreiste am Himmel.

Am ganzen Leibe schlotternd, drehte Ravenna sich zu ihrem Begleiter um. »Ich habe keine Ahnung, wer Sie sind«, sagte sie zu dem Professor. »Aber danke. Vielen Dank. Zum Glück kannten Sie den Fluchtweg nach draußen, sonst wären wir alle erstickt.«

Der alte Mann lächelte, aber er sagte noch immer kein Wort. Behutsam bettete Lucian Yvonne ins Gras. Dann sank er vor dem Professor auf ein Knie, nahm dessen Hand und führte sie an die Stirn. Eine ähnliche Geste hatte Ravenna bislang nur zwischen den Rittern und ihrem König beobachtet.

Der Professor legte dem jungen Mann die Hand auf das nasse Haar. Scharf sog Ravenna den Atem ein, als sie im Laternenlicht einen Gegenstand funkeln sah und erkannte, dass ihr Retter denselben Schmuck trug wie Lucian: den Ring der Geweihten.

Die Begegnung dauerte keine halbe Minute. Dann stand Lucian wieder auf. Gemeinsam sahen sie zu, wie sich die Gestalt in dem grauen Mantel abwandte und durch den Regen wanderte. Der Umhang wurde immer fadenscheiniger und durchsichtiger, bis nicht mehr als eine Nebelfahne über dem Rasen zu schweben schien. Dann verwehte sie. Zuletzt schimmerte nur noch das weiße Licht an der Stelle, klar wie ein Stern. Irgendwann erlosch es auch.

»Wer war das?«, fragte Ravenna. Ihre Zähne schlugen aufeinander und sie war vollkommen durcheinander. Lucian hingegen wirkte gefasst wie jemand, der gerade eine große Gefahr unbeschadet überstanden hatte. Er starrte noch immer auf die Stelle, an der das Licht verschwunden war.

»Das war der Pilger«, sagte er leise. »Es heißt, man sieht ihn, ehe man stirbt. Uns hat er das Leben gerettet.« Jetzt schauderte er und wandte sich ab. Streng blickte er Ravenna an. »Behauptet nie wieder, in Eurer Welt gäbe es keine Magie, denn es ist schlicht und ergreifend nicht wahr! Ich kann keinen Unterschied zu der Zeit erkennen, aus der ich stamme, und ich schlage vor, wenn Eure Schwester wieder wach ist, sollten wir sie eingehend befragen.«

Mit gerunzelter Stirn starrte er auf Yvonne hinab, die sich schwach regte. Sie hustete und rieb sich das Brustbein, als hätte sie Schmerzen.

»Allerdings, das sollten wir«, murmelte Ravenna. Dann lief sie quer über den Rasen zu einem Fahrzeugstand und hob den Arm. »Taxi. Taxi! Fahren Sie uns zur Schleuse an der Ill.«

Kurze Zeit später saßen sie in der Küche und wärmten sich mit heißem Tee. Yvonne lehnte in der Ecke am Fenster, bis zum Kinn in eine Decke gehüllt. Die meiste Zeit über hielt sie die Augen geschlossen, klammerte sich an eine dampfende Tasse und gab vor, sich nicht an die Ereignisse in der Bibliothek zu erinnern.

»Dann habt Ihr also Beliars Gesicht in dieser Maschine gesehen? Unter einem falschen Namen?«, fragte Lucian soeben. Er schüttelte sich leicht, als jage ihm die Vorstellung einen Schauer über den Rücken. »Was hat das alles zu bedeuten?«

»Nun, offenbar ist es dem Marquis tatsächlich gelungen, die Sieben zu täuschen und mit dem Siegel zu entkommen«, erklärte Ravenna. »Siebenhundert Jahre lang war der Ring in seinem Besitz. Irgendwann und aus irgendeinem Grund muss er den Namen gewechselt haben, vermutlich nachdem der Hœnkungsberg erobert wurde. Er wollte seine Spur verwischen.«

Lucian bekam große Augen. »Beliars Festung wurde erobert?«

»Irgendwann schon«, entgegnete Ravenna. »Irgendwann wird alles erobert oder verlassen. Nichts ist für die Ewigkeit.«

Der Ritter stützte die Ellenbogen auf die Knie und vergrub die Finger im Haar. »Dann ist unsere Mission gescheitert«, stieß er hervor. »Wir bringen das Siegel nicht rechtzeitig zurück. Die Sieben und ihre Gefährten müssen sterben. Es ist alles verloren.«

Ravenna ging vor ihm in die Hocke und legte ihm die Hand aufs Knie. »Noch ist gar nichts verloren«, sagte sie beschwörend. »Wir werden unsere Freunde retten, Lucian. Du darfst nicht vergessen, dass wir beide jetzt hier sind und von der Sache wissen. Dadurch bietet sich uns die Chance, das Siegel auf den Berg der Hexen zurückzubringen. Es ist noch nicht vorbei.«

Das Vertrauen, mit dem er sie ansah, schmerzte fast. »Und was wollt Ihr tun?«, fragte er. Mit einem zaghaften Lächeln hob Ravenna den grünen Notizzettel, auf dem der Name ihres Therapeuten stand.

»Ich kann jederzeit vorbeikommen«, las sie vor. »Jederzeit. Diese Nachricht hat Corbeau auf dem Anrufbeantworter hinterlassen. Er weiß jetzt, dass wir hier sind, und lädt uns in seine Villa ein.«

»Das ist eine Falle«, meinte Lucian.

Ravenna zog die Schultern hoch. Wenn sie an das stille, große Haus dachte und an den Mann in dem knarrenden Ledersessel, der sie dort erwartete, wurde ihr flau im Magen. »Ja, das glaube ich auch«, murmelte sie. »Aber wir haben keine andere Wahl. Wir wissen jetzt, dass das Siegel hier ist, in dieser Zeit. Du hast gesehen, wie stark die Villa gesichert ist – wie eine mittelalterliche Burg. In diesem Haus ist Melisendes Schatz so sicher wie in einem Banktresor. Wenn wir den Ring zurückholen wollen, müssen wir dort eindringen.«

Düster verschränkte Lucian die Arme. »Beliar ist auch in Eurer Welt mächtig. Er kann auch hier Magie wirken. Wenn wir uns in dieses Haus begeben, verlassen wir es möglicherweise nicht wieder lebend.«

Sein Blick ruhte auf Yvonne, die ihren Tee in kleinen Schlucken trank. Ihre Hände zitterten so sehr, dass sie fast alles verschüttete, und in ihren Augen lag ein gespenstischer Schimmer. Erst hatte Ravenna angenommen, die Rötung käme vom Rauch, doch allmählich wurde ihr klar, dass das purpurne Leuchten eine Nachwirkung der heftigen, magischen Ströme war, die durch Yvonnes Körper geflossen waren. Warum hat sie das nur getan? Diese Frage stellte sie sich seit der Flucht aus dem brennenden Gebäude immer wieder.

»Ich fürchte, das Risiko müssen wir eingehen«, sagte sie leise.

»Eines verstehe ich immer noch nicht.« Lucians sachlicher Tonfall wirkte beruhigend auf sie. Er schien sich bereits voll und ganz auf den nächsten Schritt zu konzentrieren, ein Krieger mit einer Mission. »Die Tatsache, dass Beliar das Siegel über siebenhundert Jahre in seinem Besitz hatte, beweist doch, dass es uns nicht gelang, ihm den Schatz zu entwenden.«

»Du vergisst die Magie der Zeittore«, widersprach Ravenna. »In deiner Zeit ist der Diebstahl gerade erst passiert. Wenn wir das Siegel finden und auf den Odilienberg des Jahres 1253 zurückbringen, dann ändert sich alles. Dein Leben und meine Zukunft, verstehst du? Dann nimmt die Geschichte einen völlig anderen Verlauf – ohne diesen Dämon, der ständig mitmischt und alles Gute verdirbt.«

Aufmerksam sah Lucian sie an. »Ihr seid weitsichtiger, als Melisende es war«, sagte er schließlich. »Es war gut, dass Ihr mich überredet habt, Constantins Burg zu verlassen. Sonst wären wir niemals hier gelandet und hätten die Wahrheit nicht erfahren. Ich werde Euch zu dem Treffen mit Beliar begleiten, selbst wenn es inmitten der Hölle stattfinden sollte. Und anschließend werde ich Euch helfen, das Siegel zurück auf den Berg der Sieben zu bringen. Vielleicht werden uns bald wieder siebenhundert Jahre trennen, ohne Hoffnung auf ein Wiedersehen. Doch ich werde Euch bis zum letzten Atemzug dankbar sein.« Mit diesen Worten erhob er sich und stapfte aus der Küche.

»Ganz schön theatralisch, dein Ritter«, ließ Yvonne aus ihrer Ecke vernehmen.

Wütend funkelte Ravenna sie an. »Die Wahrheit würde ich allerdings auch gerne erfahren! Was hast du während des Gewitters gemacht? Hast du die Blitze angezogen? Ein bisschen Wettermagie betrieben? Das war Schadenszauber, würden die Sieben sagen! Und warum heulst du jetzt ständig, wo du die Handschriften doch selbst in Brand gesteckt hast!«

Yvonnes Kinn zitterte. »Das war ich nicht. Wie oft soll ich es noch sagen: Ich kann mich an nichts erinnern.«

Ravenna schnaufte verärgert auf, während sie einen Spiegel vom improvisierten Hexenaltar am Fenster nahm und ihn Yvonne vors Gesicht hielt. »Schau dich an!«, verlangte sie. »Schau in deine Augen und sag mir, was du da siehst!«

Hastig drehte Yvonne den Kopf zur Seite, doch sie konnte nicht verhindern, dass ein roter Lichtschein auf dem Glas blitzte und als Irrlicht durch die Küche wanderte. Donner grollte über dem Fluss. Sie bedeckte die Augen mit der Hand.

»Verdammt nochmal«, sagte Ravenna leise. »Du hättest uns beinahe umgebracht. Ich erkenne schwarze Magie, wenn ich sie sehe. Dazu muss ich nicht mal eine Hexe sein. Meinst du nicht, du wärst mir eine Erklärung schuldig? Was lernt man in dem Wicca-Zirkel, dem du angehörst? Etwa, wie man Gebäude in die Luft jagt?«

Unter Yvonnes vorgehaltenen Fingern strömten Tränen hervor und rannen ihr über Wangen und Kinn, doch ihr Gesicht blieb unbewegt. »Du hast ja keine Ahnung!«, stieß sie hervor.

»Dann klär mich auf.«

Yvonne sprang auf und begann, unruhig in der Küche umherzugehen. »Lucian hat Recht«, stieß sie hervor. »Ihr dürft nicht in die Villa eindringen. Das ist viel zu gefährlich.«

Ravenna zuckte die Achseln. »Was weißt du schon«, brummte sie. »Du kennst Beliar doch gar nicht.« Mit raschen Griffen räumte sie den Altar ab, wählte jene Gegenstände aus, die sie in der Praxis benötigen würde, wickelte sie in Küchenpapier und packte sie in eine Umhängetasche. »Und es beantwortet meine Frage noch nicht. Was ist wirklich in der Bibliothek geschehen? Und gestern Abend?«, fuhr sie fort, als Yvonne es vorzog zu schweigen. »Woher bist du da gekommen, so verstört und verdreckt? Das hängt doch alles irgendwie zusammen.«

»Und wenn ich dir sage, dass ich Beliar doch kenne?« Plötzlich stand Yvonne unmittelbar hinter ihr. Vor Schreck ließ Ravenna beinahe die Messingschale fallen. »Was soll das heißen? Wie soll das möglich sein?«

Yvonne musterte sie aus nächster Nähe, ihr Gesicht war blass. Das rote Glühen hatte sich in den Augenhintergrund zurückgezogen, ob durch magische Willenskraft, oder weil ihre Schwester sich allmählich beruhigte, konnte Ravenna nicht feststellen. »Ich war in der Praxis. Einmal. Ich wollte Corbeau zur Rede stellen, weil er ... was ist?«

Ravenna starrte ihre Schwester mit offenem Mund an. »Du warst dort? In der Villa? Wie kommst du bloß auf so eine Idee?«

Yvonne seufzte gereizt. »Was glaubst du wohl? Ich dachte, Corbeau könnte mir einen Hinweis geben, irgendetwas, das du ihm während der Sitzungen mitgeteilt hast. Nun guck mich doch nicht so an! Ich war besorgt, wie alle anderen auch.«

Schweigend stopfte Ravenna die restlichen Gegenstände in die Tasche. »Und? Wie war er so?«, fragte sie, als sie fertig war. »Mein Therapeut?«

»Er ist verrückt«, erklärte Yvonne im Brustton der Überzeugung. »Vollkommen irre. Und gefährlich. Als ich die Praxis verließ, schwor ich mir, dich vor ihm zu warnen. Das ist die Wahrheit, Ravenna. Aber er hat mir einen Hinweis auf das Mittelalter gegeben.«

Ravenna sog den Atem ein. »Wie?«

Diesmal zögerte Yvonne. Sie schlug die Augen nieder und wich Ravennas Blick aus. »Durch ein Tor«, sagte sie schließlich. »Da war ein Nebenraum mit einem Steinkreis. Als ich ihn betrat, wurde ich in eine andere Wirklichkeit gezogen. In Lucians Zeit.«

»Verdammt!« Ravenna warf den Stoffbeutel auf den Tisch. Ein geheimes Tor in Beliars Villa, ein verfluchtes Zeittor womöglich, das war nicht die Art von Auskunft, die sie erhofft hatte. Sie war auf Stromdrähte, Kameras, eine Alarmanlage und einen wütenden Hausherrn gefasst gewesen, doch nun wurde ihr klar, dass sie auch mit magischen Fallen rechnen musste.

»Danke für die Warnung«, stieß sie hervor. »Aber wir werden trotzdem dorthin gehen. Uns bleibt gar nichts anderes übrig.« Sie warf einen Blick auf den Kalender, der neben dem Apothekenschrank hing. Die Sieben hatten Recht: Die Tage vergingen wie im Flug und die Mittsommernacht rückte immer näher.

»Dann lass mich wenigstens mitkommen.« Diesmal war aus Yvonnes Miene ernste Besorgnis zu lesen. »Ich könnte Corbeau ablenken, während ihr beide ...«

»Nein. Auf keinen Fall.« Ravenna wusste nicht, weshalb sie das Angebot ablehnte. Yvonnes Vorschlag klang vernünftig, und zu dritt konnten sie sicherlich mehr ausrichten als sie und Lucian allein. Doch ein seltsames Gefühl beschlich sie, eine Ahnung, dass ihre Schwester nicht die ganze Wahrheit sagte.

In diesem Augenblick kehrte der junge Ritter in die Küche zurück, beide Hände voller Metallringe. »Was habt Ihr mit meinem Kettenhemd gemacht?«, wollte er wissen. »Als ich es eben anziehen wollte, ist es auseinandergefallen.«

Ravenna verzog das Gesicht. »Hast du schon einmal den Schnitt in deiner Seite begutachtet? Beliar hätte dich beinahe umgebracht. Ich musste die Ringe aufbiegen, um dir das Kettenhemd auszuziehen, aber das hat dir das Leben gerettet.«

Missmutig ließ Lucian die Reste der Panzerung auf den Tisch rasseln. »Dann ziehe ich wohl oder übel ungerüstet in den Kampf«, brummte er.

»Du hast dein Schwert und deinen Verstand«, versuchte Ravenna ihn aufzumuntern. »Ich glaube, das sollte genügen.«

Sie ging ins Bad, um die beiden grauen Mäntel zu holen. Das Blut war ausgewaschen, aber nun rochen die Gewänder wie Yvonnes Kleid: nach Wacholder und Teer. In dem Körbchen unter dem Waschbecken bewahrte Yvonne alles auf, was man für ein Ritual benötigte: Duftöle, Kristalle, Kerzen und eine Klangschale. Als Ravenna den Deckel hob, quollen Federn zuhauf heraus: ein Büschel weißer Daunen, dazu Rabenfedern, eine Adlerschwinge und die türkisblauen Handdecken des Eichelhähers. Ravenna wählte eine Krähenfeder aus, denn davon gab es ein ganzes Bündel. Yvonne würde es verschmerzen, wenn sie sich eine der Federn ausborgte.

Als sie die Daunen wieder in das Körbchen stopfte, streiften ihre Finger über harte Kanten. Überrascht schob sie die Federn auseinander, um zu sehen, was es war. Dann erstarrte sie zu Eis.

Auf dem Grund des Korbs lag ein Hexendolch.

Als sie in die Küche zurückkam, stand Yvonne am Herd und brühte eine zweite Tasse Tee auf. »Was ist los? Wächst mir Gras aus den Ohren oder warum starrst du mich so an?«, blaffte sie ihre Schwester an. Wortlos warf Ravenna den Dolch auf den Tisch. Er war schwer und klapperte beim Aufprall. Auch der Griff bestand aus Metall. Das Heft war mit magischen Zeichen bedeckt und die Klinge war scharf wie ein Rasiermesser.

»Was ist das?«

Yvonne öffnete den Kühlschrank, nahm eine Zitronenhälfte heraus und presste den Saft über ihrem Becher aus. »Es ist ein Dolch. Das sieht man doch. Seit wann schnüffelst du in meinen Sachen herum?«

»Ich habe nicht geschnüffelt«, entgegnete Ravenna. »Ich habe das Ding durch Zufall entdeckt. Wie kommt es in deinen Besitz?«

»Was geht dich das an?«, schnappte Yvonne. Sie blies auf den Tee und trank einen Schluck. »Und dein Ritter – warum starrt er mich so an?«

Mit verschränkten Armen lehnte Lucian in der Tür. »Beantwortet Ravennas Fragen«, sagte er. »Woher habt Ihr dieses Messer? Und was habt Ihr damit vor? Es ist ein Ritualdolch. Eine solche Waffe dürfen nur Eingeweihte tragen.«

Mit einem knallenden Geräusch setzte Yvonne den Becher ab. »Ich bin eingeweiht! Ich habe die Initiation zum ersten Grad des Hexen-Kults bestanden und zwar schon seit einer ganzen Weile. Ich beschäftige mich nämlich schon viel länger mit Magie als Ravenna, die wohl eher zufällig in die Geschichte hineingestolpert ist. Aber es war ja klar, dass sie diejenige ist, die auf echte Hexen trifft, eine richtige Ausbildung erhält und einem Kerl wie dir begegnet.«

»Yvonne!«, rief Ravenna entsetzt. Lucian runzelte die Stirn. »Wer hat Euch eingeweiht?«

Yvonnes Gesicht verzog sich zu einer zornigen Maske. »Da du aus einem magischen Zeitalter kommst, solltest du wissen, wann man ein Geheimnis bewahren muss.«

»Also ein Geheimbund«, schlussfolgerte Lucian. »Das macht die Sache nicht besser. Weiße Magie braucht man nicht zu verstecken. Doch ich nahm auch nicht an, dass Ihr eine weiße Hexe seid.«

Yvonne lehnte sich zurück. »Ach, so ist das«, sagte sie. »Du verdächtigst mich. War das bei Ravenna auch so? Oder hast du gleich erkannt, was für eine wunderbare Gabe sie besitzt?«

»Ich wusste gar nicht, dass du eifersüchtig bist«, bemerkte Ravenna. Am Gesichtsausdruck ihrer Schwester erkannte sie, dass sie ins Schwarze getroffen hatte. »Bisher war ich wohl nie eine Gefahr für dich. Nur eine graue Maus in einem Vliespulli, die alle Männer im Umkreis von einer Meile vergraulte. Aber darum geht es überhaupt nicht. Von den Sieben habe ich gelernt, dass es sowohl gute als auch schlechte Magie gibt, und manchmal ist es sehr schwer, die richtige Entscheidung zu treffen.« Schaudernd dachte sie an den windigen Abend auf dem Odilienberg und an das Bad im Augenbrunnen. Und an Lynettes blutverschmiertes Gesicht. »Ich frage dich jetzt zum letzten Mal: Woher hast du diesen Dolch?«

Mit allen zehn Fingern fuhr sich Yvonne durch das Haar. »Du wirst mir keine Vorschriften machen. Und dein Ritter auch nicht.«

Lucian trat in die Küche, nahm den Dolch und wog ihn in der Hand. »Wenn Ihr wirklich in die Geheimnisse der Magie eingeweiht seid, gehört diese Klinge Euch«, erklärte er. »Dann wird sie mir keinen Schaden zufügen. Wenn nicht ...« Achselzuckend nahm er das Messer, stemmte das Heft gegen den Türrahmen und stützte sich mit der Brust auf die Spitze. Als er Anstalten machte, sich in das Messer fallen zu lassen, ertönte in der Küche ein zweifacher Schrei. »Lucian, nein!«

Er hielt den Körper angespannt. Um seinen Mund lag ein harter Zug und seine dunklen Augen funkelten. »Wenn dieser Dolch durch eine Zauberin geweiht wurde, kann er mich nicht verletzen. Deshalb segnen die Sieben unsere Schwerter und unsere Liebsten geben uns ein Pfand für das Turnier. Ich frage Euch, Yvonne: Soll ich mich in Eure Klinge stürzen?«

Ravenna hielt den Atem an. Ihre Schwester beobachtete den Ritter mit gespannter Neugier und ließ keinen Hauch von Scham, Reue oder Zweifel erkennen. Einige Herzschläge lang gelang es ihr sogar, Ravenna zu überzeugen, doch dann sagte sie: »Du würdest es wirklich tun, nicht wahr? Du Narr würdest ins offene Messer laufen, nur um meiner Schwester etwas zu beweisen. Du meine Güte, Lucian, nun leg das Ding endlich weg.«

Der Ritter stieß sich vom Rahmen ab, drehte den Dolch herum und gab ihn Ravenna mit dem Heft voran. »Nehmt diese Klinge in Gewahrsam«, bat er mit einem zornigen Blick auf Yvonne. »Wir bringen den Dolch zurück auf den Odilienberg. Die Sieben werden zweifelsfrei klären können, wozu er benutzt wurde.«

Er ging, um sein Schwert zu holen. Yvonne kratzte mit dem Fingernagel an einem Brandfleck auf der Tischplatte und zeichnete aus Ruß ein Pentagramm um die Stelle. Im Stehen blickte Ravenna auf sie herab. »Wir reden, wenn ich wieder da bin«, schlug sie vor. »Und dann erzählst du mir, was los ist. Und zwar alles. Einverstanden?«

Das Kratzen wurde lauter. Dann brach der Fingernagel ab. Mit einer Grimasse führte Yvonne die Kuppe an den Mund, kaute auf dem Nagel herum und spuckte ein Stückchen in die hohle Hand. Unter dem Wasserstrahl spülte sie den abgebrochenen Fingernagel fort.

»Ich wüsste nicht, was es zu bereden gibt«, sagte sie.

Ravenna runzelte die Stirn. »Lucian weiß, wovon er redet. In seiner Welt hat er dauernd mit Fällen von Fluchzauber und Schadensmagie zu tun. Es ist die Aufgabe der Gefährten zu verhindern, dass derartige Dinge geschehen. Wenn er sagt, dass du in irgendetwas verwickelt bist, dann glaube ich ihm. Schwarze Magie ist gefährlich, Yvonne. Gerade du solltest das wissen.«

Mit einem Ruck hob ihre Schwester den Kopf. Wie zwei durchsichtige Rubine hefteten sich ihre Augen auf Ravenna, ihr Mund war zu einem schmalen Strich verzogen. »Allerdings«, stieß sie hervor. »Gerade ich sollte das wissen.«

In der Nacht sah Corbeaus Villa gespenstisch aus. Nirgendwo im Haus brannte Licht und auch der verdorrte Garten war unbeleuchtet. In der Straße war kein Mensch zu sehen, die umliegenden Häuser schienen verlassen. Ravenna war nie aufgefallen, wie geisterhaft der Platz wirkte, an dem die Villa lag: eine kahle, tote Fläche.

Ihr Herz hämmerte, als sie sich wieder zur Eingangstür umdrehte. Sie holte tief Luft, bevor sie zum zweiten Mal an diesem Tag den Türklopfer bediente. Die Schläge hallten durch die Villa. Vor Aufregung ballte sie die Fäuste und knüllte den Saum ihres Mantels zusammen. Schritte näherten sich der Tür. Corbeau steckte den Schlüssel ins Schloss und sperrte auf.

»Ravenna! Wie schön, dass Sie kommen konnten!« Der Therapeut lächelte, als er unter das Vordach trat, dasselbe gewinnende Lächeln, mit dem er sie immer zu den Sitzungen begrüßt hatte. Er trug einen langen, eleganten Hausmantel, eine Art Robe, die Ravenna noch nie an ihm gesehen hatte. Und er sah genauso aus wie Beliar.

»Treten Sie ein!« Er stieß die Tür ganz auf und trat zur Seite, um sie einzulassen. Im nächsten Augenblick fuhr leise eine Schwertklinge aus der Scheide. Lucian bog wie ein lautloser Schatten um die Hausecke, und die Spitze der Waffe bohrte sich unter Corbeaus Kinn.

»Keinen Laut – oder du stirbst!«, drohte der Ritter. »Nun geh voraus!«

Corbeau bewegte sich stockend, aber sein Lächeln verlor nichts von seiner Anziehungskraft, als er zurücktrat. »Wer ist das, Ravenna? Ich wusste gar nicht, dass Sie einen Freund haben. Ihr Verhältnis wäre doch ein lohnendes Gesprächsthema, meinen Sie nicht?«

»Wir sind mehr als Freunde. Und jetzt halten Sie den Mund«, warnte ihn Ravenna mit leiser Stimme. Sie schloss die Tür hinter sich. Lucian schlug die Kapuze des grauen Mantels zurück.

»Geh! Nun mach schon! Du weißt genau, wonach wir suchen«, befahl er. Mit der Klinge dirigierte er Corbeau durch die Eingangshalle und stieg dicht hinter ihm die Glastreppe hinauf.

»Rechts oder links?«, fragte Lucian über die Schulter, sobald er die Empore erreichte. Zu beiden Seiten zweigten Gänge ab, die jeweils an einer Terrassentür endeten. Ravenna wurde ganz schwindlig vor Aufregung, ihre feuchte Hand klebte am Geländer. Sie konnte kaum fassen, dass sie wirklich in die Villa ihres Therapeuten einbrach. Beliar sah so ... normal aus, ein ganz gewöhnlicher Hausbesitzer aus ihrer Zeit, der mit einem Schwert bedroht wurde. Nur wenn sie in sein Gesicht blickte und das stählerne Glitzern in seinen Augen sah, wusste sie, dass sie das Richtige taten.

»Ravenna! Wohin jetzt?«, fragte Lucian wieder.

»Zum Therapiezimmer geht es da entlang.« Gönnerhaft deutete Corbeau in den linken Gang.

»Sie können aufhören, diese Rolle zu spielen«, fauchte Ravenna. »Wir wissen, wer Sie sind: Samiel, Arden und ganz ursprünglich Beliar. Ich glaube, ich werde Sie ab jetzt mit diesem Namen anreden, denn er passt eindeutig am besten zu Ihnen.«

Beliar wollte sich zu ihr umdrehen, doch dann röchelte er kurz, denn Lucians Klinge durchstach die Haut unter seinem Kinn. Ein Tropfen Blut rann am Schwert hinab. Das stumme Ringen sah seltsam aus, weil beide Männer moderne Kleidung trugen, doch an der Körperhaltung erkannte Ravenna die Gegner vom Turnierplatz wieder: zwei Raubtiere, gespannt zum Kampf.

»Ist das der Raum? Mach die Tür auf!«

Sie erschrak fast vor der kaltblütigen Bestimmtheit, die Lucian in diesen Minuten zeigte. Im Kampf wurde er zu einem anderen

Mann. Seine Augen verengten sich und er atmete langsamer als sonst. Es war, als bündelte er seine ganze Kraft in dem Arm, mit dem er das Schwert führte.

»Setz dich!«, befahl er. Ravenna zog ein Seil aus der Tasche und fesselte Beliars Hände sorgfältig an die Lehnen des Ledersessels. Sie achtete darauf, dass der Marquis nicht einmal den kleinen Finger rühren konnte, und sie sah ihm die ganze Zeit über nicht ins Gesicht.

Gelassen schlug Beliar die Beine übereinander, wie zum Beginn jeder Therapiesitzung. Seine Fußspitze wippte. »Und wie soll es nun weitergehen?«, fragte er. »Wollen Sie mich ausrauben? Hören Sie, Ravenna, Sie sind schwer krank. Ihre Auffassung der Wirklichkeit ist gestört. Sie halten sich für übermächtig, sind eine Verfechterin des magischen Denkens. Das ist nicht normal. Wenn Ihr Freund dieses Schwert weglegt und mich losbindet, wollen wir die Sache auf sich beruhen lassen und zur Behandlung Ihrer Symptome übergehen.«

»Wo ist das Siegel?«

Beliar hob die Augenbrauen. »Wie bitte?« Dann zuckte er zusammen, denn Lucian begann, das Regal mit dem Schwert auszuräumen. Er fegte alles von den Brettern, was nicht festgeschraubt war. Bücher, Patientenakten und ein Barometer landeten unsanft auf dem Teppich. Zuletzt warf er das Regal um, doch dahinter kamen weder ein Tresor noch ein Geheimfach zum Vorschein.

Beliars Lächeln wurde dünner. »Das ist Sachbeschädigung«, stellte er fest. »Und Freiheitsberaubung. Kommen Sie zur Besinnung, Ravenna, noch kann ich Ihnen helfen. Dann kommen Sie einigermaßen ungeschoren aus der Sache raus – anders als Ihr Freund hier, der sich eindeutig strafbar macht.«

Diesmal landete die Schwertspitze genau zwischen den Augen des Marquis. »Wo ist das Siegel?«

Beliars Mundwinkel zuckten. Er blickte Ravenna an. »Wissen Sie, dass Sie zu beneiden sind? Echte Liebe, Hingabe, Zuneigung – wo gibt es das noch auf der Welt? Wollen Sie diese Beziehung wirklich aufs Spiel setzen, nur weil Sie einem Hirngespinst nachjagen?«

»Melisendes Siegel«, sagte Ravenna, »ist keineswegs ein Hirngespinst, denn ich habe andere Ringe dieser Machart gesehen. Und ich weiß, wie man damit umgeht. Wo haben Sie den Schatz versteckt?«

Beliar stieß einen langgezogenen Atemzug aus und leckte sich über die Lippen. »Es ist nicht hier.«

Ravennas Herz machte einen Satz. Lucian verstärkte den Druck der Klinge, bis der Marquis den Kopf in den Nacken legen musste. »Wir haben nicht die ganze Nacht Zeit«, knurrte er. »Doch es gibt einen Weg, um die Sache abzukürzen. Rechts oder links?« Die Schwertspitze streifte über Beliars Augenlider. »Vielleicht links zuerst, denn dieses Auge hast du Ramon beim Turnier genommen.«

»Nein«, sagte Ravenna hastig. »Nicht auf diese Weise. Es gibt einen besseren Weg, um ihn zu zwingen, die Wahrheit zu sagen.«

Der Marquis stieß einen gedehnten Seufzer aus, als Lucian das Schwert senkte. Auf jedem Augenlid war ein roter Strich zurückgeblieben, nicht breiter als ein Haar. »Sie lieben diesen Narren tatsächlich, Ravenna«, stellte er fest und klang wieder wie der Therapeut, der in seiner Villa von Einbrechern überrascht worden war und die Beherrschung nicht verlieren wollte. »Und Ihre Liebe wird erwidert. Wozu brauchen Sie da von mir noch eine Bestätigung? Wenn Sie jetzt gehen und das Siegel mir überlassen, wird Ihnen nichts weiter geschehen.«

»Schweig endlich!«, fauchte Lucian. »Begreifst du denn nicht, dass du nur noch am Leben bist, weil meine Herrin mit dir reden will?« Drohend hob er das Schwert. So wütend hatte Ravenna ihn noch nie erlebt. Mit zitternden Fingern holte sie die Rabenfeder aus der Umhängetasche, glättete die Fahne, fasste den Schaft mit beiden Händen und wendete sich zum Fenster um.

»Aeirincræft!«, rief sie.

Ein mächtiger Windstoß erhob sich, wirbelte Papiere von Beliars Schreibtisch und warf die Tür mit Wucht ins Schloss. Die Äste des kahlen Baums schlugen gegen die Scheiben und ein Schreck jagte durch Ravennas Körper. Sie hatte nicht damit gerechnet, dass sich die Macht der Naturgewalt so unmittelbar zeigte. Sie hatte nur darauf vertraut, dass sie dieselbe magische Sprache benutzen konnte wie Yvonne. Behutsam legte sie die Feder in das übrig gebliebene Regal. Die Luft an dieser Stelle begann zu flimmern wie über einer erhitzten Landstraße und die toten Insekten im Glaskasten an der Wand schienen sich zu bewegen.

Beliars Lächeln war verschwunden. Hasserfüllt starrte er sie an. Seltsamerweise erleichterte sie dieser böse Blick, denn der Eindruck, dass sie Doktor Corvin Corbeau vor sich hatte, verschwand nun endlich ganz. Als nächstes nahm sie eine flache Schale aus Messing und stopfte eine Handvoll Distelwolle hinein. Wieder hob sie die Schale mit beiden Händen, doch diesmal drehte sie sich zur Wand.

»Fyrcræft!«

Sie flüsterte das Wort nur. Knisternd begann der Distelsamen zu brennen. Aus dem Nichts sprangen Flammen auf die Dochte der Kerzen, die in einem Kandelaber auf dem Schreibtisch steckten. Die magische Erscheinung im Zimmer, das Wabern und Flackern der Luft, verschmolz zu einem Halbkreis aus Lichtstäben. Sie waren transparent und doch undurchdringlich – wie Regenbogenfeuer lodernde Magie, die entstand, als sie den Bannkreis rief.

Beliar zerrte an den Fesseln und rutschte im Sessel hin und her. Ravenna atmete auf, denn nun schien sich das Blatt zu wenden. Lucian drehte sich mit ihr zur Tür, als sie eine Meeresschnecke aus der Tasche holte.

»Vatnarcræft!«

In den Bädern und in der Küche gingen die Wasserhähne an. Sie hörte das Plätschern und Rauschen durch die geschlossene Tür. Aus der Öffnung des Schneckengehäuses tröpfelte Salzwasser und floss nach und nach über den gesamten Schreibtisch.

Ravennas Kehle zog sich zusammen. Sie hatte noch nie einen

Bannkreis geschlagen, sie hatte es immer nur bei andern gesehen: bei Aveline und Josce, bei Nevere und Esmee. Und bei Yvonne. Ihre Finger zitterten, als sie zum Schluss den rauchigen Kristall hervorholte. Jetzt lag nur noch der Hexendolch in der Tasche, eingewickelt in ein Küchentuch. Sie hob den Quarz.

»Irðencræft!«

Der Stein in ihrer Hand vibrierte. Gleichzeitig wölbte sich der Boden unter ihren Füßen und sackte im nächsten Augenblick durch. Auf dem Schreibtisch rollte ein Füllfederhalter hin und her, ein Kasten fiel von der Wand und rutschte hinter das Regal. Ravenna hörte, wie der Glasdeckel zersplitterte. Gebannt sah sie zu, wie sich die Lichtstäbe zu einem Ring schlossen, der sie, Lucian und den Marquis umgab. Die Bannmagie wirkte wie eine Luftspiegelung über einem lodernden Feuer, wie Wasserwände, durch die sie die Einrichtungsgegenstände verzerrt und verschwommen wahrnahm.

Sie atmete durch. Es war geschafft, sie hatte einen Bannkreis um den Dämon geschlagen. Energisch drehte sie sich zu Beliar um. »Wo ist das Siegel?«

»Das wirst du nie erfahren, Hexe!«

Ravenna lachte überrascht, als sie diesen Wutausbruch vernahm. »Dann lässt du also endlich die Maske fallen? Das wurde aber auch Zeit.«

Sie hob beide Arme, wie sie es von den Sieben gesehen hatte. Plötzlich merkte sie, dass sie den Bannkreis formen konnte wie schillernden, bis zur Weißglut erhitzten Stahl. Langsam zog sie das Gebilde enger um Beliar. Der Marquis schwitzte. Ruckartig warf er sich in dem Sessel hin und her und knirschte hörbar mit den Zähnen.

»Zum letzten Mal«, drohte Ravenna. »Wo ist Melisendes Siegel? Es gehört mir. Ich bin ihre rechtmäßige Erbin.«

Ein Lachen barst aus dem Mund des Marquis hervor, eine Explosion aufgestauter Gefühle. »Haben die Sieben dir diesen Unsinn eingeredet? Du, die rechtmäßige Erbin? Nach siebenhundert

Jahren? Hör zu, Ravenna: Das Siegel befindet sich an einem Ort, den nur Auserwählte erreichen können. Du und dein Ritter – ihr gehört nicht zu diesem Kreis. Ihr seid ... nun, wie soll ich es sagen ...«

»Sag es am besten gar nicht«, zischte Lucian, »denn wenn du meine Herrin beleidigst, werden es deine letzten Worte sein.«

Wie ein Rasiermesser ließ er die Schwertschneide vom Kehlkopf bis zum Kinn über Beliars Hals gleiten. Das magische Regenbogenlicht, das den Raum erfüllte, schillerte auf dem Stahl.

»Du hast ein hitziges Gemüt«, murmelte Beliar, während er über die Klinge hinweg nach Lucian schielte. »Du erinnerst mich an deinen Vater – dasselbe unerbittliche Auge und dieselbe unbeherrschte Hand.«

Lucian stieß einen Laut hervor, der wie ein überraschter, halb unterdrückter Schmerzschrei klang. Sein Schwert schnitt eine klaffende Wunde in Beliars Haut und der Teufel sog den Atem ein. Blut tröpfelte auf seinen Mantel.

»Ich bin nicht wie mein Vater!«, stieß der Ritter hervor. Seine Hand zitterte und um den Mund erschien ein harter und zugleich verletzter Zug. »Niemals, hörst du, niemals werde ich sein wie er – und wenn dir Velasco tausendmal meine Seele versprochen hätte! Ravenna hat mein Schwert geweiht und nicht einmal du konntest es verhin-«

»Eine Anfängerin, die selbst noch keine Weihen empfangen hat«, fiel Beliar ihm ins Wort. »Bist du sicher, dass du mich töten kannst?«

Aufgewühlt verfolgte Ravenna den Streit der beiden Männer. »Lucian, so kommen wir nicht weiter!«, rief sie. »Beliar soll aufstehen und uns zu dem Siegel führen – und zwar sofort.«

Mit den Fingerspitzen zog sie den magischen Bannkreis noch enger zusammen. Ein unerreichbarer Ort, zu dem nur Eingeweihte Zugang hatten ... Ohne Beliars Hilfe würden sie das Versteck des Siegels kaum finden. Dann stutzte sie. Irgendetwas stimmt hier nicht, dachte sie, doch sie kam nicht gleich darauf, was es war. Beliar beobachtete sie mit einem wölfischen Blick und grinste. In seinen Augen zeigte sich ein unheilvolles Glühen und seine Fußspitze wippte auf und ab und zur Seite, auf und ab und zur Seite, auf, ab und …

Ravenna schrie auf. »Da! Siehst du, was er macht? Mit dem Fuß zeichnet er ein Pentagramm in die Luft!«

Lucian sprang zurück und schmetterte dem Marquis die Breitseite der Klinge gegen den Knöchel, aber da war es schon zu spät.

»Helcræft!«, rief Beliar und die Stricke, die seine Arme auf den Lehnen hielten, verwandelten sich in Schlangen. Er lachte laut, als er aufsprang. In seinen Fäusten wanden sich die schuppigen Leiber. Die Schlangen zischten, und nun erkannte Ravenna, dass das rote Licht in seinem Blick keineswegs eine Spiegelung war.

»Einen hübschen Bannkreis hast du da gezogen, Ravenna!«, rief der Dämon. »Einen mächtigen Schutzkreis gegen den Teufel, nur hast du leider vergessen, dass ich Herr in meinem Hause bin. Durch meine Magie verwandelt sich dein Werk nun ins Gegenteil: Was einst die Macht der Hexen war, ist jetzt der Hexen Bann.«

Als Beliar die Fäuste gegeneinander schlug, verschmolzen die Schlangenleiber miteinander und verwandelten sich in ein Schwert mit geschuppter Klinge. Das Eisen fuhr durch die Lichtstäbe, in denen das Regenbogenfeuer wirbelte, und sie splitterten wie Eis. Der Bannkreis brach zusammen.

Beliars nächster Hieb war beinahe tödlich, denn er kam senkrecht von oben. Die Teufelsklinge schlitzte Lucian das weiße Shirt vom Schlüsselbein bis zum Gürtel auf und prallte dann von der Gürtelschnalle ab. Den zweiten Hieb parierte der junge Ritter blitzschnell, doch von nun an prasselte Schlag auf Schlag auf ihn nieder. Beliar trieb ihn durch den Raum – hinter den Schreibtisch und von dort zur Tür, von der Tür zum Fenster und wieder zurück.

Die Schuppenklinge fauchte und bohrte sich in den Holzrahmen. Einen Herzschlag lang steckte die Spitze fest. Ein Rauchfaden stieg auf und Lucian nutzte die Gelegenheit augenblicklich aus: Sein Schwert durchstach die Deckung des Marquis und das wäre, hätte Beliar nicht hastig den Kopf nach hinten geworfen, sein Ende gewesen. So aber ritzte Lucians Klinge seine Lippe nur, glitt am Nasenflügel entlang und schnitt ihm tief in die Augenbraue.

Der Handballen des Marquis traf Lucian mitten ins Gesicht. Sein Kopf stieß gegen den Türrahmen. Er taumelte und wehrte nur noch ab, als die Drachenklinge von rechts und von links auf ihn zuflog. Dem letzten Hieb entging der junge Ritter nur, indem er sich duckte, die Tür aufriss und sich abrollend auf den Flurboden fallen ließ. Hastig sprang er wieder auf die Füße.

»Du verliebter Idiot, wärst du nur auf Burg Landsberg geblieben!«, rief der Marquis. »Ich habe über siebenhundert Jahre Übung, du dagegen kein Dutzend. Schade, dass unser Zweikampf diesmal nicht lange dauern wird.«

Er hob das Schwert. Ravenna packte den Kerzenhalter, der auf dem Schreibtisch vor sich hin brannte, nahm Anlauf und rammte Beliar die Arme des Kandelabers in den Rücken. Die Robe des Marquis begann zu brennen, doch er nahm keine Notiz davon. Knisternd entflammte das Haar auf seinem Hinterkopf, aber es störte ihn kaum.

Feuer war das Element des Teufels.

Durch Beliars nächsten Angriff wurde Lucian fast das Heft aus der Hand gerissen. Verbissen wich der junge Ritter auf die Empore zurück und suchte einen neuen Stand. Er machte Boden gut, doch es gelang ihm nur einige Augenblicke lang, Beliars Wut zu parieren. Als der Marquis ihn mit der Breitseite der Klinge traf, verlor er das Gleichgewicht. Sein Gesicht war verzerrt vor Schreck, als er nach dem Handlauf griff, doch der Schwung war zu groß: Lucian prallte gegen das Geländer, überschlug sich und stürzte rücklings auf die Treppe.

Unter Getöse gab das Glas nach. In einem Regen aus Kristall stürzte der junge Ritter auf die Steinplatten in der Eingangshalle, schlug hart auf und blieb in einem merkwürdig verrenkten Winkel liegen.

»Lucian!« Mit einem Aufschrei stürzte Ravenna an das Geländer. Seine Augen waren offen, das Schwert lag griffbereit neben ihm, doch sein Gesicht war weiß wie eine frisch gekalkte Wand und mit Bluttropfen gesprenkelt. Wieder schrie Ravenna auf. Sie eilte zu der Stelle, an der die Treppe ansetzte, doch da war nichts außer einer scharfen Kante und einer Fallhöhe von mehreren Metern. Sie konnte nicht zu Lucian gelangen, außer indem sie sich selbst über die Brüstung warf.

Jetzt hätte sie etwas Magie gut gebrauchen können, doch was hatte sie schon gelernt in ihren vier Tagen auf dem Hexenberg? Sie hatte bloß mit den Siegeln der anderen Zauberinnen herumgespielt, während die Schülerinnen des Konvents viele Jahre brauchten, um die Geheimnisse der Magie zu begreifen. Sie hatte nie erfahren, was Viviale und Mavelle ihr beibringen konnten, und sie war der Hexengöttin nie begegnet. Sie war tatsächlich eine Anfängerin, eine anmaßende Unruhestifterin, mehr nicht. Sie spielte nur, während das Leben ihres Geliebten von ihr abhing: Lucians Leben, das er mit seinem Schwert in ihre Hände gelegt hatte.

Beliar packte sie am Handgelenk. Sein Gewand qualmte, und der Gestank von verschmortem Leder umhüllte ihn, doch auf seinem Hinterkopf wuchsen die Haare bereits wieder als schwarzer Flaum nach.

»Da liegt er nun, dein Ritter«, stieß er hervor, während er das Schwert senkte. Tief in seinen Augen loderte die Glut. »Hättest du dir nicht denken können, dass es so endet, als du meinen Anruf gehört hast? Nun hör auf zu weinen und komm! Lucians Blut soll genügen, damit wir heute Abend vollenden, was vor Jahrhunderten begann.«

Unerbittlich zog Beliar sie zurück in das Sitzungszimmer. Er ließ sie nicht los, bis sie in der Mitte des Kreises standen, der noch immer durch die Zauberdinge markiert wurde: eine Feder, eine Schale voll Glut, eine Meeresschnecke und Rauchquarz. Von dem Eislicht, das den Bannkreis hatte erstrahlen lassen, fehlte jede Spur. Ravenna schluchzte und versuchte gleichzeitig, ihr Entsetzen hinter den Händen zu ersticken. Sie wollte gegenüber Beliar keine Schwäche zeigen, aber sie konnte nur an Lucians totenblasses Gesicht denken und daran, dass er regungslos in der Eingangshalle lag.

»Du weißt zu viel«, stellte Beliar fest. »Ich muss gestehen, ich hatte nicht erwartet, dass du so schnell begreifst. Offenbar haben die Hexen dir eine Menge beigebracht. Aber es ist noch nicht genug, um dich aus meiner Falle zu befreien, Ravenna. O ja, ich wusste, dass du kommen würdest. Du hast mich in dem Augenblick erkannt, als Melisende starb, nicht wahr? Seitdem habe ich auf deinen Besuch gewartet. Allerdings überrascht es mich, dass es dir gelang, deinen Ritter gesundzupflegen. Ich dachte, ich hätte Lucian einen Hieb versetzt, von dem er sich nicht mehr erholt.« Beliar zuckte die Achseln. »Wie dem auch sei. Jetzt ist er für immer verloren, denn er braucht dich und deine Gabe, um an Constantins Hof zurückzukehren. Beides steht ihm nicht länger zur Verfügung, denn du wirst mich zurück auf den Hœnkungsberg begleiten.«

Mit diesen Worten nahm er den Briefbeschwerer vom Schreibtisch. Ravenna starrte auf den toten Skorpion, der sich auf dem Boden der Glaskugel krümmte. Sie begriff sofort, dass dieser Gegenstand ein Schlüssel war, der ein weiteres Zeittor öffnete.

»Melisendes Erbin! Die Enkelin der großen Mémé!«, fuhr Beliar fort. »Eure Großmutter war eine Zauberin, natürlich war sie das. Und sie ahnte, dass auch du und Yvonne die Gabe habt. Deshalb legte sie einen Bannkreis um den Hof in Ottrott und besprach alle Dinge, mit denen ihr in Berührung kamt – sogar dein Pferd verhexte sie! Solange sie lebte, machte sie es mir unmöglich, an dich und deine Schwester heranzukommen.«

»Mémé? Eine Magierin?« Ravenna keuchte. »Und was soll das heißen: Du wolltest an Yvonne und mich herankommen?«

Beliar lächelte, während er den Kreis abschritt, den Ravenna gezogen hatte. Seine Robe wehte und der magische Bann wurde von neuem sichtbar, jedoch nicht als Eislicht. Beliars Macht glich schwerem, schwarzem Rauch.

»Ich brauche jemanden mit deiner Gabe, um den Strom der Magie zu bezwingen«, erklärte er. »In der Mittsommernacht wirst du den Fluss in meine Richtung lenken, damit ich das Werk vollenden kann, an dem ich all die Jahrhunderte über gewirkt habe. Geduld ist eine Tugend, Ravenna. Ich musste lange ausharren und geduldig sein, doch nun wird sich bald enthüllen, wer ich bin: der größte Magier, den die Welt je gekannt hat. Der König der Hexer!«

Beliar vollendete seine Runde um den Bannkreis. Dunkelheit schloss sie von allen Seiten ein, ein Vorhang, durch den Ravenna den Schreibtisch, die Stehlampen und das umgestürzte Regal bloß schemenhaft erahnen konnte. Das Atmen fiel ihr schwer.

»Davon träumst du wohl«, stieß sie hervor. »Ich werde gar nichts tun. Und ich werde dir ganz bestimmt nicht helfen.«

Ohne Nachzudenken führte sie den Abwehrzauber aus: Mit den Fingern formte sie eine Schale und dann ließ sie ihre Handballen vorschnellen. Zu ihrer Überraschung löste sich ein eisiger, weißer Strahl aus ihren Fingern und raste auf Beliar zu. Das Licht berührte den Dämon nicht einmal, doch als es aufglühte, wurde der Marquis auf die andere Seite des magischen Kreises geschleudert. Er prallte mit dem Rücken gegen die Wand. Die Glaskugel mit dem Skorpion kullerte über den Teppich, prallte gegen den Schreibtisch, gegen den Stuhl und rollte anschließend unter die Standuhr. Wieder ertönte ein splitterndes Geräusch. Einen Lidschlag lang blieben die Zeiger stehen, dann drehten sie sich wild im Kreis, der eine vorwärts und der andere zurück. Die Uhr schlug zehnmal, elfmal und dann läutete sie ununterbrochen, schrill wie eine Sirene.

Als der Skorpion unversehrt unter der Uhr hervorkroch, entfuhr Ravenna ein lauter Schrei. Das Tier wirkte viel größer als in seinem Gefängnis aus Glas. Es hatte beide Fangscheren erhoben und der Stachel krümmte sich drohend.

Weitaus gelenkiger, als es einem Mann seines Alters eigentlich möglich war, sprang Beliar auf die Füße. Ein Streich seiner Klinge fegte den Skorpion zur Seite und in seinen Augen loderte das rote Licht. Er griff ins Nichts, ballte die Faust und rief: »Esvanier!«

Die Luft wurde in seine hohle Faust gesogen. Plötzlich hatte Ravenna das Gefühl, jemand presste ihr den Rauch in die Lunge und sie bekam keine Luft mehr. Sie würgte und versuchte voller Panik nach Beliar zu greifen, aber er stand nur da und beobachtete, wie sie in die Knie ging. Wie gezahnte Sägeblätter wirbelten Schatten am Rand ihres Gesichtsfelds, kamen immer näher heran.

Plötzlich dröhnten Schläge gegen die Haustür. Laut hallte das Pochen durch die Eingangshalle und eine Stimme rief: »Aufmachen! Polizei! Doktor Corbeau, öffnen Sie die Tür!«

Das ist Gress!, schoss es Ravenna durch den Kopf, während sich die schwarzen Flecken vollends vor ihre Augen schoben.

»Aufmachen! Wir wissen, dass Ravenna in der Villa ist!«

Fluchend löste Beliar den Bann und die Luft strömte zurück in den Raum. Ravenna fiel vornüber aufs Gesicht und lag zuckend auf dem Boden, wie ein Fisch an Land. Sie hörte, wie Beliar über sie hinweg stieg und zur Tür ging. »Ich komme«, rief er mit der kultivierten Stimme, die Corvin Corbeau gehörte.

Die Luft schmeckte köstlich. Zwei oder drei gierige Atemzüge genügten, dann klärte sich Ravennas Blick. Sie raffte sich auf. Ihre Lungenflügel schmerzten und sie zitterte an allen Gliedern, als sie auf die Empore wankte. Der Kandelaber lag auf dem Boden. Eine Kerze brannte noch, das Wachs schmolz ungleichmäßig entlang des Dochts und floss auf das Parkett. Sie traute ihren Augen kaum – die Glastreppe befand sich wieder an Ort und Stelle und hatte nicht einen Kratzer davongetragen. Hastig beugte sie sich über das Geländer.

Lucian war verschwunden. Ein paar Blutstropfen auf den Fliesen zeugten noch von dem Kampf, doch von ihrem jungen Ritter fehlte jede Spur. Dann fiel ihr Blick auf die Eingangstür.

Ihre Schwester stand neben Kommissar Gress. In dunklen Schlieren rann die Wimperntusche über Yvonnes Wangen. Es sah aus, als würde sie schwarze Tränen weinen. Es tut mir leid!, rief sie tonlos zu Ravenna hinauf. Es ist alles meine Schuld! Es tut mir schrecklich leid!

In diesem Augenblick entdeckte Gress sie. »Da ist sie!«, schrie er und deutete zur Empore hinauf. »Vorwärts, Beeilung! Lasst sie nicht wieder entwischen!«

Ravenna prallte zurück, als sie erkannte, dass der Kommissar von mindestens einem Dutzend Einsatzkräfte begleitet wurde. Auf der Straße zuckten Blaulichter, Scheinwerfer tanzten wie Irrlichter durch den Garten, und ein Lichtstrahl blendete sie, als ein Mann die Taschenlampe auf sie richtete. Im Laufschritt und mit gezogenen Waffen stürmten die Polizisten die Treppe hinauf. Diesmal unternahm Beliar nichts gegen den Überfall. Er lächelte nur, als habe er es kommen sehen, und beantwortete alle von Gress' Fragen, die Höflichkeit in Person.

Nein, dachte Ravenna dann, während sie ganz ruhig am Geländer stand. Beliar hat es nicht kommen sehen, er wollte es genau so haben. Als man ihr befahl, sich mit dem Gesicht zur Wand zu drehen, gehorchte sie.

Das Verhör

Die Polizisten brachten Ravenna nicht auf das Revier, sondern ins Universitätsklinikum. Von der Aufnahmeprozedur bekam sie kaum etwas mit, weil Beliar ihr noch im Fond des Wagens eine Spritze in den Arm injizierte. Alles drehte sich um sie und ihr Kopf wurde schwer und fiel nach vorn. Sie hörte noch, wie Beliar den Fahrer zum Hintereingang lotste. Dann wurde ihr schwarz vor Augen.

Sie wurde erst wieder wach, als sie sich in einem abgedunkelten, schallisolierten Raum befand. Sie spürte, dass sie auf einer Liege aus Kunststoff lag. Ihre Hand- und Fußgelenke waren mit gepolsterten Ledergurten festgeschnallt. Man hatte sie ausgezogen und ihr eine Kanüle in den Handrücken geschoben. Bis auf ein lächerlich gepunktetes Nachthemd war sie nackt. Ein Laken reichte bis zu den Schultern, so dass man die Fesseln nicht sah.

In Panik hob sie den Kopf. Wie lange lag sie schon hier? Seit dem Polizeieinsatz in der Villa konnten zwei Stunden oder zwei Wochen vergangen sein – sie hatte jegliches Zeitgefühl verloren.

»Hallo? Hört mich jemand? Ist jemand hier?«

Alles um sie herum war aus Watte. Kraftlos fiel ihr Kopf zurück. Ein Bild tauchte vor ihren Augen auf, ein junger Mann auf einem Scherbenhaufen, das Gesicht voller Blutsprenkel. Lucian – wenn sie an ihn dachte, wurde ihr ganz flau im Magen. So, wie er am Fuß der Treppe gelegen hatte, war sie sicher, dass er sich das Genick gebrochen hatte. Doch dann war er plötzlich verschwunden.

Unruhe erfasste sie. Sie warf sich hin und her und versuchte, die Riemen zu dehnen, doch derjenige, der sie auf der Pritsche festgeschnallt hatte, wusste, was er tat.

Die Tür öffnete sich und jemand betrat den Raum. Ravenna reckte den Hals, als sie das Schloss einschnappen hörte, und erwartete, dass sich einer der Pfleger näherte. Doch es war Kommissar Gress, der zu ihrer Liege kam. Er schlurfte mit schwerfälligen Schritten näher wie ein Mann, der vom Gewicht seiner Verantwortung niedergedrückt wurde. Seufzend nahm er sich einen Stuhl, der außerhalb von Ravennas Gesichtsfeld stand, zog ihn zu der Liege heran und nahm Platz. Dann betrachtete er sie ausgiebig und legte ihr behutsam die Hand auf den Arm.

»Ravenna, können Sie mich hören?«

Das Schlimmste war, dass sie bei vollkommen klarem Verstand war. Sie wusste ganz genau, was um sie herum geschah, sie hörte, sah und spürte, wie man mit ihr verfuhr, und der Geruch von Desinfektionsmitteln stach ihr in der Nase. Sie befand sich in der psychiatrischen Abteilung, auf der Station für aussichtslose Fälle. Ihr behandelnder Arzt war Doktor Corvin Corbeau.

Nahtlos fügte der Dämon sich in die Welt der Klinik ein, wenn er mit wehendem Kittel und einem Krankenblatt unter dem Arm über die Flure eilte. Auf der Brusttasche trug er einen Aufnäher mit seinem Namen und seinem Rang als Leiter der Abteilung und er lächelte, während er dem Personal mit leiser Stimme Anweisungen gab und verfügte, dass die Patientin absolute Ruhe bräuchte. Sobald die Tür ins Schloss fiel, hörte Ravenna einen schweren Riegel klacken – als ob das nötig wäre, dachte sie wütend. Sie konnte keinen Finger rühren.

Beliar hatte sie in die tiefste Hölle verbannt, in einen Abgrund, der so schrecklich war, dass ihre Vorstellungskraft versagte.

»Ihr Therapeut behauptet, Sie seien überzeugt davon, eine Hexe zu sein. Oder sollte ich besser sagen: eine Magierin aus dem Mittelalter?«, fragte Gress leise. »Ist das wahr?«

Ravenna schluckte. Ihr Mund war ausgedörrt von dem Beruhigungsmittel, das man ihr offenbar auch in der Klinik verabreichte. Seltsamerweise betäubte es nur ihren Körper, aber nicht ihren Geist.

»Wie spät ist es?«

Gress zuckte zusammen, als er sie sprechen hörte. Mit einem Ausdruck von Befremden musterte er sie, als sie ihm diese einfache Frage stellte, doch dann tat er ihr den Gefallen. Er drehte das Handgelenk und sah auf die Uhr. »Viertel vor drei. Am Nachmittag. Vor drei Tagen sind Sie in das Haus Ihres Therapeuten eingedrungen. Erinnern Sie sich noch daran? Corbeau rief heute Morgen an und sagte uns, dass Sie jetzt vernehmungsfähig seien.«

»Drei Tage?« Ravenna hörte, wie kläglich ihre Stimme klang. »Ich bin schon drei Tage hier? Welches Datum haben wir heute?«

Verwundert nannte Gress ihr den Tag. Erleichtert atmete sie auf. Es hatte keinen weiteren Sturz durch ein Zeittor gegeben. Die Zeit verging vollkommen normal, wenn auch unendlich langsam, solange sie regungslos auf dem Rücken lag.

»Kann ich ein Glas Wasser haben?«

Mit einem Ächzen stand Gress auf. Umständlich hantierte er an einem Waschbecken herum, das sich irgendwo oberhalb ihres Kopfes befand. Sie konnte nicht sehen, was er tat, aber er kehrte mit einem Plastikbecher zurück.

»Ich kann nicht …« Hilflos zuckte Ravenna mit den Armen. Die Fesseln ließen ihr keinen Spielraum, sie konnte sich nicht einmal aufsetzen. Mit einem Stirnrunzeln hob Gress ihren Kopf an und setzte ihr den Becher an die Lippen. Während sie trank, bedauerte sie, dass sie ihn nicht nach Lucian fragen konnte. Der junge Mann aus dem Mittelalter, ein Zeitgenosse von Chrétien de Troyes … haben Sie ihn gefunden? Ich fürchte, er irrt verletzt und verloren durch unsere Welt.

Unmöglich, dachte sie, oder ich bringe Lucian in die gleiche Lage, in der ich mich befinde. Sie blinzelte kurz, als Gress den Becher zur Seite stellte. Eine Träne kitzelte sie an der Schläfe und sickerte in das flache Kissen. Dann hatte sie sich wieder im Griff.

»Sie werden sicher verstehen, dass ich Ihnen einige Fragen stellen muss«, erklärte der Kommissar. Ravenna beobachtete, wie er wieder den Stift und ein Notizbuch zückte. »Erinnern Sie sich noch, was in jener Nacht geschehen ist?«

Sie nickte wieder.

»Was haben Sie in Corbeaus Villa gemacht?«

»Ich hatte eine Verabredung. Corbeau wollte mich sehen.«

Gress musterte sie mit seltsamem Blick.

»Corbeau ist mein Therapeut. Ich bat ihn um eine Sitzung«, beharrte Ravenna. Wenn der Teufel lügt, dann benutze ich dieselben Vorwände wie er, dachte sie. Auch er hat bestimmt eine Aussage zu Protokoll gegeben. Und sein Anruf ist noch auf meinem Anrufbeantworter gespeichert. Irgendeinen Ausweg muss es doch geben.

Gress schrieb etwas in den Notizblock. Dann holte er einen kleinen, beschmutzten Papierfetzen aus der Tasche und hielt ihn hoch, so dass sie ihn sehen konnte. »Erkennen Sie das wieder?«

Einen Augenblick starrte Ravenna auf das Pentagramm, das den Plakatfetzen zierte. Mit dem Stift kratzte Gress an der braunen Substanz.

»Was ist das? Ist das Blut? Ihr Blut?« Er blickte sie eindringlich an. »War das eine Warnung an Ihren Therapeuten? Wollten Sie Corbeau mitteilen, dass Sie ihn überfallen werden?«

»Nein. So war es nicht. Hören Sie, das Ganze ist …« Ravenna hob den Kopf und eine Schulter, aber weiter kam sie nicht, die Gurte hielten sie fest.

»Beruhigen Sie sich.« Gress drückte sie auf die Liege zurück. »Ganz ruhig. Versuchen Sie nur, meine Fragen zu beantworten. Kennen Sie eine Frau namens Oriana?«

»Nein.«

»Wo waren Sie in der Nacht zum neunten Mai?«

»Das weiß ich nicht mehr.«

»Sicher nicht? Keine Erinnerung mehr?«

Ravenna schüttelte den Kopf. Die Fragen lösten Panik in ihr

aus, denn Gress' Nachforschungen liefen in eine gänzlich unerwartete Richtung. Der Kommissar beendete seine Notizen, steckte den Block weg und kramte in seinem Aktenkoffer. Er zog eine durchsichtige Plastiktüte heraus und zeigte sie Ravenna. Die Tüte enthielt Yvonnes Hexendolch.

»Was wollten Sie mit dem Messer?«

Ravenna biss sich auf die Lippe. Gress sah es und runzelte die Stirn, weit weniger freundlich als noch vor wenigen Minuten.

»Kommen Sie, Ravenna. Sie trugen diesen Dolch bei Ihrer Festnahme bei sich. Corbeau hatte Schnittwunden am Hals und an den Händen. Wollten Sie Ihren Therapeuten erstechen? Wollten Sie ihm die Kehle aufschlitzen wie der unglücklichen jungen Frau im Fluss?«

Die Frau im Fluss? Ravenna blinzelte. Was denn für ein Fluss?, dachte sie. Dann fiel es ihr wie Schuppen von den Augen: Gress sprach von der Leiche im Rhein, von der man erst dachte, sie sei ertrunken. Oriana.

Der Kommissar betrachtete sie mit einer Mischung aus Mitleid, Beklemmung und Abscheu. »Die Ärmste hat offenbar an einer schwarzen Messe teilgenommen. Ein satanischer Hexensabbat. Und sie war das Opfer. Jemand hat ihr die Kehle aufgeschlitzt und die Leiche anschließend ins Wasser geworfen. Wenn wir beweisen können, dass der Mord mit diesem Messer geschah, kommen Sie nie wieder hier raus, ist Ihnen das klar?«

Als Ravenna schwieg, schüttelte Gress den Kopf, eine müde, fassungslose Geste. »Wissen Sie, was mich auf Ihre Spur gebracht hat? Es war dieser Geruch, der Gestank in Ihrer Küche. Als ich die Tote in Augenschein nahm, fiel mir derselbe Geruch auf. Daraufhin habe ich sofort den Befehl für eine Hausdurchsuchung erwirkt. An jenem Abend, als Sie in die Villa einbrachen, fanden wir das Kleid. Offenbar haben Sie versucht, das Zeug auszuwaschen, doch es hafteten noch immer genügend Spuren am Saum. Es ist Birkenteer. Jetzt fragt sich, wie dieser Teer auf die Tote und auf Ihr Kleid kommt.«

»Das ist nicht mein Kleid«, sagte Ravenna. Gress seufzte und rieb sich die Augen. »Wer hat behauptet, dass es mir gehört?«

»Doktor Corbeau. Er erinnerte sich, dass Sie es manchmal trugen, wenn Sie zur Sitzung kamen.«

Als Ravenna die Augen schloss, erkannte sie, wie raffiniert das Gitter aus Schlingen, Fallstricken und Stolperdrähten, die Beliar für sie ausgelegt hatte, tatsächlich war. Es war weitaus engmaschiger, als sie erwartet hatte, und wie eine Fliege, die von einem süßen Duft angezogen wurde, war sie mitten ins Netz geflogen. Und jetzt hing sie an der Leimrute des Teufels fest.

»Ravenna.« Väterlich legte Gress ihr die Hand auf den Arm, dicht über dem Ledergurt. Das war schlimmer, weitaus schlimmer, als wenn er sie angebrüllt oder weiter beschuldigt hätte. Sie spürte, wie in ihr ein Zittern aufstieg, sie drohte ihre Beherrschung zu verlieren.

»Doktor Corbeau sagt, es sei sehr wahrscheinlich, dass Sie sich nicht mehr erinnern, welche Taten Sie im Wahn begangen haben«, erklärte Gress. »Das bedeutet, dass Sie zum Zeitpunkt von Orianas Ermordung unzurechnungsfähig waren. Höchstwahrscheinlich wird man Sie nicht ins Gefängnis stecken, sondern hierbehalten. Es ist eine schreckliche Tragödie, ein unfassbares Unglück, aber ich bin sicher, über die Jahre hinweg wird Ihre Eltern der Gedanke trösten, dass Sie niemandem etwas antun wollten. Sie sind einfach eine sehr, sehr kranke Frau.«

Als er den Hexendolch in die Tasche packte und aufstand, zerrte Ravenna voller Panik an den Gurten, die sie auf der Liege festhielten. Mit den Augen folgte sie Gress bis zur Tür. »Er ist der Teufel!«

Die Hand auf dem Summer, drehte Gress sich noch einmal um. »Wie bitte?«

»Doktor Corbeau. Oder Beliar, wie er sich auch nennt. Er benutzt Zeittore, um zwischen unserem und dem zwölften Jahrhundert hin und her zu springen. Er hat einen schweren Diebstahl begangen und bestimmt mehr als nur einen Mord. Er ist der Mann, an den Sie sich halten müssen. Ich bin unschuldig!«

Gress zuckte zusammen. Seine blauen Augen, die für gewöhnlich streng dreinblickten, nahmen einen milderen Ausdruck an. »Alles wird gut, Ravenna. Ich werde Ihren Eltern persönlich mitteilen, dass Sie sich jetzt in staatlichem Gewahrsam befinden. Sie erinnern sich vielleicht: Ihr Vater und ich sind alte Anglerfreunde. Und nun ruhen Sie sich einfach aus.«

Ihre Angst schlug in nackte Verzweiflung um. »Er ist der Teufel, glauben Sie mir! Er ist der Teufel! Corbeau ist der Herr der Ratten! Bitte lassen Sie mich nicht mit ihm allein!«

Ein Summen ertönte. Die Tür öffnete sich und fiel ins Schloss, und dann war es still. Vollkommen still. So still, wie Ravenna es noch niemals erlebt hatte. Es war, als wären ihre Ohren mit Wachs verstopft und die Luft verdichtete sich um die schmale Pritsche, auf der sie lag.

Da begriff sie, dass sie Beliars Bannkreis nie verlassen hatte. Zwei- oder dreimal schluchzte sie trocken. Dann lag sie still.

Die Zeit verging quälend langsam. Nicht einmal das Ticken einer Uhr war zu vernehmen. Auf dieser Pritsche zu liegen, war das vollständige Gegenteil zu einem Zeittor, in dem die Jahre schneller als Gedankenblitze vorbeirasten. Es war, als stünden die Erde, die Sonne und alle Sterne still.

Um den Verstand nicht zu verlieren, begann Ravenna irgendwann, die eigenen Herzschläge zu zählen. Als sie bei sechzig angelangt war, streckte sie den kleinen Finger aus und zählte von neuem. So vergingen zehn Minuten. Sie ballte die Fäuste und beschloss, dass der kleine Finger ab sofort für die vergangenen zehn Minuten stand. Als sie den sechsten Finger ausstreckte, wusste sie, dass sie seit mehr als einer Stunde auf der Pritsche lag. Sie zählte weiter, bis eine Stunde und vierzig Minuten vergangen waren. Dann nahm sie die Zehen hinzu. Zuletzt weinte sie, weil sie nach drei Stunden und zwanzig Minuten nichts mehr hatte, woran sie die verstrichene Zeit abzählen konnte.

Sie lag im Dunkeln, eingesperrt mit ihren Gedanken. Beliar hatte sie und Lucian überlistet. Und nun hatte er sie in einem

Verlies eingemauert, aus dem es kein Entkommen mehr gab. Er hatte sie lebendig begraben.

Mit diesem Gedanken schlief sie ein.

Die Träume zogen sie auf den Grund eines nebligen Strudels. Eine Weile überließ Ravenna sich dem Gefühl des Versinkens, doch dann änderten sich die Bilder und sie träumte, dass sie wieder über den Odilienberg wanderte und Heidelbeeren in einem Krug sammelte. Neveres Gefährte hockte auf der Heidenmauer und sah ihr zu. Marvin hatte ein Bein angewinkelt, die Arme auf das Knie abgestützt, und kaute auf einem Grashalm.

»Na, was habe ich dir gesagt?«, rief er ihr zu, als sie an dem Stein vorüberkam. »Lucian und sein Edelmut ... warum musste er den Marquis verschonen? Jetzt wärst du bestimmt froh, wenn Beliar beim Turnier nicht wieder aufgestanden wäre.«

Im Traum kam Ravenna seine Stimme seltsam vor. Sie hatte einen scharfen, näselnden Klang und hallte, als käme sie von weither. »Das kann schon sein«, hörte sie sich antworten. »Aber es ändert jetzt auch nichts mehr. Wie geht es Ramon?«

Marvin spuckte den Grashalm aus. »Er lebt. Aber es wird wohl noch lange dauern, ehe er wieder kauen und fluchen kann. Und die schönen Mädchen werden nur noch eine Hälfte an ihm lieben.«

Er sprang von der Mauer herunter und schritt hinter ihr her, während sie sich bückte, um die süßen, schwarzen Beeren zu ernten. »Und? Konntet ihr Melisende retten?«

Mit einem Ruck richtete Ravenna sich auf. »Also nein«, schlussfolgerte Marvin, als er ihr Gesicht sah. »Ich hätte euch gleich sagen können, dass das eine Schnapsidee ist. Lucian ist zu unerfahren, um so ein riskantes Vorhaben zum Erfolg zu führen. Dafür wird er etwas zu hören bekommen, wenn er das nächste Mal Constantins Halle betritt.«

»Ich weiß nicht, wo er ist«, klagte Ravenna im Traum und wusste im selben Augenblick, dass sich ihre Worte auf die Gegenwart bezogen. Lag es an dem Beruhigungsmittel oder gaukelte ihre verängstigte Seele ihr diesen Wortwechsel vor? »Wir sind in Schwierigkeiten. Beliar ist uns in meine Zeit gefolgt oder er war schon vor uns da ... ich weiß nicht genau. Er hat uns reingelegt.«

»Ich meine mich dumpf daran zu erinnern, dass ich dich vor ihm gewarnt habe«, schimpfte Marvin. »Du erwartest doch wohl nicht, dass ich dir helfe? Ich habe meine eigenen Probleme.«

»Richtig«, sagte Ravenna und drehte sich zu Neveres Gefährten um. »Da war etwas ... du hast Constantin etwas ins Ohr geflüstert, als Lucian und ich am Maistein standen. Was hast du zu ihm gesagt?«

Marvin schnitt eine Grimasse. »Constantin ist mein Herr und König. Man flüstert ihm nicht so einfach etwas ins Ohr.«

»Du lügst«, stellte Ravenna fest. Marvin schlug mit einem ironischen Grinsen die Hände zusammen. »Natürlich lüge ich! Ich bin der Gefährte von Lammas! Weißt du überhaupt, was das bedeutet? Ich bin der Fuchs, der den Hunden entwischt. Das Korn, das dem Müller vom Karren fällt und im nächsten Jahr wieder blüht. Die Glut, die unter dem Berg aus Asche weiterlodert. Man muss sich schon ein wenig anstrengen, wenn man dem Tod von der Schippe springen will.«

Ravenna betrachtete ihn nachdenklich. »Wenn du mir verrätst, was ich wissen will, kannst du alle Münzen behalten, die ich aus meiner Zeit mitgebracht habe. Frag Esmee – ich habe ihr mein Kleingeld vor dem Turnier zur Aufbewahrung gegeben.«

»Großes Geld wäre mir lieber«, murrte Marvin.

Ravenna funkelte den Späher an. »Münzen aus dem einundzwanzigsten Jahrhundert – oder gar nichts. Das ist der Deal. Was hast du zu Constantin gesagt?«

»Dass Beliar einen Hexenbanner nach Straßburg bestellt hat. Und dass er zu Mittsommer die vier Fürsten entsenden will. Sie sollen überall verkünden, dass Constantin nicht länger König ist. Beliar plant, unseren Herrscher zu stürzen und den Konvent zu vernichten. Er will uns alle vernichten.«

Ravenna holte tief Luft. »Lucian und ich haben den Hexenbanner gesehen. Er kommt aus Paris.« Sie musste daran denken, wie gefühllos der grauhaarige Mann das Urteil gegen Melisende und den Jungen verlas. »Wissen Nevere und die anderen schon von der drohenden Gefahr?«

Marvins Gesicht wurde zornrot. »Notgedrungen ja. Der Bannbrief des Hohen Rats wurde ihnen gleich am Morgen nach Melisendes Hinrichtung überstellt. Seitdem können wir uns nur noch innerhalb der Mauern des Konvents aufhalten – innerhalb der Heidenmauer, wie du sie nennst. Die Nachricht vom Tod der großen Hexe und dein Verschwinden haben die Sieben arg getroffen.«

»Lucian und ich sind nicht verschwunden. Wir sind auf der Jagd nach dem Siegel des Sommers und haben auch schon eine Spur gefunden«, erklärte Ravenna. Wie immer, wenn sie den Namen ihres Geliebten aussprach, bekam sie Herzklopfen. »Sag, Marvin, ist er bei dir in die Lehre gegangen, so wie ich bei Josce, Aveline und den anderen Magierinnen? Hat er alles erfahren, was er als Gefährte einer Hexe wissen muss?«

Marvin pfiff ein Lied und kratzte sich unter der Mütze. »Das sind schon zwei Fragen«, meinte er. »Doppelte Fragen, doppelter Preis.«

»Du bekommst die Münzen aus meiner Welt und dafür erhalte ich die Antwort auf alle meine Fragen«, gab Ravenna in scharfem Ton zurück. »Sonst werde ich Nevere mitteilen, dass du ihr und den Sieben dein Wissen vorenthältst, wenn es dir in den Kram passt. Ich nehme an, du hättest erst ihr von dem Hexenbanner berichten müssen, bevor du mit deiner Entdeckung zu Constantin rennst.«

Marvin bleckte die Zähne. »Mit dir machen Verhandlungen gar keinen Spaß«, maulte er. »Um es kurz zu machen: Selbstverständlich wurde Lucian von mir in den erfinderischen und listenreichen Künsten von Lammas geschult. Und bei den anderen Gefährten ging er auch in die Lehre, so wie jeder junge Mann auf Constantins Burg. Zufrieden?«

»Ja«, sagte Ravenna und atmete auf. »Danke.« Sie wusste, dass sie nun in dem fernen, finsteren Verlies, in dem ihr Körper lag und träumte, besser schlafen konnte.

Marvin folgte ihr kopfschüttelnd, während sie die Wanderung entlang der Mauer wieder aufnahm. »Du scheinst ihn wirklich zu mögen, deinen Ritter«, bemerkte er, während er mit der Stiefelspitze Kiesel ins Unterholz schoss. »Bei Gelegenheit solltest du ihn einmal nach seiner Vergangenheit fragen. Es ist nämlich so, dass er die Ausbildung schon in sehr jungen Jahren abschloss. Lucian war kaum siebzehn, als er zum ersten Mal siegreich aus einem Turnier hervorging.«

Ravenna fuhr herum. »Er hat schon einmal ein Turnier gewonnen? Warum das denn?«

Marvin grinste. Im Sonnenlicht, das durch das Blätterdach fiel, glänzte sein Haar wie Kupferdraht. Eine Strähne fiel ihm verwegen über das Auge.

»Wegen Maeve«, sagte er nur.

»Marvin!«

Es war Viviale, die kurzatmig über die Wiese geeilt kam. Der Späher murmelte einen Fluch und wurde blass. Das Gesicht der kleinen, untersetzten Magierin glänzte wie ein Winterapfel und das nicht nur, weil sie schnell gelaufen war: Viviale schien außerordentlich wütend zu sein.

»Konntest du dein Schandmaul nicht halten?«, zischte sie. »Mir scheint, deine Herrin hat versäumt, dich zu lehren, wann Schweigen geboten ist.«

Aufbegehrend riss sich der rote Ritter die Kappe vom Kopf. »Ich weiß sehr wohl, wann es Zeit ist zu reden und zu schweigen. Ich sage nur die Wahrheit: Lucian liebte Maeve mit jeder Faser seines Herzens. Und wenn mich nicht alles täuscht, liebt er sie immer noch. Warum soll Ravenna nicht erfahren, dass ihr Ritter eine Vergangenheit hat?«

Zornig runzelte Viviale die Stirn. »Es ist nicht deine Aufgabe, die Wahrheit zu verbreiten, mein Freund. Siehst du nicht, was du damit anrichtest? Ravenna braucht jetzt allen Mut und alle Zuversicht, um den Weg des Schicksals fortzusetzen! Doch du verunsicherst sie und treibst einen Keil zwischen sie und ihren Gefährten. Zur Strafe belege ich dich …«

»Nein!« Hastig wich Marvin zurück.

»… mit einem Bann, der dich …«

»Nein!« Der Späher stolperte beinah über seine eigenen Füße. »Nun komm schon, es war doch nicht böse gemeint. Nur ein kleiner Hinweis. Irgendwann wäre sie selbst auf die Sache gestoßen. Schließlich ist sie nicht dumm.«

»Eben«, sagte Viviale trocken. »Sie wäre von selbst darauf gekommen und nicht durch deine Hilfe – darin liegt ein großer Unterschied. Vielleicht hätte Lucian ihr die Geschichte eines Tages erzählt. Jetzt hast du ihm diese Möglichkeit genommen. Deshalb belege ich dich mit einem Bann, der dich das Schweigen lehrt. Bis die beiden in unsere Welt zurückkehren, soll kein Wort mehr über deine Lippen kommen.«

Sie führte eine entschiedene Handbewegung aus und Marvins Stimme erstarb. So sehr er auch zappelte und mit den Augen rollte, sich mit dem Finger über die Lippen fuhr und seine Kehle rieb: Es kam kein Ton mehr aus seinem Mund. »Ein leidiges Schicksal für einen Barden«, meinte Viviale, die seine Versuche, sich zu beschweren, ungerührt beobachtete. »Denn wie willst du Constantin erklären, dass du nicht mehr singen kannst?«

Wütend trat Marvin gegen einen Stein. Offenbar verstauchte er sich den Zeh, denn er verzog das Gesicht zu einer Grimasse, ehe er durch das Laub davonhumpelte. Viviale blickte ihm nach. »Das wird ihm hoffentlich eine Lehre sein«, seufzte sie. »Obwohl, so recht glaube ich nicht daran. Füchse und Barden sind unbelehrbar.«

»Ich hätte wirklich gerne gehört, was er zu sagen hatte«, murrte Ravenna. »Maeve – was für ein hübscher Name. Sicher ist sie auch ein hübsches Mädchen.«

Die Zauberin musterte sie streng. »Alles zu seiner Zeit«, mahnte sie. »Glaub bitte nicht, dass Lucian unaufrichtig zu dir ist. Damit würdest du ihm Unrecht tun. Wenn er soweit ist, wird er dir sicher erzählen, was ihn in jungen Jahren in Constantins Burg führte und weshalb er und Maeve nie ein Paar wurden. Jetzt wird es Zeit für das Siegel von Mabon.«

Auf der flachen Hand streckte sie Ravenna den Ring entgegen. Als Symbol zeigte das Siegel einen keltischen Knoten, der zu einem Kreis geschlungen war. In der Mitte lagen mehrere Windungen übereinander, so dass sie geometrische Formen bildeten.

»Was ist das?«, fragte Ravenna. »Ein Amulett der Schatten?« Der Ring erinnerte sie an die Halskette, welche die junge Hexe Lynette getragen hatte.

»Nein«, erwiderte Viviale sanft. »Es ist das Amulett des Todes.«

Hastig zog Ravenna die Hand zurück. Sie starrte auf den Schatz der alten Hexe und merkte, wie ihr Blick den Schlingen und Windungen folgte und wie sie immer stärker in den Bann des Siegels geriet. Mit einem Ruck riss sie sich von dem Anblick los.

»Was soll ich damit? Meine Schwierigkeiten könnten kaum größer werden, als sie im Augenblick sind, und an den Tod mag ich nicht denken.«

Viviale nickte. »Glaub mir, das geht allen so. Doch dabei vergessen die meisten, was uns der Tod lehrt, nämlich das Hier und Jetzt zu genießen. Präge dir mein Siegel genau ein, Ravenna, denn ich kann es dir nicht mit auf den Weg geben! Du bist nur im Traum hier. Du hast die Zwischenwelt der Tore betreten, wo Marvin dich fand. Zum Glück ist er gut darin, sich an eine Fährte zu heften und sei sie noch so geisterhaft. An der Esche hast du Morrigan um Führung gebeten. Folge meinem Zeichen, Ravenna! Wenn du es wiedersiehst, tritt ohne Zögern über die Schwelle.«

Mit pochendem Herzen starrte Ravenna auf den Hexenschatz. Die Schlingen des Knotens flimmerten vor ihren Augen, als sie versuchte, sich die Anzahl der Windungen einzuprägen.

»In Ordnung«, sagte sie schließlich, aber ihre Stimme klang

kaum lauter als das Piepsen einer Maus.»Ich glaube, ich werde es wiedererkennen.«

Viviale lächelte.»Wir werden auf euch warten. Aber ihr müsst euch beeilen, du und dein Gefährte, denn der Hexenbanner treibt uns immer weiter in die Enge. Wir harren hier aus, solange wir können, doch spätestens an Mittsommer müssen wir auf dem Hohen Belchen sein. Kommt nicht zu spät, Ravenna! Kommt nicht zu spät!«

Mit einem Ruck fuhr Ravenna aus dem Schlaf. Die Lederfessel stoppte sie mit einem Ruck in der Bewegung und sie fiel unsanft auf die Liege zurück. Einige Minuten lang lag sie in der Dunkelheit und keuchte. Das Nachthemd unter dem Laken war durchgeschwitzt. Vor ihren Augen glomm der Hexenknoten, als habe er sich auf ihrer Netzhaut eingebrannt.

Was war das?, fragte sie sich. War ich wirklich dort, wie Viviale behauptete? Oder habe ich zu viel von Beliars Betäubungsmittel im Blut? Die Aufregungen, die sie in den letzten Tagen durchgemacht hatte, genügten vollauf, um ihren Verstand zu zerrütten.

Nach einigen Atemzügen beruhigte sie sich wieder. Zwei Dinge waren ihr im Gedächtnis haftengeblieben, die höchst widersprüchliche Gefühle auslösten.

Erstens: Lucian war darin geschult worden, der Fuchs, das Korn und die Glut zu sein. Wenn er den Sturz durch die Glastreppe überlebt hatte, würde ihn so schnell niemand zu fassen bekommen. Dieser Gedanke tröstete sie, denn sie war sich sicher, dass Beliar dem jungen Ritter die Polizei auf den Hals gehetzt hatte, falls er aus der Villa entkommen war.

Die zweite Überlegung löste nagende Ungewissheit aus. Lucian hatte sich schon einmal in ein Mädchen verliebt. Ihr Name war Maeve und ihretwegen hatte er alle Gegner des Turniers aus dem Sattel gehoben. Das war nicht irgendeine Jugendliebe, die Kleine musste eine angehende Magierin sein, eine Schülerin des Hexenkonvents, denn sonst hätte es kein Lanzenstechen gegeben.

Ravenna hatte keine Ahnung, was aus ihr geworden war. Sie konnte sich nicht daran erinnern, auf dem Odilienberg je einer Maeve begegnet zu sein. Fest stand nur: Lucian hatte ihr nie von der anderen Frau erzählt.

Stattdessen hat er bloß eine Menge düsterer Andeutungen gemacht, dachte Ravenna. Sie erinnerte sich lebhaft daran, wie empfindlich ihr Geliebter reagierte, wenn die Rede auf seinen Vater kam. Lucian steckte voller Überraschungen, doch geschickt verbarg er die meisten Geheimnisse vor ihr. Das war äußerst dumm und in ihrer jetzigen Lage war es auch gefährlich, denn sie wusste nicht, womit Beliar ihren Ritter unter Druck setzen konnte, während sie hilflos dalag und dem König der Schwarzmagier ausgeliefert war. Natürlich hatte Lucian sein Leben gelebt, bevor sie sich trafen, und warum sollten darin keine anderen Frauen vorkommen? Ein Hexenkonvent war schließlich kein Kloster, das hatte sie längst begriffen. Doch warum hatte er ihr nie etwas von Maeve erzählt?

Unruhig warf sie sich auf der Liege hin und her. Sie hätte sich gerne mit Lucian getroffen, seine Stimme gehört und ihm alle Fragen gestellt, die ihr durch den Kopf gingen. Das Problem war nur: Sie konnte nichts dergleichen tun. Sie konnte gar nichts tun, außer auf dem Rücken zu liegen und Löcher in die Dunkelheit zu starren. Stundenlang. Tagelang. Und wenn nicht irgendein Wunder geschah, für den Rest ihres Lebens.

*

Am Kanal

Für gewöhnlich gab Yvonne nicht viel auf Gerüchte, denn Straßburg war voll davon und in den meisten Fällen lohnte es sich kaum, den Wahrheitsgehalt des Geredes zu überprüfen. Die Geschichten jedoch, dass in den Gassen der Altstadt in letzter Zeit ein geheimnisvoller, junger Mann in einem grauen Umhang auftauchte, sammelte sie mit Leidenschaft und notierte jede Einzelheit in ihrem Tagebuch.

»Ich habe dem Ärmsten ein paar Pfirsiche geschenkt«, erinnerte sich eine Marktfrau. »Irgendwie tat er mir leid, obwohl ich fast zu Tode erschrak, als er plötzlich hinter mir stand.« Verschwörerisch beugte sie sich zu Yvonne. »Ich würde meine Hand darauf verwetten, dass er unter dem Mantel einen Säbel trug. Aber das werden Sie doch nicht in Ihrem Artikel schreiben, nicht wahr? Sonst denkt noch jemand, ich wäre verrückt.«

»Nein, keine Sorge. Und vielen Dank nochmal.« Yvonne lächelte und ließ Buch und Stift in ihre Tasche gleiten. Langsam schlenderte sie weiter. Der Wochenmarkt, auf dem Stapel von Früchten und Gemüse, Würste, Schinken und riesige Käselaibe feilgeboten wurden, war der ideale Ort, um Nachforschungen anzustellen. Das Schicksal ihrer Schwester hatte hier die Runde gemacht, ebenso die Spekulationen darüber, was den verheerenden Brand der Bibliothek ausgelöst hatte.

Mit einem unbehaglichen Gefühl mied Yvonne die Grüppchen, in denen über das Unglück diskutiert wurde. Sie wusste nur zu gut, was das Feuer entfacht hatte: eine gewaltige, allumfassende Macht. Wie ein Sog hatte diese Macht sie ans Fenster gerufen und ihr befohlen, die Gewalt der Blitze zu entfesseln. Trotz des sonnigen Tages schauderte sie. Es war, als ob Beliar die ganze Zeit über hinter ihr stand. Seit dem Abend auf dem Boot war er ein Schatten, der an ihren Fersen haftete, die Stimme in ihrem Kopf, der Wille in ihren Gedanken, der sie zwang, Dinge zu tun, die sie nicht für möglich gehalten hatte. Anfangs hatte sie versucht, den dunklen Fleck aus ihrem Bewusstsein zu verbannen, ihn auszuradieren und zu verdrängen. Doch es gelang ihr nicht, und mit der Zeit gewöhnte sie sich sogar an die Angst, die manche Erinnerungen in ihr auslösten.

An einem Bäckerstand erstand sie einen Kringel aus Nuss und Schokolade und knabberte gedankenverloren an dem Gebäck. Ein Stück weiter boten Forellenverkäufer ihre Ware in schlammgrünen Bassins feil. Sie zeigten den Kunden lebende Fische, damit die Einkäufer die Größe festlegen konnten, und töteten die Tiere dann mit einem gezielten Hieb auf den Kopf.

»Der Kerl ist ein Landstreicher, ganz sicher. Der hat am Kanal nichts zu suchen. Würde mich nicht wundern, wenn den mal einer ins Wasser stößt, so ganz aus Versehen.«

»Am Hafen treiben sich ziemlich viele Irre rum, aber so einer wie der hat uns gerade noch gefehlt. Macht bloß die Bootseigner und die Fische nervös«, sagte der zweite Mann, der die erschlaffte Forelle ausnahm, das Blut abspülte und den schillernden Leib in Wachspapier und alte Zeitungsseiten wickelte. Anschließend ließ er das Paket in die Einkaufstasche des Kunden gleiten. »Und was bekommen Sie?«

»Danke, ich habe schon«, sagte Yvonne mit vollem Mund und hob den Nusskringel. »Wo genau betreiben Sie eigentlich Ihre Fischzucht?«

Der Forellenverkäufer starrte sie mit gefurchter Stirn an. »Wer will das denn wissen?«

»Ich schreibe fürs Wochenblatt«, behauptete Yvonne und deutete auf die nassgetropfte Zeitung, die neben der Blechkasse lag. Unter demselben Vorwand hatte sie auch die anderen Standbetreiber ausgehorcht. »In der nächsten Ausgabe bringen wir eine Sonderbeilage über den Markt.«

»Ach was. Das höre ich zum ersten Mal.« Der Fischzüchter schien noch immer nicht überzeugt. Er musterte sie, während sie sich die Schokolade von den Fingern leckte und das Notizbuch aus der Tasche kramte. Sein Kollege bediente unterdessen den nächsten Kunden. »Haben Sie denn einen Presseausweis? Da könnte doch sonst jeder kommen.«

Yvonne ließ sich nicht beirren. Mit dem Stift strich sie das Haar hinter das Ohr und lächelte. »Haben Sie etwas zu verbergen?«, fragte sie zurück. »Giftstoffe im Wasser, unerlaubte Futterzusätze? Oder vertreiben Sie geschützte Vogelarten, um mehr Profit zu machen? Wenn es nämlich so ist …«

Der Fischhändler lief dunkel an. »Was wollen Sie wissen?«, fragte er unwirsch.

Rasch blätterte Yvonne das Tagebuch auf. »Mich interessiert vor allem, wo Ihre Fischteiche liegen.« Der Forellenzüchter gab ihr eine Beschreibung und sah misstrauisch zu, wie sie den Abschnitt des Kanals skizzierte. »Und das schreiben Sie also über uns?«, brummte er, als Yvonne das Buch zuschnappen ließ. »Wo unsere Zuchtbecken liegen? Ein komischer Artikel wird das.«

»Warten Sie's ab!«, erwiderte sie. Im Fortgehen ließ sie den Finger über den glitschigen, gebogenen Leib der Forelle gleiten, die auf der Waage lag, und murmelte: »Rottyanir!« Sie erschrak, als sie spürte, wie die Macht von ihrem Scheitel über Schulter und Arm in den toten Fischleib drang, ein glühender Nadelstoß. Vor ihrem geistigen Auge blitzten Bilder auf, die ihr zeigten, wie die Ware des Händlers verfaulte und schleimige Algen seine Teiche überwucherten. Zuletzt sah sie den Mann, der in einen modrigen, schwarzen Tümpel starrte, und sie wusste instinktiv, dass er nur noch einen Schritt von dieser Unterwelt entfernt war. Sie sog den Atem ein. Binnen weniger Schritte hatte sie genügend Abstand zwischen sich und den Stand gebracht und die Vision brach ab. Sie spürte den Drang, den Fluch zurückzunehmen oder wenigstens abzuschwächen, doch das war unmöglich. Magische Handlungen ließen sich nicht mehr zurücknehmen, sobald sie einmal geschehen waren.

Du musst besser Acht geben!, ermahnte Yvonne sich, während sie den Markt mit raschen Schritten verließ. Seit der Begegnung mit jener umfassenden Macht, die die Bibliothek in Brand gesetzt hatte, war etwas mit ihr geschehen. Ein Schleusentor hatte sich geöffnet und nun durchströmte die Gabe sie mit einer Stärke, die alle früheren Erfahrungen verblassen ließ. Sie war von einer rastlosen, dunklen Energie erfüllt, die Dinge möglich machte, die noch vor wenigen Tagen undenkbar schienen.

Zielstrebig verließ sie die Altstadt. Hinter der Ringstraße gab es einen einsamen Wegabschnitt, der sich im Mittelalter außerhalb der Stadtmauern befunden hatte. Der mit Gras bewachsene Damm, der den Kanal einfasste, zog sich bis zum Hafen, und es dauerte eine ganze Weile, ehe sie die Strecke abgesucht hatte.

Sie entdeckte Lucian unter einer Brücke. In den Mantel gehüllt, kauerte er auf den Fersen und streckte die Schwertscheide nach einem Entenpärchen aus. Was er damit bezweckte, wurde ihr erst klar, als sie näher kam und erkannte, dass er nach einem aufgeweichten Stück Brot angelte, das zwischen den Vögeln trieb. Stromabwärts lenkte er es ans Ufer, presste das Wasser aus der aufgequollenen Masse und wollte gerade hungrig hineinbeißen, als er Yvonne entdeckte.

Hastig sprang er auf. Die Enten flogen schnatternd übers Wasser davon. Yvonne blieb stehen.

»Was wollt Ihr von mir, Hexe?«, rief Lucian und streckte ihr das Schwert entgegen. »Wie habt Ihr mich gefunden? Genügt es Euch nicht, dass Ihr Eure Schwester ins Unglück gestürzt habt? Wollt Ihr mich nun auch noch verderben?«

»Ich wollte nicht, dass Ravenna in Schwierigkeiten gerät«, entgegnete Yvonne, während sie vorsichtig auf Abstand blieb. »Gress hat mich ziemlich unter Druck gesetzt. Was hätte ich denn machen sollen? Ihm das Kleid nicht geben? Er hätte es sowieso gefunden. Ihr wart kaum weg, da stand der Kommissar mit einer ganzen Mannschaft vor der Tür. Und mit einem Durchsuchungsbeschluss.«

»Ihr hättet bei der Wahrheit bleiben können«, bemerkte Lucian trocken. »Aber für Vorwürfe ist es jetzt wohl zu spät. Wisst Ihr, wo Ravenna festgehalten wird?«

In angespannter Haltung kam er auf sie zu. Daran erkannte Yvonne, wie verzweifelt er sein musste. Sie wusste, dass er sie nicht mochte und sie für eine Verräterin hielt. Aber er hatte Straßburg nicht verlassen, was in seiner Lage weitaus schlauer gewesen wäre. Stattdessen hauste er wie ein Stadtstreicher unter einer Brücke, ernährte sich von Abfällen und wartete auf ein Zeichen. Oder auf ein Wunder.

»Ich weiß, wo Ravenna ist«, bestätigte sie. »Aber im Augenblick können wir nichts für sie tun.«

Lucians Schultern sanken herab. Er starrte sie an und sie begriff, weshalb die Marktfrau Mitleid für ihn empfunden hatte. Er war hohlwangig und abgemagert. Dunkle Bartstoppeln bedeckten Kinn und Oberlippe und er sah aus, als habe er seit Tagen kaum geschlafen. Was vermutlich den Tatsachen entspricht, dachte Yvonne.

»Ich mache dir ein Angebot«, rief sie dem Ritter zu. »Wir schließen Frieden oder zumindest einen Waffenstillstand, bis wir herausgefunden haben, wie Ravenna zu helfen ist. Glaub mir, ich möchte sie genauso gerne aus der Klinik holen wie du.«

»Das glaube ich kaum. Schließlich habt Ihr sie erst in diese Lage gebracht«, entgegnete Lucian. Er verschränkte die Arme. Trotzig stand er da und schien doch zum Umfallen müde.

»Na schön, ich kann ja wieder gehen!«, rief Yvonne. »Ich habe Ravenna jedenfalls davon abgeraten, in die Villa einzubrechen und auf eigene Faust nach dem Siegel zu suchen. Aber sie wollte nicht auf mich hören, denn sie hat dir vertraut.« Im Umdrehen begriffen, blieb sie noch einmal stehen. »Übrigens, dein Kettenhemd liegt bei mir im Kofferraum. Soll ich es vorbeibringen? Ich meine, kannst du hier irgendetwas mit deiner Rüstung anfangen?« Boshaft schwenkte sie die Hand über die Brücke, die Reste der Feuerstelle zu Lucians Füßen, das Entenpärchen und den Radweg oben auf dem Damm.

Der Ritter schwieg. »Es ist kaputt«, sagte er dann. »Macht damit, was Ihr wollt.«

Er wandte sich ab und starrte übers Wasser. Von hier aus sah Straßburg wie eine Postkartenidylle aus: geschwungene Brückenbögen, Fachwerkhäuser und der Münsterturm im Hintergrund. Wolken spiegelten sich auf dem Kanal.

»Lucian.« Kopfschüttelnd ging Yvonne auf den jungen Mann zu. »Um Himmels Willen, lass uns Frieden schließen – Ravenna zuliebe. Wenn du hier vor die Hunde gehst, ist niemandem geholfen.«

Er breitete die Arme aus und umfasste mit einer ausladenden Geste Stadt, Torbögen und den stillen Fluss. »Ich begreife Eure Welt nicht«, gestand er. »Nirgendwo sehe ich Schildwachen, gewappnete Krieger oder wenigstens eine durchgehende Mauer und dennoch wüsste ich nicht, wie ich Ravenna befreien soll. Die meisten Leute in Eurer Zeit geben sich gastfreundlich und hilfsbereit, aber wenn man um ein Stück Brot bittet, wollen sie Geld.«

»Das ist der Fortschritt«, meinte Yvonne und zuckte mit den Achseln.

»Ohne Ravennas Gabe werde ich nie wieder in meine Zeit zurückkehren«, klagte Lucian. Diesmal klang er wirklich verzweifelt. »Ich bin für immer hier gefangen.«

Yvonne trat unter den Brückenbogen. Durch den Hall veränderten sich die Geräusche, das Plätschern klang unter dem Gewölbe doppelt so laut. Mit der Schuhspitze fegte sie die Brotreste ins Wasser. »Komm mit mir«, schlug sie vor. »Ich kenne einen Ort, an dem du sicher bist. Ravenna ist unschuldig und wir werden es beweisen. Dann muss man sie freilassen und ...«

Sie kam nicht dazu, weiterzusprechen, denn Lucians Schwert glitt aus der Scheide. Mit dem linken Arm drückte er sie gegen das Brückenfundament und legte die Klinge über Ellenbogen und Handgelenk. Die Schneide ruhte einen Zentimeter von ihrem Hals entfernt.

»Mich täuscht Ihr nicht, Hexe!«, zischte er und seine Augen funkelten. Das Haar hing ihm wirr in die Augen und er roch wie ein Mann, der etliche Tage und Nächte in denselben Kleidern verbracht hatte. »Ich weiß, dass mit Eurem Dolch Blut vergossen wurde! Wir lernen, solche Dinge zu spüren. Sagt mir, was Ihr getan habt! Wozu habt Ihr den Dolch benutzt?«

»Ich habe ... Oriana ... nicht getötet.«

Plötzlich war es mit Yvonnes Selbstbeherrschung vorbei. Die Nachtfahrt auf dem Ausflugsboot, Damian, der sie auf Schritt und Tritt überwachte, die schwarz gekleideten Jünger Corbeaus und die dumme, kleine Teufelsanbeterin, die sich auf der Ladeluke räkelte – diese Bilder verfolgten sie bis in den Schlaf. An einem bestimmten Punkt verschwamm alles zu einem einzigen Alptraum, und dann wünschte sie, sie könnte die Zeit zurückdrehen und alles ungeschehen machen. Doch es war zu spät.

Lucian schien zu spüren, was in ihr vor sich ging, denn er verstärkte den Druck. Zwischen seinem Schwertarm und dem Brückenpfeiler eingekeilt hielt er sie fest. »Ihr werdet mir jetzt antworten«, befahl er. »Eher lasse ich Euch nicht gehen. Dann soll meine letzte Aufgabe darin bestehen, die Welt von einer Schwarzmagierin zu befreien.« Der drohende Ton in der Stimme des Ritters und die Spannung in seinem Arm ließen keinen Zweifel daran, dass er seinen Worten Taten folgen lassen würde.

»Du tust mir weh«, klagte Yvonne. Beklommen starrte sie auf die Schwertspitze. Eine Aura umhüllte den Stahl, ein Kraftfeld, unsichtbar für das menschliche Auge, doch stark genug, dass sie es fühlen konnte. Die Nähe der geweihten Waffe verhinderte, dass sie einen Gegenzauber wirken und sich aus Lucians Griff befreien konnte. »Verstehst du denn nicht, Corbeau ... Beliar hat mich gezwungen, an dieser schwarzen Messe teilzunehmen. Er hat mir vorgelogen, er wolle ein Experiment durchführen. Ich konnte doch nicht ahnen, dass er ein Dämon ist.«

»Er hat Euch benutzt.«

»Ja, das hat er.« Yvonnes Knie zitterten. Endlich kamen ihr die Worte leichter über die Lippen. »Er hat mich auf dieses Boot gelockt. Ich hatte keine Ahnung, was da abgehen sollte. Er behauptete, diese Leute wären seine Studenten.«

Lucians Gesicht verdüsterte sich. »Das sind sie gewissermaßen auch: Schüler dunkler Hexenkunst. Ihr habt keine Ahnung, wie gefährlich der Marquis ist. Wie viele Personen waren auf dem Schiff?«

»Etwa dreißig.«

Der junge Ritter sog den Atem ein, seine Gesichtsmuskeln waren angespannt. »Und weiter? Was geschah in dieser Nacht?«

Unbehaglich regte Yvonne sich. Im Rücken spürte sie die Kanten des Brückenpfeilers, der Wollstoff von Lucians Mantel kratzte sie am Hals. »Wir gingen an Deck. Kurz darauf kam Beliar in Begleitung einer verhüllten Frau. Ich kannte sie, und ich kann dir sagen, dass Oriana ganz genau wusste, worauf sie sich da eingelassen hat. Sie hat sich dem Teufel freiwillig hingegeben.«

»Als Opfer.«

»Als Opfer«, bestätigte Yvonne. Plötzlich wurde ihr die ganze Bösartigkeit und Scheußlichkeit dieses Abends bewusst. Sie rutschte unter Lucians Arm hindurch, bis sie im Schmutz kauerte, und schlug die Hände vors Gesicht. Aber sie konnte nicht weinen. Und sie konnte auch kein Mitleid mit Oriana empfinden. Wenn jemand eine Schwarzmagierin war, dann diese Frau, die sich wie ein Otter auf dem Deckel der Luke gewälzt hatte.

Mitleidlos zog Lucian sie wieder auf die Füße. Er umklammerte das Schwert, doch die Klinge hielt er endlich von ihr abgewandt. Mit der anderen Hand schüttelte er sie. »Wisst Ihr denn wirklich nicht, was Ihr getan habt? Beliar steht im Begriff, die Fürsten zu sich zu rufen! Habt Ihr Euren Dolch benutzt, wie es der Marquis befahl? War das vielleicht Eure Einweihung in die magischen Künste? Sagt mir, was auf dem Schiff geschehen ist, sonst wird es keinen Frieden zwischen uns geben!«

»Beliar hat meine Hand geführt!«, stieß Yvonne hervor. »Ich sollte Oriana ein Zeichen auf die Stirn ritzen, sagte er. Ein Zeichen, mehr nicht! Mehr habe ich nicht getan!« Ihre Stimme klang schrill wie das Jaulen einer Katze, ein einsamer, verzweifelter Jammerlaut. Sie war sich keineswegs sicher, ob wirklich stimmte, was sie soeben behauptete. Sie erinnerte sich nicht mehr an das Ende des Abends, sie wusste nur noch, dass das Boot irgendwann auf einen Felsen lief und sie ins Wasser gesprungen war. Sie wollte nur fort von der unheimlichen Gesellschaft.

»Was ist mit Orianas Leichnam geschehen?«, forschte Lucian. »Wisst Ihr das? Hat man ihn verbrannt, wie es ratsam ist?«

Stumm schüttelte Yvonne den Kopf. Als Lucian sie losließ, sank sie wieder zu Boden. »Ihr habt dem Teufel das Opfer geweiht. Dadurch seid Ihr genauso schuldig wie er«, erklärte er. Seine Stimme klang hart, als er das Schwert zurück in die Lederscheide stieß. Kopfschüttelnd blickte er auf sie herab. »Das Gesetz des Königs verlangt, dass Ihr mich auf den Odilienberg begleitet und Euch der Gerichtsbarkeit der Sieben stellt. Yvonne von Ottrott, ich nehme Euch hiermit in Gewahrsam.«

Ruckartig hob sie den Kopf. »Machst du Witze? Siehst du nicht, wo wir uns befinden? Und in welcher Zeit?«

Lucian verzog keine Miene. »Nein, ich scherze nicht. Ihr seid meine Gefangene, bis Ihr vor Constantin und den Sieben steht. Sie werden eine angemessene Strafe über Euch verhängen und Morrigan die Gelegenheit geben, Eure Seele zu retten.«

Yvonne stieß einen langen Atemzug aus. Lucians finsteres Gesicht riet ihr, nicht zu widersprechen, ganz gleich wie unsinnig ihre Festnahme war. Sie stand auf und klopfte sich den Schmutz von den Händen. »Na schön, dann bin ich also deine Gefangene. Und was machen wir jetzt? Sollen wir nachsehen, was von Burg Landsberg übrig ist? Oder sollen wir ins Kloster hinauffahren und uns nach den Sieben erkundigen? Weißt du überhaupt, wie es in der heutigen Zeit dort aussieht?«

Reglos starrte Lucian sie an. Auch er musste den Verkehr hören, der über ihren Köpfen über die Brücke donnerte, auch ihm musste das Hausboot auffallen, das gemächlich die Ill hinauftuckerte. Endlich zuckte ein Muskel in seiner Wange. »Vorhin wolltet Ihr mir einen Vorschlag unterbreiten, wohin wir gehen könnten. Jetzt wäre der passende Augenblick dafür.«

Yvonne warf das Haar in den Nacken und zierte sich ein bisschen, aber nicht lange genug, um Ravennas Ritter zu verärgern. »Ich schlage vor, dass wir die Stadt verlassen. Zieh den Mantel aus, wickle das Schwert hinein und komm! In diesem Umhang kannst du dich jedenfalls nicht auf der Straße blickenlassen.«

Eine Stunde später bogen sie auf den Kiesweg ein, der zum Gasthaus ihrer Eltern führte. Lucian hatte die Fahrt über geschwiegen. Er saß neben Yvonne und hielt das Schwert zwischen den Knien umklammert. Er ließ sich nicht anmerken, ob ihm ihr Fahrstil oder die Geschwindigkeit gefielen, doch als Yvonne den Motor abstellte, atmete er erleichtert auf.

»Wir sind da.«

Lucian warf einen misstrauischen Blick auf das von Efeu umrankte Haus. Die Fenster des Gastraums waren dunkel, das Schild unbeleuchtet. »Wir sind wo?«, fragte er.

»In Ottrott. Das Haus gehört meinen Eltern«, erklärte Yvonne. »Ravenna und ich sind hier aufgewachsen.« Ohne auf den Ritter zu warten, stieg sie aus. Ihre Mutter kam ihr auf der Treppe entgegen. Sie umarmte Yvonne. Ihr Vater stand unter der Tür und musterte den Wagen.

»Wer ist das?«

Yvonne drehte sich um. Lucian war ausgestiegen. Klugerweise hielt er das Schwert hinter dem verbeulten Peugeot verborgen und starrte zu der Familie hinüber. Nicht einmal unter der Brücke am Kanal hatte er so verloren gewirkt wie in diesem Moment, als er ratlos auf dem Parkplatz stand, umgeben von Weinranken, einem dekorativen Fass und der weiß verputzten Mauer. Ein Zeitreisender, der Schiffbruch erlitten hatte und nun in ihrem Hof gestrandet war.

»Lucian ist ein guter Freund. Würdet ihr ihn und mich für ein paar Tage aufnehmen? Was mit Ravenna passiert ist, hat uns beide ziemlich mitgenommen.«

Ihre Eltern waren einverstanden, als sie hörten, dass Lucian und Ravenna einander kannten. »Junger Mann!«, rief Yvonnes Vater über den Parkplatz. »Kommen Sie herein! Die Freunde unserer Töchter sind uns willkommen.« Lucian runzelte die Stirn. Er zögerte einen Augenblick, doch dann fasste er sich ein Herz und schlenderte langsam herbei.

»Am besten überlässt du mir das Reden«, flüsterte Yvonne ihm zu, während sie in die Gaststube gingen. »Meine Eltern haben keine Ahnung, was wirklich hinter Ravennas Schwierigkeiten steckt und ich möchte, dass es so bleibt. Ich will nicht, dass noch mehr Mitglieder meiner Familie in diese Geschichte hineingezogen werden.«

Ihr war der Blick nicht entgangen, den ihr Vater auf das Schwert richtete, das Lucian samt dem aufgerollten Gurtzeug in der Hand trug. Allerdings war Gilbert Doré daran gewöhnt, dass ihm seine Tochter die seltsamsten Gäste ins Haus brachte. Einmal war sie in Begleitung eines tibetischen Mönchs gekommen, von dem sie alles über das Meditieren lernen wollte, ein andermal war es ein finnisches Medium gewesen, das ihr mit Hilfe eines Hexenbretts das Wesentliche über Totenbeschwörung beibrachte.

Lucian nahm an der langen Seite des Tisches Platz und musterte die Theke, auf der hausgemachte Schnäpse und Liköre standen, die Durchreiche zur Küche, hinter der die Mutter mit klapperndem Geschirr hantierte, und die historischen Kupfertöpfe an der Wand. »Warum steht die Gaststube leer?«, fragte er.

»In einer solchen Situation will man keine Gäste bedienen«, brummte Yvonnes Vater. »Das verstehen Sie doch sicher.«

»Aber es ist nicht gut«, beharrte der junge Ritter. »Das Leben muss weitergehen.«

Unter dem Tisch griff Yvonne nach seinem Handgelenk und drückte fest zu. Lucian verstummte.

»Wenn ich nur wüsste, was in Gress gefahren ist«, brummte der Vater. »Oder in Ravenna. Wie kommt sie nur dazu, die Praxis ihres Therapeuten zu verwüsten?« Er musterte Yvonne mit strengem Blick. »Wusstest du eigentlich, dass deine Schwester in Behandlung war?«

Yvonne schüttelte den Kopf und schwieg. Einige Herzschläge lang wartete sie auf das Verhör, das nun wohl folgen musste, doch dann klingelte das Telefon an der Rezeption. Seufzend schob der Vater den Stuhl zurück und ging in den Flur. Durch die Tür hörte sie, wie er den Hörer abnahm und die Anfragen der Gäste abwies.

»Das war schon wieder eine Lüge«, stellte Lucian fest. »Ihr wusstet ganz genau, wie es um Ravenna steht. Glaubt Ihr, mit Unehrlichkeit schafft man die Sache aus der Welt?«

Yvonne spürte, wie sie allmählich wütend wurde. Vielleicht hätte sie Ravennas Ritter einfach seinem Schicksal überlassen sollen. Sie hatte nicht bedacht, wie leicht er sie in Schwierigkeiten bringen konnte. Doch dann entspannte sie sich, denn die Unannehmlichkeiten, die sie ihm bereiten konnte, waren ungleich größer.

»Zunächst geht es darum, herauszufinden, wie wir Ravenna aus der Klinik holen können«, sagte sie. »Leicht wird es nicht, das kann ich dir sagen.«

Lucian musterte sie. »Es wäre leicht gewesen, wenn Ihr diesem Krieger Gress von Anfang an die Wahrheit gesagt hättet. Dann wäre Ravenna gar nicht erst in diese Lage gekommen.«

Yvonne verschränkte die Finger und stieß einen langen Atemzug hervor. »Nehmen wir einmal an, das hätte ich getan. Der Kommissar hat keine Ahnung von Magie. Ohne stichhaltige Beweise würde er denken, dass ich Ravenna helfen will und deshalb die Schuld auf Corbeau schiebe. Ich könnte mich natürlich auch selbst belasten, nur bringt das den Doktor trotzdem nicht hinter Gitter. Ich verstehe einfach nicht, wieso die Polizei in der Villa nicht den geringsten Hinweis fand. Corbeau – oder Beliar, wie ihr ihn nennt – war auf dem Boot, er hat die ganze Sache eingefädelt. Irgendwo muss er eine Spur hinterlassen haben.«

»Und die wollt Ihr finden.«

Yvonne nickte. Ravennas Ritter war schnell von Begriff. Sie schwieg, während ihre Cousine eine Platte mit Weißkohl und dampfenden Würsten auftrug. Denise wirkte mürrisch, als habe sie die trübe Stimmung im Haus angesteckt. Sobald sie wieder alleine waren, sagte Yvonne: »Wir lassen Beliar auffliegen. Niemand in dieser Welt wird begreifen, dass wir einen Dämon zur Strecke gebracht haben, doch man wird zumindest erkennen, dass der Doktor in Wirklichkeit ein Mörder ist.«

Lucian betrachtete sie nachdenklich. Endlich schüttelte er den Kopf. »Man merkt, dass Ihr Ravennas Schwester seid. Ihr denkt wie eine Hexe«, stellte er fest. Dann stach er die Gabel ins Kraut und begann mit gesundem Hunger zu essen.

Das Telefon hörte nicht auf zu klingeln. Irgendwann hielt es Yvonne nicht mehr aus. Sie legte die Gabel zur Seite und ging in den Flur hinaus. Es roch nach Kaminfeuer und Bohnerwachs. Ihr Vater hatte den Platz hinter dem Empfang verlassen. Als sie auf den Lichtschalter drückte, flammte die Beleuchtung auf, die den Weg vom Eingang bis zur Gaststube erhellte. Die Strahler waren auf bemalte Milchkannen, Holzrechen und Kupferstiche gerichtet, die an den Wänden hingen. Yvonne schluckte. Ihre Familie hatte das alte Haus liebevoll instandgesetzt. Lucian hat Recht, dachte sie, wir dürfen uns nicht so gehen lassen.

Entschlossen nahm sie den welken Fliederstrauß aus der Vase auf dem Tresen und warf ihn in den Papierkorb. Dann nahm sie am Empfang Platz. Zerstreut beantwortete sie die Anfragen der Gäste und trug die Reservierungen in das große Auftragsbuch ein. Gleichzeitig rief sie Informationen aus dem Internet ab. In Straßburg gab es drei Reedereien, die Ausflugsfahrten durch den Hafen und auf dem Rhein anboten, doch nur ein Unternehmen besaß weiß gestrichene Schiffe. Wenn sie sich doch nur den Namen des Boots gemerkt hätte, das Beliar für seine schwarze Messe gechartert hatte! Der Reihe nach klickte sie die Bilder an, doch die Boote sahen alle gleich aus. Sie entdeckte keinen Hinweis darauf, dass auf einem der Schiffe etwas Ungewöhnliches vorgefallen war.

Seufzend druckte sie die Seite mit der Adresse der Reederei aus. Bevor sie das Blatt nahm und in der Mitte faltete, streifte sie ein Paar der weißen Stoffhandschuhe über, die sie in der Handschriftenabteilung der Bibliothek trug. Sie schob das Papier in einen großen, braunen Umschlag, klebte ihn jedoch nicht zu. Dann überlegte sie, was sie als Nächstes tun sollte.

Es gab eine Sache, die sie vor Lucian verheimlicht hatte, ein Geheimnis, das der alte Hof am Fuß der Vogesen bewahrte. Irgendwo zwischen Weinbergen, Kuhweiden und dem Fluss befand sich ein Ort, der mit Magie aufgeladen war. Ihre Großmutter hatte manchmal Andeutungen gemacht, hatte von geheimnisvollen Lichterscheinungen und Weißen Frauen gesprochen, doch es war immer nur Ravenna gewesen, die Mémé an solchen Tagen begleiten durfte.

»Du bist noch nicht bereit, du bist zu stürmisch.« Mit diesen Worten hatte die Großmutter ihr den Wunsch abgeschlagen, ebenfalls nach jener Stelle zu suchen, an der die Wirklichkeit so dünn wurde wie Seidenpapier und man die andere Seite sehen konnte, das Reich der Elfen und Geister. »Du willst immer alles auf einmal, Yvonne! Du musst lernen, dich zu beherrschen.«

Beherrsche dich, sonst verzehrt dich die Magie! Yvonne musste lächeln, als ihr die Warnung in den Ohren klang. Ihre jüngsten Erfahrungen waren anderer Natur. Auf dem nächtlichen Fluss hatte sie erfahren, wie es sich anfühlte, wenn man jegliche Fesseln abstreifte und sich ungehemmt dem Strom der Magie überließ. Das Erlebnis hatte sie tief beeindruckt. Bei aller Furcht und Verstörung über Orianas Ende war ein Hunger zurückgeblieben, das

Verlangen danach, noch einmal wie ein Funke durch die Nacht zu fliegen und alles tun zu können, was die Kraft der Gedanken ermöglichte.

Das Telefon klingelte erneut. Das Auftragsbuch war für den ganzen Monat voll. Während Yvonne die Anzahl der Gäste und die Uhrzeit notierte, beschloss sie, mit ihren Eltern zu sprechen und sie zu überreden, das Gasthaus wieder zu eröffnen. Ravenna würde es ganz bestimmt nicht gefallen, wenn sie wüsste, dass das Leben auf dem Hof ihretwegen stillstand. Dann zog sie die Handschuhe aus und stieg in den ersten Stock hinauf.

Das Zimmer ihrer Großmutter lag am Ende des Gangs. Die Tür war unverschlossen. Nichts hatte sich seit Mémés Tod verändert: Die Kommode stand unter der Dachschräge. Darauf befanden sich das Schmuckkästchen und ein kleiner Spiegel. Auf dem Schreibtisch vor dem Fenster lag ein aufgeschlagenes Notizbuch.

Mémés Jahrbücher, dachte Yvonne und ließ ihre Fingerspitzen über die Seiten wandern. Von ihrer Großmutter hatte sie die Angewohnheit übernommen, jede noch so kleine Begebenheit schriftlich festzuhalten. Mémé hatte immer Tinte benutzt, die Buchstaben reihten sich wie kleine, blaue Soldaten auf dem Papier. Yvonne runzelte die Stirn und blickte aus dem Fenster. Von hier oben sah man den Garten, die Obstwiesen und Stallungen. Dunst hing über dem Fluss.

Seufzend nahm sie das Notizbuch an sich, zog die Schubladen auf und suchte alle Unterlagen heraus, die sie finden konnte. In den Jahrbüchern hatte ihre Großmutter jedes ungewöhnliche Ereignis eingetragen, das auf dem Hof geschehen war, Jahr für Jahr und Monat für Monat. Yvonne hatte Lucian mit keiner Silbe eingeweiht, doch sie wusste, dass die Antwort auf ihre Schwierigkeiten hier zu finden war, auf dem Stück Land am Fuß der Berge. Denn sie suchte nicht nur nach Beweisen, die Beliar überführten – sie suchte nach einem Zeittor.

Sie nahm den Stapel Jahrbücher auf den Arm. Als sie über die knarrenden Dielen im Flur schritt, stellte sie fest, dass die Tür zu

Lucians Zimmer nur angelehnt war. Er hatte geduscht und sich umgezogen. Jetzt lag er auf dem Bett und schlief.

Sie blieb im Türrahmen stehen und betrachtete Ravennas Ritter. Er gefiel ihr, er hatte ihr von dem Augenblick an gefallen, da er in der Dachwohnung über der Ill aufgetaucht war. Lucian hatte etwas Verträumtes an sich, etwas Sanftes bei aller kriegerischen Entschlossenheit, die er an den Tag legte. Selbst wenn er wütend auf sie war, hatte sie das Gefühl, er würde niemals zulassen, dass ihr etwas Schlimmes zustieß. Sie hatte noch nie einen Mann wie ihn kennengelernt. Die meisten ihrer Freunde waren derart von sich eingenommen, dass ihnen gar nicht in den Sinn kam, andere Menschen könnten ebenfalls Meinungen oder Bedürfnisse haben. Oder sie waren wie dieser Damian auf dem Boot: voller Leidenschaft und unterdrückter Begierde. Lucian dagegen verhielt sich vollkommen selbstlos. Die Art und Weise, wie er unter der Brücke auf Ravennas Rückkehr gewartet hatte und noch immer warten würde, wenn sie nicht eingegriffen hätte, rührte sie.

Sie seufzte. Sie war tatsächlich eifersüchtig auf ihre große Schwester. Ravenna schien einfach immer Glück zu haben, ganz gleich, ob es um Magie oder um Männer ging. Als sie die Tür leise zuziehen wollte, fuhr Lucian aus dem Halbschlaf auf und griff nach dem Schwert. Im nächsten Augenblick verzog er das Gesicht, ließ die Waffe fallen und fasste an seine Schulter.

»Alles in Ordnung?« Yvonne stieß die Tür auf.

Der Ritter warf ihr einen unglücklichen Blick zu. »Ich fürchte, Ihr müsst mir einen Gefallen tun«, murmelte er. »In der linken Schulter sticht etwas und der Rücken tut mir weh.«

»Du willst dir von deiner Gefangenen helfen lassen?«, bemerkte Yvonne spitz, doch als sie seinen Gesichtsausdruck sah, schluckte sie den Rest ihrer Bemerkung hinunter. »Na schön. Warte hier, ich komme gleich wieder.«

Sie holte das Täschchen mit dem Verbandszeug und kehrte ins Gästezimmer zurück. Lucian lehnte am Fenster und betrachtete die Bergkette, die sich jenseits der Felder erhob. Der Odilienberg ragte wie ein mächtiger, bewaldeter Buckel auf. Auf dem Gipfel waren die Dächer und Türme des Klosters zu sehen.

»Es scheint so nah«, seufzte er. »Als könnte man einfach hinaufreiten und wäre wieder zu Hause. Aber so einfach geht es nicht, nicht wahr?«

»Nein«, sagte Yvonne. »So einfach geht es nicht. Und wenn du noch länger gezögert hättest, ginge es gar nie mehr. Warum hast du mir nicht Bescheid gesagt, dass du verletzt bist?«

Lucians Schulter hatte sich entzündet. In den Schnittwunden steckten Glassplitter, die Yvonne mit der Pinzette herauszog, ehe sie die eitrigen Stellen spülte. Beim Anblick der Brandwunde, die sich wie der Abdruck eines Schuppenschwanzes über Lucians Oberarm zog, war ihr erster Gedanke, sofort den Arzt zu rufen. Mit dem nächsten Herzschlag verwarf sie die Idee wieder: Wie hätte sie erklären können, woher die Verletzung stammte?

»Die Glastreppe in der Villa war mit einem Bann belegt«, murmelte Lucian. »Sie gibt nach, sobald ein ungebetener Gast den Fuß auf die Stufe setzt. Wenn der Marquis den Spruch erneuert, fügen sich die Splitter genauso schnell wieder zusammen. Das hätte ich mir eigentlich denken können, aber in der Hitze des Kampfes ...« Er zuckte mit den Achseln. Offenbar schmerzte ihn die unbedachte Bewegung, denn er sog zischend Luft ein und ließ den Kopf hängen.

»Achtung jetzt. Das ist Jod. Es brennt«, warnte Yvonne, ehe sie die Stellen mit einem Wattebausch abtupfte. Lucian sagte nichts mehr, er ertrug die Behandlung mit geschlossenen Augen. Das braune Haar fiel ihm in den Nacken. Yvonne wusste nicht, was plötzlich in sie fuhr, aber aus einer Laune heraus straffte sie eine der Strähnen und trennte die Locke mit der Wundschere ab. Hastig wickelte sie das Haar auf und schob es in die Hosentasche. Lucian merkte nichts davon, der Schmerz seiner Wunden hatte ihn fest im Griff.

»Fertig. Das war's. Morgen erneuern wir den Verband und hoffen, dass alles abheilt.« Yvonne saß auf dem Bett und sah zu, wie er sich mit steifen Bewegungen anzog.

»Ihr habt die Hände einer Heilerin«, meinte er. »Darin seid Ihr Ravenna ähnlich.«

Yvonne brachte ein schiefes Lächeln zustande. »War das jetzt ein Dankeschön? Soll das heißen, wir sind miteinander versöhnt?«

Im Stehen blickte Ravennas Ritter auf sie herab. »Nein, das heißt es nicht. Ich werde Euren Fall ganz sicher vor Constantin und die Hexen bringen, schon um Eurer Selbst willen. Manchmal tut Beliar Dinge, deren Folgen wir erst sehr viel später erkennen. Es ist notwendig, dass Ihr Euch den Fragen der Sieben stellt.«

»Sie werden schnell merken, dass ich die Gabe besitze«, erwiderte Yvonne. »Ich verfüge über bestimmte Kräfte, genau wie Ravenna. Du wirst schon sehen: Sobald mich die Sieben besser kennen, werden sie mich in ihren Zirkel aufnehmen.«

Lucian lachte, doch es klang nicht unfreundlich. »Nun, das glaube ich kaum. Zumindest würde es nicht so schnell geschehen. Ihr müsstet die Siegelmagie erlernen und Euch zahlreichen Prüfungen unterziehen. Eine Hexe wird man nicht von heute auf morgen. Es ist ein langer Weg.«

Yvonne verschränkte die Arme. »Gibt es einen besseren Schutz vor Beliar als das Wissen mächtiger, weißer Magierinnen? Wenn du dir wirklich Sorgen um mich machst, solltest du mich eigentlich unterstützen.«

»Ihr müsst Geduld haben«, riet Lucian. »Ausdauer ist die erste Lektion, das haben auch meine Lehrer zu mir gesagt.« Yvonne spürte, wie der alte Ärger in ihr emporkroch. Weshalb wurde sie immer wieder zurechtgewiesen, während Ravenna alles in den Schoß fiel? Als ob ein Makel an mir klebt, dachte sie. »Ich habe sämtliches Wissen über Magie studiert, das in meiner Zeit zu finden ist. Was ist falsch daran?«

Lucian lächelte, während er die letzten Knöpfe schloss. »Gar nichts«, sagte er. »Es ist nur nicht genug.« Er sah zu, wie Yvonne

Schere, Mullbinden und Pflaster vom Bett sammelte. »Versteht mich nicht falsch, aber nicht jede Anwärterin ist für die Ausbildung im Konvent geeignet. Selbst von den begabtesten Schülerinnen werden nicht alle in den Zirkel der Sieben aufgenommen. Über Magie zu gebieten ist ein Privileg.«

Yvonne hob den Blick. »Soll das heißen, du hältst mich nicht für gut genug?«

»Es steht mir nicht zu, Eure Gabe zu beurteilen«, erklärte Lucian. »Aber ich fürchte, Ihr stellt Euch die Angelegenheit leichter vor, als sie ist.« Er bewegte vorsichtig die Schultern. »Bleibt hier«, befahl er. »Ihr dürft das Haus nicht ohne mein Einverständnis verlassen. In der Zwischenzeit will ich sehen, ob ich etwas finde, mit dem ich das Kettenhemd notdürftig zusammenflicken kann. Ich bin zwar kein Plattner, doch mit etwas Draht weiß ich mir zu helfen.«

Yvonne starrte auf die Tür, nachdem sie sich hinter dem Ritter geschlossen hatte. *Ihr dürft das Haus nicht verlassen. Was bildet sich dieser Kerl eigentlich ein?*, dachte sie wütend. Will er mich in meinem eigenen Elternhaus wie eine Geisel behandeln – nach allem, was ich für ihn getan habe? Eines muss man Beliar und seinen Anhängern lassen, dachte sie, während sie in Mémés Zimmer zurückkehrte. Jeder von ihnen begegnete mir mit Respekt. Die Hexer auf dem Boot hatten sie nicht unterschätzt, während Lucian in ihr nur Ravennas kleine Schwester zu sehen schien.

Sie nahm das Medaillon ihrer Großmutter aus dem Kästchen auf der Kommode, klappte das Schmuckstück auf und legte es auf den Schreibtisch. Einige Atemzüge lang starrte sie auf den Anhänger, um sich für die Magie zu sammeln, die sie wirken wollte. Dann verriegelte sie die Tür, schloss die Vorhänge und zündete die Kerzen auf dem Fensterbrett und vor dem Spiegel an.

Sorgfältig traf sie alle Vorbereitungen, die für den Zauber notwendig waren. Sie ölte den Tisch mit Rosenduft ein, ehe sie ihre Tarotkarten ausbreitete. Mit einem Wachsstift schrieb sie magische Formeln auf die Fläche, so dass um die Karten ein Bannkreis entstand. Dann streckte sie die Hände aus und hielt sie über das Tarotdeck. Mit geschlossenen Augen versenkte sie sich in die Meditation, bis sie hinter den Lidern ein grelles Flimmern wahrnahm. Wie von selbst wurde ihre Hand zu einer der Karten gezogen. Ihre Fingerspitzen kribbelten, als sie das Blatt aufnahm. Dann lächelte sie.

Auf Anhieb hatte sie die Karte der Liebenden gezogen. Das war mehr als ein gutes Zeichen – es war ein Omen. Sie würde Lucian einen Denkzettel verpassen, den er so schnell nicht wieder vergessen würde. Sie würde ihn lehren, die Macht der Hexen aus der Gegenwart nicht länger zu unterschätzen.

Sie faltete die Karte mehrmals, bis sie in das Medaillon passte. Dann zog sie die Haarlocke des Ritters aus der Hosentasche und rollte sie sorgfältig in den Anhänger. Zuletzt streute sie Blütenpollen über das Haar und ließ Kerzenwachs in dicken Tropfen in das Medaillon fallen.

»Mein Wunsch und dein Wunsch werden eins«, flüsterte sie, während das Wachs die Magie besiegelte. »Mein Gedanke wird dein Gedanke, meine Wahrheit ist deine Wahrheit, und wenn ich rufe, dann fliegt deine Liebe zu mir.«

Sie hielt das Medaillon, bis sie von neuem spürte, wie der dunkle, magische Fluss durch ihren Körper und ihre Hände in den Anhänger drang. Wieder blitzten Ahnungen zukünftiger Ereignisse vor ihrem inneren Auge auf, Hinweise, die in eine weit entfernte Zeit reichten. Yvonnes Herz klopfte, als sie die Arme hob und den Verschluss der Kette im Nacken einhakte. Das Wachs in dem Medaillon war noch warm, als sie es an sich presste und darauf wartete, dass die magische Aufwallung verebbte.

Sie fand Lucian im Stall, wo er den Kühen Heu vorlegte und die Reste zusammenfegte, als habe er sein ganzes Leben lang nichts anderes gemacht. Constantins Ritter war offensichtlich ebenso Constantins Stallbursche.

Als er sie bemerkte, ließ er die Heugabel sinken. »Yvonne! Kommt her und seht Euch das an!«

»Was ist denn?«, murrte sie, während sie mit einem großen Schritt über die Abflussrinne stieg. »So begeistert von der Stallarbeit? Wenn du nicht Acht gibst, wird dich mein Vater hierbehalten. Zwei geschickte Hände sind genau das, was dem Hof fehlt, sagt er immer.«

»Euer Vater ist ganz offensichtlich ein besserer Schmied als ich«, meinte Lucian. »Er bot an, meine Rüstung zu richten, wenn ich ihm dafür bei der Landarbeit zur Hand gehe. Und nun schaut, was ich in Eurem Kuhstall gefunden habe.«

Als er das Stroh zur Seite fegte, scharrten die Zinken der Heugabel über Stein. Hastig trat Yvonne näher. Lucian stand vor einem flachen Felsen, der fast vollständig im Boden versunken war. Eingeritzte Schnecken und Mondhörner bedeckten die Oberfläche, doch die Muster erkannte man erst auf den zweiten Blick. Für einen flüchtigen Betrachter wirkte der Stein nur schmutzig und verkratzt.

»Das ist der Maistein«, erklärte Lucian kopfschüttelnd. »Vor über siebenhundert Jahren standen Eure Schwester und ich an genau dieser Stelle, und Ravenna weihte mein Schwert. Heute lebt Eure Familie an diesem Ort. Was für ein seltsamer Zufall.«

»Das ist bestimmt kein Zufall«, murmelte Yvonne. »Das ist Magie.« Sie streifte die Schuhe ab und stellte sich mit bloßen Füßen auf den Felsen. Er war nicht kalt, wie sie erwartet hatte, sondern warm. Eine Ecke ragte unter der Wand des Stalles hindurch auf die Weide. Sie spürte den Fluss der Magie sofort. Ihr Haar begann zu knistern und ein Kribbeln lief ihre Glieder entlang. Zweifellos – Lucian hatte die magische Stelle gefunden, ohne dass sie auch nur einen Blick in Mémes Jahrbücher geworfen hatte.

Langsam drehte sie sich zu ihm um und strich sich wie beiläufig über das rote Haarband, das sie trug. Mit der anderen Hand berührte sie das Medaillon. Beachte mich!, befahl sie.

Die Aufmerksamkeit des Ritters blieb auf den Boden gerichtet. »Es war vorherbestimmt, dass Eure Schwester und ich uns eines

Tages begegnen«, murmelte er. »Nichts geschieht aus Willkür oder Zufall. Mit diesen Worten versuchte Malaury mich zu trösten, nachdem wir Maeve verloren hatten, und ...«

»Malaury? Wer ist Malaury?«, warf Yvonne ein. »Und wer bitteschön ist Maeve?«

Lucian hob den Kopf. Er starrte sie mit demselben Ausdruck an, den sie schon wahrgenommen hatte, als sie ihn unter der Brücke fand: gedankenverloren und verlassen, als befände er sich an einem Ort ohne Wiederkehr.

»Malaury ist Viviales Gefährte«, stieß er endlich hervor. »Er ist der Älteste in Constantins Runde und ein guter Freund. Leider ist er schwer erkrankt und wird den Winter wohl nicht mehr erleben, doch als er in meinem Alter war, tanzte er in den Mittsommernächten wie ein Derwisch. So sagt man jedenfalls.« Allmählich schien ihn etwas an ihrer Erscheinung zu verwirren. Er versuchte, wegzusehen, doch seine Augen wurden immer wieder von ihrer Gestalt angezogen.

»Eure Haare«, stieß er endlich hervor. »Ihr tragt Eure Haare anders als sonst.«

Yvonne lächelte. »Gefällt es dir?« Sie wickelte eine Locke auf den Finger, zog sie straff und ließ das Haar wieder nach oben schnellen.

»Ja. Ja, es ist ...« Lucian sprach nicht weiter. Er wandte sich von ihr ab und starrte auf die Kühe, die sich draußen auf der Weide tummelten. Yvonne schob sich zwischen ihn und den Anblick der grasenden Herde.

»Es ist bestimmt nicht leicht zu wissen, dass all diese Menschen längst zu Staub geworden sind«, sagte sie. »Gestorben vor mehr als siebenhundert Jahren. Und du bist als Einziger noch am Leben.«

Lucian schaute ihr tief in die Augen. »Warum tut Ihr mir das an?«, murmelte er. »Ich wurde als Gefährte Eurer Schwester ausersehen.«

Yvonne lachte glockenhell und legte Lucian die Hände auf die

Schultern. »Du wurdest zu Ravennas Begleiter bestimmt?«, wiederholte sie. »Das klingt ja schrecklich. Ich dachte, du hättest dich in sie verliebt.«

»Ich liebe sie auch«, stieß er hervor. »Von ganzem Herzen. Doch magische Gefolgschaft ist mehr als das.« Während sein Mund diese Worte sagte, verschlang er sie mit Blicken. Als sie sich an ihn schmiegte, wollte er zurückweichen, doch er stieß mit dem Rücken gegen die Stalltür. Sein Blick heftete sich auf das Amulett, das sie zwischen den Fingern tanzen ließ. Er wehrte sich nicht, als sie die Hand hob und seine Lippen mit den Fingern streifte.

»Magische Gefolgschaft, mh?«, lächelte sie.

Lucian lehnte den Kopf gegen das raue Holz der Tür. »Yvonne. Yvonne«, stöhnte er. »Ich glaube, Ihr seid wirklich eine Hexe.«

Sie stellte sich auf die Zehenspitzen. Mit der Zunge fuhr sie an seinen Lippen entlang und drang mit der Zungenspitze in seinen Mund. Lucian schloss die Augen und ließ sie gewähren. Er schien nicht einmal zu merken, dass sie sich mit dem ganzen Körper gegen ihn drängte. Dann trat sie einen Schritt zurück und ließ das Amulett los. Das genügt für heute, dachte sie. Sei entlassen!

Während sie sich in den Anblick des Maisteins vertiefte und um den Felsen schritt, benötigte Ravennas Ritter einige Augenblicke, um sich zu fassen. Er wirkte verunsichert und verwirrt, doch offenbar erinnerte er sich nicht an die flüchtige Begegnung gerade eben.

»Das ist also der Maistein«, meinte Yvonne. »Und was bedeutet das?«

»Es bedeutet, dass Euer Kuhstall auf einem alten, magischen Platz steht«, erklärte Lucian, als er neben sie trat. »Ihr habt die Gabe des Rufens, nicht wahr? Vielleicht haben wir ein Tor gefunden, durch das wir Ravenna befreien können.«

Der Baum der Nacht

Der Schein von hundert weißen Kerzen leuchtete auf den Betonwänden und dem Linoleumboden der Zelle. Mit einem Gefühl tiefen Unbehagens saß Ravenna auf der Pritsche, während sie beobachtete, wie Beliar den Lichterkreis abschritt und scheinbar belanglose Kleinigkeiten veränderte. Mal verschob er eines der Wachslichter oder setzte es auf einen Sims, dann maß er den Durchmesser des Kreises mit langen Schritten. Alles in ihrer Umgebung war weiß: der Boden, die Wände, die Decke, die Kerzen und auch die massive Stahltür, die weder Schloss noch Klinke besaß. Jede Form von Magie war an diese Tür verschwendet. Offenbar hatte Beliar den Eingang gegen Zauberei gesichert, das hatte Ravenna in den vergangenen Tagen oft genug ausprobiert.

Die Helligkeit verwirrte sie. Die meiste Zeit über war die Zelle abgedunkelt gewesen, und Ravenna war zu der Überzeugung gelangt, dass ihr Verlies finster war wie ein mittelalterlicher Kerker. Sie hatte keine Ahnung, wie viel Zeit sie in diesem Raum verbracht hatte. Seit ihrer Festnahme schienen Monate vergangen zu sein. Die Zelle war kreisrund wie ein Zimmer in einem Turm. Manchmal wurde ihr schwindlig, weil es keine geraden Linien gab, an denen sich das Auge entlangtasten konnte. Es gab auch kein Fenster, nur einen Sichtschlitz in der Tür, doch niemand beachtete sie, wenn sie schrie und gegen die Tür hämmerte, bis ihre Fäuste schmerzten. Irgendwann hatte man sie von der Pritsche losgebunden, ihr ein Tablett mit Essen hingestellt und erlaubt, dass sie die Toilette benutzte. Das Nachthemd war gegen einen verwaschenen Jogginganzug ausgetauscht worden, der an ihrem Körper schlabberte.

»Du musstest dich eine ganze Weile gedulden«, sagte Beliar nun, an sie gewandt. »Mehrere Wochen, um genau zu sein. Wir wollten den passenden Neumond abwarten. Diese Nacht ist wie geschaffen für eine Reise durch die Zeit.«

Er deutete zur Decke, wo nichts zu sehen war als weiß gestrichener Beton und eine flackernde Neonröhre. Ravenna sog die Unterlippe zwischen die Zähne. Sie hatte Wochen hier verbracht! Wenn es stimmte, was Beliar sagte, hatte sie viel zu viel Zeit verloren. Bei ihrer letzten Begegnung hatte Viviale ihr eingeschärft, sich zu beeilen, denn die Mittsommernacht rückte immer näher.

Die magischen Träume hatten sich nicht wiederholt. Mit dem Stil eines Löffels hatte Ravenna das Symbol, das Viviales Siegel zierte, in die Wand unter der Liege geritzt, so gut sie es aus der Erinnerung vermochte. Immer wieder hatte sie sich vor den magischen Knotenkreis gekauert und versucht, sich jede Schlinge und jede Schlaufe einzuprägen. Sie wollte das Zeichen wiedererkennen, denn wie Viviale gesagt hatte: Der Ring von Mabon war das Einzige, was sie aus dieser schlimmen Lage befreien konnte. Das Siegel des Todes.

Sie schluckte und versuchte, sich wieder auf Beliars Vorbereitungen zu konzentrieren. In den vergangenen Tagen hatte sie nicht viel von ihm gesehen. Wenn er die Zelle betrat, dann kam er in Gestalt ihres Arztes und spielte ihrem von Beruhigungsmitteln betäubten Verstand den fürsorglichen Therapeuten vor. Die Erinnerung daran schmerzte sie am meisten, denn es gab eine Zeit, da hatte sie Beliar – in Gestalt des Corvin Corbeau – vertraut und ihm von ihren Sorgen und Nöten erzählt.

Sie sprang von der Liege herunter. Beliar hob den Kopf.

»Ich habe nur eine Frage: Warum?«, sagte sie und ging langsam auf ihn zu. Der Jogginganzug war ihr viel zu groß und sie kam sich lächerlich vor. Beliar sah wie immer blendend aus. Seine

Robe war weiß. Er hatte sie gegen den Hausmantel getauscht, in dem er sie zum letzten Mal empfangen hatte. Ravenna schwante nichts Gutes, denn mit der Kapuze und den weiten Ärmeln erinnerte der Umhang an das Gewand eines Druiden. An den Ärmeln gab es Stickereien, die wie magische Zeichen aussahen, ebenso auf der Schärpe, die das Gewand in der Körpermitte raffte.

Beliar lächelte. Ganz in Weiß und mit einer brennenden Kerze in der Hand wirkte er unschuldig und engelhaft. Doch Ravenna wusste, wie gefährlich der Marquis war. Wenn das Licht von der Seite auf seine Gesichtszüge fiel, schien die Haut grau und fahl, und der Ausdruck um den Mund wechselte in Sekundenschnelle zwischen Hochmut, Selbstmitleid und Verdruss. Während ihrer Ausbildung hatte sie lange genug die verschiedenen menschlichen Gesichtsausdrücke studiert. Sie hatte gelernt, einen bestimmten Gefühlsausdruck in Stein zu meißeln und bis in den Bürstenstrich der Augenbraue zu verfeinern. Sie erkannte sofort, wenn etwas nicht stimmte. Beliar trug eine Maske, hinter der sein wahres Gesicht verborgen war.

»Du fragst warum? Ich musste mehr als siebenhundert Jahre auf diese Nacht warten, Ravenna. Inzwischen dürftest du eine Ahnung davon bekommen haben, wie schmerzhaft dieses Warten gewesen ist.«

Sie zog die Schultern hoch und ließ die Finger in den Ärmeln des Sweaters verschwinden. »Und worauf hast du gewartet? Auf mich und Yvonne? Auf die beiden letzten Erbinnen der Hexen? Wie bist du den Sieben damals entkommen? Du willst mir doch nicht erzählen, dass die Magierinnen nicht versuchten, dich wieder zu bannen.«

In Gedanken hatte sie sich alles genau zurechtgelegt: Die Sieben hatten sie gerufen, damit sie den Hexen half, den dämonischen Marquis zu besiegen. Doch irgendetwas war im Mittelalter geschehen, wodurch Beliar dem Fluch der Sieben entkommen war. Irgendetwas war schiefgegangen, sonst wäre der Teufel jetzt nicht hier.

Zu ihrer Überraschung lachte der Marquis. »Du bist sehr scharfsinnig, Ravenna«, lobte er. »Es stimmt: Es gelang mir damals nicht, die Sieben vollständig zu vernichten. Glaubst du, ich hätte von ihren Schriften auch nur ein Blatt übrig gelassen? Du hast doch das magische Buch in der Bibliothek entdeckt. Nein, ich war damals nur zum Teil erfolgreich. Ich musste so lange warten, um vollenden zu können, was auf dem Odilienberg begann.«

»Du hast Tausende von Magierinnen und Magiern getötet«, fuhr Ravenna ihn an. »All die Opfer des Hexenwahns – das war dein Werk, nicht wahr?« Sie erinnerte sich wieder daran, dass sogar ihre Großmutter Angst vor Verfolgungen gehabt hatte, und ihr Zorn darüber machte ihr Mut.

Beliar stellte die Kerze auf den Boden und richtete sich wieder auf. »Ravenna«, sagte er streng. »Ich will dir gerne berichten, warum es mir damals nicht gelang, den Zirkel der Sieben vollständig zu zerschlagen. Doch du musst mir zuhören und darfst mich nicht ständig mit deinen Beschuldigungen unterbrechen. Wie du weißt, befindet sich das Siegel des Sommers in meinem Besitz.«

Ravenna schluckte. Es stimmte – leider –, denn es war ihr und Lucian nicht gelungen, Melisendes Schatz zurückzuerobern.

»Aber was soll ich mit einem einzigen Siegel anfangen?«, fragte Beliar. »Um den Zirkel der Sieben zu brechen, brauche ich alle Hexenringe. In der Mittsommernacht tragen die Magierinnen ihren Schatz zusammen und wirken einen Zauber. Ich schmiedete einen Plan, wie ich die anderen Siegel in meine Gewalt bringen konnte, und weihte die Marquise ein. Leider rechnete ich nicht damit, dass ausgerechnet sie mir Widerstand entgegenbringen würde.«

»Elinor? Sie hat deinen Plan vereitelt?«, fragte Ravenna verblüfft. Sie dachte an die schwarz gekleidete Hexe mit dem Malvenkranz im Haar.

Beliar nickte. »Als alle Vorbereitungen getroffen waren, bat ich sie, mich in den Garten zu begleiten. Ich ahnte nicht, was sie vorhatte, sonst hätte ich sie aufgehalten. Als wir den Burgfried verließen, sprang sie plötzlich auf den Wehrgang und stürzte sich von den Zinnen. Du kennst meine Festung und weißt, wie steil die Felsen sind. Elinor war sofort tot. Zwar gelang es mir, ihr Blut zu nutzen und sofort zuzuschlagen, doch dadurch vermochte ich nur den Hexentanz in der Mittsommernacht zu vereiteln. Die Gelegenheit, den Sieben die Siegel zu entreißen, war unwiderruflich dahin. Durch meinen politischen Einfluss gelang es mir, den Konvent schließen zu lassen und Constantins Runde in alle Winde zu zerstreuen. Doch meine liebe Gemahlin wusste genau, was sie tat. Sie war eine der letzten ausgebildeten Tormagierinnen. Ohne sie war ich in der Zeit gefangen und musste jede Stunde und jede Minute erleben, bis zum heutigen Tag. Du ahnst nicht, wie lang selbst einem unsterblichen Dämon wie mir die Zeit werden kann. Ich habe alle menschlichen Vorstellungen der Hölle studiert, und ich kann dir sagen: Nichts davon ist wahr. Es gibt keine Feuerströme, keine Quälgeister, kein Tor aus glühendem Eisen und keine neun konzentrischen Kreise, die arme Sünder verschlingen. Die Hölle ist unendliche, unerträgliche Einsamkeit.«

Also Elinor, dachte Ravenna, ohne auf das Jammern des Teufels zu achten. Sie hat versucht, die Sieben zu retten, und zum Teil ist es ihr sogar gelungen. Die Marquise hatte sich der Schwarzen Magie doch nicht so weit zugewandt, wie Viviale befürchtete.

»Kssst ... Ravenna!« Dicht vor ihren Augen schnipste Beliar mit den Fingern. »Hörst du mir überhaupt noch zu? Kannst du mich nicht wenigstens ein klein wenig bedauern? Siebenhundert Jahre Einsamkeit! Kannst du dir vorstellen, wie entsetzlich langweilig diese Zeit war? Erst seit kurzem finden sich wieder Menschen, die dumm und machthungrig genug sind, um mir zu dienen.«

»Menschen wie Oriana«, warf Ravenna ein. »Und zum Dank hast du sie umgebracht.«

Zischend warf Beliar den Kopf in den Nacken. Auf dem Grund seiner Augen zeigte sich ein roter Funken, und Ravenna zuckte erschrocken zurück.

»Oriana war eine minder begabte Schwarzmagierin«, erklärte der Marquis. »Und das wusste sie. Ich entdeckte sie, weil sie in ihrem Laden mit einem Teufelsauge herumspielte. Sie war nicht wie deine Schwester, der die Magie so selbstverständlich wie Blut durch die Adern fließt. Zusammen mit den anderen Angehörigen meines Zirkels gelang es ihr, das Zeittor aufzustoßen, damit ich wenigstes für kurze Zeit auf den Odilienberg zurückkehren konnte – in die Zeit, als die Marquise noch am Leben war. Mehr Talent war Oriana nicht vergönnt, doch sie gab sich freiwillig hin. Das ist etwas Besonderes: ein williges Opfer. Dafür ist sie nun ein Blatt am Baum der Nacht.«

»Ein ... was?« Allmählich fiel es Ravenna schwer, den Gedankensprüngen ihres Gegenübers zu folgen.

Nachdenklich rieb Beliar sich über das Kinn. »Es war ihr letzter Wunsch, und ich habe ihn ihr erfüllt. Eines musst du begreifen: Ich bin keineswegs so grausam und unmenschlich, wie es Constantin oder die Sieben gerne darstellen. Ich begreife durchaus etwas von menschlichen Gefühlen, oder glaubst du, ich wäre sonst Psychiater geworden? Glaub mir, ich kenne eure kümmerlichen Seelen mit all ihren Abgründen. Streitereien, Selbstsucht und Hass und anschließend reuige Beichten und versöhnliche Tränen ... ich habe genug davon erlebt. Aber ich griff nie ein, denn ich war nur als Beobachter hier, um mir das heillose Durcheinander anzuschauen, das Morrigan anrichtete. Indem sie den Strom der Magie in Gang setzte, wollte sie erreichen, dass jeder, wirklich jeder – vom kleinsten Licht bis zu den Reichen und Mächtigen dieser Welt – glücklich wird. Aber was ist schon Glück?«

Er ist vollkommen irre, schoss es Ravenna durch den Kopf. Sie erkannte immer deutlicher, dass eigentlich Beliar in dieser Zelle einsitzen sollte und nicht sie. In ihrem Magen spürte sie ein nervöses, flattriges Gefühl und die Aufregung schlug ihr allmählich auf die Blase.

»Was für eine blöde Idee«, murmelte er. »Indem Morrigan die Magie zum Fließen brachte, löste sie das größte Chaos der Geschichte aus, denn nun wollte jeder einen Anteil an dem Zaubersegen haben. Meine Welt hingegen wird vollkommen sein, denn kein Glück zu kennen bedeutet auch, kein Leid zu erfahren.«

»Das ist dann genau wie diese Zelle hier«, warf Ravenna in bitterem Ton ein. »Hier gibt es auch weder Glück noch Liebe. Du musst verrückt sein, wenn du glaubst, das eine habe nichts mit dem anderen zu tun.«

Beliar starrte sie an. Seine Augen wirkten wie zwei schwarze Glaskolben, auf deren Grund die Glut schwelte. »Genug geplaudert«, beschloss er. »Heute Nacht ist Neumond. Und das bedeutet, dass du dich bereitmachen solltest, denn von nun an wirst du mich durch alle Zeiten begleiten. Zwar muss ich deinen Geist zuvor unterwerfen, doch als Entlohnung sollst du zu einer Fürstin an meiner Seite werden.«

»Danke, kein Bedarf«, murmelte Ravenna und versuchte, sich an den Rand des Kerzenkreises zurückzuziehen. Beliar packte sie mit harter Hand und zerrte sie zu einem Schaffell, das er in die Mitte des Kreises gelegt hatte. Dort stieß er sie zu Boden.

»Rühr dich nicht vom Fleck!«, befahl er. »Du entkommst mir nicht, also bereite uns beiden keinen Ärger, indem du dich gegen dein Schicksal sträubst.«

Mit hämmerndem Puls beobachtete Ravenna, wie der Marquis zur Tür ging. Die Kerzen flackerten, als er die Tür öffnete und einen Namen rief. Ein Mann mit schulterlangen Locken trat ein. Er war dunkel gekleidet und lächelte Ravenna zu, während er den Kerzenkreis lautlos umrundete und sich einen Platz im Raum suchte. Eine schöne junge Frau folgte ihm und dann traten immer mehr Leute in den Raum: schwarze, schweigende Gestalten.

Das sind die Anhänger des Marquis, dachte Ravenna. Ihr Magen verkrampfte sich. Teufelsanbeter, würde Lucian sagen. In dieser Neumondnacht begegnete sie Beliars schwarzmagischem Zirkel zum ersten Mal.

Sobald der letzte Mann in den Raum getreten war, zog der Marquis die Tür zu. Ängstlich behielt Ravenna die Gruppe im Auge, die sie nun von allen Seiten umringte. Sie fürchtete, einer von Beliars Jüngern könnte die magische Knotenschrift entdecken, die sie unter der Pritsche in die Wand geritzt hatte, doch da machte Beliar eine Geste mit dem Arm. Die Neonröhre an der Decke erlosch.

Kerzenschein erhellte die Zelle. Die Luft war heiß und roch nach geschmolzenem Wachs. Ravenna gehorchte, als Beliar ihr befahl, sich auf dem Schaffell auszustrecken. Ihr Blick heftete sich auf ein Säckchen aus Samt, das der Marquis aus den Tiefen seines Gewands holte. Als er es umstülpte, glitt eine Kette mit einem silbernen Anhänger heraus. Ravenna konnte erkennen, dass der Anhänger wie eine Faust geformt war, deren Zeigefinger nach unten deutete. Mit einem Gefühl der Beklemmung starrte sie auf die Kette. Es war ein magischer Gegenstand, und sie ahnte, dass Beliar damit nichts Gutes bezweckte. Ihre Gedanken rasten. Sie musste sich zur Wehr setzen, irgendwie einen Ausweg finden ... doch wie? Was konnte sie tun außer dazuliegen und abzuwarten, dass sich ihr Schicksal erfüllte?

Sie blinzelte nervös, als Beliar die Kette mit dem Anhänger über ihr Gesicht hob und hin und her schwingen ließ. Plötzlich klang seine Stimme wieder so einfühlsam und sanft wie die Stimme ihres Therapeuten. »Wehr dich nicht, Ravenna!«, ermahnte er sie. »Lass es einfach geschehen und denk immer daran, dass dir nichts geschehen wird. Atme tief und ruhig ... immer ruhiger ... auch dein Herzschlag verlangsamt sich ...«

Ravenna starrte auf die Hand, die über ihrer Stirn zu kreisen begann. Die Anwesenden summten einen tiefen Ton, der sie wie unter einer Glasglocke einschloss. Wieder hatte sie das Gefühl, dass die Luft dünner wurde. Und sie hatte Angst, denn das Pendel war etwas Böses, das ihr den Willen aussog.

»Was siehst du?«

Diese Frage überraschte sie, denn sie war davon ausgegangen, dass Beliar den Weg bestimmte und sie führte. Dann erinnerte sie sich wieder: Ein Dämon besaß keine eigene Macht.

»Was siehst du?«, wiederholte Beliar in schärferem Ton.

»Nichts«, sagte sie wahrheitsgemäß.

Der Marquis zischte ungeduldig. Der dumpfe Gesang der Runde schwoll bedrohlich an. »Gib dir mehr Mühe! Zeig mir das Tor.«

Was denn für ein Tor?, fragte Ravenna sich. Dann zwang sie sich hastig, an etwas vollkommen anderes zu denken, damit das Tor zur Hexenwelt nicht in ihrer Vorstellung aufstieg. Ihre Gedanken überschlugen sich. Wenn Beliar sie nicht lenken konnte, wie es ihm passte, dann war das hier ihre einzige Chance. Sie durfte nicht zulassen, dass er sie hypnotisierte. Sie musste ihm entwischen, indem sie ein anderes Tor aufstieß, ein Tor zu einem Ort, an dem der Schatz verborgen lag, nach dem sie und Lucian die ganze Zeit gesucht hatten.

»Da ist nichts«, wiederholte sie. Und dachte an das Siegel des Sommers.

Sie erschrak, als Beliar ihr zwei Finger gegen die Stirn stieß, als wolle er in ihren Kopf dringen. Das dritte Auge öffnete sich ohne jede Vorwarnung und ein heller Punkt tat sich vor ihr auf. So hat es immer begonnen, dachte sie erschrocken. Das ist das Tor!

Ohne großes Nachdenken formte sie die Hände zu einer Schale. Die Ränder des Tors begannen zu funkeln, als ihre Finger sich der Stelle näherten, und sie merkte, wie sie das Tor formen konnte. Sie weitete es ein winziges Stück, so dass ein Bogen entstand, der Platz für eine Person bot. Ravenna streckte die Hand hindurch, während sie die ganze Zeit an nichts anderes als an Melisendes Siegel dachte. Plötzlich merkte sie, wie der magische Sog sie erfasste, wie sie emporgehoben und durch das Tor getragen wurde.

Sie wirbelte herum. Schließe!, rief sie dem Tor in Gedanken zu und presste ihre Handflächen gegeneinander. Schließe! Sie wollte auf keinen Fall zulassen, dass ihr auch nur ein Einziger von Beliars Jüngern folgte.

Der Aufschrei des Dämons gellte in ihren Gedanken. Sie entdeckte eines von Beliars rotglühenden Augen, das durch den Spalt spähte. Doch das Tor schloss sich. Schlagartig wurde es dunkel um sie und sie fühlte, wie sie ins Nichts stürzte. Das Schwindelgefühl erinnerte sie an den Sturz durch das Zeittor, doch diesmal hielt es nur wenige Sekunden an. Als der Taumel nachließ, schlug Ravenna die Augen auf.

Sie lag auf einem weißen Teppichboden. Der Wind blähte lange Vorhänge auf, die Nacht vor den Fenstern war stockdunkel. Verwirrt setzte sie sich auf, doch ihre Verwirrung verwandelte sich rasch in Bestürzung, als sie feststellte, dass sie sich wieder in Beliars Arbeitszimmer befand. Sie saß in der Villa in der Rue des Meuniers, an jenem Ort, an den sie auf keinen Fall hatte zurückkehren wollen. Und sie war allein.

Dann fiel ihr Blick auf den Ledersessel ihres Therapeuten. Beliar hat gelogen!, schoss es ihr durch den Kopf. Das Siegel ist hier. Deshalb hat mich der Weg durch das Tor an diesen Ort zurückgeführt.

Hastig stand sie auf und zog den Jogginganzug zurecht. Das Zimmer war still und dunkel. Die Spuren der Verwüstung, die Lucian und sie angerichtet hatten, waren noch immer zu sehen. Papiere und Bücher lagen auf dem Boden verstreut, ein Regal war umgekippt und auf dem Schreibtisch herrschte Überschwemmung. Offenbar hatte Beliar die Villa nach dem Überfall verlassen und sich ein neues Versteck gesucht.

Ravenna atmete tief durch. Jetzt kam alles darauf an, dass sie keine Fehler machte. Geräuschlos öffnete sie die Tür. Außer ihren hektischen Atemzügen war kein Geräusch zu hören, die Haustür war verschlossen und das Licht ausgeschaltet. Sie warf einen Blick auf die gläserne Treppe. Sie hatte nicht vor, ihr Gewicht den verhexten Stufen anzuvertrauen. Vielmehr befürchtete sie, dass es noch andere Fallen gab, und sie hoffte, in keine von Beliars magischen Schlingen zu treten.

Barfuß rannte sie durch den Gang. Ihre Blase machte sich ärger bemerkbar als zuvor, doch sie wollte keine Zeit verlieren. Sobald Beliar und seine Anhänger begriffen, dass ihr Plan misslungen war, eilten sie bestimmt in die Rue des Meuniers, um das Siegel zu verteidigen.

Verzweifelt rüttelte Ravenna an den Terrassentüren am Ende des Gangs. Sie waren verriegelt. Im Schloss der letzten Glastür steckte ein Schlüssel. Ravenna atmete auf, als sie ihn entdeckte, und wollte schon nach dem Riegel greifen, als sie sich plötzlich wieder an Esmees Warnung erinnerte, was besprochene und verhexte Gegenstände anging. Behutsam näherten sich ihre Finger dem Schlüssel. Er wurde schwarz, wie ein Löffel, den man in eine Kerze hielt. Mit einem Ruck zog Ravenna die Hand zurück, und der Schlüssel nahm wieder seine ursprüngliche Farbe an.

Sie nagte an ihrer Unterlippe. Während sie mit einem Ohr zur Eingangshalle hin lauschte, kehrte sie in Beliars Arbeitszimmer zurück und nahm den teuren Kugelschreiber vom Schreibtisch. Als sie wieder vor der Terrassentür stand, hauchte sie die Spitze an und zeichnete ein Pentagramm um das verhexte Schloss. Sorgfältig achtete sie darauf, dass die Spitze des Sterns nach oben gerichtet war und dass sie dem vergifteten Schlüssel nicht zu nahe kam. Dann beugte sie sich zu dem Schloss.

»Meltannier!«, befahl sie.

Das Pentagramm glühte bläulich auf und verblasste wieder. Als Ravenna die Tür mit dem Finger antippte, brach das Schloss samt dem Pentagramm aus dem Rahmen. Beliar wird sich freuen, wenn er in seiner Villa Hexenmagie findet, dachte Ravenna und grinste schwach, als sie die Häkchen des hölzernen Fensterladens öffnete. Sie stieß den Laden auf, trat auf die Terrasse hinaus und nahm einen tiefen Atemzug. Endlich war sie frei! Die Nachtluft roch herrlich, nach dem Fluss, nach staubigem Teer und dem Leben in der Stadt.

Dann fiel ihr Blick auf den großen Baum in Beliars Garten. Sie stutzte. Zum ersten Mal, seit sie in dieses Haus kam, trug der Baum Blätter. Das Laub wirkte ledrig und lebendig und raschelte nicht, sondern bewegte sich lautlos wie Fledermausflügel. Es wirkte, als würde der Baum atmen. Staunend betrachtete Ravenna den Stamm. Er war riesig und gefurcht, ganz anders als die freundliche Esche in ihrem Hinterhof. Die Äste tauchten in die Dunkelheit ein und wiegten Tausende von Sternen in ihren Zweigen. Der Anblick war schön und grausam zugleich.

Von der Terrasse führte eine geschwungene Treppe in den Garten. Eilig stieg Ravenna die Stufen hinunter. Die Terrasse, der Pool, der Zaun mit den elektrischen Drähten – alles war in ein merkwürdiges, nachtschwarzes Licht getaucht. Beim Vorübergehen streifte sie mit den Fingerspitzen über den Baumstamm. Als sie den Baum berührte, löste sich ein Blatt von einem der oberen Äste und trudelte lautlos durch die Luft. Sacht kam es auf der Erde auf, doch Ravenna beachtete es kaum.

Ihr Blick war auf ein Gebäude gerichtet, das hinter dem Baumstamm auftauchte. Mitten in Beliars Garten stand ein Mausoleum. Weder von der Straße noch vom Sitzungszimmer im ersten Stock aus war das Grabmal zu sehen gewesen. Es besaß ein Vordach und ein Türmchen, der Eingang war zu einem Spitzbogen geformt und mit einer kunstvoll geschmiedeten Gittertür verschlossen. In der Mitte des Gitters befand sich ein keltischer Knoten.

Mit klopfendem Herzen näherte Ravenna sich der Pforte. Kein Zweifel, sie hatte das Siegel des Todes vor sich. *Wenn du mein Zeichen wiedersiehst, tritt ohne Zögern über die Schwelle!* Viviales Aufforderung hallte ihr in den Ohren. Sollte sie wirklich Beliars Gruft betreten? Eigentlich schlau von ihm, dachte sie. Indem der Marquis auf seinem Grundstück ein Grabmal errichtete, konnte er seinen Zeitgenossen seinen Tod immer wieder vorgaukeln. Wie oft hatte er wohl als trauernder Nachkomme an seinem eigenen Begräbnis teilgenommen?, fragte sie sich.

Langsam stieg sie die Marmorstufen zum Eingang hinauf. Diesmal gab es kein Schloss und die Klinke war auch nicht durch irgendeinen üblen Zauber gesichert. Lautlos sprang die Gittertür auf. Ravenna prallte zurück, denn ein widerlicher Geruch schlug ihr entgegen. Ihr Herz pochte hart, als sie die Augen anstrengte, um in der frostigen Dunkelheit etwas zu erkennen. In dem Mausoleum war es kalt wie in einem Eiskeller und ihr Atem dampfte. In der Mitte des Raums befand sich ein Sockel mit einem quadratischen Steinblock, der in der Mitte eine Öffnung besaß. Sie stieß beinahe mit dem Knie dagegen, denn sie bemerkte ihn erst im letzten Augenblick. In dem Grabmal war es stockfinster, nur von den Wänden kam ein schwaches Glitzern wie von Glimmer oder Gneis. Der Gestank wurde stärker, je weiter sie sich hineinwagte. Von dem Sockel schwirrte ein Fliegenschwarm auf. Insekten krochen ihr über das Gesicht. Angeekelt wischte sie die Fliegen fort.

Als sie sich umdrehte, um wieder hinauszugehen und im Schuppen nach einer Taschenlampe zu suchen, schrie sie vor Schreck laut auf. Eine Frau stand unter dem Eingang des Mausoleums. Ravenna hatte sie nicht eintreten hören. Die Fremde hatte sich die Kapuze des Umhangs tief ins Gesicht gezogen und die Hände in die weiten Ärmel geschoben. Kampfbereit reckte sie die Arme vor die Brust und blickte Ravenna unter dem Rand der Kapuze mit einem lauernden Lächeln an. Ihre Augen waren mit schwarzer Farbe umrandet und lagen tief in den Höhlen. Die Kleider bestanden aus Spitze und schwarzem Samt und um den Hals trug die Frau ein blutrotes Seidenband, an dem ein umgedrehtes Henkelkreuz baumelte. Das Band bildete den einzigen Farbstreifen in der Nacht, sämtliche Umrisse flimmerten.

»Hör zu, ich will mich nicht mit dir anlegen. Warum gehen wir beide nicht unserer Wege?«, schlug Ravenna vor. Ihre Stimme klang belegt und hallte unter dem Gewölbe. Mit einer flinken Bewegung hob die andere Hexe die Hand. Da erkannte Ravenna, dass sie zwischen den Fingern eine Feder hielt. Mit Schaft, Spule und Fahne glich sie einer gewöhnlichen Rabenfeder oder einem Gänsekiel, doch es gab einen bemerkenswerten Unterschied: Die Feder bestand aus geschärftem Stahl.

Die fremde Hexe holte aus dem Handgelenk zum Wurf aus und schon wirbelte die Stahlfeder auf Ravenna zu. Sie schaffte es gerade noch, sich hinter einen der Steinsärge zu ducken, die in einem Halbrund um den Sockel standen. Im nächsten Augenblick prallte die Feder mit einem hellen Geräusch von der Grabplatte ab. Ein zweites Zischen erklang. Ravenna rollte sich zur Seite, doch die Feder riss ihr das Bein unterhalb der Kniescheibe auf. Der Schmerz machte sie wütend.

»Verdammt! Du gemeines Biest!«, fluchte sie, als sie auf die Füße kam. Mit einem gekonnten Schwung schlug die Schwarzmagierin den Mantel zurück. An einem Gurt, der quer über ihre Brust verlief, trug sie ein Dutzend weiterer Federn.

Ravenna hob die Hände. Sie dachte an Josce und an den Abwehrzauber, den sie von der schlanken Jägerin gelernt hatte. »Froystcræft!«, rief sie. Ein Stab aus Eis erschien zwischen ihren Fingern. Er war so kalt, dass Ravenna ihn beinahe fallengelassen hätte. Fahles Regenbogenfeuer wirbelte im Inneren, Farben wie man sie in dunstigen Winternächten sah, und als sie ihn über den Kopf hob, schrie sie laut auf: In dem blassen Lichtschein erkannte sie, dass Wände und Decke des Grabmals aus glitzernden Insekten bestand: Schaben, Spinnen und Käfer, die in allen Farben schillerten, Maden und Skorpione in allen Größen. Kostbarkeiten aus Eis, die das Gewölbe der Unterwelt bildeten.

Fluchend wehrte Ravenna die nächste Feder ab, die ihre Gegnerin genau auf ihr Herz gezielt hatte. Als die Spitze gegen den Stab prallte, bildete sich ein Frostpelz, und als die Feder auf dem Boden aufkam, zerbarst der Stahl wie Glas. Auf dem Boden bildeten sich linsenförmige Tropfen, die rasch verdampften.

Die Angreiferin zog eine Augenbraue hoch, ein Zeichen leichter Überraschung. Dann zog sie die restlichen Federn aus dem Gurt und warf sie auf einmal in die Luft. Am höchsten Punkt der Flugbahn ordneten sie sich zu einem Bogen an, zu einer Schwinge, die auf Ravenna zustürzte.

Ravenna schwang den Stab herum und ließ ihn über ihrem Kopf kreisen. Ihre Arme waren von der Arbeit mit schweren Werkzeugen gestählt und sie wusste, wie man einen Schaft am wirkungsvollsten packte. Es knackte wie zersplitterndes Eis, als ihre

Waffe gegen die Federn prallte. Wie Quecksilber kullerten die Überreste der magischen Federn durch die Gruft, und wo sie auf das Gewürm des Teufels tropften, schmolzen die Kriechtiere und fielen von den Wänden. Rasch wurde die Lücke von nachrückenden Insekten geschlossen.

Die fremde Hexe keuchte. Sie wich zurück, als Ravenna auf sie zuging und den Stab nach ihr ausstreckte. »Es tut mir leid«, stieß sie hervor, »aber es ist besser für uns beide, wenn du jetzt verschwindest. Und zwar für immer.« Dann erschrak sie selbst, denn ein blasses Elmsfeuer flammte plötzlich um ihre Hände und um den vorgestreckten Stab. Entschlossen berührte sie ihre Gegnerin mit der Spitze.

Das Gesicht der jungen Frau verzerrte sich zu einem Schrei, doch aus ihrem Mund drang kein Laut. Der kalte Flammenschein raste um ihre Gestalt und sie packte Ravenna am Handgelenk. Die Haut der anderen Hexe fühlte sich weich wie Fledermauspelz an. Plötzlich tröpfelte Blut unter dem Seidenband hervor, das sie um den Hals trug, und sie röchelte. Dann zergingen die Finger, die Ravennas Arm gepackt hielten, und die Hexe verschwand in einem grellen Funkeln.

Keuchend sank Ravenna gegen den Steinbogen des Eingangs, der einzigen Stelle, an der es nicht vor Kriechtieren wimmelte. Vielleicht lag es daran, dass der Schlussstein des Bogens mit einem Pentagramm geschmückt war. Der Kampf mit Beliars Leibwächterin hatte nur wenige Minuten gedauert, doch Ravenna war schweißgebadet und der Schnitt in ihrem Bein brannte wie Feuer. Die Jogginghose klebte ihr am Schienbein und sie fluchte halblaut, als sie den Eisstab packte und in die Mitte der Gruft zurückhumpelte.

»Glywannier!«, befahl sie. Das regenbogenfarbene Schillern verstärkte sich. Sie schauderte, als sie erkannte, dass sie es selbst war, von der das Leuchten ausging: Ihre Gliedmaßen waren in ein fahles Licht gehüllt, von dem sie nicht mehr als einen Hauch spürte, einen Luftzug, der mit jeder Bewegung ihren Körper umwehte. Sie war ein Gespenst in einem Jogginganzug, das durch Beliars Gruft spukte.

Sie sah nicht mehr nach oben. Es war gruselig genug, das Schaben und Kratzen der Insektenpanzer rings um sich zu hören. Der Steinblock mit dem Loch in der Mitte war blutverschmiert. Diese Spuren waren noch nicht da gewesen, als sie die Gruft betreten hatte. Ravenna biss die Zähne zusammen, als sie sah, wie sich die Fliegen in Scharen auf dem verklebten Opferstein niederließen. Ratten huschten über den Boden.

Sie zwang sich, den Blick von dem Sockel abzuwenden. In dem fahlen Lichtschein zählte sie vier Marmorsärge, die auf Podesten standen. Als sie ihre leuchtende Hand über einen Deckel bewegte, erwartete sie, Namen wie Samiel Fontainebleau oder Arden Lambert zu lesen, doch stattdessen ergaben die goldenen Lettern nur ein einziges Wort: DAMIAN.

Schaudernd ging Ravenna weiter. Wenn der Marquis seiner Umwelt nicht vorgetäuscht hatte, dass es sich bei dem Mausoleum um ein Familiengrab handelte, wen hatte er dann in dieser Gruft bestattet? War dieses Gebäude überhaupt ein Grabmal oder war sie in einem Tempel des Bösen gelandet? An einem Altar des Teufels, wie Lucian es ausgedrückt hätte?

Ravenna spreizte die Hand über dem nächsten Marmordeckel. Elmsflammen hüllten ihre Fingerspitzen ein, der Widerschein funkelte auf goldenen Buchstaben. Sie las den Namen und stöhnte laut auf. ORIANA.

Das Blatt vom Baum der Nacht. Plötzlich begriff sie, wer die Leibwächterin gewesen war, die sie beim Betreten des Mausoleums angegriffen hatte: Es war das Mädchen, das auf dem Schiff ermordet worden war. Der Marquis hatte Oriana – oder besser gesagt, ihre sterbliche Hülle – zu seiner Leibwächterin ernannt. Nun begriff Ravenna auch, warum es im ganzen Haus keine Alarmanlage gab: Eine bessere Wächterin als eine untote Hexe konnte man sich kaum vorstellen.

Ein williges Opfer. Sie erinnerte sich an die Worte des Marquis und schauderte. *Das ist etwas ganz Besonderes. Du solltest zusehen, dass du hier rauskommst,* ermahnte sie sich. Sie atmete flach, als sie sich dem Ausgang zuwandte, denn der Gestank, der aus dem Loch im Opferstein strömte, nahm immer mehr zu. Da fiel ihr Blick auf den letzten Sarg. Der Deckel lag schräg auf der Kante und verschloss den Totenschrein nicht vollständig. Auf diesem Sarg stand kein Name, der Deckel war marmorweiß, und als Ravenna sich auf die Zehenspitzen stellte, bemerkte sie ein schwaches Funkeln.

Ihr Herz machte einen Satz. Sie lehnte sich gegen die Seitenwand und versuchte, ins Innere des Kastens zu spähen. Das Funkeln kam vom Kopfende, doch der Spalt, den der Deckel frei ließ, war zu schmal, um die Hand hindurchzustrecken. Mit dem ganzen Gewicht stemmte sich Ravenna gegen den Deckel, sie ächzte und stöhnte, als ginge es darum, eine Statue aus Sandstein an ihren Platz zu hieven. Als der Deckel nachgab, geschah es mit einem Ruck, der ihn über die Kante hinausschob und zu Boden krachen ließ.

Ravenna achtete nicht weiter auf die zersplitterte Marmorplatte. Sie beugte sich über den offenen Sarg, so dass das Licht, das um ihre Gestalt waberte, auf den roten Samt fiel, mit dem der Schrein ausgekleidet war. Auf einem Kissen am Kopfende lag ein alter Silberring. Selbst in dem unwirklichen Licht, das von Ravennas Händen ausging, funkelten die Steine, die rings um die Feuerblüte eingelassen waren.

Ihre Knie wurden weich. Sie hatte das Siegel des Sommers gefunden. Sofort streckte sie den Arm aus, doch sie musste sich weit über den Rand des Sargs lehnen, um den Ring an sich zu nehmen. Er schmiegte sich in ihre Hand, und das Eislicht, das in dem Stab wirbelte, verfärbte sich rosenrot. Ravenna stöhnte erleichtert auf und wandte sich dem Ausgang zu. Endlich war sie am Ziel!

Doch im Garten warteten schon Beliar und seine Anhänger auf sie. Breitbeinig stützte der Marquis die Hände auf den Knauf des Schuppenschwertes. Die Angehörigen des satanischen Zirkels bildeten einen Ring um das Grabmal. In den Händen hielten sie schwarze Kerzen und murmelten mit gedämpften Stimmen, so dass ihre Worte wie aus einem Munde hervorströmten. Der Fluch ließ in ihrem Rücken düstere Schatten entstehen, die hoch über ihre Köpfe hinaus züngelten.

Erschrocken sog Ravenna den Atem ein. Sie ließ das Siegel in der Hosentasche verschwinden. Dann hob sie den Eisstab, denn sie hatte nicht vor, sich kampflos zu ergeben.

Beliars Engelsgesicht verzog sich zu einem spöttischen Lächeln. Die Zauberzeichen an den Ärmeln seiner Robe glühten und in seinen Augen brannte ein tiefrotes Feuer. Mit einer Hand schüttelte er die Stahlscheide von seiner Klinge.

»Willst du dich mit mir messen?«, erkundigte er sich. »Haben dir die vier Tage bei den Hexen so viel Mut eingeflößt?«

Ravenna hob das Kinn. Ihre Finger umkrampften den Stab und sie hoffte, dass die Spitze nicht allzu sehr zitterte. »Erinnerst du dich noch an die Frage, die ich dir im Bannkreis stellte, kurz bevor die Polizei kam?«, gab sie zurück. »Jetzt ist sie beantwortet. Du hast die Hexen bestohlen. Die Sieben haben mich ausgeschickt, um dir Melisendes Schatz wieder abzunehmen, und genau das werde ich jetzt tun. Und vor allem merk dir eines: Du wirst mich nie wieder hypnotisieren.«

Mit dem Stab schlug sie gegen die Kette, die Beliar unablässig durch die Finger der linken Hand gleiten ließ. Die Stabspitze glühte auf, als sie die silberne Faust berührte. Als der Anhänger schmolz, spürte Ravenna einen sengenden Schmerz auf der Stirn – dort hatte der Dämon sie mit dem Finger berührt.

Beliar brüllte auf und wirbelte das Schwert in die Höhe. Der magische Stab hielt dem ersten Hieb des Dämons stand und auch dem zweiten, obwohl Ravennas Finger sofort taub und gefühllos wurden. Mit einem Schrei ließ sie das Eislicht auflodern und blendete den Marquis, doch beim dritten Mal prallte die Drachenklinge ungebremst gegen den Stab. Er splitterte. Rosenblätter regneten auf die Kämpfenden nieder und von der Wucht des

Schlags geriet Ravenna ins Taumeln. Hastig wich sie unter das Vordach zurück. Die Gruft bot die einzige Rückzugsmöglichkeit, auch wenn sie sich gerade noch geschworen hatte, das Mausoleum nie wieder zu betreten.

Mit gleichförmigen Schritten setzten Beliars Anhänger ihr nach. Der Kreis wurde enger. Die Hexer hoben die Arme und die schwarzen Flammen wuchsen noch weiter empor. Sie neigten sich zur Spitze des Dachs und drohten das Mausoleum wie eine Glocke zu umschließen. Von der Spitze des Türmchens, welches das Grabmal schmückte, zuckten Blitze empor. Da begriff Ravenna: Offenbar sollte sie das nächste Opfer werden. In den Särgen bewahrte Beliar seine untoten Leibwächter auf und der letzte Schrein – jener, in dem sie das Siegel des Sommers entdeckt hatte – war für sie bestimmt.

Mit der linken Hand umschloss sie Melisendes Siegel.

»Breccanier!«, schrie sie und stieß die geballte Faust in Beliars Richtung. Erst im letzten Augenblick öffnete sie die Finger. Ein Feuerrad schoss aus ihrer Hand hervor. Es raste direkt auf den Marquis zu und traf ihn an der Brust.

Doch es zeigte sich, dass Beliar vorgesorgt hatte. Unter dem Druidenmantel trug er seinen Harnisch, und als das Feuerrad auf die Brustpanzerung traf, zerplatzte es. Glutreste knirschten unter seinen Stiefeln, als er seiner Gegnerin nachsetzte und mit der Schuppenklinge ausholte. Ravenna wich zur Seite, doch sie glitt auf den Marmorplatten aus und stürzte. Das schuppige Eisen bohrte sich einen Fingerbreit neben ihrem Ohr in den Spalt, die Klinge nagelte sie an der Kapuze der Joggingjacke fest.

Mit einer verzweifelten Bewegung warf sie sich herum und trat dem Marquis gegen das Knie. Ein überraschter Ausdruck erschien auf Beliars Gesicht, als er einknickte und das Schwert die Stoßrichtung verlor. Seine Stiefelspitze traf Ravenna am Kinn. Der Stoff ihrer Jacke zerriss hörbar, Schmerz durchzuckte sie, als ihr Kopf zur Seite geschleudert wurde.

Sie krallte die Finger in das schmiedeeiserne Gitter und zog sich hoch. Sie musste sich an der Pforte festhalten, um nicht wieder wegzusacken, doch Viviales Symbol befand sich jetzt eine Handbreit vor ihrem Gesicht. Das Siegel des Todes. Folge meinem Zeichen, Ravenna!

Sie grub die Finger in die Schlingen des magischen Knotens, während sie mit der anderen Hand nach dem Siegel in ihrer Hosentasche tastete. »Jetzt!«, schrie sie, weil ihr nichts Besseres einfiel. »Los doch!«

Ein grelles Licht flammte auf. Und dann: nichts mehr. Dunkelheit und ein Tosen. Ein Sturz durch die Nacht. Langsam kreisende Sterne.

Ravenna blieb die Luft weg, als sie mit dem Rücken auf eine federnde Schicht aufprallte. Sie riss die Augen auf und glaubte im ersten Augenblick, sie habe die Gruft des Teufels nie verlassen, so schwarz war der Raum über ihr. Ein vertrauter Duft drang ihr in die Nase. Heu. Heu?

Verwirrt hob sie den Kopf, während sich ihre Finger in den abschüssigen Untergrund krallten. Sie lag auf einem Heuhaufen in einer Scheune, und während sie noch darüber nachdachte, wie das möglich sein konnte, knarrten die Bretter unter ihr. Sie gaben erst mit einem und dann mit einem zweiten Ruck nach. Beim dritten Knarren brach der Heuboden unter ihr durch und sie stürzte wieder, doch diesmal war es ein sehr körperlicher Sturz, der von Rumpeln, Getöse, Kettenrasseln und erschrockenem Muhen begleitet wurde. Dann schlug sie hart auf dem Boden auf.

»Au … Scheiße!«

Einige Atemzüge lang lag sie mit geschlossenen Augen da und versuchte, mit den geprellten Rippen Luft zu holen. Als sie die Lider öffnete, beugten sich zwei erschrockene Gesichter über sie.

»Verdammt nochmal«, sagte Yvonne. »Das ging jetzt aber schnell.«

Lucian sank auf ein Knie. »Ravenna«, stieß er hervor. »Wer hat

Euch das angetan?« Seine Finger berührten ihr Kiefergelenk und sie spürte einen pochenden Schmerz.

So schnell, wie diese Fragen gestellt wurden, konnte sie noch gar nicht wieder klar denken. Mühsam hob sie die Arme und starrte ihre Hände an. Das fahle Licht, das sie umhüllt hatte, war verschwunden, sie war wieder sie selbst. Mit der rechten Faust umkrallte sie ein Bündel Heu und in der anderen Hand hielt sie einen Ring aus altem Silber.

»Das Siegel … ich habe Melisendes Siegel gefunden!« Sie lachte und schluchzte gleichzeitig. Das Sprechen fiel ihr schwer, und als sie sich zur Seite rollte und sich aufrichtete, rann ihr ein blutiger Speichelfaden aus dem Mund. Schaudernd schloss sie die Augen, als sie erkannte, dass Beliar sie fast getötet hätte.

Behutsam half Lucian ihr, sich aufzusetzen. Das Heu hatte den Aufprall abgemildert, und als sie sich umschaute, stellte sie fest, dass sie auf dem Stallboden in der Scheune ihrer Eltern saß. Unter dem Heuhaufen lugte eine verwitterte Steinplatte hervor, auf der Rosenblätter, Gänseblümchen und verstreute Gerste lagen. Teekerzen brannten auf den Balken.

Ravenna presste den alten Siegelring an sich. »Offenes Feuer im Stall? Was soll das? Was treibt ihr beiden da?« Blut füllte ihren Mund und tröpfelte auf die Joggingjacke. Sie verzog das Gesicht.

»Rasch, geht und holt Wasser!«, befahl Lucian. »Und seht nach, ob die Stalltür wirklich geschlossen ist. Niemand darf hier hereinkommen.« Zu Ravennas Erstaunen nickte Yvonne ruhig und ging ohne Murren ans Werk. Als sie allein waren, schlang Lucian die Arme um sie. Mit einem Seufzen ließ sie sich gegen seine Schulter sinken. Sie zitterte am ganzen Körper.

»Ihr seid verletzt«, stellte ihr Ritter fest, während er sie in den Armen wiegte und ihr das wirre Haar aus dem Gesicht streifte. »Aber Ihr seid hier! Wie sehr habe ich Euch vermisst! Es gab da einige Tage, an denen ich glaubte, es sei alles verloren. Erinnert Ihr Euch noch, was zuletzt geschehen ist?«

»Ich habe mit Beliar gekämpft. Da waren seine Jünger und ein

Grabmal, das gar kein Grabmal war, sondern ein Bluttempel ... Entschuldige mich mal kurz«, murmelte sie, als sie aufstand und auf wackeligen Beinen zur Stalltür wankte. Die Natur forderte ihr Recht, und nachdem sie dem drängenden Bedürfnis endlich freien Lauf gelassen hatte, ging es ihr wesentlich besser. Niemand hatte sie vorgewarnt, wie sehr Hexenmagie und Schwertkämpfe durch eine volle Blase behindert wurden.

»Ich glaube, als Nächstes musst du mir eine Lehrstunde im Fechten geben«, sagte sie, als sie in den Stall zurückkehrte. Sie grinste schief, als Lucian zu ihr aufblickte. Er trug Jeans, ein schwarzes T-Shirt und die ausgemusterten Wanderstiefel ihres Vaters. Wenn um seinen Hals nicht das Triskel hängen würde, dann würde er glatt als der nette Junge vom Nachbarhof durchgehen, dachte Ravenna. Dann fiel ihr Blick auf seine Unterarme. Die feinen Narben, die von den Schwertübungen stammten, sprachen eine andere Sprache, die Sprache vom Kampf um Macht und Magie.

»Was ist passiert?«, fragte Lucian wieder. »Seit Wochen versuchen wir Euch aus Beliars Kerker zu befreien, doch erst heute Nacht ist es uns geglückt.«

»Heute ist Neumond«, sagte Ravenna und warf einen Blick in den dunklen Himmel. Sie hatte keine Ahnung, wie spät es war, doch sie spürte, wie sich in ihrem Kopf vor Müdigkeit alles drehte.

»Das stimmt«, warf Yvonne ein. Sie trug eine Schüssel mit Wasser und hatte sich ein sauberes Tuch über den Arm gelegt. »Wir haben dich immer wieder gerufen, doch wie es scheint, konntest du uns nicht hören, solange du in der Klinik warst.«

»Du hast eine Beschwörung abgehalten? Ich meine ... hier?« Ravenna schwenkte die Hand über das Eisengitter, die Milchkühe und den rostigen Pumpschwengel im Hintergrund.

»Das ist der Maistein«, sagte Yvonne und deutete auf die Felsplatte, die halb unter dem Heu verborgen war. »Lucian hat ihn entdeckt, und er meinte, wenn es uns gelingt, eine Verbindung zu dir aufzunehmen, dann an diesem Ort.«

Mit diesen Worten tauchte sie das Tuch in die Schüssel, drückte das Wasser heraus und tupfte ihr das Blut vom Gesicht. Erstaunt betrachtete Ravenna ihre Schwester. Yvonne wirkte ernster und irgendwie erwachsener. Und sie trug wieder das alte Medaillon, das Mémé ihr geschenkt hatte. Endlich hat sie Magie gewirkt, bei der es um etwas Wichtiges ging, dachte Ravenna. Es ging um mich. Als Yvonne das Tuch zur Seite legte, fasste sie ihre Schwester an den Händen und hielt sie fest.

»Danke«, sagte sie. »Das meine ich ganz im Ernst. Ihr habt mich buchstäblich im letzten Augenblick gerettet. Ich habe zwar keine Ahnung, wie ihr beiden euch gefunden habt, aber ich verdanke euch mein Leben.«

Der Ritter und ihre Schwester tauschten einen Blick. Als Yvonne sie wieder ansah, weiteten sich ihre Augen. »Was ist das?«, fragte sie und legte den Finger auf die Stelle zwischen Ravennas Augenbrauen. »Geht das nicht ab, wenn du reibst?«

Mit einem Stirnrunzeln beugte Ravenna sich über die Wasserschüssel. Auf ihrer Stirn gab es eine Stelle, die glänzte wie das Innere einer Muschel. Sie ertastete einen Kreis, um den sieben winzige Sicheln angeordnet waren. Die Spitzen zeigten nach außen, so dass eine Blüte entstand. Das Hexenmal hatte ungefähr den Durchmesser einer Münze und bestand aus demselben seltsamen Stoff wie der Stab, mit dem sie sich gegen den Teufel verteidigt hatte: Eislicht. Mondstaub. Perlmutt.

»Das dritte Auge«, flüsterte sie. »Es hat sich geöffnet. Ich habe den Baum der Nacht gesehen und Oriana ...«

Schaudernd berührte sie ihre Stirn. Das Mal war so kalt wie der Stab, der in ihrer Hand erschienen war. Mit einem tiefen Atemzug lehnte sie sich zurück. Während Lucian ihr Knie mit einem Leinenstreifen verband, schloss sie die Augen. Die wahre, magische Kraft war nicht an Dinge gebunden – das zwar auch, doch darauf kam es nicht unbedingt an, stellte sie fest. Besprochene Gürtel oder geweihte Schwerter hatten ihr nicht helfen können, als sie in der geschlossenen Abteilung der Uniklinik in der Falle saß. Sie hatte Beliars Verließ mit leeren Händen betreten und dennoch war sie mit Melisendes Siegel zurückgekehrt.

Weil sie Magie wirken konnte. Weil sie tatsächlich eine Gabe besaß, die sie von Melisende und Mémé geerbt hatte. Und weil sie eine Hexe war.

Das Grab des Druiden

»Wir müssen aufbrechen«, drängte Lucian, als sie wenig später in der unbeleuchteten Großküche saßen. Ravennas Haare waren noch nass. Sie hatte sich ein Handtuch über die Schultern gelegt, saß auf der Anrichte und fühlte sich so wohl wie seit ihrer Einlieferung nicht mehr. Sie trug wieder ihre Reitkleider und biss herzhaft in das Brot, das mit Speck, hartgekochten Eiern und Gurken belegt war. Es war die leckerste Mahlzeit, seit sie Beliar in die Falle gegangen war.

»Wenn sich der Kampf um das Siegel so zugetragen hat, wie Ihr berichtet, dürfen wir uns hier nicht länger aufhalten«, wiederholte Lucian. »Bestimmt werden dieser Gress und seine Männer bald hier auftauchen. Wir sollten uns beeilen.«

»Er hat völlig Recht«, mischte sich Yvonne ein. »Der Kommissar war in letzter Zeit öfter hier und versuchte, uns über deine Vergangenheit auszuhorchen. Irgendwie scheint er Doktor Corbeau nicht so recht über den Weg zu trauen. Zum Glück hat er eine Schwäche für Vaters Schnäpse. Dein Ritter hier sieht zwar nicht so aus, aber er verträgt eine ganze Menge.«

Gutmütig klopfte sie Lucian auf die Schulter. Ravenna hatte den Mund voll Tee, doch sie prustete beinahe los. Die Vorstellung, wie Lucian mit Gress beim Abendessen saß und anschließend die Schnäpse ihres Vaters verkostete, brachte sie zum Lachen.

»Wie habt ihr es angestellt, dass Gress Lucian nicht verdächtigte?«, wollte sie wissen. »Ich meine, Beliar hat der Polizei doch bestimmt eine Beschreibung geliefert.«

»Seltsamerweise nicht«, brummte Lucian. »Vermutlich wollte er ebenso wenig wie Ihr, dass ich in Eurer Welt entdeckt werde. Er hat Euch die ganze Schuld gegeben und behauptet, Ihr hättet ihn auch früher schon bedroht.«

Langsam schüttelte Ravenna den Kopf. Wie konnte es nur so weit kommen?, fragte sie sich. Wieso habe ich nicht schon früher bemerkt, aus welchem Holz dieser Corbeau geschnitzt war?

Lucian schien ähnliche Gedanken zu hegen, denn er sah sie an und fragte: »Wie seid Ihr bloß an diesen Mann geraten?«

Fröstelnd zog sie die Schultern hoch. »Dieser Einbrecher ist schuld«, murmelte sie. »Der Mann in meiner Wohnung. Er war krank, Lucian, vollkommen krank, und er hat Dinge mit mir getan …« Sie sprach nicht weiter.

»Los jetzt«, befahl Yvonne. Sie räumte die Reste der Mahlzeit weg und sorgte dafür, dass die Küche so aussah wie vorher. »Ihr solltet zusehen, dass ihr aufbrecht.«

Lucian runzelte die Stirn. »Ihr wisst, was wir vereinbart haben«, ermahnte er Ravennas Schwester. »Jetzt geht und holt die Kettenhemden und mein Schwert.«

Ohne ein Wort verließ Yvonne die Küche. Ravenna zog die Augenbrauen hoch. »Was hast du denn mit ihr gemacht?«, fragte sie. »Seit wann gehorcht sie dir, ohne zu zögern? Wenn ich sie früher um einen Gefallen bat, hat sie mich an den Haaren gezogen.«

Lucian lächelte schwach. »Das würde sie in meinem Fall wohl nicht wagen. Yvonne ist meine Gefangene. Sie war auf dem Boot, Ravenna.«

Das Blut sackte ihr in die Beine und die unbeleuchtete Küche schien ein paar Grade dunkler zu werden. Ihre kleine Schwester hatte sich mit Beliars Schwarzmagiern eingelassen. Sie hatte mitgeholfen, als der Marquis Oriana zu seiner untoten Leibwächterin machte. Das war allerdings ein Grund, um sich Sorgen zu machen.

»Und was jetzt?«, fragte sie, doch ehe Lucian antworten konnte, ging die Küchentür wieder auf und Yvonne trat ein, beide Arme mit den Kettenhemden beladen. Rasselnd ließ sie die Rüstungen auf die Kochinsel fallen und reichte Lucian sein Schwert.

»Mir kam gerade ein Gedanke«, keuchte sie mit Blick auf die Waffe. »Wir könnten diesem Beliar eine Falle stellen. Bedenkt doch: Ich habe die Gabe des Rufens. Ravenna ist eine Tormagierin. Wenn wir den Maistein benutzen, um ihn anzulocken, und wenn Lucian ihn dann mit gezogenem Schwert erwartet …«

»Nein!«, riefen Lucian und Ravenna beinahe gleichzeitig aus und der Ritter setzte hinzu: »Schlagt Euch das aus dem Kopf, Yvonne! Ihr behauptet zwar, nicht mehr zu wissen, was während des Gewitters in der Bibliothek geschah, doch ich kann Euch eines versichern: Ohne die Hilfe des Pilgers wären wir alle umgekommen. Eure Eltern waren sehr freundlich zu mir und nahmen mich ohne große Nachfragen in ihr Haus auf. Ich werde nicht zulassen, dass Gilbert und Anna etwas zustößt.«

Mit großen Augen sah Ravenna die Streithähne an. Sie erschrak über die Härte, mit der Lucian ihre Schwester am Oberarm gepackt hatte. Mit einer ungehaltenen Bewegung befreite Yvonne sich aus dem Griff des Ritters. »Ist ja schon gut«, murmelte sie. »Warum regst du dich denn so auf? Es war doch bloß ein Vorschlag.« Sie rieb sich die Schulter, während Lucian das Kettenhemd auseinanderzog.

Ravenna staunte, als sie die zahlreichen neuen Glieder sah, welche die Panzerung über der Schulter und an der Seite zusammenhielten. »Deine Rüstung ist wieder ganz! Wie hast du denn das fertiggebracht?«

»Euer Vater half mir«, erklärte Lucian, während er das T-Shirt sorgfältig in den Hosenbund schob und die Falten glättete. »In meiner Welt wäre er kein Gastwirt, sondern ein reicher Schmied, das könnt Ihr mir glauben. Geht Ihr mir beim Überziehen zur Hand?«

Ravenna hielt das Kettenhemd in die Höhe und war Lucian

behilflich, als er die Panzerung über Kopf und Schultern streifte. Zwischen ihren Fingern fühlten sich die Ringe an wie flüssiges Silber. Als Lucian sich aufrichtete, glitt die Rüstung wie eine zweite Haut an ihm herab. Er lächelte.

»Jetzt Ihr«, sagte er und half ihr, die Rüstung anzulegen, die sie auf der Burg von dem jungen Rotschopf entliehen hatte – Marvins Cousin. Als sie vollständig gerüstet voreinander standen, musste Ravenna schmunzeln: Kettenhemd zu Jeans und Schnürstiefeln aus wasserabweisendem Kunststoff, das war ein eher gewöhnungsbedürftiger Aufzug. Aber sie wusste, was es zu bedeuten hatte: Die Verwandlung hatte begonnen.

Sie konnte nicht anders – sie zog Lucian rasch zu sich heran und küsste ihn auf den Mund, ohne auf die schmerzenden Prellungen an Lippe und Kinn zu achten. Er hatte nichts dagegen, im Gegenteil: Er schlang die Arme um sie, bis sie der Geruch von frisch geölter Kette einhüllte. Dann legte er ihr die Hände auf die Schultern und hielt sie ein Stück von sich weg.

»Ich weiß, wie mutig Ihr seid, Ravenna, doch ich verlange, dass Ihr Vorsicht walten lasst. Wir werden jetzt auf den Odilienberg reiten und nach einem Tor suchen. Selbst wenn es uns gelingt, unsere Verfolger in dieser Welt abzuschütteln und das Tor zu durchschreiten, sind wir noch nicht in Sicherheit. Denkt immer daran: Während unserer Abwesenheit hatte der Hexenbanner ausreichend Gelegenheit, sich vorzubereiten. Ich glaube nicht, dass der Kampf um den Konvent schon ausgestanden ist. Bleibt also in meiner Nähe.«

»Nichts lieber als das«, murmelte Ravenna. Sie schob die Schultern hin und her, um das Gewicht der Panzerung besser zu verteilen. Dann verließen sie die Küche.

Als sie in den Hof traten, war schon das erste, nebelgraue Dämmerlicht über dem Fluss zu sehen. Die Sonne war noch nicht aufgegangen. »Dunkelheit wäre weitaus besser für uns«, brummte Lucian, während er zu den Pferden schritt, die hinter dem Stall angebunden waren. Bei Ravennas Anblick scharrte

Johnny mit dem Vorderhuf und zerrte am Strick. Sie kraulte ihn unter der dichten, warmen Mähne. Das zweite Tier war ein großer Rappe mit einer Blesse und einem weißen Hinterhuf. Während sie ihren Sattel hochhob, wunderte sie sich, wo Lucian dieses Tier aufgetrieben hatte. Bei jeder Bewegung klirrten die Kettenhemden leise.

»Wäre es nicht besser, wir würden das Auto nehmen? Eine Viertelstunde, dann sind wir auf dem Gipfel«, schlug sie vor.

Lucian schüttelte den Kopf, während er dem Rappen den Sattel auflegte und die Gurte schloss. »Wir sollten so schnell und so geräuschlos wie möglich von hier verschwinden. Und zwar auf dem Pferderücken, denn die Straßen wird man als Erstes absuchen, wenn man Eure Flucht bemerkt. Mit den Tieren haben wir eine Chance, durchs Unterholz zu entkommen.«

Ravenna fröstelte. Die Luft bei Tagesanbruch war kalt und der Kettenstahl nicht dazu angetan, sie zu wärmen. Das Haus ihrer Eltern versank hinter Efeu und Weinranken, die Fensterläden im ersten Stock waren geschlossen. Das bedeutete, dass ihre Eltern tief und fest schliefen und keine Ahnung hatten, dass ihre Tochter aus der psychiatrischen Klinik entflohen war und im Begriff stand, sich grußlos vom Hof zu stehlen – auf eine Reise ins dreizehnte Jahrhundert.

»Wenn ich ihnen doch wenigstens eine Nachricht hinterlassen könnte«, seufzte sie. »Dann wüssten sie, dass es mir gutgeht.«

»Das ist viel zu gefährlich«, widersprach Lucian, während er die Schwertscheide mit zwei dünnen Lederriemen hinter den Sattel band. Sie lag so, dass er das Heft mit einem Griff erreichen konnte. »Eure Eltern sind gute Leute, und ich verdanke ihnen viel. Ohne sie und ohne Eure Schwester wäre ich in dieser Welt wohl kaum zurechtgekommen. Aber zu viel Wissen schadet Eurer Familie nur, denn es macht sie verdächtig.«

Ungeduldig blickte er zum Pferdestall hinüber. Als Yvonne in Reitstiefeln, grauen, eng anliegenden Hosen und einer dunkelblauen Jacke erschien und eine Stute am Zügel führte, atmete er auf.

»Moment mal«, wandte Ravenna ein. »Niemand hat etwas davon gesagt, dass meine Schwester mitkommt.«

»Yvonne wird uns auf den Hexenberg begleiten«, erklärte Lucian knapp. »Das ist längst beschlossen.«

»Nein, das wird sie nicht«, widersprach Ravenna bestimmt. »Ich denke nicht daran, meine Schwester dieser Gefahr auszusetzen. Schau uns beide an: Kettenhemden und Schwertstahl. Du verlangst doch wohl nicht, dass ich in voller Rüstung durch den Wald reite, während sie schutzlos irgendwelchen herumfliegenden Bolzen ausgesetzt ist? Yvonne bleibt hier.«

Lucian drehte sich zu ihr um. Sein Gesicht wirkte ungewöhnlich ernst. »Yvonne untersteht meinem Gewahrsam. Ich sagte Euch bereits, dass sie meine Gefangene ist. Sie begleitet uns nicht freiwillig zum Konvent, sondern um sich dort der Gerichtsbarkeit der Sieben zu stellen. So will es das Gesetz.«

Ravenna schnappte nach Luft. Yvonne war bereits aufgesessen und hörte den Streit vom Sattel aus an. Ein spöttisches Lächeln spielte um ihre Lippen, aber sie schwieg und zuckte nur mit den Achseln, als wisse auch sie nicht, was in Ravennas Ritter gefahren war.

»Dein Gesetz ist über siebenhundert Jahre alt«, fauchte Ravenna erbost. »Es gilt nicht mehr. Und das bedeutet, meine Schwester bleibt hier.«

Lucians dunkle Augen sprühten vor Zorn, als er sich auf den Rücken des Rappen schwang. »Eure Schwester hat Schwarze Magie gewirkt und einen Hexendolch benutzt, ohne das Recht dazu zu haben. Blut klebt an ihren Händen und die Sieben werden wissen wollen, wie es dazu kam. Das Gesetz der Magie gilt überall und zu jeder Zeit, es ist nicht an irgendein Jahrhundert gebunden, solange der magische Strom fließt. Und das tut er auch in Eurer Zeit, Ravenna, das könnt Ihr wohl schwerlich abstreiten. Eure Schwester reitet mit uns, und erst wenn die Hexen der Meinung sind, dass Yvonne harmlos ist, lasse ich sie gehen. Und nicht eher.«

Ravenna starrte ihren Ritter an. Das häufige Niederknien, die

Verbeugungen und das Ihr und Euch täuschten sie manchmal über die Tatsache hinweg, dass Lucian und seine Freunde Krieger waren, die einem Orden dienten und ein Gelübde abgelegt hatten, das sie verpflichtete, ihr Leben dem Kampf gegen Schadenszauberei und Schwarze Magie zu widmen. Und nun musste sie feststellen, dass an Lucians Wille kein Vorbeikommen war.

Verärgert sah sie zu, wie der Ritter das Pferd wendete und Richtung Straße ritt. *Yvonne folgt uns nicht freiwillig auf den Hexenberg* – in diesem Punkt täuschte er sich gewaltig. Ihre Schwester gab sich kühl und gelassen wie immer, doch innerlich brannte Yvonne wahrscheinlich nur darauf, den Sieben gegenüberzutreten. Eine Begegnung mit echten Hexen – Ravenna wusste, wie lange Yvonne von dieser Gelegenheit träumte. Ihre kastanienbraune Stute gehörte zu dem Reiterhof der Ortschaft. Und nun erinnerte Ravenna sich auch, dass der Rappe aus demselben Stall stammte. Die ausgeliehenen Pferde und das Bündel mit Lucians Habseligkeiten … offenbar hatten die beiden die Flucht von langer Hand geplant.

»Ravenna!«, flehte Lucian, als er sah, dass sie noch immer mit zornrotem Gesicht dastand und die Fäuste ballte. »Kommt jetzt! Wir können nicht länger warten. Führt uns zu dem Tor, durch das Ihr in meine Zeit gekommen seid!«

Sie hatte gute Lust, ihm zu widersprechen, ihn länger zappeln zu lassen, um ihm klarzumachen, dass es alleine an ihrer Hexenmacht und an ihrem guten Willen lag, wer wann welches Tor durchschritt. Als in der Ferne eine Sirene heulte, zuckte sie jedoch zusammen. Es war vielleicht nur ein Rettungswagen auf dem Weg zu einem Einsatz oder ein Löschzug der Feuerwehr – die Tonfolge genügte jedoch, dass Ravenna mit einem Satz aufs Pferd sprang.

»In Ordnung«, brummte sie und lenkte ihren Wallach neben Yvonnes Stute. »Reiten wir los.«

In flottem Tempo trabten sie an Weidezäunen, Feldern mit jungem Mais, Raps und Sonnenblumen entlang, setzten über Bachläufe und niedrige Hecken. In einem verschlafenen Weiler am Fuß des Berges bellte sie ein zottiger Hofhund an, aber er war zu träge, um sie zu verfolgen, und als die Sonne aufging, ritten sie bereits auf halber Höhe.

Als Ravenna sich ein letztes Mal umdrehte, bemerkte sie, dass ihre Eltern Besuch bekommen hatten. Auf dem Parkplatz vor dem Gasthaus in Ottrott stand ein großer, grauer Wagen, auf dessen Dach ein Blaulicht befestigt war. Der Mercedes gehörte Gress. Nun gab es kein Zurück mehr.

Sie wandte sich wieder dem Pfad zu, der steil vor ihr anstieg. Lucian schien die Gegend kaum wiederzuerkennen, obwohl es nach ihrem Zeitgefühl erst wenige Wochen her war, dass er hier entlanggeritten war. Als die Ruine von Burg Landsberg in Sicht kam, zog er entmutigt den Kopf ein. Auf der zerbrochenen Krone des Burgfrieds hockte eine Schar Raben. Efeu kroch aus den leeren Fensterhöhlen, die zu Constantins Saal gehört hatten. Ravenna erinnerte sich daran, wie sie hinter diesen Fenstern an der Feuerstelle gesessen und der Beratung der Hexen gelauscht hatte.

»Siehst du jetzt, was ich meine?«, raunte sie. »Es ist fast nichts mehr übrig von Constantins Rittern und Gesetzen.«

Lucian stieß einen langen Atemzug aus. Die Hand am Zügel lockerte sich und der Rappe schnaubte erleichtert. »Das mag sein, aber die Magie fließt auch in Eurer Zeit«, beharrte er. »Sonst wäre es uns nicht möglich gewesen, Euch am Maistein zu rufen.«

Dem konnte sie nicht widersprechen. Sie schnalzte und ließ ihren Wallach in Galopp fallen. Der Gedanke, dass Gress sie einholen und in die Klinik zurückbringen könnte, machte sie nervös.

Die Pferde waren nassgeschwitzt, als sie die Kuppe des Odilienbergs erreicht hatten. Die Sonne war nun aufgegangen und in der Ferne waren brummende Motoren zu hören.

»Hier irgendwo war es«, rief Ravenna ihren Begleitern zu, nachdem sie die verfallene Heidenmauer durchquert hatten. Sie befanden sich nun innerhalb des Bauwerks, das einst den Hexenkonvent geschützt hatte, aber die Umgebung sah anders aus als vor wenigen Wochen: Weggeworfene Bierdosen und Schokoladenpapier verrieten, dass eine Gruppe Wanderer durch den Wald gezogen war. An einer Stelle hatten sie Feuer gemacht und Unmengen von zerknüllter Alufolie, Glasscherben und Kronkorken zurückgelassen. Als Ravenna zu dem Abhang kam, an dem der Tinkerwallach sie beinahe abgeworfen hatte, stöhnte sie auf: Der Hexenring war zertrampelt. Manchen Pilzen hatte man zum Spaß die Köpfe mit einem Stock abgehackt.

Niedergeschlagen starrte sie auf die Verwüstung. Die Erleichterung, die sie am frühen Morgen verspürt hatte, war verflogen. Ihr Kopf schmerzte vor Müdigkeit und die verwundeten Stellen, die Beliar beim Kampf getroffen hatte, machten sich bemerkbar. »Wir müssen einen anderen Weg finden«, murmelte sie. »Ein anderes Tor, durch das wir ...«

»Achtung!«, rief Lucian, ehe sie ihren Satz vollendet hatte. »Runter von den Pferden – los doch!«

Mit Getöse flog ein Hubschrauber über sie hinweg. Zwischen den Ästen blitzten Kufen und Blinklichter und Ravenna konnte die Kennnummer an der Unterseite lesen. Voller Panik bäumten sich die Pferde auf. Ravenna stürzte fast, als sie aus dem Sattel sprang. Lucian ließ den Rappen nicht eher los, bis er das Schwert samt Scheide in der Hand hielt. Dann ließ er die Zügel los. Führungslos galoppierten die Tiere in Richtung Straße. Der Ritter fluchte.

»Ist das eine Suchmannschaft? Fahnden sie nach uns?« Ängstlich spähte Yvonne in den Himmel.

»Komm! Um Himmels willen, nun komm schon!« Ravenna packte ihre Schwester am Handgelenk und stolperte mit ihr den Hang hinunter. Sie hatte keine Ahnung, ob die Suche am Himmel ihnen galt, sie hatte den Helikopter nur für Sekunden gesehen. Sie dachte bloß daran, einen Unterschlupf zu finden, ein Versteck, in dem sie sich verkriechen konnten.

Am Lärm hörte sie, dass der Helikopter zurückkam. Sie versuchte, schneller zu rennen, doch das Kettenhemd behinderte sie. Lucian hielt das blanke Schwert in der Hand und suchte den

Himmel ab, als ob er sich gegen das dröhnende Ungetüm verteidigen könnte.

»Dort! Kriecht dort hinein! Das ist das Druidengrab, dort wird man uns nicht sehen!«, keuchte Ravenna. »Du auch«, setzte sie hinzu und gab ihrem Ritter einen Schubs, als er keine Anstalten machte, sich zu bücken.

»Ihr zuerst«, widersprach Lucian. Er reichte Yvonne die Hand und stützte sie, während sie in das alte Hünengrab kletterte. Ein großer, flacher Stein bildete das Dach, die Wände bestanden aus Felsen. Ravenna schlitterte den Eingang hinunter und landete auf einer weichen Blätterschicht. Es roch nach altem Laub.

»Lucian!«, zischte sie, doch der Ritter blieb unter dem Eingang stehen und musterte den Himmel. Im Dunkeln streckte Ravenna die Hand nach ihrer Schwester aus. Sie merkte, dass Yvonne zitterte.

»Komm her! Setz dich zu mir und hab keine Angst!« Sie flüsterte, obwohl der Rotor über ihren Köpfen jedes Geräusch übertönte. Der Lärm kam und ging, offenbar kreiste der Hubschrauber über dem Gipfel des Odilienbergs. Schützend legte sie den Arm um Yvonnes Schultern und zog sie eng an sich. »Wir warten einfach ab, bis sich der Helikopter wieder verzogen hat, und dann sehen wir weiter. Hörst du? Es gibt bestimmt noch ein anderes Tor auf dem Odilienberg.«

Yvonne nickte und lehnte die Stirn an ihre Schulter. Die ganze Welt bestand jetzt aus den Granitwänden der Höhle und Lucians wachsamer Gestalt. Vielleicht hatte der Pilot die Pferde gesehen, denn er ließ den Helikopter so tief sinken, dass der Wind durch die Zweige der Bäume fuhr. Abgerissene Blätter gerieten in den Luftstrom und Lucian flatterte das Haar in die Augen. Aber er blieb stehen, bereit, die Schwestern auch gegen Dinge zu verteidigen, die er nicht begriff.

»Pass auf! Beug dich nicht zu weit vor, sonst entdeckt dich der Pilot!«, rief Ravenna ihm zu.

»Was ist das? Das da in deiner Tasche.« Yvonne zeigte auf Ravennas Oberschenkel. Unter dem Hosenstoff erschien ein tiefrotes Funkeln. Überrascht schob sie die Hand in die Tasche und zog das Siegel hervor. Melisendes Ring hatte sich stark erwärmt. Die Rubine, die in das alte Silber eingelassen waren, leuchteten und warfen kleine Lichtflecken an die Felsendecke der Höhle. Wie ein granatroter Mückenschwarm schwirrten sie durch das Druidengrab.

»Das Siegel ist erwacht«, flüsterte Ravenna. Yvonne streckte die Finger nach dem Schatz der Hexen aus, doch in letzter Sekunde hielt sie inne. Sie wagte nicht, den Ring zu berühren. Ravenna nahm das Amulett in die linke Hand. Als es auf ihrer ausgestreckten Handfläche lag, spürte sie, wie es Kraftströme an sich band. Es war dasselbe Gefühl wie an jenem Morgen, als sie und Lucian an der Esche in ihrem Hinterhof standen: Durch den Ring lief ein sanftes Ziehen, das sich nach oben und nach unten verbreitete. Der magische Strom.

Sie schloss die Augen. Jetzt!, dachte sie. Öffne das Tor und bring uns zurück in das Jahr 1253! Langsam begann sich die Windrose zu drehen. »Offanier!«, flüsterte sie. Das war das magische Wort, das die Tore öffnete. Der Sog, der durch den Ring floss, verstärkte sich. Mit einem leisen Sirren wirbelten die Zacken des Sterns um die eigene Achse, die langen im Uhrzeigersinn und die kürzeren entgegen. Für einen Augenblick schien es Ravenna, als welle sich der Boden unter ihr. Die Steinwände und sogar ihr eigener Körper wurden in den Hexenring gesogen. Dann ließ der Druck wieder nach.

Als sie die Augen aufschlug, saßen sie und ihre Schwester noch immer auf dem kalten Boden. Lucian lehnte in derselben, wachsamen Haltung am Eingang, doch der Helikopter hatte abgedreht. Das Knattern der Rotorblätter war verstummt und es war so still, dass der kleine Bachlauf in der Nähe wie ein Wasserfall toste.

Ravenna atmete aus. Sie hatte gar nicht gemerkt, dass sie den Atem angehalten hatte. Sie war nicht sicher, ob es gelungen war, denn sie hatte weder Ströme von Sternen gesehen noch gespürt, wie sie fiel. Nur der Ring in ihrer Hand hatte plötzlich seltsam schwer gewogen.

Behutsam schob sie Melisendes Schatz in die Hosentasche zurück. Dann reckte sie den Hals. »Was ist da draußen los? Ist der Helikopter weg?«

Vorsichtig beugte Lucian sich aus der Höhle und spähte in den Himmel. »Ich glaube schon«, meinte er. Plötzlich schrak er zurück. Still!, bedeutete er den Schwestern. Gebt keinen Laut von Euch!

Ravenna lauschte angespannt. Dann hörte sie es: das Klirren von Sattelzeug und Waffen, die Schritte von Pferdehufen auf weichem Waldboden. Sie kroch zum Eingang der Höhle und legte sich flach auf den Bauch. Lucian kauerte sich neben ihr nieder, damit auch er nicht gesehen wurde.

»Da«, hauchte er und deutete in den Wald. »Dort reitet der Hexenbanner. Seht Ihr?«

Zwischen den Baumstämmen erhaschte Ravenna den Blick auf eine Standarte, die einen schwarzen Wolf zeigte. Der Hexenbanner ritt ein knochiges, graues Pferd. Reiter, die mit Lanzen, Schilden und Schwertern bewaffnet waren, begleiteten ihn. Er war in einen langen Mantel gehüllt, ihrem Umhang nicht unähnlich. Seine Kapuze war mit Pelz verbrämt und in der Hand trug er einen Stab, an dessen Spitze ein fünfzackiger Stern aus Eisen prangte. Die Spitze zeigte nach unten.

Beim Anblick des Mannes entfuhr Yvonne ein erstickter Schrei. Weiß wie ein Laken presste sie sich in den hintersten Winkel des Druidengrabs und verschloss den Mund mit beiden Händen.

Der Hexenbanner zügelte sein Pferd und ließ einen stechenden Blick über das Gelände gleiten. Ravenna ließ den Kopf zwischen die Arme sinken und hoffte, dass er nur junge Fichten und Buchen, Findlinge, Heidekraut und im Hintergrund den schwarzen Eingang des Druidengrabs sah. Sie wünschte, dass er nur Schwärze sah, die ihm keinen Hinweis auf die drei Gefährten lieferte, die sich im Schatten unter dem Felsen versteckten.

Als sie Lucians unterdrückten Fluch hörte, hob sie den Kopf. Der Hexenbanner schwang sich vom Pferd und schritt über den Waldboden. Lucian schmiegte den Rücken flach an den Felsen. Mit der Faust presste er das Schwert gegen den Oberkörper, so dass eine einzige schnelle Bewegung zum Zustoßen reichte, doch sein bleiches Gesicht verriet, was er dachte: Nicht einmal ein Schwertkämpfer mit einem Talent von göttlicher Gnade würde ein Zusammentreffen mit dieser Überzahl von Feinden überleben.

Doch der graubärtige Reiter und seine Begleiter kümmerten sich nicht um die Druidenhöhle. Sie scharten sich um einen Beckenstein, der in der Mauer eingelassen war. Der Hexenbanner holte einen Gegenstand aus seiner Satteltasche, der in weiches Leder geschlagen war. Als er ihn auswickelte, sah Ravenna, dass es sich um ein eisernes Pentagramm handelte. Der Hexenbanner legte es in die Schale, die sich in der Mitte des magischen Steins befand, hielt seinen Stab über die Vertiefung und murmelte ein Wort.

Schwarzer Rauch wallte auf. Der Stein verfärbte sich und in seiner Umgebung verdorrten alle Gräser und Farne. Die dürren Grasreste nahmen die Farbe von Asche an.

»Das sollte genügen«, hörte Ravenna die Stimme des Hexenbanners. Sie klang milde und müde wie an jenem Morgen, als Melisende gestorben war. »Lasst uns zum nächsten Stein reiten.«

Er griff wieder nach den Zügeln des Grauen, doch bevor er aufsaß, warf er einen weiteren Blick auf die Höhle. Schwärze ... Ravenna ließ in ihren Gedanken nichts als Schwärze entstehen. Sie dachte an einen Schatten, den sie wie ein Tarnnetz vor die Höhle zog.

Lucian keuchte, als das Licht im Druidengrab schwächer wurde. Ravenna lag so dicht neben ihm, dass sie seinen Herzschlag spürte, und sie streckte die Hand aus, um ihn zu beruhigen.

Der Hexenbanner runzelte die Stirn. Dann zuckte er die Achseln, saß auf und trieb das Pferd an. »Vorwärts«, befahl er seinen Begleitern. »Wir haben noch viel zu tun, ehe die Streitmacht aus

Straßburg anrückt. Und wir wollen doch nicht riskieren, dass sich unsere Freunde in den magischen Netzen der Hexen verfangen.«

Seine Stimme verklang, als die Gruppe weiterritt. Aus dem Beckenstein stieg noch immer Rauch empor. Dort, wo er die unteren Äste der Bäume streifte, verfärbte sich das Laub und fiel ab. Aschegrau, nebelgrau, grau wie brodelnder Schlamm in einem Höllenpfuhl.

»Was ist das? Wie hat er das gemacht?«, hauchte Ravenna. Sie hatte Lucians Hand nicht losgelassen, ihre Finger verkrampften sich ineinander.

»Keine Ahnung«, flüsterte ihr Ritter. »Ihr seid die Hexe von uns beiden und müsst wissen, wie so etwas geht. Das Beste wird sein, wir sehen es uns an – aber erst, wenn sie weg sind.«

Sobald sie keinen Hufschlag mehr hörten, wagten sie es, auf Händen und Knien aus der Höhle zu kriechen. Der Wald lag friedlich und verlassen da – bis auf den Rauch, der sich unablässig in den Himmel kräuselte.

»Wozu dienen diese Steine?«, fragte Ravenna. Sie starrte in das Becken, aus dem der Qualm stieg. Wo Rauch ist, ist auch Feuer – diesen Ausspruch kannte sie. Aber brennender Granit?

»Die Schalensteine bilden einen Bannkreis um den Konvent«, erklärte Lucian. Langsam umrundete er den Stein. »Die Magie sammelt sich in den Becken. Alle Steine stehen in Beziehung zueinander. Sie leiten den magischen Strom zum Gipfel dieses Berges. Auf diese Weise wird auch die Mauer gesichert.« Er blieb stehen. Hinter ihm kletterte Yvonne aus der Höhle. Sie war ganz blass.

»Dann will der Hexenjäger diesen Bann offenbar aufheben«, mutmaßte Ravenna. »Offensichtlich tut er etwas, das den magischen Kraftstrom an manchen Stellen durchbricht.«

»Das ist nicht gut«, murmelte Lucian. »Wenn der magische Strom nicht mehr fließt, können sich die Sieben nicht länger verteidigen. Dann sind sie der Streitmacht ausgeliefert. Wir müssen sie warnen.«

Ravenna nickte. »Wir haben nicht mehr viel Zeit, denn es ist diesen Leuten bereits gelungen, den Wall zu durchbrechen. Das Druidengrab liegt innerhalb des Mauerrings«, erklärte sie, als sie Yvonnes fragendes Gesicht sah.

»Und was jetzt?«, fragte Ravennas Schwester.

»Wir gehen zum Konvent.« Entschlossen wandte Lucian sich zum Gipfel. »Wenn wir Glück haben, wird es noch eine Weile dauern, ehe der Hexenbanner das magische Feld gestört hat. Unsere Feinde werden sich nicht vor Einbruch der Dämmerung in die Nähe des Tors wagen, denn sonst wären sie unseren Bogenschützen ausgesetzt. Folgt mir!«

Er schlug einen Pfad ein, der nicht dem Verlauf der Mauer folgte, sondern das Gelände durchquerte. Trotz des Gewichts von Kettenhemd und Schwert legte der junge Ritter die Strecke im Laufschritt zurück, und er hielt die Schwestern dazu an, ihm mit der gleichen Hast zu folgen.

»Wir hätten die Pferde mitnehmen sollen«, keuchte Yvonne, während sie durch den Wald eilten. »Wieso haben wir nicht daran gedacht?«

»Es geht nicht«, gab Ravenna zurück. »Johnny stand mitten im Hexenring, als die Sieben nach mir riefen. Ich fiel in den Zeitstrom, der Wallach nicht. Offenbar wirkt die Magie bei Tieren nicht so wie bei uns Menschen.«

Yvonne nickte. Ihre Wangen waren gerötet und ihre Augen glänzten. Sie stellte keine überflüssigen Fragen und schien sich auch nicht zu wundern, dass die Heidenmauer plötzlich ohne Spuren von Verwitterung und Verfall aufragte. Ravenna beschlich die Ahnung, dass Lucian ihre Schwester in Ottrott sorgfältig auf die Reise in die Vergangenheit vorbereitet hatte.

Sie schnaufte erleichtert, als der Pfad breiter wurde. Das Kettenhemd lag wie Blei auf ihren Schultern und drückte auf die Blutergüsse, die sie sich im Gefecht mit Beliar zugezogen hatte. Eine Anhöhe noch, dann lag die Wiese vor ihr, die zum Konvent hinaufführte. Das Tor stand weit offen, eine junge Frau in einem

Kittel und einem langen Rock fegte den Gewölbegang. An beiden Handgelenken und um den Hals trug sie schweren Silberschmuck, verziert mit Gravuren, Bernstein und Türkisperlen. Ihr Gesicht wirkte mürrisch. Einzelne, pechschwarze Haarsträhnen lösten sich aus dem Leinenstreifen, den sie nachlässig im Nacken verknotet hatte, und fielen ihr ins Gesicht.

»Sieh an, sieh an«, murmelte Yvonne. »Eine Frau mit einem Besen. Wenn das mal keine Hexe ist.«

Sie runzelte die Stirn. Offenbar hatte sie sich von der ersten Begegnung mit einer Magierin aus dem Konvent mehr erwartet.

»In diesem Durchgang befindet sich der Pferdestall und alles ist voller Stroh«, erklärte Ravenna kurzatmig. »Du wirst dich wundern, wie die Sieben ihren Alltag verbringen. Das meiste ist Arbeit, pflegt Aveline zu sagen.« Im Stillen wunderte sie sich darüber, dass sie die Hexe nicht erkannte. Es war keine der älteren Schülerinnen und auch in der Runde der Sieben hatte sie die junge Frau noch nie gesehen.

»Norani!«

Lucian rief den Namen der Magierin schon von weitem. Sie hob den Kopf, doch sie verzog keine Miene, als sie die drei Flüchtlinge erblickte, die über die Wiese auf sie zu rannten. Ihre grünen Augen standen auffallend schräg über ihren hohen Wangenknochen. Norani besaß eine kleine, gerade Nase, die Haut hatte einen dunklen Olivton. Ein gefährliches Funkeln lag in ihrem Blick.

»Nun schau einer an: Constantins ungehorsamer Ritter. Der König erwartet dich schon, Lucian. Mit der Reitgerte in der Faust und dem Bauch voller Wut.« Ihre Stimme klang voller und tiefer, als man angesichts ihrer schlanken Gestalt vermuten würde. Norani war kaum älter als Yvonne.

»Wenn du glaubst, dass das Eindruck auf mich macht …« Lucian zuckte die Achseln.

Ravennas Herz pochte. Offenbar kannten sich ihr Ritter und die Magierin schon länger, denn sie sprachen in einem sehr vertraulichen Ton miteinander. Marvins Andeutungen in Bezug auf das Vorleben ihres Ritters fielen ihr ein – und die Tatsache, dass Lucian zusammen mit schönen, jungen Hexen aufgewachsen war. Die Eifersucht bohrte sich wie ein Dorn in ihr Herz. Ihre Laune sank noch weiter, als Norani lachte und den Ritter mit dem Besen in den Gang scheuchte, dass es nur so staubte.

»Nun geh schon und trödle nicht länger!«, rief sie ihm zu. »Vielleicht kannst du Constantin mit deinem Hundeblick umstimmen, ehe er dich für eine Woche ins Loch steckt!« Im Handumdrehen versperrte der Stiel jedoch den beiden Schwestern den Weg. »Was wollt ihr hier?«, rief Norani. »Ein halb ausgewachsener Ritter und eine fremde Hexe? Derzeit nimmt der Konvent keine Gäste auf.«

Bei dem Wort ›Hexe‹ lachte Yvonne fröhlich auf. Trotz der durchwachten Nacht und des langen Ritts sah sie hübsch aus. Ihre Haut wirkte hell und zart, die Augen blickten frisch und ihr Haar glänzte wie Gerstenstroh.

Ärgerlich zog sich Ravenna die Kapuze des Kettenhemds vom Kopf. »Wo siehst du hier einen halbwüchsigen Ritter?«, grollte sie.

Noranis Katzenaugen weiteten sich. Sie starrte auf Ravennas Stirn, wo sich das dritte Auge zeigte. »Ach du Schreck«, entfuhr es ihr. »Deine Gabe ist erwacht.«

»Dann weißt du also, wer ich bin?« Ravennas Tonfall klang noch immer gereizt.

»Jetzt schon. Alle hier reden von der Hexe aus der Zukunft, die behauptete, von Magie keine Ahnung zu haben und sich dann als Naturtalent entpuppte. Ich konnte allerdings nicht ahnen, dass du bei unserer ersten Begegnung in einem Aufzug erscheinst, als wärst du einer von Constantins Knappen.«

Spöttisch glitt Noranis Blick über die Panzerung und die hohen Schnürstiefel, die Ravenna trug. Dann zuckte sie die Achseln. Anschließend deutete sie mit dem Besen wieder auf Yvonne. »Aber wer ist das? Und wieso sollte ich sie einlassen?«

Lucian trat auf Ravennas Schwester zu und fasste sie am Arm, diesmal etwas sanfter als in der Küche des Gasthofs noch vor ein paar Stunden. »Yvonne muss vor dem Gericht der Sieben erscheinen«, erklärte er. »Sie steht unter dem Verdacht, schwarze Magie gewirkt zu haben.«

Yvonnes Lächeln verblasste. Der funkelnde Spott in Noranis Augen verschwand. »Ich nehme an, du hast wie üblich einen begründeten Verdacht«, sagte sie und trat zur Seite. »In diesem Fall solltest du dich wirklich beeilen.«

Der Ritter führte seine Gefangene in den Gang. »Schließ das Tor!«, riet er der jungen Frau und fügte hinzu: »Wo steckt Constantin? Ich muss ihn dringend sprechen.«

Norani stellte den Besen in die Ecke. »Dasselbe könnte man auch umgekehrt sagen«, bemerkte sie. »Ich muss dich warnen, Lucian. Es heißt, der König habe einen ganzen Vormittag lang herumgebrüllt, nachdem er feststellen musste, dass du dich mit deinen Freunden heimlich aus der Burg geschlichen hast, um die Stadt Straßburg zu überfallen. Zehn Mann und eine Hexe.« Ihre gute Laune kehrte zurück und sie grinste breit.

Lucian verzog das Gesicht. »Was ist mit unseren Begleitern? Sind sie …«

»Sie sind entkommen«, fiel Norani ihm ins Wort. »Alle bis auf Niall. Er hat es nicht geschafft. Das Torgatter rasselte vor seiner Nase herunter und er fluchte wie ein Bierkutscher, als man ihn abführte. Unsere Feinde werden ihre helle Freude mit ihm haben. Einem hat er das Schienbein gebrochen, ehe man ihn ins Torhaus stieß.«

»Sie sind hier.« Norani blinzelte. Betont langsam drehte sie den Kopf, um Yvonne anzusehen, die gesprochen hatte. »Eure Feinde. Sie sind hier«, wiederholte sie jetzt. »Wir haben den Hexenbanner dabei beobachtet, wie er den magischen Strom unterbrach, der durch die Beckensteine fließt. Es geschah dicht am Grab des Druiden.«

Das Gesicht der jungen Magierin blieb unbewegt. »Es ist wahr«, sagte Lucian leise. »Ich fürchte, unsere Gegner haben von Niall mehr erfahren, als uns lieb ist. Du solltest den Eingang besser sorgfältig verschließen.«

Mit einer ausdruckslosen Miene zog Norani das Tor zu und legte den Riegel vor. Anschließend wob sie mit bloßen Fingern einen Zauber. Im Halbdunkel des Durchgangs schimmerte ein Gitter aus Lichtstäben und verschloss zusätzlich das Tor. Ein magisches Knistern lag in der Luft und bewirkte, dass sich die Härchen an Ravennas Armen aufrichteten.

Norani war zweifellos eine vollständig ausgebildete Hexe. Das Seltsame war nur, dass Ravenna ihr noch nie begegnet war – weder am Esstisch der Hexen noch in der Runde im Blauen Saal. Zusammen mit ihren Begleitern schritt die junge Magierin durch den Gang und trat in den Innenhof hinaus. Trotz aller Selbstbeherrschung entfuhr Yvonne ein Ausruf des Erstaunens.

»Das ist es also? So sieht es hier aus? Du meine Güte, Ravenna: Du hättest mir ruhig ein bisschen mehr erzählen können«, meinte sie. Sie wand den Arm aus Lucians Griff und schlenderte durch den Hof. Neugierig betrachtete sie den Konvent der Hexen, wie er mehr als siebenhundert Jahre vor ihrer Zeit ausgesehen hatte: das Becken des Augenbrunnens, den Tempel mit dem Kuppeldach, Morrigans Statue und die vielen Schülerinnen, die eifrig dabei waren, auf den Bankreihen unter den Linden Gepäckstücke zu stapeln: Satteltaschen, zu Bündeln gerollte Decken, Fässer und Säcke mit Proviant.

»Warum bist du zurückgekehrt?«, wollte Lucian unterdessen von Norani wissen. »Als ich dich das letzte Mal sah, war es ein Abschied für immer. Zumindest für eine sehr lange Zeit.«

In kerzengerader Haltung schritt die junge Hexe neben ihm her. So gingen alle Magierinnen, sogar die kleinsten Anwärterinnen auf einen Platz im Konvent bewegten sich lautlos wie Katzen. Ravenna hatte diese Gangart oft genug bewundert, vor allem, weil es ihr selbst nie gelang, derart elfenhaft zu schweben.

»Malaury liegt im Sterben.«

Bei diesen Worten blieb Lucian stehen. »Was ist geschehen?

Waren es unsere Feinde? Wurde er im Kampf verletzt?« Er stieß die Worte hastig hervor.

Die schwarzhaarige Hexe schüttelte den Kopf. »Nein, es war kein hinterhältiger Bolzen und auch kein Schwertstreich. Viviales Gefährte erliegt seiner Krankheit, allerdings früher, als abzusehen war. Deshalb hat man mich zurückgerufen, obwohl ich schon auf halbem Weg in die Heimat war. Schließlich kam Ramon nach Malaury von allen Rittern dem Tod am nächsten. Nun sollen wir beide das Siegel von Mabon hüten.« Sie schnitt eine Grimasse, als ginge ihr der Gedanke gegen den Strich. Dann wies sie auf den Tempel. »Als ich ihn das letzte Mal sah, atmete Malaury noch. Wenn ihr euch beeilt, könnt ihr euch von ihm verabschieden.«

Lucian zögerte. »Jemand muss Constantin warnen«, sagte er.

Sanft schubste Norani ihn in Richtung Tempeltür. »Nun geh schon«, sagte sie. »Du siehst deinen alten Freund und Lehrer heute vermutlich zum letzten Mal. Ich werde mit Constantin sprechen und ihm berichten, dass ihr eingetroffen seid. Wir sehen uns später.«

Mit einem lässigen Gruß eilte sie zum Haupteingang des Konvents.

»Malaury unterwies mich im Schwertkampf und im Lanzenstechen«, erklärte Lucian leise, während er zum Tempel schritt und unter das Vordach trat. »Ohne ihn hätte ich keinen einzigen Durchgang im Turnier bestanden. Dank ihm weiß ich sogar, wo an einer Harfe oben und unten ist, auch wenn ich dem Instrument nur schauderhafte Klänge entlocken kann. Er war so etwas wie mein Vater.« Seine Mundwinkel zuckten. »Ein besserer Vater als mein Erzeuger.«

»Wer war er? Dein Vater, meine ich?«, fragte Ravenna. Sie wusste, dass diese Frage wichtig war, denn sie erinnerte sich wieder an Beliars gehässiges Gerede und seinen Vergleich zwischen Lucian und seinem Vater. Mit seinen Worten hatte der Marquis den jungen Ritter völlig aus der Fassung gebracht.

Doch Lucian gab ihr keine Antwort. Er stieß die Tür des Tempels auf und trat ein. Der Innenraum war rund. Bänke aus weißem Stein fassten ein Podest in der Mitte ein, das von Säulen umgeben war. Der Ritter Malaury lag auf einem Lager aus Fell und Leinen. Die Kuppel des Dachs bestand aus Buntglas, durch das ein seltsames Licht auf den Sterbenden fiel: farbige Kringel, Rauten und ein durchsichtiger Streifen aus Gold, Türkis und Violett. Viviale saß am Kopfende des Lagers. Der Kopf ihres Gefährten ruhte in ihrem Schoß.

Ein Teil der Mädchen stand in chorischer Ordnung auf der Empore, sie sangen mit geschlossenen Augen. Es war dieser Gesang, der Ravenna sofort das Gefühl gab, der Tempel wäre ein unendlicher Raum, ein Kosmos, in dem Klänge und bunte Lichter schwebten. Die getragenen Tonfolgen benötigten keine Worte, sie schienen aus allen Ecken zugleich zu kommen. Die Melodien drifteten auseinander, bis plötzlich ein gegenläufiges Muster entstand, Ruf und Echo, und dann verflochten sich die Stimmen wieder zu einem vielschichtigen Gewebe. Die Musik war ... magisch. Und sie brachte Ravenna zum Weinen.

Yvonne war dicht hinter ihr in den Tempel geschlüpft. Sie sagte kein Wort. Lautlos setzte sie sich in die erste Bankreihe. Lucian neigte die Schwertspitze nach hinten und sank neben dem Lager auf die Knie. Seine Hand bedeckte die Finger des sterbenden Ritters.

»Malaury.« Der Kranke schlug die Augen auf. Seine Augen glänzten vom Fieber, und die Haut spannte sich so straff über den Schädel, dass er zu lächeln schien. Dann fiel sein Blick auf Ravenna. Die Hand, die er nach ihr ausstreckte, zitterte. Zögernd trat sie näher und ergriff seine Finger. Malaury glühte vor Fieber. Der alte Ritter war vollkommen gerüstet, mit Beinzeug, Armschienen und Helm. Sein Atem ging pfeifend.

»Ravenna. Ihr seid zurückgekehrt. Ihr habt die Prüfung bestanden.«

Überrascht blickte Lucian auf. »Das Siegel des Todes«, sagte Ravenna leise. »Meine Verhaftung und die Einweisung in die

Klinik waren ein Teil der Ausbildung, nicht wahr? Deshalb habe ich von Marvin und Viviale geträumt. Es war ein Test.«

Malaury nickte. »Ihr musstet den Schicksalspfad beschreiten, um eine echte Hexe zu werden«, stieß er hervor.

Ein Schauer rann Ravenna über den Rücken, als sie begriff, dass die Sieben jeden ihrer Schritte beobachtet hatten – diesseits und jenseits der Tore. »Aber warum«, murrte sie, »warum habt ihr zugelassen, dass Beliar mich gefangen nahm? Es hätte doch auch schiefgehen können. Er hätte mich fast umgebracht.« Voller Unbehagen rieb sie ihr schmerzendes Kinn.

»Glaub mir, es geht oft genug schief.« Viviales Stimme erinnerte sie wieder daran, dass sie sich auf dem Berg der Hexen befand. »Jedes Jahr verlieren wir hoffnungsvolle Anwärterinnen, die sich auf dem Schicksalspfad verirren. Sie sterben oder ihr Verstand verglüht vor Angst. Doch wir können es nicht beeinflussen. Es ist eine Prüfung, die allen Zauberinnen auferlegt wird und die sie bestehen müssen, wenn sie echtes, magisches Wissen erlangen wollen.«

Als Ravenna den Blick der untersetzten Hexe bemerkte, ertastete sie wieder die Stelle auf ihrer Stirn. Unter den Fingern fühlte sie die Blüte mit den sichelförmigen Blättern. Das Mal war glatt wie Elfenbein.

Viviale lächelte. »Hab keine Angst. Nur Eingeweihte können dieses Zeichen erkennen. Gewöhnlichen Menschen bleibt das dritte Auge verschlossen. Sie sehen dich, wie du warst, bevor du zu uns kamst.«

»Aber ...« Ravenna drehte sich zu ihrer Schwester um. Mit beiden Händen umklammerte Yvonne ein Knie. Sie wippte leicht beim Sitzen und beobachtete ebenso ungeduldig wie aufmerksam, was um sie herum geschah.

»Sie konnte es sehen«, flüsterte Ravenna.

»Wer ist das? Deine Schwester?« Viviale musterte Yvonne. »Und da wunderst du dich? Sie besitzt die Gabe. Ihr Talent ist so stark ausgeprägt, dass ich es bis hierher spüre. Eine wilde Gabe allerdings, denn sie wurde nie gelehrt, wie man Magie benutzt.« Dann seufzte die kleine Magierin und zog den Schleier zurecht, der von ihrer Haube herabhing.

»Malaury«, sagte sie. »Es wird Zeit.«

Mit einem Seufzen sank der alte Ritter auf das Lager zurück. Es klang, als würde eine zentnerschwere Last von ihm genommen. Er blickte Lucian voller Zuneigung an und drückte seine Hand. »Lebewohl, mein Junge«, krächzte er. »Du kannst stolz auf dich sein. Du hast damals die richtige Entscheidung getroffen, als du zu uns kamst.«

Lucian schluckte schwer. Offenbar traute er seiner Stimme nicht, denn er nickte nur und schwieg. »Wir kennen uns nun schon so lange, dass ich dir einen letzten Rat geben darf«, fuhr Malaury fort. Mit dem Finger winkte er Lucian zu sich. Der junge Ritter beugte sich über das Sterbebett seines Lehrers, bis sein Ohr dicht am Mund des Sterbenden lag. Gebannt starrte Ravenna auf Malaurys Lippen, um die Worte abzulesen, doch dann verstand sie das Flüstern auch so.

»Lerne zu verzeihen.«

Lucian zuckte zurück, als habe ihn eine Schlange gebissen. Er riss sich aus Malaurys Griff los, sprang auf und stürmte durch den Hexentempel. Einen Augenblick lang sah es so aus, als wolle er gegen eine Säule treten, doch er beherrschte sich. Mit beiden Händen fuhr er sich durchs Haar und verschränkte die Finger im Nacken. Als er sich wieder umdrehte, war sein Gesicht von solchem Kummer und einer solchen Verzweiflung gezeichnet, dass Ravenna erschrak.

»Malaury«, stöhnte er. »Du weißt nicht, was du da verlangst.«

Als der alte Ritter nicht antwortete, kehrte Lucian zu dem Sterbelager zurück. Reumütig sank er auf ein Knie nieder, doch als er nach Malaurys Hand griff, sanken die Stimmen der Mädchen in einem einzigen Akkord ab und verstummten. Durchdringende Stille erfüllte die Halle.

Der alte Ritter war gestorben.

Lucians Gesicht war so weiß wie an jenem Morgen, als Beliars

Schwerthieb ihn fast getötet hätte. Unter seinen geschlossenen Lidern rollten Tränen hervor, und als Ravenna nach seiner Hand griff, wandte er das Gesicht ab.

Lautlos traten die Sieben in den Tempel, gefolgt von den übrigen Bewohnerinnen des Konvents. Ravenna sah bekannte Gesichter wieder: Florence und das kleine Mädchen aus dem Kräutergarten, die Wirtschafterin Arletta und die hagere Nonne, die den Reiter nach Ottrott geschickt hatte. Schweigend suchten sich die Schülerinnen ihren Platz in den Bänken.

Die Sieben verteilten sich rings um das Lager, auf dem Malaurys Körper ruhte. Jede Hexe nahm vor der Säule Aufstellung, die mit ihrem Zeichen geschmückt war. Als Josce ihr winkte, stand Ravenna auf.

»Komm«, sagte sie leise und berührte Lucian an der Schulter. Schwerfällig erhob sich der junge Ritter und stellte sich neben sie. Er kehrte ihr die Schulter zu, wollte ihr sein Gesicht noch immer nicht zeigen. *Malaury war ein besserer Vater als mein Erzeuger.* Dieser Satz hallte in ihren Gedanken nach und sie nahm sich fest vor, Lucian beim nächsten Mal keine Gelegenheit zum Ausweichen mehr zu geben. Dann würde sie ihn nach seiner Vergangenheit fragen: nach seinem Vater, seiner Jugend in Constantins Burg. Und nach einem Mädchen namens Maeve.

»Malaury von Landsberg, der stets gütig und unerschrocken war, und Viviale, geboren in den Wäldern von Brocéliande, aufgezogen und ausgebildet auf dem Odilienberg, von Morrigan angenommen in einer Winternacht auf dem Weg nach Norden, wo sie einer Verwandten im Wochenbett beistehen wollte: Viele Jahre lang habt ihr euren Dienst als Magierin und als Geweihter Gefährte versehen. Für diese Treue gegenüber dem Konvent und dem Zirkel der Sieben sind wir euch zu tiefem Dank verpflichtet.«

Die Stimme der schwarzhaarigen Hexe erfüllte den Raum. Staunend betrachtete Ravenna die junge Frau, die so selbstsicher wirkte. Jeder von Noranis Handgriff saß, wenn sie Magie wirkte. Jetzt umarmte sie Viviale herzlich.

Auch Yvonnes Augen hingen an der jungen Magierin. In ihren Zügen zeigte sich ein derart hungriger Ausdruck, dass Ravennas Herz schneller schlug. Sie hatte nicht gewusst, wie sehr sich ihre Schwester danach sehnte, eine echte Hexe zu sein. Vielleicht hatte sie es auch nicht wahrhaben wollen, denn in ihrer Welt war für Zauberinnen kein Platz. Höchstens im Irrenhaus, fügte sie in Gedanken hinzu.

»Wir sprechen dich von der Verantwortung frei, die du so lange getragen hast«, fuhr Norani fort, wobei sie sich an die ältere Magierin wandte. »Es wird Zeit, die Last deines Amts auf jüngere Schultern zu laden. Nämlich auf meine.«

Ihre Zähne blitzten auf, als sie grinste, und Lachen erschallte in der Runde, das gar nicht zu dem traurigen Abschied von Malaury zu passen schien. Sogar Viviale lächelte. Schweigend löste sie den Schleier und nahm die Haube ab. Nun war sie nichts weiter als eine rundliche Frau um die Fünfzig, die mit offenem Haar und in ein Leinenkleid gehüllt um ihren Gefährten trauerte.

Verstohlen tastete Ravenna nach Lucians Arm. Seine Hand lag erst regungslos und kalt wie Wachs in ihrer, doch dann zuckten seine Finger, er atmete tief durch und erwiderte den Druck ihrer Hand.

Viviale löste den Gurt, an dem die Scheide mit dem Hexenmesser hing, und reichte ihn Norani. Die junge Frau trug denselben katzenhaften Ausdruck in den Augen, der Ravenna schon am Tor aufgefallen war. Norani wirkte wie eine Löwin, die das Schicksal in die Wälder des Nordens verschlagen hatte.

Dann trat Ramon an ihre Seite. Ein allgemeines Raunen ging durch den Saal und auch Ravenna stockte der Atem: Zu gut erinnerte sie sich noch an den Anblick, als der junge Ritter halbtot im Zelt am Rande des Turnierplatzes gelegen hatte, eingehüllt in ein magisches Licht. Es grenzte an ein Wunder, dass er Beliars Angriff überhaupt überlebt hatte, doch dank Neveres Heilkünsten war er nun wieder auf den Beinen, kräftig genug und bereit, eine offizielle Zeremonie über sich ergehen zu lassen.

Rasch warf Ravenna einen Blick zu der Heilerin hinüber. Nevere musterte den jungen Ritter etwa so, wie ein Bildhauer eine Skulptur begutachtete, die nicht vollständig gelungen war. Und als er sich zu der Versammlung umdrehte, erkannte sie auch, warum Nevere die Stirn runzelte: Ramon war zwar am Leben, doch auf der linken Seite war das Jochbein eingedrückt, als wäre er mit dem Kopf unter einen Dampfhammer geraten. Großflächiges Narbengewebe überzog die Haut und wucherte auch über die leere Augenhöhle. Die andere Gesichtshälfte war ausgesprochen wohlgestaltet und ein zufriedenes Lächeln umspielte seine Züge. Ramon schien sich über Noranis überstürzte Rückkehr zu freuen. Solange Ravenna nur seine rechte Gesichtshälfte sah, erkannte sie den jungen Mann wieder, der sich am Vorabend des Turniers über sie lustig gemacht hatte.

Nun war es Viviale, die sprach. »Ramon von Landsberg, der dem Tod um Haaresbreite entkam, und Norani, geboren in einem Zelt jenseits des Meers, aufgezogen in der Wüste und ausgebildet in der Kunst, Dämonen zu bezwingen und unlösbare Rätsel zu erfinden, weiterhin ausgebildet auf dem Odilienberg, um dort die Magie der Sieben zu erlernen, von Morrigan angenommen im Taubenschlag des Konvents während einer Strafarbeit ...«

An dieser Stelle begannen einige der Mädchen zu kichern, doch ein Blick von Viviale brachte sie sofort wieder zum Schweigen. »Wie ich schon sagte, von der Göttin angenommen während einer Strafarbeit«, fuhr die alte Magierin fort und ein Lächeln huschte über ihre Züge. Noranis Gesicht wirkte einen Hauch dunkler als sonst und sie pustete sich eine störende Haarsträhne aus der Stirn. »Ihr beide habt dem Tod ins Auge gesehen, wie es sich für die Gefährten von Mabon gehört. Deshalb sollt ihr nun die Aufgabe übernehmen, die ich und Malaury viele Jahre lang ausführten: Ihr sollt das Siegel des Todes hüten.«

Mit beiden Händen übergab Viviale den Ring an Norani. Als die junge Hexe das Amulett berührte, glühte das verschlungene Knotenmuster auf, und Ravennas Puls ging schneller.

Dieses Zeichen hatte sie vor Augen gehabt, als sie Beliar entkam. Sie dachte wieder an die geheime Gruft in seinem Garten, an die Särge und den Opferstein und sie fühlte, wie sie ein Gefühl der Ungeduld überkam. Es gab so vieles, das sie den Sieben dringend berichten musste. Doch zunächst wollten die Hexen von Malaury und Viviale Abschied nehmen. Eine nach der anderen umarmten sie ihre langjährige Gefährtin und warfen bedauernde Blicke auf den Verstorbenen.

»Es tut mir leid«, flüsterte Ravenna, als sie die Arme um Viviales Hals schlang. Die kleine Zauberin hatte nicht nur Wangen wie frische Äpfel, sie roch auch süß und säuerlich zugleich. »Wegen Malaury, weil wir uns davongeschlichen haben und Melisende doch nicht retten konnten … wegen allem.«

Sie merkte, wie sie zu zittern anfing, doch sie konnte nichts dagegen tun. Die Erschöpfung überwältigte sie. Seit dem Augenblick, als Beliar mit hundert weißen Kerzen in ihre Zelle gekommen war, hatte sie keine Minute lang die Augen geschlossen.

»Ruh dich aus«, riet ihr Viviale. »Norani hat die Sieben gewarnt und Constantin von eurer Beobachtung im Wald berichtet. Er prüft gerade die Verteidigungsanlagen des Konvents. Marvin ist ausgezogen, um nach dem Hexenbanner zu suchen. Wir lassen es nicht so weit kommen, dass er den magischen Strom unterbricht. Hörst du, Ravenna? Du bist hier in Sicherheit. Versuch etwas zu schlafen. Euch bleibt bis zum Aufbruch nicht mehr viel Zeit.«

Aufbrechen? Wohin aufbrechen?, wunderte Ravenna sich. Ihre Verwirrung wuchs mit jeder Viertelstunde, die sie wieder auf dem Odilienberg verbrachte. Vieles hatte sich seit ihrem Nachtritt nach Straßburg verändert, und ihr wurde bewusst, wie wenig sie über die Geheimnisse der Hexen wusste.

»Geh!«, flüsterte Viviale ihr ins Ohr und schob sie in Richtung Ausgang. »Lass mich noch ein Weilchen mit Malaury allein. Wir haben so viel Zeit miteinander verbracht, dass ich kaum glauben kann, dass er nicht mehr am Leben ist.«

Maeve

Als Ravenna aus dem Tempel trat, sah sie gerade noch, wie ihre Schwester mit den anderen Schülerinnen im Speisesaal verschwand. Yvonne plauderte bereits angeregt mit einigen der älteren Mädchen und es würde gewiss nicht lange dauern, bis sie ihren Gesprächspartnerinnen jede Einzelheit aus der Nase gezogen hatte, die das Leben im Hexenkonvent betraf. Ravenna gönnte es ihr von Herzen.

Sie seufzte und durchquerte den Innenhof. Am Haupteingang wartete das Mädchen mit dem dicken, blonden Zopf auf sie – Celine. Die Kleine führte sie eine Treppe hinauf und in einen Trakt des Konvents, den Ravenna noch nie betreten hatte. Vor einem unbeleuchteten Gang blieb sie stehen.

»Geht bis ans Ende, Herrin«, sagte Celine und knickste. »Dort findet Ihr Euer Gemach.«

Sie zeigte auf eine schwere, mit Eisen beschlagene Holztür. Dann drehte sie sich um und rannte den Weg zurück, den sie gekommen waren. Langsam ging Ravenna durch den Gang. Als sie auf die Klinke drückte, öffnete sich die Tür nach innen. Beim Eintreten fiel ihr Blick als Erstes auf das Bett, das mitten im Zimmer stand. Keine Spur von Stroh und kratzenden Wolldecken: Die Schlafstätte war breit genug für zwei und mit weißer Seide bezogen. Rotgolden gestreifte Kissen mit Quasten und Kordeln stapelten sich am Kopfende, das Bettgestell bestand aus Rosenholz. Es gab einen großen Spiegel, neben dem eine Tür in den angrenzenden Waschraum führte, einen niedrigen, runden Tisch, der mit Speisen beladen war. Vor den Fenstern bildete der gefliese Boden einen Absatz.

Lucian stand dort, die Arme vor der Brust verschränkt. Er war barfuß und kehrte der Tür den Rücken zu. Das Kettenhemd bildete einen unordentlichen Haufen auf dem Boden. Obwohl er hören musste, wie sie eintrat, drehte er sich nicht um.

Umständlich befreite Ravenna sich von der schweren Rüstung. Dann stellte sie sich zu ihrem Liebsten auf den Absatz, schlang ihm die Arme um die Hüften und lehnte den Kopf an seinen Rücken. Sie gab sich derselben Aussicht hin, die auch er schweigend betrachtete: den Hexengarten, die Mauer, mit der die Aussichtsterrassen eingefasst waren, und dahinter die bewaldeten Hänge, Bergkuppen und den blassen Himmel.

Hin und wieder lief ein Zittern durch Lucians Körper. Er stand so still und aufrecht, dass Ravenna nicht einmal seine Atemzüge hörte. Lerne zu vergeben – sie hätte ihn gerne gefragt, was Malaury mit diesem Ausspruch meinte, doch sie fürchtete, erneut einen Gefühlsausbruch auszulösen, wenn sie die Worte wiederholte.

»Was ist das für ein Raum?«, flüsterte sie nach einer Weile.

Lucian schwieg. Sie schob die Finger unter das T-Shirt und presste die Handflächen erst auf seinen Bauch und dann gegen seine Brust. »Komm ins Bett«, raunte sie. »Du hast heute Nacht genauso wenig geschlafen wie ich.«

Wieder erzitterte er. Lucian atmete schwer aus und schloss die Augen. Als er sich nicht rührte, ließ Ravenna ihn seufzend los, stieg von dem Absatz herunter und entkleidete sich bis auf das dünne Hemdchen und den Slip. So schlüpfte sie ins Bett. Die Laken dufteten nach Lavendel und schmiegten sich seidenglatt an ihre Beine. Warum nicht gleich so?, dachte sie noch. Dann fielen ihr die Augen zu.

Irgendwann wurde sie davon wach, dass die Matratze auf einer Seite einsank. Das Licht hatte sich verändert. Lucian saß auf dem

Bettrand und betrachtete sie. Der harte, verzweifelte Ausdruck war aus seinem Gesicht verschwunden, er sah müde aus.

»Das ist das Gemach der Maikönigin«, erklärte er und strich mit der flachen Hand über das Laken. »Wir hätten die erste Nacht hier verbringen sollen, anstatt nach Straßburg zu reiten, um uns in ein sinnloses Abenteuer zu stürzen.«

Ravenna stützte sich auf einen Ellenbogen. Das Haar fiel ihr über die Schultern und kitzelte sie im Nacken. »Sinnlos war es keineswegs«, widersprach sie und nickte zu dem Hexenring, der auf dem Tischchen lag. Melisendes Siegel. »Bereust du, was wir getan haben?«

Lucian seufzte und schüttelte den Kopf. Dann zog er sich das T-Shirt über den Kopf und streifte die Jeans ab. Nackt bis auf das Triskel kam er zu ihr unter die Decke.

Einige Minuten lang hielten sie einander nur in den Armen, während jeder auf den Atem des anderen lauschte. Diesmal fasste Ravenna den Entschluss und ließ die Hände langsam über seinen Rücken gleiten. Lucians Haut roch nach Salz und Kettenöl, und die Grube zwischen den Kissen war von der Wärme ihrer beiden Körper erfüllt. Als sie sich diesmal liebten, war es anders, heftiger, drängender, erfüllt von einem verzweifelten Verlangen, als geschehe es zum letzten Mal, dass sie beieinanderlagen.

»Was ist das? Was hast du da gemacht?«, fragte Ravenna nach einer Weile. Sie grub die Finger in das halblange Haar in Lucians Nacken und spielte mit einer Locke, die deutlich kürzer als das restliche Haar war.

»Was meint Ihr?« Lucian griff in den Nacken und tastete nach ihrer Hand. Dann runzelte er die Stirn. »Keine Ahnung, wann das passiert ist«, brummte er. Er zuckte die Achseln. »Es ist ja nur das Haar und nicht der Hals.«

Ravenna kicherte und ließ sich tiefer in die Kissen sinken. »Wie bist du eigentlich aus Beliars Villa entkommen?«, wollte sie wissen. »Das hast du mir noch nicht erzählt.«

Lucian ließ ein unwilliges Knurren hören. »Wenn Ihr mich vor ein paar Wochen im Nacken berührt hättet, hättet Ihr die Beule fühlen können. Durch den Sturz durch die Glastreppe und den Aufprall war ich wie betäubt. Als ich wieder zu mir kam, hörte ich eure wütenden Stimmen aus dem Arbeitszimmer.«

»Wütend?« Ravenna lachte tonlos. »Ich hatte eher den Eindruck, dass ich ziemlich kläglich klang. Beliar hat mir furchtbare Angst eingejagt.«

Lucian fasste sie an der Hüfte und zog sie näher zu sich heran. »Ich hatte auch schreckliche Angst um Euch, doch ich wusste nicht, wie ich wieder in den ersten Stock gelangen sollte. Überall waren Glassplitter und Scherben und einen anderen Aufgang als die Treppe gab es nicht. Da zuckten von der Straße her plötzlich grelle, blaue Blitze und ein Geheul wie von einem Rudel Dämonen erklang. Es schien mir ratsam, ihnen nicht über den Weg zu laufen. Deshalb versteckte ich mich hinter dem Vorhang. Von dort aus musste ich mitansehen, wie Ihr festgenommen und fortgebracht wurdet.«

Diesmal klang Ravennas Lachen schon fröhlicher. »Das war schlau von dir, auch wenn da keine Dämonen eindrangen, sondern die Polizei.«

Lucian nickte. »Das begriff ich in dem Augenblick, als ich diesen Krieger Gress in der Tür stehen sah. Und Eure Schwester. Sie weinte schwarzes Blut.«

Ravenna schauderte. Auch sie war bei dem Anblick erschrocken, den Yvonne an jenem Abend geboten hatte. Zu sehr erinnerte die geronnene Wimperntusche auf ihrem Gesicht an Lynettes unheilvolles Bad im Hexenbrunnen. »Ich glaube kaum, dass es Blut war«, meinte sie. »Auch wenn sie manchmal ganz schön leichtsinnig handelt: Yvonne würde niemals eine richtige Schwarzmagierin werden.«

Dann erzählte sie Lucian von dem Verhör in der Klinik und von den Anschuldigungen, die Gress gegen sie vorgebracht hatte. Als sie geendet hatte, schwieg Lucian eine Weile. »Wir haben unseren Gegner unterschätzt«, gestand er dann ein. »Ich hätte nie gedacht, dass Beliars Pläne bereits so weit gediehen sind. Oder dass er so viele Verbündete hat.«

Ravenna betrachtete ihn. Dann fasste sie sich ein Herz. »Wer war sie?«, fragte sie leise. Und als Lucian nicht gleich zu begreifen schien, sagte sie: »Maeve. Marvin hat Andeutungen gemacht. Du warst erst siebzehn, hat er mir verraten. Und sie?«

Lucian presste die Lippen zu einem Strich zusammen. Zwischen seinen Brauen stand eine steile Falte. Dann rollte er sich auf den Rücken und legte den Arm quer über die Stirn. »Ja, das war ich«, sagte er. »Siebzehn. Und jetzt bin ich fünfundzwanzig, doch es kommt mir vor, als wäre das alles erst gestern geschehen. Ihr müsst wissen, dass ich in einem Haus geboren wurde, in dem man den Teufel verehrte.«

Er drehte den Kopf und blickte sie an. Offenbar wollte er herausfinden, ob sein Geständnis sie schockierte. Ravenna setzte sich auf und wickelte sich in das dünne Laken. Sie hatte nur zwei oder drei Stunden geschlafen, doch sie fühlte sich hellwach und war bereit, seiner Geschichte zu folgen.

»Ich stamme von einer Felsenburg in der Nähe von Carcassonne«, berichtete Lucian nun. »Sie liegt in einer Schlucht, die von allen nur das Tal des Schreckens genannt wird. Mein Vater war dort der Burgvogt und herrschte ursprünglich im Auftrag des Königs. Damals erstreckte sich das Reich der Sieben noch bis an den Rand des Grenzgebirges und von dort bis zu den Küsten beider Meere. Ihr habt selbst gesehen, welcher kümmerliche Rest uns heute geblieben ist.«

Aufmerksam hörte Ravenna zu. Sie erfuhr zum ersten Mal, dass das Hoheitsgebiet der Hexen noch wenige Jahre zuvor viel größer gewesen war. Nach Lucians Beschreibung hatte es ursprünglich den Raum zwischen Rhein, Mittelmeer und Atlantik umfasst. Im Vergleich dazu war den Sieben nicht mehr als eine Provinz geblieben.

»Mein Vater war ein Herr mit harter Hand«, fuhr Lucian fort. »Falls etwas nicht nach seinem Willen verlief, verhängte er grausame Strafen. Und das war beinahe täglich der Fall. Alle lebten in Angst vor ihm: meine Mutter, meine Schwestern und das Gesinde. Auch ich zitterte, wenn Velasco nur das Zimmer betrat. Ich war damals ein kleiner Junge. Wäre ich ein Mann gewesen, hätte ich mich ihm in den Weg gestellt.«

Ravenna sog den Atem ein. Als sie die wilde Entschlossenheit in Lucians Gesichtszügen sah, begriff sie, dass er in jedem Gegner nur einen Feind bekämpfte: seinen Vater.

»Eines Tages traf einer von Constantins Barden an unserem Hof ein. Er sang und spielte Harfe und seine Lieder erzählten von den abenteuerlichen Fahrten der Ritter, von verzauberten Wäldern und von Wüsten, die unter der Sonne glühen. Da beschloss ich, dass ich einer dieser Krieger werden wollte, einer der Sieben Gefährten, die die Magierinnen beschützen und begleiten.« Lucian lehnte in den Kissen und lächelte. »Ich war damals acht Jahre alt und hatte keine Vorstellung, wovon ich schwärmte. Als das Festbankett vorüber war, schlich ich mich in Malaurys Kammer und bat ihn, mich mitzunehmen, sobald er abreiste.«

Ravenna riss die Augen auf. »Malaury? Er war der Barde?« Es fiel ihr schwer, sich Viviales verstorbenen Gefährten als jungen Harfenspieler und Geschichtenerzähler vorzustellen.

Lucians Lächeln wurde breiter. »Das war er. Und er war nur aus einem Grund gekommen: Um Velasco zur Rede zu stellen und um herauszufinden, wie es um mich stand. Ich war der einzige Sohn des Burgherrn und sein ältestes Kind. Sein Erbe.«

»Was hat Malaury geantwortet, als du bei ihm im Zimmer standest?« Ravenna schmunzelte, als sie sich den Anblick vorstellte: Lucian als ernster, kleiner Junge, dessen Nachtgewand über den Boden schleifte, und der wortgewandte, weit gereiste Barde, der mit dem Schwert genauso umzugehen verstand wie mit der Harfe.

»Er versprach, dass ich ihn begleiten dürfe«, erklärte Lucian. »Offensichtlich hat er meine Lage sofort erkannt. Als er meinem Vater das Vorhaben eröffnete, geriet dieser in Rage. Er ließ Malaury mit dem Gesicht nach hinten auf einen Esel binden und jagte das Tier durch die Schlucht. Ich glaube, er legte es darauf an, dass sich sein Gast den Hals brach. Als der Barde verschwunden war, packte Velasco mich am Arm und schleifte mich in das finsterste, dunkelste Gewölbe der Burg. Dort gab es einen Raum ...« Er verstummte. Das Zittern kehrte zurück und Ravenna bekam eine Gänsehaut. Leise fuhr Lucian fort. »Erinnert Ihr Euch an unser Gespräch, bei dem ich Euch vom Herrn der Ratten erzählte? Ein solcher Raum war das. Überall Blut, Gebeine, Ungeziefer ... und der Gestank des Dämons hing schwer in der Luft. Ich war zwar noch ein Kind, doch ich begriff sogleich, dass mein Vater seine Macht von diesem Opferstein bezog. Von dem, was dort geschah.«

Ravenna schluckte und verschränkte die Finger fest ineinander. Ja, sie wusste, von was für einer Art Raum Lucian sprach. Sie hatte selbst einen derartigen Opferstein gesehen und das Blut gerochen: in der Gruft, die sich im Garten der Villa befand.

»Was geschah dann?«, flüsterte sie. In Gedanken befand sie sich noch immer bei dem Jungen und seinem Vater in dem unterirdischen Gewölbe.

»Velasco verprügelte mich und schrie, wie ich es wagen könne, Malaury um einen solchen Gefallen zu bitten. Dies hier sei der Weg, der mir vorherbestimmt sei. Ich sollte die Kunst der Schwarzen Hexerei erlernen und mir durch Opferungen die Macht des magischen Stroms aneignen, genau wie er es tat.«

»Aber warum? Ich meine ... ich dachte, er würde im Auftrag von Constantin herrschen.« Ravenna wurde rot. »Ich glaube kaum, dass der König seine Vasallen schlecht entlohnt.«

Lucian rieb sich über das Gesicht. »Ich weiß es nicht«, stieß er hervor. »Das ist das Schlimmste an Schwarzer Magie: Ich weiß bis heute nicht, was meinen Vater dazu trieb, nach dieser Macht zu streben. Er hatte alles, was ein Mann sich wünschen kann. Er hätte es nur zu genießen brauchen. Stattdessen zerrte er Hunde, Schafe und Kälber in diesen Raum und stach sie ab. Vielleicht waren auch Gefangene darunter, die ihm in der Grenzregion in die Hände fielen. Ich weiß es nicht und ich will es auch nicht wissen. An Malaury wagte er sich jedoch nicht zu vergreifen, weil dieser den Ring des Königs trug.«

Ravenna nickte. Lucian hatte, als er sprach, seine Hand berührt. Dort trug er den Ring mit dem Hexensiegel, das Zeichen, dass er zu Constantins Rittern gehörte. »Es war sein Pech«, fügte er grimmig hinzu. »Denn Malaury kehrte zurück, aber diesmal war er nicht allein. Der König und sämtliche Gefährten begleiteten ihn. Auch die Sieben hatten sich diesem Zug angeschlossen. Sie kamen, um die Burg im Tal des Schreckens zu belagern und zu zerstören. Einen vollen Mondlauf lang war die Schlucht von magischem Donnerhall erfüllt, dann war alles vorbei. Constantin ließ meinen Vater hart bestrafen und zwang alle Bewohner der Feste, mich eingeschlossen, dabei zuzusehen. Dann nahm er mich mit nach Burg Landsberg, während die Hexen meine Mutter und meine Schwestern in ein Kloster begleiteten. Jeona und Gael leben noch immer dort. Meine Mutter starb bald nach der Eroberung unserer Burg und es gab nicht wenige Zungen, die behaupteten, der Einfluss meines Vaters trüge die Schuld daran. Im Tal und im ganzen Umland wurde Velasco nur der Hexer genannt. Wie dem auch sei: Ich wurde auf Landsberg erzogen und in allen Fertigkeiten eines Ritters ausgebildet. Malaury hatte sich offenbar in den Kopf gesetzt, wiedergutzumachen, was mein Vater mir angetan hatte. Er zeigte mir alles, was er wusste.«

Lucian schwieg. Bleiernes Nachmittagslicht fiel durch die Fenster und im Hof war es still. Offenbar sammelten alle Bewohner des Konvents ihre Kräfte für den bevorstehenden Aufbruch.

»Damit war es jedoch nicht vorbei«, sagte Lucian nach einer Weile. »Ich lernte schneller und übte eifriger als die meisten meiner Freunde, denn ich hatte einen guten Grund: Ich wollte die Welt von Menschen wie meinem Vater befreien. Als ich fünfzehn war, wurde ich von Constantin zum Ritter geschlagen. Zwei Jahre später gewann ich das Turnier.« Unter dem Laken zog er die Knie an den Körper. »Damals hatte ich nur eines im Sinn: Ich wollte Maeves Gefährte werden. Sie war zwei Jahre jünger als ich und lebte ungefähr genauso lange auf dem Odilienberg wie ich. Schon bei unserer ersten Begegnung war ich fasziniert von ihrer Gabe. Maeve stammte aus einer Stadt an der Küste. Ihr Talent bezog sich auf Wasser und Wind, während ich von einer Felsenburg in den Bergen kam. Das Fremde zog mich an. Sie war anders als alles, was ich kannte. Wir waren ständig zusammen und kaum eine Minute verging, in der wir nicht irgendein Gesprächsthema verfolgten oder auf Streifzüge gingen. In der ganzen Gegend erkannte man uns schon lange vor dem Lanzenstechen als das Paar von Beltaine.«

Ravenna schluckte. Sie würde Lucian niemals ganz für sich allein besitzen, das wurde ihr in diesem Augenblick bewusst. Er hatte Maeve geliebt, bevor er sie kennenlernte. Und er würde sich wieder verlieben, falls sie selbst einmal nicht mehr da war. Als er ihr das Gesicht zuwandte, wich sie seinem Blick aus.

»Ihr wisst, was dann folgte«, sagte er leise. »Die Zeremonie im Kreis der geladenen Gäste, die Schwertleite und die Verbindung des Paares durch die Hand der Magierin. Als wir am Maistein standen …« Er brach ab und ballte die Fäuste. Dann lehnte er sich aus dem Bett, öffnete eine kleine Tasche am Schwertgurt und nahm eine schwarze Perle heraus. Ravenna zuckte zurück, als Lucian ihr den Schatz hinhielt. Eine ähnliche Perle trug die Marquise in ihrem Kopfschmuck. Damit hatte Elinor ihre Stirn berührt.

»Habt keine Sorge, Nevere hat sie mir gegeben. Sie enthält meine Erinnerungen an jenen Tag, damit ich diese Eindrücke nicht ständig mit mir herumtragen muss. Nur manchmal werden meine Erinnerungen wieder wach, so wie vorhin an Malaurys Sterbebett. Nehmt sie in die Hand und haltet sie vor das dritte Auge.«

Vorsichtig nahm Ravenna die Perle zwischen zwei Finger und drückte sie auf das Mal auf ihrer Stirn. Ein Luftzug strich über sie hinweg. Der Raum zog sich zusammen, die Wände wellten sich wie in einem Zerrspiegel, und dann stand sie plötzlich in dem Birkenwäldchen.

Es regnete und ein kalter Wind zerrte an den Zweigen. Nasse

Blätter klebten auf dem Stein und die Festgäste hatten sich missmutig in ihre Mäntel gehüllt. Esmee war die verantwortliche Magierin. Sie schien sich für das Paar zu freuen. Dann richtete Ravenna den Blick auf Maeve.

Die junge Hexe war wunderschön. Sie war klein und zierlich und reichte Lucian gerade bis zur Schulter. Das Haar wand sich in schweren Flechten um ihre Stirn, doch es war genug davon übrig, dass ihr die Locken wie ein pechschwarzer Wasserfall bis zum Gürtel reichten. Maeves Gesicht war herzförmig, voller blasser Sommersprossen und von einer Ernsthaftigkeit erfüllt, die Ravennas Herz pochen ließ. Sie fühlte sich zu der jungen Frau hingezogen, spürte den Drang, sie im Arm zu halten und zu beschützen, und zugleich wusste sie, dass eine mächtige Zauberin vor ihr stand. Es waren Lucians Gefühle, die sie teilte. Sie spürte seine Liebe zu Maeve und sie war so wahrhaftig und stark, dass es ihr in dem breiten Bett auf dem Odilienberg Tränen der Eifersucht in die Augen trieb.

Das Mädchen wandte den Blick nicht von Lucian ab. Ihre Augen waren hell wie Muschelschalen und sie trug eine Kette aus Seesternen, Glasperlen und Möwenfedern um den Hals. Ihr Talent war naturgegeben und die Ausbildung im Konvent hatte sie zu einer großen Hexe gemacht. Maeve öffnete die Lippen und stellte die Frage, die auch Ravenna an Lucian gerichtet hatte, die Frage, ob er ihr Gefährte werden wolle. Dann streckte sie die Hand nach dem Schwert aus, das auf dem Maistein lag.

Im selben Augenblick verdichtete sich die Luft neben dem Stein, und Ravenna glaubte, eine Luftspiegelung zu erkennen, jenes Flimmern, das sich in der Gruft um Oriana gebildet hatte. Sie schrie auf, als Velasco förmlich aus dem Nichts erschien. Denn bis auf die Frisur sah er Lucian zum Verwechseln ähnlich. Er hatte breite Schultern, war vollständig in Leder gehüllt und trug das Haar raspelkurz. Ein dünner Bart säumte das Kinn und lief in einem Strich bis zur Unterlippe. Die Augen waren dieselben wie Lucians, doch in Velascos Blick lag eine eisige Kälte.

»Du willst dein Schwert einer Hexe weihen, mein Sohn?«, stieß die Erscheinung hervor. Die Stimme erklang so verzerrt, wie der Körper erschien. »Nur über meine Leiche – oder über ihre.«

Ravenna spürte, wie sich ihr Körper verkrampfte, als Lucian vorwärts hechtete, um an das Schwert zu gelangen, das auf dem Stein lag.

Aus den Augenwinkeln sah sie, wie die anderen Ritter die Klingen aus den Scheiden rissen.

Maeve hob blitzschnell die Arme und formte einen Zauber, einen gewaltigen Bann, der Velasco gewiss bis an den Fuß der Berge geschleudert hätte. Doch der Hexer war schneller.

Er schwang sein Schwert empor und hieb der jungen Frau die Klinge in den Kopf. Ein weißes Licht glühte auf dem Stahl, das einen Herzschlag lang alles andere überstrahlte. Ravenna stöhnte. Sie hörte den Aufschrei der Menge, sah wie Maeve die Augen verdrehte und zu Boden sank, obwohl Lucian sie festzuhalten versuchte. Er schrie.

Im nächsten Augenblick fuhren sechs Klingen durch Velascos Rücken, kreuzten sich im Herzen und traten wie ein Stern an der Brust aus. Der Hexer lachte, als die Gefährten der Sieben sofort kampfbereit zurücksprangen. Die Luft über seiner Gestalt flimmerte so stark, dass sich seine Züge verzerrten. Dann löste sich seine Gestalt in Rauch auf.

Maeve lag neben dem Maistein und regte sich nicht mehr.

Ravenna kauerte in einer Ecke des Zimmers. Die schwarze Perle war von ihr fortgerollt und sie zitterte vor Entsetzen. Offenbar hatte sie sich in der Trance so bewegt, wie sie es im Traum sah: Sie war aufgesprungen, als Lucian aufsprang, hatte nach dem unerreichbaren Schwert gegriffen und war neben der Leiche des Mädchens zusammengebrochen.

Lucian kniete neben ihr und versuchte, sie zu beruhigen. In verblassenden Bildern erlebte Ravenna noch, wie Malaury und die anderen Ritter Lucians Finger mit Gewalt von Maeves starren

Händen lösten. Dann erst brachten sie ihn und das tote Mädchen zurück in die Burg.

An dieser Stelle brach die Erinnerung ab. Ravenna hatte nicht gewusst, wie entsetzlich leer sich ein solcher Verlust anfühlte, wie schrecklich sinnlos der Tod der jungen Magierin war. Lucian zerrte die Decke vom Bett und wickelte sie darin ein. Erst dann war sie in der Lage, aufzustehen und ihm bis zu der Schlafstätte zu folgen. Er ließ sie Platz nehmen und setzte sich neben sie. Der erbitterte Zug zeigte sich wieder um seinen Mund, doch Ravenna wusste nun, dass er hinter der Härte, die er manchmal an den Tag legte, schreckliche Erinnerungen verbarg. Schock, Schuld und Trauer, ein Meer von Tränen, eingeschlossen in einer schwarzen Perle.

»Das war das letzte Mal, dass ich meinen Vater sah«, stieß er hervor. »Hätte Constantin ihn doch nur verbrannt, als noch Gelegenheit dazu war! Dafür werde ich es tun, falls ich ihm je wieder begegne.«

Mit unbewegtem Gesicht hob er die Perle auf und verstaute sie in der Tasche am Schwertgurt.

»Neveres Gabe macht die Vergangenheit für mich erträglich«, erklärte er. »In den ersten Wochen sah ich immer nur diese Bilder und träumte jede Nacht von dem Mord. Es hätte fast meinen Geist zerrüttet. Seit die Erinnerungen in der Perle eingeschlossen sind, geht es besser.« Er lächelte freudlos. »Mein Vater wollte mich für meinen Ungehorsam bestrafen und das ist ihm auch gelungen. Aber er tat noch mehr, denn durch das Verbrechen brachte er Constantins Stern zum Sinken. Maeves Vater war der Erste, der dem König die Gefolgschaft aufkündigte, und zwar noch am selben Tag. Einem Herrscher, der seine Tochter nicht beschützen könne, wollte der Graf nicht länger die Treue halten. Viele sollten ihm folgen. Einige dieser Männer habt Ihr heute Morgen am Grab des Druiden gesehen.«

Ravenna nickte stumm. Sie dachte an das Heer, das im Morgennebel den Bergrücken hinaufgeritten war. Lucians Arme spannten sich, als er das Schwert mit der verhüllten Spitze auf den Boden stellte und die Parierstange mit beiden Händen packte.

»Begreift Ihr nun, weshalb ich meinem Vater niemals vergeben kann, selbst wenn mein Freund und Lehrer das auf dem Sterbebett von mir verlangt?«

Ravenna nickte wieder. Sie begriff noch etwas anderes: Lucian würde niemals wieder eine Frau so sehr lieben wie die junge Hexe Maeve. Alle Erlebnisse, die sie mit ihm geteilt hatte, bekamen plötzlich einen bitteren Beigeschmack: Er hatte das Turnier für sie gewonnen, sie hatte sein Schwert geweiht, hatte ihm das Leben gerettet und er war ihr bis in ihre Zeit gefolgt, bis in die Hölle und zurück. Aber sie war nur die zweite Liebe in seinem Leben. Und das würde für immer so bleiben.

Das Hexengericht

Ein lautes Klopfen an der Tür ließ sie zusammenfahren. Vernon streckte den Kopf in den Raum und kündigte ihnen an, dass das Hexengericht in wenigen Minuten zusammentrat. Neugierig ließ der junge Ritter den Blick durch das Zimmer schweifen. Er wurde rot, als er Ravenna in die seidene Decke gewickelt auf dem Bett sitzen sah. Hastig murmelte er eine Entschuldigung, aber sie winkte ihm, es sei schon in Ordnung. Benommen stand sie auf und ging ins Bad, um sich kaltes Wasser ins Gesicht zu spritzen.

Durch die angelehnte Tür hörte sie, wie die beiden Freunde die wichtigsten Neuigkeiten austauschten. Zuletzt ließ sich Vernon die Hose vorführen, die Lucian mitgebracht hatte: guter alter Jeansstoff aus der Zukunft.

»Es ist ziemlich bequem«, gestand ihr Ritter. »Vor allem, wenn man im Sattel sitzt. Auf der Innenseite hat dieses Beinkleid nur ganz flache Nähte. So hält man es stundenlang auf dem Pferderücken aus, ohne dass es an den Knien Druckstellen gibt.«

»Du solltest dich besser beeilen und die Hose wieder anziehen«, frotzelte Vernon. »Constantin wartet noch immer auf eine Aussprache mit dir. Ich fürchte, der König ist sehr wütend. Sehr, sehr wütend, verstehst du?«

Das letzte »sehr« zog Vernon betont in die Länge. Lucian seufzte. »Dann sei so gut und hole uns etwas Passendes zum Anziehen«, bat er. »Und wenn sie noch so bequem ist: In dieser Kleidung möchte ich ungern vor meinem König erscheinen.«

Kurze Zeit später saß Ravenna in einem langen, mit rotem Sandstein gefliesten Flur. Sie war nun wieder wie eine Hexe aus dem Mittelalter gekleidet und nagte aus Nervosität an ihrem Fingernagel. Seit mehr als einer halben Stunde wartete sie vor der geschlossenen Doppeltür. Gedämpft konnte sie Constantins Standpauke verfolgen. Die Stimme des Königs schwoll an und ebbte ab, nur um gleich darauf wieder lauter zu werden. Einzelne Satzfetzen drangen durch die Türritzen, und manchmal verstand Ravenna Worte wie unverantwortlich oder hirnverbrannt, denen eine Flut von altfranzösischen Flüchen folgte.

Schließlich hielt sie es nicht mehr aus. Sie stand auf, öffnete die Tür und trat ein. Auf zwei sichelförmigen Steinbänken saßen die Hexen und ihre Gefährten – die Frauen auf der einen, die Ritter auf der anderen Seite. Es war seltsam, Norani und Ramon in dieser Runde zu sehen, während Viviale und ihr alter Gefährte fehlten. Es würde eine Weile dauern, ehe sie sich an den Wechsel gewöhnt hatte.

Lucian kniete in der Mitte der beiden sichelförmigen Bänke und ließ das Donnerwetter über sich ergehen. Constantin schritt vor ihm auf und ab. Sein Haar war so zerwühlt, als wäre er eben erst aufgestanden, und er stemmte die Fäuste in die Hüften. Mitten im Satz hielt er inne und sah auf, um herauszufinden, wer ihn zu stören wagte.

Als der König sie erkannte, lächelte er. »Ravenna!«, stieß er hervor. »Tretet ein! Wir ließen Euch viel zu lange warten.«

Sie verbeugte sich hölzern, wie man es ihr bei dem ersten Zusammentreffen mit Constantin gezeigt hatte, und stellte sich neben ihren Gefährten.

»Es ist nicht seine Schuld«, erklärte sie und legte Lucian die Fingerspitzen auf die Schulter. »Der Ritt nach Straßburg, die Tatsache, dass Niall geschnappt wurde und dass wir so lange verschwunden waren – dafür trage ich die Verantwortung. Ich habe Lucian überredet, mich nach Straßburg zu begleiten.«

Constantin blähte die Nasenflügel und starrte sie an. Keiner der

Anwesenden verzog eine Miene. Unbehaglich verlagerte Lucian das Gewicht von einem Knie auf das andere, er schwankte leicht. Ravenna konnte die Bewegung nur deshalb spüren, weil sie unmittelbar neben ihm stand.

»Und warum, wenn ich fragen darf?«, brachte Constantin endlich hervor. »Warum stiftest du einen meiner besten Ritter zu diesem Wahnsinn an? Ihr hättet umkommen können. Alle beide. Alle elf.«

»Ich wollte Melisende retten«, gab Ravenna zu. »Die Marquise hatte nicht gelogen, als sie mir verriet, dass man meine Ahnin ins Feuer werfen wollte. Aber das wisst Ihr nun selbst. Außerdem haben wir das hier gesucht.« Sie öffnete einen Beutel, den sie am Gürtel trug, und zog das Siegel des Sommers hervor.

Mit einem Aufschrei sprangen die Hexen und ihre Gefährten auf und drängten sich um sie.

»Das ist Melisendes Ring – kein Zweifel!«, rief Esmee. »Ravenna hat ihn zurückgebracht!«

»Dann können wir endlich aufbrechen«, ergänzte Mavelle mit einem tiefen Seufzer. »Das wurde aber auch höchste Zeit. In ein paar Tagen ist Mittsommer.« Seit Ravenna sie das letzte Mal gesehen hatte, schien der Babybauch der Elfe noch weiter gewachsen zu sein. Mavelle zog eine Grimasse und stemmte die Hände ins Kreuz, aber in ihren Augen lag ein unternehmungslustiges Funkeln.

»Nun vergib ihm schon, deinem Ritter«, rief Josce und klopfte Constantin gutmütig auf die Schulter. »Sonst wächst er noch am Boden fest.«

Constantin runzelte zornig die Stirn und starrte düster auf Lucian hinunter. »Du kannst aufstehen«, erklärte er schließlich. »Du hast die Sieben ja gehört.« Lucian seufzte erleichtert und machte Anstalten, sich zu erheben. Als Constantin weitersprach, sank er jedoch wieder auf den Boden zurück. »Die Ehre, einer der Gefährten zu sein, verpflichtet dich zu Treue und Gehorsam gegenüber deiner Hexe und deinem König.« Lucian zögerte, dann versuchte er erneut aufzustehen. Als er gerade halb hochgekommen war, fuhr Constantin fort. »Wenn ich über Magie gebieten würde, dann würde ich diesen Satz jedem von Euch mit Feuer hinter die Ohren schreiben. Ist das deutlich genug?«

»Ja, Herr«, stieß Lucian hervor. »Das ist deutlich genug.« Seine Muskeln zitterten vor Anspannung. Als sich der König endlich von ihm abwandte, stand er mit einem Ächzen auf. »Ich danke Euch«, raunte er Ravenna ins Ohr. »Noch zehn Minuten länger und ich wäre nicht mehr ohne Beistand aufs Pferd gekommen.«

»Keine Ursache«, flüsterte sie zurück. »Schließlich sage ich nur die Wahrheit. Aber jetzt verrate mir, wohin wir heute eigentlich reiten. Wie es scheint, ist der gesamte Konvent auf den Beinen und bereitet sich auf die Abreise vor.«

Lucian öffnete den Mund, um zu antworten, doch da hatte der König bereits auf einem Thron aus Stein Platz genommen. Der Sitz stand im Scheitelpunkt, in dem die beiden Halbmonde zusammentrafen. Im Gegenlicht des Fensters leuchtete Constantins Haar wie Schilfgras, in das der Wind gefahren war.

»Als Nächste rufen wir Yvonne von Ottrott«, verkündete er. »Ravennas Schwester wird beschuldigt, Schwarze Magie gewirkt und einen Hexendolch benutzt zu haben, obwohl sie kein Recht dazu hatte.« Er winkte, und da erkannte Ravenna, dass es einen Herold gab, der die Saaltüren für die Eintretenden öffnete und schloss. Es war Vernon, der diesen Dienst versah und nun beide Türflügel aufriss.

Die Gerufene stand schon bereit. Als Ravenna ihre kleine Schwester sah, hielt sie die Luft an. Yvonne trug ein Kleid aus grauem Wollstoff. Der Ausschnitt war etwas zu weit und die Ärmel etwas zu lang, weshalb sie den Saum mit den Fingern gegen den Handballen presste. An den Füßen trug sie flache Schuhe aus Leder, eine Schärpe lag um ihre Taille, und ein schlichtes, weißes Band hielt ihr das Haar aus dem Gesicht. Um den Hals hing Mémés Medaillon.

So wie sie dastand, wollte Ravenna sofort zu ihr laufen und

schützend den Arm um sie legen. Yvonne wirkte wieder wie das Mädchen, das sie früher gegen Nachbarsjungen, strenge Lehrer und manchmal auch gegen die eigenen Eltern verteidigt hatte. Mit gesenktem Blick trat sie ein, lächelte scheu in die Runde, ging auf Constantin zu und sank in einer Verbeugung zu Boden. Als wäre sie schon immer hier gewesen, schoss es Ravenna durch den Kopf.

»Mein König«, hauchte Yvonne und richtete sich wieder auf. Dann stand sie regungslos da und wartete ab, bis sich das Raunen legte und die Anwesenden Platz genommen hatten.

Constantin verschränkte die Arme und lehnte sich zurück. »Ihr wisst, warum Ihr hier seid?«, fragte er. Yvonne nickte. Hoffentlich ist sie klug und sagt jetzt das Richtige, dachte Ravenna. Ihre Handflächen waren ganz feucht und sie rutschte unruhig auf dem Stuhl hin und her.

»Das sind keine nebensächlichen Anschuldigungen, müsst Ihr wissen«, fuhr Constantin fort. »Dieser Konvent und die Burg am Fuß des Berges wurden errichtet, um jede Form von Schwarzmagie zu unterbinden und zu verfolgen. Ihr seid jung, vielleicht erfasst Ihr nicht ganz, welche Gefahren sich hinter der dunklen Hexenkunst verbergen. Darum frage ich Euch jetzt: Gesteht Ihr Eure Schuld ein?«

Yvonnes Kinn hob sich, das trotzige Grübchen erschien, doch ihre Lippen zitterten leicht.

»Was habe ich denn Schlimmes getan?«, fragte sie. »In meiner Welt bin ich in einem Wicca-Kreis eingeweiht. Wir sind weiße Hexen und benutzen sanfte Magie. Friedlich und der Natur zugewandt. Ich habe das Recht, den Hexendolch zu tragen, denn ich bin nicht weniger Melisendes Nachfahrin als Ravenna.«

»Eingeweiht bedeutet nicht dasselbe wie von Morrigan anerkannt«, bemerkte Aveline.

Eifrig nickte Yvonne der jungen Hexe zu. »Das stimmt!«, bekräftigte sie. »Ja, das stimmt. Deshalb bin ich Ravenna und Lucian auch hierher gefolgt. Ich bitte euch, mich ebenfalls in die Geheimnisse eures Zirkels einzuführen.«

Norani grinste schwach. »Träum weiter«, sagte sie. »Erst solltest du Constantin erklären, wie es kommt, dass du dich zu Beliars Anhängern verirrt hast.«

Yvonne runzelte die Stirn, als die junge Hexe ihr diese Abfuhr erteilte. Sie benötigte einige Atemzüge, um sich wieder zu fassen. »Ihr braucht mich«, erklärte sie dann. »Ihr ahnt gar nicht, wie sehr ihr mich braucht: Hexenwahn, Verfolgungen und lodernde Scheiterhaufen – habt ihr eine Vorstellung davon, was in naher Zukunft mit Magierinnen wie euch geschehen wird? Ihr solltet froh sein, dass es Menschen wie mich gibt, die sich trotz allem wieder mit Magie befassen.«

Die Sieben tauschten beunruhigte Blicke aus. Verzweifelt schnitt Ravenna eine Grimasse, aber Yvonne sah nicht zu ihr herüber.

»Hexenverfolgungen? Scheiterhaufen?«, echote Josce.

Yvonne breitete die Arme aus. »In den kommenden Jahrhunderten werden Tausende von Zauberkundigen verbrannt: Heilerinnen, Hebammen, Kräuterfrauen, aber auch Hunderte unglücklicher und unschuldiger Opfer, die einfach nur zur falschen Zeit am falschen Ort waren. So steht es in den Geschichtsbüchern aus meiner Zeit. Es muss entsetzlich gewesen sein. Beziehungsweise: Es wird entsetzlich werden.«

»Yvonne!«, zischte Ravenna. Ihre Schwester drehte sich um. Nicht!, gab Ravenna ihr durch ein Zeichen zu verstehen. Behalte das für dich! Ich habe den Sieben nichts über dieses düstere Kapitel erzählt.

Aber es war zu spät. Den Hexen und ihren Gefährten war das Blut aus dem Gesicht gewichen. Erregt sprang Constantin auf. »Tausende von Toten? Nur weil sie Kenntnisse über Magie besaßen?«, rief der König. »Ist das wahr?«

»Es ist wahr«, knurrte Josce. »Seht euch doch nur an, wie kreidebleich Ravenna ist. Es war sehr rücksichtsvoll von ihr, kein Wort über diese Entwicklung zu verlieren. Und äußerst dumm, denn solange wir nicht gewarnt sind, können wir nichts unternehmen.«

»Warum hast du uns nie erzählt, wie unsere Zukunft aussieht?«, fragte Mavelle.

Nun sprang auch Ravenna auf. »Weil es nicht so sein muss!«, rief sie. »Es ist der Fortgang der Geschichte, den wir kennen, Yvy und ich. Bis zu meinem Sturz durch das Zeittor ist alles so geschehen, wie meine Schwester sagt, das ist wahr. Aber es heißt nicht, dass es sich so zutragen muss. Denn wir sind jetzt hier und können den Lauf der Dinge verändern. Wenn es uns gelingt, Beliar aufzuhalten, nimmt die Geschichte einen völlig anderen Verlauf. Dann wird es auch in Zukunft noch Menschen geben, die sich an Morrigan und an den Zirkel der Sieben erinnern.«

»Es gibt sie«, warf Yvonne leise ein. »Dafür bin ich der lebende Beweis. Ich habe meine magische Gabe gepflegt und mich mit den alten Traditionen beschäftigt. Ich habe es verdient, dass ihr mich in den Konvent aufnehmt und ausbildet. Das ist nicht zu viel verlangt.« Sie trug ihre Forderung mit großer Sanftheit vor und es wurde still im Saal.

»Du stehst noch immer unter Anklage«, erinnerte Norani sie. »An deiner Stelle würde ich mir erst dann über eine Aufnahme in den Konvent Gedanken machen, wenn meine Unschuld bewiesen ist.«

Entschlossen wandte Josce sich an den König. »Lucian hat die Anschuldigungen gegen Yvonne erhoben. Er soll vor dem Hexengericht aussagen und dann werden wir eine Entscheidung fällen.« Auffordernd sah sie den jungen Ritter an.

Auch Yvonne drehte sich zu Lucian um. Ihre Hand bedeckte den Ausschnitt, ihre Finger spielten mit dem Medaillon, dessen Silberdeckel verkratzt und stumpf angelaufen war. »Ja, Lucian soll aussagen«, willigte sie zu Ravennas Überraschung ein. »Schließlich war er dabei, als wir in der Bibliothek nach einem Hinweis auf Melisendes Siegel suchten. Beschreib deinen Freunden doch, was du dort erlebt hast!«

Lucians Blick heftete sich auf sie, während er aufstand. »Es ist ein Palast mit vielen Glasfenstern und magisch schwebenden Aufzügen. Niemand wohnt darin, obwohl das Gebäude riesig ist, und dennoch begegnet man vielen Menschen, wenn man durch die Halle geht. Dort gab es unzählig viele Bücher und ich habe den Pilger gesehen.«

Ein Aufstöhnen ging durch die Reihen der anderen Ritter. Vernon, der neben der Tür stand, vollführte eine schützende Handbewegung. »Den Pilger? Angeblich sieht man ihn nur, wenn man am Rande des Todes steht«, stieß er hervor.

»Ja, so war es auch«, brummte Lucian. »Wir waren von den Flammen eingeschlossen und der Rauch drohte uns zu ersticken. Da erschien der Pilger und half uns, dem Brand zu entkommen.«

»Ein Brand?« Hellhörig beugte Constantin sich vor. »Es gab einen Brand in der Bibliothek?«

»Wegen des Gewitters«, sagte Lucian. Hilfesuchend wandte er sich an Yvonne. »Nicht wahr? Die roten Kobolde erschienen wegen des Gewitters.«

Sie nickte. »Erzähl deinen Freunden auch, wie wir nach dem Siegel suchten«, warf sie ein. »Und wie ich euch geholfen habe, es zu finden. Das habe ich doch, nicht wahr?«

»Moment mal!«, wandte Ravenna ein. »Ganz so war es nicht! Die roten Blitze erschienen, weil ...«

Zischend legte Norani ihr die Hand auf den Arm. »Du musst schweigen, Ravenna! Du darfst dich nicht einmischen. Du bist blutsverwandt mit der Angeklagten und darfst hier nicht gehört werden.«

»Aber ...«

Warnend hob die junge Hexe einen Finger. »Halte dich zurück oder du wirst des Saales verwiesen.«

Ravenna nagte an der Unterlippe. Es passte ihr ganz und gar nicht, dass sie sich nicht einmischen durfte. Es war offensichtlich, dass Yvonne sich auf diese Begegnung vorbereitet hatte. Sie kannte ihre Schwester gut genug, um zu spüren, dass Yvonne etwas im Schilde führte. Doch was?

»Ja, Ihr habt uns geholfen«, bestätigte Lucian nun. »Aber dann ... da war noch etwas. Ich erinnere mich verschwommen.«

»Der Dolch«, half Yvonne sanft nach. »Mein Hexendolch, der im Bad lag. Ravenna hatte ihn entdeckt.«

Mit einem dankbaren Lächeln blickte Lucian sie an. Was geht denn hier ab?, dachte Ravenna. Sie starrte ihren Ritter an. Wie ein dressierter Welpe ließ Lucian sich von ihrer Schwester vorführen. Wo war der zornige Krieger, der Yvonne wegen schwarzmagischer Umtriebe verhaftet hatte und darauf bestand, dass sie sich vor dem König verantwortete? Lucian stammelte, er wirkte fahrig und zerstreut und konnte sich an keine Einzelheiten mehr erinnern.

»Wo ist dieser Dolch?«, wollte Constantin wissen. »Er soll als Beweis vorgelegt werden. Wenn damit Blut vergossen wurde, werden wir es herausfinden. Die Taten, die man mit einer magischen Waffe begeht, sind für immer in der Klinge eingeschlossen.«

Yvonne lächelte, sie schien völlig unbeeindruckt von den Anschuldigungen. »Die Polizei hat ihn beschlagnahmt. Er blieb in meiner Zeit zurück. Doch vielleicht gibt es eine andere Möglichkeit, meine Unschuld zu beweisen. Nimm meine Hand!«, forderte sie Lucian auf und streckte den linken Arm aus. Zögernd umfasste er ihre Finger. »Halte sie und sag uns, was du spürst, wenn ich schwöre, dass ich niemals schädliche Magie angewendet habe.«

Der Ritter schloss die Augen. Dann schüttelte er den Kopf. »Nichts. Da ist nichts. Nicht einmal ihr Puls wird schneller. Wenn sie eine schwarze Hexe wäre, müsste man es spüren.«

Als Ravenna den Mund öffnete, hob Norani warnend die Hand. Kein Wort!, bedeutete ihre Geste. Wenn du etwas zu sagen hast, sag es mir später.

Befremdet musterte der König seinen Ritter. »Ohne einen Zeugen für die Tat gibt es keine Anklage«, meinte er dann. »Wenn du keine weiteren Anschuldigungen vorzubringen hast, muss ich Yvonne von dem Verdacht, eine Schwarzmagierin zu sein, freisprechen.«

»Nicht so hastig.« Mit geschmeidigen Schritten umrundete

Norani die Angeklagte. »Ihr habt mich zurückgerufen, weil ihr es nun schon mehrfach mit Schwarzer Magie zu tun hattet. Ein Bezoar unter einer Linde, ein Salamander in Ravennas Bett … Ich war schon auf halbem Weg in meine Heimat und konnte den heißen Wüstensand bereits riechen. Ich möchte nicht umsonst umgekehrt sein. Also sei so gut und stell dich hier hin«, verlangte sie von Yvonne und deutete auf einen Säulenfuß, der sich in der Mitte des Raumes befand. Er war kunstvoll ausgeführt und darüber befand sich ein ebenso prächtig geschmücktes Kapitell. Dazwischen gab es … nichts. Dort, wo normalerweise die Säule stand und die Last des Gewölbes aufnahm, war leerer Raum.

Yvonne musterte das Kapitell. Der Schlussstein der nicht vorhandenen Säule hing schwer über dem Sockel. Von allen Seiten war er mit keltischen Mustern geschmückt.

»Kannst du die Knotenschrift der Druiden entziffern?«, fragte die junge Hexe. Ohne auf Yvonnes Antwort zu warten, las sie vor, was auf den Seiten des Kapitells geschrieben stand. »Aufrichtigkeit. Wahrheit. Läuterung. Und Liebe. Das sind die Grundvoraussetzungen, um das Aufnahmeritual in den Konvent zu bestehen. Wir bilden keine Hexe aus, die böse Hintergedanken hegt. Bist du bereit?«

Yvonne zögerte. Plötzlich war sie blass und wirkte gar nicht mehr so selbstsicher wie eben noch. Als Lucian ihr Zaudern sah, rieb er sich die Schläfen und verzog das Gesicht, als habe er Kopfschmerzen. »Wenn du dir nicht sicher bist«, meinte Norani achselzuckend, »dann lass es lieber bleiben.«

»Doch. Doch!« Mit einem entschlossenen Schritt stellte Yvonne sich auf die Platte. Daran erkennt man, dass sie noch nie ein Bad im Augenbrunnen miterlebt hat, dachte Ravenna. Sonst wäre sie nicht so leichtfertig im Umgang mit prüfender Magie. Nervös verfolgte sie, wie Norani eine Bewegung aus dem Handgelenk vollführte, ein magisches Zeichen, das mit drei ausgestreckten Fingern geformt wurde. Von dem Kapitell staubte ein weißes Licht herab.

Ravenna keuchte, als die blasse Flamme ihre Schwester einhüllte. Ganz langsam sank sie herab, bis Yvonne in einen Nebel gehüllt war.

»Die Flamme des reinen Gewissens«, erklärte Norani mit einem katzenhaften Lächeln. »Sie lässt das Licht einer echten Hexe strahlen. Eine Schwarzmagierin hingegen verzehrt die Tempelflamme, ohne dass es eine Rettung gibt.«

Ravenna rann es eiskalt durch die Adern, als sie begriff, dass ihre Schwester in Lebensgefahr schwebte, falls sie wirklich aus eigenem Antrieb Schadenszauber gewirkt hatte.

Das Licht umflutete Yvonne wie ein zarter Schleier. Es blieb nicht reinweiß, sondern verfärbte sich allmählich gelb und rötlich wie der Himmel vor einem Hagelsturm. Zuletzt wurde die Flamme taubengrau. Ein Gitter aus haarfeinen Blitzen raste an der Säule auf und ab.

Yvonnes Lächeln wirkte nun verkrampfter, Schweißtropfen glitzerten auf ihrer Stirn. Die Lippen bewegten sich, ohne dass ein Ton zu hören war. Schließlich verblasste die Flamme und wurde wieder weiß. Yvonne lächelte zwar, als sie von dem flachen Sockel stieg, doch sie schwitzte, und ihre Brust hob und senkte sich, als hätte sie einen Spurt zurückgelegt.

Finster runzelte Norani die Stirn.

»Offensichtlich hat sie wirklich keine dunkle Magie gewirkt«, stellte Josce fest. »Zumindest nicht mit Absicht. Aber ganz rein ist ihr Gewissen auch nicht.«

»Sie verbirgt etwas vor uns«, meinte auch Nevere.

Mit beiden Händen streifte Yvonne sich das Haar aus dem Gesicht. »Mein ganzes Leben lang musste ich meine Gabe verleugnen«, erklärte sie. »Niemand durfte wissen, wer ich bin und wozu ich imstande war! Als ich vierzehn war, wurde die Magie so stark, dass sie mich manchmal erschreckte. Ohne dass ich es wollte, gingen Gegenstände in Flammen auf, wenn ich sie ansah. Flaschen und Vasen zerplatzten, wenn ich in die Nähe kam, Teller und Besteck begannen zu schweben, wenn ich mich an den Tisch setzte, und nachts hörte ich manchmal Stimmen singen. Gleichzeitig gab es niemanden, der mich ausgebildet hätte. Und da wundert ihr euch, wenn ich Angst habe?«

»Angst färbt die Flamme gelb oder grünlich, nicht taubengrau«, erklärte Norani ungerührt. »Es scheint nicht gerade so, dass es dir an Wissen fehlt. Ich habe eher das Gefühl, du weißt zu viel. Aber keine Sorge, ich komme schon noch hinter dein Geheimnis.« Nachdenklich starrte sie Yvonne an.

»Ihr seid entlastet«, verkündete Constantin. »Wir sprechen Euch von den Vorwürfen der schwarzen Hexenkunst und des unberechtigten Tragens eines magischen Dolchs frei. Allerdings ...« Mit erhobener Hand bremste er Yvonne, die sich bereits mit einem erleichterten Lächeln umdrehen wollte. »Allerdings werdet Ihr niemals eine der Sieben. Und Ihr werdet auch nicht als Schülerin in den Konvent aufgenommen. Dieser Weg ist Euch für immer versperrt.«

Yvonnes Lächeln erstarb. Mit geweiteten Augen starrte sie den König an, und in diesem Augenblick begriff Ravenna, dass sie jede Strafe auf sich genommen hätte, wenn man sie anschließend nur zu einer Hexe machte. »Ihr werdet niemals im Konvent ausgebildet und in das magische Wissen eingeweiht«, wiederholte Constantin. »Dazu seid Ihr nicht berufen, das zeigte die Flamme des Gewissens klar und deutlich. Außerdem stelle ich Euch unter Beobachtung, solange wir auf dem Weg zum Tanzplatz der Hexen sind. Obwohl Ihr Ravennas Schwester seid, traue ich Euch nicht und möchte Euch lieber unter Aufsicht wissen.«

»Ach ja? Und wer soll mein Aufseher sein? Lucian?« Hoffnungsvoll blickte Yvonne zu dem jungen Ritter herüber, der jedoch keinerlei Anstalten machte, in ihre Richtung zu kommen. Stattdessen legte Norani ihr die Hand auf die Schulter – wie eine samtweiche Pranke mit eingezogenen Krallen.

»Ich schätze, das werde ich übernehmen«, erklärte sie mit einem breiten Lächeln. »Das Aufspüren von schwarzmagischen Strömen ist meine Gabe, und glaube mir, ich bin gut darin.«

»Wie schön«, murmelte Yvonne. Sie heftete den Blick auf die dicken Ringe und Silberamulette, die Norani trug. Jetzt erkannte auch Ravenna, dass es sich um Schutzzauber handelte. »Das glaube ich gern.«

»So sei es«, seufzte Constantin. »Dann lasst uns jetzt die letzten Vorbereitungen treffen. Die Mittsommernacht ist nicht mehr fern und wir haben noch einen weiten Weg vor uns.«

Raschelnd rafften die Sieben ihre Gewänder um sich. Die Rüstungen der Krieger klirrten, als sie sich erhoben. Schwungvoll öffnete Vernon die Tür, um die Hexen hindurch zu lassen.

In diesem Augenblick begann die Glocke neben dem Tor wie verrückt zu läuten.

Dämonenbann

Es war Niall.

Taumelnd rannte der strohblonde Ritter auf das Tor zu. Seine Rüstung war mit Blut befleckt und der Mantel hing ihm in Fetzen von den Schultern herab. Stark wie ein Stier war er, mit Händen so groß wie Schaufeln – Ravenna hatte gehört, wie sich Lucians Freunde darüber lustig machten, dass Niall ein ganzes Weinfass anhob, wenn er durstig war und an den letzten Schluck herankommen wollte. Mit beiden Fäusten umklammerte er einen krummen Eichenstab, den er irgendwo im Wald aufgelesen hatte.

»Sie kommen!« Gehetzt drang die Stimme des riesigen Mannes unter der Kapuze hervor. Nieselregen fiel aus den Abendwolken, die um den Gipfel des Hexenbergs trieben. Nebelstreifen hingen über der Wiese vor dem Konvent. Auf dem Kopf und an den Schultern war Nialls Umhang vom Wasser benetzt, diese Stellen wirkten dunkler als der restliche Stoff. Er wankte auf das Tor zu und warf sich mit dem Rücken gegen das nasse Holz. Durch die Klappe, die Ramon geöffnet hatte, hörte Ravenna seine keuchenden Atemzüge.

»Der Hexen … banner und der … Pöbel! Sie werden … gleich hier sein! Schnell … macht das Tor … auf!«

Die Hand des einäugigen Ritters schwebte über dem Riegel, doch er zögerte. »Das Stichwort«, forderte er. »Sag mir das Losungswort und ich lasse dich ein.«

Niall drehte den Kopf herum und warf ihm einen flehenden Blick zu. »Amicus certus in re incerta cernitur«, flüsterte er.

»Das ist Latein«, flüsterte Yvonne dicht neben Ravenna. Vor Schreck machte diese einen Satz und landete fast in dem magischen Gitter, das Norani vor dem Tor gewoben hatte. Es gab ein leises Knistern von sich. »Verdammt nochmal, schleich dich gefälligst nicht so an!« Ihr Herz raste und sie warf Yvonne einen wütenden Blick zu. Dann kratzte sie sich am Kinn. »Latein. Und was soll das heißen?«

Yvonne lächelte. Die weiße Schärpe und ihr Haarband leuchteten im Halbdunkel des Gangs. »Den wahren Freund erkennt man in der Not«, übersetzte sie.

Offenbar hatte sich Niall an das richtige Kennwort erinnert, denn Ramon nickte Norani zu und gab ihr ein Zeichen. Seufzend entflocht die junge Hexe den Bann, den sie zum Schutz des Konvents gewoben hatte. Dann zog Ramon die breiten Riegel zurück und stieß den Torflügel auf.

Niall wankte in den Gang. Im Licht der gelben Glaslaterne, die unter dem Gewölbe brannte, wirkte er noch größer, als Ravenna ihn in Erinnerung hatte: ein erschöpfter Gigant, der beim Gehen mit den Schultern gegen die Wände stieß. Mit einem Ächzen zog er sich die Kapuze vom Kopf – und mit der Kapuze auch die Haut. Zumindest sah das Gewebe, aus dem die Maske gefertigt war, so aus. Nialls Gesicht zeigte sich auf dem Tuch, lebendig und durch Magie bewegt. Dann ging der Stoff in Rauch auf. Für einen Augenblick wurde die Qual in den Gesichtszügen sichtbar, die Niall empfunden hatte, als man ihm sein Wesen stahl. Dann stand der Hexenbanner im Gang.

»Verflucht!«, stieß Norani hervor. Sie warf sich gegen das Tor, um es wieder zu schließen, doch der Stab des Hexenjägers fuhr in den Spalt. Es war nicht länger der morsche Eichenstock, auf den Niall sich gestützt hatte, sondern der lange, glatte Stab mit dem umgedrehten Pentagramm an der Spitze.

»Freasannier!«, brüllte er.

»Vielleicht hilft mir mal jemand!«, schrie Norani. Zu viert stemmten sich die Ritter gegen den Torflügel, doch die Pforte rührte sich keinen Fingerbreit, selbst als der Hexenbanner den Stab zurückzog. Magie hatte das Tor in den Angeln erstarren lassen.

Vernon griff den Mann an. Der Hexenbanner schlug seine Waffe mit einer müden Geste zur Seite. Das nächste Schwert packte er mit bloßer Hand. Der Stahl schmolz wie Butter und tropfte zu Boden. Entgeistert wich Chandler zurück.

Der Hexenbanner hob die Hände. Die Nebelschwaden über der abschüssigen Wiese zerrissen und wie von Geisterhand enthüllt wurden hinter den nebligen Schlieren die Feinde sichtbar: Barone und Grafen, die sich gegen Constantin auflehnten, weil Maeve gestorben war. Reiche Adelige aus Straßburg, denen Beliar Gift ins Ohr geträufelt hatte, sobald er vor dem Stadtrat sprach. Kaufleute in abgenutzten Pelzen, die wütend nach Hexen Ausschau hielten. Und Bauern, bewaffnet mit Sensen und Dreschflegeln, die sich vielleicht irgendwann einmal wegen Steuern und Abgaben über den König geärgert hatten. Die Nachhut bildete ein junger Mann, der pfeifend auf seinem Karren hockte. Das Gefährt wurde von einem schwarzen Ochsen gezogen. Es knarrte bei jedem Stein und jeder Wurzel, die es überrollte, als stünde es kurz vor dem Auseinanderbrechen. Es war der Leichenlader, der seinen Ochsen mit einer abgebrochenen Haselrute bearbeitete.

Der Himmel über den Bäumen war rot. Die wütende Menge reckte Pechfackeln in die Höhe und brüllte drei Silben im Chor.

»Ra! Ven! Na!«

Ravenna wich zurück. Ihr Herz flatterte und sie hätte sich am liebsten unter dem Futtertrog im Stall oder in einem der riesigen Vorratsfässer verkrochen. Der Hexenbanner lächelte. »Weglaufen hat keinen Zweck«, erklärte er weich. »Wir sind gekommen, um dich zu holen, so wie es unser Meister befahl.«

»Los! Nichts wie weg!«, zischte Yvonne. Sie packte Ravenna am Handgelenk und zerrte sie durch den Gang in den Innenhof. »Ich kenne diesen Kerl!«, stieß sie hervor, während sie nach einem Versteck Ausschau hielt.

Ravenna lachte freudlos auf. Mit der Schulter bahnte sie einen Weg durchs Gedränge. »Lasst uns durch! Platz da!«, herrschte sie die Mädchen an, die kreuz und quer durch den Hof rannten. Mägde, beladen mit Säcken und Körben, schwankten zu den Kellerräumen. Der Konvent bereitete sich offenbar auf eine Plünderung vor.

»Im Ernst: Ich kenne ihn!«, beharrte Yvonne und warf einen Blick über die Schulter. »Ein eiskalter Hund. Er hat Melisende verhört. Und gefoltert.«

Ravenna fuhr herum. »Was? Wie kannst du das denn wissen? Du warst doch nicht dabei.«

Yvonne verzog den Mund zu einem schiefen Grinsen. »War ich doch«, gab sie zu. »Ich war schon einmal hier. Die Hypnose deines Doktor Corbeau hat mich für fast drei Stunden an Melisendes Stelle versetzt. Es war ... eine Offenbarung.«

»Yvonne!« Ravenna stöhnte auf. »Sag mir, dass das nicht wahr ist. Du hast Constantin belogen! Und die Hexen auch.«

»Habe ich das?«, fragte Yvonne mit einem unschuldigen Augenaufschlag. »Ich dachte, alle wollten nur Lucians Zeugenaussage hören.«

»Bist du denn von allen guten Geistern verlassen?«, schrie Ravenna sie wütend an. »Die Sieben sind unsere Freunde. Wenn wir nicht gemeinsam auf derselben Seite stehen, dann ...«

Weiter kam sie nicht. Ein Zusammenprall mit einer aufgeregten, jungen Hexe ließ sie stolpern und im Gewühl verlor sie ihre Schwester aus den Augen. Im selben Augenblick splitterte auch das Tor. Constantins Verteidigungslinie brach wie ein Damm, und die Flut der Angreifer ergoss sich in den Hof: Männer mit Helmen, Schilden und Morgensternen. Hinter ihnen drängte sich der Pöbel.

»Ra-ven! Ra-ven! Ra-ven-na!« Immer bedrohlicher klang der Schrei. Ravenna begriff ganz genau, was die Leute von ihr wollten, und sie fürchtete sich vor dem heiseren Gebrüll. Wie dumm von ihr, sich um die Sieben Sorgen zu machen! Sie war das nächste Opfer des Hexenbanners.

Mit beiden Ellenbogen teilte sie Stöße aus, wurde angerempelt und rempelte zurück, und einmal ging sie fast zu Boden. Der Hexenbanner blieb ihr auf den Fersen, obwohl er sich nicht sonderlich beeilte. Er schritt durch die Menge, ohne dass er einmal in Bedrängnis geriet. Magie ebnete seinen Weg. Mit jedem Windzug flackerte das Pentagramm auf seinem Stab glutrot auf, und er murmelte Formeln, die in Ravennas Ohren verdächtig nach der Verbotenen Sprache klangen.

»Verschwinde!«, brüllte sie dem Hexenjäger zu. »Lass mich in Ruhe! Was habe ich dir denn getan?«

Mit seinen schlaffen Augenlidern und herabhängenden Mundwinkeln erinnerte der Mann sie an den Jagdhund ihres Vaters, einen depressiven Basset, der den ganzen Tag auf der Fußmatte lag und furzte.

Dann plötzlich griff der Hexenjäger über die Köpfe der Mädchen hinweg nach ihr und packte sie an der Schulter.

Sie setzte ihr ganzes Gewicht ein, um sich aus dem Griff des Mannes zu winden. Seine Hand war eiskalt und so weich wie Fledermauspelz. Als Ravenna zurückwich, stieß sie fast mit Norani zusammen. Zornig hob die junge Hexe eines ihrer Amulette und reckte es dem Hexenbanner entgegen. In ihren Augen loderten schwarze Flammen. »Sei gebannt!«, brüllte sie mit Löwenstimme.

Mit einem Fauchen ließ der Hexenjäger Ravennas Schulter los. Die Stelle brannte höllisch, und als sie das Gewand über die Achsel streifte, entdeckte sie Kratzspuren auf ihrer Haut: fünf lange, schmale Streifen vorne und einen Abdruck wie von einem Dorn auf dem Schulterblatt. Ihre Augen weiteten sich. Sechs Finger!

»Nimm dich vor dem Kerl in Acht«, warnte Norani. »Er ist eines von Beliars Schoßtierchen und trägt einen Dämon in sich, damit er handeln kann, wenn sich der Marquis nicht in dieser Zeit aufhält. Du wirst gleich sehen, was wir mit ihm anstellen. Ich will nur hoffen, dass du das Siegel bei dir trägst.«

Ravenna nickte. Sie schwitzte vor Angst und Aufregung. »Komm in den Kreis!«, riefen ihr die anderen Hexen zu.

Wachsam umringten die Sieben den Hexenbanner, der sich in ihrer Mitte um die eigene Achse drehte, den Stab auf den Boden rammte und Beschwörungsformeln hervorstieß. Überall im Hof wurde gekämpft, das Waffenklirren und das Stöhnen der Verwundeten übertönten alle anderen Geräusche. Hastig ließ Ravenna den Blick über die Kämpfenden schweifen, doch sie entdeckte weder ihre Schwester noch Lucian.

»Ravenna!«, rief Norani. »Wenn du noch länger zögerst, ist es zu spät! Nun mach schon!«

Hastig griff sie nach der Hand der Hexe, die ihr am nächsten stand. Als sie Mavelles Finger umfasste, spürte sie zu ihrer Überraschung einen harten Ring. Das Siegel von Samhain! Mavelle drückte es mit der flachen Seite in ihre Handfläche. Auch in den Händen der anderen Hexen glitzerten die geheimnisvollen Amulette.

»Fass mich genauso an, wie du es bei den anderen siehst!«, forderte Norani sie auf. Trotz des Gebrülls und des Lärms, der durch den Innenhof brandete, wirkte sie kühl und konzentriert. Sie achtete nicht auf die umherfliegenden Geschosse und auch nicht auf die feindlichen Kämpfer, die versuchten, sich zu dem Hexenzirkel durchzuschlagen. Erbittert hielten Constantins Krieger die Gegner auf.

Als Ravenna sich umdrehte, sprang der Hexenbanner auf sie zu. Ohne Vorwarnung streckte er ihr das umgedrehte Pentagramm entgegen. »Du! Verfluchte!«, brüllte er. »Weiche!«

Ravenna lehnte sich zurück, damit sie von dem Stab nicht im Gesicht getroffen wurde. Gleichzeitig fasste sie die anderen Frauen fester an den Händen. Sie fühlte sich nicht verflucht. Sie war aufgewühlt, durcheinander und furchtbar erschrocken wegen des Überfalls, der den Innenhof binnen weniger Minuten in ein

Schlachtfeld verwandelt hatte. Aber sie war definitiv nicht verflucht. »Lass mich in Ruhe«, sagte sie.

»Weiche!«, brüllte der Mann. »Kraft meines Amtes als Beschwörer und Hexenbanner, welches mir die Bürger der freien Stadt Straßburg verliehen haben, verbanne ich dich dorthin zurück, woher du gekommen bist!«

Wider Willen musste Ravenna lachen. »Verdammt, ich komme aus Straßburg«, erklärte sie. »Wissen das deine Auftraggeber eigentlich?«

Die Augen des Mannes weiteten sich. Er hob den Stab noch ein Stück. Das Licht, das plötzlich aus dem Pentagramm strahlte, blendete sie.

»Achtung!«, schrie Norani, doch Ravenna hörte die Stimme nur schwach und verzerrt durch das Brausen, das ihre Ohren erfüllte. Eine Sekunde später schoss ein Schmerz durch ihre rechte Hand, der ihr beinahe das Bewusstsein raubte. Ihre Handflächen brannten, als hätte man einen glühenden Eisenstab hindurchgetrieben. Die Macht der Sieben floss durch sie, der magische Strom, der von Siegel zu Siegel weitergegeben wurde. An beiden Händen spürte Ravenna, wie die Windrosen sich drehten.

Norani griff in ein Säckchen, das an ihrem Gürtel hing und warf eine Handvoll Sand in die Luft. Sofort wurde der Wüstenstaub von dem magischen Wirbel erfasst, der die Hexen verband, und nun konnte Ravenna den Strom sogar mit bloßem Auge sehen: Ein breites, wogendes Band, das von einer Magierin zur anderen floss. Rötlicher Staub umhüllte den Strudel.

Aus den Gebäuden im Hintergrund ertönte Getrampel und Geschrei. Es klang, als würden Truhen von den Treppen hinuntergestürzt. Irgendwo zersplitterte Glas. Mit gezogenen Schwertern bildeten Constantins Streiter einen Kreis um den Hexenzirkel. Von allen Seiten schoben sich die Feinde heran, eine Masse aus verzerrten Gesichtern, regennassen Umhängen, glitzerndem Metall und qualmenden Fackeln. Lucian erhielt Rückendeckung von seinen Freunden, während er gleichzeitig Ramon gegen Hiebe abschirmte, die der Einäugige nicht kommen sah. Dennoch kamen die Feinde immer näher.

»Wollen wir doch mal sehen, welches von Beliars Geschöpfen in den guten Mann gefahren ist!«, murmelte Norani gefährlich leise. Sie fing an, einen rhythmischen Bann zu murmeln, wobei jedes zweite Wort von einem kräftigen Stampfen der Hexen begleitet wurde. »Stahl zu Stahl und Stock zu Stock, Kelch zu Kelch und Gold zu Gold!« Die anderen Magierinnen fielen in die Beschwörungsformel ein. Ravenna lief eine Gänsehaut über den Rücken, als sie sah, wie sich der Hexenbanner krümmte.

»Blut zu Blut und Staub zu Staub!«, brüllte Norani. Auf ihr Zeichen hin rissen alle Hexen die Arme in die Höhe. Der Sand schwirrte empor und schwebte als blasser Wirbel über den Köpfen. Ein magischer Wind zerrte an Ravennas Kleidern.

Als der Hexenbanner wie von einem Krampf geschüttelt in die Höhe fuhr, schrak sie zurück und hätte beinahe Mavelles Hand losgelassen. Der Mann warf den Kopf in den Nacken und beugte sich dann lautlos nach vorn. Aus seinem Mund rieselte hellgelber Sand. Eine Menge Sand, viel mehr, als einem gesunden Erwachsenen zuträglich war. Dann stürzte er zu Boden.

Ravenna musste zweimal blinzeln, als sie sah, wie sich aus dem Staub Gliedmaßen und Gesichtszüge formten. Die Kreatur, die sich nun in der Mitte des Kreises erhob, erinnerte sie an eine Kreuzung zwischen einem Affen und einer Ziege. Auf dem Rücken entfalteten sich stumpfe Flügel, ein Schwanz mit einer langen Quaste fegte über den Boden. Der Dämon war nackt und in seinen Augen glühte ein rotes Licht.

Zum ersten Mal geriet der Ansturm der Feinde ins Stocken. Einige der Städter schrien auf und hielten die Hände vor die Augen. Die Bauern aus dem Flusstal machten kehrt und versuchten zum Tor zu fliehen, aber sie kamen nicht durch die dichten Reihen der Angreifer. Wenn Mavelle und Norani sie nicht so fest an den Händen gefasst hätten, hätte Ravenna vermutlich ebenfalls einen vernünftigen Abstand zwischen sich und den Staubteufel gebracht.

Aber die anderen Hexen hielten sie fest und so musste sie im Kreis bleiben.

»Afarit«, seufzte Norani. »Hattest du nach unserer letzten Begegnung nicht die Nase voll von mir und meinen Bannsprüchen?«

Wie ein aufzuckender Schatten sprang der Dämon sie an. Es ging so schnell, dass Ravenna warnend aufschrie, doch da war es schon geschehen. Die Kreatur schlug die Krallen in Noranis Gewand und versuchte, ihr den Mund aufzuzwingen. Offenbar suchte er einen neuen Wirt, in den er schlüpfen konnte, ein neues Opfer, das er ersticken wollte. Die junge Hexe taumelte von dem Aufprall. Als ein Zehenglied zufällig eines der Hexenamulette berührte, kreischte der Dämon auf, aber er ließ nicht los, sondern grub die Klauen noch tiefer in Noranis Umhang.

Blindlings tastete Ravenna nach dem Dolch, den sie wieder an ihrem Gürtel trug. Sie riss ihn aus der Scheide und rammte der Kreatur die Klinge unter den rechten Flügel. Bis zu den Knöcheln tauchte ihre Hand in wirbelnde Sandkörner, ihre Haut wurde aufgescheuert wie von grobkörnigem Schleifpapier. Dann stieß sie auf etwas Hartes. Der Dämon wurde von einer unsichtbaren Gewalt erfasst und in die Mitte des Kreises zurückgeschleudert. Wütend drehte er sich um die eigene Achse, seiner Schwanzquaste folgte eine Glutspur.

Mit dem Ärmel wischte Norani Blut und Speichel vom Kinn und fluchte leise. »Dieser Hexenbanner muss ein wirklich übles Leben geführt haben«, stieß sie hervor. »Afarit ist ein Rachedämon, der Mörder und Unruhestifter aufsucht.«

Ravenna presste die Zähne zusammen. Sie tat genau, was die anderen Hexen machten, von denen jede nun einen Fuß in den Kreis stellte. Dann drehten die Zauberinnen die Schultern blitzschnell nach innen. Die Siegel blitzten auf. Ein weißes Licht schoss nun von Hand zu Hand und der Dämon wich geblendet zurück.

»Ich gebe dir ein Rätsel auf«, rief Norani dem Staubteufel zu. »Wenn du es löst, lassen wir dich frei. Dann kannst du meinetwegen durch die Wälder rasen und dein Unwesen treiben, wo immer es dir passt. Wenn nicht ... du weißt ja selbst.« Norani nickte mit dem Kopf in Richtung Tempel und grinste.

Der Dämon fletschte die Zähne. Ravenna schluckte, denn er entblößte gewaltige Hauer. Afarit sah aus wie ein Pavianmännchen, das seinen Artgenossen drohte. Ein gehörntes Pavianmännchen mit Flügeln und zweizehigen Hinterhufen.

»Wer treibt das Rad des Himmels an: Tag oder Nacht?«, rief Norani. Ihre Stimme klang wie ein Gong. Der Dämon kreischte und stopfte sich beide Fäuste in die Ohren. »Wer dringt zuerst mit Mond und Sonne vor: Tag oder Nacht? Wer ist des Jahres erstes Kind: Tag oder Nacht?«

Plötzlich beruhigte der Dämon sich. Er legte den Kopf schräg und schien in tiefes Nachdenken zu verfallen. Auch Ravenna ertappte sich dabei, wie sie über der Rätselfrage grübelte. Während sie noch dastand und überlegte, sammelte sich der magische Sturm über dem Dämon. Die Windhose senkte sich und hüllte das Ungeheuer in wirbelnden Sand ein.

Mit einem einzigen, tiefen Atemzug senkten die Hexen die Arme, ihre Hände lösten sich und der Sturm flaute ab. Ravenna starrte in die Mitte des Kreises. Dort stand nun eine Skulptur, die auch ein Bildhauer nicht besser hätte anfertigen können: eine affenartige Kreatur aus Sandstein, aus deren Maul eine spitze Zunge ragte, mit Hörnern und zornigen Augenbrauen. Der Dämon war zu Stein erstarrt.

»Sei gebannt!«, sagte Norani und tätschelte Afarit spöttisch zwischen den Hörnern. »Das Rätsel bindet alle deine Kräfte – und zwar für die Ewigkeit.« Dann bückte sie sich zu dem Hexenbanner, der neben der Figur auf dem Boden lag, öffnete das Gewand am Kragen und legte ihm zwei Finger auf die Halsseite. Seine Augen waren geschlossen und das Pentagramm an der Spitze des Stabs war verbeult und kalt.

Norani hob den Kopf. »Er ist tot«, sagte sie. »Vielmehr: Er war schon tot, als er nach Straßburg kam. Beliar und sein Dämon haben eine leere Hülle benutzt.« Mit schmalen Augen musterte sie die Menge, die sich hinter den gekreuzten Schwertern der Ritter drängte. Plötzlich war es still in dem großen Innenhof. Die Linden rauschten.

Katzenhaft sprang Norani auf und ging auf die Leute zu. »Er ist tot! Habt ihr das verstanden? Der Marquis hat einen Toten ausgeschickt, um euch zu foppen! Wer ist das überhaupt? Kennt jemand seinen Namen?«

Ein Mann mit einem enormen, roten Bart meldete sich. Mit der Lederschürze, die er um die Hüften trug, sah er wie ein Schankwirt aus. »Er hat bei mir gewohnt, im Gasthaus zum Roten Ochsen. Damit bin ich gemeint«, setzte er schamhaft hinzu und einige Leute lachten. »Als der Hexenbanner ankam, gab er sich als Guy de Pegues aus.«

Norani nickte. »Schön. Guy de Pegues aus Paris also. Irgendwo in der Stadt gibt es ein leeres Grab. Jemand wird ihn zurückschaffen müssen. Den Dämon behalten wir hier und setzen ihn auf die Dachkante an der Nordfassade. Zur Abschreckung, falls jemand aus Afarits weitläufiger Verwandtschaft auf dumme Gedanken kommt.«

Knarrend näherte sich der Wagen des Leichenladers. Der junge Mann grinste vergnügt. »Ein leeres Grab in Paris?«, fragte er. »Habt Ihr wirklich Paris gesagt? Erlaubt, dass ich diese Aufgabe übernehme!« Norani zuckte die Achseln. Der Leichenlader scheute sich nicht, den Toten anzufassen, dessen Haut nun ganz ledrig aussah. Schaudernd erinnerte Ravenna sich an die Gräber, die sie in Beliars Mausoleum gesehen hatte und an die untote Leibwächterin, gegen die sie gekämpft hatte. Ein Gefühl des Grauens beschlich sie. Sie hatte Oriana zwar besiegt, doch nun begriff sie: Es war noch lange nicht vorbei. Beliar kontrollierte die Lebenden und die Toten gleichermaßen, solange er nur einen kleinen Strahl des magischen Stroms abzweigen konnte.

Als der Leichenlader sich mit dem Karren einen Weg durch die Menge bahnte, wichen die Leute vor ihm zurück. Nicht wenige schlugen über der Leiche magische Zeichen. Ravenna wandte sich ab.

Die Glaskuppel über dem Tempel war geborsten. Zwischen den Säulen quoll schwarzer Rauch hervor, und vereinzelt hörte Ravenna ein Schluchzen. Ihr war ebenfalls zum Heulen zumute, denn diese Feuersbrunst würden nicht einmal Viviale und die Wirtschafterin löschen können. Mit Decken und Eimern standen sie vor dem Gebäude und mussten zusehen, wie der Tempel ein Raub der Flammen wurde.

»Alles in Ordnung mit dir?« Josce kam zu ihr und klopfte ihr mitfühlend auf die Schulter. »Vermutlich bist du ganz schön erschrocken. Schließlich war das der erste Dämon, dem du begegnet bist.«

Mit gerunzelter Stirn starrte Ravenna auf ihre Finger. Die Haut über den Fingergelenken war abgeschürft und ihre Hand blutete. »Vielleicht«, murmelte sie. »Vielleicht war das mein erster.« Sie hob den Kopf.

Die Jägerin musterte sie. »Eine Dämonenaustreibung kann einen ganz schön mitnehmen.«

»Mir geht es gut«, murmelte Ravenna. Sie starrte auf den Staubteufel, der in nachdenklicher Pose auf dem Boden kauerte. Trotz Noranis Versicherungen wurde sie den Eindruck nicht los, dass ein schwaches, rotes Glühen in seinen Augen lag.

O Mann, sagte sie sich. Und du dachtest früher, Kopfschmerzen wären ein Problem.

Das Licht von Samhain

Die Kopfschmerzen waren ein Problem. Die bleierne Müdigkeit auch. Aber an Schlaf war nicht zu denken. Bitterer Rauch hing über dem Innenhof und brannte Ravenna in den Augen. Alles roch und schmeckte nach Asche. Vom Tempel waren nur noch die nackten Außenwände übrig, doch es war Viviale gelungen, den Brand einzudämmen und ein Übergreifen auf die anderen Teile des Konvents zu verhindern.

Das war die gute Nachricht.

Die schlechte lautete, dass man die Rauchwolken in der Abenddämmerung vermutlich meilenweit gesehen hatte. Bestimmt wusste ganz Straßburg mittlerweile, dass es einen Überfall auf den Hexenkonvent gegeben hatte, und man hatte die Nachricht zweifellos bis zu den benachbarten Burgen getragen. Beliar wusste also Bescheid.

Ravenna blickte zu Lucian hinüber, der mit den anderen Rittern in der Asche stocherte, um von den Schätzen des Tempels zu retten, was zu retten war. Sie erinnerte sich an seine Begeisterung für Kräne, Bagger und Gabelstapler. Jetzt wäre schweres Gerät vonnöten gewesen, um den Schutt beiseite zu räumen, doch stattdessen mussten Constantin und seine Männer warten, bis die Trümmer ausgeglüht waren und sie dann von Hand auf Holzkarren laden.

Yvonne hockte auf der Lehne einer Bank. Die Füße auf den Sitz gestemmt und das Kinn aufgestützt, starrte sie ins Leere. Es bot sich ihr ein unheimliches Bild, denn die Blätter der Linde, unter der die Bank stand, waren im Feuersturm verglüht.

»Weiß jemand, wie man dieses Ding an der Wand befestigt?«, fragte Norani. Nachdenklich umrundete sie den Dämon aus Sandstein, der im Hof des Hexenkonvents kauerte. In dieser Haltung verblieb er nun – zumindest, bis ihm Abgase, saurer Regen und Taubendreck den Rest gaben.

Langsam hob Ravenna die Hand. »Ich«, sagte sie, als die Hexen auf sie aufmerksam wurden. »Ich bin Steinmetzin. Im richtigen Leben, meine ich.«

Norani lachte rau. »Glaub mir: Das ist das richtige Leben.«

Jemand brachte eine Leiter, Seile und eine hölzerne Rolle. Die Hexen fassten mit an, um den versteinerten Dämon mittels des Flaschenzugs auf den Sims der nordöstlichen Fassade zu heben. Ravenna stieg auf die Leiter und ließ sich passendes Werkzeug reichen, außerdem Eisenstifte und Stahlspangen. Sie gab sich große Mühe, Afarit so sicher wie möglich in der Wand zu verankern. Während sie arbeitete, versuchte sie, den zertrampelten Garten unter ihr auszublenden, über den sich die Dämmerung senkte. Zuletzt reichte Norani ihr ein langes Bleirohr herauf.

»Ständig Wasser in der Kehle und jeden Morgen den Sonnenaufgang vor Augen …« Genüsslich malte sie sich die Strafe aus, die den Dämon treffen würde. Als sie den Dolch sah, der in der Lederscheide an Ravennas Gürtel steckte, verzog sie das Gesicht.

»Danke übrigens«, brummte sie. »Du hast gut reagiert. Afarit ist ein ziemlicher Brocken. Deshalb ist er mir auch beim ersten Mal entwischt. Viele bezeichnen ihn als Beliars Hofhund. Bei meinem Volk heißt es, er bewacht die Geisterberge. Der Marquis würde die Welt zu gerne mit Kreaturen wie ihm bevölkern, aber solange ich atme, werde ich es verhindern.«

Ravenna nickte. Geduldig schob sie das Rohr in den Schlund des Dämons und verband den hinteren Zulauf mit den Wasserrinnen, die an der Traufe des Gebäudes verliefen. Die Schülerinnen des Konvents leuchteten ihr dabei mit großen Laternen, die sie an

Stäben zu ihr emporreckten. Dann stieg sie von der Leiter und betrachtete den versteinerten Dämon, aus dessen Maul nun Wasser tröpfelte. Täuschte sie sich oder verzerrten sich seine Züge mit jedem Tropfen zu einer angewiderten Fratze?

»Und das Rätsel hält ihn dort oben fest?«, fragte sie. »Bis in alle Ewigkeit, meine ich?«

»Bis die Hölle zufriert«, versicherte Norani. »Denn das Rätsel hat keine Lösung. Es ist wie mit der Henne und dem Ei. Niemand kann sagen, was zuerst da war.«

Ravenna nickte.

Sie fand Lucian beim Eingang, wo er einen letzten Handkarren mit Schutt und Asche ausleerte.

»Hör zu«, sagte sie. »Wir müssen reden.« Seine Wangenmuskeln spannten sich an. »Das ist ein schlechter Zeitpunkt.«

»Es ist immer ein schlechter Zeitpunkt.«

Mit einem gereizten Seufzen kippte Lucian den Karren zurück in die Ausgangslage und ließ die Griffe los. »Was gibt es?« Es klang so ungefähr wie: Warum gehst du mir auf die Nerven? Ravenna presste die Lippen aufeinander.

»Was war denn vorhin los? Statt Constantin zu erzählen, was Yvonne angestellt hat, ergehst du dich in irgendwelchen Ausreden. Du hast gesagt, es wäre zu ihrem Besten, wenn sie vor dem Hexengericht aussagt, aber ich kann nicht erkennen, wie du meiner Schwester helfen willst, indem du sie deckst.«

Lucians Gesicht wurde eine Spur dunkler. »Ich decke sie nicht. Es ist wahr, dass der Dolch beschlagnahmt wurde.«

»Darum geht es doch nicht«, warf Ravenna aufgebracht ein. »Du ... du starrst sie an, als hätte sie dir den Verstand ausgesaugt. Und dann behauptest du, du könntest dich an nichts mehr erinnern. Da stimmt doch etwas nicht.«

Lucian stellte einen Fuß auf das Holzrad des Karrens und starrte sie an. »Corbeau war Euer Therapeut, richtig? Ihr seid monatelang in seiner Villa ein und ausgegangen. Das ist doch richtig, oder? Ihr habt ihm Zugang zu Euren geheimsten Gedanken und Wünschen gewährt. Zu Euren Sehnsüchten, Euren Träumen. Leichtsinn ist die beste Voraussetzung, um ein Opfer schwarzer Magie zu werden.«

Ravenna wich einen Schritt zurück. »Willst du damit sagen, ich sei genauso verdächtig wie Yvonne? Nicht ich habe mich von ihm hypnotisieren lassen, sondern sie!«, fauchte sie. »Vielleicht fragst du besser sie nach ihrer Beziehung zu Beliar! Meine kleine Schwester hat das Hexengericht nach Strich und Faden belogen, während du sie nur angestarrt hast, als stünde ein Engel der Unschuld vor dir. Verdammt, ich kenne diesen Blick! Ich habe ihn an Mathis gesehen, an Maurice, Marcel und wie sie alle hießen!«

Mit dem Handrücken wischte Lucian sich über die Stirn. Dadurch verwischte er die schmutzigen Schlieren in seinem Gesicht noch mehr. »Ihr seid eifersüchtig.«

»Bin ich nicht. Oder habe ich etwa einen Grund dazu?«

»Ich weiß wirklich nicht, warum ich Constantins Fragen nicht beantworten konnte«, gestand der Ritter. »Das ist … da war eine Blockade. Ich musste immer nur an Yvonne denken und daran, wie sie mir in den Wochen während Eurer Abwesenheit geholfen hat.«

»Du musstest an sie denken.« Irgendwie gelang es Ravenna, dass ihre Stimme nicht zitterte. »Was habt ihr beiden eigentlich so getrieben, während ich in der Klinik war? In dieser Zeit ist doch etwas vorgefallen, oder irre ich mich? Erst Maeve und jetzt Yvonne. Und zwischendurch ich. Oder vielleicht auch Norani? Ihr beide scheint euch jedenfalls gut zu kennen. Hör zu, es passt mir nicht, nur so eine kleine Abwechslung zu sein.«

Lucians Gesicht entwich alle Farbe. »Das ist nicht wahr!«

»Ist es doch«, zischte Ravenna. Sie wollte ihn anschreien und sich ihm gleichzeitig an den Hals werfen. Sie wollte ihn wegstoßen und sich an ihn klammern. Seit Yvonnes Erscheinen vor dem Hexengericht war sie völlig durcheinander.

»Ramon ist mein bester Freund und Norani hat ihm versprochen, dass ... ach, was rede ich!«, brauste Lucian auf. »Glaubt Ihr denn wirklich, dass die Liebe eine unteilbare Angelegenheit ist? So etwas wie ein Pflaumenkern, aus dem immer nur ein Baum wächst? Ihr liegt völlig falsch! Und wenn Ihr wüsstet, was ich alles liebe, dann hättet Ihr wirklich Grund zur Eifersucht: meine Freunde, meine Schwestern und meinen König, mein Schwert, die Magie und diesen Ort hier, von dem ein Teil leider zu Asche verbrannt ist! Liebe ist unendlich, Ravenna. Sie ist magisch, sie ist heilig. Wenn Ihr nur die geringste Ahnung hättet, was es bedeutet, eine Hexe zu sein, dann wärt Ihr nicht so borniert!«

Mit diesen Worten ließ er sie stehen. Sprachlos starrte ihm Ravenna nach, als er zu dem Brunnenrohr stapfte, das neben dem Eingang aus der Wand ragte. Er wusch sich mit dem eiskalten Wasser, bis seine Haare tropfnass waren. Dann ging er in den Hof zurück und verschwand auf der Stiege, die ins Obergeschoss des Eingangsgebäudes führte. Sie hörte, wie er die Tür hinter sich zuknallte.

Ravenna starrte auf die Fenster im ersten Stock. Kerzenschein flackerte auf und wanderte unruhig von Zimmer zu Zimmer. So wütend hatte sie Lucian noch nie erlebt. Sie hatte keine Ahnung gehabt, dass er überhaupt derart wütend werden konnte. Und das Problem war, sie hatte ihn so wütend gemacht.

Als sie sich umdrehte, stand Ramon hinter ihr. Noranis Gefährte musterte sie mit dem einen Auge, das ihm verblieben war. Ravenna merkte, dass sie zitterte.

»Was bedeutet borniert?«, fragte sie.

Ramon grinste. »Engstirnig«, sagte er. »Aber er meint es nicht so.«

»Na, ganz toll«, meinte Ravenna.

Ramons Grinsen wurde breiter. »Lucian mag Euch wirklich. Auch wenn Ihr noch immer ein dürres, unglückliches Mädchen seid. Ich kann Euch versichern, dass zwischen ihm und Norani nie etwas vorgefallen ist. Sie und ich – wir sind seit langem Gefährten. Wir waren es schon, als Maeve noch lebte.«

Ravenna nickte. Langsam entspannte sie sich und ihr wurde bewusst, wie albern sie sich benommen hatte. »Ich packe alles vollkommen falsch an«, gestand sie in kläglichem Ton. »Ich zerstreite mich mit meinen Freunden, wenn ich sie am dringendsten brauche, und bringe meine Schwester hierher, obwohl mein Gefühl mir sagt, dass das keine gute Idee ist.« Hilflos zog sie die Schultern hoch.

Ramon lächelte sein schiefes Lächeln. Es erfasste nur die Gesichtshälfte, die Beliars Lanze nicht zerschmettert hatte. Sein Schild zeigte einen Halbmond, und Ravenna fand, dass das irgendwie zusammenpasste.

»Ihr macht Eure Sache sehr gut«, versicherte er. »Wirklich. Es ist schwer, unter diesen Umständen die richtigen Entscheidungen zu treffen. Ihr müsst in sehr kurzer Zeit sehr viel lernen, doch Ihr erweist Euch als ausgesprochen unerschrocken und seid schnell von Begriff.«

Ravenna musterte den jungen Ritter mit einer hochgezogenen Augenbraue. »Das sagst nicht du, das sagt Norani«, bemerkte sie.

Ramon grinste breit. »Genau.«

Sie aß mit den anderen Mädchen im Speisesaal, nahm ein heißes Bad und schlief in dem Bett mit den roten Kissen, doch sie blieb allein im Zimmer.

Lucian hielt sich in dieser Nacht bei seinen Freunden auf, die das Gebäude über dem Gewölbegang und den Stallungen bewohnten. Sie sah ihn erst wieder, als sich der Festzug der Hexen zum Aufbruch bereitmachte. Er stand mit den anderen Rittern in der Nähe der Pferde und hörte sich an, was Marvin zu berichten hatte. Der Späher hatte den Hexenbanner im Wald aufgespürt und mit seinen Begleitern verhindert, dass der Mann auch noch die letzten Beckensteine mit seinem Gegenzauber verdarb. Nur so war es möglich gewesen, dass die Magie der Hexenringe gemeinsam gewirkt hatte und Norani den Dämon austrieb, der in den Hexenjäger gefahren war.

»Ich kenne nun fast alle Siegel«, meinte Ravenna, an Mavelle gewandt, während sie Willow die Nase tätschelte. Die weiße Stute suchte ihre Taschen nach Karotten und Apfelstücken ab. »Du bist die letzte Magierin, von der ich noch etwas lernen kann.«

Die zierliche Hexe nickte. Ravenna fragte sich, ob es wirklich am Elfenblut lag oder ob Mavelles seltsam blasses Aussehen, ihr Silberhaar und die moosgrünen Augen einfach eine Laune der Natur waren. Sie wagte jedoch nicht zu fragen.

»Das stimmt«, erklärte Mavelle. »Alles, was ich dir zeigen kann, werde ich dir auf dem Ritt beibringen. Du solltest jetzt aufsitzen, denn Constantin gibt das Zeichen zum Aufbruch.«

Seufzend schwang Ravenna sich in den Sattel. Außer Nieselregen kam an diesem Abend kein Segen von oben. Sie trug einen Rock aus grauer Wolle, der für das Reiten zugeschnitten war, dazu eine langärmliges Leinenhemd und ein Mieder, das im Rücken geschnürt wurde. Weiche Lederstiefel und ein geliehener Hexenmantel rundeten ihre Reisekleidung ab.

»Wir reiten zum Tanzplatz der Mittsommernacht«, erklärte Mavelle, während sie den Innenhof verließen und über die Wiese zum Waldrand trabten. »Er liegt nicht auf dem Odilienberg, sondern auf einem benachbarten Gipfel. Auf dem höchsten Berg der Region, um genau zu sein. Das hat seinen Grund, denn von dort aus kann man den ganzen Horizont sehen.«

Ravenna nickte gehorsam, auch wenn sie kaum begriff, was die Magierin ihr erklärte. »Warum reiten wir bei diesem Wetter los?«, murrte sie. »Und so spät am Abend? Die Leute sind bestimmt alle schlauer als wir. Sie liegen im Bett und schlafen.«

Die Elfe zog den Mantel um die Schultern und setzte sich im Sattel zurecht.

»Das tun sie nicht, Ravenna. In den magischen Mainächten schläft niemand, alle sind auf den Beinen, um zu feiern und den Festzug der Hexen zu erleben. Es ist ein alter Brauch, dass das Maipaar über die Felder reitet.«

Ravenna zog die Schultern hoch und blickte zu Lucian hinüber, der mit Ramon an der Spitze des Zugs ritt. Sie war Luft für ihn und zwar schon den ganzen Tag über. Offenbar hatte ihn ihre unbedachte Bemerkung über Maeve getroffen, und obwohl sie den Streit längst bereute, ging er ihr aus dem Weg. Ein schönes Maipaar sind wir beide, dachte sie und grinste schief. Zerstritten und gekränkt.

»Es ist auch ein alter Brauch, nachts im Bett zu liegen. Vor allem, wenn es regnet«, sagte sie, an Mavelle gewandt.

Die Elfe zuckte die Achseln. »Kannst du dir nicht denken, wie wichtig es ist, dass wir uns zeigen? Wenn wir uns jetzt hinter den Mauern verstecken, werden die Leute denken, Beliar hat Recht und wir hätten Schuld auf uns geladen. Durch den Festzug machen wir deutlich, dass der Marquis uns nichts anhaben kann und wenn er uns hundertmal unter Acht und Bann stellt.«

Ravenna nickte. Plötzlich fühlte sie wieder die vertraute Spannung in sich aufsteigen, die sie spürte, seit sie zum ersten Mal auf den Berg der Sieben gekommen war. Der Ritt war alles andere als ungefährlich – das versuchte Mavelle ihr gerade zu sagen. Sie straffte die Schultern und versuchte, die schlechte Laune abzuschütteln.

»Also schön«, meinte sie dann. »Was muss ich über Samhain wissen?«

»Es ist das Neujahrsfest der Hexen.«

Überrascht drehten die beiden Reiterinnen sich um, als sie Yvonnes Stimme hörten. »Darf ich mitreden?«, fragte sie. »Schließlich kenne ich mich auf dem Gebiet ziemlich gut aus.«

Mavelle schien nichts dagegen zu haben. Sie winkte Yvonne herbei und dann ritten sie gemeinsam durch den nächtlichen Wald: zwei ungleiche Schwestern und eine Elfe, die von einem langen Zug aus Rittern und Hexen begleitet wurden.

»Wenn du dich so gut auskennst, nimm mir die Arbeit ab und kläre Ravenna über die Magie auf«, schlug Mavelle vor.

»Wir feiern Samhain am ersten November oder am elften Leermond des Jahres.« Das Wissen platzte regelrecht aus Yvonne heraus. »Es ist eine Feier zu Ehren der Toten. Nach der keltischen Tradition glaubt man, dass in dieser Nacht die Tore zwischen unserer Welt und der Welt der Geister offenstehen.«

Verwundert blickte Ravenna ihre Schwester an. »Und das habt ihr gemacht? Du, Marie und Juliana? Ihr habt die Geister gerufen?«

Yvonne nickte. »Ich und meine Freundinnen, Mathis und viele andere. Wir haben uns einen Kraftort gesucht, einen Schutzzirkel gezogen und danach meditiert, um mit der Anderswelt eine Verbindung aufzunehmen.«

»Einen Kraftort«, wiederholte Ravenna. Plötzlich ging ihr auf, dass sie rein gar nichts über ihre Schwester wusste. Sie waren zusammen aufgewachsen, hatten jahrelang in derselben Stadt gelebt und sich zuletzt sogar die Wohnung geteilt. Trotzdem waren Yvonnes Eifer und ihr Wissen in magischen Dingen etwas völlig Fremdes für Ravenna.

»Die meisten dieser Plätze waren alte Kultstätten«, erklärte Yvonne. »Orte, an denen du die Magie durch die Schuhsohlen spüren kannst. Der Odilienberg ist so ein Ort. Carnac, die Externsteine, Stonehenge, Mont St. Michel ... es gibt Unmengen solcher Plätze. Früher ... ich meine, jetzt ist der Glaube an Magie noch in ganz Europa verbreitet. Du stolperst ständig über Steinkreise, Dolmen oder heilige Bäume, an denen sich eine Verbindung aufnehmen lässt.«

»Zu den Toten.« Ravenna war noch immer nicht überzeugt von der Geschichte.

Yvonnes Augen leuchteten. »Zum magischen Strom, würde ich heute sagen«, erklärte sie. »Zur Quelle der Zauberkraft. Und nein – es ist nicht, wie du denkst. Wir feiern keine schwarzen Messen auf Friedhöfen. Wir sind Wiccas, keine Satanisten.«

»Was hattest du dann auf Beliars Boot zu suchen?« Ravenna fühlte sich hilflos. Was ihre Schwester ihr berichtete, war ihr vollkommen neu. Sie kam sich ausgeschlossen vor, als würde sie sich mit einer Fremden unterhalten.

»Ich habe dich gesucht«, sagte Yvonne leise. »Ich wäre überall hingegangen, nur um dich zu finden.«

Ravenna nagte an ihrer Unterlippe. Mavelle hörte ihnen aufmerksam zu, doch sie mischte sich nicht in das Gespräch der Schwestern ein.

»Mir war ziemlich schnell klar, dass bei deinem Verschwinden Magie im Spiel war«, fuhr Yvonne fort. »Die Art und Weise, wie es geschah, und die Erinnerungsfetzen, die nach deiner Rückkehr in dir auftauchten … All das legte nahe, dass du in das Feld eines dieser Tore geraten warst. Damals wusste ich noch nicht, dass es ein Zeittor war. Es steht alles hier drin.«

Unter dem Kleid zog sie ein Notizbuch hervor. Es war mit einem Lederstreifen gebunden, besaß ein Lesebändchen aus violetter Seide, und der Umschlag bestand aus Karton. Er war so geprägt, dass ein Muster von Goldbeschlägen und Edelsteinen nachgeahmt wurde.

»Was ist das?«

»Das Tagebuch einer Hexe, könnte man sagen«, seufzte Yvonne. »Hier schreibe ich auf, was ich auf meiner Suche nach den Geheimnissen der Magie erlebe.« Mit einem Warnlaut zog sie das Buch zurück, als Ravenna die Hand ausstreckte. »Es ist natürlich geheim.«

Ravenna schwitzte unter dem Wollmantel. Der Nieselregen benetzte ihre Haare und die Mähne der weißen Stute. Sie beugte sich vor, um dem Pferd das Klettern im Gelände zu erleichtern. »Ich hätte dir besser zuhören sollen«, gestand sie. Das Lächeln, das bei diesen Worten über Yvonnes Gesicht huschte, war echt und ungekünstelt. »Ich glaube, ich hätte eine Menge von dir lernen können.«

»Samhain bedeutet noch etwas anderes«, warf Mavelle ein. »In der Sprache der Hexen heißt es: Du kannst hinter die Dinge sehen. Oder darüber hinaus.«

Sie reichte Ravenna einen Gegenstand. Es war das Siegel von Samhain, ein Silberring wie die anderen Amulette auch. Schriftzeichen bedeckten den Rand und die Windrose war mit Gravuren und Edelsteinen geschmückt. In der Mitte des Siegels saß ein geschlossenes Auge.

»In der letzten Prüfung sollst du das Auge von Samhain dazu bringen, dass es sich öffnet«, erklärte Mavelle.

Ravenna lachte auf. »Wie soll das gehen?« Sie hielt einen Gegenstand aus massivem Silber in der Hand. Das Auge war nichts anderes als ein Relief aus Edelmetall.

»Das musst du selbst herausfinden«, meinte Mavelle. »Ich überlasse dir das Siegel, bis wir am Fuß des Hohen Belchen sind. Wenn du es bis dann nicht geschafft hast, musst du es mir zurückgeben.«

Ratlos drehte Ravenna den Schatz der Elfe in den Fingern. Das Silber war kalt und schwer und wurde vom Nieselregen mit winzigen Tröpfchen benetzt. Sie starrte das Silberauge durchdringend an und befahl ihm in der Sprache der Hexen, sich zu öffnen. Nichts geschah. Dann führte sie das Siegel dicht an das Mal an ihrer Stirn heran. Mavelles Ring wurde weder warm noch drehten sich die Flügel der Windrose. Selbst als Ravenna die Augen schloss und sich auf das Mal auf ihrer Stirn konzentrierte, bekam sie keine Vision. Sie erhielt nicht einmal den kleinsten Hinweis auf die Magie des siebten Siegels. Seufzend ließ sie den Ring in ihre Tasche gleiten. Offenbar gab ihr Mavelle etwas Zeit, um das Geheimnis von Samhain zu lüften. Einfach würde es nicht werden, das war ihr klar. Dafür kannte sie die Sieben schon zu lange.

Das Gelände senkte sich und die Pferde wateten durch einen Bach. Dann lag die Flussebene vor ihnen. Ravenna hielt den Atem an. Eine doppelte Lichterschlange wand sich durch das Tal. Obwohl es mitten in der Nacht war, säumten Hunderte von Menschen die Feldwege. Sie sangen und hielten Fackeln und Lampions in den Händen. Manche warfen duftende Kräuter auf den Weg, die von den Pferden zertrampelt wurden. Ein Ende der Lichterkette war nicht abzusehen. Wie ein Lindwurm zog sie sich durch die Nacht und reichte von Barr bis Sélestat und von dort bis an den Fuß des Hohen Belchen. Wie ein Schwarm bunter Glühwürmchen verteilten sich die Lampions über die Wiesen und Felder.

»Die Leute sind schlauer als wir und liegen im Bett?«, zog Mavelle sie gutmütig auf. »Niemand käme auf die Idee, sich den Umzug der Maikönigin entgehen zu lassen.«

Ravenna schluckte trocken. »Du meinst, sie sind meinetwegen hier?«

»Deinetwegen, wegen uns und wegen der Magie, die wir bringen. Einmal im Jahr fließt der Strom durch uns zu all den Menschen, die du hier siehst. Und deswegen sind sie gekommen.«

Langsam ritten sie auf die Menge zu. Kinder saßen auf den Schultern ihrer Väter und winkten, die Frauen schenkten den Vorüberziehenden Obst und Kuchen, der mit Likör getränkt war. Junge Männer und Frauen tanzten ausgelassen am Wegesrand. Die Burschen johlten und stießen auf zwei Fingern Pfiffe aus, die Ravenna minutenlang in den Ohren klingelten. Auf einem Heuwagen stand eine Gruppe Musikanten und spielte auf. Einer bearbeitete die Fidel, als wäre das Instrument ein Holzscheit, den er durchsägen wollte, der Nächste blies die Sackpfeife und ein Dritter bediente die Drehleier. Es klang schaurig schräg, aber die Leute klatschten in die Hände und drehten sich paarweise tanzend auf den Feldern, bis der Schlamm an ihren Holzschuhen klebte.

Der Lichterzug kam Ravenna wie ein endloses, buntes Volksfest vor. Überall wurden sie beklatscht und bejubelt. Mavelle hatte darauf bestanden, dass sie neben Lucian an der Spitze ritt. Zu ihrer Verwirrung entdeckte sie in der Menge immer wieder Leute, die zu der Schar gehört hatten, die den Konvent überfallen hatte. Was tun die hier?, fragte sie sich, während Willow sie in flottem Schritt an geröteten Gesichtern, baumelnden Lampions und ausgestreckten Händen vorbeitrug. Offenbar wollten nicht einmal ihre Feinde auf den magischen Segen verzichten.

Ein alter Bauer legte ihr die Hand aufs Knie und sie schrak zusammen. »Meine Tochter ist krank«, stieß er hervor. »Seit Yule isst sie nicht mehr und wird immer magerer. Wir fürchten, dass sie stirbt. Ich bitte Euch: Spendet ihr ein Licht.«

Was?, durchzuckte es Ravenna. Sie starrte den Mann an. Warum hatte Mavelle sie nicht auf die Aufgabe vorbereitet, die sie hier erwartete? Alle Augen ruhten auf ihr. Der alte Bauer hatte ihren Rock nicht losgelassen.

»Was soll ich tun?« Ravenna geriet in Panik. »Verdammt, was soll ich denn jetzt machen?«

Mavelle zuckte die Achseln. »Spende ihr ein Licht.«

Wie ein Wal, der zu lange unter Wasser gewesen war, stieß Ravenna den Atem aus. Ein Licht spenden. Also gut, dachte sie. Aber wie?

Es war Yvonne, die ihr zu Hilfe kam. Sie breitete die Hände über dem Kopf des Mannes aus, schloss die Augen und sagte weich: »Deine Tochter soll ein magisches Licht erhalten!«

Das war alles. Wenn Yvonne es machte, sah es aus, als flösse ein Netz aus Goldfäden über den Mann. Mit einem entrückten Gesichtsausdruck trat der alte Bauer in die Reihe zurück. »Das ist meine Schwester«, rief Ravenna den Umstehenden zu. »Meine Schwester.«

Durch das Beispiel mutig geworden, trugen nun auch andere Leute den Sieben ihre Sorgen und Nöte vor. Ravenna breitete ein Dutzend Mal die Hände aus und spendete ein Licht, das, wie sie wusste, nur ein winziger Teil des Stroms war. In ihrem Fall gab es jedoch keinen magischen Schauer und auch keinen Regen aus Goldfäden. Sie musste höchstens aufpassen, dass sie die Menschen nicht mit Regenwasser volltropfte, das ihr jedes Mal über die Kapuze rann, wenn sie sich vorbeugte.

Lucian blieb pflichtbewusst an ihrer Seite und sie sah, dass seine Hand stets wachsam in der Nähe des Schwertgriffs schwebte. Die Klinge steckte am gewohnten Platz unter dem Sattelblatt, doch die meisten Leute waren arglose Dorfbewohner und sie trugen Ravenna ihre Alltagsprobleme vor. Sie hörte von Liebhabern, die man zurückgewinnen wollte, von der Bitte um reiche Ernte und von der Sorge um krankes Vieh. Auch ihr Pferd wurde getätschelt, bis Willow nervös zu tänzeln begann.

»Du meine Güte«, murmelte sie, sobald der stockende Zug wieder in Bewegung kam. »Hoffentlich wissen die Leute, dass ich nicht mehr für sie tun kann außer zu lächeln und zu winken.«

»Bist du sicher?«, grinste Mavelle. Die Elfe ritt dicht hinter ihr und flüsterte ihr ab und zu die passenden Worte ins Ohr, wenn sie nicht weiterwusste.

»Deine Hände«, keuchte Yvonne. »Hast du schon einmal deine Hände gesehen?«

Ravenna senkte den Blick. Ein grüngoldener Lichtschein umhüllte jeden einzelnen Finger, ihre Ellenbogen, die Schultern, die Schienbeine und die Knie. Sie leuchtete nicht nur an den Händen, sondern am ganzen Körper.

»Es ist das dritte Auge«, murmelte Yvonne. »Das Licht geht von dem Hexenmal aus. Wie es strahlt ... so etwas habe ich noch nie erlebt.«

»Ich wusste nicht ... ich hatte wirklich keine Ahnung, dass es so ist«, stammelte Ravenna.

Großzügig zuckte Yvonne die Achseln. »Es ist deine Nacht«, sagte sie. »Genieße sie, denn so ein Augenblick kommt so schnell nicht wieder.«

Ravenna entspannte sich. Es stimmte, was ihre kleine Schwester sagte: Vermutlich war sie nur einmal im Leben Maikönigin. Sie atmete den Geruch der Pechfackeln und der gemähten Wiesen, sie hörte den Hufschlag der Pferde und das ausgelassene Singen der Menschen um sie herum und spürte den Sprühregen auf ihrem Gesicht. Sie war lebendig. Sie war hier, um das Wunder zu begreifen, das ihr widerfuhr, sobald sie das Zeittor durchschritt, und wenn sie in diesem Augenblick jemand gefragt hätte, wie sie sich fühlte, dann hätte sie geantwortet: Ich bin glücklich.

»Segnet unsere Weinberge, Maikönigin!«, rief ihr ein Winzer zu. Sein Gesicht glänzte vom Regen und er schwankte, weil er schon ziemlich betrunken war. »Beste elsässische Rebe! Dann soll Euch, wie in jedem Jahr, ein Fass gehören.«

Der Mann wankte auf den Weg und trat mitten zwischen die Pferde. Mit ausgestrecktem Arm fing Lucian ihn ab, ehe er Ravenna zu nahe kam. »Zwei Fässer, guter Mann«, erwiderte er trocken. »Für den jährlichen Feldsegen schuldet Ihr den Sieben zwei Fässer.«

Der Winzer grinste. Dann hob er zwei Finger, was wohl so viel wie ein Einverständnis bedeutete.

Ravenna blickte zu ihm zurück, als sie weiterritt und das grüngoldene Licht auf einem gewundenen Weg in die Weinberge trug. Der Winzer starrte dem Zug der Hexen lange nach.

»Ihr macht das jedes Jahr?«, fragte sie Lucian. »Wie lange dauert dieser Umzug denn?« Langsam tat ihr der Arm weh, weil sie ständig winkte, und ihr Rücken schmerzte, weil sie sich ungewohnt gerade im Sattel hielt.

Lucians Antwort klang niederschmetternd. »Drei Nächte«, sagte der junge Ritter. »Dann sind wir auf dem Hohen Belchen.«

Er blickte sie noch immer nicht an. Sie musterte ihn verstohlen, während er stur neben ihr an der Spitze des Zuges ritt. Sein Gesicht und seine Gestalt lagen im Dunkeln. Jetzt wurde ihr klar, wie dumm ihr Streit gewesen war, und sie begriff, was Lucian ihr hatte sagen wollen: Er empfand alles, was sie in diesen Minuten spürte, ebenso intensiv. Das Flusstal, die Bergketten und der regnerische Himmel – alles war in den magischen Strom gebettet, es lebte und regte sich durch Magie. Im Vergleich dazu war ihre Eifersucht tatsächlich kleinlich und bitter wie ein Pflaumenkern.

Sie lenkte Willow so dicht neben ihren Ritter, dass sich ihre Knie berührten. Er sah nicht auf, sondern blickte auf den Weg, der vor ihnen lag.

»Lucian«, hauchte sie. »Es tut mir leid. Ich war eifersüchtig, und es war dumm von mir, dir das zu zeigen. Es ist nur so … ich mag dich eben wirklich.«

Ein überraschtes Lächeln zeigte sich auf seinen Zügen. Dann

seufzte er und schüttelte den Kopf. Schließlich streckte er wortlos die Hand nach ihr aus. Da flossen all die verwirrenden, widersprüchlichen Gefühle, die Ravenna bewegten, wie eine warme Welle zu ihm hinüber. Sie fasste seine Hand und der goldene Schein hüllte ihn ein. Der Schimmer umrandete die drei Spiralen auf Lucians Schild und leuchtete über ihnen, als sie Hand in Hand durch die Nacht ritten.

»Es ist dein Licht«, flüsterte Ravenna. »Und es soll ausschließlich dir gehören.«

Wechselbalg

Mit der Morgendämmerung kehrten die Menschen in ihre Häuser zurück. Das magische Licht, das das Maipaar umgab, verblasste, und als es über dem Flusstal hell wurde, verschwand es ganz. Die Hexen hielten an einem Feldrain und Yvonne hörte, wie die Sieben leise berieten, wo sie Rast machen sollten.

Missmutig verschränkte sie die Arme. Das Licht war grau, und es nieselte immer noch. Das Kleid klebte ihr auf der Haut. Sie besaß keinen wärmenden Hexenmantel wie Ravenna, und sie besaß auch nicht die Anerkennung der Sieben, die ihrer Schwester zuteilwurde. Die Nacht über war sie in der zweiten Reihe geritten, unter den strengen Blicken der kleinen Dämonenaustreiberin. Norani ließ sie auch nicht aus den Augen, als sich der Zug der Hexen wieder in Bewegung setzte und in Richtung einer Ortschaft schwenkte, die am Fuß der Berge lag.

Hoffentlich haben wir bald ein Dach über dem Kopf, dachte Yvonne. Sie ritt nicht gerne durch die Dunkelheit. Doch als die ersten Häuser vor ihr auftauchten, bereute sie den Entschluss der Hexen, in diesem Dorf Rast zu machen. Die Ortschaft bestand aus einigen Gebäuden mit verdreckten Hinterhöfen, einem Herrensitz, dem Dorfteich und dem Glockenturm. Störche nisteten auf den Firsten, ihr Kot verschmutzte die Ziegeldächer. Das Gasthaus lag in einer Nebenstraße. Nirgendwo brannte Licht und das Tor war verriegelt. Vor die Fenster hatte man Häute gespannt, die wie gegerbte Schweinsblasen aussahen. Yvonne schüttelte sich. Beim

Näherkommen entdeckte sie die magischen Zeichen, die auf den Häuten aufgemalt waren: Kreise, von Halbmonden umgeben, Dreiecke, die auf dem Kopf standen, Pentagramme und jede Menge Runen und Zahlen. Die Farbe, mit der die Zeichen aufgetragen worden waren, glänzte wie getrocknetes Blut.

»Was ist das?«, stieß Yvonne hervor. »Hier wollt ihr Rast machen?«

»Sieht ganz danach aus«, stellte Florence fest, als die Ritter vor dem Tor hielten. Die junge Hexe war bleich und hatte Ringe unter den Augen. Aus ihrem kurzgeschnittenen Haar tropfte Wasser. Aufmerksam betrachtete sie den Abwehrzauber an den Fenstern. »Der Gasthof scheint verflucht zu sein. Uns Hexen sollte dieser Fluch jedoch nichts ausmachen.«

Ein Hund bellte heiser, als Ramon ans Tor pochte. Na bravo, dachte Yvonne. Sie schauderte, während sie an dem düsteren Gebäude emporblickte. Die Enden der Dachbalken waren zu Fratzen geschnitzt, die ihren Zorn auf die Besucher erbrachen. Täuschte Yvonne sich oder schimmerte die Wut in ihren Augen wie Quecksilber?

»Wenn es nach mir geht, können wir weiterreiten«, brummte sie. »Dieses Haus gefällt mir ganz und gar nicht.«

»Ein Weiterritt ist nicht ratsam«, meinte Florence. »Der Marquis wird uns sicher auflauern. Wir reiten schon seit einer Weile durch Beliars Ländereien. Das sieht man, oder?«

»Und man riecht es«, murrte Yvonne. Der Gestank der schwelenden Misthaufen und der Küchenabfälle, die auf den Straßen vor sich hin faulten, betäubte sie fast. Die Ortschaft am Rand der Vogesen entsprach genau dem Bild, das sie vom Mittelalter hatte: dreckig, trostlos und dunkel.

Florence verzog den Mund zu einem müden Lächeln. »In dieser Gegend treibt Elinor die Steuern ein. Wie es scheint, ist die Marquise nicht gerade zimperlich. Sie zieht den Leuten auch das letzte Hemd über den Kopf, wenn sie den Burgherren etwas schuldig sind.«

»Elinor?«

»Die Herrin auf dem Hœnkungsberg.« Mit dem Kopf nickte die brünette Hexe in Richtung der Berge. Durch den Dunst, der über den Dächern hing, waren die Umrisse der Festung zu erahnen. Sie lag auf einem der vorgelagerten Gipfel. Yvonne erkannte den Außenwall und den Zwinger, Türme, Tore, Wehrmauer und Zinnen. Elinors Burg war riesig.

Ein Seufzer lenkte ihre Aufmerksamkeit auf Ramon. Der Riegel wurde von innen zurückgezogen. Mürrisch trat der Gastwirt auf die Straße. Sein Kopf erinnerte an eine Kartoffelknolle, die mit einem Spaten entzweigehauen worden war. Eine wulstige, rote Narbe zog sich von der Stirn bis in den Nacken. An manchen Stellen sah man noch die Stiche, mit denen das Fleisch zusammengenäht worden war. Als Yvonne sich vom ersten Schrecken erholt hatte, fielen ihr seine behaarten Handgelenke und die Trauerränder unter den Fingernägeln auf und sie hoffte, dass der Schankwirt nicht zugleich der Koch war. Er trug eine Ölfunzel in der Hand und presste den struppigen Hundekopf, der sich ins Freie zwängen wollte, mit dem Knie gegen den Torpfosten.

»Wer seid Ihr?«, blaffte er. »Um diese Zeit ist die Schenke geschlossen.«

Geduldig erklärte Ramon das Anliegen der frühen Gäste und vergaß nicht, den König vorzustellen. Constantin lehnte auf dem Sattelhorn. Nicht weniger durchnässt und zerzaust als die anderen Reiter, hielt er die Zügel zwischen den Fingern. »Gib uns bis zur Dämmerung Quartier und du sollst einen anständigen Lohn erhalten«, sagte er zu dem Gastwirt.

»Wir haben geschlossen«, knurrte der Mann. »Wir nehmen schon lange keine Gäste mehr auf.«

»Nun, uns werdet Ihr einlassen«, beharrte Ramon und wies auf das Banner des Königs. Es zeigte das Siegel der Sieben. »Vielleicht können wir Euch sogar einen Dienst erweisen, der wertvoller ist als Gold. Euer Haus wird offenbar von üblen Geistern heimgesucht.« Mit dem Kinn wies er auf die beiden gekreuzten Dolche, die über der Tür an einen Balken genagelt waren.

Der Wirt runzelte die Stirn. Er musterte die Hexen der Reihe nach. Am längsten blieb sein Blick auf Ravenna haften, die jedoch die Zähne zusammenbiss, den Kopf senkte und an ihrer Kapuze herumzupfte, als wolle sie am liebsten unsichtbar werden.

Endlich stieß der Wirt ein Grunzen hervor, das den Lauten seiner Schweine nicht unähnlich war. »Ein Lichtersegen ist das Letzte, was ich brauchen kann«, knurrte er. »Wenn Ihr Euch der Hexerei enthaltet und Euch einfach nur wie gewöhnliche Gäste benehmt, könnt Ihr eintreten. Aber ich warne Euch: Ein Funken Magie und Ihr landet wieder auf der Straße.«

Ramon wechselte einige Worte mit den Sieben. Dann nickte er. Ächzend stemmte der Wirt das Tor auf. Der Hund schnüffelte an den vorbeiziehenden Pferdebeinen. Die Unhöflichkeit, mit der sie an diesem Ort empfangen wurden, machte Yvonne wütend. Wenn die Sieben sie nicht in die zweite Reihe verbannt hätten, dann hätte sie dem Wirt die Meinung gesagt. In dieser Gegend hielt man offenbar nicht viel von Höflichkeit und Hexenzauber. Die Macht der Sieben reichte keineswegs so weit, wie sie gerne behaupteten, sonst hätte der Wirt gewusst, wen er vor sich hatte, und hätte sie nicht in der kalten Dämmerung warten lassen. Yvonne warf einen Blick in den Himmel. Es musste gegen sechs Uhr morgens sein.

Dann presste sie die Hand auf Mund und Nase. Im Hof wehte ihr der süßliche, stechende Gestank von Schweinemist ins Gesicht. Ihre Augen begannen zu tränen. Das Borstenvieh drängte sich in einem Schuppen an der Rückwand, unter dessen Vordach ein verrotteter Wagen stand. Ein Rad fehlte. Die Tiere quiekten und grunzten aufgeregt, als sie die Reiter entdeckten. An drei Seiten war der Hof von einer gekalkten Mauer umgeben, die in einer Ziegelkrone endete. Bis in Kniehöhe hatte sich der Kalk mit Schlammwasser vollgesogen. Die vierte Seite bildete das Gasthaus, das von dieser Seite noch verfallener aussah als von der Straße aus. Ratten huschten umher.

»Uuh ... will Constantin denn wirklich hier rasten? Gibt es keine bessere Herberge?« Entsetzt wandte Yvonne sich an die junge Hexenschülerin. Florence zuckte die Schultern und sprang aus dem Sattel. Sofort vertrat sie sich die Beine. Offenbar waren ihre Knie genauso steif wie Yvonnes.

»Die Ritter fürchten, dass Beliar unseren Umzug beobachtet und sich auf einen Überfall vorbereitet«, erklärte sie. Niedergeschlagen sah sie sich im Hof um. Auch an der Mauer gab es Zeichen zur Abwehr von Flüchen und Schadensmagie, mit Teer an die Wände geschmiert. »Der Marquis hat wohl kaum damit gerechnet, dass wir den Überfall des Hexenbanners zurückschlagen und rechtzeitig aufbrechen«, fuhr die junge Frau fort. »Und es wird ihm kaum gefallen. Hier befinden wir uns jedoch mitten zwischen seinen Untertanen, die ihm Steuern und Getreide einbringen. Und das bedeutet, dass er wohl kaum zuschlagen wird, während wir rasten.« Schaudernd ließ sie den Blick über das düstere Gasthaus schweifen. Offenbar waren sie die einzigen Gäste.

Yvonne machte es ihr nach, als Florence ihrem Pferd den Sattel abnahm und das Zaumzeug vom Kopf zog. Ihr Schimmel hieß Changeling, was sie seltsam fand. Changeling bedeutete Wechselbalg, und ein Wechselbalg war ein Kind, das den Menschen von den Elfen untergeschoben worden war. Ein Sprössling aus der Feenwelt. Oder aus der Hölle.

Mit einem Klaps ließ sie das Pferd durch das offene Gatter laufen. Die Schimmel drängten sich um eine Futterraufe neben dem Schweinekoben, in der Lucian und einige seiner Freunde Heu aufschütteten. Die anderen Ritter trugen die Ausrüstung zum Gasthaus. Es war ein zweistöckiges Gebäude mit einem Anbau und einem turmartigen Aufsatz auf dem Dach. Als Yvonne eintrat, empfing sie ein Labyrinth finsterer, sich verzweigender Gänge. Es roch nach Moder und Mäusen und von irgendwo war das Tropfen von Wasser zu hören. Magie war kürzlich hier gewirkt worden, das konnte sie spüren. Das Gefühl legte sich wie ein dumpfer Druck auf ihre Ohren.

»Das sieht wie in einem Spukschloss aus«, murrte sie. »Wie soll man sich hier zurechtfinden?«

»Die Zimmer sind im ersten Stock«, erklärte Florence, während sie ihr Bündel vom Boden aufhob. »Du hast Glück, weil du Ravennas Schwester bist und dir eine Kammer mit ihr teilst. Wir anderen müssen mit dem Schlafsaal vorliebnehmen.«

Als sie sich nach ihrem Gepäck bückte, klaffte ihr Mantel an der Brust auseinander und Yvonne erkannte, dass Florence ein ähnliches Büßergewand trug wie sie selbst, ein Kleid aus grober, grauer Wolle. Das Mädchen war ihr sofort aufgefallen, weil sie anders als die anderen Schülerinnen des Konvents wirkte. Sie schien bekümmert und ihr Haar war kinnlang gestutzt, als hätte ihr jemand den Zopf mit einem Messer abgetrennt.

Neugierig geworden, streckte Yvonne die Hand nach den Satteltaschen aus. »Komm, ich helfe dir«, bot sie an. Beiläufig deutete sie auf die gestutzten Haare der Hexe. »Was ist denn mit dir? Warum hat man dir das angetan?«

Florence wurde rot und senkte den Kopf. »Ich habe gegen die Regeln des Konvents verstoßen und mich mit schwarzer Magie befasst«, erklärte sie, während das Haar über ihre Wangen glitt. »Das heißt … Lynette hat Schadenszauber gewirkt. Ich war nur dabei. Deshalb durfte ich bleiben, während sie den Konvent verlassen musste.«

»Ach«, sagte Yvonne. Leise pfiff sie durch die Zähne. »Dann bin ich also nicht die Einzige, die irgendwelche Regeln missachtet? Erzählst du mir, was Lynette getan hat? Vielleicht hilft es mir, das alles hier ein bisschen besser zu verstehen.«

Die Stiegen knarrten, als sie das Gepäck in den obersten Stock brachten. Aufmerksam hörte Yvonne zu und erfuhr, wie es gekommen war, dass Lynette von den Hexen verstoßen wurde. Tief im Innern empfand sie Mitgefühl mit der jungen Hexe. Regelwerke und Hierarchien widerstrebten ihr und sie empfand ihre eigene Prüfung durch die Sieben als Zumutung. Die Flamme des Gewissens hätte sie beinahe versengt und sie hatte ihre gesamte

Geistesgegenwart aufbieten müssen, um das Zauberfeuer im Zaum zu halten, als es sich in ihre Knochen und Gedanken zu fressen drohte. Beinahe hätte die Flamme ihr Geheimnis offenbart.

»Mordgesellen«, brummte eines der Mädchen, als Yvonne den Schlafsaal betrat. Bettgestell reihte sich an Bettgestell, zusammengezimmert aus rohen Brettern. Für jedes Mädchen lag ein Strohsack bereit. »Vermutlich wird der Wirt von den Geistern der armen Wanderer heimgesucht, die er eigenhändig um die Ecke brachte. Ich wette, eines seiner Opfer hat sich gewehrt – daher die Narbe.«

»Das glaube ich kaum«, erwiderte ein großes, kräftiges Mädchen. Sie stand vor einer Tür, die in den Anbau führte. Der Durchgang war vernagelt. Die Augen der jungen Hexe waren geschlossen und sie bewegte ihre Lippen und murmelte leise vor sich hin. Von irgendwo rieselte ein schwaches Licht auf sie herab. »Etwas anderes ist hier passiert«, flüsterte sie nach einer Weile. »Ich spürte etwas Tragisches ... ein Unglück, das sich in diesem Haus zugetragen hat. Und eine unglückliche Seele, die hier gefangen ist.«

Eine gefangene Seele – Yvonne lief ein Schauer über den Rücken. Dasselbe hatte Oriana über sie gesagt.

»Millie!«, zischten die anderen Hexen. »Du hast den Wirt doch gehört: keine Magie!«

Das Mädchen schlug die Augen auf. Der bläuliche Sternpuder, der auf ihre Gestalt herabgestaubt war, verschwand, und Yvonne schien es, als lege sich plötzlich ein Tuch über ihre Augen – so dunkel wurde es in dem Schlafsaal. Als sie erschrocken zurückzuckte, stieß sie sich den Kopf an einem der Bettgestelle.

»Au ... verdammt!« Fluchend rieb sie sich die getroffene Stelle. Ringsum flackerten Lichter auf. Gewöhnliche Lampen und Kerzendochte beleuchteten die Gesichter der jungen Hexen.

»Wie man sich im Stockfinstern zurechtfindet, lernen wir im ersten Jahr«, brummte Millie. »Wichtig ist, dass man niemals eine unbesonnene Bewegung macht.«

»Danke für den Hinweis«, knurrte Yvonne. Ihre Schläfe schmerzte. Sie ließ Florences Bündel unsanft zu Boden fallen. Dichte Staubflocken wehten über die Dielen und in der grauen Schicht entdeckte Yvonne die Spuren von winzigen Krallen. Nun wurde ihr bewusst, woher der strenge Geruch kam, der den Schlafsaal beherrschte. Ratten.

»Wow.« Sie rümpfte die Nase. »Ich wette, dass keine von euch ein Auge zumachen wird.«

»Wir kommen auch nicht zum Schlafen hier herauf.« Millies Stimme gewann an Schärfe und ihre Augen funkelten. »Sondern um Wache zu halten.«

»Wache halten?« Yvonne merkte auf. »Und was bewacht ihr, wenn ich fragen darf?«

»Dich und deine Schwester«, gab das kräftige Mädchen zurück. Ihre Schneidezähne erinnerten Yvonne an ein Pferd. Das Hexengewand war Millie zu kurz und der Mantel endete in den Kniekehlen. »Die Ritter am Tor halten Ausschau nach Feinden und wir sorgen im Haus dafür, dass der Fluch nicht wirksam wird, der auf dieser Wirtschaft lastet. Da du aber nicht zu uns gehörst, solltest du den Schlafsaal schleunigst wieder verlassen.«

Misslaunig machte Yvonne kehrt. Es gefiel ihr nicht, dass die Hexen sie wie eine Aussätzige behandelten, aber sie konnte nichts dagegen tun, solange die Sieben ihren guten Ruf nicht wiederherstellten. Wenn sie an die übermüdeten Mädchen und die verdreckte Umgebung dachte, erschien es ihr plötzlich nicht mehr so erstrebenswert, in den Konvent aufgenommen zu werden. Sieben Jahre lang plagten sich die jungen Frauen mit allen möglichen Aufgaben und Prüfungen, um am Ende mit ein paar guten Worten und einem warmen Händedruck entlassen zu werden. Nur in den seltensten Fällen wurde eine junge Hexe zu einer der auserwählten Sieben – ein Ziel, das dennoch alle Anwärterinnen verfolgten.

Es hat also doch Vorteile, eine moderne Hexe zu sein, dachte Yvonne, während sie in das Erdgeschoss zurückkehrte. Sie betrat den Gastraum. Dort roch es nach Holzfeuer, nassem Hundefell und Schweinefett, nach Schmierseife, Hafergrütze und saurem Bier. Der Raum war überheizt, doch er bildete einen angenehmen Kontrast zu dem Schlafsaal. Am Rauchabzug über der Feuerstelle hingen Kupfertöpfe, Pfannen, Kuchenformen aus Keramik und etwas, das aussah wie die Hirnschale eines Rehs. Der Hund lag auf dem Boden vor der Theke und nagte an einer Speckschwarte. Noch immer im Nachtgewand stand der Wirt hinter dem Tresen und füllte Tonkrüge. Die Narbe auf seinem Kopf sah wie eine Schweißnaht aus.

Yvonnes Aufmerksamkeit wurde jedoch von der Tochter des Wirts gefangengenommen. Das Mädchen war groß gewachsen, schmal und dünn, mit einem Lächeln wie Draht und stahlblauen Augen. Ihre Finger zitterten so sehr, dass sie Wein und Bier verschüttete, wenn sie die Becher auf den Tischen absetzte, und ihre Nägel waren bis aufs Blut abgekaut. Am auffälligsten war jedoch das Feuermal auf ihrer Stirn: Es erinnerte an eine schlanke, dunkelrote Flamme.

»Starr sie nicht an!« Yvonne schrak zusammen, als Norani plötzlich hinter ihr stand. Sie hatte die schwarzhaarige Dämonenbannerin nicht kommen hören. »Ich wette zehn zu eins, dass die Schankmaid der Grund für den Spuk in diesem Haus ist.«

»Diese Kleine?« Abschätzig musterte Yvonne das Mädchen, das nun die Theke abwischte. Ab und zu warf die Wirtstochter den Gästen hasserfüllte Blicke zu, ihre Lippen bewegten sich ohne Unterlass. An ihrem Kopftuch und dem Vorderteil ihrer Bluse waren Blechmünzen angenäht, die im Licht blitzten. Als sie einer der Ritter ansprach, gab sie keine Antwort, sie drehte ihm einfach die Schulter zu.

»Sie besitzt eine wilde Gabe, genau wie du«, fuhr Norani fort. »Ein magisches Talent, das unterdrückt und nicht ausgebildet wurde. Siehst du, wie sie zittert, wenn sie sich den Tischen nähert? Sie schafft es kaum, die Beherrschung zu wahren.«

»Meine Gabe ist nicht ...« unterdrückt, wollte Yvonne sagen, doch da streifte die Schankmaid die Kante des Tisches, an dem Constantin und die Sieben saßen. Die Kerzenflamme wurde lang und schmal wie ein Geist. Sie verlor jede Farbe und verging in bläulichem Zucken, während sich der Kerzenstummel in einen Wachssee verwandelte. Der Umriss der Flamme blieb jedoch erhalten und wuchs weiter, bis ein blutroter, zerfetzter Schatten über dem Tisch der Hexen schwebte.

Der Wind heulte durch den Kamin. Der Wirt stöhnte und Yvonnes Herz begann zu rasen. Sie wich zurück, als der Schatten um die eigene Achse wirbelte, denn sie erkannte, dass die wurmartigen Schlingen, die sie für Tentakel gehalten hatte, in Wirklichkeit blutverklebte Haare waren. Blut triefte auch aus dem Halsstumpf des geisterhaften Kopfs, der mit einem Schwertstreich oder einer Axt abgetrennt worden war. Die Brust der Wirtstochter hob und senkte sich, ihre Hände griffen in die Luft und zogen den Kopf an unsichtbaren Fäden durch den Raum. Als der Spuk in Yvonnes Nähe kam, schrie sie auf: Das Gesicht der Toten war von Ratten verwüstet, die Lider abgefressen, die Kiefergelenke ausgelöst, so dass man sah, wie die Zunge aus dem Rachen hing …

»Es reicht!«

Mit einem Knall landete Mavelles Hand auf der Tischplatte, das Geräusch ließ alle Anwesenden zusammenfahren, die boshafte Schankmaid eingeschlossen. Rings um die Elfe funkelte die Luft wie ein Eissturm. Die Wirtstochter stieß ein Fauchen aus. Die Finger zu Krallen gebogen, ging sie auf Mavelle los, doch die Elfe wehrte den Angriff ab.

»Caumyanier!«, rief sie und die Schankmaid sackte auf dem Fußboden zusammen. Ihr Gesicht lief blau an, die Lider flatterten.

Der Wirt stürzte hinter dem Tresen hervor. »Bitte … tut meiner Tochter nichts! Es ist nicht ihre Schuld, sie kann nichts dafür! Sie erschafft diesen Spuk erst, seit ihre Mutter ums Leben kam.«

»Ihre Mutter starb?« Nachdenklich blickte Mavelle zu dem abgetrennten Frauenkopf empor, der sich wie ein Kreisel drehte. Bis an ihr Lebensende sollte Yvonne dieser Anblick verfolgen. »Der Mord geschah in dem verriegelten Anbau, nehme ich an«, mutmaßte die Elfe. »Und der Wirt warf sich dazwischen, um seine Frau zu retten. Seitdem geht es mit der Herberge bergab. Es würde mich nicht wundern, wenn der Marquis vom Hœnkungsberg dahintersteckt. Sagt, Herr Wirt, war Eure Frau eine Hexe?«

Der Mann wurde kreidebleich. »Bitte«, stammelte er. Viel fehlte nicht und er wäre vor der Elfe auf die Knie gesunken. »Meine Frau wusste, wie man Kräutertränke braut, sie verstand es, den Schafen beim Lammen zu helfen und kannte einen Spruch bei wechselndem Mond. All das macht doch gewiss noch keine Hexe aus.«

Mavelle hob eine Augenbraue. »Sie hat Eurer Tochter die Gabe vererbt. Da sie gewaltsam aus Eurer Mitte gerissen wurde, kommt sie nicht zur Ruhe und ihr Geist zerrt an Eurem Kind. Das Mädchen muss loslassen, oder sie verliert ebenfalls das Leben. Um ihr zu helfen, muss ich leider ihr drittes Auge verschließen.«

Ratlos starrte der Wirt auf seine Tochter. Mavelle wies auf die Stirn des Mädchens, wo sich das Flammenmal zeigte. Der Rand glomm schwefelfarben und ein ungesundes Licht pochte unter der Haut.

»Ravenna.«

Die Angesprochene schrak auf. Bis eben noch hatte sie die Stirn in die Hände gestützt, um den abgehackten Kopf nicht sehen zu müssen, der unter der Decke pendelte. Niemand hatte seinen Platz verlassen, alle warteten, was als Nächstes geschah.

»Ich bin hier. Was jetzt? Was soll ich jetzt tun?«

»Mir beim Hexen zur Hand gehen«, murmelte die Elfe. »Bring das Siegel von Samhain in den Kreis und knie dich vor das Mädchen. Mir fällt das Bücken schwer, deshalb musst du es für mich tun.«

Zögernd erhob sich Ravenna von der Bank. In diesem Augenblick beneidete Yvonne sie nicht – ihre Schwester musste sich dicht vor die Tochter des Wirts kauern und den Ring auf das Mal pressen, während der gespenstische Schädel über ihr wie an einem Gummiseil baumelte. Aus der Mundhöhle drang das Zischen von tausend Schlangen und in den Augen schwamm Bleiglanz.

Als Mavelle die Arme hob, wurden alle Lichter im Raum matter. Der Hund verkroch sich unter dem Tisch der Ritter. Sorgsam schritt die Elfe einen Kreis ab, eine Schleppe aus Eiswirbeln hinter sich herziehend. »Ein Auge verschließen, das sich gerade geöffnet hat, eine Gabe veröden, die wie ein Brunnen sprudelt«, hörte Yvonne ihre halblauten Worte. »Eine Schande ist das, doch ich kann es nicht ändern. Hier wurde schon zu viel Schaden angerichtet.« Mavelle blieb stehen. »Halte das Siegel an seinem Platz, egal was um dich herum geschieht«, befahl sie Ravenna.

Sie berührte die eigene Stirn. Eine Lichterkrone erschien auf ihrem Kopf, ein Gebinde aus Zweigen, Blättern und Beeren, die von Raureif überzogen waren und in einem sphärischen Glasglanz erstrahlten. Zur gleichen Zeit wurde das Siegel lebendig. Yvonne stockte der Atem. Die Königin von Samhain, die Magierin, deren Zauber die Dunkelheit durchdrang: Nun wusste sie, wen sie vor sich hatte.

»Gekommen, um wieder zu gehen«, sprach die Elfe zu der Geistererscheinung. »Gegeben, um genommen zu werden. Gebunden, um befreit zu sein. Geliebt, um nie vergessen zu werden. Nichts ist verloren, alles ist im Strom der Magie bewahrt. Deshalb kannst du beruhigt sein und deinen Frieden mit der Welt machen. Nun geh und lass deiner Tochter ihr Leben, solange es auch währen mag! Geh!«

Ein Seufzen entrang sich den zerbissenen Lippen. Die Augen des Geists sanken noch tiefer in die Höhlen. Die Erscheinung verblasste, der schwebende Kopf schmolz, bis er die Größe einer Kerzenflamme hatte. Mit glitzerndem Eishauch schrieb Mavelle eine Zauberformel in die Luft. Das Geisterlicht erlosch. Die schlammroten Blutspritzer an den Wänden verblassten und Yvonne war nicht die Einzige, die einen Stoßseufzer hervorstieß.

Nur Ravenna und die Tochter des Wirts blieben in dem magischen Kreis zurück. Die welligen Schriftzeichen auf dem Siegel glühten. Das Flammenmal auf der Stirn des Mädchens welkte wie ein Blatt, das der Glut zu nahe kam, seine Ränder kräuselten sich, bis es sich wie Schorf von einer verheilten Wunde abstreifen ließ. Zurück blieb makellose Haut.

Mavelle nickte zufrieden. Als sie ihr Silberhaar zu einem Zopf zusammendrehte und im Nacken zu einem Knoten schlang, verschwand die magische Krone, die Lampen brannten wieder mit gewohnter Helligkeit. Die Elfe kniete neben der Schankmaid nieder, um sie zu untersuchen.

»Ihre Gabe ruht«, stellte sie fest. »Mag sein, dass sie sich noch einmal regt. Dann solltet Ihr nicht zögern und Eure Tochter zu uns auf den Hexenberg bringen. Nun aber schafft sie hinauf in ihre Kammer, damit sie sich ausruht. Wir kommen auch ohne Euch zurecht, wenn Ihr erlaubt.«

Der Wirt konnte Ravenna und der Elfe nicht genug danken. Er schüttelte beiden Frauen die Hände und versprach, dass sie in seinem Haus stets willkommene Gäste seien. Mavelle nickte. In ihrer Reisekleidung sah sie nicht länger beeindruckend aus, doch Yvonne wusste, dass der Anschein trog. Magie war immer auch eine Frage der Betrachtung.

»Glaubst du mir jetzt, dass in der Wirtstochter ein verborgenes Talent rumorte?«, bemerkte Norani. Sie wirkte selbstzufrieden wie eine Katze, die sich über eine Schale Milch hergemacht hatte. »Ahnensang und Anomalien im Feld des Stroms. Nicht gerade eine alltägliche Gabe.«

Yvonne runzelte die Stirn. »Du solltest sie trotzdem nicht mit mir verwechseln. Ich unterdrücke meine magische Kraft nicht. Im Gegenteil: Ich lebe sie aus.«

Sie hatte nicht mit der Kraft gerechnet, mit der sich Noranis Finger in ihr Handgelenk bohrten. Die dunkelhaarige Hexe war einen ganzen Kopf kleiner als sie, doch ihre Augen funkelten.

»Gib dich nicht so unbeschwert«, zischte sie Yvonne ins Ohr. »Ich durchschaue dich! Ich weiß, dass du uns nicht alles sagst, und werde dich nicht aus den Augen lassen, bis ich herausgefunden habe, was du verschweigst. Du hast gesehen, was wilde Magie anrichtet! Ist dir klar, dass das Mädchen kurz vor dem Zusammenbruch stand? Willst du eines Tages so enden, Yvonne? Sag mir – willst du das?«

»Lass mich in Ruhe!« Mit einem Ruck riss Yvonne ihre Hand aus dem Griff der Wüstenhexe. »Du hast keine Ahnung, wer ich bin oder worin meine Gabe besteht! Ihr wollt mich nicht in Eure Kreise aufnehmen – na schön! Dann bin ich dir auch keine Antwort schuldig.«

Verärgert stapfte sie zu einer Bank am Fenster und ließ sich auf die Sitzfläche fallen. Die anderen Mädchen hatten die feuchten Umhänge zum Trocknen über die Stuhllehnen gehängt und musterten ihre Umgebung verstohlen. Ohne den Spuk eines kopflosen Geistes sah der Raum wie eine ganz gewöhnliche Gaststube aus. Einige der jungen Hexen verteilten Eintopf und würzig riechenden Käse, Weißwein und dunkles Brot. Yvonne wischte den Becher an ihrem Umhang sauber, ehe sie sich einschenkte. Sie seufzte. Die Sieben entsprachen nicht ihren Erwartungen, sie waren zu sehr mit der Einhaltung von Vorschriften befasst. Regeln! Yvonne schnaubte verächtlich und lehnte sich zurück. War es denn nicht das Wesen der Magie, ohne Regeln auszukommen?

Schweigsam löffelte sie ihren Eintopf und achtete darauf, die klebrige Tischplatte nicht einmal mit den Ellenbogen zu berühren. »Das arme Mädchen«, sagte sie schließlich und schob den leeren Napf von sich weg. »Da besitzt diese Wirtstochter eine ganz außerordentliche Gabe, doch kaum trifft sie auf euch, nimmt man ihr diese Fähigkeiten wieder weg.«

Es war ein Test. Sie wollte sehen, wie ihre Tischnachbarinnen reagierten und wer auf wessen Seite stand. »Was mit der Schankmaid geschah, ist doch wohl nicht erstrebenswert«, brummte eines der Mädchen prompt. »Vom Geist der toten Mutter heimgesucht zu werden – das wünscht sich wirklich niemand.«

Yvonne verschränkte die Arme und lehnte sich gegen die Fensterbank. »In dem magischen Zirkel, dem ich angehöre, glauben wir, dass in jedem Menschen eine Gabe wohnt. Sie schlummert im Verborgenen – man muss sie nur wecken. Und wenn die Kraft erwacht ist, sind wir einander ebenbürtig. Auch ohne göttlichen Segen.«

»Lass das mal besser keine der Sieben hören«, meinte das Mädchen mit dem Pferdegesicht. »Sonst ist dein Ritt gleich zu Ende.«

Yvonne zuckte die Achseln. Constantin mochte zwar behaupten, dass sie niemals eine der Sieben werden würde, doch in Wahrheit war sie schon lange eingeweiht. In ihrer Zeit hatte sie das Jahresrad mehrmals durchschritten. Sie war die Hohepriesterin von Yule gewesen, hatte in der Walpurgisnacht die Trommel geschlagen und zu Mittsommer nur mit Licht bekleidet im Flammenschein getanzt. Sie beschritt den magischen Weg schon lange genug, um sich von den Sieben keine Vorschriften mehr machen zu lassen – ihren eigenen magischen Weg, der ihre Gabe längst zur Entfaltung gebracht hatte.

Sie wusste, dass das Zwischenspiel auf dem Boot eine peinliche Entgleisung gewesen war, ein Ausrutscher, genau wie die Tatsache, dass sie Oriana zu dem Kesselritual eingeladen hatte. Es würde nie wieder vorkommen. Die erfahrenen Mitglieder ihres Hexenzirkels hatten sie davor gewarnt, dass so etwas passieren könnte: Weiße Magie zieht das Böse an wie eine Kerzenflamme Motten. Nun gut, es war passiert. Und sie war mit einem blauen Auge und einem riesigen Schrecken davongekommen. Oriana hatte weniger Glück gehabt, aber jetzt kannte Yvonne den Feind. Sie war ihm Auge in Auge gegenübergetreten und es würde nicht noch einmal vorkommen, dass Beliar sie in seinen Bann zog und ihr seinen Willen aufzwang.

Vor allem aber bewies sein Interesse an ihr eines: Sie besaß echte Macht. Wenn sie nicht über magische Kräfte verfügte, würde sich der Meister der Hexer und Dämonen wohl kaum zu ihr hingezogen fühlen. Und dagegen konnten auch Constantin und die Sieben nichts ausrichten.

»Warum stellen wir Beliar nicht einfach eine Falle?«, schlug sie vor. »Wir suchen einen geeigneten Ort und locken ihn an, damit sich ein solches Verbrechen, wie es den Wirtsleuten widerfahren ist, nie mehr wiederholt. Gemeinsam werden wir doch wohl mit dem Marquis fertig.«

Florences Gesicht wurde weiß und spitz wie das einer Maus. »Einen solchen Gedanken solltest du nicht einmal aussprechen«, wisperte sie. »Beliar ist der Teufel.«

»Ich würde mit ihm fertigwerden«, erklärte Yvonne, »wenn ich Hilfe hätte. Genau wie Norani diesen Dämon ausgetrieben hat und Mavelle den Geist der toten Mutter bannte. Ich weiß, wovon ich rede. Schließlich bin ich dem Marquis schon einmal begegnet.«

»Davon haben wir gehört«, brummte das Mädchen mit dem Pferdegesicht zwischen zwei Bissen. Die junge Hexe wirkte ziemlich plump. Yvonne konnte sich kaum vorstellen, dass sich jemals einer von Constantins Rittern für sie interessieren würde. Die jungen Männer füllten die Bänke neben der Tür. Ihre Stimmen durchdrangen den Raum wieder mit fröhlichem Gemurmel und Gelächter. Die düstere, verdreckte Umgebung und die Erinnerung an die Geistererscheinung schienen ihnen nichts auszumachen.

Millie betrachtete sie mit schräg geneigtem Kopf. Haarkringel fielen ihr in die Stirn und ihre Augen blitzten. »Einen hübschen Anhänger trägst du da«, stellte sie fest. »Allerdings solltest du Acht geben, dass er den Sieben nicht zu sehr auffällt. Er ist besprochen, nicht wahr?«

Yvonne sog den Atem ein. Offenbar verstand die Dicke doch etwas von Magie. »Mein Medaillon gefällt dir?«, giftete sie. »Dann gib Acht, was ich damit bewirken kann!« Sie blickte zu Ravennas Ritter hinüber, der sich mit seinen Freunden unterhielt. Er schaute nur selten auf, und wenn er den Kopf hob, geschah es nur, um dem Hund einen Happen zuzuwerfen. Geschickt vermied er es, in ihre Richtung zu blicken, als er aufstand und am Tresen zwei randvolle Weinkrüge holte.

Lucian!

Er blieb stehen. Ratlos blickte er in der Gaststube umher, ein Mann, der vergessen hatte, was er eben noch tun wollte. Aber er lauschte auf einen Ruf, der nicht lauter war als der Flügelschlag einer Motte.

»Lucian! Verdammt nochmal, Lucian! Wir sind hier!« Ramon schwenkte die Arme über dem Kopf. »Nun seht euch diesen mondsüchtigen Träumer an. Hat zwei gute Augen und findet nicht an unseren Tisch zurück. Lucian! Willst du den guten Tropfen alleine trinken oder was ist los?«

Yvonne lächelte verstohlen. Geh!, befahl sie als Nächstes. Nun geh schon! Deine Freunde warten!

Lucian entspannte sich. Er schüttelte den Kopf wie jemand, der kurz eingenickt war und eben zu sich kam. Dann trug er die Krüge zum Tisch, schenkte Ramon und den anderen nach und hörte sich verwirrt den Spott seiner Freunde an. Geistesabwesend rückte er den Schwertgurt zurecht, wie um sich zu vergewissern, dass sich die Waffe an Ort und Stelle befand.

»Ein Bindezauber?«, fragte Millie, als Yvonne den Anhänger losließ. »Damit spielt man nicht.«

Sie zuckte die Achseln. Sie war zufrieden, denn es kostete sie immer weniger Kraft, den Geist des jungen Ritters einzunehmen und dann wieder zu entlassen. Mittlerweile gelang es ihr ganz nebenbei und so unauffällig, dass kaum jemand etwas mitbekam. Oder wie sonst war zu erklären, dass sie Lucian mitten in der Runde der Sieben verhext hatte, so dass er auf Constantins bohrende Fragen nur ein Stammeln hervorbrachte? Niemand hatte etwas gemerkt, nicht einmal Ravenna oder diese nervende, kleine Dämonenaustreiberin. Auch jetzt starrte Norani in ihre Richtung, als witterte sie Schwefelgestank.

Die Hand des dicken Mädchens landete auf ihrem Arm. »Es gibt Regeln«, stieß sie hervor. »Für die Anwendung von Magie gibt es Regeln.«

»Millie!«, warnte eine andere junge Magierin. »Das ist Ravennas

Schwester. Sie kommt aus einer Zeit, in der die Hexen ganz anders auftreten als wir. Woher willst du wissen, dass es ihr in ihrem Zirkel nicht gestattet ist, einen Bindezauber zu wirken?«

Yvonne schüttelte die Hand ab. »In meiner Welt macht der Mächtigste die Regeln. So einfach ist das«, erklärte sie. »Es geht darum, sich zu behaupten und zurückzuholen, was Jahrhunderte der Hexenverfolgung zerstört haben.«

Die anderen Mädchen duckten sich auf den Bänken und wisperten erschrocken miteinander, als sie diese Worte hörten. Das dicke Mädchen mit dem Pferdegebiss schmollte. »Magie wirkt immer gleich«, erklärte sie. »Deshalb gelten auch immer dieselben Regeln. Ob heute oder später – es spielt keine Rolle. Wenn du Böses bewirkst, fällt ein Schatten auf dich zurück. Hast du diesen Merksatz noch nie gehört?«

Yvonne lachte. »Ich bin nicht durch das Zeittor gekommen, um vor einem Merksatz zu erschrecken«, erwiderte sie. »Es geht um die Entfaltung unserer Kraft, nicht um deren Einschränkung. Oder habt ihr etwa Angst?« Sie warf die blonden Locken in den Nacken. Allmählich waren ihre Kleider trocken und ihr wurde wieder warm. Nur der Geruch nach Pferd und nassem Sattelzeug ließ sich nicht vertreiben. Sie dachte an ihr Einweihungsritual in den Zirkel, das die anderen Wiccas für sie vorbereitet hatten: Eine ganze Nacht lang hatte sie auf dem Opferstein gelegen, während die anderen im Mondlicht ausharrten und auf ihr Wiedererscheinen als Hexe warteten. Der Zirkel war ihr zu Ehren in die Bretagne gefahren, um einen großen, schönen Dolmen auszusuchen, der nah am Meer stand. Das war ihr Wunsch gewesen. Es wurde eine spirituelle Reise, in mehr als einer Hinsicht. Während sie auf dem Stein lag und mit geschlossenen Augen dem Meeresrauschen lauschte, nahm sie ihren eigenen Tod in Kauf, um sich mit der alten Kraft der Hexen zu verbinden, die vor langer Zeit an diesem Stein getanzt hatten. Es war ein symbolischer Tod, und als sie sich im Morgengrauen erhob, hatte Juliana eine Aura aus weißem Licht über ihrer Gestalt gesehen. Nicht rötlich und schmutzig grau wie die Flamme des Gewissens, sondern klar und hell – so zeigte sich ihre Gabe.

Mit einem Lächeln lehnte Yvonne sich zurück. Sie genoss es, dass die anderen Mädchen sie anstarrten und nicht wussten, was sie sagen sollten. Nur Millie schien über ihrem Ärger zu brüten.

»Wenn ich an eurer Stelle wäre, würde ich Beliar rufen«, wiederholte Yvonne leise. »Und dann würde ich ihm einen Empfang bereiten, den er nie wieder vergisst.«

Kurz darauf ging sie in die Kammer, in der sie und ihre Gefährten ausruhen würden. Im Zimmer herrschte stickige Luft. Vier Betten standen an den Wänden, der Leinenbezug war klamm und grau. Lucian fingerte gerade an den Schnallen seiner Ausrüstung herum, als Yvonne eintrat.

»Brauchst du einen Knappen?«, fragte sie spitz. »Ich könnte dir helfen, dich auszuziehen.«

Er warf einen finsteren Blick in ihre Richtung. »Ihr spielt mit mir«, beschwerte er sich. »Niemand fasst einen Ritter an, der nicht in engster Beziehung zu ihm steht.«

Yvonne warf sich der Länge nach auf eines der Betten. »Ich spiele nie«, murmelte sie. Sie schloss die Augen, denn sie musste nachdenken. So konnte es nicht weitergehen – ihr Besuch in der Welt der Hexen nahm einen gänzlich enttäuschenden Verlauf.

»Ihr seid wach.«

Als sie die Augen wieder aufschlug, stand Lucian vor ihrem Bett. Er hatte die Rüstung ausgezogen und trug sein zerknittertes, verschwitztes Unterzeug. Sein Haar war unordentlich und er wirkte unausgeruht und gequält. Heimgesucht von unsichtbaren Gespenstern.

Yvonne stemmte sich auf einen Ellenbogen hoch. »Warum legst du dich nicht auch hin und schläfst? Ich habe gehört, der Ritt dauert drei Nächte. Wenn du weiter durch dieses Gasthaus geisterst, fällst du irgendwann vor Erschöpfung aus dem Sattel.«

Mit den Handballen rieb Lucian sich die Augen. »Ich kann

nicht ruhen. Seit wir in Ottrott waren, schlafe ich schlecht. Ich träume von Euch und weiß nicht, warum. Ich sollte von Ravenna träumen.«

Yvonne lächelte leicht, als sie das hörte. Ihr war bewusst, in welcher Pose sie vor ihm lag: Nach dem nächtlichen Ritt bildeten ihre Locken eine wilde, verstrubbelte Mähne. Der Kragen des Kleids war verrutscht und auf dem weißen, sanft ansteigenden Hügel ihres Busens lag das Medaillon. Wachs, Tarotmagie und Lucians Haarlocke waren zu einem mächtigen Zauber verschmolzen, weitaus einflussreicher, als sie geahnt hatte. Sie hatte Ravennas Ritter vollkommen in der Hand.

Mit den Fingern strich sie über ihren Ausschnitt. »Schlaf jetzt«, empfahl sie ihm, »und träume, von wem du willst.«

Lucian unterdrückte ein Gähnen. Er schloss die Augen und sank auf die Knie. Dann neigte er den Kopf nach vorn, als wolle er gleich an Ort und Stelle in den Schlaf sinken. Yvonne ließ die Hand in seinen Nacken gleiten, grub die Finger in das weiche, halblange Haar. Lucian wehrte sich nicht, als sie seinen Kopf zu sich herabzog, bis die Stirn auf ihrer Schulter ruhte. Sie ließ die Lippen über seinen Hals gleiten, schob die Hand unter seinen Kragen und spürte wieder das Verlangen, das sie während der letzten Tage in Ottrott beherrscht hatte, als sie Tür an Tür schliefen, nicht getrennt durch Burgmauern, Kettenhemden und wachsame Hexen.

In diesem Augenblick wurde die Tür aufgerissen. Ravenna wollte eintreten und erstarrte noch auf der Stelle. Ihre Schwester erfasste die Situation sofort. In Ravennas braunen Augen blitzte eine verwundete Erkenntnis auf.

»Yvonne!«

Sachte schubste Yvonne den jungen Ritter zurück, so dass er zu sich kam. Lucian blinzelte und rieb sich die Augen wie jemand, der soeben aus einem Traum erwachte. Dann wurde ihm bewusst, welchen Anblick sie beide boten, halb bekleidet, erhitzt und zerzaust, und eine dunkle Röte stieg ihm ins Gesicht.

»Es ist nicht so, wie Ihr denkt«, rief er, an Ravenna gewandt.

»Ach ja?«, fauchte diese. »Gib dir keine Mühe. Auf deine Erklärungen kann ich verzichten. Und du ...« Sie funkelte Yvonne an und schien doch ihrer Stimme nicht zu trauen. Ihr Kinn zitterte. Wortlos zog sie die Stiefel aus und schleuderte sie unter das Bett. Dann warf sie sich auf die Wolldecke und drehte den Anwesenden den Rücken zu.

Mavelle trat ein und sah Yvonne und den Ritter missbilligend an. »Ihr seid noch wach? Wir rasten höchstens fünf oder sechs Stunden, dann reiten wir weiter. An eurer Stelle würde ich mich ausruhen.«

»Lucian konnte nicht schlafen.«

Der Ritter starrte auf Yvonne hinunter, als sie das sagte. Dann murmelte er einen Fluch, ging zu Ravennas Lager und kniete neben dem Bett nieder. Yvonne hörte das Paar miteinander flüstern. Die Stimmen klangen nicht fröhlich. Sie verstand nicht, worum es bei dem Streit ging, aber sie konnte es sich denken. Sie beobachtete, wie Lucian nach Ravennas Hand tastete und wie ihre Schwester den Arm wegzog. Wütend wickelte Ravenna sich in die Decke, drehte ihrem Liebsten die Schulter zu und starrte die Wand an.

Lucian stand auf und verließ die Kammer. Viel fehlte nicht und er hätte die Tür hinter sich zugeknallt. Wahrscheinlich hielt ihn nur die Anwesenheit der Elfe von einem solchen Gefühlsausbruch ab. Yvonne rollte auf den Rücken. Sie hatte keine Ahnung, ob er hinunter in den Gastraum ging, um sich mit dem einäugigen Ramon und seinen anderen Freunden zu betrinken. Sie hatte ihn nie betrunken gesehen, nicht einmal als Kommissar Gress im Morgengrauen schwankend und trällernd das Gasthaus in Ottrott verließ.

Sie nahm das Medaillon in die Hand. Sie konnte Lucian nicht aus dem Bann entlassen, nicht einmal ihrer Schwester zuliebe. Denn dadurch würde sie riskieren, dass er sich auf die Vorfälle in Straßburg besann und seine ursprünglichen Beschuldigungen vor den Rat der Sieben brachte. Sie war nicht stolz auf ihre Verwicklung in Beliars Pläne. Doch sie würde sich nicht dem Zorn der Hexen aussetzen, die magische Gaben förderten oder vertrocknen ließen, wie es ihnen passte. Sie war hier, um Ravenna beizustehen und alles wieder in Ordnung zu bringen – und das konnte sie am besten, wenn der König und die Sieben nicht wussten, wie weit sie sich tatsächlich auf Beliar und seinen schwarzmagischen Zirkel eingelassen hatte.

Lucian würde sie sofort anklagen, wenn sie ihm die Gelegenheit dazu gab, daran hatte sie keinen Zweifel. Sie dachte wieder an den Gesichtsausdruck, als er sie unter der Brücke an der Ill bedroht hatte. Ein Landstreicher, der sich von weggeworfenem Brot ernährte, ein Abenteurer und ein Vagabund, der wild entschlossen war, Schwarze Magie bis auf den letzten Funken auszurotten. Sie schauderte, als sie daran dachte, was mit der kleinen Florence geschehen war. Ein juckendes Büßerkleid und geschorene Haare würden ihr geringstes Problem sein, falls Constantin herausfand, dass sie tatsächlich auf Corbeaus Boot gewesen war und den Dolch benutzt hatte.

Seufzend schob Yvonne die Hand unter die Decke und kratzte an einem Flohbiss. Dann drehte sie sich auf die andere Seite. Das Bett war unbequem und sie konnte bei Tag nicht schlafen, egal wie lange sie in der Nacht zuvor wach gewesen war. Grübelnd starrte sie auf die Wand

Es war ungerecht, dass Constantin und die Sieben sie verurteilten. Schließlich hatte sie Ravenna und ihrem Ritter geholfen, das Siegel des Sommers zu finden. Und sie hatte für Gress den großen, braunen Umschlag an der Rezeption hinterlegt, der alle Informationen erhielt, die sie über einen gewissen Corvin Corbeau zusammengetragen hatte, seines Zeichens Psychotherapeut in Straßburg.

Der Kommissar hatte die Unterlagen inzwischen bestimmt erhalten, denn sie hatte ihrer Cousine eingeschärft, das Päckchen unerkannt an den Empfänger auszuhändigen. Vermutlich hätte der Inhalt ausgereicht, um Ravenna aus der Psychiatrie zu holen – und zwar ganz ohne Hexerei.

Es war einfach nicht fair, wenn die Sieben sie nun verurteilten.

Irgendwann während dieser Grübeleien musste sie eingeschlafen sein. Sie erwachte von dem Geräusch des Regens, der auf das Vordach prasselte. Hörte dieser Regenguss denn nie mehr auf? Die Atemzüge der schlafenden Elfe erfüllten den Raum. Das Licht im Zimmer war trüb.

Yvonne setzte sich auf. Auch Ravenna war wach. Sie kauerte im Schneidersitz auf dem Boden und umklammerte mit beiden Händen das Siegel von Samhain. Blasse Lichtpunkte sprenkelten ihr Gesicht und Yvonne brauchte einen Augenblick, um zu begreifen, dass der Schimmer von den Edelsteinen auf dem Siegel ausging. Die Windrose drehte sich mit einem leisen Sirren wie ein Ventilator. Die magische Schrift auf dem Rand des Rings warf glühende Wellenlinien an die Wände. Das Auge von Samhain hatte sich geöffnet.

Mit einem lauten Atemzug hob Ravenna den Kopf. »Geister«, murmelte sie. »Geister!«

Erneut schwebte eine Erscheinung im Raum, doch sie war weit weniger unheimlich und blutig als der Spuk in der Gaststube. Eine Hexe mit einem langen, weißen Zopf und einem gütigen Gesichtsausdruck stand in der Kammer. Milchweißes Licht hüllte sie ein. Sie blickte Ravenna an und streckte die Hand nach ihr aus.

»Melisende«, flüsterte Ravenna.

Yvonne bekam am ganzen Körper Gänsehaut, als sie sah, wie ihre Schwester die geisterhafte Hand ergriff. Finger aus Licht und Finger aus Fleisch und Blut verschränkten sich ineinander. Ravenna stand auf und folgte der Erscheinung zur Tür. Als die beiden an ihrem Bett vorbeikamen, nahm Yvonne den Duft von Veilchen wahr. Veilchen? In dieser Kammer, die seit der Erfindung des Rads kein Mensch mehr geputzt hatte? Sie atmete tief ein. Kein Zweifel – ein süßes, melancholisches Aroma erfüllte den Raum, der Duft von Mémés Garten.

»Ravenna!«

Sie schwang die Beine aus dem Bett, als ihre Schwester die Tür öffnete und in den Flur trat. Im Dunkeln leuchteten die Umrisse der geisterhaften Hexe kristallklar. Als die Fremde Yvonnes Stimme hörte, drehte sie sich um und ein Ausdruck des Unwillens huschte über ihr Gesicht. Abwehrend streckte sie die Hand aus. Dann verblasste die Erscheinung allmählich.

Ravenna seufzte und lehnte sich gegen das Geländer. Gereizt starrte sie auf das Siegel von Samhain. Das Auge hatte sich wieder geschlossen. Jetzt war es nur ein alter Siegelring, den sie in der Hand hielt. »Du hast sie vertrieben! Melisende wollte mir etwas zeigen.«

Yvonne lachte entsetzt auf. »Hattest du denn gar keine Angst? Du warst drauf und dran, einem Geist durch dieses Spukhaus zu folgen! So etwas kann niemals gutgehen.«

»Und wenn schon«, zischte Ravenna. »Das hier ist mein Auftrag, schon vergessen? Die Sieben verlangen von mir, dass ich das Siegel des Sommers auf den Tanzplatz bringe. Außerdem kannte ich sie. Melisende war unsere Urahnin. Wir erbten unsere Gabe von ihr, doch ich konnte sie nicht retten.«

»Du … wir … unsere Gabe? Von einem Geist?« Yvonne blieben die Worte im Hals stecken. Sie hatte noch nie eine Geistererscheinung erlebt, doch dies hier war bereits die zweite Begegnung dieser Art. Dann sog sie den Atem ein. Der Duft war stärker wahrnehmbar als in der Kammer. Es roch, als hätte jemand eine Flasche Veilchenöl ausgekippt.

»Riechst du das?« Mit der Hand fächelte sie durch die Luft.

Ravenna schnupperte, als der Duft zu ihr herüberwehte. »Das riecht wie Obst. Frisch angeschnittene Pfirsiche, würde ich sagen«, murmelte sie.

Yvonne nickte. »Ein solcher Duft begleitet häufig eine Geistererscheinung«, erklärte sie. »Das habe ich irgendwo gelesen. Du meine Güte, Ravenna, wie soll das nur weitergehen? Du siehst selbst schon wie ein Gespenst aus.« Sie trat neben ihre Schwester und fuhr ihr tröstend durch das raue, ungekämmte Haar. »Lass es gut sein und komm zurück ins Bett. Das Tor hast du jetzt ja gefunden.«

»Was denn für ein Tor?«, brummte Ravenna, während sie das Siegel von Samhain zurück in ihre Tasche steckte.

Yvonne lächelte. »Das Tor zur Welt der Geister. Das Tor von Samhain.«

»Du solltest dich mal hören!« Ihre Schwester befreite sich aus ihrem Griff. »Anscheinend weißt du alles: Wie man magische Tore öffnet, den König belügt und die Geister vertreibt. Ach ja: Und wie man fremde Männer verhext. Das kannst du am allerbesten.«

Yvonne zuckte die Achseln. Die Dielen unter ihren nackten Füßen waren kalt. »Ich kann nichts dafür, wenn Lucian mich nett findet.«

»Du kannst nichts dafür.« Ravenna lachte tonlos. »Wir beide sind jedoch durch Magie verbunden, so wie es einst zwischen ihm und Maeve war. Was glaubst du wohl, welches Versprechen er einhalten wird?«

Sie beugte sich über das Geländer. Aus der Gaststube klangen Gelächter und Gesang. Der Hund lag auf den Fliesen vor der Tür und seufzte von Zeit zu Zeit. Offenbar hatte man ihn aus dem Schankraum verbannt.

»Schlafen die denn nie?«, wunderte sich Yvonne. Das schlechte Gewissen nagte an ihr, doch sie war keineswegs bereit, die Rolle der zu Unrecht Beschuldigten aufzugeben. Zu viel stand für sie auf dem Spiel.

Ravenna drehte sich um. Sie standen sich so nah gegenüber, dass Yvonne die Hitze spürte, die von ihren Körpern ausging, die Wärme vom Schlaf unter warmen Decken. »Lass Lucian einfach in Ruhe, okay?«, verlangte Ravenna müde. »Dir verfällt doch sowieso jeder Mann, der dir über den Weg läuft. Da, hör nur, wie sie sich zanken: Geh hinunter und such dir einen von Constantins Rittern aus. Ich wette, es dauert eine halbe Stunde und ihr liegt zusammen im Bett.«

Yvonne schürzte die Lippen. »Ich bin nicht so eine«, sagte sie. »Ich denke nicht daran, dir den Freund auszuspannen. Hier geht es um etwas anderes.«

Ravenna sah ihr in die Augen. »Aber Lucian kannst du nicht haben, Yvonne. Ihn nicht. Bitte.«

Sie musterten sich im fahlen, regenverhangenen Licht, das durch die Dachluken eindrang. Das graue Licht von Samhain, das Licht der Geisterwelt.

Schließlich schüttelte Yvonne den Kopf. »Du meinst es ernst. Du hast dich wirklich bis über beide Ohren in ihn verliebt.«

»Yvonne!«

»Und wie soll es mit euch beiden weitergehen? Hast du dir das schon einmal überlegt?« Sie hob die Hände. »Mehr als siebenhundert Jahre Unterschied, Ravenna. Ich habe ja schon viel über ungleiche Liebespaare gehört, aber du und dein Ritter ...« Yvonne schüttelte den Kopf. »Willst du vielleicht für immer hierbleiben? Unter diesen Umständen?« Sie fuhr mit einer ausladenden Geste über die klammen Betten und die Wände, von denen der Putz blätterte. Unten im Hof stritten sich die Pferde um den letzten Rest Heu. Es goss in Strömen, und alles, was sie besaßen, um sich vor der Nässe zu schützen, war aus Leinen, Leder und Wolle.

»Oder soll Lucian dich vielleicht in unsere Zeit begleiten? Ich habe ihn beobachtet, wie er sich in Ottrott verhielt. Er hat sich große Mühe gegeben, alles richtig zu machen, aber um Himmels willen: Er hat keine Ahnung, wie ein Rasierapparat funktioniert. Oder was man mit einer Kreditkarte macht. Er weiß nichts von der Entdeckung Amerikas, von der Französischen Revolution ... er kennt nicht einmal den Eiffelturm. Ihn aus dem Mittelalter herauszureißen, wäre so, als würde man einen Rebstock neben die Autobahn verpflanzen. Das kann nicht gutgehen, verstehst du?«

»Glaubst du etwa, ich hätte mir darüber keine Gedanken gemacht?« An der Stimme hörte Yvonne, dass ihre Schwester im Begriff stand, die Fassung zu verlieren. Ravenna hielt sich am Treppengeländer fest und versuchte, sich zu beherrschen. Arme, dumme Schwester, dachte Yvonne. Sie hat noch immer nicht begriffen, dass Magie aus Gefühlen entstand. Aus großen Gefühlen wie Liebe, Leidenschaft und Verzweiflung.

»Nimm ihn mir nicht weg, Yvonne«, stieß Ravenna hervor. »Gönne mir wenigstens diese eine Liebesgeschichte, auch wenn sie nur einen Sommer lang hält. Was soll schon aus dem Maipaar werden, wenn der Winter kommt? Schaffst du das? Meinst du, du kriegst das hin?«

Yvonne lauschte auf den Lärm aus dem Schankraum. Schließlich zuckte sie die Achseln. »Klar«, sagte sie. »Kein Problem. Ich finde Lucian sowieso nicht besonders umgänglich und ich glaube, umgekehrt ist es genauso. Allerdings …« Sie hob den Kopf und suchte Ravennas Blick. »Allerdings kann ich nichts dafür, wenn er meine Nähe sucht.«

Die Fürsten der Hölle

Der Festzug der Hexen nahm im Hof des Gasthauses Aufstellung. Es wurde langsam dunkel und bei Einbruch der Nacht wollte Constantin weiterreiten. Auf dieser Etappe würden sie durch die Ländereien des Marquis ziehen und den Lichtsegen über Beliars Felder und Fluren bringen. Auf diesem Ritt mussten sie ständig auf einen Überfall gefasst sein, doch die Sieben wollten sich nicht von ihrem Vorhaben abbringen lassen.

»Wir machen es wie jedes Jahr«, beharrte Josce und die anderen Hexen nickten. »Wir schlagen genau denselben Weg ein, der uns zum Hohen Belchen bringt. Beliar soll nicht einmal daran denken, dass wir Angst haben.«

Ravenna fühlt sich keineswegs so unverwundbar und kühn. Ihre Hände schwitzten vor Nervosität und sie fragte sich, wie die Ritter im Angesicht der Gefahr so gelassen bleiben konnten. Der Wirt und seine Tochter kamen nicht in den Hof, um sich zu verabschieden. Ravenna war leicht verärgert über dieses Verhalten, schließlich hatte Mavelle dem Mädchen das Leben gerettet. Doch dann dachte sie nicht weiter darüber nach.

Es war eine mühsame Prozedur, bis jede Hexe und jeder Ritter den entsprechenden Platz in der langen Schlange gefunden hatte. Die Pferde wurden unruhig und stampften mit den Hufen, ihre Augen funkelten im Licht, wenn ihnen ein Fackelträger zu nahe kam. Jemand hatte seinen Umhang vergessen und rannte ins Haus zurück. Der Hofhund drehte sich im Kreis und bellte aufgeregt. Wenn die Reiter nicht Acht gaben, brachte er im Handumdrehen die mühevoll errichtete Ordnung wieder durcheinander.

Von dem malerischen, goldenen Zauberlicht war in dieser Nacht nichts zu sehen. Wenigstens hat es aufgehört zu regnen, dachte Ravenna, während sie an ihrer Kapuze nestelte. Sie hatte Mavelle das Siegel von Samhain zurückgegeben. Sie brauchte es nicht mehr, das Tor zur Welt der Geister hatte sich geöffnet. Nun saß sie auf der Stute und hielt Lucians Pferd am Zügel. Der weiße Hengst schnaubte und schüttelte sich, begierig auf Bewegung in der Nachtluft. Sein Reiter kam zu spät und schien in keiner guten Verfassung zu sein. Als Lucian sich in den Sattel schwang, bemerkte Ravenna, dass sein Atem nach Wein roch.

»Wo ist Eure Schwester?«, keuchte er.

Sie versteifte sich. »Woher soll ich das wissen?«, giftete sie. »Vielleicht warst du ja mit ihr hinter dem Haus und hast ein bisschen mit ihr herumgemacht?«

Lucian wollte gerade den Sattelgurt anziehen. Doch jetzt hielt er inne und hob den Kopf. Seine Augen waren blutunterlaufen. Er sah schrecklich aus.

»Verdammt«, stieß er hervor. In einer einzigen, fließenden Bewegung hob er das Bein über Ghosts Hals und ließ sich aus dem Sattel gleiten, weitaus geschmeidiger, als man es von einem Betrunkenen in voller Rüstung erwartet hätte.

»Millie!«, brüllte er. »Millie, komm her und berichte Ravenna, was du über ihre Schwester herausgefunden hast. Vernon, Garois und Quin – ihr kommt mit mir. Beeilung!«

»Was ist denn hier los?« Ravenna drehte sich um, aber Lucian ließ sie einfach auf der Schimmelstute sitzen. Im Laufschritt eilten er und die Gerufenen durch den Hof. »Alle anderen bleiben, wo sie sind!«, befahl Constantin. »Keiner rührt sich von der Stelle oder wir können gerade nochmal von vorn anfangen. Ramon, Marvin – achtet auf Ravenna.«

Ravenna starrte die beiden Ritter an, als diese mit gezogenen

Schwertern neben ihr auftauchten. Marvin grinste, als fände er die Anspannung, die plötzlich in dem Hof herrschte, recht unterhaltsam.

»Ich verstehe nicht ganz …«

»Deine Schwester ist eine Verräterin.«

Millie packte Willow am Zügel und blickte zu Ravenna auf. Ihr rundes Gesicht glänzte, und der Ausdruck in ihren Augen wirkte entschlossen.

»Meine … wer? Yvonne?« Ravenna lachte, ohne dass ihr zum Lachen zumute war. »Das glaube ich kaum. Egal, was sie mit Constantins Rittern anstellt – sie ist geradezu vernarrt in alles, was mit Zauberei und Hexenkraft zu tun hat. Sie würde dem Konvent niemals schaden.«

Millie ballte die Faust, so dass Willow scheute. »Da irrst du dich aber. Ihr seid vielleicht elegante, feine Damen aus der Zukunft, aber ich kann meinen Grips ebenfalls gebrauchen.« Mit dem Finger tippte sich Millie gegen die Stirn. »Hier drin tickt der Verstand einer Hexe. Und er sagt mir, dass von deiner Schwester Gefahr ausgeht. Zum Beispiel hat sie Lucian verhext.«

Ravenna spürte, wie ihr ganz heiß wurde. »Na schön, dann ist er eben vernarrt in sie. Was kann ich schon dagegen machen? Schließlich bin ich nur die Maikönigin.« Mit spitzen Fingern hob sie den Rock und schwenkte ihn ironisch hin und her. Die Kleider waren noch immer feucht, und am Saum klebte Schlamm. »Lucian ist nicht der Erste, der den Reizen meiner Schwester verfällt, und er wird auch nicht der Letzte sein.«

Millie ließ das Pferd nicht los. Sie legte Ravenna die Hand aufs Knie. »Das Medaillon, das Yvonne um den Hals trägt, ist mit einem Bannspruch belegt. Die Göttin allein weiß, was sie hineingetan hat, um Lucian zu binden. Wenn sie daran reibt oder es auf irgendeine andere Art berührt, muss er ihr gehorchen.«

»Was?« Ravenna ließ den Rock fallen.

Millie lächelte säuerlich. »Er wusste bisher nichts davon. Jetzt weiß er es. Ein Liebesbann ist einer der ältesten Zaubersprüche, aber immer wieder wirksam. Außerdem hat Yvonne beim Essen davon gesprochen, dass sie Beliar eine Falle stellen will. Sie behauptete, sie könne den Marquis beschwören und ihn dann ...«

Mit einem Satz sprang Ravenna vom Pferd. Ramon griff nach ihr, um sie aufzuhalten, doch sie duckte sich unter der Hand des Einäugigen hinweg. »Yvonne hat die Gabe des Rufens!«, rief sie Constantin und den Sieben zu. »Sie ist in der Lage ...«

Bevor sie den Satz beenden konnte, geschahen zwei Dinge: Der morsche Dachstuhl des Gasthauses flog mit Getöse auseinander und eine weiße Lichtsäule stieg in die Wolken. Gleichzeitig brachen beide Torflügel auf und sowohl durch das Tor wie auch über die Mauer drangen fremde Krieger in den Hof ein. Sie bewegten sich sehr schnell, weil sie nur leichte Lederrüstungen trugen. Bis auf das schwache, metallische Glitzern ihrer Ausrüstung waren sie in der Dämmerung kaum zu erkennen und sie schossen Pfeile und Armbrüste auf den Zug der Hexen ab. Der Hund kläffte und wich zurück, als Geschosse und dunkle Trümmer auf die Reiter niederhagelten. Ein Mann stürzte aus dem Sattel und die jungen Hexen kreischten. Binnen weniger Sekunden war aus dem geordneten Festzug ein chaotischer Haufen geworden.

Mit gezogenen Schwertern stürzten sich Terrell, Marvin, Ramon und die anderen Ritter auf die Feinde. In den Händen der Sieben glühten Lichter auf. Mit einem Jaulen, das Ravenna an Feuerwerkskörper erinnerte, zischten die magischen Geschosse durch den Hof. Doch sie wollte gar nicht wissen, was in dem Innenhof geschah. Sie stürzte zu der Hintertür des Gasthauses, durch die ihr Ritter und seine Freunde verschwunden waren.

»Lucian!«, brüllte sie in den dunklen Flur hinein. »Yvonne!«

Die Stille in dem Gasthaus klang bedrohlicher als der Kampflärm, den sie durch die geschlossene Tür hörte. Eiligen Schrittes stieg Ravenna die Hintertreppe hinauf. Irgendwo in der Nähe musste eine Räucherkammer sein, denn es roch durchdringend nach Schinken und Wacholder. An manchen Stellen konnte sie den Himmel sehen. Nachtluft strömte in das Gebäude und die

Reste des Dachs knarrten bedrohlich. Sterne funkelten zwischen den ins Leere ragenden Balken.

Bitte lass Yvonne nichts passiert sein, flehte Ravenna stumm. Bring sie heil zu mir zurück – alle beide. Sie tastete sich den dunklen Flur entlang, um die Tür zum Schlafsaal zu finden. Da stieß ihr Fuß gegen einen Sack, der mit Weizenkörnern gefüllt war. Er rollte herum. Als sie sich bückte, um ihn aus dem Weg zu ziehen, entdeckte sie, dass es kein Sack war, sondern die Tochter des Wirts. Ein Dolch steckte quer im Hals des jungen Mädchens. Ihre Augen blickten ins Nichts.

Ravenna biss sich in den Handrücken, um nicht laut aufzuschreien. Unten im Erdgeschoss schlug eine Tür im Wind. Sie war sicher, dass irgendwo in der dunklen Stube auch der Wirt lag, vermutlich ebenso erstochen wie seine Tochter.

Jemand war in diesem Haus. Mit großer Wahrscheinlichkeit war es derselbe Mann, der auch die feindlichen Krieger in den Hof gelassen hatte. Das war der Verräter – nicht Yvonne, dachte Ravenna. Sie zitterte vor Zorn, denn sie vermutete, dass der Gastwirt eine Mitschuld an dem Überfall trug. Womöglich hatte er einen Boten losgeschickt, während seine Gäste aßen, in der Hoffnung auf mehr Gold, als Constantin ihm geboten hatte. Der alte Narr hatte die Sieben an Beliar verraten und nun erhielt er die Quittung dafür.

Lautlos stieg Ravenna über das tote Mädchen. Ihre Finger streiften an der Wand entlang, während sie auf die Tür des Schlafsaals zuging. In der Ritze unter der Tür sah sie einen Lichtschein, gleißender und heller als jede Lichtquelle, die es in dieser Welt gab. Plötzlich knackte es hinter ihr und sie zuckte zusammen. Hastig griff sie nach dem Hexendolch, doch der Mann, der ihr im Dunkeln auflauerte, kam ihr zuvor. Er packte ihr Handgelenk und riss die Klinge aus der Scheide. Im nächsten Augenblick hörte sie seine Atemzüge, ein erregtes, schweres Schnaufen. Ein Luftzug strich ihr über den Nacken und ihr eigenes Messer schmiegte sich ihr an den Hals.

»Dreh dich nicht um!«, befahl eine Stimme dicht an ihrem Ohr.

Die Knie sackten ihr weg, denn es war, als würde sie erneut durch ein Zeittor geschleudert, nur dass sie den Sturz diesmal bei vollem Bewusstsein erlebte. Es war dieselbe Stimme wie in dem dunklen Flur vor ihrer Haustür in Straßburg. Sie gehörte dem Einbrecher, dessen Tat sie seit Monaten verfolgte, eine Stimme, die sie zum ersten Mal im Jahr 2011 gehört hatte.

Der stockdunkle Flur drehte sich um sie und sie fing so heftig zu zittern an, dass sie beinahe umfiel. Der Mann packte sie am Arm und fing sie auf. Es war nicht freundlich gemeint.

»Wer bist du? Was willst du?«, fragte sie und erschrak, wie hell und piepsig ihre Stimme klang. Hatte sie damals auch gefragt? Hatte sie den Mut gehabt, den Angreifer anzusprechen?

Statt einer Antwort bohrte sich die Messerspitze in ihre Wange. Der Geruch von damals drang ihr in Mund und Nase, der Geruch von Stahl und Wut. Der Mann trug Lederhandschuhe mit breiten Stulpen und an der rechten Hand einen Ring. Wieso hatte sie Gress nichts von diesen Details erzählt? Wieso erinnerte sie sich nicht mehr an alle Einzelheiten? Und wieso wiederholte sich dieser Alptraum?

»Geh vorwärts! Los!« Der Mann stieß sie, so dass sie beinahe hinfiel. Unter sich hörte sie ein Rumpeln. Wurde in der Gaststube geplündert? Oder war es Vernon oder ein anderer von Lucians Begleitern? Genau wie damals, in einem Haus voller schlafender Nachbarn, wagte sie nicht zu schreien. Das Pochen in ihrem Kopf machte sie ganz benommen.

»Geh weiter – nun mach schon!«, befahl der Mann. »Welchen Ursprung hat dieses Licht? Bring mich dorthin!«

Das war neu. In Straßburg hatte sich der Einbrecher so sicher bewegt, als hätte er den Flur und den Eingangsbereich im Obergeschoss tagelang ausgekundschaftet.

»Ich weiß nicht. Ich weiß überhaupt nicht, was …«

»Schweig!« Der Dolch bohrte sich ihr in die Haut. Sie war nicht auf den Schmerz gefasst und stieß ein Wimmern aus. Blindlings tappte sie durch den Gang, bereit, jede Tür zu öffnen, die sie fand. Vor dem Schlafsaal der Mädchen blieb sie stehen und streckte die Hand nach dem Knauf aus. Später sollte sie sich immer wieder fragen, woher sie die Geistesgegenwart nahm, mit der sie in den nächsten Sekunden handelte. Sie gewann nichts dadurch, außer vielleicht ein Stück ihrer Selbstachtung. Und das war wichtig. Es war vielleicht der Grund, weshalb sie alles überlebte, was danach geschah.

Die Tür öffnete sich nach innen. Als Ravenna sie aufstieß, fiel ein gleißender Lichtschein auf den Angreifer. Unwillkürlich hob der Mann die Hand und sie warf sich herum und trat nach ihm – irgendwohin, Hauptsache, sie traf.

Der Angreifer stieß einen Grunzlaut aus, ihre Attacke überraschte ihn. In dem grellen, weißen Licht sah Ravenna ihm endlich aus nächster Nähe ins Gesicht. Es war Lucian. Es war eine ältere, reifere Ausgabe des Ritters, in den sie sich verliebt hatte. Er sah gut aus mit den Fältchen in den Augenwinkeln und einem härteren Zug um den Mund. Ein dünner Bart betonte seine Gesichtszüge, er trug das Haar nun raspelkurz und seine Augen waren eiskalt. So viele Einzelheiten nahm Ravenna wahr, bis sie endlich begriff: Der Mann, der sie in Straßburg überfallen hatte und der sie nun gepackt hielt, war Velasco. Lucians Vater. Der Mörder der kleinen Maeve.

Sie kam nicht einmal dazu, zu schreien – so schnell hatte Velasco sie wieder an den Haaren gepackt. Schmerzhaft zerrte er ihr den Kopf in den Nacken und stieß sie vor sich her.

»Vorwärts!«

Sie stolperte beinahe über die Schwelle. Der Schlafsaal war leer, die Betten zerwühlt und verlassen. Die vernagelte Tür, die in den Anbau führte, war aufgebrochen worden, grelle Helligkeit strahlte aus diesem Durchgang hervor. Ravennas Augen begannen zu tränen, als sie auf das Licht zuging.

Hinter der Tür lag ein kreisrunder Raum. Ein Pentagramm war

auf den Boden gezeichnet worden und die gleißende Helligkeit, die wie ein Suchscheinwerfer in den Nachthimmel strahlte, ging von den Linien aus. In der Mitte des Sterns befand sich Lucian – der echte Lucian. Soeben schob er die Arme unter Yvonne, die offenbar das Bewusstsein verloren hatte, und hob sie hoch.

»Achtung!«, schrie Ravenna. Lucian schrak auf. Als er seinen Vater erkannte, wich alles Blut aus seinem Gesicht. »Raus hier! Los, raus! Wird's bald!«, brüllte er. Hastig ließ er Yvonne zu Boden gleiten. Im Aufspringen zog er sein Schwert.

Im Hintergrund bewegten sich schemenhafte Gestalten. Ravenna erkannte Vernon und Florence, die beiden anderen Ritter, die Lucian in das Haus begleitet hatten, und einige der Mädchen. Offenbar hatte Yvonne einige junge Hexen dazu überredet, ihr bei ihrem aberwitzigen Plan zur Hand zu gehen. Mit dem Schwertgriff hackte Garois das Holzkreuz aus dem Fensterrahmen und half Florence, auf das Dach des angrenzenden Stalls zu klettern. Im Hof war es jetzt gespenstisch still, nur der Hund winselte. Im Hinaussteigen drehte Vernon sich noch einmal um. »Lucian?«

»Verschwinde! Sofort! Das geht nur ihn und mich etwas an.« Lucians Schwertspitze zitterte, aber er griff nicht an. Er stand da und starrte seinen Vater an. Yvonne, die noch immer auf den Holzdielen lag, hustete und regte sich schwach.

»Was willst du jetzt tun, mein Junge?«, fragte Velasco leise. Die Messerschneide reichte von Ravennas Ohr bis zu der Grube über dem Schlüsselbein. Er brauchte die Klinge nur noch durchzuziehen und es war vorbei. »Sagte ich damals nicht, ich würde unter keinen Umständen zulassen, dass du eine Hexe erwählst? Nur über meine Leiche …«

»Oder über ihre. Ich erinnere mich«, fiel Lucian ihm ins Wort. Seine Stimme klang eisig. »Aber Ravenna ist keine richtige Hexe. Noch nicht. Und jetzt lass sie los. Dann tragen wir es aus, nur wir beide. Ein für alle Mal.«

Velasco schnalzte tadelnd mit der Zunge. Er fasste Ravenna unter dem Kinn und bog ihren Kopf so weit zurück, dass ihr Haar über seine Schulter fiel. Sie musste daran denken, dass Lucian jetzt ihre Kehle sah. Und die Messerklinge.

»Ein für alle Mal? Warum so endgültig, mein Sohn? Erkennst du nicht, welch magische Kraft in der Wiederholung liegt?« Velasco lachte auf. Von dem Stich in der Wange rann Ravenna Blut in den Ausschnitt, der Tropfen kitzelte sie am Hals. Sie wusste, dass Lucian und sie an denselben Augenblick dachten. An den Tag, als Maeve starb. Die Erinnerung an diesen Mord war für immer eingeschlossen in der schwarzen Perle, die Lucian am Schwertgurt trug.

Voller Verzweiflung federte der junge Ritter auf den Zehenspitzen, seine Fingerknöchel traten weiß hervor. Wenn er angriff, starb Ravenna. Und wenn er nichts tat, starb sie auch. Dann starben sie vermutlich beide, denn das war es, was Velasco wollte. Ravenna spürte seinen Herzschlag in ihrem Rücken und ein Gefühl von grausamer, kalter Macht. Die Aura des Hexers von Carcassonne.

Stöhnend richtete Yvonne sich auf, eine Hand am Hinterkopf. »Was ... ist geschehen?«, murmelte sie. Dann entdeckte sie Velasco und ihre Augen weiteten sich.

»Leg das Schwert auf den Boden, mein Sohn«, befahl der Hexer. »Ganz langsam. Ich möchte nicht, dass wir uns missverstehen.«

Lucians Arm zuckte, doch er beherrschte sich. Behutsam ging er in die Knie und legte die Klinge auf die Dielen. Als er sich wieder aufrichtete, winkte Velasco. Widerstrebend schob Lucian die Waffe mit dem Fuß aus dem Pentagramm. »Jetzt das Wehrgehänge. Du da – steh auf und bring die Sachen zu mir.«

Taumelnd kam Yvonne auf die Füße. Über Velascos Hand an ihrem Kinn hinweg sah Ravenna ihren Ritter an. Er öffnete die Schnallen und ließ den Gurt auf den Boden fallen. Bei jeder Bewegung hielt er die Hände so, dass Velasco sie sehen konnte. In seinen Schläfen pochte das Blut.

»Nur damit Ihr es wisst, Ravenna: Ich habe Eure Schwester niemals begehrt«, sagte er und bohrte den Blick in ihren. »Weder jetzt noch im Haus Eurer Eltern oder sonst irgendwann wollte ich etwas von ihr. Nur Augenblicke, bevor das Pentagramm aktiviert wurde und die Magie das Dach wegsprengte, habe ich Yvonne dieses Schmuckstück weggenommen, damit endlich Schluss ist.« Er hob die linke Faust. Mémés Medaillon baumelte zwischen seinen Fingern.

Dieses Haus muss wirklich verflucht sein, dachte Ravenna. Tränen rannen ihr über die Schläfe. Velasco musste spüren, wie ihm die warme Flüssigkeit über die Finger und in den Kragen rann. Mit der Faust presste er ihr Zunge und Unterkiefer zusammen, so dass sie nicht antworten konnte.

Yvonne hob Lucians Schwert auf und brachte es samt Gurt, Lederscheide und den weiteren Ausrüstungsgegenständen des Ritters zu ihm. Mit einer Kopfbewegung deutete Velasco in eine Ecke. Gehorsam legte Yvonne Lucians Besitztümer dort ab. Zum Glück hat sie sofort begriffen, dass es hier um Leben und Tod geht, schoss es Ravenna durch den Kopf. Zorn und Erleichterung vermischten sich in ihr und sie konnte ihrer Schwester nicht in die Augen sehen.

»Jetzt geh zurück in das Pentagramm!«, befahl der Hexer. »Kniet nieder, alle beide, und verschränkt die Arme hinter dem Kopf.«

Langsam ließ Lucian sich auf den Dielen nieder und hob die Arme. Mordlust stand in seinen Augen und seine Schultern bebten. Ravenna hatte ihn schon viele Male knien sehen: vor seinem König, vor den Hexen und vor der Anwältin in dem grauen Kostüm. Noch nie war ihr diese Geste so wütend und aufsässig vorgekommen. Langsam schob sie die linke Hand unter den Mantel. Yvonne starrte Velasco an, gebannt von seiner Macht.

»Du dumme, ehrgeizige Kuh«, brachte Ravenna zwischen Velascos Fingern hervor, die ihr den Mund verschlossen. »Siehst du nicht, was er vorhat? Er will mit euch durch das Tor fliehen, das du aufgestoßen hast! Er nimmt Lucian und dich als Geiseln!«

»Still!«, zischte der Hexer ihr ins Ohr. »Und du, mein Sohn – bleib, wo du bist! Ich warne dich!«

Lucian schwankte leicht. Plötzlich brüllte Velasco auf, denn Ravenna presste ihm das Siegel des Sommers gegen den Oberschenkel. Mit der linken Hand hatte sie es aus der Tasche geholt, immer mit der Linken, wie die Hexen sie gelehrt hatten. Der Hexer taumelte, als hätte man ihn mit einem glühenden Eisen versengt. Ravenna spürte, wie ihr das Messer in den Hals schnitt, und warf sich nach hinten, gegen die Schulter ihres Gegners, um der Klinge zu entkommen. Ihr Schwung brachte Velasco zusätzlich aus dem Gleichgewicht und sie krachten gemeinsam gegen die Tür.

Alles ging so furchtbar schnell, dass sie sich fragte, woher sie die Zeit zum Denken nahm. Lucian war schon auf den Beinen und spurtete in ihre Richtung. Yvonne schrie auf, als Ravenna unter Velascos Arm hindurchrutschte und über den schmutzigen Boden zu der Klinge kroch, die in der Zimmerecke lag.

Der Hexer fluchte. Dann wandte er sich von seinem Opfer ab, zog den Arm durch und rammte seinem Sohn den Schwertgriff in den Bauch, so dass Lucian stöhnend vornüber sackte. Mit harter Hand stieß Velasco ihn zurück in den Fünfzackstern. Von Ravennas Hexendolch ließ er einen Tropfen Blut zu Boden fallen, genau auf die Linien des Pentagramms.

Das Licht wurde so grell, dass Ravenna geblendet wurde. Ein Sog entstand, und sie warf sich hastig nach vorn, um dasselbe Schicksal zu teilen wie die beiden Menschen, die ihr in den Welten diesseits und jenseits der Hexentore am wichtigsten waren. Da verglühte die Helligkeit wie eine Sternschnuppe. Und mit ihr verglühten Velasco, Yvonne und Lucian. Ihr erschrockener Gesichtsausdruck war das Letzte, das Ravenna sah. Doch dann verblassten auch diese Schemen und es wurde dunkel.

Schluchzend saß sie in der Kammer und presste Lucians Schwert an sich. Die Dielenbretter waren verkohlt, die Sterne funkelten zwischen den geborstenen Dachbalken und nichts ergab mehr einen Sinn. Warum?, schrie sie Yvonne in Gedanken an. Warum hast du das gemacht? Siehst du, was du angerichtet hast? Du hast Beliar und seinen Verbündeten direkt in die Hände gespielt!

In der Mitte des Pentagramms lag ein heller, ovaler Gegenstand. Mémés Medaillon. Ravenna wischte sich mit dem Handballen über das Gesicht, nahm den Anhänger und öffnete den Deckel. Mit den Fingernägeln kratzte sie das Wachs und die gefaltete Tarotkarte heraus. Als sie die Haarlocke in den Fingern hielt, kamen ihr erneut die Tränen. Es war unverkennbar Lucians Haar: dunkelbraun und weich wie Seide. Da entdeckte sie einen weiteren Gegenstand, der in eine Zacke des erloschenen Pentagramms gefallen war: Yvonnes Hexentagebuch, auf einer Seite aufgeschlagen, die einen Eintrag über Pentagramme und Teufelsbeschwörungen enthielt. Der Einband war eingerissen, die Seiten zerknittert und das Lesebändchen hing in den Schmutz. Ravenna klappte den Deckel zu und nahm das Buch an sich.

So fand Ramon sie vor, als er die Treppe und den Gang im Laufschritt erstürmte.

»Ravenna! Was ist passiert?«, stieß er hervor, als er sie auf den Dielen kauern sah. Aus dem Hof drang Constantins Stimme herauf, der ruhige Befehle erteilte. Ravenna kroch von dem jungen Ritter fort, als er mitfühlend die Hand nach ihr ausstreckte.

»Was ist hier geschehen?« Ramon folgte ihr und sank neben ihr auf die Fersen. Alle anderen Helfer, die sich erschrocken unter der Tür drängten, winkte er fort. »Waren sie noch am Leben oder müssen wir mit dem Schlimmsten rechnen?«

Sein ruhiger Tonfall brachte Ravenna zur Vernunft. Sie hob den Kopf. Kein anderer Anblick wäre ihr in diesem Moment willkommener gewesen als das zerstörte Gesicht von Lucians Freund. Mit dem gesunden Auge blickte Ramon sie an, die vernarbte Hälfte lag im Schatten. Wieder musste sie an den Halbmond auf seinem Schild denken. Ramon wusste, wie es sich anfühlte, mit dem Meister der Dämonen und Hexer in Streit zu geraten.

»Sie ... lebten noch, glaube ... ich.« Sie zog die Nase hoch.

»Das ist gut«, sagte Ramon. »Habt Ihr irgendjemanden erkannt?«

Sie nickte. »Velasco war hier. Lucians Vater.«

Ihr wurde fast schlecht, als sie an den Hexer dachte, der plötzlich hinter ihr stand, an das Messer, das ihr auf die Luftröhre drückte. Sie spürte, wie Ramon der Schreck in die Glieder fuhr. Seine Armmuskeln spannten sich.

»Das ist … weniger gut«, stieß er hervor. »Velasco war der Anführer dieser Bande? Und er hat Lucian gefangen genommen?«

In kurzen Zügen beschrieb Ravenna nun, was sich während der letzten Minuten in der Kammer abgespielt hatte. »Wenn je ein Mensch von einem Dämon besessen war, dann dieser Hexer!«, stieß sie voller Abscheu hervor. »Er ist total wahnsinnig.«

Ramon saß neben ihr auf dem Boden. Er hatte ihr Lucians Schwert aus den Händen genommen und spielte damit, um seine Hände zu beschäftigen, während sie redete. Jetzt zog er das Gurtzeug heran und schob die Klinge in die Umhüllung zurück. Die Oberfläche der Schwertscheide war mit hauchfeinen Silberspiralen geschmückt. Triskelen, wie auf ihrem Anhänger. Ravenna ballte die Hände ineinander und drückte zu, bis ihr das Blut aus den Fingern wich.

»Kein Dämon könnte in Velasco einen solchen Hass entfachen«, sagte Ramon jetzt. »Sicher, manche Dämonen treiben ihre Opfer in den Wahnsinn oder reden ihnen Dinge ein, die niemals geschehen sind. Manchmal bringen sie einen auch dazu, sich von einem Brückenpfeiler zu stürzen oder die eigenen Kinder von einer Klippe zu werfen. Schaut nicht so erschrocken, Ravenna, das ist alles schon geschehen. Ihr müsst wissen, dass Beliar sich niemals selbst die Finger schmutzig machen würde. Ihr habt ihn doch gesehen: aalglatt, überheblich, nie um eine Antwort verlegen. Die Drecksarbeit überlässt er gerne anderen.«

»Wie Lucians Vater.«

Ramon ballte unvermittelt die Fäuste und spannte den Gurt, an dem Lucian das Schwert getragen hatte. Die Aufhängung der Waffe klirrte leise. »Nein, nicht wie Lucians Vater«, widersprach er. »Velasco ist nicht von einem Dämon besessen und er fährt auch nicht in andere Leute, um sie zu Wahnsinnstaten zu treiben. Er ist einer der vier Fürsten.«

Mit einem gedehnten Atemzug lehnte Ravenna sich auf die Dielenbretter. Langsam klärten sich ihre Gedanken und ihr Verstand begann wieder zu arbeiten. Der Grips einer Hexe. »Die vier Fürsten? Ich habe noch nie davon gehört. Oder doch ...« Sie rieb sich über die Stirn. »Marvin hat sie einmal erwähnt.«

»Die Fürsten der Hölle sind Beliars persönliche Diener«, erklärte Ramon. »Niemand steht ihm näher als sie. Es sind mächtige Hexer und Magier, und es heißt, ohne ihre Hilfe könne Beliar sein Reich nicht errichten. Für ihre Treue hat er ihnen einen Anteil an der Macht versprochen. Sie erhalten ihren Lohn, sobald er sein Ziel erreicht hat: die Herrschaft über unsere Welt.«

Ravenna schauderte. »Ein Stück der Hölle als Belohnung?« Dann dachte sie über das nach, was Ramon soeben gesagt hatte. »Beliar will den magischen Strom an sich reißen, um über die Welt zu herrschen? Das ist sein Vorhaben?«

Der junge Ritter nickte. Sie fröstelte wieder. Das also war es, was Beliar unter dem perfekten Dasein verstand: eine Welt ohne Licht und Glück, so grausig wie die Blutburg in der düsteren Schlucht nahe Carcassonne – jener Ort, an dem Lucian als Junge gelebt hatte. Das Tal der Ratten. Und zwar überall.

»Ist das krank«, stieß sie hervor.

»Es bedeutet unumschränkte Macht«, erklärte Ramon. »Kein Mensch kann sich vorstellen, welche Möglichkeiten Beliar und den Fürsten offenstünden, sobald sie über den Strom gebieten. Ich möchte es mir auch gar nicht ausmalen.«

»Eines begreife ich nicht«, murmelte Ravenna. »Was habe ich damit zu tun? Ich meine, was will Beliar eigentlich von mir?«

Im schwachen Licht warf Ramon ihr einen Blick zu. »Zwei der Fürsten sind Frauen«, erklärte er.

Ravenna fluchte und sprang auf. »Ein Rabe ist ein Rabe«, keuchte sie. Ratlos blickte Ramon zu ihr auf. »Deshalb hat mich der Hexenbanner, dieser Guy aus Paris so gerufen! Raven. Rabe. Er wollte mich nicht umbringen oder ins Hexenfeuer werfen, sondern zu Beliar schaffen, damit ich ihm bei seinem Vorhaben diene. Wir sind gekommen, um dich zu holen. Und deshalb hat auch ...«

Sie verstummte. Plötzlich durchschaute sie den ganzen widerwärtigen Plan, den der Marquis ausgeheckt hatte, einen Plan, der mehr als siebenhundert Jahre umspannte. Beliar hatte Velasco ausgesandt, damit dieser in ihre Wohnung einbrach, sie fast zu Tode erschreckte und sie ihrem ärgsten Widersacher in die Arme trieb – in Gestalt des gesprächigen und mitfühlenden Psychotherapeuten Doktor Corvin Corbeau. Monatelang hatte er sie ausgehorcht, sie mehr gequält als geheilt und sie so stark verunsichert, dass sie einen Abend lang ernsthaft über eine Hypnose nachdachte. Aber die Hypnose war keine Hypnose, sondern ein Zeittor – das hatte Yvonne ihr bestätigt. Wenn Ravenna damals zugesagt hätte, wäre sie vermutlich irgendwo auf der Festung Hœnkungsberg erwacht, ohne einen blassen Schimmer, wie es dazu hatte kommen können. Dann, als sie in der psychiatrischen Klinik eingesperrt war, versuchte Beliar zum zweiten Mal an sie heranzukommen, doch wieder war sie ihm entwischt. Wenn sein Plan damals aufgegangen wäre, hätte er sie zu seiner Gespielin gemacht, zu seiner Gefährtin wie ...

»Elinor. Oder Lynette. Wer von beiden ist die andere Frau? Und weil ich nicht mitspiele, ist Yvonne jetzt als zweite Teufelsbraut ausersehen?«

»Das wissen wir nicht genau.« Ramon ächzte leise, als er aufstand. Rasselnd rutschte das Kettenhemd an seinem Körper herab. »Mit Sicherheit wissen wir nur, dass Velasco einer der Höllenfürsten ist. Der andere ist ein Mann namens Damian.«

Ravenna fühlte ihren Puls bis in die Fingerspitzen pochen. »Was hat er vor? Mit Lucian, meine ich.«

Im Zwielicht, das durch das geborstene Dach hereinfiel, blickte Ramon ihr in die Augen. »Sie hassen sich. Lucian und sein Vater sind Erzfeinde.«

»Ist mir auch schon aufgefallen«, murmelte Ravenna.

»Ich habe keine Ahnung, was Velasco plant, aber ich weiß, was Euer Gefährte vorhat: Er will die Seele seines Vaters auslöschen. Für immer.« Als Ramon Ravennas verstörten Blick sah, erklärte er: »Es ist beim ersten Mal nicht gelungen, den Hexer zu töten. Damals in Carcassonne wusste Constantin nicht viel über die vier Fürsten und hatte nicht bedacht, dass der Burgherr aus dem Tal des Schreckens weiterleben könnte. Auf eine … andere Weise.«

Ravenna keuchte. »Constantin hat Lucians Vater umgebracht?«

Ramon nickte. Seine Stimme klang hart, als er weitersprach. »Er ließ Velasco köpfen und den Leichnam an den Füßen aufhängen. So lautete die Strafe für Hexer, die andere Menschen zu Tode quälen. So lautet sie noch immer.«

Constantin zwang alle Bewohner der Feste, dabei zuzusehen. Mich eingeschlossen. Lucians Worte hallten ihr wieder in den Ohren. Wie alt war er damals gewesen? Acht? Dann dachte sie daran, wie lebendig sich Velasco angefühlt hatte: der harte Puls, sein stählerner Arm, sein Atem auf ihrem Hals.

»Constantin konnte damals nicht ahnen, was Beliar seinen Dienern versprochen hatte: Unsterblichkeit im Tausch gegen Sklaverei.« Ramon schüttelte sich. »Und nun zurück zu Eurer Frage: Wir befürchten natürlich alle, dass Velasco Lucian tötet. Doch es wäre geradezu … eine Erlösung. Schlimmer dagegen wäre es, wenn er seinen Sohn zu dem macht, was er selbst ist: ein Wiedergänger. Ein untotes Monster.«

Ravennas Knie zitterten. Ramon hatte sehr leise gesprochen. Sie blickte auf die großflächige Narbe, die das Gesicht des Ritters verunstaltete, und konnte kaum glauben, was ihr als Nächstes über die Lippen kam. »Ich hoffe, Maeve ist wirklich tot.«

Ramon nickte. »Es gab keine Rettung für sie. Wir haben Lucian oft davor gewarnt, dass es kein gutes Ende nimmt, wenn er nach Rache dürstet. Er hat uns immer wieder versichert, dass es ihm darum gehe, zu verhindern, dass sich ein solches Schicksal je wiederholt. Ich denke, es läuft auf dasselbe hinaus. Er und Velasco werden einander an die Gurgel gehen, sobald sie eine Gelegenheit dazu finden.«

Als Ramon »wir« sagte, blickte er zur Tür. Norani stand dort, Esmee, Aveline, Nevere und all die anderen Hexen. Offenbar hatten sie dem Gespräch schon eine Weile zugehört.

»Ihr wusstet Bescheid?«, fragte Ravenna. Sie war wütend: auf die Sieben, auf sich, auf alle, die ihr nur die halbe Wahrheit gesagt hatten. Und am meisten auf Beliar. »Mein kleines Abenteuer auf dem Odilienberg hatte also nicht nur den Hintergrund, Melisendes Siegel zurückzuholen und im Feuerschein im Kreis zu tanzen, richtig? Ihr wusstet von Anfang an, dass der Marquis hinter meiner Seele her war.«

»Richtig«, sagte Josce trocken. »Zumindest haben wir befürchtet, dass etwas in der Art passiert, nachdem Elinor den Konvent mit einem Racheschwur verließ. Als sie dann den Bann brach und Beliar auf dem Hœnkungsberg beschwor, wussten wir Bescheid.«

»Wann war das?«

»Im letzten Winter, kurz vor dem Yulefest«, sagte Norani. »Ich nehme an, jetzt ist dir klar, warum es so gefährlich ist, sich mit Schwarzer Magie zu befassen.«

Yule. Also Dezember. Ravenna fasste sich an den Armen. Der Einbruch in ihre Dachwohnung war Anfang Februar passiert. Beliar schien keine Zeit zu verlieren, zumindest nicht, nachdem er siebenhundert Jahre lang auf seinen großen Auftritt gewartet hatte. Warum ich?, dachte sie wieder. Warum nicht jemand anders? Es wäre zu schön, wenn das alles hier nur ein schlechter Traum ist.

»In Ordnung.« Sie presste die Fingerkuppen auf die Schläfen und zwang sich, ihre Gedanken zu ordnen. »Velasco hat Lucian und meine Schwester also in Beliars Auftrag entführt. Sie könnten inzwischen überall sein: irgendwo hier im Dorf, auf dem Hohen Belchen oder in Straßburg. Sie könnten dieses Zimmer noch nicht einmal verlassen haben, sondern nur diese Zeit. Eine halbe Stunde reicht, um uns zum Narren zu halten. Ich glaube aber kaum, dass es so ist. Ich denke, ich weiß, wo wir sie finden.«

Sie blickte die Hexen an. »Gehen wir zu Constantin«, schlug sie vor. »Was wir zu besprechen haben, geht alle etwas an.«

Der Hof sah nicht anders aus als vorher. Bei ihrer Ankunft war der Boden schlammig und zertrampelt gewesen. Jetzt war er noch stärker zertrampelt und noch schlammiger und die Sterne spiegelten sich in den Pfützen. Auf dem Wagen mit dem geborstenen Rad stapelten sich leblose Gestalten. Die Toten der letzten Schlacht. Ravenna vermied es, genauer hinzusehen. Der Hofhund sprang sie an und verewigte seine Pfoten auf ihrem Umhang. Constantin und die übrigen Begleiter erwarteten sie schweigend. Viele der Ritter waren verletzt und auch einige der Hexen waren getroffen worden.

»Ich werde jetzt losreiten. Allein. Und ich möchte nicht, dass mir jemand folgt«, erklärte Ravenna. Sie hob die Hand, damit sich der Sturm der Entrüstung legte, noch ehe er richtig losgebrochen war. »Bitte«, sagte sie. »Denkt doch mal nach! Ich bin Beliar schon einige Male begegnet und war immer ganz allein. Damals hatte ich keine Ahnung, wer er ist. Oder wer ich bin. Aber jetzt ... jetzt weiß ich, was ich tun muss, um ihn aufzuhalten.«

Sie holte Melisendes Siegel aus dem Beutel an ihrem Gürtel und wog es in der Hand. »Ich möchte, dass ihr den Fackelzug wie geplant fortsetzt. Reitet zum Hohen Belchen und erteilt Land und Leuten den Segen, so wie ihr es immer getan habt. Die Magie fließt doch auch, wenn es in meinem Namen geschieht, oder?«

Die Sieben berieten sich halblaut. Offenbar war es noch nie zu einem solchen Vorfall gekommen. Schließlich kratzte Mavelle sich am Kopf. »Es käme auf einen Versuch an«, meinte sie.

»Schön.« Ravenna nickte. »Ich möchte, dass Millie mich als Maikönigin vertritt, und zwar bis ihr auf dem Berg seid. Ich habe einmal einen sehr dummen Schwur geleistet, den ich jetzt gerne aufheben möchte: Ich habe die Schwertleite nicht verpasst, ich bin der Liebe meines Lebens begegnet, und wenn ich kann, werde ich an Mittsommer bei euch sein – zusammen mit Yvonne und Lucian. Das verspreche ich. Wenn nicht ...« Sie zuckte die Achseln. »Dann müsst ihr das Ritual eben ohne mich abhalten.«

Die Hexen starrten sie an. Sie ging zu Millie und drückte ihr das Siegel des Sommers in die Hand. Das Pferdegesicht des Mädchens wurde noch länger und sie musterte Ravenna ungläubig.

»Ich weiß nicht«, brummte Aveline. »Millie hat noch nicht genug Erfahrung.«

Ravenna legte der jungen Hexe die Hände auf die Schultern. »Millie – wie lange lebst du schon in dem Konvent?«

»Fünf Jahre.« Die Antwort kam prompt.

»Fünf Jahre.« Ravenna nickte. »Also, für mich klingt das nach einer Menge Erfahrung. Jedenfalls ist es deutlich mehr als die Handvoll Tage, die ich bei euch verbracht habe.«

Schweigen. Millie drehte das Siegel in den Händen. Constantin hörte mit gerunzelter Stirn zu. Die Ritter warteten im Schatten unter dem Tor.

»Ich werde euch etwas sagen«, fuhr Ravenna fort. »Ihr habt euch einfach darauf verlassen, dass die Hexengöttin mich rechtzeitig annimmt, weil ich eurem Ruf durch das Tor gefolgt bin. Deshalb diese übereilte Einweisung in die Geheimnisse des Konvents, das Turnier, der Tag am Maistein und so weiter. Aber nach allem, was ich von euch gelernt habe, ist mir eines klargeworden: Es könnte genauso gut Millie sein, die Morrigan als eine der Sieben auswählt. Oder Fianna. Oder Jaqueline.« Der Reihe nach deutete sie auf die jungen Hexen, die entweder rot wurden oder sie durchdringend musterten.

»Niemand kann vorhersehen, ob die Anerkennung durch die Göttin geschieht oder wann oder warum überhaupt. Vielleicht ist es jemand, an den wir überhaupt nicht denken! Offensichtlich ist die ganze Sache ein Mysterium, das weder ihr noch ich verstehen.«

Bei diesen Worten zwinkerte sie Norani zu. Während einer Strafarbeit im Taubenschlag ... du liebe Zeit. Die Wüstenhexe grinste. »Ravenna hat Recht«, meinte sie. »Es könnte jede von uns treffen. Außer Constantin.«

»Bewahre«, murmelte der König. »Oder seht Ihr mich mit einem Blumenkranz und einem Kleid?«

Das Gelächter löste die Anspannung, die die Zuhörer erfasst hatte. Ravenna drückte Millie den Silberring in die Hand und schloss ihre Finger um das Siegel. Gleichzeitig murmelte sie sehr leise: »Fyr fleogan.« Die Glühwürmchen, die plötzlich um Millies Haupt schwirrten, ähnelten dem magischen Segen nicht im Entferntesten, doch unter den Hexen lösten sie großes Erstaunen aus.

»Das Licht von Samhain«, seufzte Esmee. »Es ist ein Zeichen.«

»Alles Gute«, sagte Ravenna und drückte Millies Hände. »Und viel Glück.« Die junge Hexe umarmte sie zum Abschied. »Hoffentlich kann ich dir das Siegel bald wieder zurückgeben«, flüsterte sie.

Inzwischen hatte Ramon Lucians Schwert an ihrem Sattel befestigt, und zwar so, dass sie den Griff mit ausgestrecktem Arm erreichen konnte. »Seid Ihr sicher, dass ich Euch nicht begleiten soll?«, fragte er.

Ravenna nickte, als sie nach den Zügeln griff. Der Sattel knarrte, als sie aufsaß. »Ganz sicher. Du und deine Freunde, ihr habt genug zu tun, die Sieben sicher zum Tanzplatz zu begleiten.«

»Gebt auf Euch Acht«, mahnte Ramon. »Wenn Euch etwas zustoßen sollte, wird Lucian sehr wütend werden. Und ich meine: sehr, sehr wütend.«

Ravenna nickte. Ihr Hals war wie zugeschnürt, als sie an die Blödeleien dachte, mit denen sich die jungen Ritter noch vor kurzem aufgezogen hatten. Die unbeschwerten Stunden schienen unendlich weit weg.

Sie musterte die Sieben: Norani, deren Verlangen nach Ramons Gesellschaft so groß war wie ihre Sehnsucht nach Lucian. Aveline, die nicht länger schmollte, sondern sich die ganze Angelegenheit offensichtlich sehr zu Herzen nahm. Esmee und Nevere gaben ihr gute Ratschläge mit auf den Weg. Josce tätschelte der Stute den

Hals und flüsterte Willow einen Spruch ins Ohr, der das Pferd aufhorchen ließ. Die Elfe begleitete sie bis zum Tor.

»Es hat schon seinen Sinn, dass du alleine weiterreitest«, murmelte sie, sobald sie außer Hörweite der anderen waren. »Nun können wir dir nichts mehr beibringen. Auf die Suche nach Morrigan geht jede von uns ganz allein.«

Ravenna nickte. Sie straffte die Riemen, an denen sie Ghost und Changeling als Handpferde führte. »Vorwärts!«, rief sie.

Vernon deutete eine Verbeugung an, als er das Hoftor öffnete. Der Hufschlag hallte durch die nächtlichen Gassen, die Pferde schnaubten aufgeregt. Über die Schulter warf Ravenna einen Blick zurück auf den erleuchteten Innenhof, auf die blassen, angstvollen Gesichter ihrer Gefährten im Spalt zwischen Hoftor und Mauer und auf den Mond, der hinter zerrissenen Wolken schien.

Nichts war mehr wie am Anfang. Als dürres, unglückliches Mädchen war sie auf dem Hexenberg angekommen, eine verschreckte junge Frau, die sich in einer roten Regenjacke verkroch. Nun zog sie aus, um ihren Liebsten zu befreien und den Sieben auf der letzten Wegstrecke beizustehen.

Sie schnalzte und grub ihrer Stute die Fersen in die Seite. Nach wenigen Minuten lagen das Dorf und der verfluchte Gasthof hinter ihr.

Verrat

Ravenna hatte vergessen, wie dunkel das Mittelalter war. Nachdem der Mond im letzten Drittel der Nacht hinter Wolken verschwand, sah sie die Hand nicht mehr vor Augen. Sie hörte nur die eigenen Atemzüge, das Klappern der Pferdehufe und das Rauschen und Gurgeln des Bachs, an dem sie seit einer Weile bergauf ritt. Es roch nach Harz und nassem Waldboden. Zweige verfingen sich in ihren Haaren, und sie duckte sich über den Pferdehals.

Ihr war schlecht vor Angst. Sie ritt einsam durch die Nacht, um die größte Burg des Elsass herauszufordern. Noch vor wenigen Wochen hätte sie eine solche Aufregung nicht einmal vom Kinosessel aus gut verkraftet, mit einer Tüte Popcorn in der Hand.

Doch ihr blieb keine andere Wahl. Es schien ihr, als hätte sich ihr ganzes Leben verengt, bis es jenem steilen, schmalen Pfad glich, auf dem sie zur Burg ihrer Feinde hinaufritt. Und wenn die Angst sie um den Verstand brachte: Sie wollte nur eines – so schnell wie möglich auf diesen Berg gelangen.

Sie durfte nicht einmal daran denken, dass es womöglich längst zu spät war, dass Lucian und ihre Schwester inzwischen tot sein konnten, denn dann wurde ihr so elend, dass sie keine Kraft zum Weiterreiten hatte. In diesen Augenblicken griff sie nach dem Schwert und schloss die Finger um den Griff. Das Metall schmiegte sich kühl in ihre Handfläche. Das Heft verfügte über Rillen, damit der Schwertkämpfer sicheren Halt fand, und Ravenna stellte sich vor, wie oft Lucian diese Stelle berührt hatte. Das Schwert war mehr als eine Waffe, es war ein Teil von ihm und seit dem Ritual am Maistein auch ein Teil von ihr. Plötzlich war ihr zum Heulen zumute, doch stattdessen lachte sie, weil sie daran denken musste, wie diese Klinge in ihrem Kleiderschrank gehangen hatte, zwischen ihren Jacken, Pullovern und all den anderen Sachen aus der Zukunft. Gleichzeitig schämte sie sich, dass sie Lucian nicht mehr vertraut hatte.

Plötzlich blieb Willow stehen. Der Mond kam hinter den Wolken hervor und Ravenna fluchte erschrocken. Die Hexen hatten nicht übertrieben: Die Kuppe des Hœnkungsberg schien abgebrannt. Umgestürzte Baumgerippe bildeten ein Durcheinander. Die Zerstörung hatte sich tief in den Wald gefressen und es roch, als hätte jemand den Gipfel mit einer Wanne Teer übergossen. Auf dem Felsrücken vor ihr lag die Festung. Fahl glänzten die Mauern und Dächer im Mondlicht; Ravenna entdeckte den Zwinger und die Vorburg, den rechteckigen Burgfried, der alle anderen Türme überragte. Von allen Seiten wurde der Wohnturm von tonnenförmigen Bollwerken flankiert. Der Anblick machte ihr Angst. Jede dieser Tonnen war so groß, dass ein Helikopter darauf landen könnte. Es war vollkommen still.

Du musst verrückt sein, dachte Ravenna. Constantin hat diese Burg monatelang belagert. Und jetzt willst du sie in einer Nacht erobern – allein?

Plötzlich merkte sie, dass sie sich mit Willow völlig im Freien befand. Das Mondlicht schimmerte auf dem weißen Pferdefell. Hastig wendete sie die Schimmelstute und zog die beiden Handpferde unter die Bäume.

»Von jetzt an seid ihr auf euch gestellt«, keuchte sie, als sie absaß. Sie schlang die Zügel lose um einige Äste. Für eine Weile würden die Pferde damit beschäftigt sein, das Gras in der Umgebung abzuweiden. Sobald sie nichts mehr zu fressen fanden, würden sie unruhig werden und sich befreien. Genau das lag auch in Ravennas Absicht: Wenn sie nicht in den nächsten Stunden zurückkehrte, kam sie nie wieder und dann war es besser, wenn die

Schimmel nicht verhungerten, sondern den Weg zu ihrer Herde fanden.

»Passt gut auf euch auf«, murmelte sie und tätschelte Willows Hals. Die Stute musterte sie aus ihren großen, klugen Augen. Ravenna nahm Lucians Wehrgehänge vom Sattel und schnallte es sich um. Das Gurtzeug war schwer und viel zu groß, die Schwertscheide schleifte auf dem Boden. Vor Aufregung begann sie zu schwitzen, während sie sich mit den Gurten abmühte und die Riemen enger zog. Das Leder ließ sich schwer bewegen, denn die Löcher, in die sie den Dorn gleiten ließ, hatte Lucian nie benutzt. Zuletzt zog sie das Schwert. Es lag gut in der Hand und war ausgewogener, als sie erwartet hatte. Sie stellte sich vor, dass sie die Klinge im Notfall wie einen Fäustel schwingen würde – zumindest darin war sie gut.

Sie schob die Waffe in die Scheide zurück und rückte den Gurt auf ihrer Hüfte ein letztes Mal zurecht. Nachdem sie zwischen den Pferden eine Abschiedsrunde gedreht hatte, schritt sie auf die Burg zu. Beliars Festung erinnerte sie an ein gewaltiges Schiff: Im Osten ragte eine Felsnase wie ein Bug über das Tal. Dort lagen die Schanze und die ersten Verteidigungsanlagen. Von der Seite sah es aus, als würde man auf die Bordwand eines Ozeanriesen zugehen.

Immer wieder musste Ravenna über umgestürzte Bäume klettern und sich durch ein Gewirr von Ästen kämpfen. Mehrmals blieb sie mit dem Rock hängen und schürfte sich die Hände auf. Ein Stück unterhalb des Gipfels sah sie die Überreste der Belagerungsburg: ein verfallener Turm, eine weggesprengte Brücke und der gebrochene Arm der Schleuder, der über die Mauer hing. Als sie auf den Hexenberg kam, hatten hier noch einige wagemutige Männer ausgeharrt. Nun war die Trutzburg verlassen.

»Unsere Schüsse waren ungefähr so wirksam wie ein Ei, das man gegen eine Wand wirft.« Marvin hatte das einmal zu ihr gesagt und mit dem Mund das Geräusch einer zerplatzenden Schale nachgeahmt. Außerdem hatte er sie vor Falltüren und Spiegeln gewarnt. »Gehe niemals an einem unverhüllten Spiegel vorbei –

Beliar könnte dich darin sehen. Er benutzt eine Art Stein, um seine Gegner auszuspionieren. Man nennt ihn das Auge des Teufels.«

Als Ravenna an die Worte des Spähers dachte, spürte sie, wie sie sich vor Aufregung so klein wie möglich machte. Die Felsenburg ragte über ihr in den Nachthimmel. Sie selbst war daran gemessen nicht größer als eine Mücke. Aber auch eine einzelne Mücke bringt einem Mann eine Menge Beulen bei, bevor er sie erwischt, dachte sie. Und genau das hatte sie vor: die Mücke zu sein, die zustach, wenn Beliar nicht Acht gab.

Eine letzte, steile Flanke noch, dann hatte sie den Pfad erreicht, der sich um den Fuß des Burgfelsens wand. Ravenna blieb stehen und schöpfte Atem. Der Hexenmantel verbarg sie vor neugierigen Blicken. Ihr war oft aufgefallen, wie die Umhänge der Sieben mit Regen, Nebel oder Schatten zu verschmelzen schienen. Ein Zauber war in den Wollstoff gewebt, da war sie sich sicher. Sie zog die Kapuze tief ins Gesicht. Dann kauerte sie sich auf die Fersen nieder und suchte einen scharfkantigen Stein.

Sobald sie ihn gefunden hatte, ritzte sie mit der Kante jene Schriftzeichen in den Untergrund, die sie auf Mavelles Ring gesehen hatte, auf dem Siegel von Samhain. Sie konnte die Hexenschrift nicht entziffern, doch sie wusste, dass die Runen das Wissen über die jeweilige Magie enthielten. Deshalb kopierte sie die Zeichen so sorgfältig wie möglich und ritzte auch eine Windrose und ein geöffnetes Auge in den Staub.

Dann warf sie den Stein fort und hielt beide Hände über die Zeichnung, als würde sie eine bauchige Vase umfassen. »Zeige dich und führe mich«, flüsterte sie. Sie wiederholte diesen Spruch dreimal und dachte dabei an den magischen Strom. Bestimmt floss er auch an dieser Stelle: Elinors Burg war auf einem alten Kultplatz erbaut, daran hatte Ravenna nicht den geringsten Zweifel.

Ihre Handflächen begannen zu jucken. Das war das erste Anzeichen. Ein Brennen breitete sich in ihren Fingern aus und kroch durch die Handgelenke bis zu den Ellenbogen. Als sie das Gefühl hatte, dass ihre Arme in Flammen standen, wusste sie, dass sie mitten in die Magie griff und mit dem Kraftfluss verbunden war. Sie hob den Kopf.

Melisendes Geist schwebte unmittelbar vor ihr. Die Weiße Frau, die durch Beliars Wälder spukte, durchsichtig und schimmernd wie ein Streifen Mondlicht. Jede Falte ihres Gewands war erleuchtet und in der linken Hand hielt sie den Fächer, mit dem sie sich in schnellen Bewegungen Luft zufächelte. Die tote Hexe runzelte die Stirn.

»Es tut mir leid, wenn ich deine Ruhe stören muss«, stammelte Ravenna. »Aber ich muss noch heute Nacht in Elinors Burg gelangen und weiß nicht, wie ich es anstellen soll. Du bist die Einzige, die mir helfen kann. Ich weiß, dass du und Tade einen Feuerring um diese Festung gelegt habt. Und ich bin sicher, dass du jede Schwachstelle kennst.«

Die Erscheinung waberte bei jedem Luftzug wie eine Kerzenflamme. Die Geisterhexe regte sich nicht. Plötzlich drehte sie sich um und glitt über den Pfad, von einem Windstoß angetrieben. Hastig löschte Ravenna die magischen Zeichen mit der Stiefelspitze aus. Dann rannte sie den Pfad entlang, um Melisendes Geist einzuholen. Die tote Hexe führte sie bis zu einer Stelle, an der sich der Felsen zu einem Überhang wölbte.

»Hier?«

Ratlos musterte Ravenna die Felswand. Vor ihr lag eine Klippe aus Sandstein. Erst als sie die Hand über den Felsen gleiten ließ, fühlte sie eine Unebenheit, einen verschlungenen Knoten, der zu einem Knauf geformt war.

Über die Schulter warf sie Melisendes Geist einen Blick zu. Die Hexe hatte die Arme verschränkt. Ravenna umklammerte den Schwertgriff, legte die andere Hand auf den Felsenknauf und drehte daran. Er ließ sich nicht bewegen, weder nach rechts noch nach links, und auch als sie mit ihrem ganzen Gewicht daran zog, tat sich nichts. Seufzend hielt sie inne. Als sie sich abstützte, streifte sie den Knauf eher unbeabsichtigt, doch unter dem Druck ihrer Finger glitt er in die Wand. Der Fels knirschte. Die Umrisse einer Tür wurden sichtbar, oben und unten von einem Keil gehalten.

Während Ravenna verblüfft auf die Schwingtür starrte, merkte sie plötzlich, dass diese sich immer weiterdrehte und sich der Durchgang vor ihrer Nase bereits wieder zu schließen drohte. Hastig zwängte sie sich in den Spalt, wurde von der Drehung erfasst und in den Gang geschubst. Stein knirschte auf Stein und dann wurde es stockdunkel.

Ravennas Herz pochte wie wild. Sie wartete, bis sie nicht mehr so entsetzlich keuchte. Dann zog sie das Schwert. Verlor sie jetzt den Verstand oder roch es in dem Gang wirklich nach Pfirsichen? Wie in der Brennerei ihres Vaters, wenn er Likör ansetzte.

Ein fahler Lichtschein erschien vor ihr und in ihrer Angst und Verwirrung glaubte sie zunächst, eine winzige Fee wahrzunehmen. Dann erkannte sie, dass es Melisendes Geist war, der ihr einige hundert Meter voraus war und ungeduldig winkte.

Sie heftete die Augen fest auf den Schimmer. Im Hexenlicht, das von Melisende ausging, sah sie, wie sich der Gang durch den Felsen wand. Hastig folgte sie dem Tunnel. Eile war geboten, denn draußen über dem Bergwald begann bereits der Mond zu sinken und mit dem Morgengrauen endete die Geisterstunde. Sie musste lange gehen, ehe der Ausgang vor ihr lag, denn an dieser Stelle war der Burgfelsen viele Meter dick.

Die geisterhafte Hexe wartete an dieser Stelle, die Hand auf den Gesteinsbogen gelegt. »Danke«, sagte Ravenna. Sie konnte nicht verhindern, dass ihre Stimme erleichtert klang. »Vielen Dank.«

Ein Lächeln huschte über Melisendes Züge. Ihre Lippen bewegten sich. Vielleicht sagte sie Ravenna. Oder etwas ganz anderes. Es spielte keine Rolle mehr, denn es war Zeit für den Abschied.

»Erschienen, um nie vergessen zu werden«, flüsterte Ravenna. »Das verspreche ich. Und nun geh. Ich entlasse dich. Lebewohl.«

Melisende trat einen Schritt zurück in den Gang. Sie lächelte noch immer, als die Dunkelheit sie aufsog wie ein Stück Zucker, das man in eine Tasse Kaffee gab. Dann war Ravenna allein.

Vorsichtig beugte sie sich aus dem Gang. Vor ihr befand sich der Innenhof der Burg. Sie erkannte den überdachten Ziehbrunnen, den Eingang zur Küche und das Türmchen, in dem sich der Treppenaufgang zu den Wohnräumen befand. Sobald sie aus dem Gang trat, befand sie sich unter der hölzernen Galerie, welche die Gemächer der Burgherren miteinander verband.

Nicht unbedingt der Ort, an dem sie hatte landen wollen. Der Kerker wäre ihr lieber gewesen, denn dort vermutete sie Velascos Gefangene – oder zumindest Lucian. Andererseits wurde der Innenhof nicht bewacht, denn er bildete den Kern der Festung, den am besten geschützten Teil der Burg. Eroberer, die auf den Hœnkungsberg kamen, mussten sich erst mühsam durch die vorgelagerte Schanze, über zahlreiche Zugbrücken und unter Fallgittern hindurchkämpfen, um in die Gemächer des Burgherrn und seiner Familie einzudringen.

Oder sie nahmen die Abkürzung durch den Geheimgang.

Ravenna holte tief Luft. Sie wechselte die Schwerthand, wischte die Handfläche am Umhang trocken und packte erneut den Griff. Dann trat sie ins Freie. Hier roch es eindeutig nicht mehr nach Pfirsichen, sondern nach Bratfett und kalter Asche. Aus der offenen Küchentür drang das Schnarchen des Kochs. Ravenna entspannte sich und sah sich in dem Innenhof um. Eine lange Kette führte in den Brunnen, die spitz zulaufende Holztür dahinter war verschlossen. Über dem Aufgang zur Wendeltreppe befand sich ein Wappen. Es zeigte einen Hexendolch und einen langstieligen Kelch, die von einer Schleife aus Spitze umschlungen waren. Vor der Tür war ein kreisrunder Glasdeckel eingelassen – eine Falltür.

»Gefällt dir meine Burg?«

Um ein Haar hätte Ravenna die Waffe fallen lassen. Das Klappern von Schwertstahl auf Stein hätte zweifellos die ganze Festung auf die Beine gebracht. Sie wirbelte herum und hob das Schwert über den Kopf.

Die Marquise stand auf der Galerie und stützte die Ellenbogen auf das Geländer, das Kinn auf die verschränkten Finger gelegt. Sie trug einen schwarzen Spitzenschleier und das Geschmeide mit der mitternachtsblauen Perle. Elinor sah nicht aus, als ob sie in dieser Nacht geruht hatte.

»Ich wusste, dass du kommst.« Sie lächelte dünn. »Ich hatte fast schon erwartet, dass du meinen Geheimgang entdeckst. Du hast mich nicht enttäuscht. Ich ließ den Tunnel anlegen, um auf dem Hœnkungsberg ungesehen kommen und gehen zu können, was gelegentlich durchaus von Vorteil ist. Um ihn auch wirklich geheim zu halten, ließ ich meinen Baumeister und seine Gehilfen köpfen. Jemand anderes muss dir also geholfen haben.«

Ravenna schluckte. Der Stahl des Schwertes glänzte, als sie rückwärts in den Hof trat. So schnell sie konnte, drehte sie sich um und rannte zum Treppenaufgang. Die Marquise stieß sich von der Brüstung ab und eilte auf gleicher Höhe auf der Galerie entlang. Sie bewegte sich so lautlos wie eine Hexe.

Sie ist eine Hexe, erinnerte Ravenna sich, als sie der gläsernen Falltür auswich. Allerdings keine freundliche Zauberin wie Esmee oder eine Heilerin wie Nevere, sondern eine rabenschwarze Ausgeburt der Hölle.

Atemlos rannte sie den Treppenaufgang hinauf. Sie wollte Elinor zuvorkommen, ganz gleich was die Marquise vorhatte – eine Alarmglocke schlagen, um Hilfe schreien oder den Marquis aus seinen Träumen reißen, falls ein Dämon wie Beliar überhaupt schlief. Als sie die Tür zur Galerie aufriss, stand Elinor vor ihr.

»Ich wusste doch, dass wir uns wiedersehen«, sagte sie. Sofort fiel Ravenna auf, wie sie Lucians Klinge auswich, als fürchte sie, mit dem Stahl in Berührung zu kommen. Mit einem geweihten Schwert, das Ravenna eigenhändig in den magischen Strom getaucht hatte.

»So ist das also«, stieß sie hervor. »Vor den Schwertern der Gefährten müsst ihr euch in Acht nehmen, du und dein Marquis?

Wo steckt Beliar eigentlich? Und wo befinden sich Lucian und meine Schwester?«

Elinor bog sich noch weiter nach hinten, um der Spitze auszuweichen, die vor ihrer Brust auf und ab tanzte. Ihre Augen funkelten. Ravenna hatte Mühe, die Waffe ruhig zu halten. Sie war aufgeregt und keuchte wie nach einem Dauerlauf. Ganz sicher würde sich Elinor gleich auf sie stürzen, nach den Wachen rufen oder sonst etwas Verrücktes und Gefährliches tun. Es war eine blöde Idee, allein hierherzukommen, stellte sie fest. Eine sehr blöde Idee.

»Warum steckst du das Schwert nicht weg und wir reden miteinander?«, schlug die Marquise vor. »Nur wir beide.« Die mitternachtsblaue Perle rollte über ihre Stirn, umgeben von einem milchig matten Glanz. Ihre Stimme umschmeichelte Ravenna wie das verschlafene Gurren einer Taube, halb Gesang, halb magischer Spruch. Ohne dass sie es wollte, fühlte Ravenna, wie sie eine große Müdigkeit überkam, ein Gefühl der Geborgenheit, das ihre Sinne verschwimmen ließ.

Elinor verhext dich!, mahnte sie sich, doch nicht einmal der Schreck darüber vermochte sie aus ihrer Benommenheit zu reißen. Panik erfüllte sie, aber sie konnte nichts tun, als Elinor sie am Handgelenk packte. Von den Fingern der Marquise ging die Magie unmittelbar ins Blut über, sie strömte in Wellen durch Ravennas Körper und lähmte jegliche Willenskraft. Mit überraschender Kraft bog Elinor ihren Arm zur Seite, so dass das Schwert in eine andere Richtung zeigte. Dann drängte sie Ravenna in die Ecke hinter dem Treppenturm.

»Still«, hauchte sie ihr ins Ohr. »Sei still! Neuerdings gibt es in dieser Burg Gäste, vor denen selbst ich mich in Acht nehmen muss.«

Ravenna ächzte. Ihr Kopf drehte sich, so stark war der Bann, den die Hexe vom Hœnkungsberg über sie warf. Elinors Atem roch nach welken Blumen und sie war so mager, dass es wehtat, sie anzuschauen.

Eine Tür schlug. Schritte hallten unten im Hof und Metall klirrte leise. Zwei Stimmen drangen in das Versteck hinter dem Turm. »Lucian ist zäher als gedacht«, hörte Ravenna die eine Person sagen. »Ein anderer an seiner Stelle würde vermutlich längst um Gnade betteln, doch er bleibt stur.«

»Er hat zu lange bei den Hexen gelebt«, gab eine andere Männerstimme erbost von sich. »Doch keine Angst, mein Sohn wird sich schon noch besinnen. Gib mir noch ein paar Stunden Zeit, dann wird er sich wünschen, einer von uns zu sein.«

Ravenna begann zu schwitzen. Kein Zweifel, diese Stimme gehörte Lucians Vater. Velascos tiefe Tonlage hätte sie unter tausend anderen Stimmen wiedererkannt. Den anderen Mann kannte sie nicht und sie verstand auch nicht, was er zuletzt erwiderte. Ihr Puls dröhnte viel zu laut in ihren Ohren. Dann schlug eine weitere Tür ins Schloss, und es wurde still.

Langsam rutschte Ravenna an der Wand herab, das Schwert sank kraftlos auf die Holzdielen der Galerie. Lucian lebte noch – das war die gute Nachricht. Doch sie hatte sich überschätzt, hatte in der Begeisterung, die das Licht von Samhain in ihr auslöste, angenommen, sie besäße Nerven und Ausdauer genug, um dieses Abenteuer zu bestehen. Jetzt erkannte sie, dass es ein Trugschluss war: Sie war noch nicht einmal eine mittelmäßige Hexe. Sie war nur eine junge Frau aus dem Straßburg des Jahres 2011, die sich in einem nicht enden wollenden Alptraum verlaufen hatte.

Elinor fasste sie am Handgelenk und zog sie auf die Füße. »Reiß dich zusammen und steck endlich diese Klinge weg!«, zischte sie Ravenna ins Ohr. Ihr Mund war zu einem wütenden Strich zusammengepresst, doch der Bindezauber, den sie über Ravenna geworfen hatte, verlor allmählich seine Wirkung.

Die Marquise musste keinen Zwang anwenden, damit Ravenna ihr über die Galerie folgte. Ihr war klar, dass es aus diesem Burghof keinen Ausweg gab. Mit zitternden Händen suchte sie nach der Lederscheide, doch sie brauchte mehrere Anläufe, bis der Stahl hineinglitt. Elinor öffnete eine Tür, winkte sie hindurch und trat hinter ihr ein.

Ravenna blinzelte überrascht: Der Raum war wohnlich eingerichtet. Ein Feuer knisterte im Kamin und auf dem Boden lagen Teppiche. Vor der Feuerstelle standen zwei Sessel mit bequemen Armlehnen, deren Bezug mit großen Nägeln befestigt war. Eine Laterne hing von der Decke. Sie drehte sich im Luftzug und durch das Buntglas huschten Lichttupfen über die Wände. Neben Truhen und Schränken gab es ein Himmelbett mit einem Überwurf aus Fellen und lavendelfarbener Seide. Auf der Bank in der Nische am Fenster lag eine Laute mit kunstvoll verziertem Schallloch und eine Harfe stand neben dem Bett auf dem Fußboden. Außerdem entdeckte Ravenna Schalmeien, ein Hackbrett, eine Fidel und eine Drehleier. Es war eine kostbare Sammlung, die Elinor zusammengetragen hatte.

»Du magst Musik?«, rutschte es Ravenna heraus. Im nächsten Augenblick hätte sie sich am liebsten geohrfeigt. Wie konnte sie nur eine derart einfältige Bemerkung von sich geben?

Elinor lachte leise. »Ich mag Magie. Alles, was du hier siehst«, sie ließ die Finger über die Saiten des Hackbretts gleiten, so dass ein unharmonischer Akkord erklang, »dient dazu, den Kraftstrom zu lenken und Dinge zu bewirken, die sich ein gewöhnlicher Mensch nicht einmal vorzustellen vermag.«

Ravenna schluckte. Ihr Mund war trocken und sie befand sich in jenem merkwürdigen Stadium der Anspannung und Aufmerksamkeit, das man nach einer durchwachten Nacht erlebt.

»Setz dich!«, lud sie die Hexe vom Hœnkungsberg ein und wies auf einen der beiden Sessel. Elinor stand neben dem Feuer und goss Wein in einen funkelnden Kelch.

Ravenna rührte sich nicht. »Wo ist meine Schwester? Und wo ist Lucian? Was macht Velasco mit ihm?« Verräterische Tränen kitzelten sie plötzlich an der Nase. Sie wischte sich mit dem Ärmel über das Gesicht, doch es half nichts: Die Gestalt der schwarzen Marquise verschwamm vor ihren Augen.

Mit einem Stirnrunzeln reichte Elinor ihr den Pokal. »Warum muss Lucian seinen Vater immer bis aufs Blut reizen?«, murmelte sie. »Er weiß doch, wie gefährlich Velasco werden kann. Nach einem Leopard wirft man schließlich auch nicht mit Steinen.« Ihre Finger waren eiskalt. Ringe klickten gegen das Gefäß. Jeder Reif war mit breiten, schwarzen Steinen verziert. »Trink«, sagte sie leise. »Dann fühlst du dich gleich besser.«

Ravenna wankte zum Kamin und ließ sich in den Sessel fallen. Sie hob den Becher an die Lippen – und erstarrte. Ich könnte aus diesem Pokal einen heiligen Gral machen oder ein Gefäß, in dem sich jeder Tropfen Wein in Gift verwandelt. Florences Worte klangen ihr in den Ohren. Gut und Böse liegen dicht beieinander, denn sie kamen zur selben Zeit in die Welt.

Seufzend beugte sich Elinor über die Lehne, nahm Ravenna den Pokal aus der Hand und schüttete den Inhalt in die Flammen. Eine schwefelgelbe Stichflamme loderte empor und Ravenna zuckte zurück. Schützend hob sie die Hand vors Gesicht, als eine Hitzewoge über sie hinwegstrich.

»Du bist gut«, bemerkte Elinor trocken. »Zweifellos auf dem Hexenberg ausgebildet – das merkt man. Dieser Trank hätte deinen Körper binnen weniger Herzschläge gelähmt und dich darin eingeschlossen, bis die Mittsommernacht vorüber ist. Ich wollte nicht, dass du hier irgendeinen Unfug anstellst, doch offenbar ist es Morrigans Wille, dass ausgerechnet du mir in die Quere kommst.«

Mit einem verkniffenen Lächeln wischte die Marquise den Pokal sauber und füllte das Gefäß ein zweites Mal. Sie hob den Becher an die Lippen und nahm einen tiefen Zug, bevor sie ihrem Gast den Kelch reichte. Der Höflichkeit halber tat Ravenna so, als würde sie einen Schluck trinken, doch sie achtete darauf, dass ihre Lippen nicht mit der dunklen Flüssigkeit in Berührung kamen. Anschließend klammerte sie sich an den Weinbecher und starrte in die Flammen. Es war unbequem, mit einem Schwert gegürtet am Feuer zu sitzen, aber sie hatte keine andere Wahl: Sie war eine Fremde in einer feindlichen Burg. Elinors lautloses Umhergehen im Hintergrund machte sie nervös. Die Marquise öffnete nacheinander Schränke und Truhen, auf der Suche nach einem vermissten Gegenstand.

»Keine Sorge, der Marquis kann hier nicht eintreten«, erklärte sie, während sie sich einem Möbelstück zuwandte, das neben der Fensternische stand. Der Schrank war von Riegeln und Schlössern übersät. Auf ein Wort der Marquise zog sich das geschmiedete Eisen zurück und gab die Fächer frei. Elinor öffnete eine Tür, zog einen sorgfältig gerollten Pergamentbogen heraus und wedelte mit der Hand. »Grewanier!«, befahl sie und wie rankendes Efeu, das im Zeitraffer gefilmt wurde, krochen die Riegel wieder über das Eichenholz.

Ravenna schüttelte sich und nahm sich vor, sich besser vor der Hexenkunst der schwarzen Marquise in Acht zu nehmen. Elinor bezwang die Naturgesetze scheinbar aus dem Handgelenk und sie führte eine bestimmte Absicht im Schilde – das spürte Ravenna genau.

Als die Marquise ans Feuer zurückkehrte, schlug sie einen unbeschwerten Plauderton an. »Du darfst eines nicht vergessen: Auch ich wurde im Konvent der Sieben ausgebildet und weiß, wie man einen Raum vor ungebetenen Eindringlingen schützt. Als Beliar meine Burg in Beschlag nahm, wollte ich wenigstens diese eine Kammer für mich allein haben. Wenigstens dieses Bett.« Mit einer gereizten Handbewegung wies sie auf das Gestell unter dem Baldachin. Als sie Ravennas erschrockenes Gesicht sah, lachte sie. Es war ein Geräusch wie splitterndes Glas.

»Beliar hätte mich nur zu gerne zu seiner Marquise gemacht. Doch ich ließ es nicht zu – nicht das. Als ich den Teufel rief, war ich bereits verheiratet. Und ich liebte meinen Mann, auch wenn dir jeder auf dieser Burg das Gegenteil versichern wird. Cedric vom Hœnkungsberg war ein guter Gatte. Freundlicher, als ich erwartet hatte, unterhaltsamer, als ich es bin, und gütiger, als ich verdiente.« Die Marquise ließ sich auf dem zweiten Sessel nieder, öffnete die Handfläche und zeigte Ravenna eine wulstige Narbe. »Doch alles hat seinen Preis«, murmelte sie.

Ravenna hob den Kopf. »Das klingt, als hättest du bereits für deine Sünden bezahlt. Zumindest eine Anzahlung.«

Wie eine Schlange fuhr die Marquise zu ihr herum. »Du redest genauso überheblich wie die Sieben! Ach, ihr guten, weisen Frauen, ihr Heilerinnen, Hebammen und Hellseherinnen, die ihr immer an das Gute glaubt. Doch jedes Ding hat zwei Seiten, eine helle und eine dunkle! Wann begreifst du das endlich?«

Während dieses Wutausbruchs begann der Becher in Ravennas Hand zu glühen, bis sie ihn mit einem Schmerzschrei fallen ließ. Wie eine Blutlache breitete sich der Wein auf den Steinfliesen aus. Sie starrte auf den Fleck und zwang sich, an das zu denken, was Beliar in der Klinik zu ihr gesagt hatte, Satz für Satz und Wort für Wort. Elinor war eine Bedrohung – aber zugleich war sie auch die Schlüsselfigur in Beliars Plänen. Eine Marionette, die der Teufel an seidenen Fäden tanzen ließ. Oder eine Hexe, die sich über die Mauer stürzte.

Elinor seufzte, hob den Schleier mit beiden Händen und ließ ihn auf die Schultern sinken. Es machte keinen großen Unterschied: Das Haar der Marquise war rabenschwarz.

»Hör gut zu!«, ermahnte sie Ravenna. »Was ich dir nun sage, erfährst du nur ein einziges Mal. Ich werde dir den Plan meines Gemahls verraten, in der Hoffnung, dass du ebenso sehr wie ich verhindern willst, dass Beliar den magischen Strom an sich reißt. Denn das wäre unser beider Ende, das weißt du genau.«

Vorsichtig breitete sie die Pergamentrolle am Kamin aus, wobei sie es vermied, in die Weinpfütze zu treten. »Es wird sich alles auf dem Tanzplatz der Hexen zutragen. Der Hohe Belchen ist einer von drei Gipfeln, die, als Ganzes gesehen, ein gleichseitiges Dreieck bilden. Genau genommen sind es drei Berge mit gleichem Namen, hier, hier und hier.« Mit dem Finger fuhr Elinor über die Karte.

Das Dokument enthielt zahlreiche Skizzen und Berechnungen. Ravenna kam das Schriftstück bekannt vor. Dann fiel ihr ein, wo sie eine ähnliche Zeichnung gesehen hatte: in Avelines Siedeküche.

Sie beugte sich vor. Die Berggipfel verteilten sich rings um das Flusstal. Einer lag auf der Ostseite des Stroms, der zweite Berg befand sich im Jura und auf den dritten Gipfel ritten die Sieben zu.

»Die Kuppen dieser Berge sind nicht bewaldet, was in dieser Gegend ziemlich ungewöhnlich ist«, fuhr Elinor fort. »Das bedeutet, dass man auf jedem Gipfel eine gute Fernsicht hat und den Horizont überblickt. Ein idealer Platz, um Himmelsmessungen und astronomische Berechnungen anzustellen.« Flüchtig deutete sie nach Osten, Süden und Westen. »Ich hoffe, du weißt, was ein gleichseitiges Dreieck ist?«

»Natürlich weiß ich das!«, brauste Ravenna auf. »Zu Hause arbeite ich den ganzen Tag mit geometrischen Formen. Bei einem gleichseitigen Dreieck misst jeder Innenwinkel 60°.« Sie zeigte das Maß zwischen Daumen und Zeigefinger an. Einer Steinmetzin lagen solche Abstände im Blut. Zumindest hatte sie durch jahrelange Arbeit an Pfeilern und Gesimsen ein Gefühl dafür bekommen. Ein gleichseitiges Dreieck spiegelte die perfekte Form wider. Es war, so wie der goldene Schnitt oder der vitruvianische Mensch, ein Beispiel für perfekte Proportionen. Es war ... ein Maßstab.

Aufgeregt beugte sich Ravenna über die Zeichnung. Plötzlich ahnte sie, dass es um mehr ging als um Geometrie und Landeskunde. Die Pergamentrolle enthielt ein magisches Geheimnis.

»Wenn man auf dem Hohen Belchen steht, kann man über diese Achsen die anderen Berge anpeilen«, erläuterte Elinor. »Zu Yule geht die Sonne genau über der Belchenflue auf. Hier, siehst du? Daher wissen wir, wann es Zeit ist zu tanzen und die Siegel zusammenzubringen.«

Aus den Augenwinkeln warf Ravenna der Marquise einen neugierigen Blick zu. War ihr bewusst, dass sie soeben ›wir‹ gesagt hatte? Elinor stand den Sieben näher, als sie selbst ahnte. Dann folgte ihr Blick wieder Elinors Finger mit dem schwarzen Ring, der entlang einer Peilachse über das Pergament glitt.

»Wenn man an dieser Stelle steht, erkennt man den Ursprung des magischen Stroms. Niemand weiß genau, warum es so ist, doch der Kraftfluss geht von einem Punkt aus, der in der Nähe dieses Sternbildes liegt.« Elinors Finger lag an einer Stelle, an der sieben Punkte eingezeichnet waren. Ravenna erkannte die Markierung wieder: Zusammen ergaben die Punkte den Großen Wagen. »Zweimal im Jahr, zu den Sonnenwenden, muss der Kraftstrom eingefangen und zur Erde gelenkt werden, damit er nicht versiegt«, fuhr die Marquise fort.

»Mit den Siegeln«, bemerkte Ravenna.

Elinor nickte. »Mit den Siegeln. Nur zu diesem Zweck wurden die Ringe erschaffen. Und nur aus diesem Grund gibt es den Zirkel der Sieben. Die Tänze der Hexen verfolgen nur einen einzigen Zweck: Sie erhalten den Fluss der Magie und damit die Quelle der Zauberkraft. Wenn der Strom versiegt, versiegt auch unsere Macht und wir würden zu gewöhnlichen Menschen ohne jede Gabe.«

Fasziniert studierte Ravenna die Karte. Endlich wusste sie, weshalb die Sieben auf den Gipfel des Hohen Belchen ritten. Dort lag ein Kraftplatz, ein geheimer Kultort, der mit anderen Plätzen dieser Art in Verbindung stand. Drei Berge mit gleichem Namen. Sie bildeten eine Art kosmisches Geodreieck, einen Hexenkalender, der das ganze Flusstal überspannte. Jetzt begriff sie: Magie, wahre Magie, war wesentlich mehr als jene kleinen Zaubereien, denen sie im Alltag begegnet war. Sie war eine alles umfassende Macht, die den Himmel, die Sterne und die Geister einschloss.

»Das ist unglaublich«, stieß sie hervor.

»Das ist Mathematik«, verbesserte Elinor trocken. »Die vielleicht älteste Hexenkunst.«

Ravenna hob den Kopf. »Und Beliar will das alles an sich reißen? Um seine Herrschaft auf die ganze Welt auszudehnen? Mit Blutopfern, Untoten und all dem schrecklichen Unglück?«

Elinor ließ den Kopf gegen die Stuhllehne sinken. In glitzerndem Schwarz und dem eng geschnürten Mieder sah sie aus wie eine Wespenkönigin. Sie musterte Ravenna eingehend.

»Der Marquis hat die Falle für die Hexen von langer Hand vorbereitet. Wenn die Sieben erst auf dem Tanzplatz sind, gibt es kein Entkommen. Begreifst du: die richtige Nacht, der richtige Sonnenstand, der richtige Ort und alle sieben Siegel zusammen.« Sie lächelte düster. »Beliar weiß genau, was er tut. Er muss nur in den magischen Kreis treten und alles, was er wollte, gehört ihm.«

Lag es an der Übermüdung, dass es Ravenna plötzlich so schummerig wurde, oder war es der Schock? Beliar wollte die magischen Siegel stehlen – nicht nur eines, sondern alle! So lautete der Plan des Marquis und er hatte bereits alles Nötige in die Wege geleitet. Plötzlich erkannte Ravenna, dass die Hexen kaum eine Chance hatten. Immer, wenn sie dachten, dem Teufel ein Schnippchen zu schlagen, war er ihnen meilenweit voraus.

»Warum sagst du nicht einfach, was du von mir willst?«, fragte sie. »Ich nehme an, dass du mir nicht um der Sieben willen hilfst. Oder weil du Lucian bedauerst.«

Elinor beugte sich vor. »Ich möchte, dass du mir hilfst, meine Burg zurückzuerobern.«

Ravenna verschluckte sich. Hustend stand sie auf, ließ den Hexenmantel über die Schultern zu Boden gleiten und ging zu dem Schränkchen, auf dem eine Karaffe stand und daneben Brot und kalter Braten. Von beidem säbelte sie eine dicke Scheibe ab und schenkte sich einen Becher voll. Das Wasser war klar und roch unverdächtig. Wenn sie nichts aß und trank, würde sie bald so geschwächt sein, dass sie den Teufel nicht vom Beelzebub unterscheiden konnte. Kauend kehrte sie zum Kamin zurück.

»Ich soll die Festung auf dem Hœnkungsberg für dich erobern? Und wie stellst du dir das vor?«, fragte sie mit vollem Mund. »Dass ich das Schwert nicht richtig führen kann, dürftest du schon gemerkt haben. Außerdem habe ich das Siegel des Sommers nicht länger bei mir und ich bin Morrigan nie begegnet. Was willst du also mit mir anfangen?«

In Elinors Gesicht regte sich kein Muskel. Sie wirkte wie eine Marmorstatue, um die man Perlen und kostbare Stoffe drapiert hatte. »Wenn Lucian sich dem Willen seines Vaters nicht beugt – und ich glaube kaum, dass das geschieht –, muss er sterben. Heute ist der längste Tag des Jahres. War dir das klar? Mittsommer ist heute. Bei Sonnenuntergang treffen die Sieben auf dem Tanzplatz ein. Lucians Blut wird Beliar das Tor öffnen, durch das er auf den Hohen Belchen gelangt – zeitgleich mit den Hexen.«

Ravenna packte die Angst. Sie warf einen Blick zu dem schmalen, vergitterten Fenster. Der Himmel über der Festung war milchig, die Banner regten sich im Morgenwind. Überall war Beliars Wappen zu sehen: silberne Skorpione vor schwarzem Hintergrund. Im Hof erklang das Geschnatter und Gegacker von Geflügel. Aus der Küche drang das Klappern der Milchkannen und irgendwo wieherte ein Pferd. Burg Hœnkungsberg erwachte.

»Was verlangt Velasco von seinem Sohn?« Sie konnte kaum glauben, dass ihr die Worte so ruhig über die Lippen kamen. Innerlich war sie schrecklich aufgewühlt und hatte Mühe, auch nur einen klaren Gedanken zu fassen. Denn nun wurde ihr klar, dass sie sich selbst in eine Falle manövriert hatte: Es war Mittsommer und sie saß auf dem Hœnkungsberg fest.

»Lucian soll sich den Höllenfürsten anschließen.« Aus Elinors Mund klang diese Forderung völlig klar und verständlich. »Sein Wissen über Constantins Ritterrunde und den Konvent wäre genau das, was Beliar fehlt. Daher hat sich Damian bereiterklärt, seinen Platz zu räumen, sollte dein Ritter seine Meinung ändern.«

Damian. Das war also der zweite Mann gewesen, den Ravenna im Innenhof gehört hatte. »Ich verstehe nicht ganz«, sagte sie. »Velasco könnte das Wissen doch auch aus ihm herauspressen.«

Elinor fuhr sich mit dem Finger über die Braue. Die mitternachtsblaue Perle pendelte über ihrer Nasenwurzel und warf einen Glanzpunkt auf die Haut. »Gewiss, das könnte er, doch es wäre nicht dasselbe. Zu den Fürsten gehört nur, wer freiwillig in den Tod geht. Nur das höchste Opfer wird von Beliar mit einem Platz in dieser Runde belohnt.«

»Na klar«, murmelte Ravenna. »Dass ich nicht von selbst darauf gekommen bin ...« Das also war mit Oriana passiert. Die kleine Satanistin hatte sich freiwillig geopfert, um ein Blatt am Baum der Nacht zu werden. Ravenna begriff zwar die Zusammenhänge, doch ihr gefiel ganz und gar nicht, was sie soeben erfuhr.

Die schwere, schwarze Seide raschelte, als Elinor aufstand. »Ruh dich aus!«, befahl sie. »Du bist die ganze Nacht geritten und uns bleiben noch einige Stunden, um uns vorzubereiten. Das Ganze soll im Garten geschehen, kurz nach Einbruch der Dämmerung. Dann ist der Augenblick der Entscheidung gekommen und wir werden sehen, was wir davon haben.«

Bei den letzten Worten der Marquise durchzuckte Ravenna wieder die Erinnerung an das Gespräch in der psychiatrischen Klinik und sie sprang auf. »Warte! Hör mir zu! Du darfst auf keinen Fall ...«

Doch Elinor hatte die Kemenate bereits verlassen. Lautlos schloss sich hinter ihr die Zwischentür, die in eine weitere Kammer führte. Zurück blieb der Duft von sterbenden Blumen.

Mit klopfendem Herzen starrte Ravenna auf den Durchgang. Elinor hatte sie die ganze Zeit über in ihren Bann gezogen, das begriff sie in dem Augenblick, da sie allein war. Sie war dem unwiderstehlichen Drang erlegen, der Zauberin vom Hœnkungsberg zuzuhören und beinahe alles zu glauben, was sie sagte. Doch es gab einen Punkt, der sie stutzig machte. Elinor hatte von den vier Fürsten gesprochen, die Beliars Reich mit ihm regieren würden. Sich selbst hatte sie nicht mitgezählt.

Ravenna ging zum Ausgang. Die Tür war nicht verriegelt, und als sie die Klinke herunterdrückte, öffnete sie sich. Ein Schritt über die Schwelle und sie stand wieder auf der Galerie. Es war beinahe schon heller Tag. Der Wind trug das Brüllen von Vieh und das Jammern der Mägde heran. Hinter einem der zahlreichen Fenster trällerte eine Frauenstimme und im Hof klapperte der leere Eimer in den Brunnenschacht.

Mit einem leisen Fluch trat Ravenna in die Kemenate zurück. Sie zog die Tür zu und schob den Riegel vor. Ihr Herz klopfte heftig. Elinor hatte sie so lange beschwatzt, bis die Sonne aufgegangen war und sie sich nicht mehr ungesehen in der Festung bewegen konnte. Sie hatte keinen Grund, der schwarzen Marquise zu vertrauen, ganz gleich, was Elinor ihr in diesen frühen Morgenstunden verraten hatte.

Seufzend hakte sie das Schwert aus, zog den Sessel zum Bett und lehnte die Waffe dagegen. Sie wollte Lucians Klinge in der Nähe haben, falls sie einnickte und sie jemand überraschte. Vollständig angezogen und in Stiefeln krabbelte sie unter den Baldachin. Dann zog sie Yvonnes Hexenbuch aus der Tasche, legte sich auf den Bauch und begann zu lesen.

Zwei Schwestern

Als die Glocke im Türmchen auf dem Palast Mittag schlug, wusste Ravenna alles. Sie wusste, was mit der armen Merle passiert war und warum die schwarze Katze und ihre Jungen fort waren, als sie mit Lucian aus dem Mittelalter zurückkehrte. Sie wusste, wer die Leute in Yvonnes Wicca-Zirkel waren und wie ihre Schwester auf Oriana aus dem Steineladen hereingefallen war. Und sie wusste auch, unter welchem Vorwand Beliar ihre Schwester auf das Boot gelockt hatte.

Sie ließ den Kopf auf die offenen Seiten sinken. Das darf alles nicht wahr sein, dachte sie. Yvonne stand im Begriff, sich in eine schwarze Hexe zu verwandeln und auf die düstere Seite der Macht zu wechseln. Ihre Schwester war drauf und dran, das zu werden, was die Marquise verkörperte. Und Elinor war vor allem eins: unglücklich.

Ravenna biss sich auf die Lippe. Sie fühlte sich schuldig. Yvonne hatte sich wegen ihr auf die Suche begeben. Anfangs war es ihr wirklich nur darum gegangen, ihrer verschwundenen Schwester zu helfen. Doch dann hatten sich die Dinge in eine völlig andere Richtung entwickelt. Yvonne war in Beliars Sog geraten. Da er Ravenna nicht länger beeinflussen konnte, konzentrierte er sich nun auf die jüngere der beiden Schwestern.

Mit einem Ruck hob Ravenna den Kopf. Sie musste etwas unternehmen! Sie durfte nicht zulassen, dass Yvonne dem Marquis und seinen Verführungskünsten verfiel.

Sie schwang sich vom Himmelbett und spritzte sich eine Handvoll kaltes Wasser ins Gesicht. Während sie sich das Gesicht mit einem Leintuch trockenrieb, musste sie an die Tarotkarte denken, die Yvonne zusammen mit Lucians Haarlocke in das Medaillon gesteckt hatte. Die Liebenden. Die Gefährten von Mittsommer.

Es gab noch eine andere Karte, die dasselbe nackte Menschenpaar zeigte, doch auf diesem Bild wurden sie nicht von einem mit Laub gekrönten Engel behütet, sondern waren mit Ketten an den Thron eines Dämons geschmiedet: einer gehörnten Gestalt mit Fledermausflügeln und einem umgedrehten Pentagramm auf der Stirn. Alles lag so dicht beieinander. Alles hatte eine Kehrseite, sogar die Liebe. Manchmal war sie das größte Glück, das einem Menschen widerfahren konnte. Und dann wiederum die Hölle auf Erden.

Ravenna warf das Tuch neben die Waschschüssel. Vom fehlenden Schlaf war ihr schwindlig, doch sie wollte keine Zeit mehr verlieren. Schwungvoll warf sie sich den Umhang um die Schultern, schnallte sich das Schwert um die Hüften und zog die Stiefelschäfte hoch. Dann ging sie zu der Zwischentür und öffnete sie lautlos. Yvonnes Tagebuch ließ sie auf dem Bett liegen.

Das angrenzende Zimmer glich ihrer Kammer, bis auf eine Wiege aus Holz, die neben dem Bett stand. Auf Zehenspitzen schlich sie durch das Gemach. Die Wiege war leer. In den Falten des Überwurfs auf dem Bett sammelte sich Staub und unter dem Seidenhimmel hingen Spinnweben, so dick und grau wie Zeltplanen.

Ravenna begriff: Dies war das Zimmer der toten Marquise, jener jungen Frau, die vor Elinor auf dem Hœnkungsberg geherrscht hatte. Eilig durchquerte sie den Raum und wünschte sich, keine Spuren zu hinterlassen. Sie fasste die Klinke der nächsten Tür.

Wieder ein Zimmer. Wieder gab es keine Spur von den Bewohnern, abgesehen von einem verlassenen Tisch und einem kalten Kachelofen. Als sie auch diesen Raum verlassen hatte, stand sie in einem langen Flur. Die Tür zum Wappensaal war nur angelehnt, sie hörte die Schritte der Dienerschaft und das Klappern von Tellern. Es roch nach Braten, nach Kümmel, Speck und Rosmarin und nach frischem Brot. Gleichzeitig schwebte noch ein anderer Duft im Gang, der irgendwie ... feierlicher roch. Lavendelöl. Sie verzog den Mund.

Dann hörte sie plötzlich Schritte auf der Wendeltreppe und ihr Puls jagte in die Höhe. Sollte sie auf die Galerie ausweichen? Nein – der Gang war offen und jeder, der durch den Innenhof ging, konnte sie sehen. Hastig wich sie in die Zimmerflucht zurück, die sie eben durchschritten hatte, und zog die Tür leise zu, ohne jedoch das Schloss einrasten zu lassen.

Velasco hatte es eilig. Der Mantel wehte hinter ihm her, der Schwertgurt klirrte bei jedem Schritt. Der Hexer war gekleidet wie ein Edelmann – ein kriegerischer Edelmann, der außer Samt eine mit Metallplatten verstärkte Lederrüstung trug. Ravenna beobachtete ihn durch den winzigen Spalt zwischen Tür und Pfosten. Wieder fröstelte sie, als ihr die Ähnlichkeit zwischen Vater und Sohn auffiel. Hoffentlich würde Lucian später nie einen derart grimmigen Ausdruck zur Schau tragen.

Sie wollte schon aufatmen, als der Hexer von Carcassonne noch einmal zurückkam. Suchend blickte Velasco sich um, seine Nasenflügel bebten. Ravenna rutschte das Herz in die Magengrube. Witterte er sie etwa?

Eine Zofe wollte mit gesenktem Kopf an dem Hexer vorbeihuschen, doch Velasco packte sie am Arm. »Was ist das für ein Duft?«, fragte er. Die Frau duckte sich erschrocken. Der Schmuck, den sie auf einem Kissen vor sich hergetragen hatte, rollte hin und her und fiel schließlich zu Boden.

»Die Marquise bereitet sich auf die Zeremonie vor, Herr«, keuchte sie. Sie krümmte sich, offenbar tat Velasco ihr weh. »Sie nimmt ein Bad und anschließend soll ich ihr die Haare frisieren.«

Velascos Oberlippe schob sich über die Zähne. Es sollte wohl ein Grinsen sein, doch die Zofe wimmerte erschrocken. Für einen

Mann, den Constantin hatte köpfen und an den Füßen aufhängen lassen, sah der Burgherr aus dem Tal des Schreckens überraschend gesund aus. »Bring ihr einen Becher Wein und erfülle ihr jeden Wunsch, den sie äußert. Elinor soll gute Laune haben, wenn sie sich später zu uns gesellt.«

Ravenna biss sich auf die Lippe. Hatte die Marquise sie belogen? War ihr überhaupt daran gelegen, Beliar aufzuhalten – oder spielte sie mit jedem, der ihr über den Weg lief? Bevor Ravenna den Gedanken weiterverfolgen konnte, sprach Velasco weiter.

»Wo steckt eigentlich unser junger Gast – Yvonne von Ottrott?«

Die Zofe starrte den Hexer an. Ravenna fiel ein, was Lucian über seinen Vater gesagt hatte: Alle lebten in Angst vor ihm. Es war seltsam: Während Beliar verbindlich und manchmal sogar recht unterhaltsam sein konnte, wirkte Velasco beängstigend auf seine Umgebung.

»Wo ist sie?«, zischte der Burgherr, als die Zofe nicht gleich antwortete. In der Umklammerung des schwarzen Handschuhs schien der Arm der Frau jeden Augenblick zu brechen.

»Sie ist in der Grotte.«

Mit einem Ruck stieß Velasco die Zofe von sich. Sie taumelte gegen die Wand.

»Dann sorg dafür, dass sie dort bleibt!«, befahl er nur. Dann stapfte er davon.

Ravenna wartete, bis sich die Zofe wieder gefangen hatte. Hastig und mit einer unterdrückten Verwünschung sammelte die Frau die Ringe und Perlen auf, die über den ganzen Boden verstreut waren. Dann nahm sie wieder ihre kerzengerade, würdevolle Haltung ein und schritt in Richtung Badestube davon.

Erst jetzt merkte Ravenna, dass sie die ganze Zeit über den Atem angehalten hatte. Yvonne konnte sich offenbar frei in der Burg bewegen – das war eine gute Nachricht. Ravenna vermutete, dass die Grotte unter dem Burgfried lag, denn an jener Stelle war der Felsen am breitesten. Nun musste sie nur noch vor der Zofe dort eintreffen.

Sie schlüpfte wieder in den Gang und huschte am Ehrensaal vorbei, nicht ohne überrascht festzustellen, wie viele Gäste an Beliars Festmahl teilnahmen. Fast alle Plätze an der langen Tafel waren besetzt. In den Fensternischen und an der Wand hingen prachtvolle Banner. Sie waren an den Schäften von Lanzen befestigt, die an Halterungen in der Wand steckten. Unter den Abzeichen standen Leute in Grüppchen beisammen, in rege Gespräche vertieft. Offenbar hatte das Bankett noch nicht angefangen, der Tisch bog sich unter der Last der Speisen. Niemand bemerkte die schattenhafte Gestalt im Gang, nicht einmal der Marquis selbst, der mit einigen Ehrengästen neben dem roten Thron stand.

Ravenna betrat die Wendeltreppe und zog die Tür sorgfältig hinter sich zu. Ihre Gedanken rasten. Eine Spirale aus flachen Stufen schraubte sich durch den Felsen. Es duftete nicht mehr nach dem ritterlichen Festmahl, sondern nach Stein und Kerzenwachs. Sie eilte die Stufen hinab und folgte einem langen Gang, der von Fackeln beleuchtet war. Zweimal musste sie abzweigen – dann lag die Grotte vor ihr. Es war ein runder Kuppelsaal, in den Felsen geschlagen. Der Boden bestand aus flaschengrünem Glas. Lichtreflexe spiegelten sich in der Scheibe. Entlang der Wände, auf jedem Vorsprung und an den zu Spiralen verdrehten Säulen flackerten Kerzen. Es mussten Hunderte sein. Der Geruch von Bienenwachs war betäubend.

Ravennas Magen krampfte sich zusammen, weil sie der Wachsgeruch an das Ritual in der Klinik erinnerte. Sie trat unter den gewölbten Durchgang, ohne die Glasplatte zu berühren.

Vor der Nische am anderen Ende des Raums stand eine schlanke Gestalt. Ravenna hätte ihre Schwester fast nicht wiedererkannt, denn Yvonne trug ein langes Kleid aus blutroter Seide. Es war ihr wie auf den Leib geschneidert und betonte mehr, als es verhüllte. Das blonde Haar war hochgesteckt, sie trug Ohrringe aus winzigen Granatsteinen und ihre Schultern glänzten wie Marmor. Aufmerksam studierte sie den Altar, der in der Nische stand. Es war ein Tisch aus Sandstein, aus dem Felsen gemeißelt. Darauf befanden sich mehrere Gegenstände: ein Kelch, um dessen Fuß sich ein Drache wand, ein Hexendolch mit dreieckiger Klinge, ein Stab aus Elfenbein und ein in Gold gefasster Kristall.

»Yvy.«

Ravennas Flüstern hallte so laut durch die Grotte, dass sie selbst erschrak. Ihre Schwester hob den Kopf. Yvonnes Augen waren ausdrucksvoll geschminkt und ihre Lippen glänzten im selben Rubinrot wie das Kleid. Als Ravenna einen weiteren Schritt vortrat, drehte sie sich mit einer einzigen, fließenden Bewegung um. Die Seide fegte über den Glasboden.

»Weißt du, wie lange ich auf diesen Augenblick gewartet habe?« Yvonne schien nicht einmal überrascht, dass Ravenna plötzlich in der Grotte stand. »Beliar hat mir angeboten, mich in seinen Zirkel einzuweihen. Er will mich in seinen Geheimbund aufnehmen und fragte mich, ob ich an seiner Seite die Magierin der Mittsommernacht sein will. Er bat mich, hier zu verweilen und mir darüber klarzuwerden, ob ich sein Angebot annehmen will.« Ihre Hand zitterte, als sie über die magischen Gegenstände auf dem Altar strich, ohne sie zu berühren. »Ob ich das wirklich will!«, wiederholte sie und lachte tonlos. »Ich habe jahrelang von nichts anderem geträumt!«

Nervös leckte sich Ravenna über die Lippen. »Er hat dich belogen. Beliar hat nicht das Recht, dir so etwas vorzuschlagen. Er macht dich nicht zur Königin des Sommers, sondern zu seiner Sklavin. Hast du je von den vier Fürsten gehört? Sie ...«

»Das darf doch wohl nicht wahr sein!« In einem Traum aus raschelnder roter Seide kam Yvonne auf sie zugerauscht. Ihre Augen blitzten zornig. »Gönnst du mir diese Einladung etwa auch nicht? Die kürzeste Nacht des Jahres, ein Fest unter offenem Sternenhimmel, bei dem die Burgherren des Elsass zusammenkommen – willst du mir das wirklich verderben?«

Ravenna hütete sich, auf die Glasplatte zu treten, über die Yvonne so sorglos schwebte. Unter der Scheibe lag ein tiefer Schacht, der Grund war nicht zu sehen, doch sie sah ihr eigenes

Spiegelbild, verzerrt und in die Länge gezogen. Plötzlich wurde ihr klar, dass sie zu ihren alten Rollen zurückgekehrt waren: Sie trug derbe Reisekleider, die Stiefel waren mit Schlamm verkrustet und sie hielt ein Schwert in der Hand, während Yvonne vom Kopf bis zu den Zehenspitzen in funkelnder Eleganz erstrahlte.

»Was wird das wohl für ein Fest geben, Yvonne? So eines wie an jenem Abend, als du Merle geopfert hast? Oder mehr wie dieser satanistische Kult auf dem Boot, der Oriana das Leben kostete?«

»Ich habe sie nicht getötet«, fauchte Yvonne. »Ich habe ihr einen Gefallen getan.«

Ravenna lief ein Schauer über den Rücken, als sie dieses Geständnis hörte. »Einen Gefallen«, wiederholte sie. »Du hast sie umgehend in die Hölle gebracht.«

»Das ist doch lächerlich.«

»Nein, Yvonne. Das ist Mord. Du hast zugelassen, dass Beliar deine Hand führt, um ihr die Kehle durchzuschneiden. So steht es in deinem Tagebuch.«

Die Schwertspitze zeigte zu Boden. Yvonne starrte sie an. »Du beschuldigst mich? Im Ernst? Du beschuldigst mich nach allem, was ich für dich getan habe? Wie kommst du überhaupt hier herein? Weißt du denn nicht, dass ein lauter Schrei von mir genügt, um ein Dutzend Wachen herbeizurufen?«

Das Blut pochte in Ravennas Schläfen. »Du würdest mich also tatsächlich ein weiteres Mal verraten, so wie an jenem Abend, als Lucian und ich in die Villa eingedrungen sind. Du hast Gress gesagt, wohin wir wollten, nicht wahr? Deshalb hat die Polizei uns dort so schnell gefunden. Was ist nur aus uns beiden geworden, Yvonne?«

Ihre Schwester legte den Kopf schräg. »Ich dachte, unser rasches Eingreifen hätte dir das Leben gerettet. Wir sind uns so ähnlich, Raven. Manchmal glaube ich sogar, dass wir uns zu ähnlich sind. Hast du gewusst, dass das Feuer unser Element ist?« Ihre Finger streckten sich nach dem Stab aus Elfenbein, doch sie nahm ihn nicht in die Hand. »Es ist nicht gut, wenn zwei Hexen mit derselben Gabe zusammentreffen. Und wenn sie gar aus einer Familie stammen, ist es noch schlimmer. So war es auch zwischen Beliar und Morrigan. Wusstest du, dass sie miteinander verwandt sind?« Sie lachte. »Du kennst doch die Geschichte von dem Zauberer, der von seiner Geliebten unter einen Weißdornbusch verbannt wurde. In Beliars Fall war es der Baum der Nacht. Er könnte immer noch dort angekettet sein, doch Elinors Ruf hat ihn befreit.«

»Lass mich raten: Chrétien de Troyes«, murmelte Ravenna. »Der Barde von elfhundertnochwas.«

Yvonne lachte wieder. Mit einem Satz stemmte sie sich auf den Rand des Altars, rutschte ein Stück zurück und legte den Elfenbeinstab quer auf ihren Schoß. Ihre Augen leuchteten und auf ihren Wangen lag ein erregter Schimmer.

Der Marquis hat sie hypnotisiert, dachte Ravenna. Er hat sie in ein Labyrinth aus prunkvollen Spiegeln geführt und jetzt findet sie den Weg nicht mehr zurück.

»Willst du Lucian wirklich opfern – für das hier?«, fragte sie leise. Mit einem Kreischen fuhr die Schwertspitze über die Glasplatte und hinterließ einen tiefen Kratzer. »Er wird heute bei Sonnenuntergang sterben, wenn wir nichts dagegen unternehmen.«

Yvonne schloss die Finger fest um das Elfenbein. »Lucian ist ein Dickschädel. Velasco hat ihm alles angeboten, was man sich wünschen kann: Macht, Einfluss, Gold und sogar eine eigene Burg. Aber er hat immer nur abgelehnt und steif und fest darauf beharrt, dass er nur einer Herrin dient, nämlich dir.«

Ravenna schluckte. Ihre Angst wurde so stark, dass es sie schon körperlich schmerzte. »Wo ist er, Yvonne?«, flehte sie ihre Schwester an. »Bitte sag mir, wo sie ihn gefangen halten! Wenn dir das hier alles so wichtig ist, dann ... von mir aus: Bleib hier und feiere die Mittsommernacht mit Beliar und seinen Freunden. Ich komme dir nicht in die Quere. Lucian und ich verlassen den Hœnkungsberg, sobald ich weiß, wo er steckt.«

Sie log, denn sie dachte nicht im Traum daran, Yvonne in dieser Festung zurückzulassen. Dabei wusste sie ganz genau, dass ihre Schwester sie immer durchschaut hatte.

Yvonne hörte auf, mit dem Hexenstab zu spielen. Ausdruckslos blickte sie Ravenna an. »Hast du in meinem Tagebuch auch gelesen, was Oriana zu mir sagte? Ich sei eine gefangene Seele. Weißt du, ich glaube, bei Lucian ist das auch der Fall. Er hasst seinen Vater und dieser Hass hält ihn davon ab, seine Kräfte zu entfalten. Dabei hat er wirklich Talent. Er könnte selbst ein Magier sein, ein Druide, aber er muss ja unbedingt den Ritter spielen, der das zauberische Wirken den Hexen überlässt.«

Ravenna stutzte. Lucian besaß eine Gabe? Das war ihr noch nie aufgefallen. Doch sie hatte sich auch noch nie gefragt, weshalb sich die Ritter meist im Hintergrund hielten. »Weißt du überhaupt, wer dieser Velasco ist?«, fragte sie. »Wusstest du, dass er derjenige war, der Maeve umbrachte und dass er …

»Vorsicht, Ravenna«, warnte Yvonne. »Pass lieber auf, was du sagst. Es könnte den Marquis zornig machen.« Mit einem federleichten Satz sprang sie von dem Altar herunter und deutete mit dem Stab an die Decke.

Ravenna hob den Kopf. Die Kuppel der Grotte war mit Mosaiksteinen verkleidet. In der Mitte saß ein Spiegel. Sie hätte ihr ungläubiges Gesicht sehen müssen, wie es sich spiegelte, doch stattdessen blickte sie in ein faustgroßes Auge. Dunkel wie Rauchkristall lag es in einer mit Wasser gefüllten Silberschale, irgendwo in einem anderen Raum dieser Burg.

Erschrocken prallte sie zurück. Marvins Warnung fiel ihr ein, doch es war zu spät. Beliar hatte sie längst entdeckt und seine Schergen waren vermutlich auf dem Weg hierher.

Sie wirbelte herum und rannte durch den Gang zu der Wendeltreppe, die sie zur Grotte geführt hatte. Sie war schon im tiefsten Stockwerk der Burg angelangt, von hier aus ging es nur nach oben. Über ihrem Kopf schlug eine Tür, und als sie aufblickte, sah sie Velasco wie einen wütenden Stier abwärts stürmen. In der Faust trug er ein blankes Schwert, und seine Nasenflügel bebten.

Sie prallte zurück. Sie war dem Hexer von Carcassonne nicht gewachsen, das wusste sie seit jener Nacht im dunklen Hausflur, als er sie vor ihrer eigenen Haustür überrumpelt hatte. Sie schaffte es gerade noch, in den Gang zurückzuweichen und zur Grotte zu rennen, bevor Velasco sie einholte.

»Bleib stehen!«, brüllte er und das tat sie, die Klinge mit beiden Händen über den Kopf schwingend, um den vernichtenden Schlag des Gegners abzufangen. Obwohl Velasco unter dem Felsgewölbe nicht voll ausholen konnte, warf sie die Wucht seines Hiebs rückwärts gegen die Wand. Ihre Ellenbogen und Handgelenke fühlten sich an, als wären sie gesplittert. Ravenna schluchzte vor Schmerz, und als der Hexer zum zweiten und letzten Schlag ausholte, rollte sie herum und floh zurück in die Grotte.

»Yvonne!«, brüllte sie. »Yvonne, hilf mir! Wegen Mémé und weil wir Schwestern sind – ich flehe dich an!«

Dann stöhnte sie auf. Der Altar war leer, die Grotte verlassen, als hätte das Gespräch der beiden Schwestern nie stattgefunden. Der Glasdeckel hatte eine kreisrunde Einfassung. Sie hob den Fuß, um über den Eisenring zu balancieren, doch da packte Velasco sie von hinten am Hexenmantel. Er riss sie zu sich heran, packte ihr Kinn wie in einem Schraubstock und zwang sie, ihm aus nächster Nähe ins Gesicht zu blicken.

»Du elende Verführerin!«, zischte er. »Du hast meinen Sohn verhext, so dass er nur noch an dich denken kann und nicht sieht, welche Möglichkeiten ich ihm biete. Nicht einmal die kleine Maeve hat ihm derart den Kopf verdreht.«

Er roch nach Rauch und Leder. Seine Augen glimmten tiefschwarz. Nichts darin glich dem Braunton, den Ravenna so sehr an Lucian liebte, weil er sie an Kaffeebohnen, Kastanien und Schokolade erinnerte. Nichts im Blick des Hexers verriet irgendeine Art von Gefühl.

Mit einem Finger zog Velasco den hochstehenden Kragen seines Wamses zur Seite und reckte das Kinn, damit Ravenna die Narbe sehen konnte, die quer über seinen Hals verlief. Es sah aus, als hätte er sich an einem Starkstromkabel erhängt. Da begriff sie: In Wirklichkeit war er der kopflose Reiter, das Gespenst aus Beliars Burg.

»In dem Augenblick, als Constantin mich hinrichten ließ, weihte ich mein Leben der schwarzen Kunst. Das hat mich gerettet«, stieß er hervor.

»Bedauerlicherweise musste ich mich zurückhalten, als wir beide uns in Straßburg zum ersten Mal begegneten. Beliar verlangte, dass ich dich nur erschrecken und ihm in die Arme treiben solle. Das ist sonst nicht meine Art: Zurückhaltung.«

»Kann ich mir denken«, murmelte Ravenna.

Eisern umklammerte Velasco ihren Arm, mit dem sie das Schwert gepackt hielt. Es schien ihn zu erregen, dass sie die Waffe nicht fallen ließ. »Warum?«, fragte sie. »Warum ich?«

»Du bist perfekt«, murmelte der Hexer. »Du warst von Anfang an als diejenige auserkoren, die sich zu unserer Runde gesellen sollte. Deine Schwester ist nur zweite Wahl, ihre Fähigkeiten sind nicht halb so stark ausgeprägt wie deine. Du, Lucian, Elinor und ich – unsere Gaben und Beliars Macht würden sich auf ideale Weise ergänzen. Schade, dass du so widerspenstig warst. Andererseits lag ein gewisser Reiz darin, mit dir zu spielen.«

Noch nie hatte Ravenna sich so vor einem Lächeln gefürchtet. Velasco war ein attraktiver Mann. Wenn man von der Narbe absah, die von seiner Hinrichtung stammte.

»Kann schon sein«, stieß sie hervor. »Aber jetzt ist das Spiel vorbei.«

Sie hatte gerade genug Spielraum, um ihrem Gegner das Schwert in den Fuß zu rammen. Ihr wurde beinahe übel, als sie spürte, wie die Klinge durch Leder, Gewebe und Knochen schnitt und dann auf den Steinboden stieß. Der Hexer schien eher überrascht als von Schmerzen überwältigt. Mit einem Ruck befreite Ravenna sich aus seinem Griff.

»Über eines solltest du dir im Klaren sein: Lucian wird seine Meinung niemals ändern. Wir waren zusammen am Maistein und das ist das Einzige, was zählt«, sagte Ravenna. Sie wich einen Schritt zurück und trat auf die Platte. Das Glas explodierte förmlich unter ihr.

Bestürzt griff Velasco nach ihr, er wollte sein Opfer nicht entkommen lassen, doch es war zu spät – Ravenna fiel rückwärts in den Schacht. Obwohl sie auf den Sturz gefasst war, schoss ihr der Schreck in die Glieder und ihr Magen krampfte sich zusammen. Sie ruderte mit den Armen und ihr Schrei hallte von den Felswänden wider. Sie sah noch, wie Velascos wütendes Gesicht aus ihrem Blickfeld verschwand, bemerkte, wie das Licht in der Grotte immer kleiner wurde, und dann schlug sie mit dem Rücken auf einem Schutthaufen auf. Sie dachte nur daran, Lucians Schwert nicht fallen zu lassen, als der abschüssige Untergrund ins Rutschen kam und sie in einer Wolke aus Staub und Geröll bergab befördert wurde.

Der Sturz endete unsanft, als sie gegen eine Wand prallte. Ein Schauer aus Sand und Kieselsteinen hüllte sie ein und sie blieb stöhnend liegen. Erst als das Blut nicht mehr so stark in ihren Ohren rauschte, versuchte sie, die Zehen zu bewegen und vorsichtig den Hals zu drehen. Bei jeder Bewegung rann ihr kalter, mehliger Staub in den Kragen. Offenbar hatte sie sich nichts gebrochen, allerdings war wohl eine Rippe angeknackst, denn sie hatte Seitenstechen und ihr war schlecht. Ächzend stützte sie sich auf das Schwert, zog sich hoch und blieb vornübergebeugt stehen. Von einer Platzwunde tropfte Blut auf den Boden.

Es war still. Sie hörte nur ihr eigenes, verzweifeltes Keuchen. Als sie sich schließlich umschaute, sah sie den Schacht, durch den sie gestürzt war, einige Meter über sich. Mattes, grünes Licht fiel auf die kegelförmige Schutthalde, die ihren Sturz abgefangen hatte. Sie fühlte keinen Drang, wieder auf die Halde hinaufzuklettern, ganz abgesehen davon, dass sie den Rand des Schachtes unmöglich erreichen konnte. Er lag zu hoch. An dieser Stelle gab es keinen Ausgang.

Ravenna wandte sich ab. Vor ihr lag nur verschwommene Dunkelheit. Der Untergrund der Burg schien ausgehöhlt und von Gängen durchzogen wie ein Ameisenhaufen. Ravenna entschied sich, dort entlangzugehen, wo sie mit den Fingern an der Wand entlangstreifen konnte. Bald erkannte sie, dass dies auch der einzige Weg war: Die Felsen verengten sich nach einer Weile und gaben nur noch einen niedrigen Gang frei, in dem sie gebückt gehen musste.

Der Weg krümmte sich, er bildete Schlaufen und Kurven, bis sie das Gefühl hatte, seit einer Ewigkeit unterwegs zu sein. Sie hielt mehrmals inne und schöpfte Atem, doch jedes Mal wurde das Durstgefühl in ihrer trockenen Kehle so stark, dass es sie zwang, weiterzukriechen. Sie hatte Lucians Gurtzeug längst abgestreift und schleifte es hinter sich her, die Schwertscheide scharrte über den Boden. Ein paarmal dachte sie ans Aufgeben, doch dann sagte sie sich, dass dieser Gang irgendwo enden musste, vielleicht im Kerker, wo sie Lucian finden und befreien würde.

Endlich sah sie ein schwaches Licht vor sich. Als sie so nah war, dass es sie blendete, weitete sich der Gang zu einer Kammer. Taumelnd kam Ravenna auf die Füße. Das Licht, das sie gesehen hatte, fiel durch ein Loch in der Wand. Der Durchgang war vergittert. Wenn sie sich davor auf den Boden kauerte, sah sie einen breiten, sonnenbeschienenen Wiesenstreifen, der nach fünf oder sechs Schritten an einer Felswand endete. Sie hatte keine Ahnung, wo sie war.

Probehalber rüttelte sie an dem Gitter, doch es war fest im Felsen verankert. Sie fand weder einen Riegel noch Angeln oder sonst einen Hinweis darauf, ob es sich bewegen ließ. Widerstrebend sah sie sich in der Kammer um, in der ihre Reise offensichtlich zu Ende war. Ein Teil der Wände und die Decke bestanden aus Felsen, ein anderer Teil war Mauerwerk. In verschiedenen Höhen waren Eisenringe daran befestigt, deren Sinn und Zweck sie lieber nicht näher erkunden wollte. Sie lächelte schief. Zweifellos hatte sie Beliars Kerker gefunden. Und sie war die einzige Gefangene, denn von Lucian fehlte jede Spur.

Der Mut verließ sie. Sie raffte den Hexenmantel um sich und kauerte sich auf den nackten Boden. Es war kalt, die Wände rochen nach Moder und Rost wie in einem richtigen Verlies. Gleichzeitig lag noch ein anderer Geruch in der Luft, ein scharfer Raubtiergestank, von dem ihr erneut übel wurde.

Denk nach, Ravenna!, verlangte sie und hämmerte sich mit den Fingerknöcheln gegen die Stirn. Denk nach oder die Zeit läuft dir davon! Die Lichtstrahlen, die schräg in die Grube vor dem Kerker einfielen, verrieten ihr, dass der Sonnenuntergang nur noch wenige Stunden entfernt war. Du musst hier raus oder es war alles umsonst!, ermahnte sie sich verzweifelt.

Doch der einzige Ausweg war das Loch, durch das sie gekrochen war. Es führte sie zurück in den Tunnel, zum Schacht unter der Grotte – in eine Sackgasse. Wie schlau, dachte sie, während sie die Knie mit beiden Händen umklammerte und die Beine eng an den Körper zog. Falls ein unberufener Besucher die Grotte entdeckte, in der Beliar seinen magischen Schatz aufbewahrte, landete er genau hier: im Verlies auf dem Hœnkungsberg.

Wenigstens besaß sie Lucians Schwert, sagte sie sich. Sie war also nicht vollkommen hilflos. Allerdings brauchte der Marquis nur abzuwarten, bis seine Gefangene verdurstete oder an der Verzweiflung starb – je nachdem, was zuerst die Oberhand gewann.

Ravenna presste die Lippen zusammen. Sie war hier gelandet, weil sie vor Velasco geflohen war, weil sie nicht noch einmal dasselbe Elend durchmachen wollte wie an jenem Winterabend in ihrer Küche. Als sie an jene Nacht dachte, fing sie an zu zittern. Zuletzt behält Elinor also doch Recht, dachte sie. Sie würde nie vergessen, was damals geschehen war.

Beliar musste den Hexer durch ein Tor in ihre Welt geholt haben. Gut möglich, dass Elinor ihm dabei geholfen hatte, denn die Marquise war schließlich eine der letzten ausgebildeten Tormagierinnen. Velasco war in ihre Wohnung eingedrungen, hatte sie zu Boden gestoßen und verlangt, dass sie sich auszog. Anfangs zögerte sie, doch mit vorgehaltenem Messer zwang sie der Eindringling, die Bluse aufzuknöpfen und Kleidungsstück um Kleidungsstück abzustreifen, ohne dass sie ihm dabei je ins Gesicht sah. Er blieb die ganze Zeit hinter ihr und ritzte ihr seine Befehle in die Haut.

Mit jedem Stück Stoff, das zu Boden fiel, fühlte sie sich schutzloser, nackter, verletzlicher. Zuletzt hatte er sie gezwungen, sich hinzuknien. Dann leerte er ihre Geldbörse aus und warf allen Schmuck, den er finden konnte, auf den Boden. Er riss die Schubladen aus den Schränken. In einem klingenden Regen prasselten die Schere, der Korkenzieher, das Besteck und die Schöpfkelle zu Boden, während Ravenna reglos auf den Dielen kauerte, die Arme über den Kopf gelegt, und versuchte, an nichts zu denken.

In der Fantasie ist es viel bedrohlicher, hatte Corbeau später immer wieder zu ihr gesagt. Die Dinge, die sich nur in Gedanken abspielen, quälen uns viel ärger als die Wirklichkeit, denn wir werden die Erinnerung nur schwer wieder los.

Er sollte Recht behalten. Ravenna erstarrte zu Eis, als der Eindringling auch die Nägel aus den Wänden riss und das Fenster einschlug, um an die eiserne Einfassung zu kommen. Dann hatte er sie mit immer rascher werdenden Schritten umrundet und in einer uralten Sprache Verse gemurmelt. Die Küche begann sich vor ihren Augen zu drehen, das Metall schmolz zu einem Quecksilberfluss, der unter den Beschwörungen des Hexers Form annahm. Ein Kreis entstand, der sich langsam um sie schloss und mit Bahnen aus flüssigem Silber durchzogen war. Doch die ganze Zeit über starrte sie nur auf das Messer, das der Fremde in der Faust hielt.

»Du gehörst zu uns, ob du willst oder nicht«, hatte er ihr schließlich ins Ohr geraunt, nachdem er erneut hinter sie getreten war. »Wenn unser Meister ruft, wirst du ihm gehorchen.«

Sie wusste, wie sich ein Opfer fühlte. Velasco war Herr der Lage, er hatte ihre Angststarre ausgekostet – es war, als würde er nun unter ihrem Dach hausen, während sie nur ein nackter, weißer Schatten auf dem Fußboden war. Und genauso blieb es von diesem Moment an: Sobald sie die Wohnung betrat, sah sie nur noch ihn. Velasco war in ihren Geist eingedrungen, in ihre Gedanken, in ihre Träume.

Sie konnte nicht fassen, dass er plötzlich verschwunden war. Wie lange hatte sie in dem Bannkreis gekniet, nachdem er gegangen war, ohne sich zu rühren? Eine oder zwei Stunden? Oder bis zum Morgengrauen? Sie wusste es nicht mehr. Es war jener Teil des Überfalls, der sie am meisten quälte: die Demütigung, die nur in ihrem Kopf stattfand. Die Angst, die keine greifbare Ursache mehr hatte. Der Verfolgungswahn, der mit dem Einbruch kam.

Jetzt endlich verstand sie, weshalb Yvonne von ihren Schilderungen so merkwürdig fasziniert war. Eine morbide Begeisterung hatte ihre Schwester damals erfasst, weil von schwarzer Magie die Rede war. Yvonne war sofort einverstanden gewesen, als Ravenna sie bat, bei ihr einzuziehen. Von dem Ring, der sich in den Fußboden gebrannt hatte und trotz allen Scheuerns und Schleifens und einer dicken Schicht Parkettöl immer noch zu sehen war, wurde sie immer wieder angezogen. Oft hielt sie sich an der Stelle auf und behauptete, einen Gegenzauber zu wirken.

Ravenna ließ die Stirn auf die Knie sinken. Auch wenn sie mit knapper Not entkommen war: Der Hexer hatte Beliar schließlich doch ein Opfer in die Arme getrieben, das den Kreis der vier Fürsten ergänzte. Aber es war nicht sie, wie ursprünglich vorgesehen.

Sondern ihre Schwester.

Sie erwachte davon, dass sie träumte, wie sie fiel. Mit einem panischen Atemzug schrak sie hoch und griff nach dem Schwert. Da merkte sie, wie sich das Gitter in ihrem Rücken bewegte. Von einem unsichtbaren Mechanismus bewegt, wurde es hochgezogen, und als sie sich vorbeugte, entdeckte sie die beiden Schienen, in denen der Rahmen verlief.

Mit zitternden Fingern brachte Ravenna ihre Kleider in Ordnung. Das Aufstehen fiel ihr schwer, denn sie hatte am ganzen Körper Prellungen und blaue Flecken. Sie atmete tief durch und kroch ins Freie. Dort war die Luft deutlich wärmer als in der Felsenkammer. Es duftete nach einem milden Sommerabend, der Himmel war wie aus violettem Glas. Ravenna erschrak, als sie merkte, wie spät es war – kurz vor Sonnenuntergang. Sie wusste nicht, weshalb man sie freigelassen hatte, doch sie erkannte rasch, dass es keinen Ausweg gab: Sie befand sich in einem tiefen Graben. Der Boden war mit Gras bewachsen, die Wände felsig und steil und in ihrem Rücken lagen die Grundmauern, auf denen sich die Wohngebäude der Burg erhoben. Vom Tor des Burgfrieds führte eine Zugbrücke über den Graben, an Ketten hängend und von einem Holzgeländer gesichert. In den Ritzen zwischen den Bohlen sah Ravenna die Schuhsohlen der Wächter, die sich auf der Brücke postiert hatten. Mit aufgepflanzten Hellebarden und unbewegten Gesichtern starrten die Männer ins Leere.

»He! Hallo, ihr da oben!« Sie schwenkte die Arme über dem Kopf. »Kann mir vielleicht jemand hier heraushelfen? Ich bin wohl etwas ... vom Weg abgekommen.«

Der Hauptmann der Ehrenwache drehte den Kopf und schenkte ihr ein müdes Lächeln. »Es gibt einen Grund, weshalb Ihr hier seid«, sagte er. »Beliar möchte seinen Gästen zum Abschluss ein Spektakel gönnen. Geduldet Euch noch einen Augenblick. Es dauert nicht mehr lange.« Dann nahm er wieder Haltung an.

Ein Spektakel? Was denn für ein Spektakel, wunderte Ravenna sich. Sie ließ den Blick über die abschüssige Wiese, den zerklüfteten Graben und die Mauern der Festung gleiten. Als in der Burg Stimmen erklangen, reckte sie den Hals. Beliar und seine Gäste traten ins Freie. Zu zweit und zu dritt schritten die Besucher über die Brücke, in angeregte Gespräche vertieft. Ihre Schritte klapperten auf den Holzplanken. Viele der Krieger waren schwer bewaffnet – nicht gerade das, was man von einer sommerlichen Abendgesellschaft erwartete.

Wie eine in Panik geratene Katze lief Ravenna unter der Brücke hin und her, während Barone, Grafen und Edelfrauen aus dem Burgtor kamen. Sie gingen zügig über die Brücke und reihten sich anschließend jenseits der Felsmauer auf, von wo aus sie den Graben gut überblicken konnten. Immer wieder zeigte man mit dem Finger auf sie.

Velasco ging hinter den Adeligen. Er hinkte leicht von dem Stich, den sie ihm versetzt hatte, doch schien ihn weniger die Wunde zu plagen als die gestörte Funktion der Knorpel und Sehnen. Der Hexer von Carcasson verspürte keinen Schmerz. Er schritt über die Holzplanken und plauderte mit einem jüngeren Mann. Als er Ravenna erblickte, blieb er kurz stehen, legte die Hand auf das Geländer und nickte zu ihr herunter. »Deine Lage hat sich noch weiter verschlechtert«, stellte er fest. »Das Spiel hat noch nicht einmal begonnen, doch es ist davon auszugehen, dass es ein unterhaltsamer Abend wird.«

Der junge Mann, der sich an Velascos Seite über den Graben beugte, lachte. Üppige Locken fielen ihm auf die Schultern, eine Haarpracht, die jede Frau vor Neid erblassen ließ. Sein Gesicht wirkte mädchenhaft. »Ist das die Hexe, der Euer Sohn verfallen ist?«, fragte er.

Velasco verzog den Mund. »Das Verfallensein wird ihm schon noch vergehen«, murmelte er. »Keine Sorge, Damian, Lucian wird die Frau nehmen, die ich für ihn auswähle.«

Der Rauschgoldengel grinste. Er warf Ravenna noch einen Blick zu. Dann gingen sie weiter.

Ravenna ballte die Fäuste. Sie begriff nun, dass man sie nur aus dem Kerker gelassen hatte, damit sich der Marquis und seine Gäste an ihrem Anblick ergötzen konnten. Raunend und tuschelnd versammelte sich die Menge auf der anderen Seite des Burggrabens. Man zeigte immer wieder mit dem Finger auf sie und wartete – doch worauf?

Zuletzt brachte man Lucian. Bei seinem Anblick verging Ravenna fast vor Angst, und ihre Knie fingen an zu zittern. Man hatte ihm die Rüstung ausgezogen und nur das Unterzeug gelassen. Seine Hände waren auf dem Rücken gefesselt. Die Männer, die ihn über die Brücke führten, waren größer, breiter und eindeutig finsterer als er. Ravenna konnte nicht erkennen, wie schwer er verletzt war, denn er sagte keinen Ton, wehrte sich nicht und hielt den Kopf gesenkt.

Mit Herzklopfen rannte sie unter der Zugbrücke entlang. »Lucian! Lucian!«

Ein Ruck ging durch ihn. Er fuhr auf, warf sich gegen seine Wächter und kam von einem Mann los. Seitlich taumelte er gegen das Brückengeländer.

»Ravenna!«

Sie starrten sich an – sie unten im Graben mit staubigem Hexenrock und seinem Schwert in der Hand und er oben auf der Brücke. Sie wusste nicht, ob sie lachen oder weinen sollte, als sie erkannte, dass er die Jeans trug, die er von der Flucht aus der Zukunft mitgebracht hatte – das Beinkleid, das beim Reiten so bequem war. Das Leinenhemd hing ihm unordentlich über den Gürtel, Haarsträhnen fielen ihm ins Gesicht und auf seiner linken Wange prangte ein Bluterguss.

»Lucian!«

»Ravenna! Das ist der Bärengraben! Hier gibt es …«

Einer der Wächter packte ihn am Kragen, riss ihn herum und holte mit der Faust aus, doch Lucian war schneller: Er duckte sich und rammte dem Mann den Kopf in die Magengrube, so dass der Gegner rückwärts in das Brückengeländer krachte. Es gab ein kurzes Gerangel, dann hatten ihn die Wächter wieder fest im Griff und drückten ihm den Kopf nach unten.

»Ravenna!« Sein Schrei klang gequält. »Pass auf … hinter dir!«

Mit dem Schwert in der Faust wirbelte sie herum.

Ein eisgrauer Bär stürmte auf sie zu. Er war zottig, riesig und wütend. Ravenna stöhnte und wich bis an die Grundmauern der Burg zurück. Von der Brücke hörte sie Lucians warnende Schreie. Kurz bevor das Tier sie überrannte und mit voller Wucht zu Boden drückte, spielten ihr die Sinne einen Streich, denn vor lauter Angst sah sie die Umrisse des Bären als Funkeln gegen den Himmel.

Ihr Hinterkopf schlug hart auf dem Boden auf, der Schmerz

raubte ihr fast die Besinnung. Der Bär wühlte die Krallen in ihre Gewänder und schleuderte sie wie ein Stück Treibholz umher. Die Menge stöhnte auf – auf dieses Spektakel hatten Beliars Gäste gewartet. Der Bär schnaubte und riss mit den Pranken die Grasnabe auf, die Krallen waren so lang wie Ravennas Hand. Gleich darauf packte er sie wieder. Sie hörte Lucians Flüche, die wie ein Schluchzen klangen, und spürte, dass das Raubtier sie quer durch den Graben schleifte.

Ihre Glieder wurden durchgeschüttelt, sie prallte immer wieder gegen Felsen und riss sich die Haut auf. Das Schwert blieb irgendwo unter der Brücke liegen. Der Raubtiergestank nahm ihr den Atem. Ein scharfer Schmerz schoss durch ihr Bein, als sie sich unter großer Mühe aufrichtete und mit beiden Fäusten auf die Schnauze des Bären einschlug. Die Menge oberhalb des Grabens tobte wie bei einem Fußballspiel.

Am Rand ihres Gesichtsfelds sah Ravenna die Menge auf dem Kopf stehen, sie sah Lucian, der zwischen seinen Wächtern auf die Knie gesunken war, und die schwarze Marquise, die das Schauspiel mit unbewegtem Gesicht verfolgte. Dann fiel ein Schatten über sie und sie begriff, dass der Bär sie in die Höhle zerrte.

Ächzend drehte sie sich um und versuchte zu entkommen, doch das Raubtier erdrückte sie fast mit seinen Pranken. Lauernd starrten die kleinen Augen zum Ausgang. Wenn die Rufe der Menge zu sehr anschwollen, stieß der Bär ein Brüllen aus, von dem die Wände erzitterten. Geifer troff ihm aus dem Maul.

Ravenna schloss die Augen. Es war vorbei, das war das Ende. In den wenigen Augenblicken, in denen sie unter dem wutschnaubenden Bären lag, fielen ihr eine Menge Dinge ein, die sie gerne noch tun wollte, bevor sie starb, doch das Schicksal meinte es nicht gut mit ihr. Aus dieser Höhle würde sie niemals lebend entkommen.

Sie merkte zuerst nicht, dass der Druck auf ihr Hüftgelenk verschwunden war. Sie zitterte so heftig, dass es ihr schwerfiel, sich aufzurichten. Ihre Zähne klapperten vor Furcht, ihre Kleider waren zerfetzt. Blut lief ihr das Bein hinab, doch statt der vielen Wunden fühlte sie nur einen einzigen, großen Schmerz.

Der Bär war fort. Anstelle des zottigen Schattens kauerte eine Frau in der Höhle. Die Unbekannte war in einen Mantel gehüllt, der bei jeder Bewegung frostig glitzerte. Ihre Füße steckten in Fellstiefeln und die Haarflechten waren zu einer eisgrauen Frisur aufgetürmt. Die Frau lächelte.

Wieso lächelt sie?, schoss es Ravenna durch den Kopf. In diesem erbärmlichen, rattenkalten Verlies gab es nicht das Geringste zu lachen.

»Wo ist der Bär?«, flüsterte sie. Vor Angst hatte sie so laut geschrien, dass ihre Kehle schmerzte. Mit der flachen Hand wischte sie sich das Blut vom Kinn, das in einem dünnen Rinnsal aus ihren Mundwinkeln floss, seit sie sich auf die Zunge gebissen hatte.

»Da war nie ein Bär. Höchstens eine Bärin, aber auch das würde ich bezweifeln. Im Zwielicht irrt man sich leicht, musst du wissen.« Während die Unbekannte sprach, spähte sie ins Freie. »Aber es ist nicht schlecht, dass du zu schreien aufgehört hast, denn sonst gehen sie nie.«

Sie deutete auf die Menschenmenge jenseits des Grabens. Die meisten Zuschauer zögerten noch eine Weile, als fürchteten sie, das Beste zu verpassen. Erst als Beliar in die Hände klatschte und die Gäste mit lauter Stimme in den Garten rief, zerstreute sich die Menge. Offenbar waren die Zuschauer enttäuscht, weil die Bärin ihr Opfer in die Höhle geschleppt hatte, statt es unter der Zugbrücke zu zerfleischen.

Ravenna starrte die fremde Frau an. Sie ist verrückt, dachte sie. Beliar hält die Ärmste schon so lange in diesem Moderloch gefangen, dass sie den Verstand verloren hat. Panik überkam sie.

»Wer bist du?«, flüsterte sie mit rauer Stimme. »Woher kommst du? Warst du vorhin auch schon da?«

Eigentlich hätte sie über die Beine der Unbekannten stolpern müssen, als sie aus dem Ausgang des Tunnels kam. Sie hätte die

Frau in dem Verlies sofort entdecken müssen, es sei denn, es gab noch einen anderen Ausgang.

Die Fremde lachte leise. »Das weißt du nicht mehr? Die größte Gefahr lauert in deinen Gedanken, Ravenna. Wenn du glaubst, da sei ein Bär, dann wird einer da sein. Wenn Doktor Corbeau dir einredet, deine Seele ist in Gefahr, dann wirst du alles tun, um sie zu retten, nicht wahr? Das stimmt doch, oder?«

Sie starrte die Unbekannte an. Wie seltsam, dass die Frau ihren Namen kannte. Hatte sie im Schlaf geredet? »Was hast du getan, dass Beliar dich hier einsperrt? Bist du auch eine Hexe?«, fragte sie.

Die Unbekannte antwortete nicht. Sie beobachtete, wie sich die Wiese am Rand des Grabens leerte. Schließlich waren sie allein.

»Ja, ich war vorhin auch schon da«, sagte die Fremde nun. »Eigentlich bin ich immer da.«

Ravenna blinzelte. Dann begann sie ganz allmählich zu begreifen. »Wer bist du?«, flüsterte sie erneut.

»Was glaubst du denn?«, erwiderte die Frau.

Ravennas Mund wurde trocken. »Morrigan«, hauchte sie. Niemand anderes würde sie in diesem finsteren Loch beim Namen nennen als die Königin der Hexen. Die Göttin, die über den Kreis der Geweihten wachte und das Jahresrad in jeder Mittwinternacht von neuem in Schwung brachte. Und die Elinor nicht gewollt hatte. »Aber wie kann das sein? Ausgerechnet jetzt! Hier, in Beliars Verlies!«

»Ich weiß, es kommt immer irgendwie ungelegen«, seufzte Morrigan. »Ich scheine nie den richtigen Augenblick zu erwischen. Aber ich bin hier, Ravenna, und zwar deinetwegen. Wo ist dein Siegel?«

»Ich …« Ravenna schluckte. »Ich habe es Millie gegeben. Weil sie mit den anderen Hexen reitet und es sicher auf den Hohen Belchen bringt, während ich hierherkam, um Lucian zu retten. Beliar wird ihn sicher umbringen. Vielleicht geschieht es genau in diesem Augenblick.«

Ihre Kehle war wie zugeschnürt. Sie wusste nun, dass sie nicht mehr ohne ihren Ritter leben wollte, sie wusste es mit jeder Faser ihres Herzens. Ohne Lucians Lachen, seinen Mut und den Kummer, den er der Welt nicht zeigte, ohne seine warmen Atemzüge, wenn er eine Armlänge von ihr entfernt schlief, ergab nichts mehr einen Sinn.

Die Göttin der Hexen runzelte die Stirn. »Du solltest das Siegel des Sommers nicht aus den Augen lassen, denn du bist von jetzt an seine Hüterin. Es ist deine Gabe, Ravenna. Deine ureigene Macht.«

»Sie ist hier.« Ravenna konnte nicht verhindern, dass ihre Stimme zitterte. »Meine Gabe, meine ich. Wie könnte ich meine Hexenkraft je verlieren? Ich erbte sie doch von Melisende. Von Mémé. Und von dir.«

Finster blickte Morrigan auf sie herab. Sie war auf geradezu einschüchternde Weise größer als Ravenna, sie war die Größte aller Magierinnen, die sie je getroffen hatte. Dann verschwand der strenge Ausdruck und machte einem Lächeln Platz, das sich bis in die Fältchen um Mund und Augenwinkel legte. Ganz zuletzt wurde die Höhle von einem herzhaften Lachen erschüttert.

»Ihr Hexen aus der Zukunft – nie um eine Antwort verlegen, wie? Ganz recht, wie könntest du deine Macht je verlieren!«, grinste Morrigan. »Sie wurde dir in die Wiege gelegt und dank deiner Lehrmeisterinnen auf dem Odilienberg hat sie sich nun in dir entfaltet. Deshalb erkenne ich dich als eine der Sieben Magierinnen an und bitte dich, im geheimen Zirkel der Geweihten zu wirken.«

Damit war es auch schon geschehen – Ravennas Einweihung in den Kreis der Hexen war vollzogen. Morrigan schlang die Arme um sie und presste sie einige Herzschläge an sich. Ihre Umarmung war kühl wie eine Abendbrise, der Fellumhang verströmte den Geruch von Wind, Kiefernharz und Regen.

»Und nun geh!«, flüsterte sie Ravenna ins Ohr. »Geh und rette deinen Ritter! Vergiss eines nicht, Ravenna: Beliar besitzt keine eigene Macht. Seine Magie entspringt nur den Kräften, die er anderen raubt. Der Teufel ist nichts weiter als eine Spiegelung über der Hitze eines Feuers, er ist der Schatten, den wir werfen, wenn wir Magie wirken. Darum halte dich immer im Licht.«

Verwirrt ließ Ravenna sich von der Hexengöttin zum Ausgang führen. Morrigan raffte den zottigen Pelz um die Schultern, als sie zur Seite trat, um die junge Frau vorbeizulassen.

Der Himmel war um ein paar Grade dunkler als vorhin, im Graben war es still. Als sie im Freien stand, drehte sich Ravenna noch einmal um.

»Was ist mir dir?«, fragte sie. »Ich meine, wohin wirst du gehen, wenn alles vorbei ist?«

Morrigans Lächeln verblasste. »Ich kann diesen Ort nicht verlassen«, sagte sie. »Beliar hat den Spieß umgedreht und hält mich nun in seinem Reich fest, so wie ich ihn einst an den Baum der Nacht kettete. Bring den Sieben diese Botschaft, Ravenna. Wirst du das für mich tun?«

Ravenna nickte. Wieder spürte sie den Kloß im Hals, als sie Morrigan ein letztes Mal umarmte. »Ich werde ihnen die Nachricht übermitteln. Das verspreche ich«, flüsterte sie. »Und dann werden wir zurückkommen, um dich zu befreien.«

Mit diesen Worten ließ sie die Hexengöttin los. Vor ihr in der anbrechenden Nacht stand keine Frauengestalt mehr: In jenem Moment, da Morrigan die Höhle verließ, verwandelte sie sich wieder in die Zwielichtbärin, deren Zeit mit der Dämmerung gekommen war. Sterne hatten sich in ihrem Pelz verfangen und es schien, als würde die Sonne in ihrem Rücken untergehen.

Unter der Brücke wurde das Licht dunkler. Ravenna schritt durch den Graben. Auf leisen Sohlen trottete die Bärin hinter ihr her und schnüffelte an dem Schwert, nach dem Ravenna sich bückte. Als sie die Waffe aufhob, richtete die Bärin sich auf den Hinterpranken auf, ein graues, zottiges Tier vor der anbrechenden Nacht.

»Bis bald«, flüsterte Ravenna. »Ich werde zurückkommen. Das schwöre ich.«

Dann drehte sie sich um und eilte zu der schmalen Treppe, die hinter Gestrüpp und Brombeerranken verborgen lag. Mit dem Schwert bog sie die Dornranken zur Seite und hastete die Stufen hinauf. Als sie oben angelangt war, konnte sie endlich sehen, was hinter der Felswand lag, die ihr die Sicht versperrt hatte: Es war der Burggarten. Vom Bärenzwinger stieg das Gelände zwischen den Mauern bis zu einem Spalier aus Apfelbäumen an, das zum Treppenaufgang des hinteren Bollwerks führte. Der Burghof war ähnlich angelegt wie der Garten des Hexenkonvents: Hier wuchsen die Küchenkräuter, dort standen Stangenbohnen und Rüben und dahinter sprossen Schachtelhalm und Fingerhut. Plötzlich wurde Ravenna klar, wohin sie sich wenden musste: zum magischsten Teil der Anlage, dorthin, wo Elinors schwarze Malven wuchsen. Zweifellos hatten Beliars Soldaten Lucian dorthin geschafft, denn im Hexengarten versammelten sich die Gäste.

Ravenna begann zu rennen.

Es ist zu spät

Hecken schirmten den Teil des Gartens ab, in dem Elinors Zauberkräuter wuchsen. Hinter dem Strauchwerk hörte Ravenna Stimmengemurmel und das Klirren von Rüstungen. Wenn der Wind drehte, wehte der Geruch von brennendem Pech zu ihr herüber.

An den Erkern und Wehrgängen, den Zinnen und Türmen hingen Wasserspeier. Aus den Mäulern rann jedoch kein Tropfen Regen. Brodelndes Pech triefte zu Boden, Ruß schwärzte Rachen und Hauer der Kreaturen. Flammen umzüngelten den Stein und tauchten den Burggarten in ein unruhiges Licht.

Im Schatten entdeckte Ravenna Armbrustschützen und Krieger, die mit Hellebarden und Schwertern bewaffnet waren. Sie bewachten die Aufgänge zu den Mauern und zum Bollwerk. Dämonenhelme verdeckten die Gesichter. Umhänge, weich wie Fledermauspelz, wallten bis zum Boden. Dank dieser Ausrüstung wirkte Beliars Garde sehr bedrohlich. Die Männer hielten sich außerhalb des Fackelscheins und standen reglos wie Statuen, doch Ravenna war sich sicher, dass sie auf jede noch so kleine Bewegung achteten.

Sie fürchtete sich vor den Kriegern und ihren Waffen und schlich dennoch auf Zehenspitzen näher. Als sie plötzlich am Arm gepackt wurde, schrie sie vor Schreck beinahe auf. Es war Elinor, die sie zwischen die Büsche zerrte und den Mund dicht an ihr Ohr brachte.

»Wo hast du denn bloß gesteckt? Ich habe überall nach dir gesucht!« Dann rümpfte sie die Nase. »Moderloch und Bärendreck. Du liebe Zeit! Hat die Bärin dich verschont?«

Instinktiv wich Ravenna vor der Marquise zurück. Velascos Worte fielen ihr ein: *Elinor soll gute Laune haben, wenn sie sich zu uns gesellt.* Von guter Laune konnte jedoch nicht die Rede sein: Ihr schönes Gesicht war vor Wut verzerrt, und die Marquise achtete nicht auf Ravennas Hand, die über dem Schwertgriff schwebte. Nein, nicht Wut, dachte sie dann. Elinor hat Angst. Genau wie ich.

»Warum musstest du die Kemenate verlassen?«, fauchte die Burgherrin. »Es war der einzige Ort, an dem du in Sicherheit warst, der einzige Ort, an dem Beliar nichts von deiner Anwesenheit gemerkt hätte. Stattdessen musstest du dich sinnlos mit deiner Schwester herumstreiten und die Aufmerksamkeit der ganzen Festung auf dich ziehen!«

Ravenna atmete tief durch. »Wo ist Yvonne?«

Elinors Finger gruben sich in ihren Arm. »Es ist zu spät«, flüsterte sie. »Wann begreifst du endlich, dass sie nicht mehr umkehren wird?«

Ravenna wollte sich aus dem Klammergriff befreien, doch Elinor zog sie zu einer Stelle, an der die Stechpalmen weniger dicht wuchsen. Nicht einmal das Lavendelöl überlagerte den Geruch von Friedhof und Verfall, der aus den Gewändern der Marquise strömte.

Wortlos deutete Elinor in den Hexengarten. Im Westen bauschten sich Wolken über der Mauer, so tiefrot wie der Faltenwurf von Yvonnes Kleid. Ihre Schwester stand in einem düsteren Kreis, der von den Gästen des Marquis gebildet wurde. Beliar war bei ihr und Velasco ebenfalls. Lucians Vater verharrte mit gesenktem Kopf, die Arme auf dem Rücken verschränkt, und lauschte auf die Rede, die Beliar vor den Besuchern hielt. Um den Hals trug der Hexer den in Gold gefassten Kristall, den Ravenna auf dem Altar in der Grotte gesehen hatte. Er blinkte im Feuerschein. Der Kerl mit dem Mädchengesicht stand neben Velasco und hielt den Drachenpokal in den Händen. Ein Lächeln spielte um seine Lippen. Hin und wieder drehten sich seine Augen in den Höhlen, und dann stand für Sekundenbruchteile ein blinder Engel da, weißäugig und überirdisch schön.

»Was machen die da?«, flüsterte Ravenna. Durch die dichten Hecken konnte sie nicht sehen, ob sich Lucian ebenfalls im Burggarten befand. Beim Gedanken, dass ihm etwas zugestoßen war, wurde ihr ganz elend zumute und der Anblick der finsteren Versammlung verstärkte das beklemmende Gefühl noch.

»Heute Nacht verschachert Beliar unsere Welt«, murmelte Elinor. Vor dem Hintergrund des Blattwerks leuchtete ihr Gesicht wie eine kränkelnde Blüte. »Gerade teilt er die Elemente unter den Fürsten auf. Jeder Vasall erhält Macht über eine Naturgewalt. Velasco wird der Fürst der Erde und unser Freund Damian beherrscht Meere, Nebel und Seen.«

Ravenna keuchte. Endlich wurde ihr klar, was Beliar mit dieser Versammlung bezweckte: Er schwang sich zum Herrscher über die Naturgesetze auf. Sobald er seine Gefolgsleute eingeschworen hatte und den Strom der Magie in seine Richtung lenkte, gewann er unbezwingbare Kräfte. Ein Dämon, der Berge versetzen und Himmel und Hölle nach seinem Willen formen konnte.

»Solltest du nicht auch dort stehen?«, wisperte sie. »Du bist die Marquise und außerdem eine der letzten Tormagierinnen. Ich dachte, Beliar zählt auf dich.«

Elinor musterte sie aus schmalen Augen. »Misstraust du mir immer noch? Ich habe nicht gelogen, Ravenna. Beliar hat seine vier Fürsten versammelt und ich gehöre nicht dazu. Doch ich werde mich rächen. Für jeden einzelnen Tag, an dem er mich um Cedrics Liebe betrog.«

Elinor nahm eine Lederhülle vom Rücken, die sie an einem Riemen über der Schulter trug. Der Sack enthielt die Drehleier, die Ravenna in der Kammer bewundert hatte. Das Holz war mit schwarzem Lack überzogen, Einlegearbeiten aus Messingdraht bedeckten den Korpus und formten magische Zeichen. Die Marquise legte die Hand über die Saiten um zu verhindern, dass der Klang die Wachen alarmierte.

»Ich habe dir nie versprochen, dass du Lucian retten wirst«, raunte sie. »Aber deine Schwester – wenn ich jetzt gleich mit dem Marquis spreche und ihn ablenke, wirst du Yvonne aus diesem Kreis drängen. Sie darf heute Nacht keine der vier Fürsten werden.«

Werden? Ravennas Herz begann zu trommeln. Plötzlich begriff sie: Yvonne war die Einzige in Beliars Runde, die noch am Leben war. Alle anderen Hexer waren untote Wiedergänger: Der König hatte Velasco köpfen lassen, Oriana war auf eigenen Wunsch die Kehle durchgeschnitten worden und auf welche Weise der blonde Lockenschopf namens Damian ums Leben gekommen war, wollte sie erst gar nicht wissen.

»Ich werde tun, was ich kann«, stieß sie hervor. »Aber du darfst nicht springen.«

Elinor, die sich bereits abgewandt hatte, fuhr herum. »Wie bitte? Wie soll ich das verstehen?«

Ravenna nahm allen Mut zusammen. »Ich weiß, was du vorhast. Du willst dich von der Burgmauer stürzen und Beliar dadurch der magischen Macht berauben, über die du verfügst. Aber dadurch wird alles erst richtig schlimm. Das hat er mir selbst gesagt.«

Sie wich zurück, als sie den Gesichtsausdruck sah, mit dem Elinor auf sie zukam – eine Furie aus dem dreizehnten Jahrhundert. »Du schamloses Miststück! Hast du etwa meine Zukunft gelesen? Wie kannst du es wagen, in meiner Kemenate zu sitzen und mich auszuspionieren? Dafür sollst du …«

»Nein!« Fast schrie Ravenna dieses Wort. Sie ließ ihre linke Hand in die Höhe schnellen und binnen eines Sekundenbruchteils flammte ein Schild aus Regenbogenfeuer auf. Elinors Fluch zersplitterte wie ein Bündel schwarzer Blitze. Ein elektrischer Schmerz durchzuckte Ravennas Arm und lähmte ihn fast bis zur Schulter.

Es war ihr beider Glück, dass Beliars Zuhörer in diesem Augenblick applaudierten und in Hochrufe ausbrachen. Keuchend und in Lauerstellung verharrten die beiden Frauen zwischen den Büschen, während Beliar eine schlanke, schwarzhaarige Adlige beglückwünschte. Mit beiden Händen überreichte er der Geehrten die Hexenklinge, die auf dem Altar gelegen hatte. Die Fürstin der Luft trug einen Umhang aus Rabenfedern und war düster geschminkt. Ein umgedrehtes Henkelkreuz hob und senkte sich auf ihrer Brust. Ravenna biss sich auf die Lippe, als sie begriff, dass die Marquise in diesem Punkt die Wahrheit gesagt hatte: Nicht Elinor, sondern die untote Satanistin ergänzte Beliars Runde. Oriana. Das Blatt am Baum der Nacht.

»Ich sagte: Du darfst nicht von der Mauer springen«, wiederholte sie mit mühsam unterdrückter Wut. Krampfhaft massierte sie die tauben Finger, doch das Gefühl in der Hand kehrte nicht wieder. »Ganz egal, was Beliar vorhat: Wenn dir etwas passiert, wird es nur noch schlimmer.«

Elinors Augen weiteten sich. Todessehnsucht glänzte in diesem Blick, gepaart mit grenzenlosem Erstaunen. »Ich verstehe nicht«, stieß die Hexe vom Hœnkungsberg hervor. »Der Marquis ist der Überzeugung, dass er mich und meine magischen Künste dringend braucht. Doch ich bin kein Maultier, das man vor den Karren spannt!«

»Nein!« Ravenna schüttelte den linken Arm aus und schnitt eine Grimasse. Mit jeder Minute, in der sie Elinor zu überzeugen versuchte, verschwendete sie kostbare Zeit. Lucians Zeit. »Dein Tod gibt ihm die mächtigste Waffe in die Hand, die er sich wünschen kann: das Blut einer Hexe. Durch deinen Sprung vernichtest du die Sieben.«

In der Sekunde, in der ihr die letzten Silben über die Lippen kamen, begriff sie, welchen unverzeihlichen Fehler sie begangen hatte. Ihr wurde abwechselnd heiß und kalt, denn ihr war klar, dass sie soeben ihre Freundinnen vom Odilienberg verraten hatte. Die Sieben zu vernichten und den magischen Zirkel in alle Winde zu zerstreuen – war das nicht der Racheschwur gewesen, mit dem Elinor den Konvent einst verlassen hatte? Doch gesagte Worte ließen sich nicht mehr zurücknehmen.

Wie eine knöcherne Klaue gruben sich Elinors Finger in ihren Arm. Das Gesicht der Marquise war wachsweiß und ihre Lippen bebten. Sie schaute Ravenna durchdringend an, dann drückte sie ihr ein zugeschnürtes Säckchen in die Hand. Es fühlte sich schlaff und weich an, wie eine tote Maus. »Wenn du die Drehleier hörst, dann geh und rette deine Schwester. Aber es muss schnell geschehen, sonst bekommt Beliar euch beide in die Hand. Und dann wirst du dir wünschen, du wärst in der Zukunft geblieben. Und jetzt gib Acht! Esvanier!«

Das letzte Wort hauchte sie nur. Eine Bö fegte durch den Garten und wirbelte Ravenna das Haar in die Augen. Ein Rascheln der mitternachtsblauen Gewänder – und die Marquise war verschwunden.

»Verdammt.« Ravenna schüttelte die Locken zurück. Hastig stopfte sie das Säckchen in ihre Tasche und zwängte sich durch das Gebüsch. Von der schwarzen Hexe fehlte jede Spur. Die Nacht hatte Elinor aufgesogen wie einen Tintentropfen. Stattdessen bemerkte Ravenna den misstrauischen Blick, den Beliar in ihre Richtung warf. Er drehte sich zu Velasco um und gab dem Hexer ein Zeichen. Lucians Vater zog das Schwert. Er kam genau auf Ravenna zu. Hinter ihm entdeckte sie Yvonne, die ungeduldig auf und ab schritt und den Fortgang der Zeremonie kaum abwarten konnte. Beliars Vasallen hatten sich um eine Steinplatte versammelt, in die ein Pentagramm gemeißelt war. Fackeln steckten rings um den Felsen im Boden und beleuchteten eine kniende Gestalt.

Lucian! Er lebt!, jubelte Ravenna innerlich, doch schon im nächsten Augenblick wurde ihr klar, wie verzweifelt ihre Lage war. Lucians Hände waren noch immer gefesselt. Mit den Blicken folgte er seinem Vater, der die Wege rings um das Pentagramm abschritt. Offenbar entgingen auch ihm die Dämonenkrieger nicht, die den Burggarten abriegelten. Falls er aufsprang und zu fliehen versuchte, hatte er vermutlich zwei Dutzend Armbrustbolzen im Leib, ehe er über die erste Zacke des Sterns hinauskam. Dasselbe galt für alle anderen Anwesenden.

Beliars Mittsommerfest war eine Falle.

Wenn ich Lucian doch nur ein Zeichen geben könnte, damit er weiß, dass es mir gutgeht, dachte Ravenna. Auf Händen und Knien kroch sie zu einem Mauerrest, der halb unter Efeu verborgen lag. Als Velasco einen Befehl rief, setzten sich einige der Krieger in Bewegung. Bei jedem Windstoß zuckten die Flammen und ein rotgoldener Schauer funkelte über Kette und Stahl.

Lucian hatte sich aufgerichtet und rutschte dichter an ihre Schwester heran. Durch das Laub hörte Ravenna seine Stimme. »Yvonne ... bitte, Yvonne. Tut es nicht. Die Wirkung dieses Tranks ist unumkehrbar.«

Yvonne musterte den jungen Ritter. Ein ironisches Lächeln spielte um ihre Lippen. »Ich bin nicht so wie du«, entgegnete sie kühl. »Mir machen Veränderungen keine Angst.«

Lucian brachte ein kurzes Auflachen zustande, doch Ravenna merkte, dass er Angst hatte. Ihre Hand krampfte sich um den Schwertgriff. Sie schmiegte sich eng an das Mauerstück, denn auf dem Weg neben der Hecke klirrte plötzlich Metall auf Metall. Stiefelsohlen knirschten auf dem Kies und sie hörte, wie Velasco den Wächtern halblaut Befehle erteilte, in denen Worte wie tot oder lebendig vorkamen. Wenn sie den Arm ausgestreckt hätte, hätte sie den Hexer am Unterschenkel berühren können. Doch sie verhielt sich vollkommen still, obwohl jede Faser ihres Körpers zitterte.

»Seht mich an, seht das Beinkleid, das ich trage«, stieß Lucian soeben hervor. »Wenn ich kein Muster an Veränderung bin, dann weiß ich auch nicht. Das habe ich Eurer Schwester zu verdanken – sie hat mir die Zukunft gezeigt und nun sehe ich meine Welt mit anderen Augen. Es mag sein, dass Euch all dies gleichgültig ist, doch ich bitte Euch: Denkt wenigstens an Ravenna. Ich weiß, wie sehr Euch Eure Schwester liebt.«

Yvonne atmete tief ein und schien einen Moment lang aus der Fassung gebracht. »Ich liebe sie auch«, stieß sie hervor. »Aber es ist deine Schuld, dass sie jetzt nicht hier ist. Du, Norani und deine Freunde, ihr habt meine Schwester gegen Beliar und seinen Zirkel aufgehetzt und zum Schluss sogar gegen mich. Das war nicht nett, Lucian, das musst du zugeben.«

Der junge Ritter leckte sich über die Lippen und schien nach Worten zu ringen. Da trat Lynette zu ihnen, knickste und bot Yvonne ein Tablett, auf dem sich drei Dinge befanden: ein Stückchen Holzkohle, ein schmuckloser Kelch und der Stab aus Elfenbein. Das Szepter der Feuerkönigin.

Behutsam lockerte Ravenna das Schwert in der Scheide und legte die Finger fest um den Griff. Elinors Päckchen nahm sie in die andere Hand und zog den Lederriemen, mit dem es verschnürt war, mit den Zähnen auf. Der Geruch von Schwefel, Stinkwanze und Faulbaum quoll aus dem Beutel und brachte sie fast zum Würgen. Das Säckchen enthielt ein graues Pulver.

Währenddessen nahm Yvonne das Stück Kohle, beugte sich über Lucian und streifte ihm die Stirnfransen zur Seite. Es war eine zärtliche, eine intime Geste, wie sie nur zwischen Liebenden vorkam. Sie benetzte die Kohle mit der Zunge und malte dem Ritter ein Zeichen auf die Stirn. Es sah aus wie eine umgedrehte Vier.

»Es tut mir leid. Aber es muss sein«, flüsterte sie. Lucian schloss die Augen. »Ein uraltes Geheimnis wird uns heute Nacht enthüllt und ich will unbedingt dabei sein. Sei unbesorgt! Du weißt, was dir dein Vater versprochen hat. Du wirst dabei nicht zu Schaden kommen.«

Lucian schlug die Augen wieder auf und sah sie eindringlich an. »Ihr habt keine Ahnung, was mein Vater vorhat. Ich flehe Euch an, Yvonne …«

Er wurde unterbrochen, als Beliar neben sie trat. »Seid Ihr bereit?«, fragte der Marquis.

Yvonne nickte und warf das Stück Kohle achtlos fort. Beliar

verzog die Lippen zu einem dünnen Strich. Die Robe umschloss seinen Oberkörper wie das Gewand eines hochrangigen Druiden. Der Schwertgurt führte um die Hüften und quer über die Brust, der Griff der Drachenklinge ragte über der linken Schulter auf.

»Gut«, sagte der Marquis. »Das ist sehr gut. Du weißt, was von dir verlangt wird, Yvonne. Nimm diesen Becher und leere ihn in einem Zug. Dann sollst du zur Runde der vier Fürsten gehören. Ich mache dich zur Königin des Feuers, zur Gebieterin über Glut und Sterne, vom winzigsten Funken bis zum Weltenbrand! Gemeinsam mit euch werde ich das Universum beherrschen und zwar bis in alle Ewigkeit!«

Beliar warf den Kopf in den Nacken und breitete die Arme aus. In dieser Pose wirkte er wie ein TV-Heiliger, der sich am Jubel der Massen berauschte.

Ravennas Puls raste. Unbemerkt ließ sie das Pulver in die Felsrinnen rieseln, aus denen der Fünfzackstern bestand. Sie hatte einen solchen Anblick schon einmal gesehen: Hexenpuder, ein Pentagramm und zuckende Lichter.

Lynette sank auf ein Knie und bot Yvonne den Becher dar. Der Inhalt dampfte, doch die Außenseite war von einer Frostschicht überzogen. Begierig griff Yvonne nach dem Pokal.

Da schallte ein Schnarren durch den Burggarten, begleitet von einem unheimlichen Gesang. Mit einem Ruck drehte Beliar seinen Kopf herum. Seine Augen glühten und die Gäste stöhnten auf. Nur eine schwarze Hexe konnte so singen: schaurig, schräg und schön, grell wie Krähengeschrei und dann wieder melodisch wie das Gurren einer Taube. Elinors Lied hallte durch den Garten. Jeder Ton fuhr Ravenna in Mark und Bein.

Die Marquise stand auf dem Wehrgang. Der Nachtwind zerrte an ihren Gewändern und ließ Rocksaum und Schleier wie düstere Flammen flattern. Ein Schritt trennte sie vom Abgrund jenseits der Burgmauer. Spiegellichter irrten über das Instrument, das sie in den Armen wiegte, und ihr Blick ruhte auf Beliar.

»Ich verfluche dich!«, schrie sie. »Beliar vom Hœnkungsberg – sei auf alle Zeit verdammt! Ich wünsche, dass dir jeder Tag die Hölle auf Erden bereitet, so wie du es mir zugedacht hast!«

Ravenna zuckte zusammen, als ihre Schwester den Kopf in den Nacken warf und hell auflachte. Es war das Lachen aus ihrer Kindheit: unbekümmert, wild und selbstbewusst.

»Was willst du hier? Siehst du nicht, dass du überflüssig bist?«, rief Yvonne. Der Stab aus Elfenbein bog sich in ihren Händen, die Spannung löste sich mit einem Knall. Elmsfeuer raste an dem Stock auf und ab. Ein Gewitter zuckte über den Turmspitzen der Burg, lautlos und gespenstisch. »Wie ich höre, wollte Morrigan nichts von dir wissen«, rief Yvonne. »Es ist auch nicht weiter wichtig, denn heute Nacht öffnet sich das Tor durch mich.«

Elinor starrte sie an ... nein – sie starrte durch Yvonne hindurch und fixierte die Stelle, an der Ravenna kauerte. »Jetzt!«, schrie sie. »Jetzt!«

Ravenna hatte keine andere Wahl. Selbst wenn sich die Hexe vom Hœnkungsberg nun von der Mauer stürzte, blieb ihr nichts anders übrig als zu kämpfen und zu sterben. Sie sprang auf und zog das Schwert. Ihre Haare knisterten in der Spannung, die plötzlich in der Luft lag. Das graue Hexenpulver stäubte in einer Wolke zu Boden, als sie den Beutel mit der freien Hand umdrehte, ausschüttete und fortwarf.

Mit den Sinnen einer Fledermaus hatte Oriana ihr Kommen bemerkt. Sie wirbelte herum und warf sich ihr entgegen, doch diesmal war Ravenna besser bewaffnet und auf den Angriff der Leibwächterin gefasst. Ein Hieb mit der Breitseite der Klinge und ein Stoß mit dem Heft und die Fürstin der Luft taumelte mit schmerzverzerrtem Gesicht zur Seite.

Velasco fluchte und begann zu rennen. Yvonnes Augen blitzten auf. Sie packte den Becher und stürzte den Inhalt in einem Zug hinunter. Elinor sprang nicht. Sie trat nach vorne an die Brüstung und umkrallte den Handlauf, als klammere sie sich mit aller Gewalt ans Leben. Doch sie hatte nicht mit der Gelehrigkeit ihrer

Schülerin gerechnet. Als Lynette bemerkte, dass die Marquise im Begriff stand, Beliars Pläne zu durchkreuzen, stürzte sie zur Treppe. Ein Satz – und das Mädchen stand zwischen zwei Zinnen. Sie musste mit den Armen rudern, um das Gleichgewicht nicht zu verlieren. Das Amulett der Schatten glänzte auf ihrer Brust.

»Herr und Meister!«, rief sie mit ihrer hellen Stimme. »Elinor hat dich verraten! Nimm mein Blut! Es wird dir das Tor öffnen, das dich in den Tanzkreis der Hexen bringt.«

Lynette trat einen Schritt nach hinten. Mit ausgebreiteten Armen schwebte sie einen Sekundenbruchteil im Nichts und das lange Haar umwallte sie wie eine goldene Flamme. Dann war sie verschwunden.

Ein vielstimmiger Aufschrei hallte durch den Garten. Die Linien des Pentagramms begannen in einem weißen Licht zu flackern, als sich das Tor zu öffnen begann. Beliar fluchte und griff nach dem Schwert. Die Schuppenklinge zischte aus der Scheide und beschrieb einen Bogen, der auf Lucians Halsseite zielte. Der junge Ritter erkannte die Gefahr und warf sich zurück, um dem tödlichen Hieb zu entkommen, aber die Fesseln behinderten ihn.

Mit einem Schrei stürzte Ravenna an Beliar vorbei. Mit voller Wucht schmetterte sie Lucians Klinge auf die Steinplatte mit dem Pentagramm. Als das Eisen über den Felsen scharrte, sprühten Funken auf.

»Offanier!« Ravennas Stimme überschlug sich.

Ein Blitz zuckte auf, das Pulver entzündete sich und ein ohrenbetäubender Knall folgte. Das Echo hallte von den Burgmauern wider, so dass sie den Eindruck hatte, der ganze Hœnkungsberg gerate ins Wanken.

Das Drachenschwert vollendete die Kreisbahn, aber Lucian war nicht mehr dort, wohin die Klinge zuckte. Er und alle anderen, die sich in diesem Augenblick innerhalb des Pentagramms aufgehalten hatten, waren fort. Starr vor Überraschung blickte Beliar auf die Stelle, an der sich Velasco, Damian und Yvonne soeben noch befunden hatten. Dann fing er an zu lachen.

»Brillant!«, rief er. »Das ist wirklich brillant!« Mit dem Schwert in der Faust drehte er sich zu Ravenna um. »Ich muss sagen, dass hätte ich dir nicht zugetraut. Mit einem einzigen Hammerschlag zerstörst du meine schöne Zeremonie? Das ist der Plan?«

»Bleib mir vom Leib!«, keuchte sie. Der spöttischen Maske, die Beliar aufgesetzt hatte, traute sie am allerwenigsten. Mit ausgestreckten Armen hielt sie Lucians Schwert, so dass der Teufel eine Klingenlänge Abstand halten musste.

Beliar grinste. »Komm schon, Raven, der richtig große Spaß fängt doch erst an. Du hast gesehen, dass deine Schwester das Gift getrunken hat, nicht wahr? Yvonne experimentiert hin und wieder ganz gerne mit solchen Substanzen.«

Ravennas Schwertspitze bebte. »Gift? In dem Becher war Gift?«

»Was dachtest du denn? Orangensaft?« Wieder lachte Beliar. Er trat zur Seite und wies auf das Pentagramm. Ravenna schwankte, als sie die Blutspritzer entdeckte, die sich in einer breiten Bahn über die Steinplatte zogen. Hatte er Lucian etwa doch getroffen – in dem Augenblick, da ihr junger Ritter verschwand?

Beliar streckte die Arme aus. Seine Gäste stimmten einen düsteren Choral an, der Gesang war erdrückend. Als der Boden unter ihren Füßen auseinanderbrach, geriet Ravenna ins Taumeln. Der Felsen, in den das Pentagramm geritzt war, splitterte und aus den Rissen stach grelles Licht hervor. Rasend schnell verästelte es sich im Garten.

Jeder, der von den weißen Strahlen erfasst wurde, verschwand: der Kreis der Teufelsanbeter, die Dämonenkrieger, die die Felsplatte umringten, Oriana und zuletzt sogar Beliar. Dann wurde auch Ravenna von der Helligkeit geblendet und sie spürte, wie sie schwerelos durch Raum und Zeit sank.

Einen Lidschlag später taumelte sie über einen Grashügel, mitten in einer wilden Berglandschaft. Wetterleuchten erhellte den Horizont und auf dem Gipfel ragte ein Kreis aus uralten Steinen auf. Ravenna brauchte einen Moment, um zu erkennen, dass sie sich an einem völlig anderen Ort befand – in einem Kreis aus großen Megalithen.

Die Hexen tanzten zwischen den Steinen. Trommeln und Flöten begleiteten das Drehen und Stampfen, das Klatschen und die wilden Lieder. Die Sieben gerieten erst ins Stocken, als die Dämonenbeschwörer aus dem Nichts auftauchten. Da erkannte Ravenna, wem die Falle galt, die Beliar so sorgfältig vorbereitet hatte: Die Schwarzmagier umringten den Tanzplatz der Hexen mit einem zweiten, dämonischen Bannkreis. Kerzenflammen zuckten in ihren Händen. Weiter außen gingen Armbrustschützen in Stellung, Ritter rückten mit gezogenen Schwertern vorwärts. Beliars Hinterhalt galt nicht den Gästen auf dem Hœnkungsberg: Es war eine Falle, in der die Sieben und ihre Gefährten umkommen sollten.

»Zu den Waffen! Das ist ein Überfall!«

Constantins Stimme hallte durch die Nacht. Ravenna begann zu rennen. Als sie Lucian entdeckte, der bäuchlings im Gras lag, gab sie unwillkürlich ein Geräusch von sich, das halb wie ein Stöhnen, halb wie Schluckauf klang. Der Ritter strampelte und fluchte, während Ramon auf seinem Rücken kniete und wütend an den Fesseln zog. Von einer Schnittwunde an der Schulter lief Lucian Blut über den Arm, doch ansonsten wirkte er unverletzt. Die Hauptsache war jedoch: Er war am Leben.

Schwankend und an Ramon geklammert, kam er auf die Füße. »Das Schwert! Ravenna, mein Schwert!«, brüllte er. »Mach schnell! Velasco ist gleich hinter dir.«

Sie warf ihm die Klinge zu, so wie die Steinmetze es manchmal mit den Werkzeugen machten, wenn sie zu faul waren, über die Leitern am Gerüst zu steigen. Dieser Trick war gefährlich und strengstens verboten, aber Ravenna war geübt darin, den Schaft in der Luft so zu drehen, dass ihr Gegenüber ihn leicht zu fassen bekam.

Im nächsten Augenblick duckte sie sich. Lucian fing das Schwert auf und zog es quer gegen die Klinge des Hexers. Der Stahl pfiff über Ravennas gesenkten Kopf hinweg, der metallische Knall gellte ihr in den Ohren, als sie zur Seite taumelte.

Im gewittrigen Licht entdeckte sie einen unbekannten Ausdruck auf Lucians Gesicht: Er hatte die Oberlippe über die Zähne gezogen, Schweiß glänzte auf seiner Stirn und seine Augen funkelten. Der junge Ritter war seinem Vater so ähnlich, dass sie erschrak. Seine Hiebe erfolgten abwechselnd aus einer Drehung der Schultern und der Hüfte, während er Velasco quer durch die Wiese trieb.

»Nein!«, schrie Ravenna. »Lucian! Wir können Beliar und die Fürsten nur mit Magie aufhalten!« Doch er achtete nicht auf sie.

Verzweifelt drehte sie sich um. Zwischen den Menhiren kämpften Constantin und seine Ritter gegen Beliars schwarzes Heer. Ravenna hatte keine Zeit, auf die Zweikämpfe zu achten oder herauszufinden, zu wessen Gunsten die Schlacht am Rand des Steinkreises wogte.

»Nimm dich in Acht!«, rief sie Ramon zu. Mit wiegenden Hüften näherte Oriana sich dem einäugigen Ritter und er grinste. Er schien sie für ein weiteres, dürres Mädchen aus der Zukunft zu halten – bis sie in ihren Mantel griff und ein halbes Dutzend geschärfter Stahlfedern hervorzog.

Immer wieder flackerten Blitze über den Himmel, Donner grollte. Die Hexen riefen Ravennas Namen und winkten sie hektisch in den Kreis, doch sie hatte nur Augen für ihre Schwester.

Inmitten aufgebauschter roter Seide – so lag Yvonne im Gras. Ravenna hoffte, dass sie nur ohnmächtig geworden war, doch die verkrampfte Haltung und der zurückgeworfene Kopf sprachen eine andere Sprache. Yvonnes Haut war blass wie Marmor, und auf Lidern und Lippen lag ein bläulicher Glanz.

»Du bist ganz kalt! Warte … nimm meinen Mantel!« Ravenna streifte den Hexenumhang ab und verhedderte sich vor lauter Hast darin. Als sie den Kopf endlich aus den Falten befreit hatte, saß Yvonne plötzlich aufrecht im Gras. Sie lächelte. Ihre Augen waren von einem unheimlichen Bleiglanz erfüllt.

»Ich hatte einen Traum«, flüsterte sie. »Es war, als würden mir Flügel wachsen. Flügel aus Feuer.«

Ravenna starrte sie an. »Was war in dem Becher?«, stieß sie hervor. »Verdammt, was hat Beliar dir da eingeflößt? Du musst versuchen, das Zeug auszuspucken!«

Yvonnes Augen richteten sich auf sie, aber ihr Blick schien geradewegs durch sie hindurchzugehen. Ihre Locken hatten dieselbe Farbe wie das Sommergras und sie wirkte beseelt, berauscht – und mächtig.

»Yvy!« Ravenna schlang ihr die Arme um den Hals. Sie hätte ebenso gut eine der Statuen über dem Portal des Münsters umarmen können. Yvonnes schlanker Körper fühlte sich hart und kühl an.

»Bleib hier! Bleib bei mir!«, flüsterte Ravenna ihrer Schwester ins Ohr. Das blonde Haar kitzelte sie im Gesicht. »Ich werde mit den Sieben reden, hörst du? Es kommt alles wieder in Ordnung! Aber du musst vergessen, was Beliar dir eingeredet hat. Jedes Wort war gelogen. Denk an Mémé und dass sie nicht wollte, dass wir jemals getrennt werden! Wir gehören zusammen!«

»Ich konnte die Welt von oben sehen«, wisperte Yvonne. »Es war … magisch.« Sie küsste ihre Schwester auf die Wange und stand auf.

»Dunkle Zauberin«, schluchzte Ravenna und klammerte sich mit aller Kraft an ihre kleine Schwester. »Große Bärin, Göttin der Druiden und Hexen, wir rufen dich und preisen deinen Namen. Morrigan! Bitte mach, dass das alles nicht wahr ist!«

Yvonne schüttelte ihre Hand ab. Ravenna konnte sie nicht festhalten, ihre Finger glitten an der roten Seide ab und plötzlich war sie es, die das Gefühl hatte, ins Bodenlose zu stürzen. Jetzt wünschte sie, Mémé hätte ihr und ihrer Schwester den Mund öfter mit Seife ausgewaschen und ihnen jede Art von magischem Geflüster ausgetrieben.

Sie hämmerte mit den Fäusten auf den Boden und sank nach vorn, bis ihre Stirn die kühle Erde berührte. Ihr Atem ging stoßweise. Die Kämpfe, die rings um sie ausgetragen wurden, interessierten sie nicht länger, sie wollte nicht wissen, wie es auf dem Berggipfel stand. Nicht einmal die ewige Fehde zwischen Lucian und seinem Vater ging sie noch etwas an. Sie wollte nur noch einmal diese eine Stunde haben, in der sie ihre kleine Schwester noch hätte retten können.

Ein Pferd schnaubte in der Nähe und sie fuhr hoch. Die Trommeln waren verstummt, Waffengeklirr und kriegerische Schreie überlagerten jede Sekunde, die seit ihrem Eintreffen vergangen war.

Auf der abschüssigen Wiese kämpften zwei Gegner miteinander. Verbissen schlugen sie aufeinander ein, blind und taub für alles, was rings um sie herum geschah. Doch Lucian taumelte längst, sobald er einen Ausfallschritt machte, und wenn Velasco den Arm hob, schienen Bleigewichte daran zu hängen.

Zwischen den Menhiren tauchte der Fürst mit den geölten Locken auf. Damian zerrte vier Pferde hinter sich her: einen Schimmel, einen Rotfuchs, einen Rappen und ein Pferd, dessen Fell so hell war wie schmutziger Schnee.

Oriana rannte auf das erste Tier zu und zerrte sich in den Sattel. Als sie die Zügel anzog, bäumte sich das Pferd auf. Nebel dampfte aus seiner Mähne und die Augen leuchteten fahl wie Mondlicht. Die Leibwächterin gab dem Tier die Sporen und jagte quer durch den Steinkreis.

Benommen starrte Ravenna auf den verschwimmenden Lichtpunkt. Die apokalyptischen Reiter – deshalb hatte Beliar vier Fürsten ausgewählt! Sie waren die todbringenden Zeichen, die Boten des kommenden Weltuntergangs. Ravenna kannte das Motiv von zahlreichen Bildern, Glasfenstern und Skulpturen, doch eine reale Begegnung mit ihnen war etwas ganz anderes. Sie wurde vom Schrecken erfasst und sprang auf.

»Yvonne!«

Ihre Schwester schwang sich in den Sattel des Rotfuchses, Damian reichte ihr die Zügel. Sobald Yvonne das Pferd mit dem

Elfenbeinstab berührte, rann kaltes Elmsfeuer über Mähne und Schweif, und das Pferd tat einen Satz nach vorn.

»Haltet sie auf! Sie darf nicht entkommen!«

Der Schrei gellte aus mehreren Mündern. Fluchend befreite sich Ramon von der Stahlfeder, die sich zwischen Beinröhre und Kniebuckel seiner Rüstung verfangen hatte, und Ravenna fing an zu laufen. Alarmiert drehte sich Lucian zu seinen Freunden um, die über den kahlen Berggipfel rannten und die Arme warnend in der Luft schwenkten.

Yvonne jagte mit ihrem Rotfuchs genau auf ihn zu. Er musste sich mit einem Satz in Sicherheit bringen, wenn er nicht unter die Hufe geraten wollte. Funkenbahnen knisterten, als Yvonne an ihm vorbeisprengte. Wie eine fallende Sternschnuppe verschwanden Ross und Reiterin in der Nacht.

»Pass auf!«

Diesmal war es Ramon, der aus Leibeskräften brüllte. Velasco hatte seine Chance sofort erkannt. Als er hinter Lucians Schulter auftauchte, entstand erneut jene gespenstische Dopplung: derselbe Mann, älter und jünger, wie eine Spiegelung der Zeit. Umhüllt vom wehenden Umhang des Hexers, wirkten Vater und Sohn wie eine einzige Gestalt – ein Ungeheuer mit zwei Köpfen.

Lucian drehte sich erst gar nicht um. Er duckte sich und rammte den Schwertgriff nach hinten. Die beiden Männer streiften einander eher, als dass sie hart zusammenprallten, und dann rollte Velasco sich über die Schulter ab. Im nächsten Augenblick war er wieder auf den Beinen und warf sich in den Sattel des wartenden Falben. Unbarmherzig gab er dem Tier die Sporen und jagte über den Berg, ohne das Schwert fortzustecken.

Pfeile zischten durch die Dunkelheit. Der Falbe setzte in einem flachen Satz über einen Dolmen. Josces Meute verfolgte ihn, das Gebell verklang im Wald.

»Lass es! Lass es sein!«, brüllten Lucian und Ramon gleichzeitig, während sie auf den letzten der vier Reiter zu rannten. Hektisch versuchte Damian, auf den Rappen zu steigen, doch das Tier scheute und drehte sich im Kreis. Wasser triefte aus der Mähne, Schlamm spritzte unter den Hufen auf, wo eben noch trockene Wiese gewesen war. Als Lucian nach dem Lockenschopf griff, ließ dieser die Zügel schießen, doch statt sich, was vernünftig gewesen wäre, auf der Stelle zu ergeben, griff er nach der Klinge, die unter dem Sattelblatt hing.

Und dann ging alles furchtbar schnell. Ravenna sah nur, wie sich Damian auf ihren jungen Ritter stürzte und wie beide Männer mit den Oberkörpern zusammenprallten. Plötzlich ragten die Schwerter aus ihren Rücken hervor, doch bevor sie, zu Tode erschrocken, aufschreien konnte, holte Lucian Luft. Er zuckte mit den Schultern. Damians Arme glitten von seinen Achseln, und er griff nach der Klinge des Gegners, die zwischen Hemd und Haut hindurchgeglitten war. Lucians Schwert hingegen hatte Damians Brust durchbohrt.

Ramon war es, der den Getroffenen auffing und zu Boden sinken ließ. Der Lockenschopf ächzte.

»Was machst du noch hier?«, herrschte Lucian sie an, als Ravenna sich näherte und sich angstvoll versichern wollte, dass es ihm gutging. Er sah schrecklich aus. Mit dem Ärmel wischte er sich das Rußzeichen von der Stirn und verschmierte die schwarzen Striche doch nur mit den Blutspritzern und dem Schweiß auf seinem Gesicht. »Siehst du nicht, dass die Sieben deine Hilfe brauchen? Du gehörst in den Kreis, verdammt!« Mit dem Schwert deutete er auf den Ring aus Menhiren.

Ravenna drehte sich um. Beliar war dort, mitten im Kreis der Sieben, die er mit der Schuppenklinge bedrohte. Blaues Feuer zuckte um das Drachenschwert und die Hexen wichen zurück. Ravenna hörte, wie Josce fluchte und wie Norani eine Beschwörung rief, doch der Choral der Schwarzmagier überlagerte die Stimmen der Hexen. Der Bannkreis der Feinde rückte immer enger um die Sieben zusammen.

Niemand hielt Ravenna auf, als sie durch den Ring der Dämonenkrieger schlüpfte. Als sie den Tanzplatz betrat, erkannte sie, dass sich an jedem Menhir auf der Innenseite eine Vertiefung befand. Sie glichen den Mulden, die Ravenna am Tisch im blauen Saal gesehen hatte. Die Siegel passten genau in diese Kerben. Sobald die Ringe eingerastet waren, begann die Schrift auf dem Rand zu glühen. Verzerrt und vergrößert flimmerten die Lichtzeichen über das niedergedrückte Gras. Der einzige Ring, der noch fehlte, war ihr eigener – das Siegel des Sommers.

»Gib Beliar das Siegel! Nun mach schon!«, herrschte sie Millie an. Die Schuppenklinge schwebte vor Mavelles Brust und diesmal würde der Stoß nicht danebengehen. Der Marquis bedrohte die Elfe und ihr ungeborenes Kind. Als er Ravenna sah, grinste er.

»Da bist du endlich«, höhnte er. »Dann kann der Spaß beginnen.«

»O ja, wir werden viel Spaß miteinander haben«, gab Ravenna zurück. Dann fauchte sie die junge Hexe an: »Wird's bald, Millie?«

Erschrocken starrten die Sieben sie an. »Was ist los mit dir?«, schnaubte Nevere. »Hat der Marquis dir den Verstand aus dem Schädel gepresst, als du auf seiner Burg warst? Hast du nicht gesehen, dass er soeben die Fürsten entsendet hat? Wenn du ihm nun noch dein Siegel gibst, vollendest du sein Werk, denn dann fallen ihm alle Ringe in die Hand. Dann vernichtet er unseren Zirkel!«

Ravenna beachtete die Heilerin nicht. »Tu, was ich sage!«, fuhr sie das pferdegesichtige Mädchen an. »Das ist meine Nacht, richtig? Ich wurde gerufen, um in diesem Kreis die Magierin zu sein. Das hattet ihr doch im Sinn, als ihr mich mit eurer Beschwörung aus meiner Zeit gerissen habt, nicht wahr? Deshalb musste ich alle diese sinnlosen Prüfungen bestehen und eure Aufgaben lösen. Ich werde Euch verraten, was wir in der Zukunft längst wissen: Beliar ist der Herr und Meister. Er ist der größte Hexer von allen, denn bald wird er der Einzige sein, der noch über Magie gebietet. Also mach endlich, Millie! Gib ihm den Ring!«

Entsetzen zeigte sich in den Zügen der Sieben und die jungen Hexen, die zwischen den Menhiren Schutz gesucht hatten, stöhnten auf. Fordernd streckte Ravenna die Hand aus. Mit einem empörten Laut wich Millie vor ihr zurück. »Du gehörst zu ihm! Er hat dich in seinen Bann gezogen, genau wie deine Schwester. Ich wusste doch, dass mit euch etwas nicht stimmt. Euch sind die Dinge einfach zu leicht geglückt! Hexen aus der Zukunft – pah!« Millie spuckte ins Gras.

Ravenna packte das Mädchen am Handgelenk und bog ihr die Finger auseinander. »Der Ring war eine Leihgabe! Schon vergessen? Givanier!«, befahl sie und Millie öffnete die Faust mit einem Schmerzlaut.

Beliar starrte sie an. Er hatte die Finger in Mavelles Silberhaar vergraben. Die grünen Augen der Elfe waren weit aufgerissen, die Drachenklinge hinterließ eine gezahnte Spur an ihrem Hals. Auf der Stirn des Marquis pochte eine Ader. Offenbar war Beliar sich nicht sicher, ob das, was soeben geschah, wirklich zu seinen Gunsten war.

Ravenna löste den Silberring aus Millies Fingern. Dann trat sie auf Beliar zu und hielt den Schatz in die Höhe. »Du gewinnst«, sagte sie mit einem harten Lächeln. »Dieser Berg und alles, was sich darauf befindet, soll dir gehören. Dafür entlässt du meine Schwester aus deinem Zirkel. Es ist das Einzige, was ich von dir verlange, und ich bin bereit, dir alles dafür zu opfern.«

Beliar zog eine Augenbraue in die Höhe. So sah er beinah wieder aus wie ihr Therapeut – abgesehen von der Rüstung und dem Schwert, das er Mavelle unters Kinn presste. »Höre ich recht? Du willst mir ein Opfer bringen? Hier, in diesem Kreis? Nun, wie wäre es mit … dir?«

Die nächsten Ereignisse folgten so schnell aufeinander, dass Ravenna erst viel später begriff, was geschehen war. Ein Stoß schleuderte die Elfe zur Seite, so dass sie hinfiel und durchs Gras rollte. Beliar machte einen Satz in Ravennas Richtung, eine tänzerische Bewegung, die den geübten Fechter verriet. Mit der Rechten streckte er das Schwert vor und hob gleichzeitig den anderen Arm. Die Spitze zielte auf den Punkt zwischen ihren Augenbrauen. Ihr

Kopf wurde mit einem Ruck nach hinten gerissen. Ohne Widerstand glitt die Drachenklinge in das dritte Auge.

Am Aufschrei der Hexen merkte sie, dass etwas nicht stimmte. Sie spürte keine Schmerzen, nur eine merkwürdige Unbeschwertheit und Klarheit. Ihre Glieder waren leichter als Zunderholz und ihr Verstand arbeitete auf Hochtouren.

Die Welt rings um sie stand in Flammen. Menhire brannten wie Strohhaufen, der Waldrand glimmte dunkel. Hinter den Steinen fochten Constantin und seine Krieger heftige Schattenkämpfe aus, und um jede der Sieben loderte die Aura der Magie in einem anderen Farbton. Da begriff Ravenna, dass sie die Welt mit Beliars Augen sah.

Sie blickte zu ihm auf. Er war größer als in jedem Alptraum, ein schöner Mann, zornig und unberechenbar. Ein gepanzerter Skorpionschwanz ragte hinter ihm auf, riesig, gekrümmt und mit einem Glutstachel versehen. Die Plattenrüstung umschloss jeden Muskel und auf den Schultern, an Ellenbogen und Handgelenken ragten weitere Dornen aus der Panzerung. Der Helmbusch umgab sein Haupt wie ein lodernder Kranz aus Feuer.

Es ist wahr: Ich bin der Meister. Die Stimme dröhnte in Ravennas Kopf. Benommen griff sie sich an die Stirn, doch die verwunschene Klinge war verschwunden. In jenem Augenblick, da das Schwert ihr magisches Auge berührte, hatte es sich in Rauch aufgelöst. Dennoch war es, als dringe jeder von Beliars Wünschen direkt in ihre Nervenfasern ein, in das Zentrum ihres Seins. Er hatte sie hypnotisiert. Er hatte Besitz von ihr ergriffen, in einer Art und Weise, wie es in einer anderen Nacht und an einem anderen Ort niemals möglich gewesen wäre, und nun war sie von ihm besessen.

Sie lächelte. Von fern hörte sie leise eine Stimme, heiser und sehnsuchtsvoll, doch sie beachtete Lucians Rufe nicht. Von Flammen umlodert, krümmten sich die Hexen am Rand ihres Gesichtsfelds, als stünden die Sieben bereits mit bloßen Füßen auf dem Scheiterhaufen. Ravenna blickte sie nicht an.

Allerdings hast du lange gebraucht, um meine Macht anzuerkennen, zürnte Beliar. Du hast Elinor daran gehindert, von der Burgmauer zu springen. Das war schlau, aber unnötig, denn nun stehen wir trotzdem hier. Dein Ritter hat Damian erschlagen, aber auch das wird euch nichts nützen, denn an seiner Stelle wirst du mir zu Diensten sein. Das ist eine weitaus bessere Wahl, denn du bist eine geborene Tormagierin. Jetzt gib mir das siebte Siegel!

Ravenna überreichte ihm den Ring. Ihr schien, als habe sie diesen Entschluss schon lange vor seinem Befehl gefasst. Jedes seiner Worte war nur ein Echo ihrer Gedanken und ihres Wunsches, ihm zu gefallen. Beliar war schon vor langer Zeit in ihren Kopf eingedrungen – vor mehr als siebenhundert Jahren.

Sie folgte ihm, als er über das knisternde Gras schritt. Vor dem Stein, an dem der Ring fehlte, blieb er stehen. Der Menhir stand genau im Süden, auf der Peilachse der Sommersonnwende. Sie hielt den Atem an, als der Marquis das Siegel einsetzte. Sobald sich der Ring an seinem Platz befand, wich sie einen Schritt zurück. Sie stand nun genau im Zentrum des Steinkreises. Das Licht, das aus den magischen Schriftzeichen strahlte, bildete einen Ring um sie, einen Kreis aus Feuer, der jedes andere Licht überstrahlte.

Endlich erkannte sie, weshalb sich die Hexen diesen Ort als Tanzplatz erwählt hatten: Morrigans Siegel befand sich auf dem Hohen Belchen. Der Megalithenkreis war nichts anderes als das Zeichen der Hexengöttin, und es war aktiviert worden, als der letzte Ring seinen Platz fand. Es war genau der Ort, an dem sie nach ihrer langen Reise durch die Zeit hatte ankommen wollen.

Sie hob die Arme. »Hilf mir, Morrigan!«, schrie sie. »Bitte hilf mir – jetzt!«

Aufbrüllend fuhr Beliar zu ihr herum, umgeben von einer Wolke aus Funken und Feuer. Sein Gesicht hatte jede Ähnlichkeit mit menschlichen Zügen verloren. Glühender Geifer troff ihm vom Kinn, und seine Augen glühten. In diesem Augenblick erkannte er, dass es noch einen Rest von Verstand in ihrem Geist gab, der nicht von ihm beherrscht wurde. Dass sie ihn benutzt hatte, um in die Mitte des Kreises zu gelangen. Er hob den gepanzerten Arm und sie wusste, sie würde sterben.

Da schoss der magische Strom mit solcher Wucht in sie ein, dass sie fast von den Füßen gerissen wurde. Sie war in einem Band aus buntem Licht gefangen, ihre Glieder loderten in allen Farben. Ihr Körper dehnte sich in die Länge. Sie war das Feuer, das in einem Funkenschweif zur Erde strömte, sie war die weiße Flamme der Magie.

Sie schleuderte einen Strahl aus Sternenfeuer auf Beliar, den sie als einen dunklen Schemen vor sich wahrnahm. Ein Funkeln lief an seiner Gestalt auf und ab. Der Stachel krümmte sich über ihm.

»Sei gebannt!«, schrie Ravenna. »Zurück an den Pol der Nacht, denn dorthin werde ich dich …«

Weiter kam sie nicht. Der Skorpionschwanz peitschte nach vorn und riss sie von den Füßen. Ein zweiter Schlag schleuderte sie gegen einen Menhir, der nur scheinbar aus Feuer bestand – Feuer mit einem Kern aus Granit. Beliar packte sie mit beiden Händen, riss sie vom Boden hoch, bis ihre Füße in der Luft baumelten, und schmetterte sie mit dem Rücken gegen den Stein.

Alle, die dieses Schauspiel verfolgten, schrien auf.

Ravenna ächzte, sie hatte das Gefühl, jeder Knochen in ihrem Körper wäre in tausend Stücke zersplittert. Beliars Fäuste schnürten ihr die Luft ab. Sein Gesicht waberte dicht vor ihr, ein Spuk aus Hass und schwarzer Lava, doch zur selben Zeit spürte sie, wie der Kraftstrom unablässig durch sie hindurchfloss. Morrigan war hier, mit ihr, um sie und in ihr. Jede ihrer Bewegungen zog einen Schleier aus Licht nach sich, ein feiner Nebel magischer Kraft, der wie Zuckerwatte an ihr haftete. Die Feuerschrift der Siegel wirbelte um sie, Gluträder rasten durch die Nacht.

»Der Bann!«, würgte sie hervor. Die Worte drangen gepresst aus ihrem Mund und sie hatte kaum noch Atem für mehr. »Der Bann, mit dem ich dich binde: Wir finden es, wenn wir nicht danach suchen. Wir behalten es, wenn wir uns nicht daran klammern und wir haben alles Recht der Welt, es zu besitzen.«

Die letzten Worte verklangen als heiseres, pfeifendes Geräusch auf ihren Lippen. Das Blut rauschte ihr in den Ohren und sie spürte, wie ihr die Sinne schwanden. Mit letzter Kraft hob sie die Hand und schrieb mit Licht eine umgedrehte Vier auf Beliars Stirn.

Der Teufel riss den Kopf zurück und öffnete den Mund, doch ehe er seine Wut in den Himmel brüllen konnte, brach ein Lichtstrahl aus seinem Rachen hervor. Plötzlich spürte Ravenna, wie sich seine Krallen an ihrem Hals lösten, und sie stürzte ins Gras. Auf Händen und Knien rang sie nach Luft. Blut tropfte ihr auf den Handrücken und sie zwang sich, den Kopf zu heben, damit sie ihren Gegner nicht aus den Augen verlor.

Beliar torkelte durch den Kreis. Aschesegel lösten sich von seiner Rüstung und wehten davon. Die Hexen wichen erschrocken vor ihm zurück, denn er war in den Mahlstrom der Magie geraten, eine Motte, die inmitten flimmernder Kraft verging. Lichtstrahlen kreuzten sich um ihn, und weil sie die Helligkeit in den Augen schmerzte, verpasste Ravenna den Moment, an dem er verschwand. Als sie nicht mehr blinzeln musste, weil das Licht weniger grell war, war er fort.

Ihre Arme gaben nach und sie sackte ins Gras. Die alten Menhire, die abschüssige Wiese und der Kreis der Sieben drehten sich um sie, ehe sie in wirbelnder Schwärze versank.

Als sie wieder zu sich kam, lag sie in einem Bienenkorb. Summen, Schwirren und Brummen erfüllten ihre Sinne und es dauerte eine ganze Weile, ehe sie begriff, dass die Geräusche und das Schwindelgefühl in ihrem Kopf waren. Ihre Glieder waren schwer wie Blei, die Wunden brannten.

Sie schlug die Augen auf. Die Nacht war überirdisch schön. Sterne funkelten wie eisige Stecknadelköpfe in einem Kissen aus Samt. Dann fiel ihr ein, dass sie Atem holen musste, und sie schnappte hörbar nach Luft.

Ihr erster Atemzug löste die Spannung, in der die Hexen rings um sie knieten. Die Sieben schrien erleichtert auf und fingen an durcheinanderzureden.

»Das war unglaublich!«, stieß Aveline hervor. Ihr Kranz aus Vogelbeeren, Kornblumen und Johanniskraut war in Auflösung begriffen, die Haare quollen wirr unter dem schief sitzenden Schmuck hervor. »Das war ... wie sagt man in deiner Zeit dazu? Du hast Beliar einfach weggefegt!«

»Ein eleganter Rätselspruch«, grinste Norani. »Und dazu eine Opferrune. Lernt man so was in der Zukunft?«

»Unglaublich – allerdings«, brummte Nevere. Sie nestelte an Ravennas Gewändern, um ihr mehr Luft zu verschaffen, und fühlte ihren Puls. »Beliar hat sie fast umgebracht. Ein Wunder, dass sie noch atmet. Gibt mir jemand meine Tasche?«

Die letzten Worte waren an die Umstehenden gerichtet, eine dunkle Masse aus Köpfen und Schultern. Ravenna ließ den Blick über die Menge gleiten, doch von den vorbeigleitenden Schatten wurde ihr übel.

»Ob sie uns überhaupt hört?«, meinte Josce zweifelnd. Der Zopf der Jägerin baumelte Ravenna ins Gesicht, als sie sich vorbeugte und ihr besorgt in die Augen sah. Esmee fasste sie beruhigend an der Schulter. »Gewiss hört sie uns. Sieh nur, wie ihr Blick von einer zur nächsten wandert. Sie muss nur die Sprache wiederfinden.«

Noranis Augen waren zu golden glühenden Schlitzen zusammengezogen, das Gesicht mit den hohen Wangenknochen wirkte wie eine Maske aus einem fernen Land. »Morrigan hat sie anerkannt, sonst hätte ihr Siegel den Strom niemals zum Fließen gebracht. Ich bin gespannt, wie das wohl gegangen ist.«

Ravenna leckte sich über die aufgesprungenen Lippen und wollte Erklärungen abgeben, doch sie brachte nur ein heiseres Krächzen zustande. Die magischen Flammen hatten ihren Körper vollkommen ausgedörrt, die Haut an ihren Armen und Beinen fühlte sich an wie Pergamentpapier. Sie schloss die Augen – und öffnete sie wieder, als ihr ein kühles Tuch auf die Stirn gelegt wurde.

Nevere flößte ihr Wasser ein, das mit einem Trank vermischt war. Der erste Schluck brannte wie Feuer. Dann breitete sich eine angenehme Wärme in ihr aus und ein Teil der Schmerzen verging.

Mit der Hilfe der Magierinnen setzte sie sich auf. »Mavelle«, stieß sie hervor und starrte in die unvollständige Runde der Hexen. »Wo ist sie? Was ist geschehen? Was hat Beliar ihr angetan?«

»Keine Angst!«, brummte Nevere. Bis zum Ellenbogen wühlte sie in ihrer Tasche. »Sie ist unversehrt, doch der Stoß hat dazu geführt, dass die Wehen einsetzten. Ich schätze, bei Sonnenaufgang werden wir ein neues Mitglied von Constantins Tafelrunde begrüßen.«

Sie nickte zu einer Reihe von Zelten hinüber, die am Saum des Waldes standen. Pferde waren in der Nähe angepflockt, Kessel dampften über der Glut und eine Menschenmenge bewegte sich mit Laternen in den Händen durch das Lager. Der Anblick war so friedlich und alltäglich, dass Ravenna Tränen in die Augen traten.

»Lucian«, stieß sie hervor. Es war die zweite Frage, die ihr auf der Seele brannte, eine schreckliche Frage, wenn es darauf keine beruhigende Antwort gab.

Mit raschelnden Gewändern erhoben sich die Sieben und gaben den Blick auf den Kreis aus Menhiren frei, der nun vom Mondschein und von den glimmenden Siegeln erhellt wurde. Der junge Ritter stand am Rand des Steinrings. Seine Gestalt war vom Mondlicht beschienen, und er hielt das Schwert noch immer in der Hand, als habe er vergessen, es wegzustecken. Die Spitze zeigte zu Boden und in den Spiralen auf der Klinge wirbelte kaltes Regenbogenfeuer. So starrte er auf die fernen Berge. Hinter ihm kniete Ramon neben einer Gestalt, die regungslos am Boden lag. Es war der Letzte der vier Fürsten – derjenige, dem die Flucht nicht gelungen war.

Mit Josces Hilfe stand Ravenna auf. »Ich möchte allein mit ihm sein«, bat sie. Zögernd blickte die Jägerin sie an, doch dann winkte sie den anderen. Die Sieben und die jungen Hexen verließen den Steinkreis.

Ravennas Beine zitterten so sehr, dass sie schwankte, als sie auf Lucian zuging. Sie sehnte sich nach seiner Umarmung und wollte aus seinem Mund hören, dass es ihm gutging, doch als Ramon sie bemerkte und hastig herbeiwinkte, ging sie zu ihm. Der Lockenschopf hielt ihn mit deutlich mehr Kraft am Oberarm gepackt, als einem Sterbenden zuzutrauen war. »Er möchte mit Euch sprechen«, sagte der junge Ritter. »Werdet Ihr ihn anhören?«

»Kommt darauf an, was er zu sagen hat«, meinte Ravenna. Mit schmerzenden Gliedern sank sie in die Hocke. Gleichzeitig hörte sie, wie Lucian hinter sie trat, vermutlich, um sie vor dem letzten Feind zu beschützen, der weder gefangen noch gestorben war.

Damian war nicht der Einzige, der an diesem Abend zu Boden gegangen war. Die Schlacht hatte außerhalb des Steinkreises stattgefunden, so dass Ravenna nur Schatten und Schemen sah und gelegentlich ein Stöhnen hörte: Hier war Nevere mit ihrer Tasche auf dem Weg zu den Verwundeten. Dort stand Constantin, die Schwertspitze auf den Kehlkopf des gegnerischen Hauptmanns gesenkt. Die Schneide war so scharf, dass sie die Schnüre durchtrennte, mit denen die lederne Kappe unter dem Dämonenhelm des Besiegten festgezurrt war. Beides, Helm und Kappe, kollerten ins Gras und enthüllten ein Gesicht, das ebenso verstört wie verängstigt aussah.

Durchaus möglich, dass die Krieger vom Hœnkungsberg Beliars Stimme ebenfalls in ihrem Kopf gehört hatten, dachte Ravenna. »Was willst du von mir?«, fragte sie, als sie sich über den Liegenden beugte. Sie hatte weder Lust noch Kraft, sich mit einem von Beliars Vasallen zu unterhalten, doch dann sah sie nur einen jungen Mann, der nach Luft rang und wusste, dass dies seine letzten Atemzüge waren. Damians Wunde blutete nicht. An den Rändern zeigte sich ein seltsamer, goldener Schimmer. Voller Unbehagen fragte sich Ravenna, womit Lucian sein Schwert pflegte, ehe er es wegsteckte. Einfaches Öl war es bestimmt nicht.

»Dein Gefährte hat mir einen Gefallen getan.« Sie konnte kaum verstehen, was der Verletzte sagte und las teilweise von seinen Lippen ab. »Lucian hat mich von dem Bann des Marquis erlöst. Deshalb will ich dir auch etwas geben. Yvonne ...«

Damian verstummte. Seine Lider flatterten. »Red weiter!«, forderte Ravenna ihn auf. »Wo ist meine Schwester? Wohin ist Yvonne geritten?«

Und dabei hasst sie Reiten, schoss es ihr durch den Kopf. Bei der Erinnerung an die alltäglichen Streitereien stiegen ihr die Tränen in die Augen. Plötzlich hatte sie Angst, dass Damian starb, bevor er ihr sagen konnte, was aus ihrer Schwester geworden war. Andererseits konnte er wohl kaum sterben. Beliar hatte seine untoten Fürsten mit Bedacht ausgewählt.

Der magische Schimmer breitete sich immer rascher auf Damians Brustkorb aus, die Luft über der Gestalt flimmerte. Bald war er nur noch eine Spiegelung aus einer anderen Welt, ein Geist, der langsam verging. Beherzt legte ihm Ravenna die Hand auf die Schulter. Magie strömte kühl über ihre Finger und ihr war, als berührte sie Eis.

»Damian. Was ist mit Yvonne?«

Ein verklärter Ausdruck stand in seinen Augen. »Sie wird ihm bedingungslos folgen. Sie folgt Beliar, wohin er auch geht, denn sie ist an ihn gebunden. Mir erging es ähnlich, doch nun ... ahhhh. Chchch.«

Damians Stimme war nur noch ein Hauch, der aus der Nacht wehte. Ravenna blinzelte mehrmals, doch der Platz vor dem Menhir war leer. Einige Herzschläge lang kauerte sie auf den Fersen und vergrub das Gesicht in den Händen. Dann hob sie den Kopf.

Lucian und Ramon standen in der Nähe an einem Menhir. Offenbar versuchte der einäugige Ritter seinen Freund zu trösten. Mit versteinertem Gesicht wischte Lucian das Schwert ab und wollte es in die Scheide stecken, doch er griff ins Leere. Stirnrunzelnd drehte er sich zu Ravenna um. Sein Gurtzeug schlackerte noch immer um ihre Hüften, sie hatte keine Gelegenheit gehabt, es ihm zurückzugeben. Und dann begriff sie: Er war gar nicht darauf aus gewesen, Velasco zu töten. Er wollte seinen Vater erlösen, so wie er es für Damian getan hatte.

Taumelig kam sie auf die Füße. Sie hätte gerne etwas Aufmunterndes zu ihm gesagt, doch sie war viel zu müde, und in ihrem Kopf hallten noch immer die Geräusche der vergangenen Schlacht. Er war unfähig, sich umzudrehen und sie in den Arm zu nehmen, als sie sich an ihn lehnte, und er brachte kein Wort heraus, als sie seinen Namen flüsterte.

Doch es machte ihr nichts aus. Sie kannte ihn mittlerweile auch von seiner schweigsamen und verstimmten Seite. In diesem Augenblick wollte sie nur seinen Herzschlag spüren und sich vergewissern, dass er am Leben war. Es ist vorbei, dachte sie, als sie den Kopf an seine Schulter sinken ließ. Es ist wirklich vorbei.

Ein fast perfekter Augenblick

Im Mondschein erforschte sie die Megalithanlage. Das Bauwerk war gewaltig und nahm die gesamte Kuppe des Hohen Belchen ein. Vom Gipfel führten mehrere Bogen aus stehenden Steinen fort. Sie bildeten die Arme einer dreifachen Spirale. Ravenna schluckte, als sie erkannte, wo sie stand: Das Bauwerk auf dem Berg glich einem Triskel mit einem großen Tanzplatz in der Mitte.

Langsam wanderte sie zum inneren Ring zurück. Sie hatte versucht zu schlafen, doch die Ereignisse der letzten Stunden hatten sie zu sehr aufgewühlt und nun war sie über den Punkt hinweg, an dem die Müdigkeit in ihren Knochen schmerzte. Sie fühlte sich seltsam leicht und hellwach, eine Nachwirkung des Heilmittels, das Nevere ihr eingeflöst hatte. Vielleicht lag es auch an der Magie, mit der die Bergkuppe aufgeladen war, dass sie nur noch wenig von den Prellungen und Wunden des Kampfs spürte. Das Gras unter ihren Füßen knisterte, und die Sommernacht roch nach Schafgarbe und Johanniskraut. Das Sternenfeuer hatte dem sanften Silberschein des Mondes Platz gemacht.

Von den Tänzen der Hexen war das Gras im innersten Ring niedergedrückt. Der Platz war inzwischen geräumt worden, und sie war allein. Sie betrachtete die Steine, aus denen der Kreis errichtet worden war. Jeweils zwei Megalithen bildeten eine Einheit mit einer runden Stele in der Mitte. An dieser Stele waren die Siegel befestigt, die nun erloschen waren. Der Abstand zu den Seitensteinen betrug genau eine Handbreit, der Abstand zur nächsten Einheit etwa fünf Schritte und aus sieben solcher Einheiten war der Tanzkreis geformt. Ravenna kannte sich mit den Theorien über den Bau von Megalithanlagen aus, sie hatte darüber gelesen, wie man die tonnenschweren Menhire vor Tausenden von Jahren bewegt hatte. Trotzdem staunte sie über die Genauigkeit, mit der ihre Kollegen aus der Urzeit gearbeitet hatten.

Sie stellte sich in die Mitte des Kreises und legte den Kopf in den Nacken. Es war der perfekte Augenblick und es würde nie wieder eine bessere Gelegenheit geben. Langsam hob sie die Arme.

Diesmal regnete kein Feuer vom Himmel, der Funkenschweif war versiegt und die Nacht lag blau und still über den Bergen und dem Flusstal. Es war das Bild aus ihrem Traum, das sie nachempfand, ihre erste Vision auf dem Odilienberg: eine Frau in einem grauen Mantel, allein in einer Mondnacht.

Sie schämte sich ein bisschen, weil sie Yvonne immer verspottet hatte, sobald diese von Kraftplätzen und magischen Orten zu schwärmen anfing. Jetzt hatte sie allen Grund, ihrer Schwester zu glauben, denn die magische Kraft durchströmte sie bis in die Fingerspitzen.

Als sie ein Rascheln hörte, schlug sie die Augen auf. Lucian stand einige Schritte von ihr entfernt und betrachtete sie. Schnell ließ sie die Arme sinken. Sie spürte, wie ihr die Röte ins Gesicht stieg.

»Was tun wir jetzt?«, fragte sie, um von dem peinlichen Anblick abzulenken, den sie geboten hatte.

»Wir warten.« Der Ritter drehte sich nach Osten und sie verstand: Sie würden warten, bis die Sonne aufging. Bis ein neuer Tag anbrach – der Morgen nach der Schlacht.

Mit beiden Händen schlug sie die Kapuze zurück und ging zu ihm. In ihrem Traum war das Licht erloschen und die Gestalt der Hexe in der Dunkelheit versunken. Die Vision war eine Warnung gewesen. Der Traum hatte ihr gezeigt, was geschehen würde, wenn sie versagte. Oder wenn sie unverrichteter Dinge in ihre Zeit zurückkehrte und Beliar nicht die Stirn bot.

Nichts dergleichen war geschehen. Sie war hier. Sie hatte die Mittsommernacht gefeiert, wie es seit Tausenden von Jahren geschah – bis auf eine letzte Sache.

»Lucian.«

Als sie ihm von hinten die Hände auf die Schultern legte, zuckte er zusammen. Offenbar waren die Wächter auf dem Hœnkungsberg nicht gerade zimperlich mit ihm umgesprungen. Dann legte er den Kopf in den Nacken.

»Das mit deinem Vater tut mir leid«, sagte sie. »Dass Velasco zuletzt doch entwischt ist, meine ich.«

»Er ist nicht entwischt. Zumindest nicht für immer.« Lucian sprach zum Himmel, zu den dünnen Wolken um den Mond und zu den Sternen. »Irgendwann gibt es wieder ein Zusammentreffen. Und wieder einen Kampf.«

Er ließ den Kopf sinken und drehte sich um. »Mir tut es leid, dass Eure Schwester den Weg der dunklen Magie eingeschlagen hat. Wenn es nur eine Möglichkeit gegeben hätte, Yvonne aufzuhalten – ich hätte alles versucht.«

»Ich weiß«, flüsterte Ravenna. Sie griff in die Innentasche des Umhangs, holte das Medaillon hervor und zeigte es ihm auf der geöffneten Handfläche. »Sie hatte eine Haarlocke von dir. Deswegen wirkte der Zauber so stark.«

Lucian fasste nach seinem Nacken. Ein verblüffter und verärgerter Ausdruck erschien auf seinem Gesicht. »Das ist wirklich gemein«, beschwerte er sich. »Haare sind beinahe so mächtig wie Blut oder geheime Namen und …« An dieser Stelle brach er ab und starrte Ravenna herausfordernd an. »Was ist? Weshalb lacht Ihr?«

»Es tut mir leid … ehrlich. Aber ich kann nicht … was heißt hier gemein …« Sie musste schon wieder loslachen. Der fehlende Schlaf und die Schrecken, die sie in den vergangenen vierundzwanzig Stunden durchgestanden hatte, waren zu viel für sie. Sie lachte, bis ihr die Tränen über die Wangen liefen und dann lehnte sie sich schluchzend an ihn. Lucian hielt sie in den Armen, bis sie sich wieder beruhigt hatte.

»Wann bist du meiner Schwester eigentlich so nah gekommen, dass sie dir die Haare stutzen konnte?«, murmelte sie und wischte sich über das Geischt.

Lucian nahm einen tiefen Atemzug. »Das ist eine lange Geschichte.«

Ravenna blickte zu ihm auf. »Ich habe die ganze Nacht Zeit.«

Endlich huschte ein Lächeln über sein Gesicht. Es bewirkte, dass auch die letzte Ähnlichkeit mit Velasco verschwand. »Dann sollten wir es uns etwas bequemer machen«, schlug er vor. Behutsam teilte er ihren Mantel mit beiden Händen, umfasste sie an der Taille und zog sie zu sich heran. Geschickt lösten seine Finger die Schnallen des Gurtzeugs. »Ich glaube, das gehört mir«, flüsterte er ihr ins Ohr.

Ravenna hielt seine Hände fest und führte sie von den Lederriemen weiter zu den Schnüren und Bändern ihres Kleids. Seine Hände fanden den Weg unter ihre Gewänder von ganz allein, bis es kein störendes Stück Stoff mehr zwischen ihnen gab. Mit einem Schulterzucken streifte Ravenna den Mantel ab und warf ihn ins Gras. Sie zog Lucian mit sich nach unten, und er schien sich nicht daran zu stören, dass ihr das Kleid verrutschte – im Gegenteil. Er küsste ihre mondbeschienene Schulter und den Ansatz ihrer Brüste, ließ die Lippen über ihren Hals wandern, bis sein Mund den Ihren fand. Dann schlug er die Augen auf.

Der Zauber zerstob. Lucian setzte sich auf und rieb mit der Hand über beide Augen.

»Was ist los?« Betroffen setzte sich Ravenna auf. »Habe ich etwas falsch gemacht?«

Der Ritter stieß einen gepressten Seufzer aus. »Es tut mir leid. Ich kann nicht mit Euch zusammensein. Nicht so. Nicht heute Nacht.«

Fassungslos schaute Ravenna ihn an und breitete fragend die

Hände aus. »Ich dachte, gerade darauf käme es an: wir beide, der Mondschein, der alte Steinekreis. Und es ist Mittsommer.«

»Ja. Ja doch.« Lucian verschränkte die Finger im Nacken und stützte die Ellbogen auf die Knie. In dieser Haltung verharrte er eine ganze Weile. »Es ist meine Schuld«, murmelte er schließlich. Er griff nach dem Leinenhemd und streifte es über. Er fror. Seine Rüstung und sein Mantel lagen noch auf dem Hœnkungsberg und der Wind war kalt.

»Was ist los?«, fragte Ravenna. »Meinst du nicht, du könntest mir alles sagen? Geht es um Beliar? Um das, was du auf der Festung durchgemacht hast? Glaub mir, ich war verrückt vor Sorge, als ich dich nicht finden konnte. Was wollte dein Vater von dir? Yvonne sagte, Velasco hätte dir eine Menge Gold angeboten. Und sogar eine Burg.«

Sie hatte nicht mit der Heftigkeit gerechnet, mit der Lucian hochfuhr. »Das wollt Ihr nicht wissen«, fauchte er sie an. »Was zwischen Velasco und mir geschieht, ist alleine meine Sache.«

Schweigend zerrte Ravenna an den Schnüren des Mieders. Sie war noch immer ungeübt darin, sich im Stil von Lucians Zeitalter zu kleiden. »Doch, ich will das wissen«, sagte sie leise. »Nach all dem, was war – meinst du nicht, ich hätte eine ehrliche Antwort verdient?«

Lucian zog sich noch weiter von ihr zurück, seine Stimme klang hart. »Soll ich Euch sagen, was ehrlich gewesen wäre? Constantin hätte den Leichnam meines Vaters verbrennen sollen, wie er es ursprünglich vorhatte. Und den meinigen dazu.«

Unwillkürlich presste Ravenna die Hände auf die Ohren. Es war nicht, was sie erwartet hatte, und sie wollte tatsächlich nicht noch mehr erfahren. War es nicht genug, dass sie gerade ihre Schwester verloren hatte? Doch Lucian fasste sie an den Handgelenken und drückte ihr die Arme nach unten.

»Hört mir ganz genau zu, Ravenna! Ihr müsst wissen, wer ich bin, bevor Ihr Euch entscheidet«, stieß er hervor. »Ist Euch denn nicht aufgefallen, wie ähnlich wir uns sind, Velasco und ich?

Manchmal weiß ich nicht mehr, wer von uns beiden der Überlebende ist und wer der geköpfte Verfolger.« Grauen spiegelte sich in seinen Zügen und ein verzweifelter Ausdruck trat in seine Augen. »Constantin hätte mich damals nicht am Leben lassen dürfen«, stieß er hervor. »Er hätte dasselbe Urteil über mich verhängen können wie über meinen Vater. Er hätte es sogar tun müssen, denn ich war schon längst den schwarzen Künsten geweiht. Mein Vater hatte mich Beliar versprochen.«

»Wie bitte?« Unwillkürlich machte sich Ravenna von ihm los.

»Ich bin sein Erstgeborener«, flüsterte Lucian. »Und sein einziger Sohn. Begreift Ihr, was das heißt? Ich hätte dem Marquis dienen sollen, während mein Vater noch tausend Jahre und mehr in seiner Schlucht regierte. Meine Seele war der Preis für Velascos Macht und seine Schuld ist noch immer nicht beglichen. Beliars Schwertstreich sollte mich nicht töten, Ravenna. Er sollte mich zu dem machen, was die anderen Fürsten sind: willenlose Sklaven.«

Ravenna starrte ihn an. Also war die Ähnlichkeit zwischen Vater und Sohn mehr als Zufall oder eine Laune der Gene? War es eine Art Vermächtnis, ein magisches Erbe, das Lucian verabscheute und von dem er dennoch nicht loskam, genauso wenig wie sie ihre Gabe verleugnen konnte? Endlich begriff sie, weshalb Lucian den Hexer von Carcassonne mit solchem Hass verfolgte: In Velasco bekämpfte er auch einen Teil von sich selbst.

»Aber du warst doch damals noch ein Kind«, stieß sie hervor. »Ein Junge von acht Jahren. Und du hast deinen Vater wegen seiner Verbrechen gehasst. Das hast du mir selbst erzählt.«

»Was spielt das für eine Rolle, wenn es um schwarze Magie geht?«, stieß Lucian hervor. »Velasco hatte meine Seele längst an den Teufel verkauft. Doch Constantin reagierte genauso wie Ihr. Der König brachte es nicht fertig, ein Kind hinrichten zu lassen, das unter dem Bann seines Vaters stand. Deshalb nahm er mich mit in seine Burg: Er glaubte, dass eine andere Umgebung und eine freundlichere Erziehung Einfluss auf meine Entwicklung hätten, und ich hoffe sehr, dass er sich nicht täuschte. Wirklich erlöst würde ich jedoch erst sein, wenn mich eine Hexe aus dem Zirkel der Sieben als ihren Gefährten erwählt.« An dieser Stelle hielt er inne und blickte Ravenna an. »Versteht Ihr: Ich habe Euch benutzt.«

In ihrer Wange zuckte ein Muskel und auf ihrer Zunge lag plötzlich ein bitterer Geschmack. »Wusste Maeve davon?«, fragte sie.

Lucian nickte. »Ja, sie wusste Bescheid. Sie ist in dieser Welt aufgewachsen und wusste, wie man dem Herrn der Ratten widersteht. Aber Ihr ... für Euch war alles so neu. Ihr wart überwältigt von den Entdeckungen auf dem Odilienberg, von dem geheimen Wissen der Sieben. Wenn ich da mit meiner Vergangenheit gekommen wäre ...«

»Stattdessen hast du mir lieber den harmlosen jungen Mann vorgespielt. Nett, ein bisschen naiv, aber ein guter Kämpfer. War das der Plan?« Ravenna schaffte es nicht, den Zorn zu unterdrücken, der plötzlich in ihr brodelte. Sie hatte zu viel aufs Spiel gesetzt, um enttäuscht zu werden, hatte ihr Leben und das ihrer Schwester riskiert, um Lucian zu befreien. Es war einfach nicht fair.

Durch die Dunkelheit musterte der Ritter sie. »Es gab keinen Plan«, erwiderte er ruhig. »Und ich wollte Euch gewiss nichts vorspielen. Als ich Euch kennenlernte, damals, als wir zusammen zum Aussichtspunkt ritten und Ihr so selbstsicher über die Zukunft spracht, da ...«

Sie wartete. Als er nicht weitersprach, verlor sie die Geduld. »Da – was? Da dachtest du, ich wäre dumm genug, um auf den ganzen Schwindel hereinzufallen? Und als deine Freunde geschlossen vom Turnier zurücktraten, was war das? Ein abgekartetes Spiel? Ramon und die anderen wussten also Bescheid? Hinter meinem Rücken habt ihr euch vermutlich schlappgelacht über das blasse, dürre Hühnchen aus der Zukunft.«

Sie konnte nicht verhindern, dass ihre Stimme lauter wurde.

Lucian stand auf. Die Züge um seinen Mund und sein Kinn wirkten versteinert, als er auf sie herabsah.

»Es tut mir leid, wenn Euch meine Worte schmerzen, doch es ist die Wahrheit, die Ihr von mir gefordert habt. Wie ich Euch bereits sagte: Es gab keine Lüge und keinen Plan. Ich habe mich wirklich in Euch verliebt, Ravenna. Ich dachte, nach Maeves Tod könnte ich nie wieder solche Gefühle empfinden, doch Ihr habt mich eines Besseren belehrt. Was ich Euch vor dem Morgengrauen sagen wollte, ist Folgendes: Ihr könnt Euch noch immer entscheiden. Wenn die Sonne aufgeht, werden Euch die Sieben feierlich in den Zirkel aufnehmen. Ihr könnt die Einweihung ohne Begründung ablehnen. Ihr könnt Euch aber auch ohne einen Gefährten an Eurer Seite weihen lassen, auch wenn wir an Beltaine zusammen waren. Und Ihr könnt jederzeit in Eure Welt zurückkehren.« Er deutete auf den Menhir, der hinter ihnen aufragte. »Morrigan hat Euch anerkannt, nicht wahr? Wir alle konnten sehen, wie der magische Strom durch Euch floss. Somit ist es nicht länger Melisendes Ring – er gehört Euch. Ihr könnt das Siegel jederzeit nehmen und uns verlassen, denn Ihr seid die Tormagierin. Vergesst das nicht.«

Nach diesen Worten bückte er sich, raffte sein Gurtzeug und das Schwert vom Boden auf und ging davon. Ravenna starrte ihm nach, bis seine Gestalt in der Dämmerung verschwunden war. Dann stand sie auf, schüttelte den Mantel aus und zog ihn um die Schultern. Auf Zehenspitzen stellte sie sich vor den Menhir und betrachtete den Ring. Das Siegel bestand wieder aus kaltem Silber, die magischen Zeichen waren nichts weiter als eine Runenschrift am Rand. Als sie die Finger über die Kerben gleiten ließ, löste sich das Siegel und fiel aus dem Stein. Sie fing es gerade noch auf, bevor es auf dem Boden aufschlug.

Lucian hatte Recht: Sie konnte nun ohne weiteres heimkehren. Sie hatte im Mittelalter nichts mehr verloren, ihre Aufgabe war erfüllt. Doch sie hatte ihn nicht gefragt, wie er sich entscheiden würde, wenn er die Wahl hätte.

Der Wind wurde stärker. Der Himmel verlor seine tiefdunkle Farbe und hellte sich langsam auf. Bei den Zelten schrie ein Neugeborenes.

Ravenna ging zum Lagerplatz der Hexen hinunter.

Die Ritter hatten sich unter den Bäumen versammelt. Sie bewachten die gefangenen Krieger vom Hœnkungsberg. Besorgt ließ Ravenna den Blick über die Männer schweifen, suchte nach Vermissten und Verwundeten, doch die Gefährten waren vollzählig: Terrell hinkte nach einem Schlag gegen das Bein, Marvin wurde vom Hofhund des Gasthauses begleitet, der wie eine Klette an ihm hing, und unausgeschlafen wirkten sie alle. Doch sie grinsten und winkten Ravenna fröhlich zu. Nur von Lucian war keine Spur zu sehen, und das machte ihr Sorgen.

Außer den Kriegern waren viele Menschen aus den Dörfern am Fluss und von den Gehöften im Umkreis des Hohen Belchen gekommen. Sie hielten sich im Hintergrund und hatten die Schlacht um die stehenden Steine vom Waldrand aus beobachtet.

Auf einem flachen Wiesenstreifen standen wenigstens dreißig Zelte. Die Eingänge waren mit Baldachinen überdacht, Zackenborten und Wimpel bewegten sich im Wind. Ratlos blickte Ravenna umher, bis sie Josces Meute entdeckte. Die Hunde lagen vor einem großen Zelt aus Leinenstoff, die Köpfe ausnahmslos in Richtung ihrer Herrin gedreht, die an einer Zeltstange lehnte und rauchte. Josces Augen glühten in der Dämmerung. Der Räucherduft von Lavendel, Zimt und Nelken wehte Ravenna entgegen, als sie sich näherte.

»Es ist ein Junge«, sagte die Jägerin fröhlich. »Klein und schrumpelig wie eine Rosine.«

»Sag ich doch«, murmelte Ravenna. »Herzlichen Glückwunsch.«

»Das gilt nicht mir, sondern Mavelle. Am besten gratulierst du ihr selbst.« Die Jägerin schlug die Zeltplane vor dem Eingang zur Seite und machte mit dem Pfeifenstiel eine einladende Bewegung.

An einem Haken, der in der Mitte des Zeltdachs befestigt war, drehte sich eine Laterne. Der Lichtschein fiel auf einen Berg aus Polstern und roten Kissen, auf dem die Elfe ruhte. Sie wirkte zierlich und mädchenhaft. Ihr Haarschopf loderte wie eine Silberflamme und ihre Augen sprühten vor Lebendigkeit, während sie mit den Sieben plauderte und scherzte. Im Arm hielt sie ein winziges Bündel, das in Leinen und dann noch in ein Wolfsfell gewickelt war. Als Mavelle Ravenna erkannte, strahlte sie über das ganze Gesicht.

»Da kommt sie! Macht Platz! Millie, nun rück schon ein Stück. Schaut sie euch an: rettet zwei Leben auf einen Streich. Du bist meine Heldin, Ravenna.«

Die Angesprochene spürte, wie sie rot wurde. Die überschwängliche Aufmerksamkeit war ihr peinlich. Sie nahm Millies Hand und drückte sie. »Danke! Du hast gut reagiert«, sagte sie. »Fast hätte ich geglaubt, du würdest mir das Siegel nie zurückgeben.« Die junge Hexe grinste unsicher und rutschte zur Seite.

Als Esmee das weiche Wolfsfellbündel nahm und es ihr in den Arm drückte, blieb Ravenna stocksteif stehen. »Ich kann nicht besonders gut mit Kindern«, murmelte sie. »Ich habe zu wenig Übung.«

»Das gibt sich«, zwinkerte die schöne Hexe und zog das Tuch ein Stück zur Seite.

Ravenna hob die Augenbrauen. Das Gesicht des Babys bestand aus runzeligen Hautschichten. Auf dem Schädel wuchs wolkiger Flaum und die Ohren endeten in sanft abgerundeten Spitzen. Der Kleine sah tatsächlich wie ein Wolfsjunges aus: haarlos, stupsnasig und blind.

»Ehm, also, das ist … er ist … wirklich ausgesprochen … außergewöhnlich«, stammelte Ravenna. Plötzlich merkte sie, dass ihre etwas ratlose Miene wohl nicht gerade Begeisterung ausdrückte. Schnell setzte sie ein Lächeln auf. Die Hexen lachten.

»Ach, das wird schon«, meinte Nevere. »Wenn er wächst, wird das ein hübscher Bursche.«

»Er heißt Sid«, sagte die Elfe. Als der Kleine ihre Stimme hörte, räkelte er sich und krähte vor Vergnügen. Ravenna legte Mavelle das Bündel in den Arm.

»Ich muss euch etwas erzählen«, sagte sie. Die Gesichter der Sieben wandten sich ihr zu: olivfarben, bleich oder glitzernd wie Eis im Sonnenlicht. Jede Hexe war so einzigartig wie das magische Siegel, das sie hütete. »Beliar hält Morrigan gefangen. Die Göttin erschien mir im Kerker auf dem Hœnkungsberg und sagte, sie könne diesen Ort nicht verlassen. Ich habe keine Ahnung, ob das jetzt immer noch so ist oder ob Beliars Verschwinden ihre Lage verändert. Jedenfalls ging es ihr nicht gut.« Plötzlich platzten die Worte nur so aus ihrem Mund. Die Sätze überschlugen sich, als sie den Sieben aufgeregt berichtete, was auf der Festung geschehen war.

»Das nenne ich Ironie des Schicksals«, brummte Josce, sobald sie geendet hatte. Sie klopfte die Pfeife an ihrem Stiefelabsatz aus. »Elinor wünschte sich nichts sehnlicher als die Anerkennung durch Morrigan. Jetzt sitzt die Göttin in dieser verfluchten Burg fest und die Marquise ahnt nicht einmal etwas davon.«

»Das heißt also, durch Beliars Verbannung wurde sie nicht befreit?« Ravennas Mut sank. Sie hatte gehofft, die Sieben würden ihr erklären, dass sie sich keine Sorgen zu machen brauche. Doch das Gegenteil war der Fall: Die Runde wirkte aufmerksam und angespannt.

»Davon ist auszugehen«, nickte Josce. »Ich glaube, Beliar war auf jede Wendung des Schicksals gefasst – auch auf den Fall, dass wir ihn bezwingen. Ich bin sicher, er hat Morrigans Gefängnis so gestaltet, dass sie sich nicht selbst befreien kann.«

»Aber sie ist eine Göttin. *Die* Göttin. Die Hexengöttin. Also, was ich eigentlich meine, ist: Ist sie nicht unvorstellbar mächtig?«

Esmee lächelte, als sie Ravennas Verwirrung sah. Der Magierin von Beltaine sah man als Einziger die durchwachte Nacht nicht an. Ravenna begann zu vermuten, dass sie unter den Gewändern den magischen Gürtel trug. »Göttin ist nur ein anderes Wort für Magie. Es bedeutet nicht, dass jemand allmächtig ist oder unsterblich. Als du heute Nacht in unserer Mitte getanzt hast und die Siegel zum Glühen brachtest, da warst du die Göttin.«

»Ich soll getanzt haben? Zwischen den Menhiren?« Ravenna spürte, wie ihr die Röte ins Gesicht stieg. Hoffentlich hat Lucian das nicht gesehen, dachte sie. Yvonne sagt immer, ich tanze wie ein betrunkener Bär.

Nevere musterte sie mit gerunzelter Stirn. »Elinor hat dir also geholfen? Das ist wirklich kaum zu glauben«, murmelte sie. »Als ich sie das letzte Mal sah, hätte sie uns alle am liebsten in den Boden gestampft.«

»Warten wir's ab, wie lange diese Einstellung anhält«, warf Josce ein. »Wir werden bald erfahren, wie die Marquise zu uns steht, denn wir werden demnächst an ihre Tür klopfen. Drei der Fürsten sind entkommen. Wir werden sie jagen und nicht ruhen, bis die Gefahr gebannt ist. Wir können nicht zulassen, dass sich Beliars Fluch wie ein Geschwür in diesem Land ausbreitet.«

Ravenna schauderte, als ihr klarwurde, dass auch von ihrer Schwester die Rede war. »Ich werde euch dabei helfen, sei es im Mittelalter oder in meiner Welt«, versprach sie. »Da wir schon beim Thema sind: Wo ist Constantin? Ich muss ihn dringend etwas fragen.«

Die Sieben schickten sie zurück in den Steinkreis. Dunst stieg aus der Wiese auf und waberte um den Fuß der Menhire. Die Steine schienen mitten in einem See aus Nebel zu stehen.

Der König lehnte an einer Stele. Er hatte eine Hand um den Schwertgurt geschlossen und die andere auf den Knauf seiner Waffe gelegt. In dieser Haltung starrte er in das morgendliche Flusstal hinunter. Neben den grauen Menhiren wirkte Constantin noch kleiner als in seinem Rittersaal. Das schilffarbene Haar auf seinem Kopf wirkte ganz zerzaust und auf seinem Mantel waren Grasflecken.

Als er ihre Schritte hörte, drehte er sich um. Ein freundliches Leuchten glitt über sein Gesicht und er streckte die Arme zu einem Willkommen aus. Ravenna grub die Hand in die Tasche und umschloss den Siegelring. Wie Lucian gesagt hatte: Das Siegel gehörte nun ihr. Es war ein Zeichen ihrer Gabe und sie konnte das stürmische und gefährliche Mittelalter jederzeit verlassen. Doch bevor es soweit war, musste sie noch etwas wissen.

»Wer war Velasco?«, fragte sie, sobald sie neben dem König stand. »Ich meine: bevor er zum Hexer wurde. War er da noch ein anderer Mann? Gab es noch einen anderen Charakterzug an ihm?«

Constantin betrachtete sie schweigend. »Was hat dir Lucian denn erzählt?«, fragte er.

Ravenna seufzte und starrte ebenfalls in das dunstige Flusstal hinunter. Nebelschwaden schlängelten sich um ihre Knöchel, aber der Himmel über den Bergen war klar. »Er hasst seinen Vater«, sagte sie leise. »Ich weiß nicht, was jetzt aus uns werden soll. Die Mittsommernacht endet und der Zirkel der Sieben ist wieder geschlossen. Ich werde bald nach Hause zurückkehren müssen.« Sie nagte an ihrer Unterlippe. Dann zuckte sie mit den Schultern. »Ich schätze, wir sind einfach zu verschieden.«

Der König löste sich von der Stele und spazierte zwischen den Menhiren herum. Mit der Stiefelspitze kickte er ab und zu einen Pferdeapfel oder einen spitzen Stein aus dem Tanzring. Ravenna folgte ihm. Es machte sie rasend, dass er sich für seine Antwort so viel Zeit ließ.

»Es steht Lucian jederzeit frei, dich zu begleiten. Falls es das ist, was du wünschst.« Den letzten Satz fügte Constantin hinzu, als er ihr bestürztes Gesicht sah. »Ich halte ihn nicht zurück. Aber er muss es auch wollen.«

Sie runzelte die Stirn und starrte auf eine zertrampelte Stelle im Gras. Dort hatten Vater und Sohn gekämpft. Der Überlebende und der geköpfte Verfolger – Lucians Worte klangen ihr noch in den Ohren.

»Velasco wird uns verfolgen«, stieß sie hervor. Bis in die Hölle und zurück. Diese letzten Worte fügte sie nur in Gedanken hinzu.

Die Vorstellung, dass der Hexer von Carcassone noch einmal durch ihre Welt spuken würde, versetzte sie in Panik.

Constantin umschloss mit seiner Lederfaust ihren Arm. Auf den Stulpen seiner Handschuhe war das Zeichen der Gefährten eingeprägt: der Ring der Geweihten. Dass der König kleiner war als sie, irritierte sie jedes Mal, wenn sie neben ihm stand. Constantin sah nicht aus wie jemand, der mit Argusaugen über die Einhaltung der Gesetze wachte und drastische Urteile über feindliche Burgherren fällte. Doch genau so war es – sie hatte es selbst erlebt.

»Dazu müsste der Hexer erst einmal ein Tor finden. Und eine Magierin, die es für ihn öffnet«, beruhigte er sie. »Keine Sorge, Ravenna, unsere Gegner werden eine Weile brauchen, bis sie sich wieder gesammelt haben. Und was Lucian und seinen Vater angeht: Sie sind sich nur äußerlich ähnlich. Charakterlich sind sie grundverschieden. Das war schon so, bevor all die Dinge auf Velascos Burg in der Schlucht des Bösen geschahen. Velasco hatte schon immer eine Schwäche für … sagen wir einmal: Grenzübertretungen. Lucian dagegen ist das Pflichtbewusstsein in Person.« Plötzlich musste der König lächeln. »Meistens jedenfalls. Und seit er dich getroffen hat, immer weniger. Weißt du, ich kenne ihn wirklich gut. Wenn er Sorgen hat, kommt er zuerst zu mir. Erst kürzlich bat er mich um einen Rat.«

Ravenna schnappte nach Luft. »Und worum ging es?« Eigentlich brauchte sie nicht zu fragen, sie kannte die Antwort längst.

Constantins Miene verdüsterte sich. »Um dich. Genauer gesagt um das, was der Hexer dir in deiner Zeit antat. Offenbar hat sich Velasco seinem Sohn gegenüber mit der Tat gebrüstet, als er ihn auf dem Hœnkungsberg gefangen hielt. Er soll gesagt haben, dass er jede Hexe aufspüren wird, die Lucian gefährlich werden könnte. Doch du besitzt ein Jahrhunderttalent. So sagt man doch, nicht wahr? Lucian fürchtet, dass er dich in Gefahr bringen wird, wenn er bei dir bleibt. Dieser Kampf wird so lange weitergehen, bis einer von beiden gesiegt hat. Und du stehst zwischen ihnen.«

Ravennas Puls jagte in die Höhe. Er wird doch nicht weggeritten sein, ohne mir etwas zu sagen?, dachte sie. Hastig wanderte ihr Blick über den nebligen Waldrand. Sie wurde immer nervöser, weil sie die Silberschimmel nirgends entdeckte.

»Welchen Rat hast du ihm daraufhin gegeben?«, fragte sie.

Der König verschränkte die Arme auf dem Rücken und wippte auf den Zehen. Seine Rüstung klirrte leise. »Keinen. Stattdessen habe ich ihm erzählt, was du Esmee an deinem dritten Tag im Konvent vorschlugst. Du warst über Marlons Tod dermaßen entsetzt, dass du verlangtest, ich solle das Turnier absagen und einen der anwesenden Ritter zu Tades Nachfolger bestimmen. Erinnerst du dich?« Constantin schmunzelte, als sie verlegen wurde. »Abgesehen davon, dass ein solches Vorgehen aufgrund bestehender Vereinbarungen mit der Stadt Straßburg und den Herkunftsburgen meiner Männer vollkommen unmöglich ist, fand ich es einen bemerkenswerten Vorschlag. Und wenn ich damals einen der jungen Ritter hätte wählen müssen, dann Lucian. Niemand sonst. Das habe ich ihm gesagt.«

Langsam atmete Ravenna aus. Mit dem letzten Hauch sagte sie: »Danke«, obwohl sie nicht genau wusste, wofür sie sich bedankte. Vielleicht für Constantins Offenheit, für die Tatsache, dass er von Anfang an an sie geglaubt hatte. Und an Lucian.

Der Himmel im Osten glühte inzwischen wie die Esse einer Schmiede. Die Hexen und die Menschen aus dem Flusstal versammelten sich auf dem Tanzplatz. Auch die Ritter kamen herbei. Sie bildeten einen großen Kreis zwischen den Steinen. Norani wirkte entspannt und zufrieden. Zum ersten Mal, seit Ravenna die Wüstenhexe kannte, trug sie das Haar offen, es glänzte wie Seehundfell. Und es schien ihr nichts auszumachen, dass der Ritter, mit dem sie die Finger verschränkte, auf der einen Seite blendend aussah und auf der anderen Seite so vernarbt und blind war wie die dunkle Seite des Mondes. Mavelle hatte sich ihr Baby im Wolfsfell um den Bauch gebunden. Von allen Anwesenden schien sie den Schlaf am wenigsten zu vermissen.

»Der kleine Kerl hält mich sowieso die ganze Nacht wach«, meinte sie und zeigte mit dem Daumen auf das quäkende Bündel auf ihrer Hüfte.

»Glaub mir, es wird nicht besser, wenn sie älter werden«, murmelte Nevere. Der Stern auf der Stirn der Heilerin leuchtete in mattem Gold. »Wenn ich bloß wüsste, was Marvin wieder ausheckt! Keine Ahnung, warum er diesen Köter aus dem Gasthaus mitgenommen hat oder wo er nun schon wieder steckt.« Da entdeckte sie Ravenna und winkte energisch. »Worauf wartest du noch? Es wird Zeit für deine Einweihung! Komm zum Schalenstein! Die Sonne wird jeden Augenblick aufgehen.«

»Ich ... ich kann nicht«, stammelte Ravenna. Dann fing sie an zu laufen.

Auf der Bergkuppe erhob sich erstauntes Gemurmel, aber sie achtete nicht darauf. Hastig schlängelte sie sich zwischen den Menhiren hindurch und schlüpfte durch die Reihen der Zuschauer. Sie wusste nicht, warum sie damals dem Ruf der Hexen gefolgt war. Sie wusste ebensowenig, welche Kraft sie durch die einzelnen Stationen ihrer Ausbildung geführt hatte. Doch sie wusste ganz genau, warum sie im Mittelalter geblieben war.

Lucian stand bei den Pferden. Er hatte die Finger in Ghosts Mähne vergraben und spielte unschlüssig mit dem dichten Haar. Die Schimmel grasten außerhalb der südlichen Spirale. Als Ravenna durch das von Steinen durchsetzte Feld rannte, setzte sich die Herde unruhig in Bewegung und versammelte sich um Lucian.

Ravenna blieb stehen. Vom Laufen und vor Aufregung keuchte sie. Ihre Kapuze war weit zurückgerutscht, das Haar fiel ihr aufgelöst ins Gesicht. Tau durchnässte ihren Rocksaum und ihr Herz hämmerte gegen die Rippen. Sie spürte ganz deutlich: Wenn sie jetzt das Falsche sagte, schwang er sich auf Ghosts blanken Rücken, und sie sah ihn nie wieder.

»Ich habe keine Angst mehr«, rief sie zu ihm hinüber. »Vor deinem Vater, meine ich. Er kann mir nichts mehr anhaben.«

Er ließ die Mähne nicht los. Ghost schnaubte und senkte den Kopf. Ungeduldig tänzelte der Schimmel vor und zurück. »Es ist dumm, sich nicht vor Velasco zu fürchten«, sagte Lucian endlich. »Sehr dumm sogar.«

Ravenna breitete die Hände aus. »Nein, nein, so meine ich es nicht. Was ich sagen wollte, war: Ich habe aufgehört, mich vor ihm zu fürchten. Jetzt, da ich weiß, dass er es war, der in meine Wohnung eingebrochen ist, ist es weniger schlimm. Als wäre der Bann endlich gebrochen. Das ist seltsam, nicht?«

Während sie sprach, ging sie langsam auf den großen Hengst zu. Ghost drehte den Kopf und sah sie an. Weiße Mähnenfransen hingen wie ein Gitter vor seinen Augen.

Lucian seufzte. »Kenne deinen Feind«, murmelte der junge Ritter. »So lautete einer von Malaurys Lieblingsratschlägen. Studiere deinen Gegner, sonst wirst du niemals mit ihm fertig.«

»Es war auch Malaury, der sagte, man solle verzeihen.« Ravenna stand jetzt so dicht vor ihm, dass sie die Wärme spürte, die Ghosts großer Körper ausstrahlte. In den Minuten vor Sonnenaufgang waren Lucians Augen so dunkel wie Schiefer. »Es tut mir leid. Ich hätte heute Nacht nicht so aufbrausen sollen. Ich hätte zuhören sollen. Ich mache denselben Fehler immer wieder und verletze die Menschen, an denen mir am meisten liegt. Doch die Chancen stehen nicht schlecht, dass ich doch noch etwas dazulerne.« Sie grinste schief.

Nachdenklich starrte Lucian sie an. Ohne Rüstung wirkte er schmaler und drahtiger, und als sie zwischen den Bändern, mit denen sein Leinenhemd auf der Brust geschlossen wurde, ihr altes Triskel sah, atmete sie auf.

»Ich hätte Euch von Anfang an reinen Wein einschenken müssen«, gestand er. »Schon bei unserem ersten gemeinsamen Ausritt hätte ich Euch die Wahrheit sagen sollen. Doch ich hatte Angst, dass Ihr mich nie wieder anschauen würdet, wenn Ihr wüsstet, wer ich bin. Der Sohn eines Hexers. Der Waisenjunge aus Carcassonne, den Constantin nur aus Mitleid mit auf seine Burg nahm.«

»Es gibt nichts auf der Welt, das ich lieber anschaue als dich.«
»Wirklich?« Er schien ehrlich überrascht zu sein.
Ravenna nickte. »Wirklich. Und es ist nicht nur das Anschauen, es sind auch die Umarmungen, die Küsse, deine Stimme, dein Lachen ... einfach alles an dir. Ich habe mich auch in dich verliebt, Lucian. Ich würde mich immer wieder in dich verlieben, ganz gleich, in welchem Jahrhundert wir uns begegnen.«

Endlich ließ Lucian die silberne Mähne des Pferdes los. Ghost schüttelte sich und fing an zu grasen. Mit zwei Fingern strich der junge Ritter ihr eine Locke aus der Stirn. »Ich möchte nicht, dass Euch etwas zustößt. Ich könnte es nicht ertragen, wenn ich die Schuld an einem weiteren Unglück trüge.«

Ravenna schluckte tapfer. Sie wusste schon, welche Art von Unglück er meinte. Sie hatte es in seinen Erinnerungen gesehen, eingeschlossen in einer schwarzen Perle.

»Du bist nicht schuld«, widersprach sie. »Dein Vater ist der Verrückte von euch beiden, schon vergessen?«

Lucian verzog den Mund, unsicher, was er von dieser Aussage halten sollte. »Die Sonne geht gleich auf«, meinte er. »Wenn Ihr entschlossen seid, heute eine der Sieben zu werden, sollten wir uns beeilen.«

Ravenna seufzte. Dann schlang sie beide Arme um seinen Nacken und verschränkte die Finger fest ineinander.

»Allerdings«, raunte sie. »Das sollten wir.« Dann küsste sie ihn.

Die Hexen erwarteten sie an dem großen Schalenstein. Als Ravenna sich über die graue Granitplatte beugte, erkannte sie, dass die Schalen dieselbe Anordnung hatten wie die Sterne über Morrigans Thron: Sie bildeten die Große Bärin. Jedes Becken war etwa eine Elle breit und eine Handspanne tief und mit Regenwasser vollgelaufen. Als ihr Schatten über die Wasseroberfläche fiel, kam die Erinnerung wie ein Echo: eine junge Frau an einem windigen Tag, bis zum Kinn in eine Regenjacke gepackt. So hatte sie sich zum ersten Mal in einem Beckenstein gesehen. Nun blickte ihr ein ernstes Gesicht entgegen. Die Augen strahlten geheimnisvoll, Stirn und Wangen waren umrahmt von braunen Locken und der Kapuze des Hexenmantels. Auf der Stirn zeigte sich ein glattes, perlmuttgraues Mal: das dritte Auge.

Da ging die Sonne auf und tauchte Ravenna in warmes Licht. Sie blinzelte – und blinzelte wieder, denn neben ihrem Spiegelbild tauchte ein zweites Gesicht auf. Lucian lächelte. Die Hand, mit der er nach ihren Fingern griff, war warm. Sie spürte seinen Arm an ihrem Arm und seine Schulter an der ihren. Er war da. Das war das Einzige, was zählte.

»Seid ihr bereit?«, fragte Aveline. Die beiden Spiegelbilder lösten sich auf, als sie einen Pokal in das Becken tauchte. Tropfend erschien das Gefäß wieder. Das Wasser schmeckte nach Moos und altem Felsen, und es war so kalt, dass Ravennas Zähne schmerzten. Das Morgenlicht glühte auf ihrer Netzhaut und hinterließ einen feurigen Fleck. Sie stand genau zwischen den Menhiren im Nordosten, dort wo die Sonne an Mittsommer aufging.

»Dieser Trank bedeutet, dass du den Kreis der Geweihten einmal vollendet hast«, belehrte Aveline sie. »Es ist Wasser, sonst nichts, denn auf das Lernen folgt das Wissen.« Als sie das sagte, zwinkerte sie Ravenna zu. Wasser, sonst nichts – na klar, dachte Ravenna. Denn dieses Wasser stammte aus einem magischen Becken, das in einen uralten Altarstein gehauen war, der in einem Steinkreis auf dem Hohen Belchen stand, und sie trank es am Mittsommermorgen nach gefahrvoller Reise. Sie zwinkerte zurück und nahm noch einen Schluck.

An ihrer Seite spürte sie, wie die Spannung von Lucian abfiel. Im Morgenlicht zeigte sich, wie zerschrammt und erschöpft er war. Unter seinen Augen lagen blaue Schatten und er spielte nervös mit dem Ring, den er an der rechten Hand trug. Als sie ihm den Becher reichte, unterließ er das ständige Drehen, Abstreifen und wieder Anstecken und seufzte. Dann trank auch er aus dem Becher.

»Du bist nun ihr Gefährte«, erklärte Aveline. »Magische Gefolgschaft bindet dich an sie, und du schwörst, ihr treu und ergeben zu dienen. Denn sie trägt das Siegel des Sommers. Sie ist die Hüterin und du behütest sie.«

»Das schwöre ich«, sagte Lucian, »und ihr alle seid meine Zeugen.«

Als sie diese Worte hörte, holte Ravenna das Siegel hervor und hielt es in die Höhe, so dass die ersten Sonnenstrahlen durch die Öffnung in der Mitte fielen. Das Licht von Mittsommer war rosenrot mit einem feurigen Kern.

Als die Lichtstrahlen über die Menhire glitten, begannen die Zuschauer zu jubeln. Hüte, Hauben und Holzschuhe flogen in die Luft und die Menschen rannten auf den Tanzplatz, der nun allen gehörte, nicht nur den Hexen.

Josce nahm ihre Hand. »Ravenna, geboren am Fuß des Odilienbergs in Ottrott, ausgebildet in den Hexenkünsten in nur sieben Tagen, von Morrigan angenommen im Bärengraben auf dem Hœnkungsberg, als alles verloren schien.« An dieser Stelle grinste die Jägerin. Dann schloss sie Ravenna fest in die Arme. »Jetzt bist du eine von uns.«

Entzauberung
Straßburg im Jahr 2011

Durch die Vorhänge in Yvonnes Zimmer sickerte gedämpftes Licht. Alles war unverändert: Ein zerknülltes Handtuch lag auf dem Bett, es gab stapelweise CDs auf dem Nachtkästchen und noch größere Stapel von Schuhen vor dem Schrank. Yvonnes bevorzugter Duft lag noch in der Luft, das Parfüm irgendeines italienischen Designers. Neben dem Handtuch sammelten sich Schminkutensilien und eine Bürste, um deren Stil etliche Haargummis gewickelt waren. Auf dem Schreibtisch häuften sich Bücher, Zeitschriften und ein Mondkalender. Auf dem Kalender lag ein Paar weißer Stoffhandschuhe, dieselben, die Yvonne immer bei der Arbeit getragen hatte, um die kostbaren Schätze der Handschriftenabteilung nicht zu beschädigen.

Ravenna stellte den leeren Koffer auf den Boden. Sie hatte lange gezögert, bevor sie beschloss, das Zimmer ihrer Schwester auszuräumen. Selbst nach allem, was zwischen ihnen vorgefallen war, kam es ihr vor wie Verrat. Doch Yvonne lebte nicht mehr in der Dachkammer über dem Ill und sie würde auch nicht zurückkehren – zumindest nicht in nächster Zeit.

Mit einem Ruck öffnete Ravenna die Vorhänge und ließ frische Luft herein. Sie zögerte, bevor sie den Schrank öffnete und das erste Kleidungsstück vom Bügel nahm, doch dann machte sie sich an die Arbeit. Sorgfältig faltete sie die Kleider zusammen, bevor sie die Röcke und Blusen in den Koffer legte. Jede Geste war ein Versprechen, Ausdruck jener verzweifelten Hoffnung, die

Damians Worte in ihr geweckt hatten. Yvonne war in einem Netz aus Lügen und Intrigen gefangen, gebunden an einen düsteren Herrn, aber eines Tages würde es ihr gelingen, ihre Schwester zu befreien – an diesen Gedanken klammerte sich Ravenna mit aller Macht. Ich werde dich nicht im Stich lassen, schwor sie, als sie die restlichen Utensilien vom Bett nahm, die Bücher in eine Kiste packte und den Koffer schloss. Ich werde nach dir suchen, ganz gleich, wie lange es dauert, denn ich habe alle Zeit der Welt.

Als sie in den Flur trat, klingelte es. Sie setzte den Koffer ab und drückte auf den Summer für die Haustür. Die Gangart, in der Gress die Stiege hinaufschlurfte, erinnerte Ravenna an einen schuldbewussten Bernhardiner. Eine Hand lag auf dem Treppengeländer, in der anderen trug der Kommissar einen großen, braunen Briefumschlag. Er blickte erst auf der letzten Stufe auf.

»Was machen Sie nur für Sachen.« Das war eine Feststellung, keine Frage. Zweifel stand in seinem Blick, als fürchte er, ihre geistige Gesundheit könne durch seine Anwesenheit Schaden nehmen.

Ravenna lächelte ihn an. »Warum kommen Sie nicht herein?«

Mit dem Fuß stieß sie die Tür hinter sich auf, machte einen Schritt über die Morgenzeitung und ging voraus. Als Gress den Koffer sah, hob er eine Augenbraue. »Wollen Sie schon wieder fort?«, fragte er. »Ich dachte, fürs Erste hätten Sie genug vom Reisen.«

Ravenna führte ihren Gast in die Küche. »Ich bin gerade dabei, mein Leben neu zu ordnen. Nach so viel Aufregung tut das gut.«

»Das – ehm – kann ich verstehen.« Der Kommissar beobachtete sie, während sie den Kessel vom Herd nahm, die Gasflamme abstellte und Tee aufgoss. Offenbar suchte er in ihr eine Spur jener Verrückten, die er in der psychiatrischen Abteilung der Uniklinik verhört hatte. Ein festgeschnalltes Häufchen Elend, das – berauscht von einem Medikamentencocktail – behauptete, der Teufel wäre ihr Therapeut. Alles, was er zu sehen bekam, war eine entspannte junge Frau, die eine Leinenhose und ein grünes Oberteil trug. Ravenna hatte die Haare frisch gewaschen und sich für silberne Ohrringe entschieden. »Es geht mir gut«, versicherte sie. »Wirklich. Warum setzen Sie sich nicht einfach?«

Der Küchenstuhl knarrte, als Gress Platz nahm. Seit ihrem letzten Zusammentreffen schien er noch korpulenter geworden zu sein. Kein Wunder, wenn er ständig im Gasthaus zur Rebe einkehrt, dachte Ravenna. »Wie geht es meinen Eltern?«, fragte sie, während sie mit den Teeutensilien hantierte. »Ich habe langsam das Gefühl, Sie sehen sie öfter als ich.«

»Gut.« Gress nickte ein bisschen zu eifrig. »Es geht ihnen gut. Am Freitag war ich mit Ihrem Vater beim Angeln.«

Über die Schulter warf Ravenna ihm einen langen Blick zu. »Und? Was gefangen?«

Gress war schlau genug, um die Anspielung sofort zu verstehen. Er stützte die Fäuste auf die Tischplatte und schnaufte. »Hören Sie, Ravenna, ich weiß, ich habe Sie im Stich gelassen und Sie haben verdammt Recht, wenn Sie sich über mich lustig machen. Aber wir sind an der Sache dran. Meine Abteilung hat eine Aufklärungsquote, die weit über dem Landesdurchschnitt liegt. Wir werden den Kerl finden.«

Sie kam an den Tisch und goss ihm Tee in seine Tasse. »Machen Sie sich keinen Kopf deswegen. Ich bin über die Sache hinweg.«

Gress runzelte die Stirn. »Sind Sie sicher?«

Ravenna nickte. »Ganz sicher.«

Der Kommissar lehnte sich zurück. Als er die Tasse zum Mund führte, spreizte er den kleinen Finger ab, was Ravenna fast zum Lachen reizte. Sie nahm Gress gegenüber Platz und tippte auf den braunen Umschlag. »Was haben Sie da mitgebracht?«

Er setzte die Tasse ab und zog den Umschlag zu sich heran. Mit dem Autoschlüssel ritzte er die Lasche auf und schüttelte den Ausdruck einer Internetseite sowie einige Fotos auf den Tisch. Die ausgedruckte Seite warb für eine Flotte weißer Ausflugsboote. Ein Teil der Fotos war von der Brücke über der Ill aufgenommen worden. Sie zeigten eines der Boote in der Schleuse. Durch das Glasdach erkannte man eine Festgesellschaft, die sich in der Kabine versammelt hatte. Der andere Teil der Bilder stammte aus dem Polizeiarchiv und zeigte, wie man dasselbe Schiff mittels eines schwimmenden Krans aus dem Fluss zog. Die Fenster waren eingedrückt und der Rumpf mit Schlick überzogen. Der Schlamm verdeckte allerdings nicht das große Pentagramm, das mit groben Pinselstrichen rings um die Heckluke aufgemalt war.

»Birkenteer.« Gress räusperte sich und deutete mit dem Schlüssel auf den Fünfzackstern. »Das Zeug da ist Birkenteer. Jemand hatte mir den Umschlag mit dem Ausdruck zukommen lassen. Jemand Raffiniertes, denn weder am Umschlag noch auf den Papieren sind Fingerabdrücke. Dafür fanden wir umso mehr Fingerabdrücke auf dem Boot. Der *Persephone*.«

»Ach«, sagte Ravenna. Sie war ehrlich überrascht.

Der Kommissar nickte vielsagend. »Die wenigsten davon konnten wir zuordnen. Genau genommen nur die von zwei Personen, nämlich von Ihrer Schwester und von Doktor Corbeau. Sehen Sie diese Bilder hier?«

Mit dem ausgestreckten Zeigefinger schob er die Fotos der Festgesellschaft über den Tisch. »Schauen Sie genau hin: Hier steht Corbeau und hält eine Rede. Und das ist Ihre Schwester. Die Frau in dem gelben Kleid. Die Fotos hat ein Tourist aufgenommen. Nachdem er den Bericht von der Bergung in der Zeitung gelesen hatte, meldete er sich bei uns und überließ uns die Bilder. Diese Fotos sprechen Sie von jedem Verdacht frei, Ravenna, denn sie beweisen, dass der Doktor und Ihre Schwester auf der *Persephone* waren, und zwar an dem Abend, an dem Oriana starb. Der Tourist wusste nämlich noch genau, wann er die Aufnahmen gemacht hatte: Es war sein Hochzeitstag. Sie erinnern sich doch noch, dass wir dieses schwarze Zeug auf dem Kleid fanden? Derselbe Teer, dieselbe Zusammensetzung.«

Betrübt starrte Gress auf die Bilder. »Es tut mir leid, dass wir zunächst Sie verdächtigt hatten. Auf dem Boot haben wir eine Menge Beweise gefunden, die darauf schließen lassen, dass Corbeau und seine Freunde okkulte Rituale abhalten.«

Rasch senkte Ravenna das Gesicht zur Teetasse und nahm einen tiefen Zug. Aus Gress' Mund zu erfahren, dass der Teufel der Mitgliedschaft in einem satanistischen Zirkel verdächtigt wurde – die Beweisführung des Kommissars gefiel ihr immer besser.

»Wir wissen auch, dass Corbeau die Schuld auf Sie abwälzen wollte, um sich nicht selbst zu belasten. Aus dem gleichen Grund hat er das Schiff versenkt. Der Reeder wurde bestochen, damit er den Verlust der *Persephone* nicht anzeigt. Mit Hilfe der Bilder und des Ausdrucks aus dem Internet haben wir ihn aufgespürt. Es tut mir sehr leid, Ravenna. Mittlerweile liegt ein Haftbefehl gegen Ihren Doktor vor. Allerdings scheint er spurlos verschwunden zu sein.«

»Das macht nichts«, sagte Ravenna. »Und er ist nicht mehr mein Doktor.«

Der Kommissar schaute überrascht zu ihr hoch. »Wie bitte?«

»Es macht mir nun nichts mehr aus, dass Sie zuerst mich im Visier hatten«, erklärte sie schnell. »Jetzt, da alles vorbei ist.«

Langam schüttelte Gress den Kopf. »Tja, das sagen Sie. So etwas darf nicht vorkommen. Die Wochen in der Klinik müssen furchtbar gewesen sein. Und jetzt verraten Sie mir bitte: Wo ist Ihre Schwester?«

Der Kommissar war gerissen. Der Themenwechsel kam so blitzschnell, dass Gress sie an einem anderen Tag vielleicht überrumpelt hätte.

Ravenna hob die Schultern. »Keine Ahnung.« Sie musste nicht einmal lügen, sie wusste es wirklich nicht. Eine rote Reiterin auf einem Pferd mit lodernder Mähne – das war das letzte Bild, das ihr in den Sinn kam. Die Erinnerung war völlig surreal und gespenstisch und sie wusste, dass Gress ihr nicht glauben würde, selbst wenn sie das Erlebnis in noch so leuchtenden Farben schilderte. Wie so vieles andere behielt sie dieses Wissen für sich.

»Vielleicht in der Bretagne. Oder in Südengland«, mutmaßte sie. Es war dieselbe Ausrede, mit der sie auch ihre Eltern beschwichtigt hatte: Yvonne machte eine Reise zu den Megalithkulturen Europas. Es war ein glaubhaftes Argument, denn es geschah nicht zum ersten Mal, dass ihre Schwester aufbrach, ohne ein Wort über ihre Pläne zu verlieren. Mit sechzehn hatte der Vater Yvonne aus einem Aussteiger-Camp in der Provence geholt, wo sie den ganzen Tag getrommelt und Haschisch geraucht hatte. Sie war völlig weggetreten gewesen, als sie nach Hause kam, und hatte drei Tage am Stück geschlafen. Gegen Ende ihrer Ausbildung war sie dann plötzlich nach Australien geflogen, um mehr über die Traumzeit der Aborigines zu erfahren. Es hatte geradezu magischer Überredungskunst bedurft, dass sie die Abschlussprüfung als Bibliothekarin nachholen durfte.

Gress seufzte schwer. »Ich muss sagen, in den letzten achtundzwanzig Jahren ist mir noch kein solcher Fall untergekommen. Als wir uns zum ersten Mal trafen, sah alles nach Einbruch, Vandalismus und Nötigung aus. Dann verschwinden Sie gleich mehrmals hintereinander und man bekommt den Eindruck, Sie verlieren den Verstand. Und jetzt steht Ihre Schwester unter Mordverdacht. Das alles ergibt keinen Sinn.«

»Es tut mir leid.« Diesmal meinte Ravenna es ernst. Sie bedauerte Gress, weil sie genau wusste, dass er niemals verstehen würde, was zwischen Yule und Mittsommer geschehen war.

Sie streckte die Füße unter dem Tisch aus. Vögel zwitscherten und durch das offene Fenster drang das Tuckern eines Motorboots. »Sobald ich etwas von Yvonne höre, rufe ich Sie an. Ehrenwort. Und falls Sie Corbeau sehen …«

»… verhafte ich ihn. Der Doktor steht unter dringendem Tatverdacht.«

Sie nickte zufrieden. In dieser Welt fand Beliar so schnell kein Versteck mehr. Zumindest konnte er sich nun nicht mehr als Gönner und Weltverbesserer ausgeben, wenn sein Fahndungsfoto über dem Schreibtisch jedes Polizisten hing.

Gress erhob sich schwerfällig. »Falls ich irgendetwas für Sie tun kann, rufen Sie mich an. Jederzeit. Ich bin immer für Sie da.«

»Das ist wirklich nett von Ihnen.« Ravenna begleitete den Kommissar zur Tür. Auf der obersten Treppenstufe drehte er sich noch einmal um. Noch so eine Angewohnheit von Polizisten und Anglern, dachte sie. Erst wiegen sie einen in Sicherheit und dann werfen sie einen letzten Haken aus.

»Was ist eigentlich aus dem jungen Mann geworden, der eine Zeit lang bei Ihren Eltern wohnte? Lucas ... Lionel ... Lambert ...« Gress verzog das Gesicht. »Wieso komme ich denn jetzt nicht auf den Namen?«

Zu viel Schnaps?, dachte Ravenna. Sie zuckte die Achseln. »Keine Ahnung, wen Sie meinen. Vielleicht einer von Yvonnes Freunden? Sie kennt so viele Leute, da steige selbst ich nicht immer durch.«

Gress kratzte sich am Hinterkopf. »Vermutlich. Das wird es sein. Grüßen Sie Gil und Anna von mir.«

»Mach ich«, rief Ravenna. Die Stufen knarrten unter Gress' Schritten. Sie streckte den Kopf über das Geländer und sah zu, wie der Kommissar nach unten stieg.

»Lambert! Wieso ausgerechnet Lambert? Fällt ihm denn nichts Besseres ein? Lambert ist ein Stiefelknecht mit Bart.«

Ravenna hatte nicht gehört, wie Lucian sich hinter sie schlich, doch sie musste fast laut losprusten, als er ihr die Worte ins Ohr zischte. Seine Empörung war nicht gespielt. Er lehnte sich über sie, während er Gress' Weg nach unten verfolgte. Kichernd legte sie ihm die Hand über den Mund und schob ihn zurück in die Wohnung. Auf der Schwelle bückte sie sich und nahm die Zeitung. Ein dreifarbiger Prospekt fiel heraus. Sie hob ihn auf. »Gib zu, dass du nachgeholfen hast, damit Gress dich gründlich vergisst. Von wegen, ihr Ritter beherrscht keine Magie.«

Barfuß ging Lucian durch den Flur. Als Ravenna ihn hartnäckig verfolgte, blieb er stehen und seufzte. »Also schön, ich gebe zu, ich habe nachgeholfen. Aber nur, um keinen Ärger zu bekommen. Marvin kennt da einen Trank, von dem zwei Tropfen genügen, damit jemand vergisst, was er gerade gesehen hat. Ziemlich praktisch bei Torwächtern und misstrauischen Schankwirten.«

»Dachte ich doch. Der Fuchs und die Glut.« Schwungvoll warf sie die Zeitung auf die Kommode. Dabei fiel ihr Blick wieder auf den Prospekt. Nachdenklich drehte sie das Blättchen hin und her. »Jetzt sieh dir das an: Die Nationalbibliothek veranstaltet eine Ausstellung zum Thema Hexen – Magie und Tradition. Uralte Exponate werden zu sehen sein, unter anderem ... das hier.« Mit spitzen Fingern klappte sie den Flyer auf und deutete auf eine Abbildung. Es war die historische Handschrift, das Dokument aus dem Schaukasten, auf dem die Sieben zu sehen waren: Bunt gekleidete Hexen standen im Kreis und die Göttin saß in der Mitte. Morrigan sah wie eine Matrone aus.

Verwundert schüttelte Ravenna den Kopf. »Das ist wirklich seltsam«, murmelte sie. »Ich bin mir sicher, das Buch wurde bei dem Brand vernichtet.«

Mit dem Kopf nickte Lucian zur Tür. »Dieser Gress«, sagte er, während er ein dunkelgraues Sweatshirt von der Stuhllehne nahm und die Ärmel über die Unterarme streifte. »Dieser Gress hätte das Feuer doch bestimmt erwähnt. Er hätte Fragen gestellt, weil Eure Schwester in diesem Palast gearbeitet hat. Dass er nichts gesagt hat, kann nur eines bedeuten.« Er hob die Arme, zog den Sweater über den Kopf und konnte für einen Augenblick nicht weitersprechen.

»Du meinst, den Brand hat es gar nicht gegeben?«, vervollständigte Ravenna seinen Satz.

Lucian wischte sich das Haar aus der Stirn. Auf der Vorderseite zeigte sein Pulli ein kleines Steinmetzzeichen: einen umgedrehten Spaltfuß.

»Es könnte doch sein. Ihr sagtet einmal, durch die Magie der Tore könnten wir die Vergangenheit ändern und dann würden gewisse, schlimme Dinge nie geschehen. Wie die Hexenverbrennungen zum Beispiel. Ihr habt das Siegel in den Kreis der Sieben zurückgebracht und Beliar gebannt. Vielleicht haben wir den Lauf der Dinge in eine andere Bahn gelenkt.«

»Drei der Fürsten sind entkommen«, widersprach Ravenna.

Und eine davon war meine Schwester, setzte sie stumm hinzu. Bei diesem Gedanken verkrampfte sich ihr Magen.

»Aber nicht für immer«, murmelte Lucian. »Nichts ist für die Ewigkeit, das habt Ihr selbst gesagt.« Er nahm ihr den Flyer aus der Hand und blätterte darin herum. »Magie und Tradition. Das klingt nicht so, als würde man Zauberinnen in Eurer Zeit verabscheuen oder gar töten wollen. Und hier: Die Mystikerinnen vom Odilienberg.« Mit dem Finger fuhr er an der Überschrift entlang. Das Lesen der modernen, gedruckten Buchstaben fiel ihm schwer.

Ungläubig schüttelte Ravenna den Kopf. Tormagie und Siegelzauber – sie hatten Geschichte geschrieben und niemand wusste etwas davon. Es war ein seltsamer Gedanke, doch je länger sie darüber nachdachte, desto besser gefiel ihr die Vorstellung. Manche Geheimnisse mussten geheim bleiben, wenn sie weiterhin wirken sollten.

»Ich will diese Ausstellung unbedingt sehen«, sagte sie. »Ich muss wissen, was nach unserem Sprung zurück in die Zukunft passiert ist. Aber jetzt solltest du dir endlich die Schuhe anziehen. Es wird Zeit für uns.«

Auf Lucians Gesicht zeigten sich leise Zweifel. »Denkt Ihr wirklich, es ist eine gute Idee, mich zu Euren Freunden mitzunehmen? Ich meine, die Gesellen der Dombauhütte werden doch bestimmt merken, dass ich bis auf den Bau der Trutzburg kaum Erfahrung in Eurem Gewerbe habe.«

»Deswegen bist du doch hier: um Erfahrung zu sammeln.« Ravenna suchte nach dem Hausschlüssel und fand ihn in einem lackierten Holzkästchen auf der Kommode. »Glaubst du, ich habe dieses Sweatshirt nur so zum Spaß organisiert? Es zeigt ein Steinmetzzeichen, das im Umkreis von Carcassonne üblich war. Du bist ein Handwerksgeselle aus den Pyrenäen, was deinen merkwürdigen Akzent erklärt. Außer romanischen Kapellen hast du von der Welt noch nicht viel gesehen. Glaub mir, wenn Jacques und die anderen wüssten, woher du wirklich kommst, hättest du keine ruhige Minute mehr. Ein Gewährsmann aus dem Mittelalter, jemand, der endlich die Rätsel der Vergangenheit löst. Vermutlich würdest du deine eigene kleine Nische im Museum bekommen.«

Lucian verzog das Gesicht. »Bewahre«, murmelte er. »Wollt Ihr mich wirklich in einen Glaskasten sperren?«

Ravenna lachte. »Keine Sorge, ich werde dich nicht ausliefern! Aber wenn du nicht auffliegen willst, solltest du endlich aufhören, mich wie eine Burgherrin aus dem zwölften Jahrhundert anzureden.«

»Was ist falsch daran?«

Sie seufzte. »Alles«, sagte sie. »Hier bin ich bloß Ravenna von der Dombauhütte, weiter nichts.«

Lucian umfasste ihr Handgelenk. Unter dem Stoff spürte sie die silberne Spange, die das Siegel hielt. Ihr Siegel. Am Mittsommermorgen auf dem Hohen Belchen hatte sie geschworen, den magischen Ring ein Jahr lang zu hüten – bis zum nächsten Hexentanz auf dem Gipfel.

»Ihr seid nicht irgendwer. Niemals. Ihr gehört zu den Sieben, zu den ...« Lucian schielte zu dem Flyer, der auf der Kommode lag. »Den Mystikerinnen vom Odilienberg. Und ich bin Euer Ritter und bin Euch gefolgt, um Euch zu dienen und Euch auf der Suche nach Eurer Schwester behilflich zu sein.« Als Ravenna mit den Augen rollte, verbesserte er sich rasch. »Dir. Um dir behilflich zu sein.«

Sie stöhnte verzweifelt auf. »Lucian: Niemand dient mehr irgendwem. Wie oft soll ich das noch sagen? Außerdem redet kein Mensch mehr wie du.«

»Aber du bist doch noch immer eine Hexe. Oder etwa nicht?«

Es war seltsam, als er sie so ansprach. Die vertraute Anrede schuf eine Nähe zwischen ihnen, die vorher nicht da gewesen war. Lucian schien es auch zu spüren, denn er trat einen Schritt zurück und sah sie nachdenklich an.

Ravenna streifte den Ärmel zurück. Sie trug das Siegel an der Armspange, die Esmee ihr geschenkt hatte. Der Ring sah wie ein wunderschönes, antikes Schmuckstück aus, die Steine funkelten im Licht. Er war viel zu kostbar, um ihn bei der Arbeit zu tragen, aber sie wollte ihn nie mehr ablegen. Sie war die Hüterin der Tormagie.

Sie seufzte und zog den Ärmel wieder zum Handgelenk hinunter. »Stimmt«, sagte sie. »Ich bin noch immer eine Hexe. Und ich bin im Auftrag der Sieben hierhergekommen, um nach einer Spur der entflohenen Höllenfürsten zu suchen.« Sie nahm den Flyer, faltete ihn in der Mitte und schob ihn in die Gesäßtasche. »Genau darum geht es. Machen wir erst einen Besuch in der Dombauhütte und dann flanieren wir ein bisschen durch die Ausstellung, einverstanden? Die Bibliothèque Nationale – könnte es einen besseren Ort geben, um mit der Suche anzufangen? Ich glaube kaum.«

Lucian hielt ihr die abgewetzte Lederjacke hin, als wäre es der Reisemantel einer Hexe. »Dieser Gress irrt sich, wenn er glaubt, der Einbrecher werde niemals gefunden. Ich werde ihn aufspüren. Das schwöre ich«, versprach er mit düsterer Miene.

Ravenna zog die Tür hinter sich zu, schloss ab und steckte den Schlüssel in die Tasche. Dann hakte sie sich bei Lucian ein.

Die Jagd hatte begonnen.

Epilog
Feuer und Stein
Straßburg im Jahr 1253

Es war kein guter Tag, um Geschäfte zu machen. Ein wütender Herbststurm zerrte an den Ästen und trug den Gestank, der aus dem Schlachthof drang, über die Dächer. Blätter wirbelten durch den Himmel und klebten auf dem Kopfsteinpflaster, rotbraun wie faulendes Blut. Schnürregen ging über der Stadt nieder, Wolken verdüsterten den späten Nachmittag. Die wenigen Verkäufer, die ihre Stände auf dem Marktplatz im Gerberviertel aufgebaut hatten, verschränkten die Arme eng vor der Brust und warteten frierend und missgelaunt auf Kundschaft. Über ihre Karren und Tische hatten sie geölte Planen gespannt, die im Wind auf und ab schlugen. Nur der Besenbinder grinste angesichts des über den Platz wirbelnden Laubs und bot den wenigen Passanten sein Sortiment an Reisigruten, Handfegern, Kehrschaufeln und Kehrichteimern dar.

Er war ein ansehnlicher Bursche mit breiten Schultern und struppigem Haar, doch das Schicksal hatte es nicht gut mit ihm gemeint. Er verbarg zwei Reihen fauliger Zähne hinter der Hand, wenn er seine Waren anpries. Die zerschlissenen Gewänder zog er geschickt übereinander, so dass jedes Loch von einem Leinenstreifen oder einem Wollwickel verdeckt wurde. Der Hut mit der eingerollten Krempe lief wie ein Schnabel spitz zu. Kurzum: Der Besenbinder sah wie ein gescheckter Gockel aus.

Die schlanke Gestalt, die über den Marktplatz eilte, entdeckte er sofort. Die Frau trug einen mitternachtsblauen Mantel. Die

Säume und die weiten Ärmel waren mit einer schwarzen Spitzenborte eingefasst, ebenso die Kapuze, die sie mit beiden Händen festhielt, damit der Wind sie ihr nicht vom Kopf zerrte.

Sie hatte es eilig. Der Besenmacher konnte ihr Gesicht nicht sehen, doch an den langen, weißen Fingern und den schlanken Handgelenken erkannte er, dass es sich um eine junge Frau handeln musste. Eine hübsche Frau, eine reiche Frau. Vielleicht war sie die Gattin oder die Tochter eines Patriziers, die in den Häusern im Zentrum der Stadt wohnten. Ihre Hände waren sauber und gepflegt, nicht rot und rissig wie bei den Waschfrauen oder den Mägden, die den ganzen Tag ihre Herrschaften bedienen mussten, und der Besenbinder fragte sich, wie es wohl kam, dass sie sich in einen Stadtteil von so zweifelhaftem Ruf verirrt hatte.

Der Pfiff, den er ausstieß, als sie an seinem Stand vorüberkam, sollte beiläufig klingen, so als trällere er bei der Arbeit vor sich hin. Trotz seines gesenkten Kopfes behielt er die junge Frau scharf im Auge und hatte bereits ein Lächeln auf dem Gesicht und eine kesse Frage auf den Lippen.

Das Lächeln erstarb und die Frage fiel dem Vergessen anheim, als die Gestalt in dem dunkelblauen Umhang herumwirbelte. Die Augen lagen im Schatten unter der Kapuze. Ein unheilvolles Glühen schimmerte in ihnen, es hatte den Farbton von siedendem Blei. Ein schmales Gesicht, aus dem der kirschrote Mund leuchtete, wandte sich dem Besenmacher zu, und als der Wind eine Falte des Mantels zurückschlug, sah er, dass das Kleid aus roter Seide bestand. Ein schmaler Gürtel lag auf den Hüften der Frau, mehr Zierde als Halterung, und in einer mit Edelsteinen geschmückten Scheide steckte ein Dolch.

Ihr roter Mund verzog sich zu einem Lächeln, die glänzenden Lippen öffneten sich. Mit einer Handbewegung schnippte die Frau einen knochenweißen Stab in seine Richtung und wisperte nur ein einziges Wort.

»Wyrmeð.«

Dann ging sie weiter.

Der Besenmacher starrte der davoneilenden Gestalt mit einem idiotischen Grinsen hinterher. Soeben hatte er sich zum Gespött des Markts gemacht, das war ihm klar. Der Seifensieder und die Korbflechterin tuschelten bereits hinter vorgehaltener Hand und der Kerzenzieher grinste, während er seine Waren sorgfältig in die mitgebrachten Holzkästen sortierte. Die anderen Händler waren dabei, ihre Stände abzubrechen, denn das Wetter verschlechterte sich. In den Nieselregen mischten sich erste Schneegraupel.

Der Mantel der Unbekannten blähte sich wie ein Segel, als sie die Straße überquerte. Mit großen Schritten wich sie den Furchen aus, welche die Räder der Fuhrwerke in den Matsch gegraben hatten. Ohne Zögern zog sie das hölzerne Tor auf und betrat den Friedhof.

Der Bürstenmacher schlug ein Zeichen, das vor Werwölfen und Geistern schützte, und küsste seinen Daumen. Auf den Totenacker wollte sie also, bei diesem Wetter und bei Einbruch der Dunkelheit. Das Grab ihrer Mutter aufsuchen oder einem toten Kind eine Kerze bringen – kein Wunder, dass die Kundschaft an einem solchen Tag schlecht gelaunt war, sagte er sich.

Ein zischendes Geräusch lenkte seinen Blick auf die ausgelegte Ware. Schwarze Schlangen züngelten anstelle der Besenreiser. Ihre ölig glänzenden Leiber wanden sich um die Stiele. Ekelhaftes, schuppiges Gewürm wimmelte an allen Ecken des Verkaufsstands und der Besenbinder, der weder Tod noch Teufel fürchtete, vom Anblick eines aalglatten, sich windenden Schlangenleibs jedoch schlagartig weiche Knie bekam, griff nach der Kehrichtschaufel. Wie rasend schlug er auf die Vipern ein, die aus den Kehrichteimern quollen und ihm über die Schuhe krochen. Er verfluchte die Würmer und Kröten, die seine Ware mit zähem Schleim besudelten. Als er im Nacken eine zarte Berührung spürte und nach der Stelle fasste, glitt eine gespaltene Zungenspitze über seine Handfläche. Er brüllte auf und schüttelte sich. Wie ein tollwütiger Hund sprang er auf der Stelle auf und nieder und drehte sich im

Kreis, bis eine graue Ringelnatter aus seinem Kragen fiel. Entsetzt wich er zurück. Durch die hastige Bewegung riss er eine Stange um, die das vom Regen durchweichte Zeltdach stützte. Das Gestell brach über ihm zusammen, doch statt nassem Laub regnete es Blindschleichen und Tausendfüßler auf ihn, sich kringelnde Regenwürmer und säckeweise Maden, Küchenschaben, Kellerasseln und hastig fliehende Spinnen, so groß wie Bierhumpen.

Noch nach Wochen sprach man auf dem Markt und im ganzen Gerberviertel über den Bürstenmacher, der plötzlich irr geworden war und wie ein Stier auf seinen Besen herumtrampelte. Dass er brüllte, bis ihm das Blut aus dem Maul troff, wusste die Korbmacherin, und dass er eine Fackel an seine Bürsten hielt. Der Kerzenzieher wollte gesehen haben, wie er sich die Haare büschelweise ausriss und sie ins Feuer warf und wie dabei grüne Stichflammen aufgestiegen waren. Der Seifensieder schwieg. Er war der Einzige, der bezeugen konnte, wie der Bürstenmacher plötzlich in Richtung Fluss rannte, wobei er sich das Hemd vom Leib riss, und unter gellenden Hilferufen in die Ill sprang.

Niemand hielt den Ärmsten auf. Zwei Tage später fand man ihn unterhalb der Schleuse, wo ihn die Wasserwalze immer wieder unter die Oberfläche drückte. Fische hatten seine Augen gefressen. Der Seifensieder vertraute sich schließlich der Frau des Schlachters an, und als die Böden vom Frost steinhart geworden waren, fand man ihn erhängt in seiner Siedeküche.

Diese Ereignisse hielten das Gerberviertel derart in Atem, dass sich niemand fragte, wer wohl die Frau in dem mitternachtsblauen Mantel gewesen war. Yvonne war es recht so. Sie wollte nicht erkannt werden und sie wünschte auch nicht, dass man sich an sie erinnerte.

Sie hörte die Schreie des Bürstenbinders, während sie den Friedhof überquerte. Wie schiefe, schwarze Zähne saßen die Grabsteine in der Erde. Abfall häufte sich an der Mauer. Schweine und streunende Hunde wühlten im Müll und in der Mitte des Friedhofs ragte ein großer, versteinerter Baum auf. Jahr und Tag war kein Blatt an den Zweigen zu sehen, doch nun umwölkte ihn Nebellaub und in der Krone glitzerten Regentropfen.

Vor dem Baum kauerte eine Figur auf einem Stumpf, halbnackt und in ein zerlumptes Lendentuch gehüllt. Der Ellenbogen ruhte auf dem Knie, das Kinn war auf die Faust gestützt. In dieser Pose verharrte die Gestalt. Von Ferne hätte man die Skulptur für einen Engel halten können, einen ruhelosen Wächter über die Toten, doch aus der Nähe sah man den zornigen Ausdruck, der das Gesicht verdarb. Ein Skorpionschwanz ringelte sich um die Füße, Handgelenke und Knöchel waren an den Stumpf gekettet. Von den Eisenschellen liefen unschöne Rosttränen über den Stein.

Yvonne betrachtete den Dämon aufmerksam. Er erschien ihr schöner und anziehender als je zuvor, denn in seine Kraft und seine Anmut mischte sich ein Hauch von Tragik. Endlich trat sie zu ihm, legte ihm die Hand auf sein kaltes Knie und brachte ihren Mund dicht an sein marmorweißes Ohr.

»Weshalb ziehst du so ein Gesicht? Ist dir etwa langweilig, so ganz allein unter den Toten?«, hauchte sie.

Täuschte sie sich oder lag plötzlich ein Glitzern in seinen Augen? Spannte sich die Seite des Gesichts, die ihr zugekehrt war? Hob sich etwa die Lippe und entblößte einen spitzen Zahn?

Yvonne lächelte. Mit diabolischer Freude kostete sie diesen Augenblick aus, den Moment, an dem sie Macht über jemanden hatte. Wenn sie es wollte, würde ihr Schweigen Jahrhunderte währen, Jahrhunderte des Nachdenkens, gefesselt in kaltem, weißem Stein.

»Samhain ist vorüber und das Mittwinterfest steht vor der Tür«, fuhr sie fort. »Wir drei versammeln uns wieder.«

Diesmal war sie sicher: Die Figur ballte die Faust härter zusammen, die Zehen mit den langen Krallen krümmten sich. In der Brust des Dämons staute sich ein langer Atemzug, der solange nicht ins Freie gelangte, wie es ihr gefiel.

Allmählich senkte sich die Dämmerung über den Friedhof, leise fiel Schnee. Alles war in blaue Schatten getaucht, in denen sich die umherstreunenden Tiere lautlos wie Geister bewegten. Yvonne schritt um die Figur herum und ließ ihre Hand über den Marmor wandern.

»Feuer, Wind und Felsen«, flüsterte sie. »Du solltest dieses Treffen nicht verpassen. Es wird … magisch.«

Die Ader auf der Stirn des Teufels schwoll an. Ihr Lächeln verblasste, als sie den hasserfüllten Ausdruck sah, der über die steinernen Züge glitt. Sie wusste, dass sie Angst und Entsetzen gefühlt hätte, irgendwann in einem anderen Leben. Doch diese Erinnerung war längst vergangen, verweht wie das Herbstlaub auf dem Vorplatz des Friedhofs. Ihr früheres Wesen verschwand unter dem Gefühl von Macht wie die Gräber unter dem dicht fallenden Schnee.

»Ich weiß, was dich hier festhält. Es ist der Bannfluch einer Hexe. Alles, was du benötigst, um den Zauber zu brechen, ist die Antwort auf eine Frage. Mit einem einzigen Wort könnte ich dich befreien. Ich könnte es allerdings auch bleiben lassen. Es kommt ganz darauf an, was für mich dabei herausspringt.«

Wäre er nicht in Stein gebannt gewesen – der Dämon wäre ihr vermutlich an die Gurgel gegangen. Auf der marmorweißen Haut verwandelten sich die Schneeflocken in Tautropfen, die an der Gestalt herabrannen. Die Augen glitzerten unter dem Schatten der Brauen, doch der Mund war versiegelt durch Ravennas Fluch.

»Ich will mehr sein als eine Vasallin«, raunte Yvonne. »Ich gebe mich nicht mit einem Platz in der zweiten Reihe zufrieden. Ich will diejenige sein, die an deiner Seite steht, wenn die Völker der Welt vor deinem Triumph erzittern. Elinor hat dich verraten, sie war schwach, ein Weib aus Fleisch und Blut und eine Hexe durch und durch. Ich hingegen bin das Feuer. Mach mich zu deiner Königin und ich lasse dich frei. Andernfalls wird dieser Friedhof zu deinem Grab.«

Der Dämon erbebte, als Yvonne ihm erneut die Hand aufs Knie legte und dabei die Fingernägel in die feine Riffelung auf der Marmoroberfläche grub. Ihr Innerstes loderte heiß und hell, und sie war erfüllt von rastloser Kraft. Sie fühlte weder Durst noch Hunger, noch erinnerte sie sich, je geschlafen zu haben. Sie hatte sich in ein reines, magisches Sein verwandelt.

Kaum merklich neigte Beliar den Kopf. Der Schnee bedeckte sein Haupt mit einer weichen, weißen Schicht. Lächelnd klopfte sie ihm aufs Knie und schmiegte ihre Wange an sein kaltes Kinn.

»Glück«, hauchte sie. »Des Rätsels Lösung heißt: Glück.«

Glossar

Hexensprache
Aeirin – Luft
Avauntier! – Verschwinde!
Baðor – Fledermaus
Blinnanier! – Erlisch!
Breccanier! – Zerbrich! Zerstöre!
Caumyanier! – Beruhige dich
Chacanier! – Jagt ihn!
Cræft – Macht, Kraft, Magie
ða/ ðo – die/ der
Docga – Hund
Esvanier! – Verschwinde!
Fleoge chaim! – Fliege heim!
Freasannier! – Erstarre!
Froyst – Frost, Eis
Fyr fleogan – »Feuerfliege«, Glühwürmchen
Givanier! – Gib her!
Glywannier! – Glühe! Leuchte! Scheine!
Grewanier! – Wachse, gedeihe!
Goða – Göttin
Helcræft – Höllenkraft, Schwarze Magie
Irðen – Erde
Lyeinier! – Löse dich!
Meltannier! – Schmelze!

Offanier! – Öffne dich!
Rottyanir! – Verderbe! Verrotte! Zerfalle!
Scavianier! – Zeig uns!
Stagga heorot – Hirschgeweih
Thagianier! – Sei still!
Treowð – Wahrheit
Vatnar – Wasser
Wyrmeð – Schlangen, Würmer

Personen

Familie Doré

Ravenna – junge Steinmetzin aus Straßburg
Yvonne – Bibliothekarin, Schwester von Ravenna
Mémé – Großmutter, verstorben
Gilbert – Vater von Ravenna und Yvonne, Gastwirt und Winzer
Annabelle – Mutter von Ravenna und Yvonne, Gastwirtin und Köchin
Denise – Cousine von Ravenna und Yvonne

Freunde, Bekannte und Kollegen in Straßburg

Clara – Freundin von Yvonne
Damian – Bekannter von Yvonne
Georges – Kollege von Ravenna
Jacques – Vorarbeiter der Steinmetze
Juliana – Freundin von Yvonne
Kommissar Gress – Ermittler, Anglerfreund von Ravennas Vater
Marie – Freundin von Yvonne
Mirco – Kollege von Ravenna
Monsieur Pascal – Leiter der Dombauhütte Straßburg
Oriana – Bekannte von Yvonne

Die Sieben	*Die Gefährten*

Aveline – junge Hexe, Magierin von Imbolc — Terrell
Josce – Hexe, Jägerin, Magierin von Ostara — Chandler
Esmee – schöne Hexe, Magierin von Beltaine — Darlach
Melisende – Hexe, Tormagierin, Magierin von Mittsommer — Tade
Nevere – Wetterhexe, Heilerin, Magerin von Lammas — Marvin
Viviale – ältere Hexe, Magierin von Mabon — Malaury
Norani – Wüstenhexe, Dämonenbezwingerin — Ramon
Mavelle – Elfenhexe, Magierin von Samhain — Sid
Morrigan – Göttin der Hexen, Magierin von Yule — Pilger

Personal und Schülerinnen des Hexenkonvents

Arletta – Hauswirtschafterin
Celine – sechsjährige Schülerin, Enkelin von Melisende
Florence – Schülerin
Lesolie – fertig ausgebildete Hexe
Lynette – Schwägerin eines Königs
Millie – Schülerin im fünften Jahr

Schwerter des Lichts – Ritterorden

König Constantin
Garois – Ritter
junger Rotschopf – Marvins Cousin
Lucian – junger Ritter
Marlon – junger Ritter, Neffe von Elinor
Niall – junger Ritter, in der Stadt verhaftet
Quin – Ritter
Vernon – junger Ritter

Bewohner von Burg Hœnkungsberg

Marquise Elinor de Hœnkungsberg – ehemalige Hexenschülerin, Schwarzmagierin
Marquis Cedric de Hœnkungsberg – erster Ehemann von Elinor
Marquis Beliar de Hœnkungsberg – zweiter Ehemann von Elinor
Gesinde, Ritter

Tiere

Changeling – Schimmel von Yvonne
Charmer – Schimmel von Ramon
Feuersalamander – Haustier von Lynette
Ghost – Schimmelhengst von Lucian
Johnny – Tinkerwallach von Ravenna, benannt nach Johnny Depp
Merle – schwarze Katze von Yvonne
Willow – Schimmelstute von Ravenna

Mein Dank gilt allen, die die Entstehung dieses Buchs ermöglicht und begleitet haben, allen voran Uwe Neumahr und Roman Hocke von der Agentur AVA International, Martina Vogl und Patricia Czezior vom Heyne Verlag und meiner Lektorin Babette Kraus für die gründliche Durchsicht. Meiner Familie verdanke ich unendliche Geduld, Ermutigung und Inspiration.

Schönheit ist die tödlichste aller Gefahren

»Mit sechzehn beginnt eine magische Zeit, sagt man. Es warten dunkle Geheimnisse auf dich, und du findest endlich die wahre Liebe. Sie haben Recht. Mein Name ist Meghan Chase, ich lebe in Louisiana, bin sechzehn Jahre alt und seit gestern bin ich ... plötzlich Fee!«

Ausgerechnet an ihrem Geburtstag ändert sich Meghans Leben für immer: Ihr kleiner Bruder Ethan wird entführt, ihr vormals bester Freund Robbie entpuppt sich als Puck (ja, der aus dem Shakespearedrama) und Meghan muss die Schwelle zum Feenland Nimmernie überschreiten, um Ethan zu retten ...

www.heyne-fliegt.de